W0327666

KNAUR
SCIENCE FICTION FANTASY

Herausgeber
Werner Fuchs

Vor zehntausend Jahren hatte Hastur die Dunklen Wesen vertrieben und die Welt mit Menschen aus einem anderen Universum bevölkert. Aber tausend Jahre später war es die menschliche Habsucht, welche die Barriere öffnete, die Hastur zwischen die Welten gesetzt hatte, um die Menschen zu schützen. Die Mächte der Finsternis fielen ein und zerstörten ein Reich nach dem anderen. Zwar gelang es Hasturs Kindern, die Acht Dunklen Lords erneut in die Flucht zu schlagen, doch deren zahllose Gefolgschaft – Trolle, Ghule, Vampire und lebende Tote – machte sich daran, das Schattenreich immer weiter auszudehnen.
Seit jener Zeit herrschte in der Grenzregion zum Schattenreich Krieg. Da aber die Mächte der Finsternis nur langsam vorankamen, suchten sie einen neuen Weg zum Sieg. Sie entführten einen Prinzen, zogen ihn auf und lehrten ihn Dinge, die kein anderer Mensch je erlernt hatte. Sie verliehen ihm Macht über Lebende und Tote und brachten ihm bei, wie er durch magische Mittel den Thron seines Bruders an sich reißen könnte. Und dann schickten sie ihn nach Hause zurück...

Paul Edwin Zimmer ist der jüngere Bruder von Marion Zimmer Bradley. Er wurde dem SF/Fantasy-Leser durch die Zusammenarbeit mit seiner Schwester bei den Romanen »Hunters of the Red Moon« (1973) und »The Survivors« (1979) bekannt, die beide auch in deutscher Sprache erschienen sind. In den siebziger Jahren machte er sich dann alleine einen Namen, vor allem durch seine Fantasy-Stories, die in den einschlägigen Magazinen publiziert wurden. Ein schönes Beispiel dafür ist »Die Frau aus den Elfenhügeln« in der Anthologie »Der flüsternde Spiegel« (Knaur-Taschenbuch 5804). Seinen bislang größten Erfolg hatte Paul Edwin Zimmer in den USA mit dem Fantasy-Epos vom »Schattenreich«, das seine Kollegen Fritz Leiber, Poul Anderson und C. J. Cherryh enthusiastisch feierten.

Deutsche Erstausgabe

Titel der Originalausgabe »The Dark Border, Vol. 1: The Lost Prince«

Zeichnung der Karte Karen Fuchs
Umschlaggestaltung Franz Wöllzenmüller
Umschlagillustration Joe Bergeron
Satz C. H. Beck'sche Buchdruckerei, Nördlingen
Druck und Bindung Elsnerdruck, Berlin
Printed in Germany 5 4 3 2
ISBN 3-426-05822-7

Paul Edwin Zimmer

Der verschwundene Prinz

Das Schattenreich I

Fantasy-Roman

Deutsche Erstausgabe

Aus dem Amerikanischen von Theo Kierdorf

Knaur®

ISBN 3-426-05822-7 980

Für meine Tochter
FIONA LYNN ZIMMER
die fast genauso alt ist
wie dieses Buch

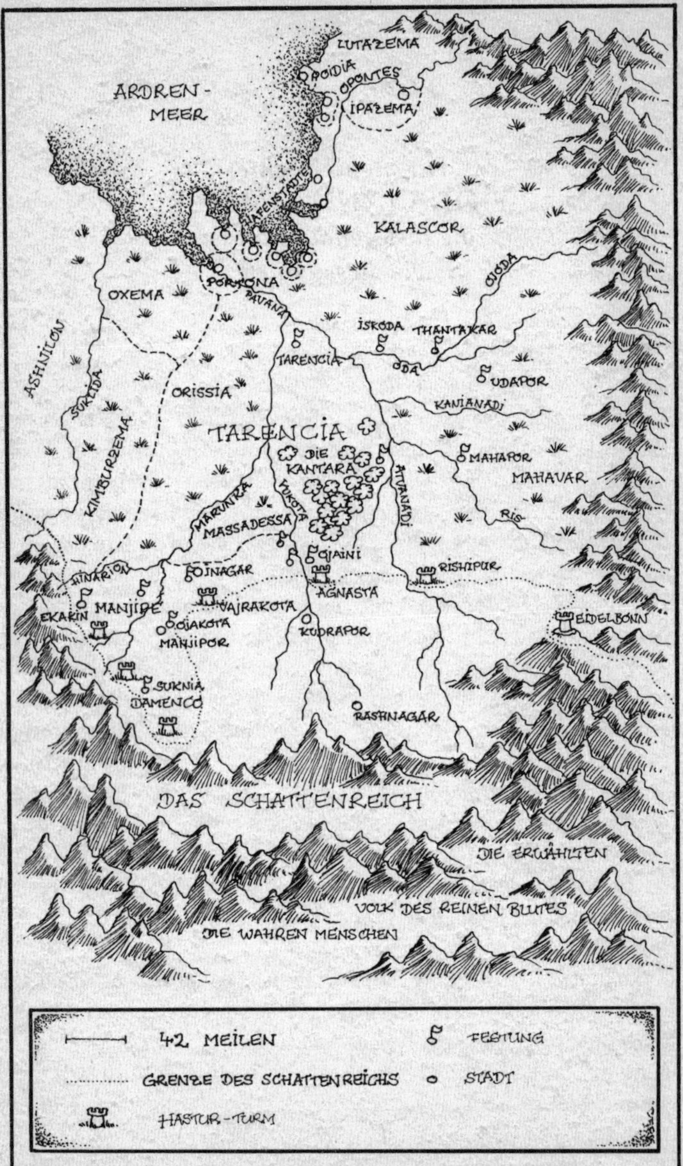
ARDREN-
MEER
LUTAZEMA
POIDIA
OPONTES
IPAZEMA
HAFENSTÄDTE
KALASCOR
PORTONA
OXEMA
PAVANA
OJODA
ISKODA
THANTAKAR
TARENCIA
ODA
UDAPOR
ASHNILON
SUKIDA
ORISSIA
KANIANADI
TARENCIA
DIE
KANTARA
MAHAPOR
MAHAVAR
KIMBURZEMA
ATUANADI
MARUNRA
YUKOTA
RIS
MASSADESSA
OJAINI
HINARION
OJINAGAR
RISHIPUR
AGNASTA
MANJIRE
VAJRAKOTA
EKAKIN
OJAKOTA
EIDELBONN
KUDRAPOR
MANJIPOR
SUKNIA
DAMENCO
RASFINAGAR
DAS SCHATTENREICH
DIE ERWÄHLTEN
VOLK DES REINEN BLUTES
DIE WAHREN MENSCHEN
42 MEILEN
FESTUNG
GRENZE DES SCHATTENREICHS
STADT
HASTUR-TURM

1

Er hatte nie etwas anderes als Angst gekannt. Sie war ein Teil seines Lebens wie die Luft und die Dunkelheit und der Boden unter seinen Füßen. Wenn er der verzerrten, schwarzgerobten Gestalt des Meisters gegenüberstand, wurde er gewöhnlich von Wellen der Panik erschüttert. Davon spürte er jedoch augenblicklich nichts.

Die untersetzte Gestalt regte sich unter dem schwarzen Stoff ihres Umhangs. Mit gedämpfter, tiefer Stimme zischte sie ihn an: »Bald ist es soweit, kleiner Prinz. Bist du bereit?«

Jodos schluckte. »Ja, Meister.« Im Zwielicht konnte er die schrecklichen Augen unter der schwarzen Kapuze spüren. Dem Meister zu gefallen, war die einzige Möglichkeit, Schmerz zu vermeiden.

»Wenn der König stirbt«, fuhr die schroffe Stimme fort, »werden die Kinder von Ihm-Dessen-Namen-Wir-Nicht-Aussprechen deinen Bruder zum König krönen. Dann werden wir handeln. Du weißt, was mit dir geschieht, wenn du versagst.«

Jodos hätte kaum mehr Angst haben können, als er in diesem Augenblick empfand. Selbst die Angst vor Tod und Folter ging unter in dem schrecklichen Entsetzen angesichts der Gegenwart des Meisters. Weder Liebe noch Freundschaft noch simple Freundlichkeit hatte er jemals kennengelernt. Derartiges war nicht einmal in seinem Wortschatz zu finden. Nicht einmal die menschlichen Diener seines Meisters kannten solche Regungen. Angst kannte er, auch Hunger, Gier und Haß; aber diese Art von Emotionen waren nur verzerrte Nachahmungen der Emotionen jener Wesen, deren Diener er war.

Er hörte ein Geräusch in der Dunkelheit und fühlte, wie die Augen seines Meisters sich von ihm abwandten, als jemand den Raum betrat. Es war Emicos, sein menschlicher Meister – so nannte ihn Jodos, obgleich er genaugenommen seit einiger Zeit schon nicht mehr menschlich war.

Sein Gesicht war weiß wie Gebein, und an seinem Kinn klebte getrocknetes Blut. Seine brennenden Augen starrten auf Jodos' Kehle. Trotzdem fühlte sich der Jüngling durch Emicos' Gegenwart stets auf eigenartige Weise beruhigt. Es mußte irgendeine Erinnerung aus seiner Kindheit sein, an eine Zeit, in der dieses Gesicht noch anders gewesen war und seine Augen noch nicht von jenem schrecklichen unterdrückten Hunger gebrannt hatten.

»Ist es bereit?« zischte der Meister.

Emicos verbeugte sich und reichte ihm eine kleine Schachtel. »Ein Geschenk für unseren Prinzen.« Die sanfte, zutiefst erschöpfte Stimme klang keineswegs spöttisch. »Ich habe mir sehr viel Mühe gegeben, es darauf vorzubereiten, der Sache der Großen zu dienen.« Und Jodos zugewandt, fuhr er fort: »Hierin wirst du Diener mit dir in den Palast nehmen können, geschützt vor dem Brennen und auch vor dem neugierigen Geist der Blauroben. Das Ding hat zwei Kammern und zwei Öffnungen.«

»So ...« Der Meister nahm das Kästchen und betrachtete es eingehend. »Eine zum Tragen und eine zum Binden. Ich werde diejenigen dort hineinlegen, die ihm dienen sollen. Wir brauchen jetzt nur noch auf die Nachricht vom Tode des Königs zu warten.«

Um sie her erhob sich die Residenzstadt der Könige in jener Dunkelheit, die sie seit eintausend Jahren umhüllte.

Martos von Onantuga beobachtete den Untergang der Zwillingssonnen, die allmählich in jenem Rauch und Qualm versanken, der das Gebirge verbarg. Er seufzte und sehnte sich nach einem richtigen Sonnenuntergang.

Es war heiß. Es war immer heiß hier, sogar nachts. Er wischte sich den Schweiß von der Stirn und strich sich durch den sorgfältig gestutzten goldbraunen Bart. Dabei dachte er an den Sonnenuntergang in seiner Heimat Kadar, weit hinter dem Binnensee im Norden. Dort war der nördliche Schutzwall der Berge nur eine schwache schwarze Linie am westlichen Horizont gewesen, die oft hinter näheren, reineren Wolken versteckt war. Und der Sonnenuntergang dort entwickelte die volle Pracht des Regenbogens.

Hier hingegen gab es nur schwächste Anzeichen von Farbe hoch oben über der Mauer des Schattens. Kaum waren diese aufgetaucht, so würde das Licht durch die undurchdringlichen Dämpfe erstickt werden, die den Dienern der Bösen Schutz gewährten, und der Himmel über ihm würde sich langsam verdunkeln.

Jedoch lange bevor das Blau des Himmels verschwunden war, würde sich die Dunkelheit um das Schloß von Lord Jagat legen. Zu drei Seiten – im Westen, im Süden und im Osten – erhob sich die Mauer des Schattens. Nur im Norden war der Himmel frei über dem dürren, vergifteten Ödland, das die Grenzbewohner von den Dunklen Wesen zurückerobert hatten.

Unten im Hof bedeckten die Frauen des Schlosses soeben die Kochspiegel und entfernten das Essen aus den riesigen steinernen Öfen in deren Brennpunkten. Im schwindenden Tageslicht wirkte die Ausgeblichenheit der Muster auf ihren wallenden Gewändern gewollt, als ob sie speziell zu dem Zweck ersonnen worden wären, mit dieser aschfarbenen Einöde zu verschmelzen.

Er hörte das Singen einer Stimme und mußte lächeln, als er seinen eigenen Namen erkannte. Martos von Kadar nannten sie ihn, als ob er ein Prinz des königlichen Geschlechts von

Ore wäre, und nicht nur der jüngste Sohn des jüngsten Sohnes vom Hause Raquio.
Die Worte des Sängers erweckten Erinnerungen in ihm: an jenen wilden Ritt durch die dämonenerfüllte Dunkelheit und an den verworrenen Kampf zwischen Menschen und alptraumhaften Gestalten. Es war ja auch in der Tat ein verrückter Plan gewesen, sich mit weniger als hundert Männern genau auf den Weg zu stellen, den die Nachtwesen bei ihrer Rückkehr in den Schatten nehmen mußten. Es war eigentlich wirklich nicht verwunderlich, daß das Volk diesen Vorfall besang!
Er kämpfte darum, nicht seinem Stolz zu erliegen und gedachte der Worte des Philosophen Atrion: *Sei nicht stolz darauf, von anderen Menschen gelobt zu werden, denn auf diese Weise wirst du zum Sklaven ihrer Meinung, so daß du schließlich sogar Böses tun wirst, nur weil die Menschen bereit sind, dich dafür zu loben.*
Noch während er sich dies vergegenwärtigte, stiegen die Erinnerungen in ihm auf: wie er den Krampf aus seinen Armen geschüttelt hatte; wie er sich zu Ruhe gezwungen hatte, während er die hastenden Gestalten auf seinen machtlosen Befehl hin hinabstürzen sah; und wie er sich gefragt hatte, ob es wahr sei, was man ihm erzählt hatte, daß sein von Zwergen geschmiedetes Kriegsschwert scharf genug sei, um selbst Trolle zu verletzen.
Und das Schwert war tatsächlich scharf genug gewesen. Seine Finger schlossen sich fest um den Griff des leichten Rapiers, das er jetzt trug.
Die riesige Gestalt kommt drohend näher, türmt sich über dem Chaos der Schlacht auf, die Augen wie dunkle Gruben aus Feuer, mit einer Keule so groß wie ein Mann.
Der Erdboden stürzt auf ihn zu, als ein flüchtiger Schlag der Keule ihn streift und ihn im gleichen Moment vom Pferd wirft, in dem er den riesigen Arm, der die Keule hält, mit seinem scharfen Schwert durchtrennt. Ein dumpfer Schmerz bohrt in seiner Schulter, und sein Schild ist wie Papier zerknittert.
Er steht torkelnd auf und schleudert seinen zerstörten Schild

dem Monster direkt ins Gesicht. Er nimmt das Schwert in beide Hände und schwingt es in Schulterhöhe, um in das steinharte Fleisch der Kniebeuge des Wesens zu schlagen.
Der Riese fällt wie ein Baum und brüllt. Valiros neigt sich von seinem Pferd. Sein Schwert prallt wirkungslos von den steinernen Schuppen ab.
Eine riesige Hand klammert sich an das Pferd und reißt ein Stück Fleisch aus ihm heraus, so groß wie ein Schinken.
Valiros ist nun unter seinem Pferd gefangen, das vor Schmerz wiehert. Männer mit Äxten eilen herbei und schlagen auf das Monster ein. Doch vermögen ihre vernichtenden Schläge seiner Haut nur kleine Wunden zuzufügen, während es seinen schweren Körper mit dem einen Arm und dem einen Bein über den Boden schleift, auf Valiros zu.
Er verspürt ein merkwürdiges Mitleid mit der armen verkrüppelten Kreatur, während er auf sie springt, um ihr mit seinem Zwergenschwert den Kopf abzuschlagen ...
Dies war eine gute Erinnerung, ganz gleich, ob man dafür gerühmt wurde oder nicht! Was konnte er dafür, daß die Leute ihn rühmten, aber er mußte versuchen, diesem Ruhm gegenüber gleichgültiger zu werden. Auch wenn er so berühmt werden sollte wie Birthran selbst, mußte er dennoch versuchen, tatsächlich zu jenem Menschen zu werden, der sein eigener Richter war, von dem Atrion geschrieben hatte. Einem solchen Menschen waren Lob und Tadel gleich.
Er wandte sich um und sah Kumari. Ihre Augen waren dunkel und sanft. Das schwindende Licht betonte ihre weichen Züge. Ihr Haar glänzte schwarz, und ihr weinrotes, eng anliegendes Gewand war am Halse tief ausgeschnitten. So wurde das süße Tal zwischen ihren festen, vorspringenden Brüsten sichtbar, deren weiche Rundungen seine Hände so gut kannten.
Im schwindenden Licht des Sonnenuntergangs erschien sie ihm so wie am Tage ihrer ersten Begegnung: und einen Augenblick lang war er auch fast genauso sprachlos und still wie damals. Dann fing er sich wieder und schritt vor. Ihre Arme schmiegten sich fest um seinen Hals, und ihr Körper bewegte

sich auf den seinen zu. Die Zungen umkreisten einander leidenschaftlich. Sie lehnte sich in seinen Armen zurück und schaute lächelnd zu ihm auf.

»Schöne«, hauchte er leise, »in der Kammer am Ende der Galerie steht ein Bett . . .«

Sie aber lachte und stieß ihn von sich. »Heute nicht«, sagte sie. »Onkel schickt nach dir.«

Er ließ sie los. »Hat er dich geschickt, um mich zu holen?«

»Er gab Pirthio den Auftrag, aber ich erbot mich, statt seiner zu gehen.« Sie nahm seine Hand und eilte mit ihm die Galerie entlang, ja zerrte ihn fast hinter sich her. »Und da Pirthio der Erbe ist, ist er beschäftigt.«

Die Wachen hatten unten im Hof winzige Feuer angezündet, gleich neben den riesigen Haufen von Brennholz und den Strohballen, die in diesem baumlosen Lande wertvoller waren als Gold. Bei einem Angriff der Nachtwesen sollten sie entzündet werden. Feuer war die Hauptwaffe in jenem langen Krieg gegen die Dunklen.

»Was will er?« fragte Martos. »Gibt es Krieg?«

Sie schüttelte den Kopf. »Ich glaube nicht. Ich bin mir aber nicht sicher. Lord Hamir und einige der anderen sind da – Suktio und Lord Saladio, glaube ich. Der Onkel wollte, daß auch du dabei bist. Es scheint wichtig zu sein. Es kann sein, daß . . .« Sie zögerte. »Es kann sein, daß der König gestorben ist.«

»Nach dem, was man sich erzählt, wäre das ein Segen für ihn. Es grenzt an ein Wunder, daß der arme alte Mann so lange gelebt hat.«

Sie bogen in einen Gang ein und stiegen eine lange Treppe hinab. Ihre Schritte hallten auf dem harten Stein wider. Hexenjuwelen schimmerten schwach an den Wänden.

»Wie wird er sein?« fragte Martos und hielt kurz inne. »Der neue König. Chondos?«

»Der Prinz von Manjipor?« Sie blickte ihn kurz aus dem Augenwinkel an und lächelte spöttisch. »Onkel möchte, daß ich ihn heirate.«

»Wirst du es tun?« fragte er.
»Warum nicht?« Sie lachte. »Denk mal darüber nach. Wenn ich jetzt dein Kind trage, könnte er unter den Prinzen des Geschlechts erzogen werden und ...«
»Scherze nicht über solche Dinge! Wenn du ein Kind von mir tragen würdest ...« Er hielt inne, als sie sich umwandte und ihn direkt anschaute.
»Du weißt, es ist möglich. Und eigentlich ...« Sie hielt inne. »Ich bin mir noch nicht ganz sicher, aber ich denke, es könnte so sein. Du kannst es eine Vorahnung nennen, wenn du willst.«
»Aber ... aber!« Er stotterte kurz und kämpfte mit jenem leblosen Ding in seinem Mund, das sich Zunge nannte. »Was wird dein Onkel sagen? Und deine Verwandten?«
Sie legte einen Finger an seine Lippen. »Wenn ich tatsächlich ein Kind tragen sollte und es auch lebendig geboren wird«, sagte sie mit ruhiger Stimme, »dann wird man sich viel zu sehr darüber freuen, als daß irgend jemand nach dem Vater fragen würde.«
Sie wandte sich um und schaute die Treppe hinunter. »Wir sind hier nicht in Kadar«, fuhr sie mit gesenkter Stimme fort. »So nah an der Grenze sind lebende Kinder selten und kostbar. Es kommt nicht oft vor, daß eine Frau unseres Geschlechts ein lebendes Kind gebiert. Dies ist auch der Grund, weshalb so viele von unseren Frauen weggehen. Selbst wenn es tot geboren wird, wird niemand mich beschuldigen, weil ich den Versuch gemacht habe.« Sie blickte kurz auf, sah seinen Gesichtsausdruck und setzte dann noch rasch hinzu: »Aber heute überleben die Neugeborenen viel häufiger als in den alten Zeiten. Und außerdem bin ich mir noch nicht ganz sicher. Es kann sein, daß mir meine Phantasie einen Streich spielt.«
»Aber willst du nicht mit mir fortgehen?« fragte er. »Fort von der Grenze und von diesen Teufeln in den Bergen, die schon die Kinder im Mutterleib angreifen? Heirate mich und komm mit mir. Ich werde schon einen Ort finden, wo du in Frieden Kinder gebären kannst!«

Sie hob wütend den Kopf und schaute ihn mit brennenden Augen an. »Wohin? Wohin willst du mich mitnehmen? Zurück nach Kadar, damit ich die Frau eines armen Schwertmeisters sein kann, dessen Ruhm nicht einmal ausreicht, um ihm Schüler einzubringen? Oder soll ich dir von Heerlager zu Heerlager folgen, damit du versuchen kannst, dir in Kriegen zwischen Menschen einen Namen zu machen? Dann hätte ich für alle Zeiten das Gefühl, mein Blut verraten und meine Sippe verlassen zu haben. Wir haben schon einmal darüber gesprochen, glaube ich!«
»Und du würdest lieber Prinz Chondos heiraten und Königin von Tarencia werden«, entgegnete er bitter und wünschte gleich danach, er hätte es nicht gesagt.
Aber zu seiner Überraschung lächelte sie ihn an. »Das möchte mein Onkel.« Ihr Gesicht war wunderschön im schwachen Widerschein des Lichts der Hexenjuwelen von der Wand. »Das ist das, was jeder Adelige möchte, der eine Tochter im heiratsfähigen Alter hat. Was mich betrifft, so bin ich noch nie einem so eingebildeten und unangenehmen Menschen wie Prinz Chondos begegnet!«
Sie wandte sich ab und ging weiter die Treppe hinab. Martos folgte ihr verwirrt.

Weit im Norden und im Osten, dort, wo der Oda auf seinem Weg zur Mündung von Portona in den breiten Pavana fließt, verschwanden die Zwillingssonnen im Glanz des Regenbogens. Das Schattenland war ein schwacher Fleck am südlichen Horizont, und im Westen nicht einmal mehr zu sehen.
Prinz Chondos' Blick schweifte über die königliche Stadt. Mit seinen großen dunklen Augen betrachtete er den Sonnenuntergang. Doch er sah nichts als das Gesicht seines Vaters. Manchmal war es das starke Gesicht mit dem dunklen Bart, das er aus seiner Jugendzeit kannte; aber es verwandelte sich dann immer wieder in jenes hagere, ausgezehrte Gesicht mit dem schneeweißen Bart und den brennenden Augen, die einen ständigen inneren Kampf auszudrücken schienen. Dies

war das Gesicht, das er täglich vor sich sah, während der sterbende König sich mit reiner Willenskraft am Leben hielt und sich weigerte zu sterben, bevor alles seine Ordnung hatte.

Wenn sein Vater nicht mehr leben würde, gab es niemanden mehr, dem er hätte vertrauen oder mit dem er hätte reden können. Auch die Freude des gemeinsamen Singens würde es dann nicht mehr geben und auch nicht die langen Zeiten friedlicher Stille, in denen jedes Wort überflüssig war. Und die langen nächtlichen Diskussionen über die Probleme des Königreichs würden ihm ebenfalls fehlen. Nicht einmal die tiefen und erbitterten Auseinandersetzungen... auch die würde er vermissen.

Auch das Jagen im Dschungel und die hellen Lagerfeuer danach. Sein Vater hatte ihn die Kunst des Fechtens gelehrt und all die komplizierten Schulungstänze sowie die Tricks von Dutzenden von verschiedenen Schulen der Schwertkunst. Dies alles hatte der König von seinen Vettern von der DiVega-Seite der Familie erlernt; sie waren weltberühmte Krieger gewesen. Auch endlose Lektionen in der Staatskunst hatte er ihm erteilt und viel mit ihm gelacht und Familienanekdoten erzählt...

Er hörte Schritte hinter sich im Zwielicht, und die Stimme eines jungen Mädchens riß ihn schroff aus seinen kostbaren Erinnerungen.

»Lord Prinz! Ihr solltet nicht allein sein!« Die Stimme klang sanft und besorgt. »Wollt Ihr nicht einen Wein mit mir trinken und reden? Was macht Ihr hier so allein?«

»Ich warte natürlich nur darauf, daß mein Vater stirbt, damit ich seinen Thron besteigen kann!« Er wandte nicht einmal den Kopf, um zu sehen, welches Mädchen es diesmal war. Sie waren sich alle gleich. Was glaubten Sie denn nur, was er *sonst* noch machen würde?

Er hörte ein Keuchen und Schritte, die sich rasch entfernten. Wütend biß er die Zähne zusammen. Morgen würde der Vorfall im ganzen Schloß bekannt sein; so ging es fast jedesmal.

Vielleicht würden sie ihn jetzt endlich für eine Weile in Ruhe lassen!
Sollten sie doch hinter seinem Rücken flüstern und reden! Er wußte über sie alle Bescheid! Weil er ein Prinz war, wetteiferten sie um seine Gunst, aber alle sahen ihn nur als eine Quelle von Macht und Reichtum. Die Frauen waren die Schlimmsten. Ihnen ging es nur um den kostbaren königlichen Samen und den königlichen Erben, der ihren Familien Ruf und Ansehen sichern würde.
In diese Falle war er fast schon mit vierzehn gelaufen. Es war eine bittere Lektion für ihn gewesen. Seitdem hatte er es nicht mehr gewagt, mit einer Frau zusammenzusein, wenn diese nicht gerade ihre Blutung hatte. Er hatte sich sogar kaum noch getraut, die üblichen Höflichkeiten zwischen Männern und Frauen seiner Klasse auszutauschen, seitdem sich jenes idiotische Grenzlandmädchen seinen Samen, der sich zwischen ihren Brüsten befand, zwischen die Schenkel geschmiert hatte – und dabei gemurmelt hatte, königlicher Samen sei zu kostbar, um verschwendet zu werden.
Er schnaubte wütend. In der Tat war dieser Samen kostbar! Er sicherte einer Frau die Rolle zu, Mutter eines Kindes zu sein, das irgendwann König werden könnte, und vermochte damit, einer niederen Grenzlandfamilie, deren Ländereien vom Schatten aufgefressen worden waren, Macht und Ansehen zurückzubringen.
Er wünschte sich fast, eine von ihnen hätte es geschafft. Dann bräuchte er sich nicht ständig von den vielen Lippen und Brüsten und Körpern zurückzuhalten, die ihm unentwegt dargeboten wurden. Doch hing von der Wahl der Mutter seines ersten Kindes zuviel ab. Das Königreich mußte gestärkt werden, es durfte nicht geschwächt werden. Um unter den vorteilhaftesten Verbindungen frei wählen zu können, durfte es kein Kind geben, das möglicherweise ebenfalls Ansprüche erheben könnte.
Für eine Weile schien alles geklärt zu sein. Sein Vater hatte lange und hart auf eine Verbindung mit Vallauris zum Osten

hin gearbeitet, aber die wachsende Macht von Devonia ließ dies nun als unklug erscheinen. Es könnte dann der Fall eintreten, daß er seinen Schwiegervater in einem Krieg unterstützen müßte, den sich sein Volk nicht leisten konnte. Denn die Dunklen standen ständig an der südlichen Grenze. Und was Ashnilon im Westen anbetraf, so mißtraute dieses Land einer Allianz: Die dortige Prinzessin wurde sehr schnell anderweitig verheiratet.

Innerhalb seines Königreichs gab es nur drei Partien, die überhaupt in Erwägung zu ziehen waren. Die erste war Monirana, die Tochter des Prinzen von Mahapor. Wenn *diese* Ehe zustande käme, wäre damit zumindest nach einer Generation der Hälfte aller Probleme des Königreichs ein Ende gesetzt. Aber der alte Prinz Hansio hätte lieber das gesamte Königreich in Flammen aufgehen sehen – oder gar von den Dunklen aufgefressen –, als seiner Tochter zu gestatten, einen Enkel jenes Mannes zu heiraten, der die Mitglieder des stolzen Hauses von Mandava gezwungen hatte, ihre Häupter vor den verhaßten Lords von Tarencia zu beugen. Dann gab es noch Kalascor: Prinz Phillipos Schwester, Aithra, war ein nettes Weibchen, zumindest für jemanden, der für Dreizehnjährige schwärmte.

Die dritte Möglichkeit war Kumari, Pirthios Cousine. Allerdings schien die ihn nicht sonderlich zu mögen. Sie hatten einmal beieinander gelegen, hatten sich aber anschließend gestritten. Grenzlandmädchen waren eben sonderbar, das war allgemein bekannt. Aber wenn Chondos sich keinen Erben beschaffen konnte, würde ihr alter Onkel Jagat das Fürstentum von Manjipé erben. Wenn er Kumari heiraten würde, brauchte er sich in Zukunft nie mehr Sorgen zu machen, daß Jagat seinen Anspruch geltend machen könnte. Es war allerdings ohnehin unwahrscheinlich, daß Jagat dies tun würde. Er war so fanatisch redlich – jedenfalls schien es so –, daß seine Loyalität zumindest zum Teil echt sein mußte. Und Pirthio war sein Freund und schien ihm wirklich nichts Böses zu wollen. Obwohl man sich in solchen Dingen nie sicher sein

konnte. Er hatte schon einmal den Fehler gemacht, Menschen zu vertrauen . . .
Seine Faust ballte sich noch fester zusammen, sein Arm zitterte und sein Gesicht verzog sich in Wut. Wenn sein Vater gestorben war, würde er *niemandem* mehr trauen können! Politik! Immer diese Politik! Sie vergiftete sein Leben und seine Gedanken und schlich sich sogar hinterhältig in seine Trauer über das nahe Ende seines Vaters ein. Erst an diesem Vormittag hatte wieder ein Mann versucht, ihn gegen einen der Hofbeamten aufzubringen, offensichtlich in der Hoffnung, dann selbst dessen Stelle einnehmen zu können. Narren versuchten tagtäglich, seine Gunst zu erschleichen, weil sie wußten, daß er bald König sein würde.
Er wollte nicht König sein. Seitdem er zwölf Jahre alt war, hatte er es nicht mehr gewollt.
Er schlug mit der Faust auf den harten Stein, und der Schmerz trieb einen Teil seiner Wut aus ihm heraus. *Das war dumm von mir,* dachte er und schüttelte die Hand. *Ob sie wohl gebrochen ist?*
Er lehnte sich über die Brüstungsmauer hinaus. Der schlammige Pavana floß an der Schloßmauer vorüber nach Portona und von dort weiter in das Binnenmeer von Ardren. Am Hafen schien es irgendeine Aufregung zu geben. Eine Menge hatte sich dort versammelt, und er sah Boten zum Schloß eilen. Die Menge bewegte sich langsam auf das Pavana-Tor zu: Es handelte sich um Schaulustige, die sich um eine kleine Gruppe von Trägern geschart hatten, welche das Gepäck irgendeines wichtigen Besuchers trugen.
Der Prinz lehnte sich über die Brüstung, wobei seine Augen auf die elegante adlige Gestalt in seynyorischer Tracht mit Halskrause und Wams fixiert waren. Der Mann ging ruhig vor der Menge her und sah aus der Entfernung noch ziemlich winzig aus. Irgend etwas an seinem Gang wirkte vertraut. Da die Menge sich der Schloßmauer näherte, konnte Chondos nur den oberen Teil eines Kopfes mit dem teilweise ergrauten Haar sehen, der auf breiten Schultern saß. Aber dann bewegte

sich sein Geist zurück in seine Kindheit, und plötzlich wußte er, wen er vor sich hatte.
Es gab nur einen Menschen, der sich so bewegte. Auch bei dieser Entfernung und nach all den Jahren war es nicht möglich, daß Chondos sich irrte. Dies war sein berühmter Verwandter, der Mann, auf den sein Vater wartete und wegen dem er verbissen an seinem Leben festhielt: Istvan DiVega, der in den Liedern der Barden Istvan der Bogenschütze genannt wurde.

Als Kumari die Tür der Ratskammer aufstieß, ertönte gerade die wütende Stimme von Lord Jagat.
»...freies Fürstentum! Und was dann? Getreide essen, das Ihr selber angepflanzt habt und zuschauen, wie ein Kind nach dem anderen noch im Mutterschoß stirbt und wie die Dunklen die Felder verpesten? Verhungern, weil es keinen König mehr gibt, der die Mittelländer dazu zwingt, uns Nahrung zu schicken?«
Martos und Kumari traten leise durch die Tür. Der Lord von Damenco stand wie ein gestellter Eber in der Mitte des Raumes. Sein Gesicht wirkte dunkel unter dem silbrigen Haar, und er stand mit dem Rücken zum Tisch, an dem sein Sitz leer war. Die kostbaren Stickereien an Hals und Ärmeln seiner dunklen Robe waren zerfranst, aber es bestand dennoch kein Zweifel daran, wer hier der Lord war.
Ihm gegenüber standen sechs Grenzländer. Sie waren dünn und dunkelhäutig und trugen Roben aus geflickter und ausgeblichener Seide, die durch Generationen der Armut und der Plackerei hindurch vererbt worden waren. Jagats Sohn Pirthio stand in der Ecke und schaute zu. Martos und Kumari gesellten sich zu ihm.
»Lieber das«, meinte ein untersetzter junger Mann in abgetragener Kleidung, die irgendwann einmal prachtvoll und bunt gewesen war. »Lieber all das, was Ihr prophezeit, aber unter einem echten Prinz der Arthava-Linie, als uns weiterhin vor diesem Parvenü DiVega verneigen zu müssen! Wir waren

auch in früheren Zeiten schon auf uns selbst gestellt! Wir haben unsere eigenen Magier, die unser Getreide schützen. Wir haben es nicht nötig, uns von den Mittelländern abhängig zu machen.«

»Auch Magier können scheitern.« Schmerzliche Erinnerungen verdunkelten Jagats grimmige Augen. »Schöne Worte, nur schöne Worte, Lord Hamir, aber Ihr sprecht von Dingen, die Ihr nicht wissen könnt, weil Ihr zu jung seid! Ich hingegen habe in einem freien Fürstentum unter einem echten Lord der Linie von Arthava gelebt.« Die Verachtung schwang schwer in seiner Stimme. »Als Ihr noch ein Kind wart, erlöste uns die Ehe unserer Prinzessin aus jenem ›glorreichen‹ Zustand! Ihr Sohn Chondos ist Erbe des Throns von Manjipé wie auch von Tarencia. *Er* ist Euer echter Prinz der Arthava-Linie!«

»Aber Prinz Singram hatte zwei Söhne«, wandte ein anderer Lord ein, der eine geflickte, aschgraue, ausgebleichte Robe trug, »und einer davon war Euer Urgroßvater. Euer Anspruch auf den Thron hat mehr Gewicht, denn er stammt aus der männlichen Linie.«

»Ach nein, wer hätte das gedacht?« Jagat ging um den Tisch und ließ sich auf einem niedrigeren Sitz nieder. »Stellt Euch vor, ich hatte doch tatsächlich vergessen, wer mein Urgroßvater war! Und jetzt, wo Ihr mir diese erstaunliche Nachricht überbracht habt, diese verblüffende genealogische Information, soll ich mich sofort auf Eure Seite begeben, den Thron von Manjipé an mich reißen, und wir alle werden dann in unserem freien Fürstentum glücklich leben und fröhlich unsere eigene Nahrung anbauen, wie in den guten alten Tagen. Wie reizend! Ich bin überwältigt von edlen Gefühlen.«

»Wir könnten Massadessa unterwerfen und den größten Teil von Orissia dazu«, wandte Suktio ein, einer der Vasallen Jagats. Als einziger unter den Männern im Raum trug er eines jener seltenen Kettenhemden aus der alten Zeit, aus den großen Tagen des takkarischen Ruhms. Nur wenige besaßen ein solches Erbstück. »Von ihnen können wir genügend Getreide bekommen! Aber Ihr solltet uns nicht verspotten, nur weil wir Euch und nicht Chondos als Herrscher möchten. Wir kennen Euch beide, und wir wissen, wem wir lieber dienen würden.«

»Nicht verspotten?« Jagat hob die weißen Augenbrauen. »Auch nicht mit einem so ›spaßigen‹ Vorschlag wie dem, Orissia zu unterwerfen, das uns vor fünfzig Jahren das Hinarion-Tal abgenommen hat? Ihr verdient Spott! Ihr seid Narren!« Er erhob sich aus dem Sessel. »Aber ich fürchte, ihr müßt Euren echten Prinz aus der Linie von Arthava anderswo finden. Ich diene König Olansos.«

»Und Chondos?« schrie Lord Hamir und wedelte mit dem weiten Ärmel seines Gewandes durch die Luft. »Ich habe Prinz Chondos gedient; ich habe mit ihm gegen die Nachtwesen gekämpft! Und welche Belohnung habe ich für meinen Dienst erhalten? Beleidigungen! Sticheleien! Sollen die Nachfahren der Takkarer es sich gefallen lassen, daß der Enkel eines Söldners aus dem Norden sie verhöhnt?«

»Erwartet ihr, von mir besser behandelt zu werden?« brüllte Jagat. »Ihr *verdient* nichts anderes als Beleidigungen! Unser König stirbt, unser wahrhaft großer König, der das Königreich mit eigenen Händen errichtet hat, mit eigenem Schweiß und Blut! Er machte es möglich, daß wir die Dämonen aus Manjipor zurücktreiben und einen Teil unserer alten Länder zurückerobern konnten – zum Beispiel das Land, auf dem wir *jetzt* stehen! Und ihr wagt es, während er noch lebt, schon gegen seinen Sohn Komplotte zu schmieden, um das, wofür er und ich und die Meinen so lange gearbeitet haben, niederzureißen?

Ihr alle seid entweder meine Vasallen oder Angehörige meiner Sippe. Allein diese Tatsache rettet Euch. Ihr Narren! Meint ihr etwa, ich wüßte nichts von den Boten aus Portona, die insgeheim an diesem Gebräu mitrühren? Versteht ihr nicht, daß sie nur eines wollen, nämlich die Steuern abschaffen, mit denen wir unser Brot kaufen?« Er starrte sie zornig an, und seine Stimme senkte sich zu einem Knurren. »Ihr gehört meiner Sippe an, deshalb braucht ihr nicht zu befürchten, daß ich über das hier Besprochene mit jemand anderem reden werde. Aber wenn ihr es wagen solltet, euch in Wort oder Tat gegen euren rechtmäßigen König zu wenden, werdet ihr mir Rechenschaft ablegen müssen. Und jetzt geht.«

Keiner der Anwesenden wagte zu widersprechen. Sie schlurften aus dem Raum wie ertappte Kinder und hielten ihre Blicke auf den Boden gerichtet. Jagat starrte ihnen wütend nach, bis der letzte von ihnen jenen Türbogen passiert hatte, der mit in den Stein gehauenen Blumen verziert war, wie sie lebend an der Grenze seit Generationen nicht mehr zu finden waren. Dann wandte er sich Kumari zu.

»Du hast dir Zeit genug gelassen, ihn hierher zu bringen«, brummte er. »Wo war er denn nur, etwa auf dem Gipfel des Acala-Berges?«

Er schaute Martos an. »Ich will, daß du dir die Namen und Gesichter jener Männern genau einprägst. Innerhalb eines Jahres wird es Krieg geben zwischen uns und Portona, und wahrscheinlich auch mit Mahapor. Ich möchte, daß meine Kommandanten wissen, wem sie vertrauen können und wem nicht. Der fette Narr, der am meisten geredet hat, war Hamir von Inagar. Er herrscht über die Provinz auf der anderen Seite der Domäne des Prinzen zwischen dem Marunka und dem Yukota. Wenn er nicht so gut genährt wäre, hätte ich ihn nicht so verspottet, aber er hat nicht genug gehungert, als daß man ihn ernst nehmen könnte.« Martos konnte sich ein Lächeln nicht verkneifen. Nur ein Grenzländer konnte Hamir von Inagar als *fett* bezeichnen.

»Der große Schwachsinnige in Grau . . .«, fuhr Jagat fort, »der mich über die Mysterien meiner eigenen Genealogie unterrichtet hat, das ist Moklos, einer von Hamirs Vasallen. Der in Rot, Bajio von Kaspor, ist Lord von Kalgaviot. Hast du bemerkt, wie er nickte, als Suktio – der mit dem narbigen Gesicht, der Varakota für mich hält, du weißt schon, wen ich meine – diesen Unsinn über die Unterwerfung von Orissia von sich gab? Er nickte, obwohl es *sein* Großvater war, der die Verantwortung dafür trägt, daß wir die Ackerbaugebiete an den Ufern des Hinarions verloren haben! Und Lord Saladio ...«

Pirthio unterbrach ihn wütend und mit glühenden schwarzen Augen, unfähig, sich noch weiter zu beherrschen. »Er haßt den Prinzen, seitdem Chondos Maldeo zu seinem Stellvertreter gemacht hat und ihm dazu auch noch Manjipor als direktes Lehen gab! Saladio wollte die Stadt für sich, und er weiß, daß Maldeo sie auch weiterhin behalten wird, solange Chondos auf dem Thron sitzt. Es ist bloß Neid und Gier, weiter nichts!«

»Das wäre Prinz Chondos' Ansicht, daran besteht kein Zweifel!« sagte Jagat und lächelte seinen Sohn an. »Du mußt aber bedenken, Pirthio, daß jede Münze zwei Seiten hat. Diese beiden Seiten mögen sich stark unterscheiden, aber dennoch liegt ihr Wert nicht darin, sondern im dazwischenliegenden Metall. Es ist nicht möglich, nur die eine Seite einer Münze zum Markt zu tragen. Chondos' Seite der Geschichte mag nicht falsch sein, sie ist aber auch sicher nicht die ganze Geschichte. Auch für Lord Saladio spricht einiges. Unser Prinz ist ...«, seufzte er, »selten besonders taktvoll. Er verletzt oft diejenigen, die seine Freunde sein könnten.«

»Er hat keine Geduld mit Narren und Schurken!« sagte Pirthio. »Die hast du auch nicht, Vater. Außerdem denkt er auch schneller als andere Männer, und er hat keine Geduld ...«

»Ich weiß«, antwortete sein Vater. »Ich habe die Wut in ihm gespürt, die ihn überkommt, wenn er denkt, jemand habe absichtlich dumm gehandelt. Wenn Chondos die Gefühle in den Herzen der Menschen spüren könnte, so wie ich es kann, würde er vielleicht lernen, jene Wut zu beherrschen. Aber er denkt nur an das, was Prinz Chondos denkt und fühlt, und er schert sich einen Dreck darum, wie andere sein Tun einschätzen könnten.«

Aber ist das denn ein Fehler? fragte sich Martos und dachte an die Worte von Atrion.

»Nun, wie ich bereits sagte«, fuhr Jagat fort, »wird es nach dem Tode des Königs einen Krieg geben. Alle Küstenstaaten werden sich erheben, und Orissia und Ipazema wahrscheinlich ebenfalls. Die Provinz von Mahapor wartet geradezu auf eine solche Gelegenheit, ganz unabhängig davon, ob es formell zu einer Allianz mit Portona kommt oder nicht. Aber wie ich Hansio kenne, wird der alte Fuchs so lange warten, bis wir mit Portona alle Hände voll zu tun haben, bevor er selbst einen Zug tut.«

Er setzte sich hin und schüttelte den Kopf. »Das einzige, was das Königreich zusammenhalten könnte – und ich hasse es, so etwas sagen oder auch nur denken zu müssen – wäre ein weiterer Großangriff der Dunklen.« Er starrte finster und mit abwesendem Blick auf den Tisch, schüttelte sich dann und lehnte sich wieder nach vorne. »Wie das alles auch sein mag, die Sache ist schon so gut wie erledigt. Ich selbst werde die Rekrutierung in Manjipé leiten. Ihr beiden werdet meine Hauptadjutanten sein, und ihr werdet auch wohl oft genug die Führung übernehmen müssen – Pirthio, weil er der Erbe ist, und du, Martos, weil du der Held von Ukarakia bist.« Der alte Mann sank in seinen Stuhl zurück und betrachtete die beiden nachdenklich. Seine Augen richteten sich auf Kumari und schauten tief in sie hinein.

»Wir brauchen mehr Seher«, murmelte er nach einem Augenblick der Stille vor sich hin. »Wir sollten mehr Verbindungen mit den Seynyorern eingehen, sie mit unserem Blut vermischen und . . .« Seine Finger trommelten auf den Tisch. Dann richtete er sich plötzlich auf. »Morgen früh muß ich zur Hauptstadt aufbrechen. Der König hat mich gerufen. Er kann nicht mehr lange am Leben bleiben, und er will mit mir sprechen. Was für einen Gruß soll ich ihm von dir ausrichten, Kumari?«

Das Mädchen errötete und biß sich auf die Lippe, und Martos sah, wie der alte Mannes zusammenzuckte.

»Wie lautet der Gruß, den ihm all seine Untertanen entbieten?« Ihre Stimme wirkte normal, wenn auch ein wenig angespannt. »Muß ich denn etwas *Bestimmtes* sagen, Onkel?«

»Nein, Kind«, antwortete Jagat erschöpft. Er wandte sich zu

Martos und Pirthio um. »Ihr beiden werdet die Führung übernehmen, solange ich fort bin. Wenn der König stirbt – es kann nun nicht mehr lange dauern –, muß Pirthio sofort losreiten und zu mir kommen. Dann übernimmst du die Führung, Martos. Ich möchte, daß du Kumari zur Krönung begleitest. Setze dann einen Mann deines Vertrauens als Verwalter des Schlosses ein. Ich würde Udio oder Ymros vorschlagen, aber mach das, wie du willst. Richte es so ein, daß du am Abend vor der Krönung eintriffst. Das sollte ausreichen. Hamir und all die anderen werden auch da sein. Hmm ... nimm Suktio vorsichtshalber mit in die Eskorte auf.« Er blickte finster um sich.
»Man weiß nie, was diese Idioten als nächstes tun werden«, sagte Jagat. »Es könnte sogar sein, daß sie zu Prinz Hansio gehen und ihm den Thron anbieten. Die Mandavaner haben sich schon oft genug mit unserem Haus durch Heirat verbunden, um einen Anspruch erheben zu können. Und er stammt natürlich auch von den takkarischen Königen ab – du solltest seine Tochter heiraten, Pirthio.«
»Darüber habe ich selbst schon nachgedacht.«
Jagat gähnte. »Ich will schlafen. Ich habe morgen einen anstrengenden Ritt vor mir, und es ist nicht einmal sicher, ob der König noch am Leben sein wird, wenn ich ankomme.« Er seufzte und erhob sich von seinem Stuhl. »Ich hörte, er habe seinen berühmten Vetter kommen lassen.«
Martos blickte ihm scharf in die Augen. Ein herrliches Gefühl durchfuhr ihn und glitzerte in seinen Augen. »Istvan DiVega? Istvan der Bogenschütze?«
»Ja.« Jagat lachte. »Nenn ihn aber niemals in seiner Gegenwart so. Er haßt diesen Namen.«
»Das hat mir mein Schwertmeister Birthran auch schon erzählt. Istvan DiVega und Raquel DiVega sind alte Freunde von ihm. Vor zwanzig Jahren war er hier auf der Suche nach dem Verschwundenen Prinzen, zusammen mit Istvan und Raquel DiVega und Tahion vom Hause von Halladin – all die großen Helden waren dabei, oder, besser gesagt, fast alle.

Demitrios Chalcondiel starb hier, weißt du. Er wurde von Dämonen aus dem Hinterhalt überfallen, während er nach dem kleinen Prinzen Jodos suchte.« Jagat schob den Regentensessel zurück und erhob sich.
»Ich war damals noch ein junger Mann«, fuhr Jagat fort. »Heute bin ich nicht mehr der Jüngste. Ich habe morgen eine lange Reise vor mir und noch nicht gegessen. Kommt, Kinder.«

Istvan DiVega war mehr als zwei Monate unterwegs gewesen: zu Lande bis Paracosma, dann zu Schiff über den ganzen See von Ardren und schließlich ab der Pavana-Mündung mit einem Flußboot. Es war eine lange und ermüdende Reise gewesen, und an ihrem Ende stand nur ein trauriger Lohn: die Gelegenheit, beim Tode eines alten Freundes zugegen zu sein.
Er wußte schon seit langem, daß Olansos im Sterben lag. Aber bis er das Krankenzimmer betrat und das dünne, ausgezehrte Gesicht auf den reichbestickten Kissen liegen sah, war es bloß ein Wort gewesen. *Sterben.* Istvan der Bogenschütze spürte an sich selbst den Hauch des Alters – jene langsame und schleichende Veränderung, die bald auch seinen Bart und seine Haare weiß färben würde, ebenso wie beim König.
Ein schwaches und gespenstisches Lächeln bewegte Olansos' Lippen, die blassen blauen Augen leuchteten auf. »Vetter!« rief er. Auch der König war ein DiVega. Sein Vater war der jüngste Sohn jener großen seynyorischen Familie gewesen, ein Söldner, der eine Frau mit einem Thron als Mitgift gewonnen hatte. »Entschuldige, daß ich nicht aufstehe, um dich zu begrüßen. Die guten Ordensbrüder haben alles getan, um mich bis zu deiner Ankunft am Leben zu erhalten. Bald können sie sich von mir erholen. Komm, Vetter, setz dich zu mir.«
Schock und Bestürzung verschlugen Istvan fast die Sprache. *Wie konnte er nur so heiter sein?*
»Ich habe auf meinem Weg nach Süden Vetter Raquel in

Kadar getroffen«, sagte Istvan, um einfach *irgendwas* zu sagen. »Er und Birthran senden dir ihre Grüße.« Alles andere, was ihm einfiel, erschien ihm entweder lächerlich oder unpassend, deshalb sagte er lieber nichts weiter. Er setzte sich und verstellte die Halterung seines Schwertes so, daß es in seinem Schoß lag.

»Laß uns alleine.« Der König hob schwach eine Hand und gab dem rotgewandeten Heiler, der versucht hatte, unauffällig in der Nähe der Tür zu bleiben, ein Zeichen zu gehen. »Ich bin sicher, daß mein Vetter laut genug rufen kann, um Euch zu holen, wenn mein Tod naht. Und auch du kannst gehen, Aratos, aber schenke uns zuerst noch Wein ein.«

Der Leibdiener des Königs, der fast ebenso gebrechlich und alt war wie sein Herr, war in einer Ecke des Raumes mit Flaschen und Gläsern beschäftigt. Istvan starrte zur Spitze seines Stiefels, auf die bunten Farbmuster des alferridischen Teppichs. Alt werden, ja, aber *so* alt? Das Alter überkam den Menschen so schleichend, so sicher...

Die Barden berichteten, Istvan DiVega sei ein tapferer Mann. Er wußte es besser. Er hatte ebensoviel Angst vor dem Tod wie jeder andere. Nur sein Vertrauen in das eigene Können hatte ihn unerschütterlich durch alle Schlachten geleitet. Er war jedesmal davon überzeugt gewesen, den Kampf zu überleben.

»Du schaust schlimmer aus als ich, Vetter!«

Istvan blickte überrascht auf. Die Augen des Königs glitzerten.

»Oh, ich habe nachgedacht...«, sagte Istvan langsam. »Ich habe immer gedacht, ich könnte mich aus... aus fast allem freikämpfen. Aber...« Er hielt einen Augenblick inne und zuckte dann mit den Schultern. »Der Zeit kann man nicht mit dem Schwert begegnen.«

»Nein, das kann man nicht«, antwortete der König mit einem Lächeln. Aratos brachte Kelche und einen Krug auf einem Tablett herbei und beugte sich vor, um einzuschenken.

»Ich bringe nicht viele Neuigkeiten von zu Hause – ich meine

aus Seynyor«, sagte Istvan. Der Wein floß gluckernd in die Kelche. »Ich diene jetzt seit einigen Jahren in Thorban. Du weißt wahrscheinlich schon, daß Raquel Schwertmeister des Hauses von Ore geworden ist, zusammen mit Birthran?«
Aratos warf seinem Herrn einen traurigen Blick zu und schlich aus dem Zimmer.
»Ich habe davon gehört«, sagte Olansos. »Der nächste König von Kadar wird gut ausgebildet sein. Aber ich muß zugeben, Vetter, daß ich dich nicht nur von deinen gewinnträchtigen Unternehmungen im Norden wegholen ließ, um dein häßliches Gesicht wiederzusehen, obwohl es auch schön ist, dich hier zu haben. Aber ich habe auch Arbeit für dich.«
Istvan räusperte sich und lehnte sich nach vorne, um besser zuhören zu können. Die Stimme des Königs wurde beim Sprechen ständig schwächer, als ob die Energie, mit der er seinen Vetter begrüßt hatte, schon aufgebraucht wäre.
»Ich muß mich darum kümmern, was nach meinem Tod geschieht. Chondos ist . . .«, der König hielt inne und nippte an seinem Wein, ». . .nicht beliebt. Er wird ein fähiger Gesetzgeber sein, und auch ein guter Feldherr und Krieger. Ich habe ihm alles beigebracht, was du mir beigebracht hast, so gut ich es konnte. Aber . . .«, wieder hielt er inne, und sein Atem krächzte, ». . .er benutzt seine Zunge wie eine Peitsche. Er *will* keinen Takt lernen. Damit macht er sich Feinde.«
Ich habe dich vor zehn Jahren gewarnt, dachte Istvan, aber er sagte nichts. Ein Totenbett ist nicht der Ort, einen Menschen auf seine Fehler hinzuweisen.
»Ich habe dieses Königreich mit meinen eigenen Händen aufgebaut, Istvan.« Die Stimme des Königs war kaum noch ein Flüstern. »Das weißt du. Als Vater hier ankam, gab es nur ein Dutzend zerstrittener kleiner Fürstentümer und Stadtstaaten. Die Grenzländer waren von den Haupthandelsstraßen abgeschnitten und ihre armseligen Länder kaum in der Lage, die eigene Bevölkerung zu ernähren. Und außerdem wurden sie allmählich vom Schatten aufgefressen. Die Städte an der Küste waren reich, die Bauern des Mittellandes wohlhabend, und

die Grenzländer wurden Jahr für Jahr weiter zurückgedrängt. Sie waren ein sterbendes Volk, und die Bewohner der übrigen Länder fühlten sich in Sicherheit, solange es noch das Grenzland als Puffer gab.« Er hielt inne, um Atem zu holen, und nippte ein wenig am Wein.
»Die Grenzländer sind ein stolzes Volk«, murmelte Istvan.
»Sie haben auch allen Grund dazu!« entgegnete der König. »Sie behaupten, von den alten Takkarern abzustammen, die einst diesen ganzen Erdteil beherrschten. Sie kämpften um jeden Zoll Land, den die Dunklen ihnen nahmen. Wußtest du, daß es eine Zeit gab, in der die Grenze noch *innerhalb* von Manjipor lag? Die Hälfte der Stadt lag im Schatten, und in der anderen Hälfte *wohnten* Menschen! Sogar Frauen und Kinder! Sie blieben und kämpften, so gut sie konnten, mit der geringen Unterstützung, die sie von den Kindern Hasturs erhielten, bis schließlich der Schatten zurückgedrängt war.« Seine Stimme war schrill und heiser geworden. Er hielt inne, um Wein zu trinken und Atem zu holen.
»Ich habe schon Geschichten darüber gehört«, sagte Istvan leise, »aber ich hielt sie stets für die Erfindungen eines Dichters.«
»Nein«, flüsterte der König. »Als ich noch ein Kind war, kannte ich alte Männer, die all dies miterlebt hatten. Jagats Großvater zum Beispiel. Auch damals noch war der Schatten kaum eine Meile vom südlichen Teil der Stadt entfernt. Jetzt wohnen Menschen in eben den Schlössern ein paar Meilen von der Grenze entfernt, in denen nur zehn Jahre zuvor Nachtwesen hausten. Als ich Tarani heiratete, befand sich ganz Damenco unter der Herrschaft des Schattens.«
»Das weiß ich noch«, sagte Istvan.
»Es könnte wieder genauso schlimm kommen«, fuhr Olansos fort.

2

Vierzig Meilen nördlich floß Süßwasser aus dem Pavana in die Bucht von Portona, um sich dort mit den salzigen Strömen des Meeres von Ardren zu vermischen. Zu beiden Seiten der Mündung bog sich die Küste in einem großen Bogen ähnlich der Spitze eines Strumpfes nach Norden.
Wenn ein Schiff dieser Küste etwa hundertfünfzig Meilen in Richtung Norden und Osten folgt, erreicht es Poidia, eine kleinere Hafenstadt. Von dort aus bis in die Provinz Ipazema ist es ein Ritt von zwei Tagen.

Endlich trat der Abgesandte in den Raum ein, wo der Herzog von Ipazema ihn ungeduldig erwartete.
»Welche Nachricht bringst du mir vom Rat der Gilden?« fragte der Herzog mit forscher Stimme. Der Abgesandte verneigte sich, worauf sich der Herzog in seinem goldenen Thronsessel zurücklehnte. Seine buschigen schwarzen Augenbrauen standen wie Gewitterwolken über dem schwarzen Bart.
»Der Rat ist zu dem Schluß gekommen, daß alles in Ordnung ist.« Der Bote aus Portona wirkte etwas dicklich und sah aus wie ein kleiner Beamter. Er fühlte sich offensichtlich nicht besonders wohl in seinem plissierten Gewand aus Goldbrokat, das zweifellos edler war als seine gewohnte Kleidung. »Unsere Söldnertruppen werden eingesetzt. Bestechungsgelder für die Kommandanten der Kompanien, die im Dienst der Krone stehen, sind bereitgestellt worden. Wenn der König erst einmal gestorben ist ...«
Der Herzog von Ipazema unterbrach ihn schroff: »Ich glaube allmählich, daß der Alte uns noch allesamt überleben wird! Was hast du sonst noch zu berichten?«
Der Abgesandte geriet in Verwirrung und stotterte. »Wenn der König stirbt«, begann er wieder unsicher, »wird eine Periode der Verwirrung eintreten ...«
»Das weiß ich selbst, du Idiot!« schnaubte der Herzog wü-

tend. »Hat der Gildenrat es endlich fertiggebracht, ein Datum festzusetzen? Oder streiten sie sich noch immer darüber?«
Der Bote blinzelte wie eine Eule und kauerte sich unter dem wütenden Blick des Herzogs zusammen. Er leckte sich nervös die Lippen. »Sie haben nur gesagt, es solle zwischen dem Tod des alten Königs und der Krönung des neuen liegen; wahrscheinlich ein Tag, bevor Chondos gekrönt werden soll.«
»Genial!« Die sinnlichen Lippen verzogen sich hinter seinem borstigen schwarzen Bart zu einer Grimasse des Ekels. »Das alles war doch schon vor Monaten klar! Und was ist mit den anderen Städten?«
»Der Bund hält fest zusammen, Eure Hoheit. Alle werden sich erheben, wenn Portona sich erhebt.«
»Das ist wirklich hervorragend!« Die weißen Zähne des Herzogs blitzten. »Dann bleibt also nur noch, daß *Portona* sich erhebt! Gibt es irgendeine Nachricht von Prinz Hansio?«
»Die Botschaft von Prinz Hansio an die Ratsversammlung war ... nun, etwas schleierhaft, aber nach der Meinung von Lord ...«
»Warte!« bellte der Herzog. »*Etwas* schleierhaft? Wie *lautete* denn diese Botschaft genau?«
»Der Prinz hat gesagt, daß er unser Gold nicht benötige – obgleich er, mein Lord Herzog, das Gold auch *nicht* zurückgeschickt hat –, aber das ganze Land hoffe, diese DiVega-Emporkömmlinge von Portona erniedrigt zu sehen.«
»Etwas schleierhaft!« Der Herzog lachte. »Der alte Fuchs schaut zu und wartet ab! Von *ihm* sollte man nicht erwarten, daß er allzu schnell Farbe bekennt! Er weiß, daß die königliche Armee auf einen Zug von ihm wartet, und hofft, der Aufstand wird sie ablenken. Sehr schlau.«
»Auch der Rat war sich dessen bewußt, daß die Botschaft diese Bedeutung haben könnte, Lord Herzog. Prinz Hansios Haß ist ja allgemein bekannt.«
»Tja«, sagte der Herzog, »und das ist nun der Held all dieser Balladen! Ein tapferer Mann, aber auch ein kluger, dieser Prinz Hansio! Mahapol« (die dialektgefärbte Aussprache von

Mahapor im Norden) »wird sich erheben, aber erst *nachdem* Portona den Anfang gemacht hat.«

Es ist ein Glück für Hansio, dachte er zynisch, *daß ich hinter diesen Kaninchen her bin, um sie voranzutreiben, sonst könnte er ewig warten.*

Der König lag sehr still auf seinen vielen Kissen, zusammengeschrumpft und mit geschlossenen Augen. Istvan schaute von der Karte auf, die er gerade studiert hatte. Einen schrecklichen Augenblick lang dachte er, der alte Mann sei bereits gestorben.

Als er gerade Atem holen wollte, um den Heiler herbeizurufen, sah er, wie sich die Brust unter dem weißen Bart bewegte, und er hörte ein Schnarchen. Aber er legte die Karte auf das Bett und stand leise auf. Als er gerade geräuschlos den Raum verlassen und den Heiler herbeiholen wollte, blitzten die Augen des Königs auf.

»Ich habe nicht geschlafen!« Der König rollte sich auf die Seite und erhob sich, auf einen Ellbogen gestützt. »Ich habe mich nur kurz ausgeruht. Wo waren wir stehengeblieben? Ach ja . . . Wenn Chondos ohne Erben stirbt, geht der Thron an Illissia über, meine Tochter aus erster Ehe, die Phillipos von Kalascor heiratete. Jagat würde dann Prinz von Manjipor werden, und sein Volk würde erzwingen, daß . . .« Schließlich nahm er die Verwirrung auf Istvans Gesicht wahr und hielt inne. »Ich glaube, ich bin vom Thema abgekommen, nicht wahr? Moment mal, ich redete über . . . die Handelsstädte und ihre Steuern . . .«

»Und über die Söldner«, kam Istvan ihm zu Hilfe.

»Die Söldner, ja. Deshalb bist du hier«, sagte der König. »Du mußt es einem alten Mann verzeihen, wenn seine Gedanken ab und zu ein wenig abschweifen.« Er ließ sich mit einem Seufzer in die Kissen zurückfallen.

»Ja, ja. Wir haben so viele Söldner, fast unsere ganze Armee besteht aus Söldnern.« Er rollte den Kopf zur Seite, um Istvan anzuschauen und zwinkerte. »*Seynyorische* Söldner natürlich! Sie sind so zahlreich, daß das politische Gleichgewicht davon abhängt, auf welcher Seite sie stehen. Insgeheim versucht Portona, sie alle für sich zu gewinnen. Sie können sich das leisten, bei dem vielen Geld, das durch die Stadt fließt. Aber die Söldner werden sich auf deine Seite schlagen, ganz gleich, welche das ist, einfach weil du Istvan DiVega bist, der größte Schwertkämpfer der Welt.«

»Was für ein Unsinn!« schnaubte Istvan. »Raquel und Birthran leben beide noch!«

»Aber sie sind jetzt beide alt«, sagte der König. »Fast so alt wie ich. Und ich höre, daß Prinz Tahion tot ist und auch Tugar von Thorban.«

»Tugar ist tot, das stimmt wohl«, sagte Istvan. »Ich war dabei. Ein Dämon erwischte ihn. Es war nicht schön, dabei zuschauen zu müssen. Aber über Tahions Tod gab es *immer* schon Gerüchte. Es ist nicht so einfach, ihn zu töten, und er ist viel jünger als ich.«

»Nun«, sagte der König besänftigend, »auch wenn du in Wahrheit nicht der beste lebende Schwertkämpfer bist, so hast du dennoch diesen Ruf, und das ist das Entscheidende. Wenn bekannt wird, daß du Chondos unterstützt, dann werden zumindest alle *seynyorischen* Söldner dir folgen. Sie bilden die größte Gruppe. Es gibt mehrere Dutzend davon an den verschiedensten Orten. Einige von ihnen werden von den Grenzländern bezahlt, manche direkt von der Krone, manche von den Gilden an der Küste. Aber sie alle wissen, daß die Krone und die Adligen an der Grenze die Steuern von Portona brauchen, um sie bezahlen zu können.«

»Um so mehr Grund, einen Aufstand schnell zu unterdrükken«, sagte Istvan nachdenklich. »Mehrere seynyorische Kompanien, sagst du? Und was sind die restlichen?«

»Aaah ... laß mich überlegen«, sagte der König. »Es gibt drei Kompanien von carrodischen Axtmännern. Zwei davon werden von der Schiffergilde von Portona als Seesoldaten eingesetzt, die andere von Chondos' Stellvertreter in Manjipé. Das ist die Kompanie von Arak Eisenfaust, du bist also nicht die einzige Berühmtheit in dieser Gegend. Jemand namens Gunnar führt eine der anderen beiden, glaube ich, und ein Mitglied der Kung-Familie die dritte. Keiner von beiden ist sonderlich bekannt.«

»Das ist wahrscheinlich Esrith Gunnar und entweder Asbiorn oder Sigard Kung«, sagte Istvan, als spräche er zu sich selbst.

»Hamir von Inagar hält sich eine Truppe von n'lantischen Bogenschützen. Sie nennen sich selbst die ›Weitschießer‹. Und Jagat hat eine Kompanie von kadarinischer Kavallerie unter Mar... laß mich überlegen, Martos von Anataka oder so ähnlich.«

Istvan schaute schnell auf. »Martos? Martos von Onantuga?«

»Ja, doch ja, ich glaube, das war der Name.« Der König hob die Augenbrauen. »Kennst du ihn?«

»Ich habe von ihm gehört«, sagte Istvan. »Er ist Schüler von Birthran. Sein bester, wenn man dem Glauben schenken will, wie Birthran über ihn prahlt.«

»Hmm!« sagte der König. »Er hat sich in der Gegend einen ziemlich guten Ruf erworben, aber vorher wußte ich nichts von ihm. Birthrans bester Student«, sann er nach und schüttelte dann den Kopf. »Und die ganze Zeit über schon hier in meinem Reich. Wenn ich das gewußt hätte, hätte ich ihn als Lehrer für den Jungen herangezogen. Chondos wird möglicherweise sein ganzes Können brauchen. *Du* wirst dem Jungen bei der Schwertkunst helfen, Istvan, nicht wahr?«

Istvan murmelte eine Antwort. Die Luft im Raum war erstikkend; sie schien von der Gegenwart des Todes erfüllt zu sein. Er schimpfte sich einen Feigling. Hatte er den Tod nicht schon oft genug gesehen, auf all den blutigen Schlachtfeldern? Hätte er nicht seine Angst davor längst überwunden haben können? Aber das war sauberes Töten gewesen; da hatte der Tod einen handfesten Grund: der Kopf war abgetrennt oder ein Schwert in das Herz gestochen worden, oder ein Dämon hatte das Fleisch von den Knochen gelöst. Aber dieses grausam lange

Warten und Zuschauen, wie die Kräfte des Körpers langsam abnahmen . . .

Aber er war schließlich hier, um seinen Vetter ein wenig aufzumuntern, nicht um sich selbst auch noch zu deprimieren!

»Du sagtest, Martos habe in dieser Gegend einen guten Ruf?« fragte Istvan.

»Ja wirklich! Einen erstaunlichen Ruf. Vor einigen Monaten brach eine ziemlich große Angriffstruppe über die Grenze: Ghule, Kobolde, Trolle, Männer aus den Finsteren Reichen und ein paar Dämonen. Sie griffen Ukarakia an, ein kleines Dorf in der Nähe von Jagats Schloß. Die Kinder Hasturs kamen von ihren Türmen und trieben die Nachtwesen mit Notfeuer aus der Stadt. Sie flohen zur Grenze, wo Martos sie erwartete. Dort hielt er sie mit weniger als hundert Männern fest, bis Jagat mit seiner Armee zu Hilfe kommen konnte. Es heißt, daß kein einziger von ihnen entkam. Du kannst dir die Reaktion der Grenzländer *darauf* nicht vorstellen!«

»Ich kann mir vorstellen, daß sie ihn anbeten«, entgegnete Istvan. Der König nickte.

»Ja. Stimmt es, was die Leute sagen, daß die kadarinische Armee die beste der Welt ist?«

»Vor dreißig Jahren hat das gestimmt«, sagte Istvan. »Und ich muß es wissen, denn ich kämpfte bei Ovimor, und zwar auf der falschen Seite. Aber jetzt . . .?« Er zuckte mit den Schultern. »Ich bin mir nicht sicher.«

»Ich wünschte, ich hätte früher von Martos erfahren«, sagte der König leicht verdrossen. »Ich habe alles für Chondos getan, was ich konnte. Ich habe wahrscheinlich den besten Schwertkämpfer im Königreich aus ihm gemacht, aber . . . nun, es ist jetzt für vieles zu spät. Ich hoffe, du kannst ihm etwas beibringen. Er ist noch so jung. Wenn er noch ein paar Jahre jünger wäre, könnte ich dich oder Jagat zum Regenten ernennen. Das würde eine Menge Probleme aus der Welt schaffen. Aber du wirst dem Jungen helfen, nicht wahr, Istvan?«

Kontrolliere den Atem, und du kontrollierst den Geist, dachte Istvan. Etwas in der Stimme des Königs löste einen kalten Schauer in ihm aus, der ihn durchflutete. Er atmete tief ein, hielt den Atem an und atmete wieder aus.
»Was genau willst du von mir?« fragte er.
»Versprich mir, dafür zu sorgen, daß Chondos seinen Thron erhält; daß du bleiben wirst, um ihn zu unterstützen, bis die Gefahr eines Aufstands vorüber ist; daß du für ihn kämpfen und ihn beraten und deinen gesamten Einfluß für seine Sache einsetzen wirst.«
»Ich schwöre es«, sagte Istvan und atmete tief und langsam. »Ich schwöre es bei der Ehre unserer Vorfahren.«
»Gut«, sagte der König. Er schloß die Augen. »Jetzt kann ich in Frieden sterben. Ich bin dir dankbar, Vetter, sehr dankbar.«
»Aber welche Vorkehrungen hast du für mich getroffen?« fragte Istvan schnell. »Ist Chondos denn damit einverstanden, meinem Rat zu folgen? Was ist mein Amt bei Hof? ›Offizieller Quälgeist‹?«
Der König lachte. »Ich habe mit Chondos alles besprochen. Du wirst Oberbefehlshaber aller Söldnertruppen sein. Das verschafft dir einen Sitz in seinem Rat. Alle Dokumente sind schon aufgesetzt und unterschrieben. Du brauchst dir keine Sorgen deswegen zu machen.« Er legte sich hin und gähnte.
Das Gesicht des Königs war so blaß und eingefallen, daß Istvan eine eisige Hand auf seinem Herzen fühlte. »Soll ich den Heiler holen, Vetter?« fragte er. »Du siehst aus, als ob ...« Er hielt inne, und der alte Mann schüttelte den Kopf.
»Ich bin nur sehr müde, das ist alles. Hilf mir mit diesen Kissen, wenn du kannst. Ich will mich flach hinlegen.«
Istvan hob den König an und zog die Kissen weg. Der König lächelte.
»Ich habe mich mit den Heilern gestritten, weiß du ... Sie erzählten mir, weil ich in diesem Leben ein weiser und edler König gewesen sei – sie haben das gesagt, nicht ich –, hätte ich

mir für das nächste Mal eine höhere Geburt verdient. Ich würde als großer Magier oder Held geboren werden oder vielleicht sogar als Hastur. ›*Was?*‹ habe ich zu ihnen gesagt, ›*meint ihr, die Belohnung für harte Arbeit sei noch härtere Arbeit? Ich werde das nächste Mal als Bauer geboren! Ich habe die Erholung verdient!*‹« Er lächelte Istvan an, der es irgendwie fertigbrachte, sein Gesicht auch zu einem Lächeln zu verziehen. Zumindest hoffte er, daß es wie ein Lächeln aussähe.

Mit dem Blut von Hastur in deinen Adern bräuchtest du dir zumindest keine Sorgen mehr um das Altern zu machen, dachte er. Es war ungerecht. Warum konnten Menschen nicht wie die Unsterblichen sein, jenes Elfenvolk aus dem entfernten Y'gora, Hasturs Nachfahren? Sogar die Zauberer, die den Dunklen dienten, starben nicht, es sei denn, sie wurden getötet. In der Tat konnte ein Sterblicher nur Hoffnung auf ein längeres Leben hegen, wenn er in den Dienst der Dunklen Wesen trat. Auch die größten Magier, die den Hasturs dienten, lebten kaum länger als die Menschen.

»Innerhalb weniger Tage müßte Jagat hier sein«, sagte der König. »Du mußt dich mit ihm über die zeitliche Planung der Invasion von Mahapor beraten. Und denke daran, es heißt ›*por*‹, nicht ›*pol*‹. Du wirst es am Hof oft genug falsch hören. Ich habe dir doch schon von den Plänen berichtet, wie dem Aufstand in Mahapor entgegenzuwirken ist, nicht wahr?«

»Sehr ausführlich und mit allen blutrünstigen Einzelheiten«, versicherte ihm Istvan.

»Ja, wahrscheinlich habe ich das getan«, sagte der König. »Wie war noch der alte Witz, den sie immer über mich erzählten? Meine Strategiediskussionen seien das beste Heilmittel gegen Schlaflosigkeit?«

»Es hieß«, antwortete Istvan, »du gewännest deine Schlachten stets, weil deine Generale immer so gut ausgeschlafen seien – wegen der Strategiesitzungen am Vorabend.«

Der König lachte leise und gähnte dann wieder. »Außer auf dich verlasse ich mich hauptsächlich auf Jagat. Er ist der loyalste Mann im Königreich. Er wird die Streitkräfte von Manjipé und der Kantara von Kantakin aus über den Atvanadi führen. Du und Phillipos, ihr solltet...«, er unterbrach sich und gähnte wieder. »Vielleicht holst du doch besser den Heiler, Vetter. Ich bin so müde, ich wäre soeben fast mitten im Satz eingeschlafen. Nach deiner weiten Reise solltest auch du dich jetzt ausruhen. Morgen früh werden wir weiterreden.«

Istvan stand leise auf. »Bis morgen dann. Schlaf gut, Vetter.« Er fühlte eine grausige Erleichterung, als er das Krankenzimmer und die brütende Gegenwart des nahenden Todes verließ. Aber es war schließlich seine Pflicht, bei seinem Vetter zu sitzen und ihm die letzten Tage angenehmer zu machen.

Er stand fast an der Tür und fluchte innerlich über sein Zaudern, all dies noch einmal durchmachen zu müssen, als er ein Stöhnen und Rascheln hörte und dann Olansos' Stimme:

»Warte!«

Istvan wandte sich blitzartig und mit der Gewißheit um, daß der alte Mann *jetzt* sterben würde. Der König stützte sich wieder auf den Ellbogen. Seine Stimme klang schrill und dünn, und er stammelte aufgeregt.

»Ich habe noch etwas vergessen! Chondos leidet unter bösen Träumen!«

Istvan starrte ihn an. Hatte der alte Mann den Verstand verloren?

»Schreckliche Träume, und immer wieder die gleichen. Immer die Berge und die Dunkelheit. Lord Shachio und die Hasturs meinen, es bedeute, daß Jodos noch am Leben ist.«

Jodos? Istvan suchte in seinen Erinnerungen nach dem Namen. Als ihm einfiel, um wen es sich handelte, erstarrte er. Jodos, der Zwillingsbruder von Chondos. Istvan hatte nie die geringste Hoffnung gehegt, daß das Kind jemals noch lebendig aufgefunden werden könnte, nicht einmal damals, vor fast zwanzig Jahren, als er und Rafael die Randgebiete des Schattens durchforscht hatten. Mein Gott, das Kind war noch ein Säugling gewesen. Wie, zum Teufel, hätten die Dunklen Wesen ihn denn *ernähren* können?

»Es ist nicht möglich«, sagte Istvan mit gesenkter Stimme. »Und selbst wenn es so wäre, könnte er wohl kaum mit einer Kompanie von Kobolden hier auftauchen und Anspruch auf seinen Thron erheben.«

»Nein. Nun, ich dachte mir, du solltest es zumindest wissen. Gute Nacht, Vetter.«

»Gute Nacht, Olansos«, antwortete Istvan. Er durchquerte den Raum und küßte die runzlige alte Stirn. »Ich wünsche dir angenehme Träume.«

So weit von der Grenze entfernt waren friedlicher Schlaf und angenehme Träume leicht zu haben. Im Süden, an der großen Schattenmauer, die die Dunklen Wesen versteckte, war Schlaf nur selten friedlich. Es verging kaum eine Nacht, in der nicht irgendein Wesen aus den Bergen über die Grenze schlich, um Nahrung zu suchen. Mal brach ein Troll in eine Scheune ein, um eine Kuh zu stehlen, mal raubte ein Vampir eine achtlose Wache von einer Schloßmauer. Derartige Vorfälle wurden als normal angesehen, man erwartete sie geradezu. Dies waren nicht die Ängste, von denen die Träume der Grenzbewohner erfüllt waren. Ihnen graute es vor ganz anderen Dingen: etwa davor, daß die Grenze durchbrochen werden könnte, und vor riesigen Armeen, die ihre Gebiete überfallen könnten. Die schlimmsten Alpträume jedoch lösten die gelegentlichen Großangriffe der Dunklen Wesen aus, wenn sie versuchten, ihr Reich auszuweiten.

Wachen beobachteten die Mauer der sternlosen Dunkelheit, wobei sie ihre Hände nie von jenen Waffen nahmen, die Zauberer für sie geschmiedet hatten. Sie blieben ganz nah bei ihren winzigen Lagerfeuern und bei den Brennmaterialvorräten, die stets bereitlagen, damit sie notfalls sofort angezündet werden konnten. Ihre Augen suchten unentwegt die fernen Umrisse der glühenden Türme ab, die am äußersten Rande des Schattens emporragten, in ständiger Angst vor dem Auflodern des Notfeuers. In jenen Türmen befanden sich unsterbliche Geister, die die Grenze beobachteten.

Bevor Hastur die Welt bevölkern konnte, mußte er sie zunächst von den tödlichen Mächten reinigen, welche die Magier einer ausgestorbenen Rasse von außerhalb des Universums auf sich herabbeschworen hatten. Diese Tat war unter den Nachfahren der Menschen, die Hastur in die Welt gebracht hatte, zur Legende geworden. Tausend Jahre vergingen, bis sie erkannten, daß es wirklich so gewesen war. Dann brachen die Sperren, und die Acht Dunklen Lords schritten durch die Welt und verschlangen, wo immer sie auftauchten, ganze Nationen.

Nur unter sehr hohen Verlusten konnten die Kinder Hasturs die Acht zurück in ihr eigenes Gebiet treiben. Das Schwert Hasturs wurde zerbrochen und sein Sohn getötet, bis man schließlich den mächtigsten der Acht aus der Menschenwelt vertrieben hatte. Auf dem Rücken der Bergkette, die sich von Norden bis Süden über den gesamten Kontinent erstreckte, hinterließ der Dunkle eine breite Spur der Verwüstung. Die Diener, die die Dunklen Lords zurückgelassen hatten, bedeckten jenen riesigen Bereich vergifteter Erde mit Schatten, und die Kräfte der überlebenden Kinder Hasturs reichten nicht mehr aus, sie aus diesem Gebiet zu vertreiben.

Seit mehr als neuntausend Jahren umgaben nun die glühenden Türme, die von den Kindern Hasturs errichtet worden waren, den Schatten. Sie versuchten, mit ihrer Hilfe den Schatten von den Ländern der Menschen fernzuhalten. Jedesmal, wenn der Schatten größer wurde, mußten neue Türme errichtet werden.

Von ihrer Zitadelle Carcosa in Seynyor aus regierten die Hasturs die Welt. Sterbliche Könige waren ihre Vasallen. Kein König wurde gekrönt, es sei denn durch ihre Hände. Außerhalb der königlichen Höfe jedoch wurden sie kaum jemals von sterblichen Menschen gesehen. Seher, Heiler und Zauberer wurden in Carcosa ausgebildet, und in den Straßen der Stadt der Sterblichen von Carcosa, die sich unter Hasturs Hochburg erstreckte, war es keine Seltenheit, daß sie mit Menschen verkehrten.

Die Grenzländer hingegen kannten sie. In Friedenszeiten kam es vor, daß tagsüber Menschen zu den glühenden Türmen ritten, um Hilfe bei der Urbarmachung des Landes zu erbitten. Nur die Hasturs konnten den giftigen grauen Schmutz wegschaffen, den die großen Dämonen hinterließen. Bevor etwas auf dem Land angebaut werden konnte, mußte dieses bis auf das Grundgestein gereinigt werden. Dann mußte neue Erde aufgeschichtet werden, vermischt mit Dung und Abfällen und der Asche von Toten. Und wenn an der Grenze die Notfeuer aufloderten und die Alptraumheere durch das Land wüteten, erschienen die Kinder Hasturs, um den Grenzländern in ihrer großen Bedrängnis zu helfen.

Am besten jedoch waren sie den seynyorischen Söldnern bekannt, denn die Edlen aus dem *Lande der Lords* betrachteten das Haus Hasturs als das älteste unter den Adelshäusern. Es mißfiel den Hasturs auch nicht, auf den Straßen von Carcosa von den Elduayens, den D'Oleves, den DiFlaccas, den DiArnacs, den Vegas und den DiVegas als Verwandte und Ebenbürtige begrüßt zu werden. Die Edlen von Seynyor hatten auf den weitreichenden Schlachtfeldern des endlosen Krieges gegen die Dunklen Wesen ihren Wert bewiesen.

Niemand hätte es gewagt, gegen das *Land der Lords* Krieg zu führen, aber die Adelshäuser schickten ihre Söhne als Söldner durch die Welt, als Elitesoldaten, die jedem, dem sie dienten, hohe Preise abverlangen konnten. Und die großen Familien waren an der Beute aus vielen tausend Jahren des Krieges reich geworden.

Obwohl sie überall dienten, wenn die Grenze ruhig war, brachte jede größere Bewegung des Schattens sie von überall auf der Welt in Scharen zur Grenze zurück.

Dazu hatten die Hasturs sie erzogen.

Wie gewöhnlich erwachte Istvan DiVega vor Sonnenaufgang. Sogleich griff seine Hand nach dem niedrigen Ständer, auf dem sein Schwert in Reichweite lag. Er legte ein leichtes Morgengewand an und begab sich hinunter in die grauen Nebel des Gartens. Auf dem Wege schnallte er seinen Schwertgürtel fest und veränderte die Halterung so, daß die Scheide fast parallel zum Boden hing. Er spürte das feuchte Gras unter seinen nackten Füßen. Der Nebel brachte eine leichte Kälte mit sich, die nach der stickigen Hitze der Nacht geradezu erfrischend wirkte.

Er wählte im Geiste einen der verschiedenen zeremoniellen Übungstänze aus, die zu den Trainingsgrundlagen der Schule der Drei Schwerter gehörten. Jahre waren vergangen, seit er das Rapier oder das zweihändige Kriegsschwert benutzt hatte: Seine Kunst in der Handhabung des Degens war durch seinen Kontakt mit Stilen von entfernten Regionen der Welt verfeinert und erweitert worden. *Es ist merkwürdig,* dachte er, *daß ich mich immer noch als Teil der Schule betrachte.*

Aber das war die Aufgabe eines Schwertmeisters: Jede neue Technik, die er meisterte, gab er an Birthran und Raquel weiter, so daß diese ihre Studenten ebenfalls darin unterrichten konnten.

So war die Schule gewachsen, ohne ihre Lebendigkeit zu verlieren, seitdem sie von Adonn von Leventosa im letzten Jahrhundert gegründet worden war ...

Seine Arme hingen locker und entspannt, er stand ungezwungen da und atmete tief. Dann flog seine Hand schnell und sicher wie ein Vogel zum elfenbeinernen Schwertgriff. Er trat einen Schritt vor und zog gleichzeitig das Schwert aus der Scheide. Es sauste in Höhe der menschlichen Kehle durch die Luft. Dann drehte er sich nach links, und das Schwert zischte nach unten, dorthin, wo es das Schlüsselbein und die dahinter liegende Arterie durchschneiden würde. Der Knauf fiel in seine Linke, die in Hüfthöhe schon auf ihn wartete, und seine Beine streckten sich wieder, während er einen langen zweihändigen Ausfall machte.

Aus den Erinnerungen seiner Kindheit hörte er die Stimme des alten Adonn tönen: *Das Geheimnis der wahren Schwertkunst liegt im ruhigen Akzeptieren des Todes.*

Er drehte sich auf den Fußballen. Die natürliche Bewegung

seines Körpers befreite das Schwert von seinem unsichtbaren Gegner.

Raquel, Birthran, der alte Demitrios Chalcondiel, sie alle sagten mehr oder weniger das gleiche.

Das Schwert sauste abwärts. Seine linke Hand lockerte ihren Griff. Die Klinge flog an seinen Augen vorbei bis zur Höhe seines Kopfschutzes. Vor seinem geistigen Auge sah er die große Übungshalle der Schule zu Kadar – Birthran hielt seinen Studenten einen Vortrag: *Jedesmal, wenn ihr zum Schwert greift, begegnet ihr dem Tod. Denkt daran, dann wird der Tod mit der Zeit ein alter und lieber Freund für euch werden. Ihr werdet lächeln, wenn ihr ihm begegnet.*

Schwert und Arm streckten sich zu einem langen Stoß nach rechts.

War er der einzige unter den Schwertmeistern, der Angst vor dem Sterben hatte? Hatte er es versäumt, eine grundlegende und einfache Antwort für die Angst vor dem Tod zu finden, die alle anderen schon längst entdeckt hatten? Nahmen die anderen an, auch er würde sie kennen?

Mit beiden Händen schwang er die Klinge in einem gewundenen Halbkreis, der einem Mann den Kopf hätte abtrennen können. Seine nackten Füße bewegten sich flink über das Gras.

Oder waren diese Worte nur leeres Gerede? Er dachte an den alten Demitrios Chalcondiel, den großen Helden aus der Generation seines Vaters: *Nichts ist sinnloser als ein Leben, das durch Flucht vor dem Tode vergeudet wird.*

Sein Körper wandte sich zur Seite, während sein Schwert abwärts schnellte, um einen Hieb auszuführen, der einem Mann mit einem Streich die Eingeweide aus dem Leibe gerissen hätte. Nun hörte er die Stimme seines Vetters Raquel: *Sterbliche sterben dann, wenn ihre Zeit gekommen ist, heute oder in neunzig Jahren.*

Das Schwert sauste zum letzten Schritt des Tanzes durch die Luft und lag dann leicht in seiner Hand. Er schüttelte es, als ob er Blut davon abschütteln wollte. Mit einem Stück weichen

Stoffes wischte er sorgsam die Feuchtigkeit des Nebels von der Klinge. Obwohl seine verzauberte, von den Hasturs geschmiedete Klinge auch dann nicht rosten würde, wenn sie tausend Jahre auf dem Boden des Ozeans läge, wischte er gewohnheitsmäßig die Klinge ab, und aus der gleichen Gewohnheit heraus würde er sie später auch säubern und ölen, genauso sorgfältig, wie er es bei einer Klinge aus gewöhnlichem Stahl tun müßte.

Die goldenen Monde der Morgendämmerung hingen im Osten. Feucht vom Schweiß schauerte er im morgendlichen Nebel. Der Handschutz des Schwerts schlug gegen die Metallkante der Scheide.

Er hatte schon oft dem Tod in die Augen geschaut, bevor seine Haare ergraut waren, aber niemals hatte ihn das Entsetzen gepackt. Machte das Alter alle Menschen zu Feiglingen? *Vielleicht glaubten die Jungen einfach nicht, daß sie wirklich sterben konnten.*

Die Zwillingssonnen leuchteten am Rande der Welt auf. Es war Zeit, aufzustehen und zu handeln. Er ging zurück in sein Zimmer, nahm ein Handtuch und betrat den im dunklen Kerzenschein liegenden Gang. Ob die Diener, die das Bad betreuten, wohl schon wach waren?

Vor der halbgeöffneten Tür des königlichen Schlafzimmers schlief der Mann mit der roten Robe auf einem Stuhl. Er regte sich, als Istvan sich näherte, und schaute zu ihm auf.

Istvan hielt an und schämte sich plötzlich, als er bemerkte, daß er an diesem Morgen noch kein einziges Mal an seinen Vetter gedacht hatte. »Wie geht es dem König, Heiler?« fragte er mit leiser Stimme.

»Er schläft fest.« Der Heiler rieb sich die Augen und blinzelte im Licht des anbrechenden Tages, das sich langsam seinen Weg in den Palast hinein bahnte. »Aber es ist an der Zeit, wieder zu ihm hineinzugehen! Wartet einen Augenblick.« Er taumelte aus dem Stuhl und ging auf Zehenspitzen durch die Tür. Istvan wartete mit dem Handtuch über

der Schulter. Vielleicht könnte der Heiler ihm zeigen, wo die Baderäume waren . . .
Da hörte er den Heiler entsetzt keuchen. Mit einem Satz war DiVega durch die Tür und wußte auch schon, was ihn dort erwarten würde.
Der Heiler ließ den erschlafften Arm des Königs zurück auf das Bett fallen und legte seine Handfläche auf die regungslose weiße Brust. Sein Gesicht verlor unter der Anspannung jeglichen Ausdruck. Das Herz des alten Mannes mußte irgendwann in den frühen Morgenstunden stehengeblieben sein. Auf seinen kalten Lippen lag ein Lächeln.

Seher verbreiteten die Nachricht mit Gedankenschnelle im gesamten Königreich. Die Zwillingssonnen bewegten sich gemächlich über den Himmel. Unten auf der Erde trauerten einige, während andere Verrat planten.
Die Zähne des Herzogs von Ipazema blitzten. *Jetzt werden diese Kaninchen etwas unternehmen müssen! Vielleicht werden sie nun endlich etwas in Gang bringen!*
Jagat hatte sein Schloß schon eine Stunde vor Eintreffen der Nachricht verlassen, und er ritt stundenlang über das graue und unfruchtbare Land, ohne etwas zu wissen. Es war Mittag, als ihn die Nachricht erreichte. Sein Gesicht wurde blaß und ernst, und er trieb sein Pferd an wie ein Wahnsinniger. Er galoppierte durch den dichten Staub der Hauptstraße auf Tarencia zu, als könne der König noch gerettet werden.
Pirthio folgte ihm in etwas gemäßigterem Tempo. In seinem Geiste entstand ein Plan. Gold aus Portona mochte vielleicht eine Rebellion unter den Grenzländern stiften, aber es vermochte weder eine dauerhafte Allianz noch einen dauerhaften Frieden zu erkaufen. Obgleich die Grenzländer durch uralte Fehden untereinander zerstritten waren, welche die Reste des alten Takkara auseinandergerissen hatten, vereinte sie ihr Haß auf die Kaufleute der Küste.
Hinter ihm ackerten traurige Männer in der Steinwüste um Jagats Schloß und streuten Dung, Sand und Lehm über das

freigelegte Grundgestein, um so Ackerland zu gewinnen, auf dem eines Tages Nahrung wachsen würde. Könige mochten sterben, aber das Land mußte leben. Das Land war alles.
Auf den neugeschaffenen Feldern wuchs schon Klee, der mit seinen zähen Wurzeln die Erde festhielt. Überall um das Schloß herum lagen neue Felder brach und warteten darauf, durch die Asche der Toten geheiligt zu werden. An den Grenzen brauchten sie nur selten lange darauf zu warten.
Martos und seine Männer arbeiteten mit den Grenzländern zusammen. Die Farmarbeit galt als ehrenvolle Tätigkeit, eine geeignete Beschäftigung für die kadarinischen Edelleute. In diesem Falle konnte man sie auch als Erfordernis des Krieges ansehen. Und dies war ein Krieg, der nie ein Ende nahm.
Aber Martos arbeitete, immer mit einem Auge zum Himmel schauend, auf die beiden Sonnen, die so gemächlich ihrer Bahn folgten. Nachdem Jagat und Pirthio gegangen waren, hatte Kumari seine Hand gedrückt und in sein Ohr geflüstert: *»Heute abend! Im Turmzimmer!«*
Heute abend! Würde dieser Abend denn nie kommen? Der Tag erschien ihm endlos. Die Zwillingssonnen krochen behäbig über den Himmel.

3

Die Nacht kam. Im Abstand von etwa sechzig Meilen glühten entlang der gesamten Grenze, die den Schatten von den Ländern der Menschen trennte, die Hastur-Türme schwach gegen die Dunkelheit auf.
Im Agnasta-Turm am Ufer des Yukota, wo starke Zauber das Wasser reinigen, wenn es aus dem Schatten herausfließt, bemerkte Elenius Hastur eine feine Spannung. Sein mächtiger Geist durchforschte die Mauer der Dunkelheit. Er fühlte, daß sich dort Kräfte aufbauten, mächtige Zauber der Dunklen.

Sein Begleiter bei der Wache, der junge Kisil, forschte ebenfalls in der großen Dunkelheit. Kisil war seinen sterblichen Jahren noch nicht entwachsen. Im gleichen Augenblick, in dem die beiden ihre Verwandten riefen, berührte Elenius den Geist seines Bruders Earagon im nächsten Turm und wußte, daß auch er bedroht war. Dann war auch der alte Narmasil Hastur bei ihnen im Turm, und in seinem Geist fand sich die Nachricht, daß soeben die große Stadt Eidelbonn im Vulkan am östlichen Ende des Schattens angegriffen wurde.
Es war keine Zeit mehr zu verlieren. Eine Welle kalter Magie wallte gegen Agnasta auf, und Barrieren von glühendem Notfeuer schlugen empor, um die tödlichen Mächte zurückzudrängen, die andernfalls Felsen zerschmettert und Menschen zu grauem Staub aufgelöst hätten. Das Gitterwerk kristallinen Lichts, das auf den Gewässern des Yukota glitzerte, wurde weggeschwemmt, und der Fluß ergoß sich faulig in die angrenzenden Länder.
Der Geist der Hasturs vereinte sich, um mächtige Zauber und Kräfte aus brennendem Licht zu weben. Ein einziger Gedanke tauchte kurz im vereinten Geist der drei auf: *Sie wissen, daß König Olansos gestorben ist.* Dann wurden ihre Gedanken zu fließenden Kräften und brennenden Strahlen, zu blitzähnlichen Fäden, die ein Gewebe aus lebendiger Macht schufen. In Agnasta wie auch in allen anderen Türmen wurden nun alle Gedankenkraft und Energie zur Abwehr der Dunklen eingesetzt.

Kumaris dunkle Augen waren groß und geheimnisvoll, und ihre Haut fühlte sich weich an unter seinen tastenden Händen. Den ganzen Tag über hatte Martos in einem Traum der Vorfreude gelebt und ungeduldig den Abend erwartet. Nun waren sie endlich zusammen, und sie hatten die ganze Nacht vor sich – er konnte kaum fassen, daß dies kein Traum sein sollte.
Seine Lippen fanden die Spitzen ihrer Brüste und bewegten sich langsam weiter abwärts. Ihre Hände strichen erregt über

seine Schultern und durch sein Haar, ihr Atem war laut und schnell . . .
Da schrillte der grelle Ton der Alarmglocke durch das Schloß. Martos Kopf schoß blitzartig in die Höhe, während ihre Hand ihn so fest hielt, daß es schmerzte. *Nein! Nicht jetzt!*
Aber die Glocke lärmte weiter, während sich im flackernden blauen Licht des Fensters die rosa Knospen ihrer Brustwarzen zeigten. Sie schob ihn von sich, rollte sich vom Bett und lief zum Fenster. Ihr Kristalldolch glühte in der Dunkelheit. Er erhob sich und folgte ihr. Ihr nackter Körper, der sich im Schein des fernen Lichts abzeichnete, trieb ihn mit seinen weichen Rundungen und den festen, prallen Brüsten fast zum Wahnsinn. Er zitterte so sehr vor Erregung, daß sein Körper dem Zerplatzen nahe schien.
Aber es war kaum möglich, jenes Licht falsch zu deuten, und als er das Fenster erreichte, war er schockiert über das Ausmaß der Erscheinung. Im Osten, im Süden und im Westen war der gesamte Horizont von lodernden Flammenmeeren erleuchtet. Manchmal brannten die Flammen in klarem, hellem Blau, das von winzigen gelben Linien durchzogen war, die Blitzen ähnelten. Dann wieder loderte das Feuer plötzlich auf und leuchtete an verschiedenen Stellen in wogenden Wellen scharlachrot, violett oder grün auf. Selbst die Türme leuchteten jetzt so hell, daß es in den Augen schmerzte. Ein verwirrter Hahn krähte von der Brüstung.
Martos legte den Arm um sie und genoß die süße Folter, die die Berührung ihres nackten Fleisches mit dem seinen in ihm erzeugte, obgleich er wußte, daß es sinnlos war. Sie zitterte in seinen Armen.
»Vielleicht gelingt ihnen der Durchbruch nicht«, sagte er mit erlöschender Stimme. Er glaubte es selbst nicht, und sie schüttelte wortlos den Kopf.
Seine Hand suchte ihre Brust. Sie schaute zu ihm auf und schob ihn dann sanft, aber bestimmt beiseite. Dann küßte sie ihn plötzlich, aber bevor er sie noch in seine Arme schließen konnte, war sie ihm schon wieder entglitten und suchte neben

dem Bett nach ihrem Kleid. Niedergeschlagen suchte auch er seine verstreuten Kleidungsstücke.

Energienetze flackerten über das Schattenreich. Auf halbem Wege zwischen Agnasta und dem Turm, der die Gewässer des Atvanadi im Osten bewachte, ritt eine kleine Gruppe von Männern. Sie trugen selbstgefertigte Rüstungen aus Knochen und Leder nach Art der Grenzländer. Ihre feingeschnittenen Gesichter wiesen Anzeichen takkarischen Blutes auf. Ihre Kleidung war dunkel, und sie ritten auf sehnigen kleinen Grenzland-Ponys.
Prinz Jodos japste nach Luft, und seine Haare knisterten unter dem Schock, als er durch das Kraftnetz hindurchritt. Hinter ihnen wölbte sich die Kraft, welche die Berge vor den Lichtern des Himmels schützte, weit in die Ebene hinein und bedeckte eine öde Wildnis toter Baumstämme. Der Wald der Kantara erhob sich wie eine Mauer vor ihnen.
Die königliche Stadt und das Schloß des Königs lagen von hier aus fast genau im Norden; das Schloß, in dem die Leiche des Königs aufgebahrt war. Eine Angst war Jodos damit für immer genommen. Der Körper, der ihn auf seinen Weg geschickt hatte, konnte ihn nicht mehr zurückfordern: Jetzt konnte sein Vater ihn nicht mehr vertilgen.
Sie ritten in den Dschungel hinein. Es gab eine Art Pfad hier, eine alte Räuberstraße, die sie bis Sonnenaufgang zu jener großen Straße bringen würde, die von Ojaini bis zur Hauptstadt in Richtung Norden verlief. Sobald sie weiter von der Grenze entfernt sein würden, müßte er das kostbare Kästchen kontrollieren und nachsehen, ob die Wesen, die sein Meister dort hineingelegt hatte, keinen Schaden erlitten hatten, als sie die Grenze überquerten. Er hatte gespürt, wie überall um das Kästchen herum Energien geknistert hatten und aufgewallt waren – es waren Kräfte, die zu schwach waren, groben Wesen aus Fleisch und Blut (wie ihm) zu schaden, aber sie waren tödlich für die Wesen in dem Kästchen.
Emicos hatte ihm gesagt, das Kästchen würde sie schützen.

Ohne dieses sei er verloren, und er durfte nicht versagen. Er wagte es nicht, auch nur daran zu denken.
Die Länder der Menschen waren schon gewarnt und auf der Hut. Die Männer des Reinen Blutes, die im Dienst der Dunklen geboren und erzogen waren, ritten ängstlich einher. Überall um sie herum waren die Diener der Lords des Gierigen Feuers, die Kinder von Dem-Der-Zu-Schrecklich-Ist-Um-Genannt-Zu-Werden. Bald würden die Lichter, die jetzt in den Augen brannten und die nur wenige ihres Stammes jemals zuvor gesehen hatten, auch den Himmel erhellen. Nur die Pferde, die aus den Herden der Grenzbewohner gestohlen und für diese Stunde vor dem Verzehr bewahrt wurden, waren glücklich. Sie waren froh, die Stätten der Angst hinter sich zu lassen.

Die ganze Nacht über brannten die Hastur-Türme entlang der Grenze mit ihren Regenbogenlichtern und dem Notfeuer. Gegen Sonnenaufgang verlagerte sich der Schwerpunkt des Angriffs zunächst nach Westen und dann nach Norden, jenseits von Aldinor und weiter nach Creolandis und Kadar.
Kurz vor Sonnenaufgang beobachteten Martos und die Männer von Suknia, wie sich der Schatten im Osten langsam verdunkelte, während der Angriff an dieser Stelle zunächst zurückwich und schließlich ganz aufhörte. Aber dann sahen sie von der westlichen Mauer aus weit oben im Norden erneut Türme aufleuchten. Die lodernden Lichter im Süden wurden schwächer. Sie sahen, wie das Notfeuer am westlichen Himmel sich nach Norden bewegte. Zwar erloschen die nahen Türme, aber weit im Norden, wo der Kampf jetzt wütete, glühte ein sprunghaftes Licht auf, welches anzeigte, daß die Kräfte der Dunklen Wesen im Schattenreich sich verlagerten.
Die Wächter von Agnasta blieben weiterhin wachsam, auch nachdem die Angriffe auf ihren Turm aufgehört hatten. Ihr Geist streifte rasch an der Grenze entlang und suchte die Angriffstrupps, die mit Sicherheit die Grenze durchbrochen

hatten, während sie selbst noch mit größeren Mächten beschäftigt gewesen waren.
Ihre Gedankenkraft folgte dem Yukota bis zum Meer, wo sie ein einziges schreckliches Wasserwesen im Schlamm des Pavanas fanden und vernichteten. Mehr fanden sie nicht.

Martos erwachte schweißgebadet. Es war später Nachmittag. Eine weiche weibliche Strahlung wärmte seinen Rücken. Er drehte sich im Bett um und schaute Kumari an, die neben ihm schlief. Ihre dunklen Haare flossen wie Wasser über ihre zarten und feinen Züge. So schön! Er verlor sich in der Betrachtung ihrer Nasenform.
Er hatte die ganze Nacht über Wache gehalten. Aber das Schloß war nicht angegriffen worden, und es war keine Nachricht eingetroffen, daß die Dunklen irgendeinen wichtigen Durchbruch an der Grenze erzielt hätten. Kurz nach Sonnenaufgang waren sie erschöpft ins Bett gefallen und eng umschlungen eingeschlafen, nachdem sie sich zuvor viel zu kurz geliebt hatten. Die Nacht war ihnen gründlich verdorben worden.
Unter dem dünnen Laken konnte er die Umrisse ihres Körpers erkennen. Eine kleine Brust schaute ihn vorwitzig an, deren Brustwarze sich in hellem Rosa von Kumaris sanfter goldbrauner Haut abhob. Begierde regte sich in seinen Lenden, aber es wartete Arbeit auf ihn.
Um sie nicht zu wecken, schwang er vorsichtig die Füße aus dem Bett und setzte sich auf. Er gähnte und schüttelte die Schlaftrunkenheit ab. Als er jedoch aufstehen wollte, schloß sich eine kleine braune Hand um sein Handgelenk und zog ihn zurück ins Bett. Schöne erdbraune Augen schauten zu ihm auf. Ihre Arme legten sich um seinen Hals und ihr geöffneter Mund fand den seinen. Er vergaß die Männer und die Pflichten, die unten auf ihn warteten.

Die beiden schrecklichen brennenden Himmelslichter gingen endlich am Horizont unter. Aber die Dunkelheit wurde durch

Tausende von kleinen Funken gestört. Manche von ihnen bewegten sich, manche standen still.
Jodos war wütend, als er die Männer aus dem Wald und auf den Pfad zu führte. Sie schleppten ihre unwilligen Pferde hinter sich her. Soeben hatten sie eine Frau vorbeigehen sehen, nicht einmal hundert Ellen von ihrem Versteck entfernt. Sie hätten sie fangen, sich mit ihr vergnügen und sie anschließend essen können. Es wäre eine schöne Abwechslung gewesen, denn sie hatten nur langweiligen und abscheulichen Proviant bei sich. Aber sie hatten es nicht gewagt. Wenn sie Aufmerksamkeit auf sich zögen, würde ihre ganze Mission scheitern, und dafür würde ihr Meister sie monatelang durch Folter bestrafen.
Er runzelte die Stirn. Er hatte wieder den gleichen Traum gehabt, diesmal am Tage. Der Anblick der Frau hatte ihn daran erinnert. Er hatte diesen Traum schon so oft gehabt. Er verwirrte ihn immer wieder. Er handelte von der Zubereitung einer Frau, die laut schrie, während ihr die Haut abgezogen wurde. Das war eigentlich etwas ganz Gewöhnliches. Was er nicht verstehen konnte, war, weshalb er in diesem Traum immer wieder darüber beunruhigt gewesen war, als ob es irgendeinen Grund gäbe, weshalb diese Sklavenfrau nicht gegessen werden sollte. Das war alles sehr merkwürdig.
Sie erreichten den Pfad. Jodos zwang sein Pferd stillzustehen und stieg ungeschickt auf seinen Rücken. Er haßte es, auf diesen häßlichen, gefährlichen Biestern zu reiten. Man saß so hoch über dem Boden. Aber es mußte sein.

Hundertfünfzig Meilen entfernt im Norden schreckte Chondos in seinem Bett hoch und richtete sich plötzlich hellwach auf. Er konnte das Zittern seines Körpers nicht beherrschen. Er schüttelte den Kopf und versuchte sich zu erinnern, was ihm solche Angst eingejagt hatte. Das einzige, woran er sich erinnern konnte, war ein nächtlicher Ritt durch den Wald und jemand, der schrie, aber es war alles ziemlich unklar.
Er gähnte und legte sich wieder hin. Er mußte schlafen. Morgen . . .

Morgen würde wieder so ein Tag ohne seinen Vater sein, an dem er von den idiotischen Hofbeamten belästigt werden würde, die sich um die Vorbereitungen für die Krönung sorgten. Dazu kamen noch seine eigenen Sorgen wegen möglicher Verräter und wegen der Dunklen. Diese Menschen waren zu dumm und zu unsensibel, um seine Trauer zu verstehen. Warum konnten sie nicht wie anständige Leute wenigstens die Trauerwoche abwarten, bevor sie ihn mit derartigem Unsinn belästigten? Er haßte sie alle.
In zwei Wochen würde er König sein.

Das rote Licht der Lagerfeuer tanzte vor Martos Augen. Der Geruch von geröstetem Fleisch ließ ihm das Wasser im Munde zusammenlaufen. Er wollte singen, lachen und tanzen. Kumari liebte ihn! Kumari schlief glücklich im Turmzimmer, ihr schwarzes Haar ergoß sich wie ein Wasserfall über ihren Körper, und ihre braunen Augen, die er so liebte, waren von den feinen Augenlidern bedeckt.
Kostbare Brennmaterialvorräte verschwanden knisternd in den Flammen, und die Frauen des Schlosses liefen in aufgeregter Geschäftigkeit umher. Es konnte Monate dauern, bevor es wieder möglich sein würde, das Essen über offenem Feuer zu garen. Wenn die Regenzeit kam und die Zwillingssonnen sich hinter den Wolken versteckt hielten, würde es vielleicht bis zum Frühling überhaupt keine gekochte Mahlzeit mehr geben. Möglicherweise würde keiner von ihnen lange genug leben, um noch einmal eine warme Mahlzeit zu sich nehmen zu können. Eine Art verzweifelten Frohsinns überdeckte die Spannung, die Angst in aller Herzen, daß die Grenze aufbrechen könnte, um die Alptraumheere des Schattens in ihr Land zu ergießen.
Schwärme winziger Monde schwebten unter den Sternen. Jenseits der Mauern erstreckte sich unfruchtbares, vergiftetes Land bis hin zum hoch aufragenden schwarzen Bollwerk des Schattens. Zwischen Erde und Himmel brannten nun keine glühenden Notfeuer mehr. Die Türme in der Ferne wirkten wie schlanke Säulen schwachen Lichts.

Grenzländer in ihren lockeren, fließenden Gewändern füllten den Hof. Nur wenige unter ihnen trugen die glitzernden langen Hemden aus leichtem Kettenpanzer, die noch aus der alten Zeit stammten. Die meisten waren mit stumpfen Rüstungen aus Roßleder und Filz ausgestattet. Martos Männer hoben sich mit ihrer eng anliegenden kadarinischen Kleidung von der Menge ab. Das Licht des Feuers glitzerte auf dem Stahl ihrer Brustharnische.

Wenn bis Mitternacht kein Angriff käme, würde die kleine Tageswache sich schlafen legen. Grenzländer schienen in der Lage zu sein, zu jeder Zeit zu schlafen oder zur Not auch tagelang ohne Schlaf auszukommen. Sie waren fast ebenso vollkommene Nachtwesen wie die Geschöpfe, gegen die sie kämpften. Aber niemand schlief so bald nach einem Angriff. Die Grenze konnte jeden Augenblick wieder aufflammen und die Männer in die gespenstische Nacht hinauszwingen, um erneut gegen die Wesen aus den Bergen zu kämpfen.

Die Männer, die wußten, daß sie möglicherweise den Sonnenaufgang nicht mehr erleben würden, machten Witze und amüsierten sich. Manche fochten miteinander, und ihre hölzernen Übungsschwerter klapperten einen Rhythmus. Als Martos ins Licht des Feuers trat, riefen ihn einige beim Namen und forderten ihn spaßeshalber zum Kampf heraus. Leichte Bambusstangen aus der Kantara wurden wie Schwerter geschwenkt.

Martos lachte in einem trunkenen Gefühl seiner Jugend und Liebe. Er legte den Schwertgürtel ab und die lange, von Zwergen geschmiedete Klinge sorgsam neben das Feuer. Jemand drückte ihm eine Bambusstange in die Hand. Dies war ein altes Spiel. Sie alle wußten, daß keiner von ihnen ihm gewachsen war. Sie alle beteten ihn an.

Die hohle Stange zischte durch die Luft. Er schlug mehrmals nach oben und nach unten und änderte den Griff, bis er nickte, um anzuzeigen, daß er bereit sei. Er ging nicht einmal in Stellung, als ein Grenzländer namens Ymros zö-

gernd auf ihn zutrat, er stand einfach locker da, und die Stange baumelte von seiner rechten Hand herab.
Der Grenzländer zögerte einen Augenblick, bis Martos nickte, um ihn zu ermutigen; dann stieß er zu. Lautes Krachen ertönte, als Bambus auf Bambus traf. Die Spitze von Ymros Waffe schoß an Martos Kopf vorbei, als der Kadariner zur Seite trat. Ymros drehte sich um, und die Stange traf ihn schwer am Kopf. Er verneigte sich betrübt und schüttelte den schmerzenden Kopf.
Witze und Spötteleien hallten aus der Menge, bis Martos Stimme alle zum Schweigen brachte:
»Wer von Euch meint, er könne es besser? Du Bimsio?«
Manche behaupteten, Bimsio sei nach dem alten Prinz Hansio von Mahapor der beste Schwertkämpfer an der ganzen Grenze. Für einen Grenzbewohner war er ziemlich groß, obgleich Martos ihn immer noch überragte. Martos stand wieder lokker da und wartete auf den Angriff. Bimsios Zähne blitzten, seine Bambusstange stieß nach Martos Brust. Martos Bambus sauste durch die Luft, fegte Bimsios Stange zur Seite und schlug dann nach Bimsios Arm. Die hohlen Stangen prallten mit einem volltönenden Klang aufeinander, als der Tarenciner den Schlag abwehrte.
»Sehr gut!« rief Martos. Seine Stange fuhr blitzschnell unter Bimsios Rüstung. Der große Mann schnaufte, als sie seinen Bauch traf.
Die Männer jubelten. Martos grinste wie ein Junge. Doch da stand schon ein neuer Herausforderer. Martos ließ das Rohr durch seine linke Faust gleiten, als ob er ein Schwert in die Scheide stecken würde. Er stand vor dem Gegner, die Stange in der Linken, als wäre sie eine Schwertscheide.
Der Grenzländer sprang schreiend auf ihn zu. Sein Bambus zischte mit einem hellen, flötenähnlichen Geräusch durch die Luft. Martos rechte Hand bewegte sich schneller, als das Auge sehen konnte. Die Stangen prallten aufeinander, als er seine Faust zurückzog und zur Seite tänzelte. Der Grenzländer drehte sich rasch um, da traf ihn die Spitze von

Martos Stange unter dem Arm. Er schrie ohrenbetäubend.
Auf Martos Gesicht erstarb das Lächeln. Über den Lärm der Menge hinweg hörte er im Geiste Birthrans Stimme: *Du bist nicht hier, um Stolz zu erlernen, sondern um die Schwertkunst zu meistern!*
Der sich selbst richtende Mensch! Martos verspottete sich. Er war unverbesserlich stolz und ergötzte sich an diesen leichten Siegen über Männer, die noch nie einen echten Schwertkämpfer gesehen hatten, wie Birthran oder Raquel DiVega . . .
Jetzt hatten ihn vier der Grenzländer eingekreist. Auch das war ein altes Spiel.
Trachte nie nach der Anerkennung irgendeines Menschen, auch nicht nach der meinen! flüsterte Birthrans Stimme in seinem Geiste. *Laß dein Schwert sich nur als Ausdruck deines inneren Selbst bewegen, frei von jedem Verlangen nach äußeren Dingen.*
Er hob den Bambus mit beiden Händen sanft empor. Er bewegte seine Füße in winzigen, anmutigen Schritten.
Eine Zeile aus den *Unterweisungen* kam ihm plötzlich in den Sinn: *Handelst du aus dem Verlangen heraus, daß die Menschen deiner Umgebung gut von dir reden mögen? Dann bist auch du ein Kaufmann, und für die von dir gesuchte Belohnung bezahlst du mit der Freiheit deines Geistes.*
Die Spitze seiner Stange folgte dem Geräusch des Mannes in seinem Rücken. Er stieß nach hinten, seine linke Hand flog hoch, und die Spitze seines Bambus traf den Gegner auf die Brust. Nun stürmte der Mann zu seiner Rechten auf ihn zu. Martos Stange sauste durch die Luft und traf den Grenzländer an der Seite.
»Sich Lob zu wünschen, heißt, Kritik zu fürchten«, hatte Atrion in seinem *Buch der Freiheit* geschrieben. »Wenn ein anderer als du selbst deine Taten beurteilt, wenn Lob oder Tadel dich berühren, wirst du mit der Zeit anfangen zu lügen, um zu vermeiden, daß andere Schlechtes von dir denken.«

Einer der Grenzbewohner schrie auf, als Martos Bambus mit unerwarteter Wucht auf seine Schulter niedersauste.
Es ist wahr! Ich belüge Kumari schon die ganze Zeit! Der Bambus tönte hohl. *Oder mich selbst ...*
Er traf den vierten der Grenzländer hart auf der Brust und schlug ihm seine Stange aus der Hand. Die Männer drängten sich um ihn und schrien nach mehr oder baten darum, selber ihr Glück versuchen zu dürfen. Seine anerzogene Höflichkeit zwang ihn, ein Lächeln aufzusetzen, während er den Kopf schüttelte und davonging. Nach einer Weile akzeptierten die Männer sein Schweigen und gingen wieder ihren eigenen Spielen nach.
Er erinnerte sich an jene erste Nacht, kurz vor der Morgendämmerung, als er ihr von Kadar erzählt hatte – von den Scharen landloser und mittelloser Edler, jüngerer Söhne und Söhne von jüngeren Söhnen ihrer Familien. Von seinen Hoffnungen, später einmal eine eigene Schule gründen zu können, wenn ihm sein Kriegsruhm Scharen lernbegieriger Studenten bringen würde, so wie es Birthran ergangen war.
Warum hatte er ihr damals nicht erzählt, daß er hier den Krieg suchte und er ein ehrenvoller Mann war, den kein Gedanke an Gewinn jemals leiten könnte? Daß ewiges Wandern ehrenvoller sei, als sich einen Namen als Schwertkämpfer zu machen und sich niederzulassen? Aber er hatte ihr gegenüber nichts von ehrenvoller Selbsterfüllung erwähnt. Er hatte mit ihr so gesprochen, wie es auch der niedrigste Kaufmann getan hätte.
Er versuchte sich vorzustellen, daß er ihr dies alles erzählen würde, und er kam sich ziemlich albern dabei vor. Sie würde es nie verstehen! Diese Dinge waren für sie nicht wichtig. Es war keine ungewöhnliche Sache, wenn eine Adlige und ein Söldner sich miteinander eine Nacht vergnügten – oder auch ein paar Nächte. Aber damit war die Geschichte für ihn noch nicht zu Ende. Er wollte sie für immer bei sich haben. Sie aber konnte keinen landlosen Söldner heiraten ... Oder machte er sich auch da etwas vor? Hatte er deshalb betont, es sei unmög-

lich für ihn, zurück nach Kadar zu gehen, weil er Angst hatte, daß er sich die Gelegenheit entgehen lassen könnte, Kämpfe und Abenteuer zu erleben? Er *könnte* ja seine eigene Schule eröffnen – Birthran würde ihm sicherlich helfen –, vielleicht würde es anfangs eine magere Zeit werden. Aber mit Birthrans Empfehlungen...

Da war es schon wieder! Er dachte wie ein dreckiger Händler! Der Lärm im Hof zerrte an seinen Nerven. Er stieg die Treppe hoch zur Brüstung.

Aber er wollte *trotzdem* irgendwann seine eigene Schule eröffnen, um die Fähigkeiten, die er von Birthran erlernt hatte, an eine neue Generation von Schwertkämpfern weitergeben zu können. Doch jenes ruhige, friedliche Leben lag weit in der Zukunft. Jetzt war die Zeit, seine Fähigkeiten einzusetzen und in den blutigen Schlachten des Lebens zu bestehen. Jetzt konnte er Kumari nichts bieten. Zu Hause in Kadar waren viele junge Männer seiner Klasse zu Banditen geworden, oder sie ließen sich sogar von Kaufleuten als Leibwächter einstellen, nur um sich so vor dem Verhungern zu bewahren.

Er lehnte sich über die Brüstung und schaute auf die öden Wüsten. In der Ferne konnte er die Lagerfeuer der anderen Grenzschlösser erkennen. Die Türme der Hasturs brannten mit stetigem blauem Licht vor der leeren Dunkelheit, die die Sterne am südlichen Himmel verdeckte.

Er konnte von ihr nicht verlangen, ihm von einem Heerlager zum nächsten zu folgen oder ihn in eine ungewisse Zukunft nach Kadar zu begleiten. Er konnte nie darauf hoffen, sie zu besitzen, es sei denn... es sei denn, er bliebe hier und erwürbe Land an der Grenze. Aber er war schon lange genug hier, um die Auswirkungen jener Pest zu kennen, die die Dunklen auf die Frauen und Kinder der Grenzländer losließen. Es war eine Sache, daß ein Mann sein Leben und seinen Verstand riskierte, um die Dunklen aufzuhalten. Aber es war etwas ganz anderes, Frau und Kind in der Nähe des Schattenreichs zu haben... Das konnte er nicht zulassen.

Er spürte, wie eine Angst seinen Körper erschauern ließ. Nein, falls sie wirklich heiraten würden, müßte sie mit ihm fortziehen. Keines seiner Kinder sollte in der Nähe des Schattenreichs aufwachsen.

Sanfte Blumendüfte erfüllten den Garten. Alle Farben wurden gedämpft durch die Nebel der Morgendämmerung, wie auf einer alten Tapete. *Endlich allein*, dachte Chondos. Dann hörte er das Schwirren eines Schwertes, das durch die Luft sauste. Seine Hand schloß sich um den Griff seines eigenen Schwertes, als seine Augen auch schon das Schwert und den Mann fanden . . .

Istvan DiVegas Gesicht wirkte friedlich und sanft, während er die Morgennebel durchschnitt, so anmutig wie ein Kätzchen, das im vom Winde getriebenen Laub spielt. Seine Klinge sauste in Höhe der menschlichen Kehle zur Seite, gleichzeitig schoß das gegenüberliegende Bein in schwebend leichter Bewegung in die entgegengesetzte Richtung. Sein Fuß berührte kaum den Boden. Das Schwert senkte sich und flog einer Schwalbe gleich seinem Körper hinterher.

Chondos war wie verzaubert. Er kannte diesen Übungstanz – sein Vater hatte ihm ihm beigebracht –, aber er hätte sich nie träumen lassen, daß ein Schwert sich so sicher und schnell bewegen könnte. Er bemerkte nicht die geringste Stockung. Und er war sich auch völlig sicher, daß die Gestalt von der Präzision des Tanzmusters nie auch nur um Haaresbreite abwich. Diese absolute Perfektion und Schönheit der Bewegung brachte seine Gedanken zum Stillstand und ließ seinen Atem stocken.

DiVega wandte sich blitzartig um und schaute durch den Garten zu Chondos hinüber. Er kreuzte die Handgelenke vor seiner Kehle, so daß sich sein Gesicht zwischen den Händen befand. Chondos sah, wie die scharfen Augen sich auf ihn konzentrierten. Die Hände schossen erneut nach außen, und die rasiermesserscharfe Klinge pfiff durch den Nebel. Der Mann wandte sich wieder ab. Die Klinge hing nun locker hinter seinem Rücken, und beide Hände hielten den Griff in Ohrhöhe.

Jede Bewegung floß natürlich in die nächste über, und die Klinge sang wie ein einziger schimmernder Nebel durch die Luft. Die Zwillingssonnen stiegen langsam über die Schloßmauer, und in ihren Strahlen blitzte der Stahl wie ein Gewitter um die anmutig tanzende Gestalt. Das lange, sanfte Gesicht mit dem spitzen Bart war ganz entspannt. Chondos beneidete den alten Mann, der so frei von den Ängsten und Sorgen der übrigen Menschen war.

Dann endlich kam die letzte schnelle Bewegung mit dem Handgelenk, wie um das Blut von der Klinge zu schütteln. Der Griff klickte gegen die Scheide, und der alte Mann kam mit einem Lächeln auf ihn zu, als sei nicht das geringste geschehen.

»Einen schönen Sonnenaufgang wünsche ich Euch, Lord König!«

Chondos starrte ihn an und kämpfte mit sich, um nicht irgendeine Beifallsbekundung oder ein Kompliment oder sonst eine unangebrachte Äußerung verlauten zu lassen.

»Ma . . . macht Ihr das jeden Tag?« stotterte er, ohne zu wissen, was er sagte.

DiVega nickte. »Jeden Tag, Lord König. Es ist mein Beruf.«

Der Mann redete, als ob er nichts weiter als ein Arbeiter mit einem Spaten wäre! Chondos hatte sein ganzes Leben unter Kriegern verbracht. Er hielt sich selbst für einen guten Schwertkämpfer, aber so etwas hatte er noch nie zuvor gesehen. Kein Wunder also, daß die Barden von Istvan dem Bogenschützen sangen!

»Nennt mich nicht ›Lord König‹«, brauste er auf, »ich bin noch nicht gekrönt worden, und ich mag es nicht!«

»In Ordnung Prinz Chondos«, antwortete Istvan. »Das macht die Sache erheblich einfacher. Euer Vater hat mich gebeten, Euch zu beraten und zu schauen, ob ich etwas tun kann, um Eure Schwertkunst zu verbessern. Es schien mir

jedoch schwierig, mit jemandem über derartiges zu reden, den ich als ›Lord König‹ anreden muß.« Er lächelte.
Chondos konnte kaum atmen. Er erkannte, daß er nichts lieber wollte, als von diesem sagenhaften Schwertkämpfer jene tödliche Anmut zu erlernen und einen inneren Frieden zu erreichen, wie dieser ihn ausstrahlte. Das war mehr wert als alle Kronen der Welt. Wäre er nicht als König geboren worden, so hätte er der Jünger dieses Mannes werden können, um mit ihm durch die Welt zu reisen und die Kunst des Schwertkampfes zu studieren.
»Sollen wir jetzt gleich anfangen?« Eifer schwang plötzlich in seiner Stimme, obwohl er ihn gerne zurückgehalten hätte, und Istvan schaute ihn überrascht an. »Ich kenne den Tanz, den Ihr soeben vollführt habt, und den Nahkampftanz, und den Tanz der zwölf Schnitte, und . . . und noch einige andere! Mein Vater hat sie mir beigebracht! Ich will sie Euch vorführen!«
Istvan nickte und trat zurück. Chondos verfluchte sich. Jetzt mußte er seine mageren Künste vor diesen adlerscharfen Augen vorführen. Er war bislang immer stolz auf seine Fähigkeiten gewesen, aber plötzlich fühlte er sich so unsicher auf den Beinen wie ein neugeborenes Fohlen. Grimmig konzentrierte er seinen Geist darauf, sich den Kreis seiner Gegner vorzustellen. Er schloß die Augen, atmete tief und versuchte, sich zu sammeln.
Der Griff des Schwertes lag kühl in seiner Handfläche. Seine Augen blitzten auf. Die Klinge schoß mit einem weiten Schwung zur Kehle aus der Scheide, während er einen Ausfallschritt machte.
Perfekt, dachte er. Die ruhigen grauen Augen, die ihn beobachteten, brannten in seinem Bewußtsein. Er verlagerte sein Körpergewicht auf das linke Bein und hielt das rechte locker und entspannt, während er die Spitze des Schwertes zur Erde gleiten ließ. Der beste Schwertkämpfer der Welt schaute ihm zu. Er mußte es richtig machen . . . *ausfallen! Zurück! Ausfallen! Zurück!* Er war zu verspannt. Er legte zu viel Kraft in den

darauffolgenden Hieb und hatte Mühe, das Schwert in die nächste Position zu bringen. Und außerdem standen seine Füße falsch.
Beim nächsten Schnitt flog seine Klinge zu hoch und dazu auch noch im falschen Winkel. Sie wäre im Kiefer des Gegners gelandet, anstatt sauber seine Kehle zu durchtrennen. Chondos zögerte eine Sekunde lang verwirrt und versuchte, sich an die nächste Bewegung zu erinnern ... *Drehen!* Die linke Hand nach oben, während die rechte nach unten fliegt. Beide Hände auf dem Griff. *Schreiten! Stoßen! Drehen!* Auch das gelang ihm wieder nicht fließend genug, und die Füße standen im falschen Winkel. Er hatte dies schon tausendmal geübt!
Einen Augenblick lang verharrte er an dieser Stelle, denn er bemerkte, daß er eine Bewegung vergessen hatte. Dann fuhr er fort. Aber jetzt zögerte er nach jeder Bewegung. Das war falsch. Jeder Schritt sollte aus dem vorangehenden hervorgehen wie ein dahinfließender Strom.
Ein technischer Fehler nach dem anderen erschütterte sein Selbstbewußtsein. Hier schritt er zu weit, da war ein Stoß ungenau. Er fuhr verbissen fort, und Scham und Verdruß kochten in seinem Inneren, bis er zum letzten Hieb kam und das Schwert wieder in die Scheide steckte. Er stand schwitzend und mit zitternden Händen da. Er wandte sich DiVega zu und erwartete von ihm detaillierte und vernichtende Kritik.
»Ihr habt Euch zu sehr angestrengt«, sagte Istvan ruhig. »Ihr wart nervös, weil ich zugeschaut habe. Es ist offensichtlich, daß Ihr es normalerweise besser macht. Euer Vater hat Euch gut unterrichtet.«
»Aber ...« Chondos schüttelte verwirrt den Kopf.
»Ihr habt ein paar technische Fehler gemacht«, sagte Istvan, »aber Ihr habt sie auch sofort erkannt. Das bedeutet, daß Ihr sie auch selbst korrigieren könnt. Aber Euer Schwertarm konnte sich nicht frei bewegen. Ihr wart Euch zu sehr bewußt, daß Ihr beobachtet wurdet, und Ihr habt es zugelassen, daß sich dieses Bewußtsein zwischen Euch und Euer Schwert stellte.«
Chondos schaute grimmig drein. Das hörte sich verdächtig

nach Lob an. Würde er ihm nicht sagen, wie er sich verbessern könnte? Ihm nichts beibringen? Versuchte er, mit Schmeicheleien irgend etwas zu erreichen?
»Wollt Ihr damit etwa sagen, ich wüßte schon alles und bräuchte nur noch Übung? Und es gäbe nichts, was Ihr mir beibringen könntet?«
Der Seynyorer lachte. »Nein, nein! Ich sagte nur, Ihr kennt jenen Tanz ganz gut. Es gibt aber noch weitere, die Euer Vater nie kennengelernt hat. Die kann ich Euch beibringen. Aber noch sinnvoller, glaube ich, wäre etwas Arbeit mit ...«
»Lord König!« Es war die Stimme vom alten Lord Taticos. Chondos wandte sich um, und sein Gesicht verzerrte sich in Wut, als sein Haushofmeister schwer atmend vor ihm stand. *Fetter alter Narr!* dachte er.
»... Holzschwertern«, endete Istvan. »Es sieht so aus, als ob Ihr keine Zeit hättet.«

4

Die folgenden Tage waren für beide mit zermürbender Arbeit angefüllt. Eine unheilvolle Ruhe lag brütend über der Grenze: die untergründigen Bewegungen des Goldes von Portona ließen darauf schließen, daß sich ein Hochverrat anbahnte. Aber die Krönung *mußte* stattfinden, und das war gar nicht so einfach zu bewerkstelligen. Als Gefangener seiner zeremoniellen Verpflichtungen fragte sich Chondos, ob seine Hofbeamten vorsätzlich versuchten, ihn in den Wahnsinn zu treiben.
Wichtige Fragen des Vorrangs waren zu entscheiden, kostbare Staatsroben mußten geschneidert werden, Vorkehrungen für die Unterbringung und Beköstigung der vielen Gäste, die in der Stadt eintreffen würden, waren erforderlich. Die Edelleute aus den nahegelegeneren Provinzen kamen schon jetzt in

Scharen an, um den Tod des alten Königs zu betrauern und um den neuen zu krönen. Als Haushofmeister mußte Lord Taticos all dies beaufsichtigen. Die Hofbeamten, die ihrer gewohnten Arbeit nachgingen – denn auch die alltäglichen Geschäfte des Königreichs mußten weitergeführt werden –, erschraken jedesmal, wenn seine untersetzte Gestalt auftauchte.

Istvan entzog sich all dem nicht. Es wurde erzählt, daß Riccarho DiVega, als er die Fürstentümer von Tarencia, Kalascor und Mahavara vereinigt hatte, um sich dann selbst zum König dieses neugeschaffenen Reiches krönen zu lassen, seinen Freund und Adjutanten Belos DiArnac als Helmträger bei der Zeremonie eingesetzt hätte. König Olansos hatte Raquel DiVega geholt, damit dieser ihm bei seiner eigenen Krönung den gleichen Dienst erwiese, und er hatte auch angeordnet, daß diese Aufgabe bei der Krönung all seiner Nachfolger stets einem Söldner zufallen solle, um auf diese Weise an den Ursprung des Hauses zu erinnern. Lord Taticos überreichte Istvan eine Schriftrolle zum Lesen – eine der großen Rollen der Zeremonie –, er mußte wohl glauben, DiVega hätte nichts anderes zu tun.

Istvan beschäftigte sich tagtäglich mit den zahllosen Verträgen und Mannschaftslisten der Kompanien, die von der Krone bezahlt wurden. Er verbrachte viel Zeit in jenem unglaublichen Durcheinander aus Karten und Papieren in Lord Zengios Kanzlei. Er versuchte, die Kompanien ausfindig zu machen, die von den Gilden oder von einzelnen Adeligen bezahlt wurden.

Dies schien eine Aufgabe ohne Ende zu sein. Zum Glück leitete Firencio DiVega, ein entfernter Vetter Istvans, eine der Kompanien, die im Palast einquartiert waren. Er hatte Lord Zengio eine Zeitlang geholfen. Mit seiner Hilfe bahnte sich Istvan allmählich einen Weg durch das zunächst undurchdringlich erscheinende Gewirr.

Die Gilde der Flußschiffer von Portona beschäftigte eine seynyorische Kompanie, die von einem alten Freund Istvans geleitet wurde, Aurel Ciavedes. Istvan überlegte sich, daß sich ein freundschaftlicher Trunk mit Ciavedes als sehr nützlich erweisen könnte. Und wenn er schon einmal in Portona war, konnte er auch ein paar Worte mit Asbiorn Kung reden, dem Kommandanten der carrodischen Seesoldaten, die von der Schiffergilde beschäftigt wurden: Auch ihn kannte er flüchtig.

Einigen Kommandanten von Kompanien, die dem König dienten, waren bereits durch Abgesandte der Gilden Angebote unterbreitet worden, die bessere Bezahlung versprachen. Auch unter ihnen befanden sich alte Freunde Istvans: Palos DiFlacca, Leonic Servara, Rupiros D'Ascoli . . .

In den nächsten beiden Wochen würde er wohl mit einer ganzen Reihe von alten Freunden zusammen trinken müssen, dachte er.

Am fünften Tag der Staatstrauer ritt Lord Jagat von Damenco auf seinem müden Roß in die Stadt ein. Er war Tag und Nacht geritten und hatte seine Pferde in regelmäßigen Abständen gewechselt. Er war nicht einmal zum Essen aus dem Sattel gestiegen und hatte kaum geschlafen. Er sah aus wie ein wandelndes Skelett, das im Stehen schlief. Am Hof gingen Gerüchte um, daß der alte Mann irgendeine wichtige schreckliche oder freudige Botschaft mitbrächte. Nur wenige wußten, wie tief Jagats Liebe und Loyalität für den toten König war.

Chondos schaute auf den weißen Kopf nieder, der von Trauer gebeugt war. Tränen liefen über das dunkle Gesicht. Auch dieser Mann hatte seinen Vater geliebt. Oder – das Mißtrauen regte sich in einer dunklen Ecke seines Geistes – zumindest spielte er seine Trauer sehr gut. Aber das war Unsinn, und Chondos wußte das auch. Was Jagat auch von ihm als dem Sohn halten mochte, seinem Vater war er stets zutiefst ergeben gewesen.

Die vergangenen fünf Tage hatten Chondos' Trauer allmählich ausgebrannt. Jagat hingegen hatte diese gleichen Tage mit einer zermürbenden Reise verbracht, die nur wenige Men-

schen überlebt hätten. Deshalb war seine Trauer noch frisch.
»Habt Ihr irgendeine Vermutung, Sire, warum Euer Vater nach mir rufen ließ?« Jagats Stimme klang schwach und gedämpft. Chondos schüttelte den Kopf. Jagats Gesicht senkte sich. »Ich hatte gehofft, daß ... es hätte ja sein können, daß er über Euch und ... und Kumari sprechen wollte.«
Chondos erstarrte. *Also auch Jagat!*
»Er hat nichts zu mir gesagt!« entgegnete er kurz angebunden.
»Ich liebe sie wie meine eigene Tochter, Lord König«, fuhr der alte Mann fort. »Es war mein sehnlichster Wunsch, daß sie ...« Plötzlich bemerkte er den Zorn des Jüngeren und hielt inne.
Chondos sah in seiner Erinnerung Kumaris Gesicht genauso frisch vor sich wie in jener Nacht vor langer Zeit, als sie sein Zimmer verlassen hatte: Ihre Augen hatten wie Flammen gelodert, und sie hatte die Zähne gezeigt wie eine Katze.
»Ich glaube nicht, daß sie den Wunsch hegt, Königin von Tarencia zu sein«, entgegnete Chondos kalt. »Ihr müßt sie mit irgendeiner kleineren Partie vermählen.«
Jagats Gesicht wurde vollkommen unbeweglich. Schmerz lag in seinen Augen, aber er sagte nichts. Chondos stand in brennender Wut auf. Ekel würgte in seiner Kehle. Jagat! Ausgerechnet er mußte versuchen, seine Trauer auszunutzen, nur um ihm diese lächerliche Ehe aufzudrängen! Dies schien das einzige zu sein, was sie alle interessierte!
»Es tut mir leid, Euch erzürnt zu haben, Sire«, sagte Jagat schließlich. »Ich wollte nicht ...«
»Natürlich«, fiel Chondos ihm ins Wort und schluckte die lange und vernichtende Entgegnung hinunter, die ihm auf der Zunge lag. »Ihr habt nicht verstanden. Niemand wird es je verstehen. Aber ich danke Euch, daß Ihr mich an meinen Schmerz erinnert habt. Es ist nicht recht, daß die Zeit meinen Schmerz mindert. Und ich danke Euch auch, daß Ihr mir Eure Nichte angeboten habt; sie ist sehr schön. Aber nicht jede

Frau kann Königin von Tarencia sein. In der Tat, sie verdient es mehr als die meisten, da sie nicht selbst danach trachtet. Das Fehlen von Selbstsucht ist eine große Tugend und ebenso selten wie Ehrlichkeit. Gute Nacht, Lord Jagat.«
Chondos schritt aus dem Raum und ignorierte Jagats geballte Fäuste und seine zusammengebissenen Zähne.

Jodos hielt sein Pony an und gab den anderen ein Zeichen. Die Krieger vom Volk des Reinen Blutes, die ihm folgten, hielten an. Er deutete auf die Lichter eines kleinen Dorfes in der Ferne.
»Wir müssen hier für die Nacht haltmachen«, sagte er, »und schlafen, damit wir morgen ausgeruht weiterziehen können.«
Gemurmel und Flüche wurden laut. Es war der erste Tag im Leben dieser Männer gewesen, an dem sie dem vollen Licht der Zwillingssonnen ausgesetzt waren. Sie mochten das nicht. Einen Moment lang fürchtete Jodos, er müßte sein Kästchen öffnen, um sie zum Gehorsam zu zwingen. Aber Hotar gab einen scharfen Befehl, und die Begleiter waren sofort wieder still; er hatte schon viele solcher Missionen und auch Raubzüge angeführt.
Hotar lag es ebensowenig wie ihnen, tagsüber zu reisen, aber die Befehle machten dies eindeutig erforderlich. Es wäre zu auffällig gewesen, wenn sie nachts gereist wären. Die Angst vor den Meistern hielt die meisten Menschen in ihren Behausungen, wenn die brennenden Lichter nicht mehr am Himmel standen. Und die Länder hier waren viel zu dicht besiedelt, als daß man sie unbemerkt hätte durchreiten können.
Er kletterte ungeschickt von seinem schwitzenden, zitternden Pferd herunter und band es an einem Baum fest, wobei er den Zähnen und Hufen aus dem Weg zu gehen versuchte. Er duckte sich, um nicht mit den Ästen und Blättern in Berührung zu kommen. Das Gras war ekelhaft weich unter seinen Füßen.

Die Männer holten den Proviant aus ihren Satteltaschen. Fades, ekelhaftes Zeug, das dem ähnelte, was die Sonnenleute aßen. Einer der Krieger fing eine kleine Eidechse und verschlang sie mit großem Appetit. Die anderen schauten ihm zu und lachten über den verzweifelten Todeskampf der Kreatur. Auch Jodos schaute zu und kaute lustlos auf dem geschmacklosen und weichlichen Zeug herum, das er als Proviant mitbekommen hatte. Nach einer Weile versuchte auch er, eine Eidechse zu fangen. Aber dazu mußte er seine Finger durch das Gras gleiten lassen, und das machte ihm angst. Das Gefühl gefiel ihm nicht und er traute dem Ding nicht – vielleicht würde es angreifen. Schließlich riß er dem Begleiter die Reste der Eidechse aus der Hand – einen Teil des Rückens mit einem Bein und dem Schwanz, die noch schwach zuckten. Der Mann schnaubte und griff nach seinem Schwert, aber Jodos schaute ihm direkt in die Augen und wandte sich nicht ab, bis er sicher war, daß der andere genug Angst hatte. Die übrigen Begleiter lachten.

Martos torkelte aus dem Bett, mürrisch wie ein Bär, der soeben aus dem Winterschlaf erwacht ist. Er war durch den großen Mangel an Schlaf ziemlich erschöpft. Fast die ganze Woche über hatte er Nachtwache gehalten und sich noch nicht wieder daran gewöhnt, tagsüber wach zu sein. Der Gedanke an die lange Reise zur Hauptstadt bereitete ihm nicht die geringste Freude.
Er schnaubte Paidros an, als der kleine Mann versuchte, Anweisungen von ihm zu erhalten. Aber Paidros lachte nur und brachte ihm neuen Kräutertee. Er kannte seinen Herrn sehr gut. Martos' Reisegepäck war schon gepackt, seine Kleidung und Rüstung waren bereitgelegt. Schließlich schaffte er es, sich anzuziehen, und ging dann immer noch torkelnd in den Hof, wo Kumari ihn auslachte. Das verletzte ihn, und so ließ er die Männer des Begleittrupps antreten und nahm kleinste Fehler zum Anlaß, sie kräftig anzuschreien. Eine halbe Stunde später geleitete eine imposante Eskorte – zur Hälfte Grenz-

länder und zur Hälfte Kadariner – die Lady von Damenco und ihre Hofdamen durch das Haupttor von Suknia.

Nachdem sie schon eine Weile zwischen den öden Feldern unterwegs gewesen waren, wurde sein Kopf endlich wieder klar. Er ließ Suktio die Führung übernehmen – der Grenzländer starrte ihn so wütend an wie eine begossene Katze – und blieb zurück, um neben Kumari zu reiten. In ihrem langen, dunkelblauen Gewand war sie betörend schön. Sie lächelte schelmisch, als er auf sie zuritt.

»Willst du *mir* jetzt Vorträge über Kleidung und Benehmen halten?« Sie lachte trällernd und senkte dann ihre Stimme so tief sie konnte, um ihn zu parodieren: *»Das ist eine Ehrengarde und kein Arbeitskommando! Womit hast du deine Stiefel gesäubert? Mit Milch?«* Sie lachte wieder über seinen Gesichtsausdruck. »Wenn du dich heute morgen nur selbst gesehen hättest! Oder dich selbst gehört hättest! Sag mal, hast du nicht auch für mich ein paar Kosenamen, wie du sie heute morgen bei den Soldaten benutzt hast?«

»Aahm...« Sein Gesicht brannte. »Nein. Nein, nicht solche. Nein.« Er leckte sich die Lippen und versuchte Worte zu finden, aber seine Zunge schien sich verknotet zu haben, wie stets bei solchen Anlässen. »Es... es tut mir leid«, stotterte er. »Ich fürchte, ich... ich war noch nicht wach. Es tut mir leid.«

Sie lachte wieder. »Dummkopf! Meinst du, daß ich nicht schon die ganze Woche über bemerkt habe, wie es dir geht, wenn du aufgewacht bist?«

Dazu fiel ihm nichts mehr ein. Sie ritten weiter Seite an Seite durch die Hitze. Zur Linken bewegte sich der Marunka geräuschvoll durch sein steiniges Bett. Ein paar vereinzelte Weiden ließen ihre blaßgrünen Blätter über das wirbelnde Wasser flattern: Das waren die einzigen Bäume, so weit das Auge reichte. Große Flächen unversehrter Erde hatten hier überdauert, Inseln in einem Meer grauen Staubs, bedeckt mit ausgedörrtem Gras. Die Zwillingssonnen hingen über der fernen schwarzen Mauer im Osten

und warfen ihr erbarmungsloses Licht auf die unfruchtbare Asche.
Kumari murmelte etwas vor sich hin, das Martos nicht ganz verstand. Sie wandte sich um und blickte zurück. Ihre Hofdamen folgten ihnen in einigem Abstand. Niemand konnte zuhören. Nun sprach sie zu Martos.
»Erinnerst du dich noch an die Nacht, bevor der König starb?« Sie stellte ihre Frage sehr leise.
»Ja.« Er blinzelte. Es gab andere Nächte, die wichtiger waren, dachte er.
»Erinnerst du dich, daß ich dir sagte, ich ... trüge vielleicht ein Kind von dir?«
Etwas geschah in seiner Brust, und er wußte nicht, ob es ein Schock oder Freude war, was sein Herz erfaßte.
»Du meinst ...«, rief er aus, »... meinst du, daß ...?«
»Nicht so laut!« antwortete sie. »Du brauchst die Nachricht nicht gleich im ganzen Lande zu verbreiten, zumindest jetzt noch nicht. Später kannst du es tun, wenn du möchtest. Ja, es ist wahr.«
»Aber ... aber ...«, stotterte er, und seine Zunge verknotete sich vor Erregung, »was wirst du denn nun tun?«
»Tun? Ich werde ein Kind haben, du Dummkopf! Ein kleines rotes schrumpliges Ding, das Milch trinkt und viel schreit. Dein Kind, wenn dir das irgend etwas bedeuten sollte.«
Jetzt hätte er erst recht nichts mehr sagen können, selbst wenn ihm etwas eingefallen wäre. Er saß auf seinem Pferd und starrte sie an. Sie starrte zurück. Augenblicke später stieg wütendes Rot in ihre Wangen.
»Also gut!« sagte sie. »Ich werde vergessen, wessen Kind es ist, wenn du das möchtest! Ich habe gedacht, es würde dich vielleicht interessieren, aber wenn das deine Einstellung ist, dann soll es dabei bleiben. Ich habe es dir nie erzählt, und ich habe dich auch niemals angerührt. Ich habe keine Ahnung, und es ist mir auch egal, welcher der Soldaten meines Onkels es war. Willst du das hören?«
Ohne auf eine Antwort zu warten, gab sie ihrem Pferd die

Sporen. Plötzlich war er allein. Er schaute ihr einen Augenblick lang erstaunt nach und trieb dann sein eigenes Pferd, Kriegsflamme, ebenfalls an und holte sie ein.

»Es tut mir leid«, sagte er, »ich meinte nicht... ich meine...« Er schüttelte den Kopf. »Du weißt, ich finde keine Worte, wenn... wenn... Es ist schwierig genug für mich, im Kampf Befehle zu geben. Gewöhnlich muß Paidros es tun. Meine Zunge... sie... sie bewegt sich einfach nicht.«

»Jetzt schauen uns alle an«, zischte sie unfair, als ob das seine Schuld wäre. »Also, bist du glücklich darüber?«

Jetzt hatte er etwas gefunden, was er sagen konnte. »Gehst du mit mir fort?« flehte er. »Gehst du mit mir zurück nach Kadar? Ich... ich bin zwar nicht berühmt, aber ich glaube schon, daß ich genug Studenten bekommen könnte, um uns zu ernähren. Birthran wird uns helfen. Und...« Er zögerte zunächst, aber dann sagte er es doch hastig und stockend zugleich: »Dann werden die Dunklen Wesen dem... dem Baby nichts anhaben können...« Seine Stimme versagte, und er schluckte. Sie schaute ihn nachdenklich an.

»Ich weiß nicht«, antwortete sie bedächtig. »Man hat mir immer gesagt, daß Frauen, die von der Grenze weglaufen, feige Verräterinnen seien, aber es ist etwas anders, wenn man ein Baby im eigenen Bauch hat. Ich weiß es noch nicht. Ich werde darüber nachdenken.«

Sie ritten schweigend nebeneinander her und sprachen den ganzen Tag nicht mehr darüber. Sie entfernten sich jetzt vom Marunka und kamen in die riesigen grauen Staubwüsten, die nördlich und östlich der alten Stadt Manjipor lagen. In der sengenden Mittagshitze machten sie schließlich halt. Die beiden Sonnen brannten gnadenlos auf sie herab. Kumari und ihre Frauen schliefen im Schatten eines rasch errichteten Schutzzeltes. Die Grenzländer lagen schläfrig in der Sonne. Und auch Martos und seine Männer ruhten sich aus und schmorten.

Nach einer Weile brach die Reisegesellschaft wieder auf und ritt den Nachmittag über weiter. Manjipor erhob sich schimmernd vor ihnen im Dunst. Die Stadt war umgeben von Feldern gesegneter Erde, die durch generationenlange Anstrengungen wieder urbar gemacht worden war: In dieser Erde konnten wieder Pflanzen wachsen. Aber die Reisegruppe machte in der Stadt keinen Halt; statt dessen umritt man den großen Hügel, auf dem die Stadt erbaut war, und nahm die Straße in östlicher Richtung, die nach Ojaini in der Kantara führte. Unterwegs trafen sie Karawanen von Karren, die auf dem Weg nach Manjipor waren: Karren voll Lebensmittel, Karren voll mit kostbarem Holz, Karren voll mit Dung für das Land. All dies wurde von der Krone mit den Steuern der Küstenstädte bezahlt.

Acht Meilen hinter Manjipor ragten die massiven Mauern der Burg von Ojakota in den Himmel. Alt und uneinnehmbar erhoben sie sich aus der neugewonnenen Erde. Dort unterbrach der Zug die Reise, um zu übernachten. Kumari schien in ihren Gedanken weit weg zu sein, und Martos zögerte, die Barriere ihres Schweigens zu durchbrechen. Er hätte leicht ein gemeinsames Zimmer für sie beide besorgen können. Niemand hätte es bemerkt. Statt dessen lag er alleine in seinem Bett und konnte nicht schlafen. Sein Kopf dröhnte von Gedanken über Kumaris Nachricht – das Baby, das seine Welt verändern würde. Er fühlte sich leicht schwindelig. Er stand auf und wanderte ziellos durch das Burgverlies. Erregte Freude und Sorge wechselten einander im Dickicht seiner Gedanken unentwegt ab.

»Hah! Kadariner!« rief ihm eine kräftige Stimme zu. »Hat dein Arbeitgeber schon bemerkt, daß du deine Nationalität auf dem Vertrag falsch buchstabiert hast?«

Eine Kerze leuchtete in der dunklen Halle auf. Eisenfaust Arac und sein Sohn Alar saßen bei den Holzvorräten des Schlosses. Wegen der großen Hitze hatten sie ihre Oberkörper entblößt. Ihre Schultern waren übermenschlich breit – diese Eigenart hatten sie von Eisenfausts Mutter geerbt, von der n'lantischen Seite der Familie. Ihre Beine wirkten formlos in den lockeren carrodischen Pumphosen. Eisenfaust stand geschmeidig wie

eine Katze auf, während Martos nach einer passenden Antwort auf das Wortspiel mit ›Carrod‹ und ›Kadar‹ suchte.
»Warm genug?« lachte Eisenfaust. »Es ist genügend Holz da, falls du ein Feuer willst!«
»Nicht einmal deiner Kerze möchte ich zu nahe kommen!« erwiderte Martos schroff. Die schwüle Luft wirkte erstickend, und seine enge kadarinische Kniehose klebte an den Beinen. »Wie kannst du auch nur an Feuer *denken*, selbst wenn es ein Witz sein soll?«
»Ach, ihr Südländer habt eben keine Ahnung von Wärme und Behaglichkeit«, antwortete Eisenfaust. Schweißperlen glitzerten im Kerzenschein auf seiner nackten Brust. »Du kannst dir gar nicht vorstellen, wie gut es ist, keine Eiszapfen im Bart zu haben! Du solltest mal mit in die Berge kommen! Bei uns zu Hause wird es so kalt, daß die Flammen einfrieren. Sie bilden die hübschesten Eiszapfen, die du je gesehen hast. Man muß ein paar von ihnen abbrechen und sie aneinanderreiben, damit das Feuer wieder anfängt zu brennen! Mein Onkel Evard ...«
O nein! dachte Martos. *Nicht schon wieder!*
»... schlief einmal ein, und seine Füße waren zu nah am Feuer. Überall sonst wäre er verbrannt! Aber er verlor nicht den Kopf. Er drehte sich um, so daß seine Füße in die Mitte des Zimmers ragten. Dann brach er die Flammen von seinen Stiefeln ab und warf sie zurück in den Kamin. Allerdings erlitt er eine schlimme Erfrierung.« Er schüttelte mit ernstem Gesicht den Kopf.
Alar kämpfte gegen das Zucken in seinen Mundwinkeln an. Martos fragte sich, wie es sein mußte, eine Legende zum Vater zu haben. Martos lachte so sehr, daß er kaum noch Luft bekam. Er wünschte sich, er könnte Eisenfausts Geschichte mit einer eigenen übertrumpfen, aber ihm fiel nie etwas Kluges ein.
»Ist die Grenze noch ruhig?« war das einzige, was er schließlich sagte.
»Nicht weniger als sonst«, antwortete Eisenfaust. »Es heißt, die Dunklen seien in der Nähe von Hali sehr beschäftigt.«

Hali? Etwas kämpfte in seiner Brust. »Wo? Handor? Creolandis?« Er schaffte es nicht, *Kadar* zu sagen.
Eisenfaust schüttelte den Kopf. »Nichts weiter als ein Gerücht. Die Leute hier kennen den Unterschied nicht. Für sie ist alles ›weit weg‹.«
Martos war entsetzt. Er stellte sich vor, wie dunkle Gestalten durch Onantuga streiften, und daß die Berge und Felder mit grauem Staub überzogen waren. Seine Mutter, sein Vater. Die Dunklen würden sicher aufgehalten werden, bevor sie bis dorthin vordrangen! Onantuga lag meilenweit von der Grenze entfernt. Niemand dort würde je das häßliche Leben der Grenzländer führen müssen. In den dünnbesiedelten Ländern westlich von Onantuga hatte es seit der Jugend seines Großvaters nie etwas Schlimmeres als einen Raubzug gegeben...
Und er war hier gefangen! Selbst wenn er jetzt sofort mit seinem Pferd nach Portona eilen würde und das schnellste Schiff nähme, das jemals das Ardren-Meer überquert hatte, würden Monate vergehen, bevor er zu Hause ankäme. Und was würde dann aus Kumari und dem Kind werden?
»Es gehört nun einmal zum Beruf, Junge.« Eisenfausts Stimme klang sehr weit entfernt. »Ich weiß, wie es ist. Die Gondurs aus der Wüste überfielen einmal meine Heimatprovinz. Ich selbst war zu jener Zeit in Y'gora. Der gesamte östliche Ozean lag zwischen mir und meiner Heimat. Die Botschaft erreichte mich, aber ich konnte nichts tun. Alle meine Kinder waren damals noch klein. Du mußt lernen, es zu ertragen. Es gehört zu unserem Beruf.«
Martos schloß die Augen. Erst die Nachricht von Kumari und jetzt das! Er stieß die Luft aus den Lungen und versuchte gleichzeitig, sich von den verwirrenden Bildern des Entsetzens freizumachen, die seinen Geist erfüllten. Er mußte über irgend etwas anderes sprechen, ganz gleich worüber!
»Gibt es Neuigkeiten aus... aus der Hauptstadt? Ich meine, abgesehen von der Krönung und dem ganzen Rummel?«
Der junge Alar lachte. Im Gegensatz zu den Haaren seines

Vaters waren seine eigenen dunkel, und er war auch schlank, fast zierlich, abgesehen von den stämmigen Armen und Schultern. Kurze Zeit war er einer von Birthrans Studenten gewesen. Martos hatte ihn als stillen, schüchternen Jungen in Erinnerung, der große Ehrfurcht vor ranghöheren Studenten wie Martos hatte.

»Ein Agent der Kaufmannsgilde von Portona war vor ein paar Nächten hier«, sagte Alar, »angeblich, um Rüstungen, Pfeile, billige Schwerter und dergleichen zu verkaufen. Aber was er kaufen wollte, war interessanter als das, was er selbst zu verkaufen hatte.« Eisenfaust blickte besorgt drein, aber der Junge erzählte unbekümmert weiter und grinste spöttisch. »Er wollte uns mit Geld von Lord Maldeo kaufen – unsere Loyalität für Portona erkaufen. Wir haben ihm ziemlich lange zugehört, bevor wir ihn schließlich hinauswarfen.«

Eisenfaust räusperte sich unwillig, worauf Alar schwieg. »Sag mir, Martos«, sprach Eisenfaust sehr leise, »ist solch ein Agent schon an *dich* herangetreten?« Er schien erleichtert zu sein, als Martos den Kopf schüttelte. »Das zeigt, daß dieser Mann ein unverschämter Lügner war! Er behauptete nämlich, alle Söldner des Landes wären schon von den Gilden angeheuert worden. Aber das löst unser Problem leider auch nicht. Die beiden anderen carrodischen Kompanien sind schon von Gilden angeheuert worden. Ein solcher Vertrag ist natürlich nichtig, wenn wir gegen unsere eigenen Landsleute kämpfen sollen, aber es wäre trotzdem eine schwierige Situation.«

»Ich bezweifle, daß sie viele Seynyorer haben«, sagte Alar. »Nicht mit einem halben Dutzend DiVegas in jeder Kompanie!«

»*So* viele gibt es davon nun auch wieder nicht!« wandte der Vater ein. »Es ist aber schon eigenartig, daß sie nicht an dich herangetreten sind, Martos.«

»Vielleicht sind sie intelligent genug, gar nicht erst zu versuchen, einen kadarinischen Edelmann zu bestechen«, sagte Martos ganz ernst. Eisenfaust lachte laut.

»Wenn sie *so* intelligent wären«, sagte er schnell, bevor Martos hätte beleidigt sein können, »wären sie auch intelligent genug, keinen Verrat anzuzetteln, während sich die Grenze in einem solchen Zustand befindet! Es ist der helle Wahnsinn!«

»Du sagtest aber doch, die Grenze sei ruhig«, sagte Martos.

»Du bist noch nicht sehr lange an der Grenze, mein Junge, nicht wahr?« sagte Eisenfaust. Martos schüttelte seinen Kopf und fühlte sich wie ein Idiot.

»Dachte ich mir. Sie haben ihren Angriff innerhalb von Stunden nach ... Norden ... wo immer es sein mag ... verlagert. Sie können ebenso schnell wieder an der alten Stelle angreifen, und sie werden das auch tun, es sei denn, sie brechen irgendwo anders durch. Ich habe es schon einmal erlebt. Ich erinnere mich an einen Vorfall in Norbath ...« Unschöne Erinnerungen flackerten in seinen Augen. »Wir saßen gerade bei einem Zechgelage. Die Dunklen Wesen hatten kurz zuvor Darna attackiert, aber das lag mehr als tausend Meilen entfernt! Wir hatten kaum Zeit, uns zu bewaffnen, und schon gar keine, um nüchtern zu werden. Ich bin zu alt für dieses Leben.« Er seufzte und schüttelte sich wie ein Bär. »Wenn der Vertrag ausgelaufen ist, ziehe ich vielleicht in die Heimat und werde endlich seßhaft. Meine Söhne können dann das Söldnertum übernehmen. Arn ist schon fast alt genug, und Alar macht sich auch ganz gut.« Er lächelte seinem Sohn zu. Martos sah den Stolz des Vaters und Alars Freude über dieses Lob.

»Die Menschen, die hier leben, tun mir aber leid. Maldeo ist ein feiner Mann, und« – Bitterkeit stieg in seine Augen und seine Stimme – »viele von den Männern, die mit mir nach Süden kamen, sind schon zu Asche geworden. Sie sind über die Felder dort draußen verstreut worden, um diese zu heiligen, wie die Grenzländer es nennen, und um sie wieder fruchtbar zu machen. Ich will nicht, daß die Dunklen dieses Land zurückerobern!«

Martos nickte. Vor seinem inneren Auge sah er die herrlichen Kleefelder und die Felder voller Erdnüsse und Bohnen. Er dachte an all die Mühe, die das Mischen von Dung, Lehm und Kies gemacht hatte, und wie dieses Gemisch über das nackte Gestein gestreut worden war . . . und dies brachte ihm wieder das Bild von den Hügeln in der Nähe seines eigenen Hauses zurück, die mit dem giftigen grauen Staub bedeckt waren. Er erschauerte. Er würde Kumari ins östliche Kadar mitnehmen oder nach Sardis oder Ranikert, weit weg von der Grenze. Ihr Kind sollte diesen Schrecken nie kennenlernen.

Könnte er wohl ein so guter Vater sein wie Eisenfaust? Könnte er Kumaris Kind so nahe stehen? Und was, wenn es ein Mädchen wäre? Ein wie guter Vater wäre er dann wohl? Er wünschte, er hätte eine Schwester gehabt, dann wüßte er jetzt besser, was in diesem Fall zu tun wäre. Einen Sohn könnte er seine Schwertkunst lehren. Er könnte zusehen, wie dieser zum Mann würde. Genau wie Eisenfaust Alar mit glühendem Stolz in den Augen zusah. Er wandte sich von Eisenfaust ab und betrachtete nun wieder Alar. Er erinnerte sich an den Jungen, wie er in Birthrans Halle unter all den lärmenden Studenten gestanden hatte.

»Hast du weitergeübt, seitdem du uns verlassen hast, Alar?« fragte er.

»Und ob er hat!« polterte Eisenfaust. »Du solltest ihn sehen! Und seinen Bruder Arn auch! Hah! Heute halten sie sogar *mich* in Form! Obwohl ich eine gute Lektion von dir auch noch vertragen könnte, Martos. Wie wär's damit?«

Nein! Martos zögerte, denn er wollte nicht unhöflich erscheinen. Dann erinnerte er sich dankbar daran, daß er eine legitime Ausrede hatte.

»Tut mir leid, heute abend nicht. Ich habe morgen einen langen Ritt vor mir, und die kommende Woche wird auch sehr anstrengend werden. Ich sollte eigentlich schon im Bett liegen.« Er gähnte und streckte sich ausgiebig, während er aufstand, und wünschte den beiden freundlich eine gute Nacht.

Er war mit romantischen Erzählungen über Eisenfausts Jugend in Thernhelm aufgewachsen, und als er den Mann zum ersten Mal persönlich getroffen hatte, war es ihm vorgekommen, als ob er vom Glanz der Legenden umgeben wäre. Aber jedesmal, wenn er mit diesem Held seiner Jugend gefochten hatte, hatte er ihn mit Leichtigkeit geschlagen. Und jedesmal schien seine eigene Jugend dadurch ein wenig weiter wegzurücken.

Aurel Ciavedes begrüßte Istvan, als sei dieser ein lange verlorener Bruder. Er war ein riesiger, schwarzbärtiger Mann mit Schultern wie ein Stier und einem nackten rosa Schädel zwischen den schwarzen Haarsträhnen. Er schenkte guten nervischen Wein in Istvans Kelch und füllte einen zweiten für Firencio.

Draußen auf den überfüllten Straßen von Portona boten die Straßenhändler lauthals ihre Waren feil. Schläger und Taschendiebe gingen hier den reichen Aufschneidern aus dem Wege, die sie in den ärmeren Vierteln am Hafen erstochen hätten. Stattliche Kaufleute in eleganten Roben stolzierten, umgeben von ihren bezahlten Leibwächtern, mit ihren noch eleganter gekleideten Damen arrogant durch die Menge der Bediensteten und Träger.

»Ja, wir haben alle reichlich zu tun hier«, sprach Ciavedes und nippte an seinem Wein. »Der Gildenmeister hat uns ausrichten lassen, daß wir uns auf einen Krieg vorbereiten sollten, aber er hat vergessen, uns zu sagen, gegen wen. *Ich* glaube, er wird gegen Verräter der Krone geführt werden, obwohl es sein mag, daß die Gildenmeister etwas anderes im Sinn haben.« Er grinste Istvan verschwörerisch über seinen Kelch an.

»Das heißt«, sagte Istvan, »wenn ihr den Befehl erhalten würdet, gegen den König zu marschieren, würdet ihr euch weigern?«

Aurels Füße glitten vom Hocker und schlugen auf den Boden, als er sich aufrichtete. Sein Grinsen verwandelte sich zu einem Ausdruck der Überraschung. »Guter Freund! Welche andere Wahl haben wir denn? Dreißig oder vierzig unserer

Bruderkompanien sind direkt der Krone unterstellt! Nur sieben sind in den Hafenstädten stationiert, und nur drei davon hier in Portona! Wie können sieben Kompanien verlangen, daß dreißig *ihre* Verträge brechen sollen? Besonders, wenn man bedenkt, daß ihre Einkommensquelle versiegen würde, falls wir gegen Portona erfolgreich wären. Wir werden auf der Seite kämpfen, auf der auch unsere Bruderkompanien kämpfen. Das ist wohl auch der Grund für Euren Besuch hier, nehme ich an?«
Istvan nickte. »König Olansos war mein Vetter. Ich habe ihm versprochen, seinem Sohn beizustehen.«
»Dachte ich mir«, sagte Ciavedes und nickte heftig. Er grinste. »Nun, wer bin ich, mich mit den DiVegas anzulegen?«

Obwohl Grenzländer in der Gegend zwischen den trutzigen Mauern des königlichen Schlosses und dem Fluß im ärmeren Kaufmannsviertel der Stadt Tarencia nicht unbekannt waren, sah man sie hier doch sehr selten. Viele Augenpaare folgten der kleinen Gruppe von Männern in ihren düsteren Rüstungen, die sich ihren Weg durch die verschlungenen Straßen bahnten. Manch einer wunderte sich darüber, daß diese Leute so schlecht im Sattel saßen, und auch darüber, daß es im Grenzland mißhandelte Ponys gab, wie es bei diesen Pferden offensichtlich der Fall war.
Aus Gewohnheit waren Jodos' Augen immer noch nur einen Spaltbreit geöffnet, als Schutz gegen die Sonne, obwohl sich die Gruppe hier im Schatten der Häuser bewegte. Er überließ Hotar die Führung, denn dieser war schon einmal hier gewesen. Sie bahnten sich ihren Weg durch das Labyrinth der Gassen, in denen ärmlich gekleidete Menschen sie nachdenklich betrachteten und wo schmutzige Kinder den Hufen ihrer Pferde auswichen. Schließlich machten sie vor einem großen heruntergekommenen Holzgebäude halt. Hotar war ein wenig flinker als die anderen. Als er von seinem Pony herunterkletterte, biß es nach ihm, deshalb schlug er es aufs Maul. Ein Junge trat aus dem zurückliegenden Eingang.

»Seid gegrüßt, edle Lords!« Er nahm Hotar die Zügel ab. »Was wünscht Ihr im Hause von Jacopos?«
»Kammern«, antwortete Hotar knapp, während Jodos und die anderen ungeschickt von ihren Pferden stiegen. »Aber bring zuerst das hier zu deinem Meister«, sagte er und zog einen mit Wachs versiegelten Umschlag aus der Tasche. »Wenn du ihn schnell zu ihm bringst, bekommst du eine Belohnung. Aber wenn die Siegel gebrochen sind«, fügte er mit einem furchterregenden Blick hinzu, »wirst du dafür büßen!«
Der Junge zögerte, und Hotar zog eine große goldene Münze aus der Tasche. Er warf die Münze mit gleichgültiger Miene in die Luft und fing sie wieder auf. Der Junge griff rasch nach dem Umschlag und lief los.
Hotar wandte sich an Jodos und grinste. »Siehst du?« sagte er spöttisch. »Kein Problem!«
Der Junge kam mit mehreren Männern zurück, die sich um die Pferde kümmerten. Er verneigte sich jetzt vor Hotar noch tiefer als zuvor. »Wenn die edlen Lords mir folgen möchten?«
Hotar warf ihm die Münze zu, und der Junge führte sie die Treppe hinauf, durch lange Gänge, und schließlich öffnete er eine schwere Holztür. Dahinter lag ein riesiger dunkler Raum.
»Der Meister sagte, ich solle Euch diese Räume geben«, sagte der Junge etwas unsicher. »Hättet Ihr nicht lieber ein wenig mehr Licht? Es gibt nur ein Fenster in dieser Suite, und das hat schwere Vorhänge ...?«
»Sie sind gut genug«, entgegnete Hotar schroff.
Der Junge wandte sich zum Gehen und stieß gegen einen rundlichen, grauhaarigen kleinen Mann in lockerer Kleidung. Seiner Kleidung nach zu schließen erwartete er wohl, noch weiter zuzunehmen. Vielleicht war er aber auch früher schon einmal dicker gewesen. Er katzbuckelte unentwegt und rieb sich die Hände. Jodos sah, daß der Mann entsetzliche Angst hatte – offensichtlich war er hin und her gerissen zwischen Gier und Angst. Hinter ihm kamen die Männer, die sich um die Pferde gekümmert hatten und nun mit den Satteltaschen

beladen waren. Sie ließen diese auf den Boden fallen und gingen. Der Grauhaarige gestikulierte aufgeregt, sie sollten sich beeilen, wobei sich auf seinem Gesicht ein gefrorenes Lächeln zeigte. Als alle anderen gegangen waren, wandte sich der Rundliche an Hotar. Das gekünstelte Lächeln verschwand.
»Womit kann ich dienen ...«, begann er mit zitternder Stimme. Plötzlich jedoch hielt er inne, als Hotar ihn böse angrinste.
»Sieh zu, daß wir nicht gestört werden!« sagte Hotar. »Wie lange ist es noch bis zur Krönung?«
»Acht Tage Lord.«
Jodos erstarrte verärgert. Wozu die ganze Eile, wenn man sich nun hier so lange verstecken mußte, in permanenter Gefahr, entdeckt zu werden.
»Wenn du uns verrätst, verrätst du auch dich selbst.« schnaubte Hotar. »Und für Verräter haben wir ganz spezielle Methoden. Jetzt hol uns was zu essen – so etwas wie das, was ich hatte, als ich das letzte Mal hier war!« Der Mann blickte verständnislos drein und zitterte.
»Bitte, Lord, das ist gefährlich.«
»Was kümmert mich dein Risiko?« spottete Hotar. »Mich interessiert nur das Ergebnis! Du bekommst schließlich deinen Lohn ...«
»Wenn es ein Risiko ist, dann laß es!« unterbrach Jodos. »Der Meister hat ausdrücklich gesagt, wir sollten nichts tun, was die Aufmerksamkeit auf uns lenkt!«
Der Dicke blickte Jodos an und erschrak. Ihm fiel die Kinnlade herab. Nachdem er den Mund wieder geschlossen hatte, schüttelte er den Kopf und versuchte wegzuschauen. Aber Jodos fing seinen Blick auf und hielt ihn gefangen.
»Schlafe!« sagte er. Der Körper des Mannes sackte zusammen, und er wäre umgefallen, wenn Hotar nicht seinen Arm ergriffen hätte.
»Steh auf. Schau mich an.«
Der Mann richtete sich auf, seine Augen öffneten sich wieder und schauten direkt in Jodos Augen.

»Warum hast du dich so verhalten, als du mich sahst?«
Das Zittern in seiner Stimme war jetzt verschwunden: »Ich dachte, Ihr wäret König Chondos.« Er sprach sehr monoton.
»Und für wen hältst du mich jetzt?«
»Ihr seid Jodos, der Verschwundene Prinz.«
»Du wirst das vergessen. Du wirst vergessen, daß du jemals einen Mann gesehen hast, der König Chondos ähnelt. Du wirst vergessen, wie Chondos aussieht. Du wirst vergessen, daß du jemals von einem Verschwundenen Prinzen gehört hast. Du wirst vergessen, daß ich mit dir gesprochen habe. Wenn du aufwachst, wirst du nicht mehr wissen, daß irgendwas geschehen ist, und du wirst weiter mit Hotar reden. Wache jetzt auf!«
Der Mann blinzelte benommen und wandte sich an Hotar: »Lord«, sagte er, »ich...«, und dann stockte er verwirrt. Er wußte, daß er zu Hotar sprechen sollte, aber er wußte nicht, was er sagen sollte. Hotar lachte und bückte sich. Er zog ein Säckchen aus einer der Satteltaschen und schüttelte es. Darin klimperte etwas.
»Du wirst noch mehr bekommen«, sagte er. »Nimm als zusätzliche Belohnung die Pferde, auf denen wir gekommen sind, und verkaufe sie. Behalte, was du dafür bekommst. Sorge dafür, daß wir etwas zu essen bekommen und wir alleine gelassen werden. Und jetzt hau ab!«
Der Mann verneigte sich ängstlich und hastete durch die Tür, den Geldsack fest in seinen Händen.
Jodos grinste mit entblößten Zähnen und sah Hotar dabei an. »Siehst du?« parodierte er. »Kein Problem!«

Asbiorn Kung würde sich keine Sorgen machen müssen, wenn *seine* Haare ihre Farbe verlören, dachte Istvan. Sie waren so hellblond, daß es nicht weiter auffallen würde.
»Ich muß zugeben«, sagte Kung und lehnte sich in seinem Stuhl zurück, »daß ich keine besondere Lust habe, auf der anderen Seite zu stehen, wenn Ihr der Anführer der königli-

chen Streitkräfte seid. Ich weiß, wozu Ihr fähig seid. Aber unser unmittelbarer Arbeitgeber ist nun einmal die Schiffergilde. Eigentlich sollten wir auf den Schiffen auf hoher See dienen, aber in unserem Vertrag steht nichts, was sie davon abhalten könnte, uns bei einem Bürgerkrieg auf dem Lande einzusetzen. Natürlich, Eisenfaust arbeitet für irgendeinen Lord im Grenzland, unten im Süden – Manipol oder so ähnlich. Ich habe keine Ahnung von Lokalpolitik – das geht mich nichts an –, aber wenn er auf der anderen Seite steht, muß einer von uns beiden seinen Vertrag brechen. Ich könnte das als Grund angeben, um die Gilde dazu zu bringen, uns auf den Schiffen zu belassen, anstatt uns in den Krieg zu schicken. Ich würde das vorziehen. Bürgerkriege sind grausam.«

»Wie viele von deinen Männern sind jetzt auf dem Land?« fragte Istvan.

Ein besorgter Blick flog über das Gesicht des Carrodiers. »Ich fürchte, ich kann dir das nicht sagen. Natürlich darf ich dir das auch nicht sagen.«

»Und warum nicht?« sagte Istvan. »Befehle von den Gilden? Wenn das so wäre, genügte das schon als Beweis für Hochverrat. Die Krone kann eure Arbeitgeber festnehmen, eure Verträge annullieren und euch deportieren. Wenn nicht, so seid ihr immer noch Bedienstete loyaler Untertanen von König Chondos von Tarencia, und ihr alle untersteht meinem Befehl als Kommandant der Söldnerheere.«

»Das stimmt«, sagte Asbiorn nach kurzer Pause und seufzte. »Die meisten meiner Männer sind auf dem Land. Ich kann mich nicht an die genaue Anzahl erinnern.«

»Sind es mehr als die Hälfte?« fragte Istvan. Kung nickte. »Ist das nicht ein wenig merkwürdig, wenn es eure Aufgabe ist, die Schiffahrt zu schützen?«

»Ich gebe zu, daß . . .« Der Carrodier hielt inne. »Nein. Ich werde nichts zugeben. Ich habe keine Ahnung, warum meine Arbeitgeber die Anzahl der Männer auf den Schiffen reduziert haben. Es ist friedlich gewesen in letzter Zeit, und wir haben keine Befehle bekommen, die darauf hindeuten, daß die Schiffergilde in ein Komplott gegen die Krone verwickelt ist.«

Die Sorge auf seinem Gesicht verriet Istvan aber, daß er, wenn er auch nicht gerade gelogen hatte, doch etwas gehört oder erraten hatte, was ihn sehr vorsichtig mit der Wahrheit umgehen ließ. »Also gut. Ich danke Euch, Hauptmann Kung.« Istvan stand auf und verneigte sich. »Ihr seid sehr hilfreich gewesen. Aber ein kleiner Rat.« Er hielt einen Moment inne und legte seinen Umhang an. »Wenn Ihr wirklich gewillt seid, Eure Männer aus Bürgerkriegen herauszuhalten, schlage ich Euch vor, daß Ihr und Esrith Gunnar Eure Verträge sehr sorgfältig studiert und sie entweder neu formulieren laßt, um Eure Männer auf den Schiffen zu halten, oder irgendeine Formalität findet, um von ihnen befreit zu werden. Sonst . . .« Er zuckte mit den Schultern, verneigte sich erneut und ging davon.

Im unsteten Licht eines Dutzends winziger Monde ritt Pirthio durch die Tore der Stadt Tarencia und folgte den gepflasterten Straßen zu Jagats Haus. Im Norden hingen drohende Gewitterwolken über dem See von Ardren, und Blitze durchzuckten den Himmel.

Lord Jagat schritt wütend hin und her, als Pirthio zu ihm trat. Die harten Züge der Wut verschwanden von seinem Gesicht, als die Stimme seines Sohnes ihn wieder zu sich brachte. Er begrüßte ihn mit einem Lächeln. Als Pirthio jedoch nach dem neuen König fragte, war die Wut plötzlich wieder da.

»Der junge Spund hat jetzt eine noch schärfere Zunge als vorher! Tut mir leid.« Jagat hielt inne, als er bemerkte, wie sehr Pirthio diese Geringschätzung seines Freundes schockierte. »Ich hatte vergessen, wieviel einfacher es ist, unserem neuen König aus der Ferne treu und ergeben zu sein. Er verletzt jeden in seiner Reichweite, als ob das seinen Vater zurückbringen könnte. Es macht mich wahnsinnig, wenn ich daran denke, wie wir unter seiner Zunge zu leiden haben

werden. Und wenn er nicht ...« Er hielt mit einem verzweifelten Seufzer inne. »Ach ja. Aber du hast auch etwas, worüber du sprechen möchtest, nicht wahr?«
»Ja«, sagte Pirthio und nickte. »Ich muß unbedingt ein paar Männer finden. Rinmull von Ojaini ist der erste, glaube ich. Weißt du, ob er hier ist?«
»Wahrscheinlich. Die meisten der Kantara-Lords ritten gestern in die Stadt ein.«
»Und wie steht's mit Mahapor?«
»*Mahapor?*« Jagat hob die Augenbrauen. »Ich weiß es nicht. Aber es gibt ein Gerücht, daß Tunno hier ist. Um seinen Vater zu vertreten, sagen manche; aber es ist wahrscheinlicher, daß er sich über Hansio hinweggesetzt hat, um hier zu trinken und zu feiern. Ich bin sicher, daß einige der unbedeutenderen Edelleute schon hier sind. Wieso? Du führst etwas im Schilde.«
Pirthio grinste. »Sag mir, Vater, wen hassen wir Takkarer mehr als einander?«

Donner krachte und tobte über dem Meer von Ardren, und auf die Straße, die südlich von Portona verlief, fiel Regen. Der Wind drehte sich kurz und blies Tropfen in Istvans Gesicht. Dann prasselten sie wieder auf seine Kapuze nieder. Er zog den Umhang eng um sich und kauerte sich auf dem Sattel zusammen.
»Hauptmann Kung ist ein sehr besorgter Mann«, sagte Firencio. Er ritt dicht neben Istvan, und seine gewaltige Stimme erschallte laut und deutlich, trotz des Regens, des Windes und der Hufschläge.
»Ja«, sagte Istvan, »und bald, so hoffe ich, wird er auch Esrith Gunnar ein wenig nervös machen.«
Esrith Gunnar hatten sie nicht besucht. Er war ein steifer, dickköpfiger alter Soldat, der nur gestritten hätte. Aber wenn Asbiorn Kung sich Sorgen machte, dann würde Gunnar handeln, und Istvan meinte zu wissen, was er tun würde.
Äste bogen sich im Wind. Die Kälte zwischen seinen Schul-

terblättern brachte ihn zum Zittern, deshalb zog er den Umhang noch enger um sich. Er wurde alt. Was sollte er tun? Aufgeben, nach Hause gehen und sterben? Zuschauen, wie der Körper verfällt und der Verstand nachläßt, bis man schließlich da saß und mit Männern redetete, die schon seit vierzig Jahren tot waren?

Istvan zitterte wieder, aber diesmal nicht vor Kälte. Er strengte sich an, seine Gedanken aus diesen morbiden Gefilden wegzubewegen. Er mußte sich aufs Geschäft konzentrieren. Für Leute, die im Begriff waren, einen Krieg zu planen, kümmerten sich die Portonaner erstaunlich wenig um die Verteidigung ihrer Stadt. Vor seinem inneren Auge sah er wieder die Vororte der Stadt und die reichen Villen der Edelleute . . .

»Wir sind da!« rief Firencio. Istvan bewegte sich und zog sein Pferd von der Straße. Wenige Augenblicke später kletterte er schon auf ein frisches Pferd. Der junge Vetter Firencio hatte großes Organisationstalent.

»Bist du sicher, daß wir heute abend wieder in Tarencia sein müssen?« fragte Firencio. Er zeigte mit dem Arm auf die Lichter eines Gebäudes, dessen Umrisse der Regen verbarg. »Wir könnten hier die Nacht verbringen und morgen weiterreiten.«

»Ich reite weiter!« sagte Istvan kurz und lenkte sein Pferd zurück zur Straße. Eine seiner alten Wunden schmerzte stark, wie immer bei Regen. Er fühlte sich, als ob der Regen in seine Gelenke eingedrungen wäre und sich dort sammelte.

Die Satragara war voll von Sprößlingen des Grenzland-Adels. Pirthio hatte gebadet und stark geflickte, buntbestickte Kleidung alten Stils angelegt. Er betrat lautlos den Raum und ließ seine Augen suchend über die Menge streifen.

Die Gelehrten sagten, *Satragara* bedeute »Haus des Kriegers« oder auch das Haus des Edelmanns – in der alten Sprache, die die Takkarer aus einer anderen Welt mit sich gebracht hatten. Einst hatte es tief in den Bergen ein berühmtes Schloß dieses Namens gegeben. Die alten Lieder erzählten von seinem gro-

ßen Ruhm und seiner Pracht. Und diese Berge wurden nun von den schmutzigen Dienern der Dunklen verpestet, die sich vor dem Licht der Zwillingssonnen versteckten.
Aber die Besitzer betrachteten es als ein Haus der Edlen. Ihre Vorfahren waren Grenzländer gewesen, die vor dem vordringenden Schatten geflohen waren und auf diese Weise in den Augen ihrer Verwandten Stand und Ehre verloren hatten. Aber ihr Gasthaus war zu einem Treffpunkt für die Grenzländer aller drei Provinzen geworden, und es war der einzige Ort in der ganzen Stadt, wo ihre Eßgewohnheiten und ihre Sitten nie verspottet wurden.
Pirthio hatte gehofft, Rinmull von Ojaini hier zu finden. Der Kantaraner hatte nicht nur eine der besten Stimmen an der ganzen Grenze – und er konnte die wilde »Ballade von Pertaps Ritt« oder das traurige »Klagelied über den Fall Rashnagars« besser singen als jeder andere –, er war außerdem auch ein Gelehrter und Kenner des Altertums. In versteckten Winkeln seines Schlosses hatte er Manuskripte alter, lange vergessener Balladen aus den vergangenen Tagen des takkarischen Ruhms gefunden. Eine dieser Balladen hörte Pirthio ganz besonders gerne von Rinmulls Lippen, und zwar vor so vielen Menschen wie möglich: Es war ein Klagelied für einen Lord von Mahapor, der durch die Treulosigkeit der Kaufmannsprinzen der Küste verraten und ermordet wurde.
Aber obwohl mehr als die Hälfte der Männer aus der Kantara anwesend waren, war Rinmull nicht dabei. Ein paar Manjipéaner und eine Handvoll Massadessaner unterhielten sich mit den Kantaranern auf einer Seite des Raumes. Sie knieten nach Grenzlandsitte an den niedrigen Tischen. Die Männer von Mahapor saßen abseits, als ob eine unsichtbare Linie den Raum teilte. Erinnerungen an alte Fehden hielten die Wache an dieser Linie. Es gab keine offenen Feindseligkeiten, vielmehr war dies die Spannung eines bewaffneten Friedens.
Unter den Männern von Mahapor saß eine riesige und kräftige, kostbar gekleidete Gestalt. Pirthio wagte es kaum, seinem Glück zu trauen. Er beobachtete den Mann sorgsam und ver-

glich seine feinen, adlerhaften Züge mit dem Bild seiner Erinnerung. Als er schließlich sicher wußte, daß dies wirklich der richtige Mann war, bestellte er eine Karaffe vom feinsten Wein und bahnte sich einen Weg durch den Raum. Er begrüßte die Männer, die er aus Manjipé und der Kantara kannte.

Als er die leere Fläche überquerte, welche die Kantara-Männer von denen aus Mahapor trennte, trat plötzlich Stille ein. Die wenigen Manjipéaner standen plötzlich auf. Die Männer aus Mahapor schauten ihn verwirrt an und versuchten, ihn zu identifizieren. Pirthio ignorierte sie alle und setzte sich mit seiner Weinkaraffe neben Tunno nieder – Tunno, der Erbe des Prinzen Hansio von Mahapor.

Am nächsten Tag erschallten die Trompeten, als Phillipos, der Prinz von Kalascor, zusammen mit seiner königlichen Frau Illissia, der Tochter von Olansos und Halbschwester des neuen Königs, in der Stadt eintraf. Der Herzog von Ipazema ritt hinter Phillipos in die Stadt ein. Sein Bart war schwarz und hob sich von seiner weißen Kleidung ab. Er war klein und untersetzt und ein erfahrener Krieger. Er saß auf dem Pferd wie ein Eroberer und erlaubte es sich, dem Jubel, der nicht ihm galt, mit spöttischen Blicken zu begegnen. Und aus den Blicken, mit denen er seinen Lehnsherrn bedachte, sprach der Haß.

Thoros von Ipazema war geschäftlich in der Stadt. Er wartete ungeduldig auf das Ende der Festlichkeiten. Als die Pferde endlich am Palast angelangt waren, schaute er Chondos zu, wie er seine Schwester umarmte und anschließend Phillipos etwas formeller begrüßte. Als sich die königliche Gesellschaft ins Schloß begeben hatte, warf er seinem Adjutanten einen Blick zu und lenkte sein Pferd geschickt aus dem Gedränge, während die niedrigeren Lords und ihre Gefolgschaft sich allmählich in alle Richtungen verstreuten.

Er wendete sein Pferd, ritt durch das Tor und lenkte es geschickt im Trab durch die überfüllten Straßen, wobei er das niedere Volk mit gezielter Mißachtung bedachte. Die Passanten machten hastig den Weg frei, als er durch das Marktgebiet ins Kaufmannsviertel ritt.

Er hielt bei einer Reihe luxuriös ausgestatteter Häuser an und stieg vom Pferd, band das Tier an einem Bronzepfosten fest, den ein Löwenkopf zierte, und stieg eine Marmortreppe hinauf. Ein Diener in der Livree einer der großen Kaufmannsfamilien erkannte ihn, verneigte sich und führte ihn ins Haus.

Dort saßen in einem riesigen Raum mit vergoldeter Decke und ebensolchen Wänden ein Dutzend Männer an einem langen Tisch. Als er eintrat, verstummten sie alle plötzlich.

»Einen guten Tag wünsche ich Euch!« Er versuchte die Verachtung, die er fühlte, zu verbergen. »Ich hoffe, ihr habt nicht zu lange warten müssen, und meine Verspätung hat euch keine Unannehmlichkeiten bereitet.« Mit unverhohlener Arroganz suchte er sich einen Stuhl und setzte sich den Lords der Gilden direkt gegenüber. Plötzlich überragte er sie alle. »Ist alles bereit? Findet euer Aufstand heute, morgen oder übermorgen statt?«

»Alles ist schiefgegangen!« schnaubte Andrios, Archon von Portona und Oberhaupt des Rats der Gilden. Hysterie klang aus seiner Stimme. »Alles! Unsere Seynyorer bewegen sich nicht vom Fleck! Jemand hat unsere Carrodier beeinflußt, und sie wollen ihre Verträge so abändern, daß wir sie nur noch auf unseren Schiffen einsetzen dürfen! Die Provinzen erheben sich nicht! Und nun sagen uns unsere Verbündeten von der Küste ...«, er deutete auf die Vertreter der übrigen Hafenstädte, die mit den Oberhäuptern der Gilden von Portona zusammen am Tisch saßen, »daß *wir* als erste mit dem Aufstand beginnen sollen, anstatt gemeinsam einen Aufstand entlang der ganzen Küste zu machen!«

»Das ist aber *sehr* unklug«, entgegnete der Herzog und schaute die Männer aus Poidia, Antonopol, Opuntopol und aus den übrigen Städten an. »Und was geht in den Provinzen vor?«

»Orissia *wird* sich erheben, das ist so gut wie sicher«, sagte der Meister der Schiffergilde vom anderen Ende des Tisches. »Aber in Kimburtia oder Manjipé haben wir so gut wie keinen Erfolg gehabt.«

»Ich nehme also an, daß aus eurer Mission zu Prinz Phillipos nichts geworden ist?« fragte Herzog Thoros mit gespielter Unbekümmertheit.

»Er hat versucht, unseren Agenten gefangenzunehmen und ihn dem König auszuliefern!« sagte Andrios. »Aber unser Mann war vor etwas Derartigem gewarnt worden, und so konnte er entkommen.«

»Aah ...«, sagte der Herzog und strich sich über den Bart, um sein giftiges Lächeln hinter der Handfläche zu verbergen. Wäre es ihm gelungen, Prinz Phillipos in die Sache zu verwikkeln, so wäre er morgen der Mann des Königs und am folgenden Tag Herrscher von Kalascor gewesen! Dann müßte er sich nicht mehr mit diesen verräterischen Schweinen abgeben. Diese Hoffnung war jetzt jedoch gegenstandslos, nun mußte er ihnen beistehen.

»Ihr habt mir zuvor gesagt, Ihr hättet die Hälfte aller Söldnerkompanien des Landes auf eurer Seite! Was ist passiert?«

»Dieser DiVega ist schuld, Istvan der Bogenschütze!« sagte der Lord der Schiffergilde. »Unsere Spione berichteten, daß er gestern abend Asbiorn Kung besucht hat, und wahrscheinlich hat er auch Esrith Gunnar beeinflußt! Gunnar kam heute morgen in die Gildenhalle gestürmt und forderte, daß sein Vertrag und der Kungs neu gefaßt werden müßten. Er sagte, seine Männer seien eingestellt worden, um Schiffe zu schützen, nicht, um in einem Bürgerkrieg zu kämpfen!«

»Und unsere Seynyorer sind nervös, seit DiVega eintraf«, sagte Lord Andrios. »Er hat alle Kommandanten besucht.«

»Dann tötet ihn!« forderte Herzog Thoros. »Es wird sicher nicht schwer sein, unter den Matrosen und dem Gesindel im Hafenviertel jemanden zu finden, dem es nichts ausmacht, gegen gutes Geld eine Kehle aufzuschlitzen.«

»Ich habe einen Mann auf meiner Gehaltsliste, der im Auffinden solcher Leute sehr begabt ist«, sagte Lord Andrios, »und er kann die Sache so arrangieren, daß der Mann nicht weiß, für wen er arbeitet. Er wird sicher einen oder zwei Schurken finden können.«

»Ein, zwei Schurken?« spottete Herzog Thoros. »Dieser Halunke ist der beste Schwertkämpfer der Welt! Ihr werdet ein paar mehr benötigen!«

»Das ist wahr.« Andrios nickte. »Ich werde ihn fünf anheuern lassen.«

Der Herzog von Ipazema begann zu lachen. Der Gesandte von Poidia quiekte: »Einmal in Riovia sah ich, wie Raquel DiVega zehn Männer tötete. Diese Leute sind trainiert, gegen so viele Gegner zu kämpfen!«

Die Augen der Anwesenden weiteten sich ungläubig, aber die Stimme des Herzogs von Ipazema klang kühl und sachlich. »Heuert zwanzig an. Es könnte sein, daß er nicht allein ist.«

»Meine Lords.« Eine neue Stimme mischte sich behäbig in das Gespräch ein. Der dicke, engelhafte, verschlafen wirkende Lord Demitrios von der Gilde der Transporteure lehnte sich auf den Ellbogen weit über den Tisch. Er lag fast flach auf der Tischplatte. Seine Lippen und Wangen wirkten mädchenhaft unter seinem dunklen Haar, und mit der freien Hand zeichnete er Muster in eine Weinpfütze auf dem Tisch.

»Wie Ihr wißt, sind meine Agenten in Manjipé und in den anderen Grenzprovinzen in diesen letzten Monaten sehr beschäftigt gewesen. Sie haben versucht, sie für unsere Sache zu gewinnen. Der Charakter unseres geliebten Königs hat ihnen die Arbeit sehr erleichtert. Sie waren im großen und ganzen erfolgreich. Der Großteil des Adels von Manjipé – und sogar von der Kantara – schätzt Chondos nicht besonders. Es war ein leichtes, sie gegen ihn einzunehmen. Manjipé allerdings will sich aus der Sache heraushalten, wie wir hörten. Und warum? Wegen des Respekts und der Ehrfurcht, die man Lord Jagat gegenüber hegt. Meine Lords, mir scheint, der Thron ruht auf drei Stützen. Ein Dreibein sozusagen: Lord Jagat,

Prinz Phillipos und dieser Istvan der Bogenschütze. Schlagen wir die drei Stützen weg und...« Er streckte die geballte Faust plötzlich aus und öffnete sie langsam mit nach unten gekehrter Handfläche.

5

Istvan stellte seinen Kelch auf den Tisch und bedeckte ihn mit der Hand, als Leonic Servara den Weinkrug erhob. Servara lachte.

»DiVega, bei meinem Wort, du treibst das Maßhalten bis zum Exzeß!« Der schlanke, schwarzbärtige Mann schenkte statt dessen Wein in seinen eigenen Kelch. »Du hast kaum genug gehabt, um dein Essen anzufeuchten, und du ißt wie ein Vogel! Zwanzig Jahre kenne ich dich nun schon, aber ich habe dich in all den Jahren noch nie betrunken gesehen! Du, D'Ascoli?«

»Nie.« Der Rothaarige schüttelte den Kopf.

Istvan lachte verschmitzt. »Keiner von Euch beiden ist alt genug, als daß er mich betrunken gesehen haben könnte. Ich bin einmal mit einem Kater in die Schlacht gezogen. Das hat mich kuriert.«

»Erwartest du morgen Krieg?« fragte D'Ascoli.

Istvan zuckte mit den Schultern. »Es würde mich nicht überraschen. Es sind nicht mehr viele Tage bis zur Krönung. Sie wären Narren, wenn sie bis dahin warten würden! Seit einer Woche warte ich darauf, daß sich Mahapor erhebt. Ich verstehe nicht, worauf sie noch warten.«

»Portona!« Servara lachte. »Der alte Hansio will, daß *sie* den Anfang machen, so daß die königlichen Streitkräfte im Norden alle Hände voll zu tun haben, bevor er eingreift. Er ist ein schlauer alter Fuchs. Aber die Gilden von Portona versuchen, erst die gesamte Opposition zu bestechen, und sie begreifen

nicht, daß die damit verbundene Verzögerung ihre Position schwächt. Ihre Führer sind Kaufleute, keine Soldaten. Wenn sie schnell gehandelt hätten, ein, zwei Tage nachdem der König gestorben war, hätten sie vielleicht Erfolg haben können. Statt dessen sitzen sie herum, bieten jedermann Geld an und... hörst du überhaupt zu?«
Istvans Augen schnellten zu Servaras Gesicht zurück. »Aber ja«, sagte er sanft, »erzähle weiter.«
Hinter Servaras Schultern sah Istvan einen schlaffen, dicklichen Mann in der roten Robe eines Heilers. Er hatte ihn schon zuvor gesehen, und zwar vor nicht allzu langer Zeit. Etwas an seiner Art wirkte beunruhigend, und außerdem schien er dem Gespräch zu lauschen.
»Nun«, sagte Servara, »jetzt hat Portona seine Chance verpaßt, den größten Teil Söldner aufzukaufen. Sie haben jetzt Angst, überhaupt noch irgend etwas zu unternehmen. Hansio wird wahrscheinlich bis in alle Ewigkeit warten müssen.«
»Ich hoffe, du hast recht«, sagte Istvan und gähnte. »Ich fürchte, ich muß euch bitten, mich zu entschuldigen. Der König hat endlich einem Ratstreffen zugestimmt, und nun muß ich ihm meinen Plan vorlegen.« Er erhob sich blitzartig vom Stuhl.
»Willst du nicht noch ein Glas trinken, bevor du gehst?« fragte Servara. Istvan schüttelte den Kopf. »Na ja, dann bleibt eben mehr für uns übrig, nicht wahr, D'Ascoli? Eine angenehme Nacht wünsche ich dir, DiVega!«
»Und ich dir auch, Servara! Und auch dir, D'Ascoli!« Er verneigte sich. Rupiros D'Ascoli wünschte ihm ebenfalls eine gute Nacht und griff dann nach dem Weinkrug.
Die Nacht war warm und nebelig. Istvan brauchte keinen Umhang. Aus alter Gewohnheit justierte er die Trageriemen seines Schwerts, so daß es sich nur schwach nach oben neigte. Die Luft war erfüllt von üblen Erinnerungen an diese Stadt. Er seufzte und spürte sein Heimweh nach Carcosa, wo derartiges sich hinter dem Duft von tausend Pflanzen verbarg. Er ging – ebenfalls aus Gewohnheit – sehr leise, und seine Füße

machten kaum Geräusche auf dem Kopfsteinpflaster. Plötzlich nahm er hinter seinem Rücken Schritte wahr.
Viele Füße.
Zunächst ignorierte er diese Geräusche, bis der Rhythmus ihm verriet, daß dies nicht nur eine Gruppe nächtlicher Spaziergänger sein konnte. Seine Ohren sagten ihm, daß diese Leute hinter ihm einen Halbkreis bildeten. Was mochten sie nur im Schilde führen? Raub? Das bezweifelte er! Stahl kratzte leicht gegen Leder und Holz. Er spürte ihre Angespanntheit. Er wandte sich nicht um. Seine linke Hand legte sich sanft auf die Scheide seines Schwertes. Er ließ die Rechte locker baumeln und schüttelte sie leicht, um die Finger zu entspannen.
Schritte kamen auf ihn zu. Er drehte sich blitzartig um, und seine Finger schlossen sich um den Schwertgriff. Das Schwert des Mannes, der ihm am nächsten stand, hob sich zu einem Hieb. Nun verließ auch Istvans Klinge ihre Scheide, und die Spitze des Schwertes durchborte die Kehle des Angreifers. Noch bevor der Tote zu Boden gefallen war, schoß die Hasturklinge über seine Schulter und stieß in die Kehle des hinter ihm stehenden Mannes. Istvan zog sie wieder zurück und drehte sich nach rechts, wobei er das Schwert über dem Kopf schwang. Seine linke Hand erreichte den Knauf.
Der Mann, der von rechts auf ihn zulief, hielt sein Schwert niedrig, bereit zum Stoß. Istvans Klinge peitschte nach unten und schnitt durch Schädel und Hirn des Angreifers. Anschließend sauste sie wieder empor und ruhte auf seiner Schulter, während er sich drehte. Die Leiche plumpste auf das Pflaster, und ein zerlumpter Mann sprang mit einem Schrei des Entsetzens zurück und versuchte sich panisch zu schützen. Die Angreifer standen jetzt in einem Kreis um ihn, aber keiner von ihnen wagte sich als nächster in die Reichweite seines Schwertes.
Istvan entblößte die Zähne zu einem wölfischen Lächeln. Er hielt die leichte Klinge mit beiden Händen; seine Knie waren gebeugt, bereit zum Sprung. Es mußten fünfzehn oder zwan-

zig Gegner sein, schätzte er. Er hörte einen leisen Schritt hinter sich und drehte sich blitzschnell auf den Zehenspitzen um. Seine Klinge blitzte über seinem Kopf auf. Ein einfältig wirkender Mann torkelte ängstlich zurück. Istvan lachte. Das waren keine Schwertkämpfer, das war Gesindel aus den Gossen von Tarencia – Diebe, Matrosen, Hafenarbeiter . . . !

»Also los jetzt!« schrie eine Stimme. »Schließlich ist es doch nur einer!«

»Dann geh du zuerst!« murmelte jemand.

»Kreist ihn doch ein, rückt zusammen langsam näher!« rief die erste Stimme wieder. Istvan sah jetzt den Sprecher. Es war ein dunkler, hagerer Typ. Er sah aus, als hätte er ein wenig Grenzlandblut in den Adern. »Nun macht schon, er kann uns unmöglich alle töten!«

Da hat er wahrscheinlich recht, dachte Istvan. Aber es sah nicht so aus, als ob er das überhaupt versuchen müßte. Einige waren schon jetzt drauf und dran, die Flucht zu ergreifen.

Sie kamen Schritt für Schritt näher. Istvan merkte sich den Mann, der gesprochen hatte, und kehrte ihm absichtlich den Rücken zu. Sie hatten nun nicht mehr genug Platz, um ihre Schwerter zu benutzen. Wenn sie angriffen, kämen sie ins Gedränge, und sie würden einander im Wege stehen. Er spürte, wie sich bei ihnen die Spannung aufbaute, während sie all ihren Mut zum Angriff zusammennahmen.

Unmittelbar vor dem Angriff wirbelte Istvan herum und sprang. Der Hagere fiel zu Boden, Blut spritzte aus der Arterie unter seinem durchtrennten Schlüsselbein. Einige der Männer zogen sich nun wieder zurück, genau wie Istvan es erwartet hatte, während andere zusammenrückten. Istvan duckte sich unter einem zischenden Hieb und stieß dann seine eigene Klinge nach oben durch den Bauch des Angreifers bis in das Herz des Mannes. Als er das Schwert aus dem Körper zog, mußte er sich rasch zur Seite drehen, um einem weiteren Hieb zu entgehen. Der Tod war spürbar nahe. Er ließ seine Klinge kreisen, und ein Kopf prallte auf das Pflaster.

Die Klinge eines Schwertes stieß auf seine Augen zu. Seine

eigene Klinge kreuzte die des Angreifers mit einem ohrenbetäubenden Krachen, flog dann nach unten und hieb durch Stoff und Fleisch. Der Mann brüllte auf und griff panisch nach seinen aus dem Körperinnern hervortretenden Eingeweiden. Er schrie wie am Spieß. Istvans Herz zog sich zusammen unter einem Gefühl des Mitleids. Das hatte er nicht gewollt. Er haßte es, Schmerz zu verursachen. Wenn er einen Mann töten mußte, dann wollte er, daß der Tod schnell eintrat. Seine Klinge ließ einen Ton erklingen, als er einen Hieb auf seinen Kopf abwehrte. Anschließend stieß er blitzartig unter den Arm des Angreifers, um die Arterie in seiner Achselhöhle zu treffen.

Der Mann mit dem aufgeschlitzten Bauch wand sich und jammerte erbärmlich zu seinen Füßen. Von Schuldgefühl bewegt trat Istvan schnell zur Seite, um einem Stoß zu entgehen, und schlug mit seinem Schwert wie mit einer Peitsche hinter das Ohr des Sterbenden. Das war schnell und barmherzig, aber es kostete Istvan beinahe das Leben. Er schaffte es gerade noch rechtzeitig, nach rechts auszuweichen, und das Schwert, das ihn andernfalls aufgespießt hätte, schnitt nur durch den Stoff seiner Kleidung und ritzte seinen Brustkorb. Er fühlte, wie etwas Warmes an seiner Seite hinabfloß, und das ließ seinen letzten wirbelnden Hieb noch wilder ausfallen, während er über die aufgetürmten Leichen sprang und die Straße entlanglief.

Hinter ihm ertönten Schreie und trommelnde Schritte. Er fluchte vor sich hin. Es war ein Fehler gewesen, zu laufen. Seinen Rücken zu sehen, hatte den Angreifern neuen Mut gegeben. Verletzt wie er war, konnte er kaum hoffen, ihnen zu entkommen.

Einer der Männer hatte ihn schon fast erreicht. Istvan wandte sich um und trat zur Seite. Seine Klinge schoß hoch und traf den Gegner unter den Kiefer. Istvan trat zurück, um der zu Boden stürzenden Leiche auszuweichen. Er überlegte, ob er erneut versuchen sollte, davonzulaufen. Er wollte nicht mehr seiner Angreifer töten, als unbedingt notwendig war. Er ent-

schloß sich zu bleiben. Das würde sie schneller entmutigen. Sie gingen vorsichtig über die blutigen Pflastersteine und schlichen an den Leichen ihrer Kameraden vorbei.
War er auf das Gasthaus zugelaufen, oder hatte er sich von diesem entfernt, als er den Kreis der Angreifer durchbrochen hatte? Wenn es irgendwo hinter ihm lag ...
Er begann, rückwärts die Straße entlang zu gehen. Die Gegner liefen schneller als er. Er hielt an. Er war schon eine größere Strecke gelaufen als die, die er zuvor vom Gasthaus zurückgelegt hatte. Wenn er schon daran vorbeigekommen wäre, würden jetzt D'Ascoli und Servara hier sein. Blut floß auf seiner Haut und näßte den Stoff seiner Kleidung. Es war zwar nur ein Kratzer, aber der Blutverlust würde ihn schwächen und seine Reaktionen verlangsamen.
Es waren noch ungefähr zehn Gegner übriggeblieben. Warum gingen sie nicht, warum ließen sie ihn nicht in Ruhe? Er wollte nicht mehr töten!
Ein Mann lief fluchend und schreiend auf ihn zu. Als seine Klinge herabsauste, wich Istvan schnell aus und stieß durch die Schulter des Mannes nach oben. Ohne jeglichen Laut fiel die Leiche aufs Gesicht.
Er wollte nicht töten, und sterben wollte er auch nicht. Er haßte den Tod. Obgleich sie so ehrlos waren, hatten diese Männer doch bestimmt Frauen, die sie liebten, Verwandte, Eltern, Kinder ...
Nun bestürmten ihn drei von ihnen gleichzeitig, und auch die anderen kamen schnell hinzu. Seine Klinge durchstieß die Schläfe eines Mannes und traf im Fall einen zweiten, während er zur Seite trat. Er stach nach links und schnitt nach rechts, und seine Klinge zischte vom Auge zur Kehle. Ein vierter Gegner lief um die fallenden Leichen herum und versuchte mit seinem Schwert Istvans Kopf zu treffen. Istvan sprang zur Seite und schlitzte seinen Bauch auf, um anschließend gleich wieder das Schwert zu heben und den übrigen entgegenzutreten.
Die restlichen Gegner hielten inne und fielen auf den glitschi-

gen Pflastersteinen übereinander. Der sterbende Mann stöhnte voller Entsetzen und Schmerz. Istvan ging auf sie zu und wirbelte unterdessen sein bluttriefendes Schwert über dem Kopf. Die Männer liefen schreiend davon und warfen ihre Waffen zu Boden. Istvan stützte sich auf sein Schwert und sah ihnen nach. Er drückte seine Hand auf die Wunde am Brustkorb. *Ich lebe*, dachte er, *es ist vorüber und ich lebe!* Der Stoff seiner Kleidung war naß unter seinen Fingern. Der Sterbende rief nach seiner Mutter. Er konnte den Mann nicht einfach so liegen lassen, da er so schrecklich litt. Er wandte sich dem Stöhnenden zu.

Halt! Im Gasthaus war doch der Heiler in der roten Robe gewesen. Vielleicht konnte der den Mann retten, wenn er ihn schnell genug dorthin brachte. Er wischte sein Schwert ab und steckte es in die Scheide. Dann kniete er nieder, um den Mann aufzuheben. Eine große Menge Blut ergoß sich über die Pflastersteine. Istvan riß ein Stück Stoff aus seinem Wams und stopfte es in die Wunde, nachdem er zuvor die heraushängenden Eingeweide des Mannes wieder in den Körper gedrückt hatte. Der Mann schrie zum Steinerweichen. Istvan hielt ihn in den Armen, als wäre er ein verängstigtes Kind, und flüsterte ihm aufmunternde Worte zu, während er selbst schwankend aufstand und ihn die Straße entlangtrug, vorbei an den aufgehäuften Leichen.

Die Wunde in Istvans Seite erzeugte einen unerträglichen, stechenden Schmerz. Durch die Anstrengung des Tragens hatte sie sich wahrscheinlich erneut geöffnet. Istvan biß die Zähne zusammen und ging weiter.

Er setzte standhaft einen Fuß vor den anderen. Die Schreie des Mannes waren nun schwächer geworden, sie erstarben in einem würgenden Stöhnen. Er fühlte, wie seine Kraft nachließ. Er atmete flach und schnell und spürte, wie ihm die Knie allmählich weich wurden. Der Mann trat um sich und kämpfte. Istvan ließ ihn beinah fallen.

»DiVega!« Er hörte Servaras Stimme durch den Nebel. »DiVega! Wo bist du, DiVega? Lebst du?«

Er spannte seine Beine an und versuchte, genügend Atem zu holen, um antworten zu können. Der Mann in seinen Armen jammerte und kämpfte. Weit entfernt im Nebel hörte er Schritte laufen und geisterhafte Stimmen, die seinen Namen riefen.

»DiVega! DiVega! Lebst du?«

»Hier!« Seine Stimme klang zwar schon in seinen eigenen Ohren schwach, aber D'Ascoli und Servara mußten sie gehört haben.

»Wir kommen DiVega, wir hören dich!« Schritte hallten durch den Nebel. Was wäre, wenn noch mehr Meuchelmörder da draußen auf ihnen warteten? Er wankte. Ihm war schwindelig. Er mußte den Mann hinlegen, um sein Schwert zu ziehen . . .

Zwei Gestalten traten mit gezogenen Schwertern in den Händen aus dem Nebel. Istvan hätte den Verwundeten fast fallen lassen, als er Servara und D'Ascoli erkannte.

»DiVega?« Servara stand über ihm. »Ich dachte, du hättest so geschrien! Du bist voller Blut!«

»Das meiste davon ist von ihm und von den anderen.« Istvans Stimme vermochte nur ein leises Krächzen hervorzubringen. Seine Seite pochte. »Helft mir! Wir müssen ihn in das Wirtshaus bringen, zu dem Heiler. Er liegt im Sterben, aber wenn der Heiler fähig ist . . .«

»Ich weiß nicht, mir scheint, daß nicht einmal ein wahrer Adept den dort retten könnte«, meinte D'Ascoli. Er mußte laut sprechen, denn der Sterbende stöhnte immer noch ununterbrochen. »Er ist schon fast tot. Wer ist das, Istvan?«

»Irgendein . . . Mann. Ihr beiden müßt ihn tragen.« Das Reden fiel ihm schwer. »Mir fehlt nicht viel, es ist nur ein Kratzer.« Mühsam erhob er sich und stand schwankend da. Überall auf der Straße verstreut lagen Leichen. So viele Tote! Und wozu?

Er hörte, wie der Verletzte aufschrie, als Servara und D'Ascoli ihn aufhoben. Rupiros murmelte etwas über irgendwel-

che Idioten vor sich hin, die eigentlich in dieser Gegend patrouillieren sollten.
Istvan wankte hinter seinen Freunden her und konzentrierte all seine Energie darauf, in Bewegung und auf den Beinen zu bleiben. Die Wunde in seiner Seite pochte. Das war aber jetzt nicht mehr ganz so schlimm, da er nichts mehr tragen mußte. Die anderen waren schon vor ihm im Nebel verschwunden, obgleich er ihre Schritte noch hören konnte. Ihm war übel. Er hörte einen Ruf aus dem Nebel. D'Ascolis Stimme antwortete.
Dunkle Gestalten lagen auf dem Pflaster. Die ersten, die er in dieser Nacht umgebracht hatte. Er schüttelte den Kopf. So viele tote Männer mit kalten und steifen Gliedern. Er hätte nicht so passiv und defensiv kämpfen sollen. Wenn er nicht versucht hätte, zu entkommen, wenn er sie wilder angegriffen hätte, vielleicht hätte er sie abschrecken können, ohne so viele von ihnen töten zu müssen.
Seine Knie zitterten. Alles drehte sich um ihn. Er hielt an, atmete tief durch und versuchte, sicher zu stehen. Nein, er würde *nicht* umfallen, nicht wegen eines so lächerlichen Kratzers!
Servara kam zurückgelaufen. »Hab gerade die Wachen getroffen, als sie ihre Runde machten. Es wurde aber auch Zeit! Sie nehmen deinen Freund mit zum Wirtshaus. Wir haben auch nach dem Heiler der Kompanie geschickt, für den Fall, daß der Rote aus dem Wirtshaus schon gegangen ist. Laß mich dir nun helfen.«
Istvan legte den Arm um die Schultern des jüngeren Mannes und war froh, daß er sich aufstützen konnte. Er ließ den Kopf hängen und schaute zu, wie seine Füße über die Pflastersteine schleiften. Es war lächerlich! Er war nicht so schwer verletzt! Er sah die Unterkante der Tür vor sich. Sie ging auf, und er war wieder im Haus. Das Kerzenlicht schmerzte in den Augen. Er hörte das Stöhnen des Verwundeten. Dann sah er einen Stuhl und ließ sich dankbar darauf niederfallen. Servara half ihm aus den Kleidern und untersuchte die Wunde in seiner Seite.

»Nur ein Kratzer, meinst du? Mit was für Katzen hast du denn als Kind gespielt, DiVega? Mit Schneetigern?« Sie gossen ihm Wein in den Mund. Servara rief nach dem Heiler.
»Nein!« Istvan schüttelte sich wach. »Nicht, bevor er den anderen behandelt hat! Er hat Schmerzen, wahrscheinlich stirbt er, aber wenn er zu retten ist, will ich, daß er gerettet wird! Es sind heute abend schon zu viele gestorben!«
Der Heiler kam auf ihn zu, aber Istvan winkte ab. Er konnte immer noch das Stöhnen des leidenden Mannes auf der anderen Seite des Raums hören. Servara blickte finster drein und versuchte, einen Einwand zu machen, aber D'Ascoli sagte, er sollte ruhig sein, und fing an, Istvans Wunde mit Schnaps auszuwaschen. Das brannte. Istvan hatte plötzlich das Gefühl, daß der Raum nun wieder realer wirke. Das bißchen Schmerz war gut. Es erinnerte ihn daran, daß er noch lebte.
»Wie habt Ihr mich gefunden?« fragte er nach einer Weile.
D'Ascoli lachte. »Welcher andere Schwertkämpfer in dieser Gegend würde eine solche Spur von Leichen hinter sich lassen? Wir verlassen die Gaststätte glücklich und besoffen, und da liegen doch plötzlich zehn oder fünfzehn Typen auf dem Boden, ein paar weitere fliehen wie die Kaninchen, und irgendwo in der Ferne schreit jemand wie ein Dämon. Meine Männer sind eigentlich damit beauftragt, in dieser Gegend hier zu patrouillieren, also . . .«
»Endlich!« Servaras Stimme unterbrach ihn. Ein großer Mann in roter Robe öffnete die Tür und blickte sich schnell im gesamten Raum um. Der andere Rote war noch mit dem Sterbenden beschäftigt.
Servara gab ein Zeichen, und der Heiler kam zu Istvan. Seine Hände waren ruhig und geübt. Istvan verlor fast das Bewußtsein, als der Rote die Wundränder abtastete.
Der Verletzte hatte aufgehört zu stöhnen, aber das allein hieß nicht viel. Der Heiler hatte ihn natürlich narkotisiert. Wieviel schlimmer hatte Istvan seine eigene Wunde gemacht, indem er den Mann getragen hatte? Welche Verschwendung, wenn dieser nun doch stürbe.

Seine Hände zitterten. Sein ganzer Körper zitterte. Dafür brauchte er sich nicht zu schämen. Es war ihm schon einmal passiert. Aber heute hätte er fast sein Leben verloren. Wenn er nur ein wenig langsamer gewesen wäre oder nur ein klein wenig mehr nach rechts geschaut hätte ...

Er schauderte. Was hatten sie gesagt? Zehn oder fünfzehn Männer? Und all das nur, damit er die ihm noch verbleibenden wenigen Jahre weiterleben konnte. In seinem Alter lohnte sich das kaum. Und wenn er dem einen Hieb nicht ausgewichen wäre, hätte er fünf oder sechs Männer *grundlos* umgebracht! Und sie? Sie waren auf der Straße in ihren Tod gelaufen, nur weil ihnen jemand ein Stückchen Gold gegeben oder auch nur versprochen hatte. Sie hätten es sowieso innerhalb weniger Tage für Wein oder Frauen ausgegeben.

Der Heiler strich eine Salbe in die Wunde und nähte sie zu.

Was für idiotische Dinge tat der Mensch, um die Zeit zwischen Geburt und Tod zu vergeuden! Und nun war auch er in diesen ganzen Unsinn verwickelt, nur wegen eines Versprechens, das er einem Toten gegeben hatte. Früher oder später mußte er ohnehin die Wahrheit hinter all jenen leeren Phrasen erfahren, die die Realität des Todes verschleierten. Ob Wiedergeburt oder Nichts, er konnte es nicht ewig hinauszögern. Er liebte das Leben, und er hatte es bis zum Äußersten gelebt, im Kampf, in der Liebe und beim Aufziehen seiner Kinder. Er hatte mehr von der Welt gesehen als die meisten Menschen, und er hatte mehr als seinen gerechten Anteil an Ruhm bekommen ...

Die Stimme des Heilers unterbrach seine Gedanken. Ein Arzneitrank wurde ihm in die Hand gedrückt.

»Wir werden Euch jetzt zurück zum Palast begleiten, damit Ihr nicht beim Zerhacken von Mördern die Wunde wieder aufreißt. Sie könnte in einer Woche geheilt sein, aber ich möchte, daß Ihr jetzt schlaft. Ihr seid erschöpft, und Ihr seid auch nicht mehr der Jüngste. Außerdem habt Ihr auch viel Blut verloren – sonst wäre der Kratzer wirklich nichts Beunruhigendes. Haltet Euch aus Straßenkeilereien heraus, dann könntet Ihr leicht hundert Jahre alt werden.«

Wer würde denn *so* lange leben wollen, fragte er sich. Nur um das Herannahen des Todes zu beobachten ...

Jetzt bewegte sich das Gesicht des anderen Heilers aus dem Durcheinander des Raumes auf ihn zu.

»Ich habe getan, was ich tun konnte, Lord, aber es war zu spät. Der Mann ist tot.«

»Fünfzehn Männer!« keuchte Lord Andrios schockiert.

Herzog Thoros lächelte und strich über seinen schwarzen Bart. »Alle starben ohne zu reden, hoffe ich?«

»Ja, Lord«, sagte der Mann in der roten Heilerrobe. »Dafür habe ich persönlich gesorgt. DiVega hatte einen von ihnen mit zurückgebracht – Orandos, den Matrosen – mit aufgeschlitztem Bauch. Er wollte ihn soweit herrichten, daß er wieder hätte reden können. Ich habe dafür gesorgt, daß er starb, bevor er ein Wort sagen konnte.«

»Ich habe Euch gewarnt«, stammelte Enricos von Poidia. »Ich habe Euch gewarnt, daß mit diesen Seynyorern nicht zu spaßen ist! Ich habe Euch gesagt, der Mann ist gefährlich!«

Der Herzog von Ipazema lehnte sich zurück und nippte an seinem Wein, während er den Mann in der Heilerrobe nachdenklich betrachtete. *Soso, du hast ihn vom Reden abgehalten und dafür gesorgt, daß er starb?* Ironie glitzterte in den Augen des Herzogs. Nicht sehr schwierig, dachte er bei sich. Ein Heiler könnte ein Auge oder eine Hand wieder anwachsen lassen, aber ...

»Und Ihr sagt, die anderen fünf sind einfach abgehauen?« fauchte Andrios empört. »Diese Feiglinge!«

Ipazema lächelte bösartig. »Aha, Ihr wäret wohl geblieben und hättet gekämpft, nehme ich an?« Er lachte, als der Portonaner ihm einen finsteren Blick zuwarf.

»Die Hälfte hatten sie schon bekommen! Das ganze Gold für nichts! Wenn der Rest genug Mut gehabt hätte, weiterzumachen und ihn zu töten, sie hätten den Lohn der anderen noch zusätzlich erhalten!« Dann wandte er sich plötzlich wieder an den Heiler, denn ihm war ein neuer Gedanke gekommen. »Und es wurde auch keiner von denen, die weggelaufen sind, identifiziert oder gefangengenommen?«

»Ich hab's Euch doch schon gesagt, nur einer wurde zurückgebracht«, schnauzte der Mann in der roten Robe, »und der starb. Die restlichen wurden entweder sofort getötet oder sie machten sich aus dem Staube. Und außerdem wußte ohnehin keiner von ihnen etwas über Euch. Die meisten haben mich nicht einmal zu Gesicht bekommen. Der Mann, der sie bezahlte, ist tot. Das Schlimmste, was passieren kann, ist, daß ein Mann in einer Heilerrobe gesucht werden könnte. Ich werde sie beseitigen – sie ist ohnehin gefährlich –, dann wird mich niemand finden können. Solange ich in Sicherheit bin, seid auch Ihr in Sicherheit.«

Der Graf von Ipazema lächelte in sich hinein. »Warum wartet Ihr nicht noch damit? Werft die Robe erst dann weg, wenn Ihr die Männer angeheuert habt, die Phillipos und Lord Jagat umbringen sollen«, sagte er.

Andrios blickte erschreckt und wütend auf. Die Lippen des Herzogs zuckten. Es machte ihm nichts aus, portonanisches Geld auszugeben. Er genoß es, wie sie ihn anstarrten.

»Ihr meint, wir sollten mit ... mit *dem* Plan fortfahren? *Jetzt?*« Andrios Stimme schlug in ein kindisches Kreischen um.

Herzog Thoros lachte. »Warum nicht? Weder Phillipos noch Jagat wurden in den Schulen des Nordens ausgebildet. Sie sind zwar gute Schwertkämpfer, aber nur gewöhnliche. Setzt die gleiche Anzahl Männer auf alle drei von ihnen an, dann wird nur DiVega übrigbleiben. Er kann den Thron unmöglich alleine stützen! Ohne Manjipé und Kalascor hat der König keine Chance. Und DiVega können wir möglicherweise auch noch erledigen ...« Er hielt inne und nippte an seinem Wein.

Er bereute diese Worte, kaum daß er sie ausgesprochen hatte. Andrios und Enricos schauten ihn fragend an, aber er schenkte sich nur noch mehr Wein ein. Sandor war ein viel zu wertvolles Geheimnis für diese Kaninchen.

Das Lamm folgt dem Rufe des Herren
und streckt seinen Hals dem Messer entgegen:
Ebenso ritt der Löwenprinz
und verschenkte vertrauensvoll sein Leben.
Nie mehr zurück nach Mahapor
auf seinem edlen Roß ritt er;
Die Kaufleute zählen ihr blendend Gold:
königlich Blut fließt in das Meer.

Die wehklagende Stimme von Rinmull von Ojaini sang die letzte Zeile und verstummte. Die gemalten und gewebten Figuren der alten takkarischen Helden an den Wänden der Satragara blickten auf ihre Nachfahren herab. Einen Augenblick lang trat Stille ein, dann hämmerten und klirrten die Weinkelche wieder auf den Tischen, und die Grenzländer gaben tosenden Applaus. Pirthio schrie zusammen mit den übrigen Anwesenden. Tief in seinem Inneren lächelte er darüber, daß sein Plan gelungen war, aber auch dieses Gefühl verschwand in seiner eigenen aufwallenden Bewegtheit.
Die Wandteppiche und die Gemälde an den Wänden, die sie umgaben, zeigten Szenen aus den uralten Erzählungen, die alle Anwesenden auswendig kannten. In Farbe und Stickerei standen die Schattenberge hier in ihrer ursprünglichen, unverdorbenen Form im hellen Sonnenlicht, mit lebendigen Bäumen und Gras auf den Hängen, und mit schneebedeckten Gipfeln. Hier waren auch die bemalten Türme von Rashnagar zu sehen, und auf ihnen das braunhäutige Volk, und dies alles in kostbarer Seide: Edelleute eines Reiches, das sich einst über die gesamten Berge und über die südliche Wüste erstreckt hatte.
Die betrunkenen Grenzländer pflegten die Gemälde stundenlang anzustarren, und das weckte in ihren Seelen einen brennenden Hunger. Dies hier war ihr gestohlenes Erbe. Ganz gleich, ob sie in den verbrannten grauen Einöden von Manjipe

oder in den noch fruchtbaren Hochländern von Mahavara geboren waren oder unter den riesigen Bäumen der Kantara: Dies hier war die wahre Heimat ihrer Jugend, das Land der Geschichten ihrer Kindheit.
Trinkgefäße hämmerten auf die Tische und der Raum war von den Schreien der Betrunkenen erfüllt. Pirthio wollte etwas sagen, aber seine Worte gingen im allgemeinen Geschwätz unter. Dann endlich verstummten das Gehämmer und der Applaus und verwandelten sich in ein leiseres Gemurmel. Die Stimme Tunnos von Mahapor erhob sich. Sie war schwer vom Wein, aber trotzdem donnerte sie wie das Gebrüll eines Stiers, drohend und gefährlich:
»Die fetten geldzählenden Kröten haben immer noch Angst vor uns! ›Fischfresser‹ nennen sie uns und ›Vogelscheuchen‹, aber leg deine Hand auf deinen Schwertgriff, und sie erinnern sich, daß wir Takkarer einmal das ganze Land hier regiert haben!« Der Erbe von Mahapor ließ seine mächtigen Muskeln spielen und zupfte höhnisch lächelnd an seinem Schnurrbart. »Aber wenn es zu kämpfen gilt, dann vergessen sie plötzlich, daß sie uns ›Fischfresser‹ und ›Hungerleider‹ genannt haben – dann heißen wir plötzlich ›Ehrwürdige Nachfahren der takkarischen Könige‹, und sie kriechen auf ihren fetten Bäuchen und flehen uns an, ihr dreckiges Gold anzunehmen!«
Pirthio blinzelte und richtete sich auf. Er erhob gezielt seine Stimme, als wolle er versuchen, das allgemeine Gemurmel um sich herum zu übertönen. »So, sie versuchen also jetzt, uns zu kaufen, diese Hafenschweine? Sie versuchen, unsere Schwerter zu kaufen, und dazu auch noch unsere unbezahlbare Ehre?« Er bemerkte, wie die Stimmen um ihn verstummten, und wußte, daß die Männer nun aufhorchten, um zuzuhören. »Und warum? Wenn sie uns jetzt bezahlen, dann sind sie uns vielleicht für immer los, denn dann brauchen sie den Tribut nicht mehr zu entrichten, der uns unser Brot sichert! Was haben die Söhne der Takkarer mit dem Gold der Seevölker zu tun?« Pirthios Stimme glich jetzt einer Trompete, und sie hallte in den Herzen seiner Zuhörer wider, als stünde er

zwischen den Mauern des erträumten Rashnagar. »Haben wir nicht ein Recht darauf? Schützen wir sie nicht vor den Dämonen des Schattens? Sollten wir ›Männer aus den Bergen‹ etwa nicht Tribut von den Handelsvölkern erheben, ebenso wie unsere Vorfahren es getan haben?«
Im Raum wurde es ganz still. Tunno, der vom Wein schon ziemlich betrunken war, zupfte an seinem Schnurrbart. »Diese Kröten verspotten uns«, knurrte er. »Sie verspotten uns, weil unsere Kleidung einfach und abgetragen ist und wir nicht wie sie an jedem ihrer fetten Finger Ringe tragen. Und weil wir uns nicht mästen, wie sie es tun. ›Hungerleider‹ nennen sie uns und ›Vogelscheuchen‹, aber zeig ihnen ein Schwert und schau, wie sie dann zittern! Sie haben dicke Bäuche, aber sie taugen nicht zum Kämpfen! Sie waren schon immer verräterische Hunde. *Wir* wissen das noch. Auf dem Schlachtfeld von Klordri haben sie König Mahadev verraten und ihn dem Tode ausgeliefert. Diese fetten Krämer und Geldverleiher! Eines Tages werden wir Portona plündern . . .« Er schluckte seinen Wein hinunter wie ein Verdurstender in der Wüste. Dann erhob sich eine andere Stimme von der Seite des Raumes, wo die Männer aus der Kantara saßen.
»Einer der Hunde wollte mir das Recht streitig machen, hier auf den Straßen zu gehen«, knurrte der Kantaraner. Pirthio erkannte den Sprecher: Ajesio von Kantakin. Es gab ein Gerücht, daß er in ein Mädchen aus Mahapor verliebt war. In jedem Fall war er der erste Kantaraner gewesen, der die unsichtbare Grenze, welche die Satragara teilte, überquert hatte.
»Eine fette Schnecke in einer Sänfte mit einem Dutzend gemieteter Schläger, die das Volk aus seinem Weg räumten. Einer versuchte, *mich* aus dem Weg zu räumen, aber dann überlegte er es sich doch anders, als er mein Schwert an seiner Kehle sah. Sie gingen um mich herum, während mich der Speckhaufen, den sie trugen, anschrie und schwor, daß er mich einsperren lassen würde und kein lumpiger Vagabund aus den Wäldern seine Männer ungestraft auf der Straße bedrohen dürfe. Ich habe einen von seinen Wächtern getreten,

und einen anderen habe ich mit der Spitze meines Schwertes ein bißchen angetrieben. Aber diese Straßenschläger, die sie als Leibwächter beschäftigen, um die Schwachen herumzuscheuchen, besitzen keinen Funken Mumm. Zu meinem Leidwesen traute sich kein einziger von ihnen, sich umzudrehen und mir entgegenzutreten.«

»Gestern hat einer von ihnen auf der Straße meine Kleidung verspottet«, fauchte ein anderer. »Alles, was ich habe, ist in dem Krieg gegen die Dunklen Wesen aufgebraucht worden. Ich habe also keine Juwelen für meine Finger, dafür können sie aber sehr gut einen Schwertgriff halten!« Er hob eine Hand und zeigte die langen, zierlichen Finger – das Ergebnis von Generationen, die nur für das Schwert erzogen worden waren.

Pirthio lehnte sich zurück und lächelte, als andere Stimmen sich erhoben. Sie beklagten sich jetzt nicht mehr über die Missetaten von Kaufmännern, die schon lange tot waren, sondern über die Beleidigungen, die lebende Kaufmänner dem verletzten Stolz des Grenzlandes hinzugefügt hatten. In mancher Hinsicht entwickelte sich die Sache hier für ihn besser, als er je zu hoffen gewagt hatte. Es gab nur ganz wenige Grenzländer, die keine Klagen hatten, einmal abgesehen davon, ob diese nun berechtigt oder eingebildet waren. Menschen, die ihren Wert an ihrem Reichtum maßen, waren die natürlichen Feinde von Menschen, die die Dunkelheit mit der Energie ihres eigenen Lebens zurücktrieben und nicht nur mit der Macht ihres Besitzes.

Die alten Takkarer auf den Bildern, die an den Wänden hingen, waren in herrliche Pracht gekleidet, und die alten Geschichten berichteten über ihren Stolz: Sie versteckten ihre Armut und erhielten nach außen hin ihren Reichtum mit Hilfe phantastischer Strategien aufrecht. Diese Tage waren aber längst vergangen. Heute war der einzige Schatz der Grenzländer ihr Land, und sie gaben alles her, was sie besaßen, um es behalten zu können. Es verletzte sie zutiefst, wegen ihrer Armut und ihrer abgetragenen Kleidung verspottet zu werden. Viele dicke Narren, die nicht klug genug waren,

ihren Mund zu halten, hatten sich dadurch zur Zielscheibe geheimer und langgehegter Mißgunst gemacht.
Ein Mann stürzte von der Straße in den Raum. »Habt ihr schon die Nachricht gehört?« stammelte er aufgeregt zu den Männern gewandt, die sich nach ihm umdrehten. Ihre Hände griffen wie von selbst nach ihren Schwertern. »Istvan der Bogenschütze ist von dreißig oder vierzig Männern angegriffen worden, unten im Flußdistrikt, und er hat sie *alle* getötet! Die ganze Straße war voller Leichen!«
Falls der Bote noch mehr erzählte, ging dies im allgemeinen Ansturm der Fragen unter. Allein der Name von Istvan DiVega genügte, um Ehrfurcht zu erregen. Er wurde in so vielen Heldensagen ihrer Jugend erwähnt. Diese waren vielleicht neuer als die Legenden aus dem alten Rashnagar, aber deshalb nicht weniger wunderbar. Keine der Geschichten, in denen sein Name erwähnt wurde, wirkte unglaubhaft. Hätte der Mann gesagt, daß DiVega tausend Männer umgebracht habe, so wäre dies sogar für Männern glaubhaft gewesen, die nüchterner waren als alle in der Satragara Anwesenden.
Keiner in der Satragara war nüchtern, außer dem Wirt vielleicht. Und nicht nur das, die Besucher hatten seit Stunden in der goldenen Herrlichkeit der alten Geschichten geschwelgt. Pirthio war schneller als die übrigen wieder zu sich gekommen, und mit Dreistigkeit und mit Hilfe seines Rangs gelang es ihm, sich durch die Menge zu drängen und den Boten an Tunnos Tisch zu bringen. Als der Tumult sich gelegt hatte, konnten sie von ihm den Rest der Geschichte erfahren. Mindestens dreißig Männer, so sagte der Mann, und Istvan der Bogenschütze habe sie alle getötet, ohne selbst auch nur einen Kratzer abbekommen zu haben. Die Leichen hätten im ganzen Flußviertel verstreut gelegen – er selbst habe zehn davon gesehen. Gesindel, Matrosen, kleine Gauner, Taschendiebe und dergleichen seien es gewesen. Typische gedungene Mörder.
Tunno erhob sich wichtigtuerisch und verkündete allen Anwesenden die Neuigkeiten. Die Augen, die ihn anschauten, glitzerten. Die Herrlichkeit der alten Geschichten war in den

Raum eingedrungen: Die Gemälde an den Wänden waren plötzlich Fenster zum märchenhaften Rashnagar, und der verschüttete Wein auf dem Tisch wurde zu einer Welt verzauberter Seen.

»Gedungene Mörder – aber wer soll sie gedungen haben?« fragte jemand.

Pirthio sprang auf. »Wer sie gedungen hat? Heuern Krieger solche Leute an, um für sie zu töten? Es gibt viele, die sie hätten dingen können, aber die meisten davon leben mit Sicherheit in einer einzigen Stadt! Muß ich sie nennen?«

»Nein!« riefen einige Männer. »Portona«, murmelten andere.

»Wer würde wohl sein Gold eher für den Tod eines Kriegers ausgeben als für das Leben des Landes?« Seine Augen glänzten und seine Stimme donnerte wie Paukenschläge. Auf dem Wandteppich hinter ihm marschierten Elefanten ehrwürdig zwischen den Türmen des alten Rashnagar.

»Wir sollten Mitleid haben mit den armen Narren, die von Portona Geld genommen haben für den Kopf eines Helden!« Pirthios Stimme nahm den Rhythmus und die Sprache der alten Sagen seines Volkes an. »Selbst wenn sie sich in ihrem Leben redlich ihren Lohn verdient hätten, wären sie betrogen worden! Das ist von jeher die Art der Kaufleute gewesen: nichts zu riskieren außer ein wenig Gold, und nach Vollbringung der von ihnen selbst gescheuten Tat das Erreichte so gut es ging zu schützen.«

Sein Blick streifte durch die Reihen der Zuhörer. Er hielt inne und kämpfte mit dem Wein, den er getrunken hatte. Er verspürte eine starke Versuchung, alle Karten auf den Tisch zu legen. Aber der nachdenkliche Ausdruck auf vielen Gesichtern sagte ihm, daß der geheime Sinn seiner Worte ohnehin verstanden wurde – und wenn er weitergeredet hätte, hätte er riskiert, den empfindlichen Stolz der Grenzländer zu verletzen.

Statt dessen sagte er: »Es ist höchste Zeit, daß wir mit diesen fetten Schweinen abrechnen! Diese Säcke, die denken, Gold könne Mangel an Mut und mangelnde Erziehung ersetzen, und daß eine volle Geldbörse einen Feigling mit einem takkarischen Lord auf eine Stufe stellt – oder gar noch höher!«

Die Leute draußen auf den Straßen wurden allmählich aufgeschreckt von den vielen wütend brüllenden Stimmen in der Satragara, und sie fragten sich, ob es einen Aufstand geben würde.

Die Vögel begrüßten den Sonnenaufgang in der Kantara mit Gesang. Nach den Monaten in den verbrannten Einöden von Damenco hatte Martos fast vergessen, wie süß das Lied eines Vogels sein konnte und wie beruhigend die Farbe Grün für die Augen war.

Als die grüne Mauer der Kantara sich hinter dem Yukota erhoben hatte, waren einige der Grenzländer von ihren Pferden gestiegen, um niederzuknien und ihre Stirn fast bis zur Erde zu neigen. Andere verneigten sich nur in ihren Sätteln und verrichteten die alten Gesten der Ehrerbietung. Martos hatte sie zuerst ebenso wie die übrigen Kadariner fassungslos angestarrt, aber nun verstand er.

Es gab einzelne Obstbäume in einigen der ältesten Felder um Suknia; und um Manjipor herum gab es sogar ganze Obstgärten. An den Ufern des Marunka wuchsen Weiden, ebenso wie an den kleineren Flüssen, die in ihn einmündeten. Ansonsten war meilenweit kein Baum zu finden, und an der ganzen Grenze gab es keinen einzigen Vogel. Es war also kein Wunder, daß die Grenzländer die Bäume anbeteten oder sich vor diesem Rest des alten Waldes verneigten.

Das Vogelgezwitscher hatte Martos aufgeweckt, und als er aufstand und auf die Wolken aus grünen Blättern hinabschaute, fing er selbst an, den Wald anzubeten. Sonnenstrahlen tauchten zwischen den Ästen auf und trafen das Schloß, in dem sie übernachtet hatten, und sie wurden auf den Rüstungen der Geleitsoldaten, die geschäftig umherliefen, durch die plötzlichen Lichtblitze wie tausend Nadeln wi-

dergespiegelt. Die Äste bewegten sich, wenn die Vögel zwischen ihnen hin und her flogen.
Kumari war noch nicht erschienen. Martos schaute an jenem schlanken Turm hoch, der über ihnen aufragte, und wandte sich dann wieder seinen Männern zu. Die Pferdeschweife peitschten durch die Luft, während die Männer die Sattelriemen anzogen und sich auf den Abmarsch vorbereiteten. Kriegsflamme stampfte und schüttelte den Kopf. Die Zügel klirrten melodiös.
Im Osten leuchteten die Blätter in sanftem Grün. Martos streckte sich, gähnte und atmete dann tief ein, während die kühle Brise über sein Gesicht strich. Die Männer schwangen sich auf ihre Pferde. Er schaute zurück zum Turm. Immer noch kein Zeichen von Kumari. Er seufzte und wunderte sich über sein eigenes Zögern, über die Angst, die ihn davon abhielt, ihre Zurückhaltung zu durchbrechen. Diese Mauer war da gewesen, seit sie Suknia verlassen hatten, sogar im Bett ...
Der Turm überragte die Bäume, und sein Ziegeldach glühte rot in der prallen Sonne. Martos begab sich in die kühle steinerne Düsternis unter dem Torbogen. Er traf Kumaris Hofdamen auf der Wendeltreppe, aber sie selbst fand er nicht. Er gab ihnen ein Zeichen, sie sollten hinabgehen, und ging dann selbst weiter zu ihrem Zimmer. Ihr Fenster wies nach Westen, und die Vorhänge waren zugezogen. Kumari kniete nach Grenzlandsitte im Dunkeln auf dem Boden und starrte etwas an, das sich in ihrer Hand befand.
»Martos schau!« sagte sie. »Die Klinge ist rein und ... und ... leer! Wir sind so weit vom Schatten entfernt, daß es nicht mal ein Flimmern in der Klinge gibt, nicht einmal nachts!«
Eine Sekunde lang starrte er sie verständnislos an. Dann sah er, daß der Kristalldegen auf ihrer Handfläche lag, und er erinnerte sich, daß dieser nachts neben ihrem Bett geglüht hatte. Die Nähe der Dunklen Wesen entfachte in der Klinge Notfeuer.

Er trat vor, um über ihre Schulter zu schauen, und sah die Rundung einer fast nackten Brust dort, wo der Ausschnitt ihres Kleides von ihrem Körper abstand. Etwas zog sich in seiner Kehle zusammen, und er konnte die Waffe nur ganz kurz anschauen. Sie waren während der ganzen Reise nur zweimal zusammengewesen! Und sie war jedesmal sehr zurückhaltend gewesen, abgeschnitten von ihm, weit weg – ausgerechnet jetzt, wo ihr Fleisch und sein eigenes in ihrem Schoß miteinander verschmolzen!

Mit großer Mühe wandte er die Augen von jenem honigsüßen braunen Hügel in seinem Nest aus blauem Stoff. Er zwang sich, den Degen anzuschauen. Vorher war immer ein winziger weißer Mond in der Mitte der Klinge gewesen. War es an der Grenze ruhig, so war der Mond von kleinen glitzernden Funken umgeben, und die kleinen roten Juwelen im Griff hatten wie heiße Kohlen in der Dunkelheit geglüht. Jetzt konnte er durch die glasklare Klinge ganz deutlich ihre Handfläche sehen. Die Mondscheibe war nur noch ein ganz leicht milchiger Fleck. Die Rubine im Griff waren nun Steine, die selbst kein Licht erzeugten.

Er dachte an das regenbogenfarbene Aufleuchten in der Klinge am Abend des Angriffs, und wie Kumari sie aufgefangen hatte, als sie aus dem Bett gesprungen war, und aus seinen Armen ... Seine Augen wurden nochmals unwiderstehlich zu der Stelle hingezogen, wo der Halsausschnitt ihres Gewandes von ihrer Haut abstand. Es schmerzte – er brauchte sie so sehr.

»Ich hatte es vergessen«, flüsterte sie. »Ich habe mich seit so langer Zeit nicht mehr von der Grenze entfernt, zumindest nicht so weit wie jetzt ... es ist schon eigenartig. Ich bin so sehr an das Glühen gewöhnt; es erinnert mich stets daran, daß die Dunklen Wesen so nah auf der anderen Seite der Grenze sind, daß es angst machen kann!«

Der Wunsch, seine Hand unter der verführerischen Stoffalte hindurch auf die weiche Haut zu schieben, machte ihn rasend. Er konnte in der Höhlung seiner Handfläche fast ihre Brust-

warze spüren. Er leckte sich die Lippen und zwang sich zum Reden.
»Die Eskorte meiner Dame wartet.«
Der Stoff verrutschte und verhüllte ihre Brust, als sie sich bewegte. Worte der Liebe gingen ihm durch den Sinn und stolperten von dort auf jenes tote Stück Fleisch, das sich Zunge nannte. Es war zum Verrücktwerden! Er würde es nie schaffen, ihr zu sagen, wie sehr er sie liebte. Er würde immer nur stottern und sich lächerlich machen.
Warum habe ich nur Angst davor, mich lächerlich zu machen? fragte er sich, als er hinter ihr die Treppe hinabstieg. Es war nun schon lange so, schon so lange...
Sie schritten hinaus in das von den Bäumen gebrochene Tageslicht. Die Männer der Eskorte richteten sich blitzartig in ihren Sätteln auf, so daß ihre Waffen klirrten. Dunkelhäutige Grenzländer in Rüstungen aus lackiertem Pferdeleder saßen auf ihren robusten Ponys – kleine Tiere mit rauhem Fell –, während die Kadariner in ihren glitzernden Brustharnischen aus Stahl auf ihren mächtigen Kriegsrossen weit über sie emporragten. Einen Schritt von der Turmtür entfernt spürte er, wie Kumaris Hand seinen Arm umschloß.
»Willst du immer noch, daß ich mit dir weggehe?« Ihre flüsternde Stimme zitterte.
Er schluckte kräftig. Er fand keine Worte. Er fand sie nie, wenn es wirklich wichtig war. Er wollte singen und tanzen und lachen, aber die gesamte Begleitmannschaft schaute zu, ihre Hofdamen schauten zu, und seine Zunge war verkrüppelt und unbrauchbar. Er starrte sie an und nickte stumm.
Sie seufzte. »Wenn Pirthio nur geheiratet oder sich einen Erben beschafft hätte«, sagte sie, »könnte ich ruhigen Gewissens und glücklich weggehen. Aber... ob traurig oder glücklich und richtig oder falsch, ich... ich werde mit dir nach Kadar kommen, Martos, wenn... wenn du mich haben willst...«
Martos sah die Tränen auf ihren Wimpern und erinnerte sich an die Verachtung, mit der sie über Frauen gesprochen

hatte, die von der Grenze flohen. Er berührte ihre Fingerspitzen.
»Gib mir ein wenig Zeit«, flüsterte sie. »Ich will nicht, daß mein Onkel verletzt ist. Ich bin für ihn schließlich wie eine Tochter gewesen. Laß mich es ihm in meiner Zeit und auf meine Art sagen. Denke daran, daß für ...« Sie hielt kurz inne, und ihre Zähne nagten an ihrer Unterlippe. »Denke daran, mein Volk sieht es als Schande an, wenn ich von dem Land fliehe, das wir ... wofür so viele von uns so lange gekämpft haben. Mach es mir nicht zu schwer, Martos!«
Endlich schaffte er es, seine Zunge unter Kontrolle zu bringen. »Das werde ich nicht tun«, sagte er sanft. Er wollte sie in die Arme nehmen und sie trösten, aber ihre ganze Begleitung schaute zu. »Wir ... wir sollten eigentlich jetzt aufbrechen«, stotterte er.
Sie schaute ihn scharf an, verletzt. »Ist das alles, was du zu sagen hast? Bedeutet es dir nicht mehr als das?« Die Tränen in ihren großen dunklen Augen klagten ihn an.
Seine nervösen Finger kämmten durch sein von den Sonnen vergoldetes Haar und zogen an seinem braunen Bart. »Ich ... ich ... liebe dich!« stotterte er. »Ich ... ich habe nichts ... kann an nichts anderes denken ... was ich sagen könnte, was wichtig ist. Ich könnte ... ich will lachen oder singen oder ... aber die halbe Provinz schaut zu! Was willst du, das ich machen soll? Ich ... ich dachte ...«
Dann schlossen sich ihre Arme um seinen Hals, und der weiche Stoff ihres Gewandes raschelte am unnachgiebigen Stahl seines Brustharnischs. Ihre Lippen verschlossen die seinen.
»Du Narr!« flüsterte sie nach einem endlosen Augenblick. »Was gibt es denn *jetzt* noch zu verbergen?«

Die Nachricht vom Angriff auf Istvan den Bogenschützen verbreitete sich wie ein Lauffeuer in der Stadt. Die Gerüchte verdoppelten und verdreifachten die Anzahl der Männer, die er umgebracht haben sollte; manchmal hieß es, er sei unverletzt, andere meinten, er läge im Sterben. Manche der Söldner

tauschten finstere Blicke aus, als sie die Neuigkeiten hörten, aber sie waren kaum überrascht. Sie wußten, wozu Istvan fähig war. Sie verloren keine Zeit mit Spekulationen.
Leonic Servara hatte die Lage in einem Satz zusammengefaßt: »Ich glaube nicht daran, daß der König versucht, DiVega davon abzuhalten, uns an seine Sache zu binden.«
Kurz nachdem die Nachricht Portona erreicht hatte, stellten Esrith Gunnar und Asbiorn Kung ein zweites Mal und mit wesentlich größerem Nachdruck die Forderung, daß ihre Verträge neu abgefaßt werden müßten.

»Prinz Phillipos bleibt im Palast, aber Lord Jagat geht ohne Begleitung und zu Fuß zwischen dem Palast und seinem Stadthaus hin und her. Die Männer, die ich bezahlt habe, werden sich heute abend dort versammeln.«
Der Sprecher trug jetzt keine rote Heilerrobe. Herzog Thoros lächelte, als ihm auffiel, daß er den Mann auf der Straße niemals erkannt hätte. Es gab tausend Männer mit solchen Gesichtern.
»Wenn Ihr all Eure Männer bei Sonnenuntergang dort versammelt, erwischt Ihr ihn mit Sicherheit«, sagte der Herzog. »Heute abend findet ein Treffen des Rates statt; da muß er hin.«
»Sie werden bis Sonnenuntergang zur Stelle sein. Diesmal überlassen wir nichts dem Zufall. Ich habe ein paar ausgebildete Schwertkämpfer gefunden – Grenzländer aus Mahapol, die aus der Stadtwache entlassen worden sind.«
Die Gildenmeister murmelten beifällig. Der Herzog konnte sich das Lachen kaum verkneifen. Als ob es etwas ändern würde, daß ein Schwertkämpfer von der Grenze stammte, um mit DiVega fertig zu werden! Sogar wenn es eine ganze Meute wäre! Sandor war natürlich eine Ausnahme . . .
»Das ist wahrscheinlich mehr als genug für Jagat, wenn er keine Leibwächter hat«, sagte der Herzog. »DiVega ist ein Spezialfall – kein gewöhnlicher Mensch wird jemals in den Liedern der Nördlichen Wüste besungen werden wie er. Jagat

ist zwar auch ein guter Kämpfer, aber nicht von der gleichen Klasse.«
Er schenkte sich neuen Wein ein. Er konnte es sich leisten, geduldig zu sein.

Ein paar Stunden später räkelte sich Lord Demitrios von der Gilde der Transporteure in seiner Sänfte, während seine Leibwächter ihm den Weg freimachten: Die Straßen waren angefüllt mit riesigen Menschenmengen, die wegen der bevorstehenden Krönung freudig erregt waren. Plötzlich war der Gildenmeister von schreienden Stimmen umringt und wurde rüde aus seiner Sänfte gekippt. Er lag auf dem Boden, ein bemitleidenswerter Haufen aus Juwelen und verletztem Stolz, der von einer Gruppe betrunkener Grenzländer ausgelacht und beleidigt wurde. Jemand spuckte ihn sogar an.
Ihre Schwertgriffe ragten arrogant aus den bunten Gürteln der abgetragenen Roben, die ihre Großväter möglicherweise am königlichen Hofe getragen hatten. Demitrios' Leibwächter kauerten sich an den Hauswänden zusammen und wagten es nicht, ihre Schwerter gegen diese erfahrenen Krieger zu ziehen, die ihr Leben in ununterbrochenem Kampf gegen die Dunklen Wesen zugebracht hatten.
Sie lachten, als sie weiterzogen und Demitrios ausgestreckt auf den Pflastersteinen liegen ließen. Der blickte finster auf seine unglücklichen Leibwächter. Dabei hatte er eigentlich Glück gehabt. Ein Kaufmannsprinz aus Armadopol, der auf seinem Pferd durch die Menge sprengte, hatte einer Gruppe von Grenzländern, die ihm den Weg versperrten, etwas wie »Mist hortende Vogelscheuchen« zugeschrien; er wurde von seinem Pferd geworfen und verprügelt. Er versuchte sein Schwert zu ziehen, aber es wurde ihm abgenommen, und jemand brach es über dem Knie entzwei. Demitrios torkelte Stunden später in die Gildenhalle, und unter der Robe war sein ganzer Körper mit blauen Flecken übersät – Spuren der flachen Seite einer Schwertklinge.

6

Martos hörte auf der überfüllten Straße merkwürdige Gerüchte. Man erzählte sich, daß Istvan der Bogenschütze nach einem Kampf gegen eine riesige Anzahl von Männern im Sterben liege. Manchmal hieß es, es seien Hunderte gewesen, andere nannten eine noch größere Zahl. Einige behaupteten, es sei ein Versuch gemacht worden, den König zu ermorden. Eine weitere Geschichte besagte, daß Hansio von Mahapor eine Armee in die Stadt geschmuggelt hätte, um den Palast anzugreifen und Istvan der Bogenschütze sie alle eigenhändig abgeschlachtet hätte. Das war natürlich lächerlich.

Aber was auch passiert sein mochte, die festliche Stimmung der Menge konnte es nicht im geringsten beeinträchtigen. Akrobaten und Jongleure gaben am Straßenrand ihre Vorstellungen, Musikanten schritten durch die vergnügten Volksmassen und sangen ihre Lieder. Es schien Martos, als ob die ganze Welt sein Glück mit ihm teilen wolle. Natürlich, dachte Martos, so viel Fröhlichkeit konnte doch wohl kaum durch einen so lächerlichen Anlaß wie die Krönung eines Königs hervorgerufen werden! Nein, er war sich ganz sicher, daß die Leute auf der Straße und die ganze Welt nur deshalb feierten, weil Kumari ihn liebte!

Zu ihrer Linken war der Yutoka allmählich breiter geworden, bis er schließlich zum Pavana geworden war. Hinter den Feldern und Gehöften zur Rechten konnten sie den Atvanadi sehen und auch den Oda, wie sie dem Pavana entgegeneilten, um nördlich der Stadt in ihn einzumünden. Vor ihnen, an dem Punkt, wo die beiden Flüsse zusammentrafen und eine Pfeilspitze bildeten, überragte der Fels von Tarencia die Stadt. Das Schloß kauerte sich auf seinem Rücken. Es wurde erzählt, dies sei einst eine Räuberfestung gewesen. Überall um die Stadtmauern herum waren Zelte errichtet worden, ganz so, als ob die Stadt belagert würde. Die bunten Groß-

zelte der soeben eingetroffenen Edelleute standen Seite an Seite mit einfachen Notbehelfen aus Stöcken und Decken.
Tarencia war überfüllt. An den Toren zog ein beständiger Menschenstrom an den Wächtern vorüber, die wie Felsen in der Brandung standen, während Tausende an ihnen vorüberdrängten. Die Pferde waren nervös. Sie wieherten und kamen nur langsam vorwärts, obgleich selbst in dieser riesigen Menge die Passanten noch versuchten, den großen Tieren aus dem Wege zu gehen.
Die schweren kadarinischen Kriegspferde bahnten sich allmählich ihren Weg durch die überfüllten Straßen zu Jagats Haus hin. Die kleineren Ponys der Grenzlandländer folgten im Schutz der Pferde. Als der Zug sich von der Hauptstraße entfernte, lichtete sich die Menge ein wenig. Schon bald war es nun wieder möglich, sich den Weg durch Zurufe zu bahnen, und die Pferde konnten nun im Trab gehen. Martos überließ Suktio die Führung und begab sich an den Schluß des Zuges, um neben Kumari zu reiten.
»Was soll ich deinem Onkel sagen?« fragte er gerade laut genug, daß seine Stimme die Hufe der Pferde übertönte.
»Zumindest heute abend noch nichts«, antwortete sie. »Ich möchte es ihm selbst sagen – nach der Krönung. Er hat zur Zeit ohnehin schon genug Sorgen.«
»Dann solltest du Suktio fesseln lassen«, sagte Martos, »und ihn vielleicht am besten gleich in einen Brunnen werfen. Er sieht ganz so aus, als ob er gerne etwas Ähnliches mit mir machen würde! Und sie haben alle gesehen . . .«
Sie lachte. »Ich werde mich um Suktio kümmern. Und was die anderen betrifft . . . ich habe vor dir auch schon ein paar Liebhaber gehabt. Und mein Onkel ist nicht blind, weißt du!«
Er schaute verwirrt drein. In Kadar hatte es immer eine adleräugige Anstandsdame gegeben, die aufpassen mußte, daß die Jungfernschaft ihrer Anbefohlenen unberührt blieb, ganz gleich, was sonst zwischen den Liebenden geschah.
Die Zwillingssonnen sanken hinter die Dächer zu seiner Lin-

ken. Er beobachtete dieses Schauspiel. Der Sonnenuntergang war für ihn zu einem wichtigen Ritual geworden: Der Schatten war hinter ihnen jeden Tag kleiner geworden, bis er schließlich zu einer schwarzen Linie am Horizont geschrumpft war. Dann war er ganz verschwunden. Martos betrachtete entzückt die ferne Pracht: die Wolken, die so hell waren wie Perlen, durchzogen von regenbogenfarbenem Licht, und die goldenen, rosa und purpurroten Wolken tiefer unten am Horizont.

Die Kolonne hielt an. Leuchtende Farben erstrahlten über Lord Jagats Dach. Jagats Wappen – das »Schwerterrad«, ein achtzakkiger Stern aus Schwertern, deren Griffe in der Mitte zusammentrafen – war in das Holz über der Eichentür am oberen Ende der Treppe geschnitzt. Die Wand bestand aus einfachem Holz, aber in den Augen eines Grenzländers war dies ein unermeßlicher Reichtum.

Auch hier hatte sich eine Volksmenge versammelt. Auf der gegenüberliegenden Straßenseite blieben kleine Passantengruppen stehen, um die Neuankömmlinge anzugaffen. Sie lehnten sich gegen die Häuserwände und schauten sich das Spektakel an. Ein paar von ihnen sahen aus wie Grenzländer, aber bei den meisten handelte es sich um Pöbel, wie ihn Martos eher am Hafen erwartet hätte. Jagat selbst kam die Treppe herunter, um sie zu begrüßen. Sein weißes Haar spiegelte die Farben des Sonnenuntergangs. Seine Zähne glänzten hell in seinem alten, dunklen Gesicht. Kumari lief ihm mit einem Freudenschrei entgegen, und der alte Mann umarmte sie zärtlich.

»Ich fürchtete schon, ich hätte das Schloß vor deiner Ankunft verlassen müssen«, hörte Martos ihn sagen. »Der königliche Rat versammelt sich heute abend, und ich muß an der Sitzung teilnehmen.«

Martos unterdrückte ein plötzliches Heimwehgefühl, als er an seine eigene Familie denken mußte, die so weit weg war. Nur undeutlich hörte er, wie Jagat sich bei Suktio förmlich dafür bedankte, daß er seine Verwandte begleitet hatte. Es verwirrte ihn ein wenig, daß Jagat ihm dabei zuzwinkerte.

»Ihr beide werdet natürlich hierbleiben«, fuhr Jagat fort. »Ich habe am Ende der Straße im Braunen Eber Zimmer für Eure Männer und Ställe für die Pferde organisiert.«
»Ich bedanke mich, Lord«, sagte Suktio mit einer formellen Steifheit, die Martos ein wenig merkwürdig erschien. »Aber ich hatte mich schon dafür entschieden, in der Satragara Unterkunft zu suchen.«
»Viel Glück bei dem Versuch!« rief Pirthio von der Treppe. »Alle Räume dort sind überfüllt. Ihr könnt noch von Glück reden, wenn Ihr Euer Bett dort mit weniger als zehn anderen teilen müßt – und bedauerlicherweise sind es ausschließlich Männer!« Pirthio sprang die Treppe hinunter, hänselte Suktio, küßte Kumari und schlug spielerisch mit der Faust auf Martos Rüstung. »Glücklicherweise hat man dort vorgesorgt: Ein guter Vorrat an massadessanischem Wein ist vorhanden. Wir werden später alle dort hinübergehen und davon kosten. Auch du, Martos. Ich erinnere mich noch gut, wie du dich in Suknia darüber beklagt hast, daß du dich eingesperrt fühlst!«
Sogar Suktios düsterer Blick hellte sich in Pirthios Gegenwart auf. Unter Jagats Männern ging ein alter Witz um, daß niemand es fertigbrächte, Pirthio nicht zu mögen, und als Beweis hierfür wurde seine Freundschaft mit Prinz Chondos genannt.
Martos fragte sich, ob er an diesem Abend wirklich zum Zechgelage ausgehen wollte. Er bezweifelte, daß dieses kleine Königreich irgend etwas zu bieten hatte, das an die kultivierte Eleganz des Nachtlebens von Erthi oder Almahar heranreichen konnte, aber immerhin war hier zumindest ein wenig Abwechslung zu erwarten. Und dies war schließlich die Hauptstadt. Im Augenblick jedoch wünschte er sich vor allem ein Bad.
Eine Stunde später kam Martos frisch gebadet und erholt aus seiner Kammer die Treppe herunter. Er hatte seine zweitbeste Hofkleidung angelegt, und im Gehen legte er den leichten Degen an und befestigte ihn über dem kurzen weinroten Waf-

fenrock. Seine weiße Hose saß wie eine zweite Haut. Pirthio und Kumari starrten ihn an. Er war schon vor sehr langer Zeit vom kadarinischen Hof fortgegangen.

»Vater ist draußen«, sagte Pirthio, »er wartet auf die Pferde. Er muß heute abend an der Sitzung des königlichen Rates teilnehmen, aber er sagte, er wolle vorher mit uns beiden sprechen.«

»Geh nur schon vor«, sagte Martos. »Ich . . . ich komme bald nach.«

Aber Pirthio schien keine Eile zu haben, er wollte reden. »Ich hatte eine Menge zu tun, seit ich hier angekommen bin.« Er lehnte sich gegen die Tür und lächelte, als ob er stolz auf sich selbst wäre. »Es war allerdings eine angenehme Arbeit! Du wirst die Veränderung auch selbst bald bemerken. Zugegeben, Hamir von Inagar ist noch nicht ganz so weit, daß er dem König zuprostet, aber erwähne in seiner Gegenwart den Namen Portona, und schau dann, wie er reagiert!« Er lachte. Martos fragte sich, worüber Pirthio wohl redete. Hamir von . . .? Er versuchte sich zu erinnern und sah plötzlich im Geiste Jagat vor einer Gruppe von Männern stehen. Ja, es war derjenige, den Jagat *fett* genannt hatte.

»Nach dem gestrigen Abend wird Portona wahrscheinlich jegliche Unterstützung verlieren!« fuhr Pirthio fort. »Vielleicht haben sie ja auch einen gewissen Respekt vor dem Namen DiVega! Jedenfalls habe ich es gut gemacht, und vielleicht ist es mir ja sogar gelungen, die Gefahr vollständig abzuwenden. Wir alle wissen, daß Portona sich nicht alleine rühren wird!«

Kumari legte den Arm um Martos. Sein eigener griff um ihre Taille und streichelte sie so, daß Pirthio es nicht sehen konnte. Als dieser aufblickte, bemerkte er, daß er störte. Kumari lachte, als die Tür sich hinter ihm schloß und wandte sich Martos zu, um ihre weichen Brüste gegen dessen roten Waffenrock zu pressen.

»Was soll . . .«

Sie schnitt ihm mit einem Kuß den Satz im Munde ab. »Nun

geh schon, wenn du dich unbedingt besaufen willst!« sagte sie, als er endlich den Kopf hob. »Ich gehe schlafen. Ich werde von dem wunderschönen Baby träumen, das wir bekommen! Geh du feiern.« Sie schob ihn durch die Tür. Er war verwirrt und sprachlos.

Er stand noch lange da und betrachtete die Kurven ihres Körpers in dem engen Gewand. Schließlich versperrte die Eichentür ihm die Sicht, aber seine Augen waren immer noch voll von ihrer Gegenwart.

»*Vater!*« erklang eine Stimme hinter ihm. »*Vorsicht!*«

Er wirbelte herum. Die linke Hand faßte die Scheide seines Degens, während die rechte sich um den Griff legte. Er kniff die Augen zusammen, um sich an die Dunkelheit zu gewöhnen. Er sah, wie Pirthio in die Nacht hineinlief und geisterhaft sein Schwert schwang. Hinter ihm sah er in der Finsternis dunkle Gestalten springen und rennen. War das Jagat, der mit den Ärmeln seines Gewandes wedelte und die Arme hochhielt wie zwei Äste eines Baumes, die nach einem dritten greifen? Dort, wo die drei Hände sich trafen, glitzerte das Sternenlicht auf einer Stahlschneide.

Martos sprang die Treppe hinunter. Rauhe Stimmen schrien. Stiefel knallten auf dem Pflaster der dunklen Straße, und Pirthio verschwand zwischen den schemenhaften Gestalten, die durch die dunkle blaue Nacht tobten. Das Klirren von Metall hallte durch die schluchtartige Straße. Martos übersprang die letzten Stufen der Treppe; der Aufprall auf den harten Pflastersteinen schmerzte.

Karierter Stoff flatterte, eine Gestalt in grober Grenzlandkleidung schleuderte eine andere schwankende Gestalt zu Boden. Plötzlich sah er einen schwachen Schimmer, wie sternklares, hüfthohes Wasser. Dann versperrten rennende dunkle Gestalten die Sicht auf die beiden Kämpfer. Lärm brandete auf.

Martos stieß einen Schrei aus. Vier der Gestalten wandten sich um und liefen auf ihn zu. Sie verteilten sich um ihn und brachten ihre kaum sichtbaren Schwerter in Position. Martos bewegte sich rasch nach rechts, wobei seine rechte Hand geöffnet blieb und sich über seinem Schwertgriff in Bereitschaft befand. Eine Schwertklinge zischte. Martos' Hand schloß sich um den Griff seines Degens, während er dem fallenden schwarzen Keil aus dem Wege sprang. Dann stieß er selbst unter den Arm, der das Schwert hielt. Der überraschte Gegner öffnete seinen Mund zum Schrei, als Martos Klinge hochpeitschte und die Kehle des Gegners streifte.

Nun erhob sich hinter ihm ein Schwert und versuchte, ihn in den Rücken zu treffen. Er wirbelte auf der Achse von Knie und Fußgelenk herum, und sein Degen schoß hoch zum abwehrenden Hieb. Das schmale Stück Stahl vibrierte in seiner Hand, als er die gegnerische Klinge mit einem Klirren zur Seite schlug. Sein Arm stieß zu und zog sich genauso schnell wieder zurück, als er spürte, daß die Spitze durch Fleisch gedrungen war. Geräusche von Atem und gurgelndem Blut ertönten aus der durchbohrten Kehle.

Zwei weitere Gegner wandten sich ihm zu, um ihn anzugreifen. Er wartete gar nicht erst ab, sondern stieß mit einem weiteren Schrei die Luft aus den Lungen und lief über die Straße auf die brodelnde, polternde Meute zu. Hinter ihm ertönten Stiefelschritte. Aus dem dichten Gewühl war der Klang von Stahl auf Stahl zu hören. Er stach seitwärts und stieß gleichzeitig einem anderen Mann einen Fuß in den Rükken. Dadurch fiel dieser nach vorne und warf ein Dutzend Männer auf die Straße. Angsterfüllte Gesichter wandten sich ihm zu. Sein Schwert schnitt durch Fleisch, er sprang in die Menge hinein und war nun nur noch eine unter den vielen verschwommenen Gestalten in der Dunkelheit.

Inmitten des raufenden Mobs sah er plötzlich zwei Männer an einer Hauswand kämpfen, die einander die Rücken zugewandt hatten. Ein Mond wurde über einer Dachkante sichtbar und tauchte den von der Geschwindigkeit des Kampfes flimmernden Stahl in ein kühles Licht. Jagats parierende Klinge klirrte und funkelte, der Ärmel seines Gewandes war von dunklem Blut durchtränkt. Martos schrie und griff an. Sein Schwert-

arm fuhr in breitem Bogen umher, und er fühlte, wie seine Klinge durch Fleisch abgebremst wurde. Wo er auftauchte, stoben die Angreifer in alle Winde.
Eine Schwertspitze stieß auf Jagat zu. Martos zischende Klinge ereilte sie, und die beiden Schwerter prallten mit einem hell klingenden Ton aufeinander. Sein Handgelenk drehte sich, Stahl wirbelte herum und stach zu, und einer der Mörder schrie auf, als die Schwertspitze seine Eingeweide freilegte. Und wieder drehte sich Martos wie ein Blitz und schlug eine Klinge zur Seite, die auf seinen Rücken zustieß. Die Spitze seines Schwertes zischte fingerbreit an den Augen eines am Boden kauernden Mannes vorbei.
»Lauft!« rief jemand. »Es ist Istvan der Bogenschütze!«
Dann war ein Schlurfen und ein Scharren zu hören, und die Gestalten entfernten sich schnell. Jagat und Pirthio lehnten keuchend an der Wand. Ihre Kleidung war blutbefleckt. Ein Sterbender schrie und zappelte auf den glitschigen nassen Pflastersteinen zu ihren Füßen wie ein Fisch. Plötzlich ging ein halbes Dutzend Monde über den Dächern auf und überflutete die blutige Straße mit Licht.
»Das ist nicht DiVega!« rief eine rauhe Stimme. »DiVega ist alt! Dieser hier ist jung! Tötet ihn!«
Leder klatschte auf Stein. Klingen glitzerten im Mondlicht. Martos hörte viele eilige Schritte hinter sich, dem Heranrauschen einer Welle ähnlich. Er wirbelte herum und sprang, und eine blutüberströmte Gestalt fiel leblos zu Boden. Er entfernte sich tänzelnd von einem glitzernden Lichtwirbel, und seine eigene Klinge riß durch Fleisch. Mit einem tiefen Stoß plazierte er die Spitze seines Schwertes tief zwischen die Rippen des Angreifers. Dann riß er die Klinge wieder heraus, gerade noch rechtzeitig, um die Bahn eines heftigen Schlages zu kreuzen.
Erneut fühlte er, wie der dünne Stahl vibrierte. Würde er brechen? Er wünschte sich sein von Zwergenhand geschmiedetes Kriegsschwert herbei, aber das befand sich in seinem Gepäck. Bei dieser Waffe hätte er keine Angst haben brau-

chen! Er duckte sich, hörte ein Schwert über seinem Kopf zischen und spürte, wie sein Haar aufgewirbelt wurde. Erneut traf die Spitze seines Schwertes auf etwas Weiches.
Sterbende stöhnten. Schritte schlurften davon. Schweiß rann ihm über das Gesicht. Er sog frische Luft in die ausgedörrten Lungen und hielt das Schwert mit beiden Händen über den Kopf. Die Gegner zogen sich zurück... alle außer zweien. Etwas an ihrem Gang kam ihm bekannt vor. Dies war kein Gesindel aus der Gosse wie die anderen. Sie bewegten sich wie trainierte Krieger. Wie Grenzländer.
Seine angespannten Sinne waren wie elektrisiert. Seine Seele glich einer schmalen Stahlklinge. Seine linke Hand strich über den Schwertknauf. Die Kämpfer aus dem Grenzland hielten inne und starrten ihn an.
»Angreifen!« krächzte eine Stimme. »Alle zusammen!«
Die beiden Grenzländer stürmten auf ihn zu. Hinter ihnen schwenkte das Gesindel aus dem Hafen Rapiere und Schwerter. Ein zweihändiger Hieb stieß die Klinge des einen Angreifers zur Seite, während er derjenigen des anderen aus dem Weg sprang, direkt zwischen den beiden Grenzländern hindurch. Seine Handgelenke klatschten gegeneinander, seine wirbelnden Hände ließen seine Klinge von rechts nach links springen. Eine Kehle verschwand in einem Nebel aus Blut.
Eine Klinge wie ein Mondstrahl versuchte ihn zu treffen. Er warf sich herum, so daß die Klingen der beiden Schwerter gegeneinanderschlugen. Stahl ächzte, als Martos seinen Körper ruckartig aufrichtete, und er sprang zwischen den fallenden Leichen ins Gemenge.
Seine Klinge traf eine Schulter und durchschnitt eine Arterie; die Spitze stieß durch ein Auge und in das dahinterliegende Gehirn. Seine linke Hand ließ den Knauf seines Schwertes los wie ein angreifender Adler, um eine fremde Hand zu ergreifen, die ein Rapier in seine Seite stoßen wollte. Die flache Seite seiner Klinge streifte seinen Nacken, als er nach hinten stieß.
Schritte hallten auf dem Pflaster. Die feigen Mörder hatten

die Flucht ergriffen. In seiner Wut rannte er hinter ihnen her und jagte sie.
Einer der Fliehenden drehte sich mit erhobenem Schwert um. Martos sprang dem auf ihn zustürzenden Stahl aus dem Weg, und seine eigene Klinge mähte über den hohlen Bauch wie eine Sense. Der Mann schrie und griff nach dem schleimigen Geschlinge, das aus seinem Inneren quoll, als Martos an ihm vorbeirannte. Er holte die übrigen ein und verstellte ihnen mit über dem Kopf gehaltenen Schwert den Weg. Einer der Gegner kauerte schreiend an einer Hauswand; die übrigen drei zogen sich langsam hinter der schützenden Deckung ihrer erhobenen Schwerter zurück, dem schreienden Sterbenden und gleichzeitig Pirthio und Jagat entgegen. Martos konnte ihre Schritte schon hören.
Plötzlich flutete Licht aus einem Torbogen auf die angespannten Schatten der Bewaffneten, die dastanden und sich zu entscheiden versuchten, in welche Richtung sie fliehen sollten. Verzweiflung zerbrach die Stahlhecke. Martos konnte mühelos einem wild dreschenden Schwert ausweichen, und er spürte, wie seine eigene Klinge durch Stoff und Fleisch riß, als der Mann an ihm vorbeilief. Dieser lief so lange weiter schreiend die Straße entlang, bis er seine Füße in seinen eigenen Eingeweiden verhedderte und zu Boden fiel. Die übrigen beiden zögerten, aber die von Angst besessene Kreatur an der Wand versuchte davonzulaufen und spießte ihre Kehle auf die plötzlich aufblitzende Spitze von Martos' Schwert. Die Gesichter der letzten beiden verzerrten sich in Panik, als Martos mit zierlichen tänzelnden Schritten auf sie zukam, sein Schwert über dem Kopf balancierend. Hinter ihm erschien humpelnd Jagat, und Pirthio stand neben einem Sterbenden, der sich in einer Blutlache wälzte.
Der eine der beiden Übriggebliebenen sprang mit dem Schwert in der Hand auf Martos zu. Der andere wirbelte herum und stieß in Lord Jagats Richtung – möglicherweise war seine Angst durch die Erinnerung an das versprochene Gold wieder verringert worden. Weit hinter dem Strahl ge-

spiegelten Mondlichts, der auf seine Brust zuschoß, sah Martos, wie Jagat seine Klinge blitzartig erhob, um sich zu verteidigen. Stahl klirrte, und der alte Grenzländer rutschte auf den blutigen Pflastersteinen aus und fiel zu Boden.
Martos tanzte wie ein Blatt im Wind. Ein wäßriger Schimmer glitt an ihm vorbei. Seine Klinge strich über die Haut unter dem Ohr des Mannes. Eine dunkle Fontäne spritzte in der Dunkelheit hoch. Martos rannte über das Kopfsteinpflaster, was für seine Füße eine Qual war. Er sah, wie eine Klinge auf den am Boden liegenden Jagat einstach, aber der alte Mann rollte sich auf den Rücken und schob die zustoßende Klinge mit seiner eigenen beiseite.
Pirthio kam ebenfalls mit wirbelndem Schwert und Rapier herbeigelaufen. Der Meuchelmörder wandte sich zur Flucht, seine Augen mit Entsetzen erfüllt, als sie Martos Blick begegneten. Martos trat vor, seine Klinge schlug nach oben und traf den Gegner unter den Kiefer.
Weiter weg in der gleichen Straße schrie ein Sterbender verzweifelt. Jagat erhob sich. Pirthio schaute auf den reglosen Körper des letzten der Mörder, und die Knöchel seiner Hand lagen weiß auf dem Griff seines Schwertes. Ein bitteres Lachen entfuhr ihm, und er bewegte bedächtig den Kopf hin und her.
»Bei den Brüsten der Erde, Martos! Wenigstens diesen einen hättest du für mich übriglassen können!« Seine Stimme klang wütend, trotz seines Lachens. »Schließlich wollten sie meinen eigenen Vater töten!«
Der Sterbende jammerte wie ein einsames Kind.

»Wo ist Lord Jagat?»
Das hohe Alter hatte Lord Taticos Stimme hart und schrill gemacht, aber sie konnte immer noch einen größeren Raum als diesen Ratssaal füllen. Istvans Kopf fuhr in die Höhe, und er ertappte sich dabei, wie er zur Tür schaute, als ob Jagat auf diese Aufforderung hin wie auf Kommando erscheinen müsse. Er sah aber nur Lord Taticos, der mit hinter dem Rücken

verschränkten Armen den Gang entlangschaute. Nach einer langen Zeit der Stille schüttelte der Lord Haushofmeister sein weißes Haupt. Er schritt, nachdem er sich ihnen wieder zugewandt hatte, entschlossen auf den König zu.

»Alle anderen sind hier, Lord König«, sagte Taticos. »Ich bin der Meinung, Eure Majestät, daß Lord Jagat nichts dagegen haben würde, wenn wir ohne ihn anfangen. Ich bin sicher, er wird bald hier sein, aber wir haben viel Arbeit vor uns. Und morgen wird ein harter Tag sein – härter für Eure Hoheit, fürchte ich, als für jeden von uns.«

Der junge König blickte finster um sich und biß sich auf die Lippen. »Ich wollte eigentlich nicht anfangen, bevor alle neun Ratsmitglieder eingetroffen sind. Aber ...«, seufzte er, »ich glaube, Ihr habt recht, Lord Haushofmeister. Es wird spät werden, und wir werden alle ohnehin nicht genügend Schlaf bekommen. Es sei Euch gestattet, Euch zu setzen, meine Herren.« Er ließ sich in den großen Stuhl fallen, der am Kopfende des Tisches stand. Der blonde, schwere Prinz Phillipos setzte sich neben ihn.

Wir sind ja schon eine nette Greisengesellschaft! dachte Istvan und verzog das Gesicht, während er die anderen alten Männer ansah, die sich nach einer seit Ewigkeiten bestehenden Sitzordnung niederließen. *Wie lange wird es wohl dauern, bis er genug von unserem weißen Haar und unseren weisen Aussprüchen hat und sich jüngere Männer sucht, um uns alle zu ersetzen?*

Er wartete darauf, daß ihm jemand einen Sitz zuwies. Shachio, der Herold und Seher des Königs, schaute ihn an. Istvan konnte sich noch an die Zeit erinnern, als jener dunkelhäutige, weißhaarige alte Mann – halb Seynyorer, halb Grenzländer –, der ›Rote Seher‹ genannt wurde, weil sein kupferfarbenes Haar fast die gleiche Farbe gehabt hatte wie seine Grenzländerhaut. Er gab Istvan ein Zeichen, daß er sich auf einen leeren Stuhl in der Nähe des Königs setzen solle. Der Platz gegenüber war ebenfalls leer – das war zweifellos Jagats Stuhl.

Chondos räusperte sich. »Nun, Lord Taticos?« fragte er. »Ihr habt mich geplagt, bis ich bereit war, diese Sitzung einzuberufen. Ich hoffe, Ihr habt einen guten Grund?«
»Ja, mein Lord König«, antwortete Taticos, aber er zögerte und zappelte ein wenig herum. Der König starrte ihn böse an.
»Also?« schnaubte der König grob. »Können wir nun zur Sache kommen? Ich nehme an, das Hauptthema wird das bekannte Problem sein: Wie schützen wir das Königreich vor meinen ständigen Taktlosigkeiten und außerdem auch noch vor meiner Unfähigkeit und meiner Dummheit? Oder habt Ihr endlich einmal einen anderen Gesprächsstoff gefunden?«
Kein Muskel bewegte sich im Gesicht des Lord Haushofmeisters, aber die transparente Haut über seinem weißen Bart färbte sich rot. Als er jedoch sprach, klang seine Stimme so sanft, daß Istvan die Selbstbeherrschung dieses Mannes nur bewundern konnte.
»Wir müssen sehr viele Dinge behandeln, Lord. Lord Zengio hat etwas zu berichten, und unsere wichtigste Aufgabe ist es, dafür zu sorgen, daß alle Details der Krönung ...«
»*Was!*« brüllte Chondos. »Sollen wir dafür auch noch unseren Schlaf opfern! Schließlich gibt es ein Zeremoniell! Wofür haben wir denn die Tradition?«
»Es sind sehr delikate Fragen des Vorranges zu entscheiden«, sagte Taticos, und seine Stimme war immer noch vollkommen beherrscht. »Die kleinste Verwirrung morgen könnte ernsthafte Folgen haben, vielleicht sogar Krieg. Wenn wir uns andererseits heute abend für die richtige Vorgehensweise entscheiden, können wir dadurch Krieg vermeiden und uns ungeheure Vorteile verschaffen. Zum Beispiel weiß ich aus glaubwürdiger Quelle, daß der Sohn Prinz Hansios von Mahavara in der Stadt ist, Lord Tunno, obwohl sein Vater unsere Einladung auf sehr unhöfliche Weise abgelehnt hat.«
»Er ist hier gegen den eindeutigen Befehl seines Vaters«,

sagte Lord Zengio. »Ich würde nicht zu viel dahinter vermuten. Er ist hier, um zu saufen, und weiter nichts.«
»Aber wenn er teilnimmt«, sagte Prinz Phillipos und richtete sich plötzlich auf, »wäre es nicht möglich, ihn dazu zu bringen, mit uns zusammen einen Treueschwur abzulegen?«
»Ich glaube kaum, daß er *so* viel saufen wird«, lachte Zengio.
»Aber Lord Zengio, haben Eure Informanten nicht berichtet, daß er in Gesellschaft des Sohnes von Lord Jagat gesehen worden ist?« sagte Taticos.
»Pirthio?« sagte Chondos überrascht. Er beugte sich vor und blinzelte. »Ich frage mich, ob ...« Dann schwieg er wieder und lehnte sich mit großen Augen nachdenklich zurück.
»Pirthio, ja«, antwortete Taticos. »Und sagt man nicht, daß der Sohn von Lord Jagat sich ... jeden zum Freund machen kann?« Istvan sah, wie die perfekte Maske des Haushofmeisters beinahe zersprang, und wie die Männer am Tisch die Hände vor ihre Gesichter legten. Er blickte neugierig auf Chondos, aber der junge König starrte auf den Tisch. Istvan runzelte irritiert die Stirn, bis er sich daran erinnerte, daß Chondos ebenfalls ein Freund von Pirthio war.
»Es könnte sogar sein«, fuhr Taticos nach einer merkwürdigen Pause fort, »daß Lord Jagat durch seinen Sohn den Erben von Mahavara umstimmen und aus einem Feind einen Verbündeten machen kann. Wir müssen Lord Jagat fragen ...«
»Wenn er jemals hier auftauchen sollte!« schnaubte Zengio.

Herzog Thoros, der aus tiefstem Schlaf erwacht war, glich einem betrunkenen Stier. Seine trüben Augen blinzelten überrascht die Männer an, die vor ihm standen.
»Was ist los?« knurrte er und rieb sich die Augen. »Was wollt Ihr zu so später Stunde? Ist irgendwas passiert?«
»Eine Katastrophe!« kreischte der Lord der Gilden. »Alle Männer, die wir auf Jagat angesetzt haben ... sind tot! Und es könnte sein, daß einige von ihnen geredet haben!«
»Das ist unwahrscheinlich«, wandte der Mann in der Heiler-

robe rasch ein. »Es war genau wie beim letzten Mal, aber diesmal entkam keiner. Es kann sein, daß Jagat verletzt ist, aber ich bin mir nicht einmal darüber sicher.«

»Was?« sagte der Herzog undeutlich und schüttelte den Kopf. »Wollt Ihr damit sagen, *Jagat* hätte alle eure Mörder getötet? Wie viele waren es denn diesmal?«

»Zwanzig!« jammerte Lord Andrios. »Und diesmal hatten wir jeden von ihnen im voraus bezahlt. Fünfzig Goldstücke! Das ganze Geld ist weg, und der verdammte Fischfresser lebt immer noch! Zwei Männer haben ihm geholfen!«

»*Zwei?*« Herzog Thoros hob die Augenbrauen. Er setzte sich auf seinen Herzogsthron. »Eure Hafenratten müssen ja ziemlich unfähig gewesen sein.«

»Einer von seinen kadarinischen Söldnern war bei ihm«, sagte der Mann in der roten Robe. »Er hat die meisten getötet, glaube ich.«

»Ein Kadariner?« Der Herzog lachte. »Das erklärt die Sache natürlich! Ach, diese scheußlichen Schwertkämpfer des Nordens, die die Straßen mit Leichen übersäen! Die Ärmsten, die anschließend die Straße reinigen müssen, können einem richtig leid tun!«

»Macht keine Witze!« kreischte Lord Andrios. »Diese Sache ist nicht zum Lachen! Wenn man die Angelegenheit mit uns in Verbindung bringt, ist unser Plan in höchster Gefahr!«

»Wenn es stimmt, was Ihr mir erzählt habt«, schnurrte der Herzog, »gibt es nur eine Möglichkeit, wie das ausfindig gemacht werden könnte, und zwar durch diesen hervorragenden Diener, Luijos.«

Der Mann in der roten Robe erblaßte. Lord Andrios schaute weg und mied seinen Blick. Der Herzog lachte.

»Es wäre also sehr zu unserem Vorteil, Luijos, Euch sicher aus der Stadt zu schaffen! Ich werde einen Brief für Euch schreiben, den Ihr dem Kapitän eines bestimmten Schiffes übergeben müßt, das in der Mündung zu Portona vor Anker liegt. Er wartet nur auf meine Nachricht, dann legt er ab. Ihr dürft den Brief lesen und sogar zuschauen, während ich ihn schreibe!«

Er hob ein Glöckchen und klingelte. »Hättet Ihr es nicht mit Hilfe Eurer Heilerrobe schaffen können, Euch um Jagats Wunden zu kümmern?« Er unterbrach sich, als ein Diener eintrat. »Papier und Feder, und etwas zu trinken! Aber schnell!« Er wandte sich wieder an Luijos. »Nun? Warum habt Ihr das nicht getan? Wenn Jagat an seinen Wunden gestorben wäre, hättet Ihr Euch die Belohnung verdient!«

»Zu gefährlich, Lord!« murmelte Luijos. »Jeder Heiler hätte es später bemerkt, und wenn ich in dieser Robe erwischt worden wäre, hätten sie meinen Geist durchleuchtet.«

Zähne blitzten im schwarzen Bart des Herzogs. Der Diener kam mit Feder und Papier zurück.

»Die Arena oder ... etwas Schlimmeres?« sagte der Herzog lächelnd. Luijos wirkte nicht besonderes glücklich. Der Herzog tauchte seine Feder in die Tinte. »Die Robe hat ihren Dienst getan!«

Als der Herzog den Brief vollendet hatte, gab er ihn Luijos zum Lesen und wandte sich dem wartenden Diener zu. »Bring andere Kleider für diesen Mann und verbrenne diese Robe«, befahl er ihm. »Schicke einen Boten zu Lord Enricos von Poidia und laß ihn zu mir bitten. Und sobald er hier ist, laß Sandor zu mir kommen.«

»Das sind ja mehr, als Istvan DiVega getötet hat!« rief Rinmull von Ojaini überrascht aus. Martos erschrak und verschluckte sich beinahe an seinem Wein. Dann drehte er sich verlegen um. Die Grenzlandsitte, auf dem Boden zu sitzen, war ihm noch nie leicht gefallen, und in der Satragara gab es keine Stühle.

Rinmull schnaubte verächtlich, als sich um sie her ein Protestgemurmel erhob.

»Diese Geschichten sind alle Unsinn!« schrie er über die Stimmen der anderen hinweg. »Ich war selbst am Palast und habe mit den Männern gesprochen, die dort waren. Es waren Männer der seynyorischen Wache, die am Abend in

den Straßen patrouillierten. DiVega hat nur ungefähr fünfzehn Männer getötet! Es waren noch mehr, aber die restlichen liefen weg.«
»Das überrascht nicht weiter«, sagte eine verächtliche Stimme. Pirthio hatte den Mann als Tunno von Mahapor vorgestellt.
Martos schluckte den Rest seines Weins hinunter und goß sich mit übertriebener Sorgfalt ein weiteres Glas ein. Seine Hand war schon etwas unsicher. Pirthio, der herrlich besoffen war, beendete seinen Bericht über den Straßenkampf und fuhr dann fort mit einer Geschichte über Martos' Heldentaten in Ukarakia. Martos starrte in seinen Wein und überlegte, ob seine Ohren wohl tatsächlich so rot waren, wie sie sich anfühlten.
Er nippte an dem süßen blauen Wein und versuchte, das Gerede um sich herum zu ignorieren, indem er sich vormachte, all dies hätte nicht das geringste mit ihm zu tun. Ein kadarinischer Edelmann sollte sich doch schließlich nicht von Lob für seine Taten berühren lassen! Ein sich selbst richtender Mensch sollte niemals Stolz verspüren.
Sie hatten ihm eine Flasche von dem guten blauen Wein aus Paracosma gegeben, von der Sorte, die er auch zu Hause zu trinken pflegte. Er hatte gehofft, man würde ihm auch etwas Anständiges zu essen vorsetzen, aber diese Hoffnung hatte sich nicht erfüllt. In der Satragara gab es nur die immer gleichen, stark gewürzten Hähnchen-, Fisch- und Wildbretgerichte, die er schon in Damenco leid geworden war. Jeden Tag hatte es irgendeine Variation zu diesem Thema gegeben. Gelegentlich gab es zur Abwechslung Kaninchen, und einmal war ein Pferd gestorben, das sie dann gegessen hatten. Eisenfaust hatte gesagt, wenn eine Kuh stürbe, gäbe es Rindfleisch, aber in der ganzen Zeit, seit er dort war, war das kein einziges Mal geschehen.
Zumindest der Wein war eine Abwechslung. Die meisten Grenzländer tranken dieses wäßrige saure Zeug, das die Massadessaner aus Reis herstellten. Das war schon eine merkwür-

dige Sache: Aus irgendeinem unerfindlichen Grunde hielten die Grenzländer Reis für »Weiberfraß«, und kein Mann dort hätte diese Getreideart in irgendeiner Form angerührt. Möglicherweise hätten sie sogar jeden getötet, der es gewagt hätte, ihnen dies vorzuschlagen. Sie machten grobe und manchmal unverständliche Witze über den massadessanischen »Wein«, aber sie tranken ihn trotzdem.

Sie wandten ihre Rücken dem Schatten zu,
Und ihre Schwerter erhoben sie brausend ...

Er kämpfte gegen den Stolz, der in ihm aufwallte.

Und die Dunklen rasten durch das Land
Um Menschen, die starben, zu schmausen.

Warum sollte er nicht stolz sein? Hatte er denn nicht tatsächlich heute abend mehr Männer getötet als Istvan DiVega?
Ob es nun so war oder nicht, wenn das in Kadar bekannt würde ... Er kniff plötzlich die Augen zu und richtete sich auf. Wenn es in Kadar bekannt würde ... und sie würden es hören, o ja! Solche Geschichten verbreiteten sich unter Kriegern wie ein Lauffeuer. Die Söldner würden die Geschichte unter der gesamten Kriegerelite verbreiten! Und wenn sein Name auf diese Weise mit dem berühmten Namen von Istvan in Verbindung gebracht würde, liefen ihm die Schüler in Scharen zu. Kumari würde glucklich sein. Nun könnte er sie und das Kind ernähren, es würde ihnen an nichts fehlen.
Kaufmann! verspottete er sich. *Was ist der Preis des sich selbst richtenden Menschen? Gold und Ruhm sind verlokkend, nicht wahr?*
Er stürzte rasch den Rest des Weins hinunter und goß sich neuen ein. Das Lied war jetzt zu Ende. Pirthio hielt eine wütende Hetzrede gegen den Verrat der Kaufleute. Martos nickte eifrig zustimmend und hämmerte mit der Faust auf den Tisch. Recht so! Das war die einzige Möglichkeit, mit Kauf-

leuten umzugehen! Das wußte man in Kadar schon seit langem! Man mußte ihnen gnadenlos Steuern abverlangen und ihnen rigoros Grenzen setzen, damit ihre Gier niemals den Staat kontrollieren konnte!

Dann verschwand das Lächeln von seinen Lippen. War er denn eigentlich auch nur einen Deut besser als ein Kaufmann? Er war bereit, dieses idealistische heroische Leben hinter sich zu lassen und es gegen die angenehme Existenz eines reichen Schwertmeisters einzutauschen. War er nicht auf dem besten Wege, alles, woran er glaubte, zu verraten? Schließlich wollte er doch zurück nach Kadar gehen, um sich dort als Schwertmeister einen Namen zu machen.

Es war ein ehrenwerter Beruf. Aber brachte er nicht durch seine Beweggründe Schande über diesen Stand? Allerdings tat er dies alles für sein Kind, für Kumari und das Kind. Es war *nicht* nur Gier, dachte er, weder nach dem Ruhm noch nach dem Reichtum, der daraus entstehen würde. Er mußte doch schließlich sein Kind schützen! Und das Kind war in Gefahr, sogar jetzt!

Seine Knie schmerzten. Er mußte seine Sitzposition verändern. Tausend winzige Nadeln stachen durch sein Bein. Der niedrige Tisch wackelte, als er mit dem Knie dagegenstieß. Warum gab es hier nur keine Stühle? Unten an der Grenze gab es natürlich kein Holz, aber *hier* war es doch wirklich nicht nötig, auf dem Boden zu sitzen – sie hätten wie zivilisierte Leute sitzen können, wenn sie gewollt hätten.

Rinmull von Ojaini begann zu singen. Andere Stimmen schlossen sich ihm an. Bald sangen alle Anwesenden. Es war eine bekannte Melodie, die wilde »Ballade von Pertaps Ritt«:

Wo ist das Licht von Hasturs Turm?
Und wo sind am Himmel die Sterne?
Der Schatten bedeckt ganz Kudrapor
Und alle darin müssen sterben.

Als er sich bewegte, stießen seine Knie wieder gegen den Tisch, und er verschüttete das nachtblaue Getränk aus seinem Glas. Er schüttelte den Kopf. Nein, das Nachtleben in Erthi war wirklich etwas ganz anderes! In Erthi konnte man zum Beispiel auf einem Stuhl sitzen. Und die Grenzländer waren angeberische Barbaren, die sich einen Dreck um Philosophie scherten. Sie glaubten, das Erlangen von Ruhm sei ein gutes Lebensziel!

Er seufzte. Er sollte besser versuchen, sich zu amüsieren. Dieses sorglose Leben würde bald ein Ende haben. Sobald er die Pflichten eines Vaters und Ehemannes auf sich nähme, würde das erhabene Leben der großen Abenteuer für immer vorbei sein.

Aber keiner kann reiten aus Kudrapor
Durch all die feindlichen Armeen.
»Sattelt mein Pferd!« jung Pertap rief,
»Sattelt mein Pferd und laßt mich ziehn!«

Lord Taticos Stimme stockte. Ein Stock klopfte auf Stein.
»Lord Jagat!« rief Prinz Phillipos aus. »Was ist geschehen?«
Istvan schrak auf.
Lord Jagat humpelte auf einen Stock gestützt in den Raum. Seine Schulter war unter dem zerrissenen und blutigen Ärmel seiner Robe dick mit Bandagen verbunden.
»Ich möchte meinen König um Entschuldigung bitten, daß ich mich verspätet habe«, sagte Jagat. Er verbeugte sich nach Grenzlandart aus der Hüfte. »Ich wurde auf dem Weg hierher vor meinem Haus angegriffen, und die Heiler ließen mich erst nach einer Weile wieder gehen. Ich kam, sobald sie es mir erlaubten.«
»Angegriffen?« Chondos erstarrte. »Von wem? Wo?«
»Auf der Straße vor meinem Haus, Lord König«, antwortete Jagat mit tiefer Stimme, »von zwanzig Schurken. Hafengesindel, wie die, die Lord Istvan angegriffen haben.« Er lächelte DiVega kurz zu. »Glücklicherweise waren mein Sohn und der

Hauptmann meiner Söldner in Rufweite. Martos von Kadar hat sie getötet – *Alle!* Zwanzig Männer, wenn man Hafengesindel als Männer bezeichnen kann.«

»Gedungene Mörder also«, sagte Chondos nachdenklich. Seine Augen schauten sich langsam um und betrachteten die Gesichter der Anwesenden prüfend. »Nun frage ich mich, wer könnte wollen, daß Lord Jagat zu dieser Ratsversammlung heute abend nicht erscheint?«

»Wahrscheinlich die gleichen, die auch den Tod von Lord Istvan wünschen«, sagte der alte Lord Zengio, der Konstabler. »Sie denken vielleicht, daß Manjipé sich erheben wird, wenn er nicht mehr lebt und nicht mehr in der Lage ist, sie unter Kontrolle zu halten.«

»Unsinn!« schnaubte Jagat – ein wenig zu laut, wie Istvan dachte. »Manjipé ist treu! Wenn ich sterben sollte, würde Pirthio an meiner Stelle Damenco halten – und zwar für den König!« Istvan fühlte, wie der Neid in seinem Herzen stach, und er erinnerte sich plötzlich an seinen eigenen Sohn: jenen toten Sohn, den er kaum gekannt hatte.

»Es scheint, daß meine Krönung mit Mord und Aufruhr gefeiert wird«, bemerkte Chondos düster. Aber dann lachte er völlig unerwartet. »Das erinnert mich an etwas«, sagte er mit bitterer Ironie in der Stimme. »Die Gildenmeister von Portona und einige andere Angehörige des Kaufmannsadels haben mich um ...«, seine Lippen verzogen sich, »Schutz gebeten.« Überall am Tisch blitzten Zähne auf, schallendes Gelächter ertönte.

»Sie beklagen sich über gesetzloses Verhalten. Vetter Istvan, würdet Ihr bitte Leute von einer Eurer Kompanien als Wachen abstellen? Hundert Mann sollten genügen, da bin ich mir sicher. Sie sollen morgen und übermorgen vor den verschiedenen Gildenhallen Wache halten.« Er gähnte überdeutlich. »Und jetzt, meine Lords wenn ihr die Verbände von Lord Jagat genug angegafft habt, könnten wir uns vielleicht wieder unseren dringenden Geschäften zuwenden, die uns am Schlafen hindern!«

Jagat setzte sich etwas unbeholfen in den Stuhl Istvan gegenüber.
Lord Taticos raschelte nervös mit einem Stoß Papier. »Nun. Also. Lord Berrisos von Kimburtia. Ein delikates Problem. Im letzten Krieg, wie Ihr wißt ...«
Lord Zengio regte sich neben Istvan. »Deshalb brauchen wir keinen kostbaren Schlaf zu verlieren, Lord Taticos!« rief Zengio. »Lord Berrisos hat sich entschuldigen lassen; er wird bei der Krönung nicht zugegen sein. Das hättet Ihr ebenfalls gewußt, wenn Ihr mich schon früher hättet sprechen lassen.«
»Ah! Nun gut!« Lord Taticos lächelte und raschelte wieder mit seinem Papier. Er nickte nachdenklich und richtete sich auf. »So! Ich möchte mich bei allen Anwesenden für ihre Geduld bedanken. Damit sind *meine* Anliegen erledigt. Ich weiß, daß viele andere selbst auch noch Anliegen haben. Lord Zengio hat Fragen von allergrößter und schwerwiegendster Bedeutung, die er dem Rat vortragen muß. Wenn der König also damit einverstanden ist ...?«
Chondos machte eine ärgerliche Handbewegung.
»Ja, ja! Macht doch endlich weiter! Sprich, Zengio!«
Der weißbärtige Hauptmann stand gemächlich auf. »Für den größten Teil dieser Informationen müssen wir meinem Sohn Mario danken. Da ich selbst vom Alter geschwächt bin, ist er in zunehmendem Maße im Dienst Eurer Majestät aktiv geworden. Ich bitte Eure Majestät, dies zu bedenken, wenn die Zeit kommt – und sie muß bald kommen –, wenn das Alter mich zwingt, mein Amt als Konstabler niederzulegen.«
Chondos Lippen verzogen sich, aber er sagte nichts.
»Ich muß darum bitten«, fuhr der alte Mann fort, »das, was dieser Rat gleich hören wird, geheimzuhalten. Wir wollen nichts unternehmen, bis wir unwiderlegbare Beweise gegen alle Beteiligten zusammengetragen haben. Manche dieser Beweise werden schwer zu beschaffen sein, und in jedem Fall brauche ich dazu die Unterstützung und Hilfe des Rates. Wenn es nicht die Untersuchungen erschweren und die Schuldigen in die Flucht treiben würde, würde ich jetzt gegen

Andrios, Archon von Portona, Lord Dimetrios von der Gilde der Transporteure und gegen mehr als ein Dutzend weiterer Mitglieder der Gilden von Portona Anklage wegen Hochverrats und Verschwörung erheben. Es liegen auch Beweise vor – die allerdings noch nicht unwiderlegbar sind – gegen den Archon von Armadapol und mehrere seiner Gildenmeister, mehrere Lords von Poidia, Opontopol, Thusipol, Antonpol und Idroclor und auch gegen den Herzog von Ipazema . . .«

»Aha!« Prinz Phillipos Stimme übertönte die von Zengio und hallte wie ein Trompetenstoß von den Wänden wider. »Wir müssen unsere Informationen vergleichen, Lord Zengio! Dieses Wiesel beobachte ich selbst seit einer ganzen Weile!«

Zengio verneigte sich und fuhr fort. »Es ist ein unübersehbares Gewirr, und es gibt noch viel aufzuklären. Viele Lords in vielen Provinzen sind daran beteiligt, und, wie Lord Istvan weiß, haben Agenten verschiedener Gilden versucht, der Krone Söldnertruppen abspenstig zu machen . . .«

»Ohne Erfolg«, warf Istvan ein.

»Nur weil Lord Istvan eingegriffen hat«, sagte Zengio. »Und das war sicherlich auch der Grund für den Mordversuch gestern abend.«

»Dem kein Erfolg beschieden war«, bemerkte Phillipos in einem Ton, der alle Ratsmitglieder zum Lachen brachte.

Zengios Lachen schlug in ein Husten um. »Wenn die Zeit zum Handeln kommt«, fuhr er fort, »muß ich Eurer Majestät raten, sehr vorsichtig zu sein bei der Wahl der Nachfolger dieser verräterischen Lords. Es wird schwierig werden, in einer solchen Brutstätte der Rebellion verläßliche Männer zu finden. Ich selbst möchte bezweifeln, daß es in Portona einen einzigen loyalen Menschen gibt. Große Mengen Gold sind von Portona aus in die verschiedenen Provinzen geschickt worden, und die Agenten der Schiffergilde waren in den letzten Monaten sehr geschäftig. In Kimburtia und Orissia ist viel portonanisches Gold aufgetaucht.«

»Ihr glaubt also, diese Provinzen werden sich erheben?« fragte Taticos.

»In Kimburtia gibt es eine starke Fraktion von jungen Narren, die ihre Unabhängigkeit wiedererlangen möchten, und viele von eben jenen jungen Narren sind ganz plötzlich ziemlich reich geworden«, sagte Zengio. »Dennoch haben die Gilden ihr Geld diesmal umsonst ausgegeben. Das Volk von Kimburtia weiß genau, wie stark Manjipé ist, und es weiß auch, daß nur ein sehr schmaler Streifen Grenzland sie von den Dunklen Wesen trennt. Ihr werdet euch an die Zeit vor ein paar Jahren erinnern, als die Grenze durchbrochen wurde. Nachtgänger sind damals bis nach Kimburtia vorgedrungen, und die Hilfe der Grenzländer ist dort noch nicht vergessen. Außerdem stammen viele der Adeligen von Süd-Kimburtia aus takkarischen Familien, und manche von ihnen haben Grenzländerinnen geheiratet. Ich glaube nicht, daß es in Kimburtia zu einem Aufstand kommen wird, nicht solange Manjipé treu bleibt.« Zengio wandte sich mit besorgtem Gesicht Lord Jagat zu. »Aber«, fuhr er fort, »ich habe erfahren, daß die Boten der Gilden auch in Manjipé sehr aktiv waren.«
Lord Jagat räusperte sich gewichtig, und Zengio hielt inne.
»Dazu kann ich Euch etwas erzählen«, sagte Jagat. »Gesandte aus Portona sind in Manjipé aktiv gewesen, das stimmt, und sie haben versucht, Rebellion zu stiften. Aber sie sind gescheitert! Manjipé steht treu zur Krone und zu unserem rechtmäßigen Prinzen.« Er verneigte sich vor Chondos.
»Ihr seid Euch ja wohl sehr sicher, Lord Jagat«, sagte der König. Ein Unterton von Spott lag in seiner Stimme.
»Ihr seid unser oberster Lehnsherr und rechtmäßiger Prinz von Manjipé«, sagte Jagat. »Ihr *wißt* um unsere Treue, Lord König!«
»Ich weiß um *niemandes* Treue«, schnaubte Chondos, und seine weitaufgerissenen Augen brannten. »Und ich werde auch *niemandem* vertrauen!«
Jagat erbleichte plötzlich. Er verneigte sich und setzte sich. Sein Gesicht war jetzt hart und grimmig. Zengio schaute ihn entschuldigend an und fuhr eilig fort.
»Ich fürchte, daß Orissia auf die unzweifelhafte Treue von

Manjipé ganz anders reagieren wird. Die Überlieferungen der alten Kriege zwischen Orissia und Manjipé sind noch weit verbreitet, und allzu viele junge Hitzköpfe sind mit diesen Geschichten aufgewachsen. Ich fürchte, sie werden sich mit Portona zusammentun, nur um die Manjipéaner zu bekämpfen.«

»Was ist mit Hansio?« fragte Prinz Phillipos.

»Die Informanten meines Sohn berichten, daß Hansio geschworen habe, er werde eher sterben, als seinen Treueschwur zu erneuern«, sagte Zengio. »Er wartet nur ab, was Portona unternehmen wird. Aber was auch geschehen mag, Mahavara wird sich erheben, daran habe ich keine Zweifel.«

»Daran habe auch ich nie gezweifelt!« schnaubte Chondos. Seine dunklen Augen wirkten anmaßend. »Wenn ich nur so sicher sein könnte, daß andere mich lieben, wie ich sicher bin, daß Hansio mich haßt!«

Istvan sah den finsteren Blick Jagats und richtete sich auf. Schließlich hatte er dem Vater des Jungen ein Versprechen gegeben ... »Wenn Eure Hoheit sich der Freude enthalten könnte, Ihre Diener zu beleidigen, bin ich mir sicher, daß diese Euch mehr lieben und Euch besser dienen würden.«

Er starrte Istvan mit seinen dunklen Augen an: Chondos Gesicht verdunkelte sich vor Wut. »Ihr wagt es, die Rechtmäßigkeit meiner Worte anzuzweifeln?« fauchte der König.

»Ich habe nichts zu verlieren«, sagte Istvan und zuckte mit den Schultern. »Wenn Ihr mich aus Eurem Dienst entlassen wollt, dann gehe ich einfach nach Hause zurück, nach Seynyor. Diese Männer müssen vor Eurer Wut Angst haben, weil andere von ihnen abhängig sind.« Seine Augen blieben angesichts der wütenden Blicke von Chondos ruhig. »Ich bin nur hier, weil ich Eurem Vater ein Versprechen gab.«

Chondos blinzelte und wandte sich dann mit nachdenklichem Gesicht ab. »Ist das alles, was Ihr zu berichten habt, Lord Zengio?»

»Ah ... nun ... fast alles, Lord. Es gibt ...« Zengio schien verwirrt zu sein. Er suchte in seinen Papieren. »Es gibt ... ich habe Informationen, daß der Herzog von Ipazema sich in den letzten Tagen hier in Portona regelmäßig mit den Gildenmeistern getroffen hat. Und man hat ihn in der Gesellschaft eines Mannes gesehen, der die Livree des Prinzen Phillipos trug.»

»*Was!*« Prinz Phillipos sprang auf, sein Sitz fiel krachend hinter ihm zu Boden. »Das beunruhigt mich allerdings! Wenn Ipazema meine Leibwache bestochen hat ...« Er stellte den umgefallenen Sitz wieder hin. »Der Mann hat seit Jahren Komplotte gegen mich geschmiedet. Er hat allerdings auch einen gewissen Anspruch auf Kalascor, obwohl es kein starker ist. Er könnte vorhaben, Ipazema wieder zu einem unabhängigen Fürstentum zu machen, besonders dann, wenn er sich Lutazema und Poidia aneignen kann. Es heißt, sein Vater sei nicht anders gewesen.« Er schüttelte den Kopf und setzte sich wieder auf seinen Stuhl. »Ich bitte um Verzeihung, meine Lords. Ich traue diesem Mann nicht über den Weg. Besonders dann nicht, wenn ich ihn nicht beobachten kann.«

Chondos starrte über den Kopf von Lord Zengio hinweg ins Leere. Es schien, als habe er den Ausbruch des Prinzen überhaupt nicht wahrgenommen.

»Ihr sagtet, Ihr sähet es gern, wenn Euer Sohn Euer Nachfolger im Amt würde«, sagte Chondos langsam und strich sich über das Kinn. Er schaute den alten Mann nachdenklich an. »Wollt Ihr, daß er morgen bei der Krönung in seinem neuen Amt bestätigt wird?«

Lord Zengio blinzelte und schaute einen kurzen Augenblick ziemlich verblüfft drein, ohne vernünftig reagieren zu können. Dann verbreitete sich allmählich ein Lächeln über sein ganzes Gesicht. Er sagte: »Es würde mich freuen, die Sorgen dieses Amtes niederlegen zu können, Lord König. Und es mag sein, daß ich eine schwache Stütze geworden bin. Und dennoch ...« Er hielt inne, und sein Gesicht wirkte nun sehr alt. »Um ehrlich zu sein, glaube ich, daß es weiser wäre, zu warten, bis diese Krisenzeit vorüber ist. Ich möchte nicht, daß mein König in dieser Situation ohne das Wissen auskommen muß, das ich ihm auf Grund meiner langjährigen Erfahrung

bieten kann. Es könnte sein, daß es noch von Nutzen ist in diesen schwierigen Zeiten.«
Chondos hielt inne und dachte lange nach. Bevor er sprach, suchte er Istvans Blick, als ob ihm an dessen Billigung liege. Dann sprach er: »Euer Sohn kann doch sicherlich zu Euch kommen, wenn er Rat und Hilfe benötigt? Und wenn Ihr von Vorgängen hört, die Eurer Erfahrung bedürfen, dann werdet Ihr doch sicherlich zu Eurem König kommen?« Er zögerte. Istvan nickte heftig als Zeichen seiner Zustimmung. »Dann können wir ihn morgen in das Amt einsetzen. Wir werden ihm allerdings nahelegen, Euren Rat zu suchen. So wird die Hauptbürde von Euch genommen, und wir werden uns dennoch der Hilfe Eurer Weisheit und Eures Wissens erfreuen.«
Sehr gut, dachte Istvan und nickte wieder. Vielleicht hat der Junge doch das Talent zu einem guten König. Vielleicht auch nicht. Als Zengio sich bedankte, fragte sich Istvan, ob Zengios Sohn wirklich der beste Mann für den Posten war. Nur die Zeit würde das beantworten können.
Zengio und sein Sohn, Jagat und Porthio: Neid schmerzte. Er hatte seinen eigenen Sohn kaum gekannt, er war durch die Welt gezogen, während Rafayel zu einem Mann geworden war, als er Krieg und Tod kennengelernt hatte ... Er vertrieb den Gedanken aus seinem Bewußtsein, wie er es schon so oft getan hatte, und brachte sich gewaltsam in die Gegenwart zurück.
»... Hat noch jemand von Euch Anliegen, über die er mit mir sprechen will?« fragte Chondos.
Istvan stand mit fließenden Bewegungen auf. »Ich habe einen Plan, den ich hier vortragen möchte, Eure Majestät.«
Chondos gab ihm ein Zeichen, daß er sprechen möge.
»Niemand wünscht einen Einfall der Dunklen Wesen«, fing Istvan an, »aber es wäre das einzige, was all die Feindschaften, die dieses Königreich zerreißen, beenden würde. Und was wäre schlimmer: sie jetzt zu bekämpfen, wo wir noch stark sind, oder zu warten, bis das Königreich durch Streit und Krieg

geschwächt ist? Wenn sie jetzt angreifen würden, so wäre Tarencia vielleicht noch diese Woche wieder vereint. Aber wir sollten nicht darauf hoffen, daß sie sich uns gegenüber so entgegenkommend verhalten werden. Sie wissen über alles Bescheid, was in den Ländern der Menschen geschieht. Und obwohl die Dunklen nicht wie Menschen denken und wir ihren Geist nicht kennen, wissen wir dennoch, daß sie jede Schwäche ausnutzen. Ich glaube, sie werden abwarten. Sie werden nicht angreifen, bevor sie ganz genau wissen, daß wir zerstritten sind. Darauf dürfen wir allerdings nicht warten. Wir müssen zu ihnen gehen.« Die Männer am Tisch blickten entsetzt auf und atmeten erregt.
»Wir selbst müssen die Grenze überqueren. Wir müssen uns darauf vorbereiten, und zwar sofort!« Die Landkarte, die er mitgebracht hatte, knisterte, als er sie auf dem Tisch ausbreitete. Sein Finger folgte dem Lauf des Atvanadi-Flusses, der zwischen Mahavara und der Kantara floß, und blieb an der Grenze stehen.
»Hier bei Rishipor müssen wir in den Schatten eindringen. Dann folgen wir dem Lauf des Flusses nach Süden, und zwar tagsüber, wenn die Dunklen am schwächsten sind. Dort war überall Wald, bevor der Schatten kam, deshalb wird es viel abgestorbenes Holz geben, das wir verbrennen können, aber wir werden trotzdem noch riesige Mengen Brennholz mitnehmen müssen. Wenn die Nacht kommt, müssen wir mit Feuer und Stahl kämpfen und mit Magie, die uns die Hasturs geben werden.«
»Hört auf ihn!« donnerte Jagat. »So haben wir Damenco zurückgewonnen!«
»Wir müssen nachts kämpfen und tagsüber marschieren«, fuhr Istvan fort, »und dann langsam immer weiter nach Süden und nach Osten vorstoßen, auf Eidelbonn zu. Und von Eidelbonn aus muß eine zweite Armee losmarschieren, um mit uns zusammenzutreffen.«
Die aufgeregten Lords beugten sich über den Tisch und studierten die Karte.

»Die Hasturs werden uns helfen«, sagte Istvan. »Wenn unsere beiden Armeen einander immer näher kommen, wird die Magie der Dunklen schwächer, und die Sonnen werden den Schatten durchbrechen.« Sein Finger zeichnete auf der Karte einen Halbkreis. »Dann wird die Grenze zurückweichen.«
Chondos' Stimme erhob sich aufgeregt. »Wir brauchen uns damit noch nicht zufriedenzugeben! Nachdem die neue Grenze gefestigt ist, können wir den Weg nach Westen einschlagen, zum Yukota hin. Und anschließend soll eine Armee von Damenco aus nach Osten marschieren! Die Grenze könnte wieder am Fuß der Berge liegen!«
Jagat blickte finster drein. Seine Stimme klang bitter, während er sprach. »Ich will nicht gegen diesen Plan sprechen. Es ist ein guter Plan. Nicht nur, weil er das Königreich zusammenhalten könnte, sondern auch, weil es *richtig* ist, daß wir es früher oder später tun. Aber Lord Istvan spricht so, als ob all dies ein Kinderspiel wäre. Natürlich können wir es schaffen! Wir haben es schließlich schon einmal geschafft! Meine eigene Heimat, Damenco, wurde genau auf die gleiche Weise dem Schatten entrissen. Einige von Euch waren dabei und haben selbst im Bereich des Schattens gekämpft.« Er wandte sich Chondos zu. »Ihr seid zu jung, um Euch daran zu erinnern, Lord König, was ein Krieg bedeutet. Lord Istvan spricht, als ob alles innerhalb von Wochen oder vielleicht sogar von wenigen Tagen vorüber sein würde. Wir alten Männer verstehen ihn. Aber es wird lange dauern, bis die beiden Armeen sich treffen, sehr lange. Und wenn eine Armee von Damenco aus marschiert, dann wird Pirthio ihr Anführer sein, nicht ich. Bis dahin werde ich wahrscheinlich tot sein oder zu alt, um mich nützlich machen zu können.
Von zehn Männern, die den Schatten betreten, werden nicht einmal fünf zurückkehren. Viele werden von Dämonen getötet werden. Das heißt, daß nicht einmal ihre Knochen übrigbleiben. Und außerdem ...« er zögerte »... wenn wir in den Schatten hineindrängen, werden viele der Dunklen Wesen nach Norden, nach Mahavara und in die südliche Kantara,

ausweichen. Und die meisten Kämpfer werden aus Mahavara und der Kantara kommen: Frauen und Kinder werden unter diesem Feldzug leiden, und viele Männer wird man wieder in ihr Land zurückschicken müssen. Am schwersten wird Mahavara leiden. Und das gefällt mir nicht.«

»Wieso?« fragte Chondos. »Liebt Ihr diese Verräter denn so sehr?«

»Eben weil ich sie nicht liebe«, sagte Jagat, »möchte ich nicht, daß wir sie in den Tod schicken, nur um unseren eigenen Zwecken zu dienen. Man könnte nämlich auch denken, daß es eine sehr häßliche Sache ist, die Lord Istvan uns da vorschlägt.«

Istvans Hasturklinge glitt aus ihrer Scheide, und er legte sie entblößt auf den Tisch. »Die Hauptlast des ersten Angriffs werden meine eigenen Leute tragen.« Der furchterregende seynyorische Stolz klang aus seiner Stimme. »Dieses Schwert wird in den vordersten Reihen kämpfen. Ich schicke keine Männer in den Tod, Lord Jagat, ich führe sie selbst an! Aber dennoch ...« Seine Stimme wurde sanfter. »Lord Jagat sagt die Wahrheit. Ich muß es offen zugeben: ich hoffe, daß Mahapor auf diese Weise zu beschäftigt sein wird, um sich erheben zu können. Viele Männer werden in diesem Kampf sterben.« Er zuckte mit den Schultern. »Aber wenn sie andererseits weniger zu tun haben und einen Aufstand wagen würden, stürben viele der Männer durch meine eigene Hand.« Er hob das Schwert vom Tisch und steckte es wieder in die Scheide.

»Den Männern von Mahavara wird es besser gehen, wenn der Schatten zurückgetrieben worden ist. Was haben sie davon, wenn sie das Königreich zerstören?« Er zuckte wieder mit den Schultern. »Aber dieser Plan hat einen Fehler, den Lord Jagat nicht erkannt hat. Er könnte scheitern. Ganz gleich, was man sich sonst von Prinz Hansio erzählen mag, ein Narr ist er sicherlich nicht. Es könnte passieren, daß er die Toten in Mahavara zählt und uns und den König für schuldig erklärt, womit er auch recht hätte. Es könnte sein, daß wir einen neuen Krieg entfachen, anstatt den jetzt drohenden abzuwenden. Und der Plan könnte auch andere Fehler haben, die ich übersehen habe. Ich bitte Euch, meine Lords, wenn Ihr solche Fehler erkennt, dann sprecht! Ratet dann dem König, ihn nicht gutzuheißen! Er trüge die Schuld, falls etwas mißlänge.«

Keiner sagte ein Wort. Istvan wartete einen Augenblick und fuhr dann fort. »Es wäre gut, wenn Ihr alle darüber nachdenken würdet. An meiner eigenen Aufgabe ändert sich nicht allzuviel, ob wir nun gegen die Rebellen oder gegen die Dunklen kämpfen. Ich muß die Söldnerkompanien zusammenrufen und sie auf den Kampf vorbereiten. Die Entscheidung Eurer Hoheit«? sagte er und verneigte sich in Chondos' Richtung, »hat daher bis zur nächsten Ratssitzung Zeit.«

»Nein, ich habe mich schon entschieden. Wir werden Euren Plan ausführen, Lord DiVega. Und damit genug für heute! Wenn sonst noch einer von euch irgendwelche Anliegen hat, die diskutiert werden sollten, dann sagt es Lord Taticos, und wir werden später darüber beraten!« Der König erhob sich und verließ den Raum. Die Männer schauten ihm überrascht nach.

»Nun!« keuchte der Dicke, der königlicher Schatzmeister war. Plötzlich redeten alle gleichzeitig. Istvan stand auf, rollte seine Karte zusammen und ging auf die Tür zu. Die übrigen schienen sich alle um Lord Taticos zu versammeln.

Der Instinkt des Schwertkämpfers sagte ihm, daß sich jemand hinter ihm befand. Er wandte sich um und sah Lord Jagat, der ihm aus dem Raum folgte.

»Ich wollte mich bei Euch bedanken«, sagte der alte Grenzländer ruhig, als die Tür sich hinter ihnen geschlossen hatte und das Gerede kaum noch zu hören war.

»Wofür?« fragte Istvan. Jagat lächelte und seine Zähne blitzten.

»Wahrscheinlich dafür, daß Ihr Ihr selbst geblieben seid!« Dann etwas nüchterner: »Weil Ihr Euch gegen den Jungen so zur Wehr gesetzt habt. Wißt Ihr, ich hatte vergessen, wieviel einfacher es ist, unserem neuen König treu zu sein, wenn man nicht in seiner Nähe ist.«

Istvan nickte. Die beiden Männer gingen eine Weile schweigend weiter, bis Jagat wieder sprach. »Wird er ein guter König sein, was meint Ihr?«

Istvan dachte nach und wog die Taten und die Worte des Jungen vor seinem inneren Auge ab. Schließlich schüttelte er den Kopf. »Nein. Aber welche andere Wahl gibt es?«

Der Herzog von Ipazema saß lässig in seinem Sessel und las. Das Knistern des Papiers erfüllte den Raum. Andrios und Enricos zappelten herum. Luijos war in seinen geborgten Kleidern schon längst abgereist. Der Herzog konnte ihr nervöses Geflüster ganz deutlich hören. Er lächelte boshaft. Es machte ihm Spaß, sie so lange warten zu lassen. Wenn er schon nicht schlafen konnte, würde er auch sie davon abhalten! Der Herzog gähnte. Er würde am folgenden Tag lange schlafen und erst gegen Ende der Krönungsfeierlichkeiten anwesend sein. Das war der wichtigste Teil.

Schließlich kehrte sein Diener zurück. Hinter ihm tauchte die große, kräftige Gestalt Sandors auf, der in einen dunklen Umhang gehüllt war und sein Gesicht im Schatten seiner Kapuze versteckte. Herzog Thoros richtete sich gähnend auf und legte sein Buch gleichgültig zur Seite. Er wandte sich den Kaufmanns-Lords zu.

»Ich sagte Euch bereits, daß ich einen Plan habe«, erklärte er, »der uns noch vor der Katastrophe retten kann. Nun ist die Zeit gekommen, Euch diesen Plan zu unterbreiten.«

Er betrachtete ihre Gesichter mit Verachtung. Nun mußte er die Führung übernehmen, sonst würden die Hafenstädte wie aufgeschreckte Kaninchen nach allen Richtungen Reißaus nehmen! Und er brauchte sie – oder zumindest ihr Geld!

»Was ist unser Ziel?« fragte er mit einer grandiosen Geste.

»Uns von dieser Tyrannei zu befreien«, fauchte Andrios, »die unsere schwerverdienten Gewinne durch überhöhte Steuern auffrißt, nur um diesen schwarzgesichtigen Grenzlandpöbel

zu ernähren! Und außerdem, daß wir zu unserem alten Leben zurückkehren können! Freie Städte unter der Führung rechtmäßig gewählter Gildenmeister!«
Der Herzog grinste zynisch. »Nun, die Versuche, die Säulen und Stützen unter dem Throne wegzuschlagen, sind gescheitert«, sagte er. »Ich habe jetzt einen mutigeren Plan. Zeigt ihnen Eure Livree, Sandor!«
Der große Mann öffnete seinen Umhang. Das Blau und das Scharlachrot von Kalascor waren unverkennbar. Den beiden Stadt-Lords stockte der Atem. Der Herzog lächelte.
»Einem Mann in der Livree des Prinzen Phillipos wird man keine Fragen stellen. Der Prinz hat eine große Gefolgschaft mitgebracht, und nicht alle seiner Leute kennen einander. Sandor hat sich schon oft unter ihnen aufgehalten: Sein Gesicht ist ihnen also bekannt. Seine Anwesenheit ist daher nichts Ungewohntes. Damit ist garantiert, daß er in das Schloß hineinkommt.«
»Aber was habt Ihr denn vor?« fragte Andrios.
Der Herzog lächelte ihn an, als ob er ein leicht schwachsinniges Kind vor sich hätte. »Als ich vor vielen Jahren plante, einen meiner Leute in die Leibwache des Prinzen hineinzuschleusen, dachte ich schon daran, Prinz Phillipos zu töten. Dann aber fand ich Sandor, und mir wurde klar, daß dieses perfekte Werkzeug besser eingesetzt werden konnte. Wenn Prinz Phillipos stirbt, würde mich das freuen. Aber Sandor wird zuerst den König töten.« Sie starrten ihn verblüfft an.
»Aber man sagt, der König sei selbst ein tödlicher Schwertkämpfer, und er sei von seinen Verwandten, den DiVegas, ausgebildet worden!« zeterte Lord Andrios.
»Und auch von seinem Vater«, sagte Enricos. »Es heißt, der alte Olansos sei ein besserer Schwertkämpfer gewesen als alle anderen hier in der Gegend. Sogar besser als Prinz Hansio!«
Sandor gluckste mit seiner tiefen Baßstimme.
»Auch Sandor ist ein gefährlicher Mann«, sagte der Herzog

mit einem spöttischen Lächeln. »Legt Euren Umhang ab, Sandor.«

Langsam öffneten die großen, langfingrigen und feinen Hände die Schnalle. Der Umhang fiel zu Boden. Das Gesicht, das im Schatten der Kapuze versteckt war, wirkte dunkel und adlerhaft. Eine schwarze Locke fiel in die Stirn. Der Körper des Mannes war kräftig, und die Knochen waren größer als die der übrigen Menschen, die in der Nähe des Ardren-Meers wohnen.

»Denkt Ihr, ich würde eine von Euren Hafenratten einstellen?« spottete der Herzog. »Sandor stammt aus dem Norden. Er ist in der sogenannten Möwenschule des Schwertes ausgebildet worden. Man sagt, sie sei der Hauptkonkurrent der Schule der Drei Schwerter. Es mag sein, daß Istvan DiVega ein würdiger Gegner für ihn ist, aber niemand außer ihm!«

»Der König wird bewacht sein!« sagte Enricos.

»So daß Sandor ihn nicht erreichen kann? Unwahrscheinlich! Um den König zu töten, brauchen wir einen Mann, der problemlos in den Palast hineingehen und sich wieder freikämpfen kann, falls das nötig sein sollte. Sandor ist ein solcher Mann.« Er lachte und stellte sich neben Sandor.

»Und wenn er lebend gefangengenommen wird?« rief Andrios. »Er hat unsere Gesichter gesehen, und er kennt Euch . . .«

»Sandor wird nicht lebendig gefangengenommen«, antwortete der Herzog. Er ist genauso tödlich wie DiVega oder jener – er war ein Kadariner, nicht wahr? –, der euch so viele teure Mörder gekostet hat. Die Wache des Königs ist nicht so stark. Aber Sandor wird den Zeitpunkt abwarten, zu dem er den König alleine niederschlagen kann oder einen Augenblick, wenn er mit Prinz Phillipos zusammen ist. Er wird auch dafür sorgen, daß er einen Fluchtweg hat. Und selbst wenn es zu viele Wachen gäbe und er sich nicht freikämpfen könnte, wären es immer noch nicht genug Männer, um ihn lebendig gefangenzunehmen!«

»Wenn er tatsächlich dem Tod gegenüberstünde, würde er dann nicht aufgeben und uns alle verraten?«

Der Herzog, der neben Sandor stand, wandte sich plötzlich um. Seine Hand flog zur Seite und wischte die Locke aus der Stirn des anderen. Er rieb kräftig auf der merkwürdig farblosen Haut, die sich darunter versteckte. Sandor fluchte und stieß den Herzog von sich. Er torkelte zur Seite, als Sandor sein Schwert zog.
Der Herzog lachte und zeigte mit dem Finger auf Sandors Stirn. »Aufgeben? Uns verraten? Mit *dem* Zeichen auf der Stirn?«
Über seinen brennenden Augen, dort wo die Farbe entfernt worden war, sahen sie das Zeichen Hasturs. Es war ganz deutlich und perfekt gezeichnet: eine Linie, die durch einen Kreis stieß. Sie wußten, daß kein heißes Eisen und keine Nadel es gezeichnet hatte. Sie kannten auch die Verbrechen, deretwegen ein Mann ein solches Zeichen trug, und kalte Schauer liefen ihnen über die Rücken, obwohl sie sich selbst für skrupellos hielten.
»Ich sage Euch«, rief Herzog Thoros, »Sandor wird bis zum Tode kämpfen! Und nur DiVega könnte ihn töten. Morgen wird der König gekrönt. Nach der Krönung ist jede Rebellion, die nicht mit seinem Tod beginnt, zwecklos! Aber wenn er einmal tot ist, dann kann keine Kraft der ganzen Welt dieses Königreich zusammenhalten! Nicht einmal die Hasturs selbst!«

7

Der Tag der Krönung begann wie jeder andere Tag. Der Himmel über den Bergen von Vallauris lag in einem fahlen Licht. Die Zwillingssonnen stiegen in den Farben des Regenbogens empor. Vogelstimmen erfüllten die Luft.
In einem besonderen Raum innerhalb der königlichen Stal-

lungen stand der einzige Elefant, der der Krone von Tarencia gehörte. Man hatte keine Kosten gescheut, um ihn über die Berge von Devonia zu bringen, um die vergangene Pracht der takkarischen Höfe wieder aufleben zu lassen. Er hob den Rüssel und begrüßte mit einem schrillen Trompetenstoß den Sonnenaufgang. In einem anderen Teil des Stalls gerieten die Pferde in Panik und versuchten auszureißen. Sie hämmerten rhythmisch mit ihren Hufen gegen die Wände.

Die Angehörigen des königlichen Hofes waren schon längst auf und gingen überall in der Stadt tausend dringenden Verrichtungen nach. Jongleure und Musiker unterhielten die Müßiggänger, die wegen des Feiertags ebenfalls schon früh unterwegs waren. Tausende von Vergnügungssüchtigen hingegen lagen noch lange im Bett; manche, die dem Alkohol am Vortag besonders stark zugesprochen hatten, würden den großen Festtag wohl ganz verpassen.

Verkäufer von Obst, Süßigkeiten und Wein drehten lärmend ihre Runden. Händler, die nahrhafteres Essen verkauften, warteten noch, bis der Hunger größer würde, obwohl ein cleverer Wurstverkäufer schon zur Frühstückszeit so viel verkaufte, daß er sich für den Rest des Tages dem Trunk hingeben konnte, ohne seinen beachtlichen Gewinn dadurch wesentlich zu schmälern.

Der junge Mann im Palast, den man seit Wochen aus Höflichkeit schon als König bezeichnete, der aber heute nach alter Tradition – und zum letztenmal in seinem Leben – wieder »Prinz Chondos« genannt wurde, stand auf, rieb sich den Schlaf aus den Augen und verfluchte die Diener, deren Pflicht und Mühsal es war, seinen viel zu kurzen Schlaf zu unterbrechen.

Die müden Männer der Nachtwache waren auf dem Weg zurück in ihr Quartier, und sie rechneten schon aus, wieviel Schlaf sie versäumen würden, wenn sie an den Festlichkeiten des Nachmittags teilnehmen wollten, und wieviel von ihrer Freizeit sie am nächsten Tag opfern müßten, um diesen Schlafverlust wieder auszugleichen. Die Männer der Stadtgarde, zu deren Ehrendienst es zählte, im Festzug mitzumarschieren, polierten ihre Stiefel und Rüstungen. Diejenigen, die das Pech hatten, in abgelegenen Teilen der Stadt Wachdienst verrichten zu müssen, verfluchten ihr Schicksal.

Istvan DiVegas Schwert klickte laut, als er es in die Scheide schob. Er preßte die Lippen zusammen, um nicht vor Schmerz stöhnen zu müssen. Die Wunde in seiner Seite pochte böse. Er mußte sehr vorsichtig sein, damit sie nicht aufplatzte. Er führte keinen der Übungstänze vollständig aus, vielmehr entnahm er ihnen einzelne Bewegungen und vermied diejenigen, die die Muskeln in seiner Seite beanspruchten.

Schmerz tut nicht weh, sagte er sich. *Nur Angst tut weh.* Er lächelte über seinen Versuch, sich selbst von der Wahrheit dieses Satzes zu überzeugen. Er ignorierte den Schmerz grimmig und verließ den Garten. Er mußte baden und sich anziehen, und je schneller er im Badehaus war, desto ausgiebiger würde sich das Personal dort um ihn kümmern können. Die Bäder würden heute bestimmt schon früh am Morgen überfüllt sein.

Und so war es tatsächlich. Unidentifizierbare nackte Körper, deren Konturen nur verschwommen zu erkennen waren, bewegten sich durch den dichten, aufsteigenden Dampf. Istvan hörte die Stimme von Lord Zengio und ging durch den Dampf darauf zu.

»... oben bei Hali? Und was ist, wenn sie zu sehr bedrängt würden? Was würde passieren? Und was sollen wir tun?«

»Ich versichere Euch, Lord Zengio, sie werden dafür sorgen, daß einer von ihnen frei ist.« Es war die klare, volltönende Stimme von Shachio dem Seher, die antwortete. »Die Krönung eines Königs, auch wenn es sich nur um den eines kleinen Königreichs handelt, ist eine wichtige Angelegenheit für sie. Nein, der Hastur wird zur rechten Zeit eintreffen.«

»Und was ist, wenn sich die Prozession verspätet?« fragte Zengio nörgelnd. »Was ist, wenn er in der Halle ankommt, und niemand ist da? Oder was geschieht, wenn wir falsch

planen und zu früh in der Halle ankommen? Müssen wir dann an den Stiegen zum Thron warten, bis er erscheint, um die Zeremonie zu beenden?«
»Das würden wir wohl müssen«, antwortete Shachio mit einem verschmitzten Lachen, »aber dazu wird es nicht kommen. Ihr werdet schon sehen. Sie werden sich die Mühe machen, ab und zu bei uns vorbeizuschauen, damit sie wissen, wie lange die Prozession dauert.«
Istvan konnte nun die beiden alten Männer sehen, die nackt auf einer Bank lagen, umhüllt von dichtem Dampf. Zengio hatte einen dicken Bauch. Der Anblick ließ ihn an die zunehmende Hagerkeit seiner eigenen Figur denken. Er musterte ein wenig befangen den eigenen Körper. In seinen Augen sah dieser Körper noch jung aus, immer noch anmutig und wohlproportioniert, mit Muskeln wie Stahl. Es war aber sehr wohl möglich, daß er sich da etwas vormachte. *Ein sterbendes Feuer brennt am hellsten,* dachte er.
Die beiden Alten schauten auf, als er sich näherte, und die Stimme von Lord Shachio begrüßte ihn: »Lord DiVega! Vielleicht könnt Ihr Lord Zengio beruhigen. Ihr stammt aus dem Lande der Lords und müßt viel von den Hasturs wissen. Lord Zengio macht sich Sorgen, sie könnten mit dem Kampf im Norden so beschäftigt sein, daß sie niemanden entsenden könnten, um den König zu prüfen und zu krönen, oder vielleicht nicht rechtzeitig eintreffen werden.«
Istvan schüttelte den Kopf und lächelte. »Wenn dies die Krönungsfeier von Messentia wäre oder von Verterre oder die eines anderen Landes, das weit entfernt vom Schatten liegt, bestünde vielleicht ein Grund zu solcher Sorge«, sagte er. »Es gibt eine Geschichte – ich weiß allerdings nicht, ob sie wahr ist –, nach der ein Kaiser von Kadar einmal eine geschlagene Stunde vor seinem Thron habe warten müssen – manche sagen auch, es sei eine halbe Stunde gewesen –, weil die Grenze von einer der Großen Mächte durchbrochen worden und deshalb kein Hastur frei gewesen sei. Aber Tarencia ist ein Land an der Grenze und daher wichtig. Die Hasturs sind sehr

pünktlich. Und es fällt ihnen nicht schwer, in eure Straßen hineinzuschauen und zu sehen, wo sich die Prozession befindet.«

»Sie werden aber gewiß keine Zeit verschwenden: Wer auch immer kommt, er wird den König prüfen, ihn krönen und dann anschließend gleich wieder verschwinden. Die Lage an der Grenze müßte wirklich schon sehr schlimm sein, wenn sie keinen einzigen für die Krönung entbehren könnten. So übel ist die Lage seit hundert Jahren nicht gewesen. Es kann allerdings gut sein, daß einer der jüngeren Hasturs kommt. Wie schlimm *steht* es denn zur Zeit, Shachio?«

Der alte Seher kratzte sich am Kopf, bevor er antwortete. »In Creolandis und Handor ist sie soweit in Ordnung. In Creolandis scheinen sie offenbar die Grenze wiederhergestellt und die Dunklen zurückgetrieben zu haben. Kadar geht es wohl nicht so gut. Ein Dämon ist gestern abend im Westen bis nach Erthi vorgedrungen, und ein anderer ist nach Süden gegangen und hat in Paracosma etwa hundert Leute umgebracht. Die Kadariner geben den Hasturs nicht die Unterstützung, die sie brauchen; sie leben schon zu lange im Frieden. Gestern nacht wurde auch bei Norbath und bei Orovia viel Druck auf die Grenze ausgeübt.«

Istvan blickte finster drein und nickte. »Die Situation war zwar heikel, aber auch wieder nicht allzu ernst. Bis jetzt ist die Grenze nur an einer Stelle durchbrochen worden, und der Angriff wird bei Sonnenaufgang natürlich schwächer. Die meisten der Hasturs werden sich jetzt ausruhen. Aber einer wird rechtzeitig aufstehen, um den König zu krönen.«

Eines der Bademädchen trat mit großen, festen Brüsten, deren Spitzen intensiv rot leuchteten, aus dem Dampf. Im sanften Nebel wirkte das Mädchen noch tausendmal verlockender als es ohnehin schon war. Das durchnäßte weiße Tuch um ihre Hüften lag eng an ihrer Haut an.

Istvan spürte die Begierde in sich aufsteigen und schaute schuldbewußt weg. Er wünschte, er wäre zwanzig Jahre jünger. Oder dreißig Jahre jünger. Das Mädchen war bestimmt

nicht älter als achtzehn. Was sollte sie mit einem alten Mann anfangen? Bestimmt mußte sie sich den ganzen Tag über mit Dutzenden von alten Männern abgeben, und natürlich hatte sie viele jüngere Männer zur Auswahl. Und davon machte sie wohl auch sicherlich Gebrauch.
Es war eine sehr einsame Sache, alt zu werden.

Niemand wußte besser als Chondos, daß der Thron ein Gefängnis war und Macht eine mühselige Bürde. Der Prinz von Manjipé, der bald König von Tarencia sein würde und Protektor von Orissia... Nach dem heutigen Tage würde er für immer allein sein. Seine goldene Krone und sein hoher Thron würden ihm den Weg zur Gemeinschaft der Menschen versperren. Er müßte jene folgenschweren Entscheidungen treffen, die für seine Untertanen Frieden oder Krieg, Leben oder Tod, Wohlstand oder Elend bedeuteten. Er würde für alles verantwortlich und an allem schuld sein. Wenn seine Minister Fehler machten, dann nur deshalb, weil er sie nicht weise gewählt hatte. Und wenn es zu einer Katastrophe käme, dann war es seine Schuld, sie nicht vorausgesehen und Vorkehrungen gegen sie getroffen zu haben.
An diesem Morgen konnte er nur an seinen Vater denken, denn alles erinnerte ihn an den alten Mann. Bei Sonnenuntergang würde er die Krone seines Vaters tragen und auf dem Thron seines Vaters sitzen... Er wollte diesen Thron nicht. Seine Schwester war die Älteste – wenn er nur zurücktreten und ihr den Thron überlassen könnte. Aber das würden sie nicht akzeptieren. Wenn es nur irgendeinen anderen Mann gäbe, der das Königreich zusammenhalten könnte... Es gab aber niemanden. Seine Pflichten engten ihn ein und hielten ihn wie eine Fliege im Spinnennetz gefangen. Es würde ihn nicht schmerzen, den Thron zu verlieren, aber er würde es auch nicht ertragen können, zuzusehen, wie die Arbeit seines Vaters und seines Großvater zerstört würde.
Und er war nicht sonderlich geeignet, das wußte er! Sie wußten es alle! Er konnte seine verdammte Zunge nicht im Zaum

halten, er konnte nicht lügen und diesen Hunden schmeicheln, die sein Wohlwollen für ihre eigenen Zwecke suchten. Seine Feinde würden bei seiner Krönung spöttisch applaudieren, um ihm morgen den Thron wegzuschnappen. Es war gut möglich, daß er dabei sterben würde. Aber auch das machte ihm nicht allzuviel aus: Von jetzt an würde sein Leben nicht mehr besonders lebenswert sein.
Einfache Menschen hatten mit Sicherheit Freunde, die sie um ihrer selbst willen liebten und nicht nur um der Dinge willen, die sie ihnen geben konnten! Ein gewöhnlicher Mann konnte gewiß bei einer Frau liegen und sich dabei sicher sein, daß sie *ihn* begehrte, nicht aber Macht und Ansehen, die sich aus einer solchen Verbindung ergeben konnten. Er beneidete verbittert das einfachere Leben seiner Untertanen. Derartige Freuden würde er nie kennenlernen. Auch die relative Freiheit, die er als Prinz gehabt hatte, würde ihm von nun an fremd sein.

Jodos und Hotar waren wach, aber sie verließen den verdunkelten Raum nicht. Später würde Jodos hinausgehen müssen und sich in der Menschenmenge verstecken, um zum Schloß zu kommen. Dies war der gefährlichste Teil ihrer Mission. Nun waren die Augen der Blauroben auf die Stadt gerichtet. Jodos hoffte, seine Meister in den Bergen würden ihren Teil beitragen.
Er hatte Angst. Er wußte von der Macht der Blauroben. Hätte er nicht noch größere Angst vor seinen eigenen Meistern gehabt und wüßte er nicht, wie sein Scheitern geahndet würde, so wäre er schon längst in die vertraute Finsternis zurückgeflohen.
Sorgsam nahm er ein Stück Seide und wickelte das Kästchen hinein, das nun die größte Gefahr für ihn darstellte, und verbarg es in seiner Kleidung. Emicos hatte das Kästchen so entworfen, daß es ihn nicht nur schützen konnte, sondern außerdem auch leicht verborgen werden konnte, aber wenn die Blauroben auch nur die leiseste Spur von seinen geheimen

Verbündeten bemerkten, wäre alles vorbei. Weder er noch jene, die er trug, konnten der Macht eines der Kinder des Namenlosen widerstehen.
Vor seinem Aufbruch versuchte er, ein wenig zu schlafen, aber die Angst hielt ihn wach.

Istvan stieg aus dem eisigen Wasser. Das Bademädchen, das ihn betreute, wickelte ihn in ein riesiges Badetuch ein und rieb seinen Körper kräftig ab. Eine nackte Brust streifte seinen Arm. Er schloß die Augen und atmete tief, dankbar, daß der Schock des eisigen Wassers noch stark genug nachwirkte; sonst wäre seine wachsende Erregung peinlich sichtbar geworden.
Entspanne dich und genieße es, dachte er bei sich. *In deinem Alter ist das wahrscheinlich alles, was du bekommen wirst.* Er hörte das Gekicher einer Schar von Mädchen am anderen Ende des Beckens. Dort wurde soeben einer der jüngeren Männern abgetrocknet. Istvan schloß die Augenlider noch fester und versuchte zu vergessen, daß er jemals jung gewesen war. Und in manch wesentlicher und bedauernswerter Hinsicht war er immer noch jung.
Neben ihm hörte er die Stimme von Shachio dem Seher. Dankbar über diese Ablenkung, wandte sich Istvan ihm zu. »Ich werde Euch erzählen, was *mir* wirklich Sorgen bereitet, Lord DiVega«, sagte Shachio. Der Seher saß auf der Kante eines Massagetischs und entspannte dankbar seine Muskeln – sie waren soeben wieder gesundgestreichelt worden. »Die Grenze ist zu ruhig. Seitdem der König gestorben ist, hat es keinen einzigen Angriff gegeben. Nichts! Kein Nachtgänger hat seit dem großen Angriff am Abend nach dem Tode des alten Königs auf dieser Seite der Grenze seine Nase gezeigt! Das ist nicht normal. Schon eine einzige Woche ohne die Meldung über einen Nachtgänger wäre merkwürdig genug. Aber daß während dieser ganzen Zeit nichts passiert ist ...« Er schüttelte den Kopf.
Istvan verstand genau, was er meinte. Die geringeren Kreatu-

ren des Schattens – die Kobolde, Trolle und Ghule – waren grausam und raubgierig, und Menschenfleisch war ihre Lieblingsspeise. Daß es keine organisierten Angriffe gab, dafür mochte es viele Gründe geben. Aber für das völlige Ausbleiben einzelner Gruppen dieser Räuber konnte es nur einen Grund geben: Die Dunklen Wesen hielten ihre Diener zurück, sie hielten sie bewußt auf ihrer Seite der Grenze.

»Sie hoffen, daß wir sie vergessen«, sagte er. »Sie halten die Grenze ruhig, damit wir uns auf unsere Selbstzerstörung konzentrieren können.«

Shachio nickte zustimmend. »Das befürchte ich auch. Und es könnte ihnen gelingen. Wir widmen internen Problemen und Verrat viel zuviel Aufmerksamkeit und Zeit. Wir versuchen, das Reich zusammenzuhalten und vergessen darüber die Bedrohung aus den Bergen. Und sie warten nur darauf, sich auf uns zu stürzen. Deshalb ist Euer Plan auch so wichtig.«

Istvan nickte. Aber bevor er noch etwas sagen konnte, sprach das Mädchen, das ihn betreut hatte. »Mein Lord, Ihr seid nun trocken. Würdet Ihr Euch bitte auf den Tisch legen?« Er lächelte und bedankte sich. Shachio stieg vom Tisch herab, um Platz zu machen, und Istvan legte sich auf den Bauch. Das Mädchen knetete die Muskeln auf seinem Rücken.

Es fühlte sich gut an. *Siehst du,* sagte er sich, als sie die pochenden Muskeln zwischen seinen Schulterblättern preßte und drückte. *Schmerz an sich tut nicht weh. Er ist eine Empfindung wie jede andere. So wie sie jetzt knetet, müßte es eigentlich weh tun, es ist aber angenehm. Es ist alles nur im Kopf existent.* Er fing an, sich davon zu lösen und in einen Zustand der Meditation zu schweben, aber das Mädchen wollte plaudern.

»Seit Ihr *wirklich* Istvan der Bogenschütze? Ich hörte, wie der Lord Seher Euch DiVega nannte ...«

Er versteifte sich etwas verärgert, und einen Augenblick lang bereiteten ihm die geübten Hände des Mädchens tatsächlich Schmerzen. Aber dann entspannte er sich und unterdrückte den Ärger. Das Mädchen konnte schließlich nichts dafür. Es war einfach nicht möglich, diesen Namen wieder loszuwerden, ebensowenig wie die damit verbundenen Erinnerungen.

»Manche nennen mich so«, gab er zu.

»Die Dichter sagen, Ihr wärt der beste Schwertkämpfer der ganzen Welt!« sagte sie mit vor Aufregung hoher Stimme.

»Dichter«, sagte er müde, »erzählen eine Menge Lügen.«

Die Zwillingssonnen stiegen höher und höher am Himmel. Die Menge in der Straße wurde dichter und die allgemeine Erregung stieg.

Diener brachten Chondos etwas zu essen, aber er hatte keinen Appetit. Sein Magen zog sich unter der Spannung und der verwirrten Wut zusammen. Schon der Gedanke an Essen erzeugte Abscheu in ihm. Dem Zeremoniell entsprechend, das von seinem Vater neu festgelegt worden war, mußte er die Krone von Manjipé tragen. Aber nichts anderes an seiner Kleidung war königlich. Sein Waffenrock und sein Wams waren nicht teurer als viele, die von seinen ärmsten Edelleuten getragen wurden, und feiner waren sie auch nicht, obgleich die Farben sehr sorgfältig ausgewählt worden waren: Sie mußten zu der herrlichen Robe passen, die man ihm später im Verlauf der Zeremonie anlegen würde.

Die Tradition verlangte, daß er zu Fuß in der Prozession marschierte, die vor der Krönung durch die ganze Stadt zog, so daß die Menge ihn sehen konnte. Dieser Teil der Zeremonie stammte aus einer Zeit, in der es noch kein Königreich gegeben hatte. Damals wurde nur der Prinz der jeweiligen Stadt gekrönt. Seine Diener drängten ihn zu essen. Es würde ein langer Weg sein. Nervosität bohrte in seinen Eingeweiden, und er befahl ihnen, das Essen aus seiner Sicht zu entfernen. Er schritt ärgerlich auf und ab und wartete darauf, daß die Lords sich versammeln würden, damit die Prozession endlich beginnen könnte. Je schneller alles vorüber wäre, desto besser.

Martos wachte mit schlimmen Kopfschmerzen auf. Eine weiche Hand streichelte seine Schulter. Warme Lippen legten sich auf seinen Mund.
Als er es endlich geschafft hatte, seine Augen ganz zu öffnen, sah er Kumari, die auf der Bettkante saß und ihn anlächelte.
Er hatte einen fauligen Geschmack im Mund, und in seinem Hinterkopf schwang jemand einen schweren Hammer hin und her und schlug damit von innen gegen die Wände seines Schädels.
Er versuchte aufzustehen, aber das war ein Fehler. Es schien den Mann mit dem Hammer zu verärgern. Der Raum fing an zu tanzen, und so stöhnte Martos und legte sich wieder hin.
Das Licht, das durch die zugezogenen Vorhänge in das Zimmer drängte, war einfach *viel* zu grell.
»Du bist ein Held«, sagte sie, ihre Augen riesig und dunkel.
»Und du bist mein.«
Ihr Gewand glitt über die herrlichen Rundungen ihrer Brüste, Hüften und Schenkel hinab und raschelte, als es zu Boden fiel.
Sie zog die Decken zurück und legte sich warm und weich neben ihn.
»Jagat?« fragte er. Es fiel ihm sehr schwer, auch nur ein einziges Wort auszusprechen.
Ihr Lachen erzeugte ein leises und silbriges Geräusch. »Onkel ist zur Krönungsfeier zum Palast gegangen. Und Pirthio auch...«, und wieder lachte sie. »Falls er es in seinem jetzigen Zustand schafft! Jedenfalls meinte Onkel, ich sollte dich rechtzeitig für die Zeremonie wecken, damit du sie miterleben kannst. Und mir fiel keine andere Möglichkeit ein, dir das Aufwachen angenehm zu machen...« Sie kicherte wieder, und ihre Hände streichelten über seinen Körper.
Das Blut, das in seinem Kopf gepocht hatte, floß nun zu anderen Körperteilen hin. Er fühlte sich nun fast wieder lebendig.
Er stützte sich auf einen Arm, um sich das Wunderwerk ihres Körpers anschauen zu können. Er legte die Hand sanft auf ihren Bauch und dachte an das winzige Leben darin. Sein Kind! Wie lange würde es wohl dauern, bis es deutlich sicht-

bar würde? Wie lange würde es dauern, bis es die ersten kleinen Tritte und die anderen Bewegungen machen würde, seine ersten Lebenszeichen an die große Welt da draußen? Die gesamte Zeit des Aufwachsens dieses kleinen Wesens unter seiner Obhut lag noch vor ihm: ein ganzes Leben.

Er lächelte sie an und bemerkte plötzlich, daß er Tränen zurückzuhalten versuchte. Er schaute in ihre Augen, wobei seine Hand sanft auf ihrem Schoß lag. Dann ließ er die Hand absichtlich nach unten gleiten, mit einem Lächeln, das beinahe grausam wirkte. Ihre Augen wurden rund und verschleiert.

Die Essens- und Weinverkäufer waren überglücklich, als sich ihre Kassen allmählich füllten. Musik tönte durch die Straßen, und hier und da bildeten sich in der langsam voranschreitenden Menge große Kreise. In ihrer Mitte tanzten Menschen oder schauten den Straßenkünstlern zu: den Jongleuren, Feuerschluckern, Schwertschluckern und Akrobaten.

Im Schloß formierte sich nun endlich der Zug. Kleine Adlige stritten miteinander über Fragen des Vorrangs. Ganz gleich, wie sehr man sich bemühte, es war einfach nicht möglich, es allen recht zu machen. Die Trompeter versammelten sich, und auch die Bannerträger versuchten, trotz der allgemeinen Verwirrung ihre Plätze zu finden.

Istvan DiVega bahnte sich mit der Leichtigkeit eines ausgebildeten Schwertkämpfers seinen Weg durch die überfüllte Halle; er schlüpfte durch Lücken, durch die andere nur mit Schieben und Drängeln hindurchgekommen wären, wich einer langen Bannerstange aus, die wie ein Speer durch die Menge getrieben wurde, und umging eine kleine Gruppe von Wächtern, die sich auf ihre Hellebarden gelehnt hatten, um sich zu unterhalten. Plötzlich stand er direkt vor Lord Taticos, der in prachtvolles Gold und Scharlachrot gekleidet war und das goldene Amtszepter hielt.

»Gut, gut, Lord Istvan!« sagte Taticos schnell und aufgeregt. »Geht zu Lord Zengio hinüber und wartet neben ihm. In einer

Minute werden wir hier alles in Ordnung gebracht haben.« Er eilte geschäftig und wichtigtuerisch davon. Istvan konnte sich ein Lächeln kaum verkneifen, obgleich er die Situation dieses Mannes auch verstand.
Lord Zengio stand neben einem niedrigen Tisch, auf dem die königlichen Insignien lagen. Er trug eine prachtvolle Robe in Lila und Schwarz mit goldener Verzierung. Prinz Phillipos saß entspannt auf dem Boden und hatte seine Krone hinter sich gelegt. Die Ärmel seiner Robe aus schwerem Brokat lagen auf den Knien. Sein jungenhaftes Gesicht lächelte amüsiert und seine blauen Augen zwinkerten. Lord Jagat glänzte in einem blauen und scharlachroten Gewand, das mit Schwarz und Gold verziert war. Er irrte in dem knapp bemessenen freien Raum um die großen Lords des Staates wie ein nervöser Löwe hin und her.
Als Istvan auf den Tisch zuging, erschien Lord Shachio in seinem vollen gelben Ornat. »Schlechte Nachrichten aus dem Norden, seitdem wir das letzte Mal miteinander gesprochen haben«, sagte er, »ein Angriff bei Tag.«
Istvan spitzte den Mund und pfiff lautlos. Das war selten. Das klang böse.
»Man weiß noch nicht so recht, was es für Wesen sind, aber sie können das Tageslicht vertragen und sie sind sehr mächtig«, fuhr der Seher fort.
»Sie stürmen direkt nach Kadar hinein. Und hinter ihnen breitet sich der Schatten aus.«
Istvan blickte finster. Wenn nun deshalb kein Hastur kommen kann, um den König zu krönen . . .
»Platz da! Aus dem Weg!« riefen Stimmen. Die Menge teilte sich.
»Endlich kommt der König!« sagte Shachio. »Ich muß gehen. Ich spreche später noch mit Euch, DiVega.«
Er eilte davon, und Istvan stellte sich zu den anderen neben dem Tisch. Er bildete in seinem gewöhnlichen Hofwams und seiner Hose einen merkwürdigen Kontrast zu den herrlichen Roben. Er hatte die Farben Dunkellila und Schwarz sehr sorg-

sam ausgewählt, um sie der Symbolik der übrigen Roben anzupassen, soweit er sie verstand. Er fühlte sich sehr unwohl, aber Lord Taticos hatte ihm versichert, daß die Schriftrollen der Zeremonie die Kleidung des Helmträgers absichtlich nicht festlegten.

Ein Weg öffnete sich inmitten der überfüllten Halle, als Chondos eintrat und die Menschenmassen zu ihren Plätzen gingen. Allmählich sah es nicht mehr wie ein Volksauflauf aus, sondern eher wie eine Festzug.

Chondos ließ sich von Taticos zu seinem Platz in der Schlange führen, aber die Verachtung kochte in seiner Seele. Dies alles war so idiotisch. Ein lächerliches Schauspiel, um das Volk zu beeindrucken. Aber selbst noch in seiner Wut war es ihm ganz schwach bewußt, daß ein Großteil seines plötzlichen Hasses auf das Zeremoniell nur eine neugefundene Methode war, um sich von dem Schmerz über den Tod seines Vaters abzulenken, jetzt, da die Umstände diese Wunde so grausam wieder aufgerissen hatten.

Und der andere Teil war die Angst vor dem, was vor ihm lag. Die Geheimnisse seines Geistes würden heute durchleuchtet werden. Nicht zum ersten Mal allerdings; schon in seiner Kindheit hatten Hasturs zweimal kurz sozusagen wie durch ein Fenster in ihn hineingeschaut, um die merkwürdigen Träume zu untersuchen, die sie mit seinem mysteriösen Bruder in Verbindung brachten. Und während seiner langen, wenn auch nur oberflächlichen Ausbildung in der Magie hatte sein Geist öfters mit dem des alten Sehers Shachio Kontakt aufgenommen, und ein- oder zweimal auch mit Thulipe Hastur. Aber das, was jetzt geschehen würde, war etwas ganz anderes. Er wußte genug, um dies zu begreifen. Die innersten Zitadellen seiner Seele und die dunkelsten Kammern seines Hirns würden durchleuchtet und durchsucht werden, um seine Eignung für den Thron zu prüfen.

Fast hoffte er, er würde sich als ungeeignet erweisen. Sie mußten doch sehen, daß er ungeeignet war, daß er ein schlechter König werden würde, wie alle sagten. Dann würde er plötzlich einfach Chondos DiVega sein. Er würde frei sein. Dann könnte er fortgehen, vielleicht sogar in den Dienst seines berühmten Vetters treten. Er sah deutlich vor seinem inneren Auge, wie er mit Istvan DiVega über die Straßen der Welt wanderte und die Geheimnisse des Schwertes erlernte, um sich unter den Elitekämpfern einen Namen zu machen . . .

Er stand nun an seinem Platz und die übrigen versammelten sich mit den Insignien in ihren Händen um ihn. DiVega stand hinter ihm und trug den königlichen Helm. Neben DiVega wartete Zengio mit dem schweren Schild, der das königliche Zeichen trug – eine Hand, die die Krone hielt.

Jagat gesellte sich rechts von Chondos zu ihnen. Er trug das Schwert des Königs, jene verzauberte Klinge, die von Eldemir Hastur für Chondos' Großvater geschmiedet worden war. Das Weiß und Gold von Phillipos' langer Robe schwirrte vor den Augen des Prinzen. Eine Trompete ertönte. Die leisen Stimmen im Hintergrund verstummten, die Spannung aller Anwesenden stieg.

Chondos erinnerte sich an eine alte Legende über eine Krönung. Der Hastur, der in den Geist eines Prinzen geschaut hatte, hatte ihn nicht gekrönt – statt dessen hatte er mit dem Finger Hasturs Zeichen auf seine Stirn gezeichnet. Dieses Zeichen brandmarkte ihn als Vogelfreien und Ausgestoßenen, der dazu verurteilt war, durch die Welt zu wandern. Jeder, der es wollte, durfte ihm das Leben nehmen.

Aber das war alles Unsinn, das wußte er tief in seinem Inneren. Er hatte keine großen Verbrechen begangen, hatte nie das Gesetz Hasturs gebrochen oder mit den Kreaturen der Finsternis verkehrt. Und das waren die Dinge, an denen sie interessiert waren. Viele Könige waren von den Hasturs gekrönt worden, die zum Regieren ungeeignet gewesen waren. Viele, die noch viel weniger geeignet waren als er . . .

Lord Taticos kam herbeigelaufen und gestikulierte aufgeregt. Er hatte kaum seinen Platz eingenommen, als an der

Spitze des Zugs eine Trompete erklang. Dies war das Zeichen, daß sie losmarschieren sollten.
Die Musik setzte ein, und Chondos sah, wie die Gestalten an der Spitze des Zuges sich in Bewegung setzten. Die Soldaten am Anfang des Zuges passierten das große Tor. Er wollte rufen, um sie anzuhalten und ihnen zu sagen, daß er es nicht tun würde, daß er sich *nicht* zum König krönen lassen würde.
Er sah, wie die Rücken der Männer vor Lord Taticos sich bewegten, er sah, wie Taticos plötzlich stillstand; er wartete, bis der richtige Abstand erreicht war, dann schritt er stolz hinter den anderen her. Phillipos und Jagat sammelten sich und schritten dann los ... Jetzt war er an der Reihe. Er marschierte inmitten seiner Edlen, und sein Herz pochte, als ob er soeben im westlichen Turm die Wendeltreppe bis zur Spitze hinaufgerannt wäre.
Ich will es nicht, sagte eine Stimme in seinem Kopf. Aber ein anderer Teil seines Geistes ließ ihn plötzlich im Stich; er war entzückt von all dem Prunk und dem Glanz, und der gesamte Schatz seiner Kindheitsträume stieg in ihm auf, Visionen von den takkarischen Königen aus fernen Zeiten und herrliche Sagen von den alten Heldenkönigen.
Eine Hitzewelle schlug ihm ins Gesicht, als sie auf die Straße hinaustraten.

Martos schaute wieder in den Spiegel, um zu sehen, ob seine Haare richtig gekämmt waren und ob sein Bart zu seiner Zufriedenheit saß.
»Bist du endlich fertig mit deinen Haaren?« sagte Kumari lachend. »Ihr Männer! Schnell jetzt, oder wir verpassen die Krönung!«
Er lachte und umarmte sie.
Sie küßte ihn und entfernte sich dann wieder. »Komm nun!« sagte sie. »Sonst verpassen wir noch den Festzug!« Sie warf sich ihren langen Umhang über die Schultern. Er griff nach seinem eigenen Umhang, konnte sich aber einen letzten Blick

in den Spiegel nicht verkneifen. Der kurze rosa Waffenrock saß großartig, die hautengen weißen Kniehosen darunter betonten die kräftigen Muskeln seiner Beine. Er folgte ihr aus der Tür. Auch am Hof in Kadar wäre er eine flotte, elegante Erscheinung gewesen. Hier würde er mit seiner Pracht alle in den Schatten stellen.

Pirthio drängte durch die Menge. Der Erbe von Mahapor ging an seiner Seite. Hinter ihm befanden sich mehr als zwanzig junge Edelmänner des Grenzlands. Die Straße war gesäumt von Menschen, die auf den Festzug warteten. Es gab immer noch ein Dutzend Stellen, wo die Grenzländer sich hätten hinstellen können, aber sie suchten zielbewußt nach dem Platz, wo eine Gruppe der reichsten Kaufleute von Portona und Armadopol sich mit ihren gedungenen Schlägern befanden.

Als sie sich den Kaufleuten näherten, setzten sie ihre Schwerter provokativ nach vorne auf ihren Hüften und stolzierten auf sie zu. Jede ihrer Bewegungen war eine Drohung, es ja nicht zu wagen, ihnen den Weg zu versperren. Niemand versuchte es. Die Leibwächter wurden bleich, und die Kaufleute blickten finster und verdrießlich drein, aber als die Grenzländer sich in die Mitte des reservierten Platzes drängten, wichen die Kaufleute und ihre Schläger nach rechts und links aus. Es war allzu offensichtlich, daß die Grenzländer betrunken genug waren, um gefährlich werden zu können, und daß sie nur zu gerne bereit waren, beim geringsten Anlaß ihre Schwerter zu zücken.

Möglicherweise erinnerten sich die Kaufleute daran, daß viele dieser Jünglinge die Söhne geschätzter politischer Verbündeter waren. Es konnte aber auch sein, daß sie keinen Kampf in der Nähe ihrer Kutschen riskieren wollten. Und die gedungenen Banditen aus den Häfen hatten ganz gewiß keine Lust, sich diesen kampferprobten Veteranen der Grenzlandkriege zu stellen, schon gar nicht nach den Ereignissen der letzten Tage.

Die Musik hallte immer stärker durch die Straßenschluchten, und die Beifallsrufe wurden noch lauter. Köpfe reckten sich vor, als der Anfang der Prozession in Sicht kam; zwei sorgfältig ausgesuchte Hellebardiere, die größten und gewaltigsten der ganzen Stadtwache. Zwischen ihnen gingen Lord Shachio und zwei Trompeter. Jene, die dumm genug waren, auf die Straße zu laufen und so die Prozession behinderten, nur um selbst besser sehen zu können, wurden von den schweren Schultern unsanft zur Seite geschoben oder mit einer umsichtigen, aber schnellen Bewegung einer Hellebardenstange gekonnt aus dem Weg geräumt. Dies war eine ernste Angelegenheit, und diese Männer waren dazu trainiert, ohne jeglichen Aufenthalt durch eine Menge marschieren zu können. Sie würden sich auch bei niemandem entschuldigen – weder bei den einfachen Bürgern noch bei Edelleuten, weder beim ärmsten Bettler noch beim reichsten Kaufmannsprinzen.

Eine Reihe von Bannern mit der mitternachtsblauen Flagge des Königs – die silberne Hand und die goldene Krone – erhoben sich inmitten der Wappen der ihm untertänigen Staaten und flatterten über den Köpfen der Trompeter und Wächter. Eine Reihe kräftiger Bannerträger, die ebenfalls die Menge zur Seite schoben, wo dies nötig war, hielten die langen Stangen mit den heraldischen Fahnen.

Die erste Gruppe marschierte hinter ihnen, und die Musik hallte laut von den Wänden der Häuser wider und übertönte den immer noch anschwellenden Lärm der Menge. Eine Gruppe von Soldaten der Stadtwache folgte mit geschulterten Hellebarden in schwungvollem Paradeschritt. Die Sonne spiegelte sich auf ihren polierten Brustharnischen und Helmen. Ihnen folgte die kleine stolze Gruppe der Lords der Kantara. Sie hielten ihre linken Händen auf den Schwertscheiden und schwangen ihre rechten im Rhythmus. Dies war die königliche Garde, die den König zu seinem Thron führen würde.

Pirthio winkte aufgeregt, als Chondos und seine Edlen vorbeimarschierten. Die Beifallsrufe schwollen an zu einem donnernden Gebrüll. Und die Kaufmannsaristokratie um sie her-

um durfte zuschauen, als Tunno, der Erbe des rebellierenden Prinzen Hansio von Mahapol, Schulter an Schulter mit dem Sohn von Jagat dastand und zusammen mit den jungen Kriegern von Mahapol und Manjipor ein ohrenbetäubendes Hurra nach dem anderen ausstieß.
Pirthio lächelte in sich hinein. Die jungen Lords von Mahapol applaudierten Jagat und brüllten Istvan DiVega begeistert zu. Es war ihnen gleich, daß dies so wirken mußte, als ob ihr Beifall auch dem Prinz von Manjipé gelte. Der größte Schwertkämpfer der Welt ging hier vorüber, zusammen mit dem Mann, der einen Teil des alten Landes vom Schatten gerettet hatte! Aber das konnten die Kaufleute um sie herum nicht wissen.

Chondos' Füße schmerzten. *Nach* der Krönung, beim traditionellen Festzug, würde er wenigstens auf einem Elefanten reiten können. Der Rhythmus ihrer Füße auf dem Pflaster und das gedämpfte Rollen der Trommeln – mehr konnte er von der Musik nicht hören – pochten in seinem Kopf und übertönten das Geschrei der Menge. Er war sich sicher, daß sein Herz im gleichen Rhythmus schlug und es beim Verstummen der Trommeln auch stehenbleiben würde.
Die Hitze des Kopfsteinpflasters war erstickend. Die Luft, die er in die Lungen sog, trocknete Mund und Kehle aus, und er wußte, daß er erst nach der Krönung wieder etwas zu trinken bekommen würde. Er hätte den ganzen Pavana austrinken können. Seine Kleidung war naßgeschwitzt, und der ständige Lärm schmerzte in seinen Ohren.
Und das alles nur, um einem Pöbel aus dummen Händlern, Kaufleuten und Bauern zu imponieren. Manche von diesen Idioten beneideten ihn sicherlich auch noch. Wie schade, daß er nicht mit ihnen tauschen konnte! Welch ein Unsinn! Seine Füße brannten, und allmählich bereute er es, daß er sich zuvor geweigert hatte, etwas zu essen. Er spürte, wie sich sein leerer Magen allmählich selbst auffraß.
Hinter der Gruppe von Soldaten, die Chondos folgten, mar-

schierten die bedeutenderen Edelmänner des Königs entsprechend ihrem Rang. Die Reihenfolge war in mühseligen Überlegungen ausgetüftelt worden.
Fast an der Spitze war ein Platz für den Herzog von Ipazema bereitgehalten worden, aber dieser war nicht erschienen. Er saß zynisch auf seinem Pferd unweit der großen Tore, welche der Zug irgendwann passieren mußte. Er gähnte. Wenn sie *ihn* zum König krönen würden, dann würde sich ein solcher Festzug durch die mit Kopfsteinpflaster belegten Straßen der Stadt vielleicht lohnen. Aber für die Krönung eines *so* jungen Narren . . . ! Schließlich würde dieser König ohnehin sterben, sobald Sandor ihn außer Reichweite seiner Wachen erwischte. Es lohnte sich kaum, sich die Füße wundzulaufen.
Der Mord würde wahrscheinlich noch in dieser Woche verübt werden. Er war bereit. Das Schiff, das im Hafen von Portona auf seinen Befehl wartete, konnte jederzeit mit ihm und Luijos ablegen – und auch mit Sandor, falls dieser überlebte. Es war aber unwahrscheinlich, dachte er, daß Sandor nach der Tat noch leben und dann seinen Lohn verlangen würde. Di-Vega würde ihn wahrscheinlich erwischen, bevor er entkommen könnte. Manche der anderen Seynyorer im Palast waren eigentlich auch ziemlich begabt. Schade. Aber wenn Sandor den König töten konnte, würde alles zusammenbrechen. Und wenn er außerdem auch noch Prinz Phillipos tötete, um so besser.
Der Mann war in jedem Fall sehr nützlich, und er würde ihm noch mehr gute Dienste leisten können, falls es ihm gelänge, sich einen Weg aus dem Palast zum Schiff freizukämpfen. Ein solcher Schwertkämpfer war ein seltener und wertvoller Schatz. Und einer, der absolut skrupellos war, bereit, alles zu tun, war wirklich ein unersetzlicher Fund für ihn! Und Luijos . . . vielleicht könnte der ihm auch noch von Nutzen sein. Wenn nicht . . . es würde nicht schwer sein, ihn auf dem Weg nach Poidia ins Meer zu stoßen. Ipazema würde bald wieder unabhängig sein, ja, aber diesmal zusammen mit Lutazema und Poidia und Thusipol . . . ah, und natürlich Kalascor.

Selbst wenn Sandor Phillipos jetzt nicht erwischte, früher oder später ...
Thoros, Prinz von Kalascor würde er sich nennen. Das klang wirklich edel! Und es war weitaus weniger wahrscheinlich, daß die Hasturs einen Prinzen behelligen würden als einen König. Außerdem hatte er von der Möglichkeit gehört, den Geist eines Menschen so zu behandeln, daß er nichts mehr von seinen vergangenen bösen Taten wußte, und zwar so, daß nicht einmal die Hasturs etwas finden konnten. Man mußte nur einen Magier dazu überreden. Wenn das möglich war, könnte er sogar zum König gekrönt werden und den Hasturs mit ruhigem Gewissen begegnen.
Er lachte über sich selbst. Dafür war später Zeit genug. Zuerst Kalascor! Und all die anderen Küstenstädte. Wenn die sich erst einmal in seiner Macht befanden, konnte er sich vielleicht Gedanken um die Königskrone machen.

Die Essensverkäufer waren nun endlich in der hungrigen Menge unterwegs und spielten ihr Lieblingsspiel: »Füll-die-Geldbörse«. Viele in der Menge begrüßten sie enthusiastisch und stopften sich voll, um das lange Fasten wieder auszugleichen. Andere, noch durch die Wurst am frühen Vormittag gestärkt, waren in der Lage, die Preise richtig einzuschätzen, und entschlossen sich deshalb, bis zum Abend auszuharren. Dann nämlich würde es als Gipfel der Feierlichkeiten einen kostenlosen Festschmaus geben. Wieder andere kannten sich besser mit den Methoden der Verkäufer aus. Ihnen war klar, daß die Preise mit den Sonnen sinken würden, weil man dann die Vorräte loswerden mußte, bevor sie verdarben.
Martos und Kumari gingen langsam durch die überfüllten Straßen. Die Luft war erfüllt mit dem Duft von frischem Obst, gebratenem Fleisch und von den verschiedensten Gemüsegerichten. Überall um sie herum schnatterten Stimmen glücklich, aufgeregt, ernst und schmeichlerisch durcheinander:
»...Schöne!... Melonen!... Süß... Saftig... Melonen!... Frische... Zarte... Melonen!...«

»...Hat er wirklich?...«

»...Komm schon! Wir verpassen das...«

Zwischen den Rufen der Straßenverkäufer und dem Geschnatter der Menge konnten sie irgendwo im Hintergrund dumpfe Trommelschläge hören, die ihnen verrieten, wo sich der Festzug im Augenblick befand. Aber auch das ging teilweise unter in der vielfältigen Musik der Straße. An allen Straßenecken hatten sich Straßenmusiker aufgestellt, und um sie herum versammelten sich die Passanten, um ihnen zuzuhören oder um zu tanzen. Während sie so durch die Menge gingen, wurde Martos ein paarmal von einem exotischen Instrument bezaubert, und er wäre gerne stehengeblieben, um zuzuhören, aber Kumari trieb ihn weiter.

Sie zog ihn von einem merkwürdigen Instrument mit vielen Saiten weg, von dem eine langsame, verträumte Melodie erklang. Während die Musik hinter ihnen leiser wurde, vermischte sie sich auf eigenartige Weise mit einer fröhlichen Tanzmelodie, die von vielen Hörnern und Flöten gespielt wurde. Drei junge Mädchen sangen dazu, und Martos hörte vertraute Sätze aus »Pertaps Ritt«.

Sie kamen an einem Mann vorbei, der mit Messern und Fakkeln jonglierte. Ein anderer ließ eine Schlange aus einem Korb steigen und zur Musik tanzen, und wieder ein anderer hatte einen sprechenden Vogel. Sie sahen junge Männer und Frauen in Rituale vertieft, die älter waren als alle Krönungen und Könige.

Sie suchten nach einem Durchlaß in der festgefügten Menschenmauer, die die Straße des Festzugs säumte. Wenn sie eine Lücke gefunden hatten, bahnte Martos Kumari den Weg. Er drängte sich mit Leichtigkeit in die Menge und zog sie dann an seiner Seite hinter sich her. Ein oder zweimal wurde er von jungen Männern herausfordernd angestarrt, als er für sie einen Platz freimachte, aber sobald sie in seine Augen schauten, wurden sie von seiner Haltung und von seiner lässigen Art, sein Schwert zu tragen, verunsichert. Nach einer Weile waren sie bis in die vorderste Reihe vorgedrungen. Er zog Kumari an

sich und stand hinter ihr, so daß er über ihren Kopf hinweg auf die noch leere Straße schauen konnte.
In der Ferne dröhnten die Trommeln. Sein Gesicht sank in den Duft ihrer Haare, und er fühlte ihre Wärme am ganzen Körper. Er dachte an ihren Rücken, wie er ihn am Vormittag gesehen hatte, als sie ihr langes glänzendes schwarzes Haar gebürstet hatte. Die Wellenbewegung ihrer weichen Haut, als ihre Schulterblätter sich beim Bürsten der Haare wie Flügel bewegt hatten. Der verlockende Anblick ihrer Brust unter ihrem erhobenen Arm. Dann hatte sie ihr Haar wieder wie einen dunklen Vorhang zwischen die runden Schultern geworfen.
Merkwürdig, daß der Anblick ihres nackten Rückens ihn noch immer so stark erregte, obgleich sie doch nun schon lange zusammen waren. Er hatte sich sogar ein wenig traurig gefühlt, als sie sich umdrehte und ihn im gleichen Moment anschaute, in dem seine Augen ihre herrlichen Brüste und Hüften genossen . . .
Das Herannahen der Prozession war eine unwillkommene Ablenkung.
»Da ist Lord Shachio«, flüsterte sie. »Der alte weißbärtige Mann in der Seherrobe.«
Während die Musiker und Soldaten vorbeizogen, atmete er ihren Duft ein und hielt sie fest an sich gedrückt, indem er die Arme um ihre Taille legte. Was kümmerten ihn die Lords von Tarencia oder die Krönung des Königs von Tarencia? Kumari liebte ihn. Sie würden zusammen weggehen, dann mochte diese verdammte Grenze hinter ihnen zusammenbrechen!
Sollten diese dummen Narren doch streiten! Er würde Kumari mit sich nach Kadar nehmen, sie könnte dort ihr Kind gebären, weit weg von den Bergen und den Dunklen Wesen. Sie würden in den östlichen Teil des Reichs ziehen, nach Sardis oder Estepay, und er würde dort eine Schwertkampfschule eröffnen. Die Männer würden in Scharen zu ihm kommen, um von ihm zu lernen, aus Seynyor, Nydor und Leonterre.

»Da kommt der König!« sagte Kumari. »Der Prinz, meine ich, und dahinter Onkel. Ist das Istvan der Bogenschütze, der seinen Helm trägt? Dort kommt Phillipos mit der Krone, und Lord Zengio...«

Martos erwachte aus seinem Tagtraum. Eine leichte Aufwallung eines Rivalitätsgefühls brachte ihn dazu, das Gesicht des Prinzen zu studieren, als dieser vorüberschritt. Es war ein einprägsames Gesicht mit großen, tiefen Augen und schönen Zügen: ein entschiedenes Gesicht, obgleich die Züge des Mundes etwas Verdrießliches an sich hatten.

Und dann Istvan der Bogenschütze! Er hatte ihn schon einmal in Birthrans Schule gesehen. Das Gesicht Istvans war jetzt hagerer geworden, und Haare und Bart wurden grau. In Birthrans Halle war dieser Mann von einem Nebel von Romantik umhüllt gewesen, der seine jungen Augen verblendet hatte. Jetzt fühlte sich Martos merkwürdig enttäuscht. Dieser dünne, ausgetrocknete alte Mann sollte der größte Schwertkämpfer der Welt sein?

Der Schnitt seiner Kleidung war am kadarinischen Hof seit zehn Jahren außer Mode, und seine Haartracht war ebenso altmodisch. Er sah aus wie ein alter Edelmann aus der Provinz, der zum Hofe gekommen war, um für seinen Sohn eine Stelle in der königlichen Wache zu suchen. Aber sein Gang hatte die Haltung und die Anmut eines Schwertkämpfers. Als diese erste Enttäuschung abgeklungen war, bemerkte Martos die faszinierenden Bewegungen des Mannes. Der kleine Degen an seiner Hüfte schien aus dem Körper herauszuwachsen, als sei er ein Teil von ihm. Das gesamte Wesen des Mannes schien auf das Schwert konzentriert zu sein.

Man konnte den trainierten Schwertkämpfer an seinen Bewegungen erkennen. Birthran hatte ihm beigebracht, wie man die jeweilige Schule an subtilen Verhaltensnuancen erkannte, und auch, wie man die Fähigkeiten eines Mannes ungefähr einschätzen konnte. Nachdem er Istvan einen Augenblick studiert hatte, gab es für Martos keine Zweifel mehr. Auch Birthran hatte sich mit dieser fließenden Anmut bewegt...

Er schaute zu Chondos zurück und betrachtete ihn jetzt unter diesem Blickwinkel. Der nächste König von Tarencia hatte einen Gang, der unverkennbar die Schule der Drei Schwerter verriet. Zwar nicht so gut wie DiVega oder Martos selbst, längst nicht, aber mit Sicherheit ein begabter Schüler. Ob DiVega den Jungen ausgebildet hatte? Er war so etwas wie ein Vetter der königlichen Familie, erinnerte Martos sich. Ein DiVega hatte in das Haus der... Achillas oder so ähnlich eingeheiratet. Jenes alte Prinzenhaus...

Der Zug bewegte sich weiter, und der Prinz und sein Gefolge verschwanden aus Martos' Blickfeld. Die Soldaten und die lange Reihe der marschierenden Edelleute interessierten ihn nicht. Er legte die Arme noch enger um Kumari und zog sie an sich.

»Heute abend?« flüsterte er ihr ins Ohr. Sie schüttelte den Kopf.

»Nicht, bis ich mit Onkel gesprochen habe. Er wird heute abend zu Hause sein.«

»Wirst du es ihm nicht sagen?« In seiner Stimme klang Überraschung mit.

»Frühestens morgen.« Ihre Worte klangen traurig. »Vielleicht auch dann nicht. Er hat so viele Sorgen.«

»Du schläfst also heute abend in deinem Bett?« Er preßte seinen Körper sehr kräftig gegen sie. »Und ich muß in meinem schlafen? Ich kann sehr leise sein, das weißt du.«

»Idiot!« flüsterte sie zurück. »Mein Zimmer liegt direkt zwischen Pirthios Zimmer und dem des Onkels. Und wie du weißt, bin *ich* nicht besonders leise. Aber...« Sie rieb sich aufreizend gegen ihn. »Aber da du so erregt bist, werde ich wohl am besten Mirrha zu dir schicken.«

»Mirrha? Das kleine Mädchen?«

»Klein! In ein paar Monaten wird sie fünfzehn!« Sie lachte. »Und sie ist verrückt nach dir. Sie läuft dir die ganze Zeit nach und lungert verträumt herum. Sie ist immer noch Jungfrau, die ärmste.«

»Ich will Mirrha nicht, ich will dich!« Er drückte sie enger an sich. Sie lachte leise.

»Wenn du erst einmal mit ihr im Bett bist, wirst du sie schon wollen, glaube ich. Sei zärtlich mit ihr! Das arme kleine Ding betet dich an, und es ist immer besser, wenn ein Mädchen zuerst mit einem Mann schläft, den sie anhimmelt.« Sie lehnte sich wieder gegen ihn. »Ich bin sehr egoistisch gewesen. Ich wollte sie schon seit langem zu dir bringen, aber ich habe es immer wieder aufgeschoben, um dich für mich alleine zu behalten.«

Er küßte sie. Er wollte schon wieder protestieren, daß er lieber sie als Mirrha wolle, aber das stimmte nun eigentlich nicht mehr ganz. Er hatte noch nie eine Jungfrau genommen – allein die Vorstellung erregte ihn.

Das Ende des Zuges zog vorüber. Die Musik verschwand lärmend in der Ferne. Die Mengen folgte nun dem Zug auf der Straße.

»Wir müssen zur Halle«, sagte sie. »Wenn wir hier über die Straße gehen, dann nach rechts abbiegen und durch die Gasse dort hinten gehen, könnten wir unsere Plätze erreichen, bevor der König eintritt. Aber wir müssen uns beeilen!«

Der Essensgeruch machte ihn fast wahnsinnig. Chondos sah die Menschen in der Menge beim Essen, und sein leerer Magen brannte vor Hunger. Er dachte, er würde wahrscheinlich in Ohnmacht fallen, bevor er den Thron erreichte. Seine Füße quälten ihn, und die Hitze war schlimm. Es machte ihn wütend, daß er dies alles erleiden mußte, nur um das Verlangen seines Volkes nach Pracht und Prunk zu befriedigen. Das Volk hungerte nicht, und es lief sich auch nicht mit diesem absurd schnellen Tempo auf dem Kopfsteinpflaster die Füße platt. Nein, es tat sich an Fleisch, duftendem Gebäck und Obst gütlich und machte sich einen schönen Tag. Es war eine Sache, für sein Volk zu leiden, wenn es wirklich nötig war, aber eine ganz andere, hier in der Sonne zu schmoren und sich die Füße wund zu marschieren – an seinem Hunger war er ja selbst schuld –, und dies alles nur zum Vergnügen der Leute. Das erschien ihm ungerecht.

Endlich sah er den großen Torbogen vor sich. Die Soldaten gingen hindurch, und die Musik von der Spitze des Zuges hallte durch die Tür nach draußen. Die Wachen trennten sich vom Festzug und bildeten rechts und links von ihm einen Gang, und die auserwählten Edelleute der Eskorte taten das Gleiche weiter hinten in der Halle. Er trat ein, heraus aus der Hitze und aus dem blendenden Licht, und genoß den kühlen Schatten.

Unter seinen Füßen fühlte er einen Teppich. Die riesige Krönungshalle, die normalerweise als Audienzraum diente, lag vor ihm. Die hohen Gewölbe verschwanden oben in der Dunkelheit. Durch die hohen Fenster fielen Sonnenstrahlen auf den Boden des Raumes und erhellten seine Düsterkeit. Die Adeligen waren auf ihren Galerien versammelt. Als er über den langen Teppich zur Treppe des Thrones schritt, gesellten sich die Edlen, die mit ihm marschiert waren, zu ihren Familien.

Die Musik verstummte. In der tiefen Stille hörte er das Geraschel vieler Menschen. Jemand hustete. Stühle knarrten. Eine Schwertscheide klapperte gegen eine Brüstung. Nur Lord Taticos und die Insignienträger waren noch bei ihm, als er sich dem Thron näherte. Die übrigen befanden sich schon alle auf ihren Plätzen: die Wachen auf ihren Positionen, die Musiker auf ihren Podesten und die Adligen auf den Galerien. Lord Shachio lehnte neben der Treppe, die zum Thron führte, auf seinem Stab. Zwei Trompeter, die Klarinen in den Händen hielten, standen zu beiden Seiten bereit.

Er erreichte die Treppe. Vor ihm stand der alte Thron, der noch zu Lebzeiten seines Großvaters aus kantaranischem Eichenholz geschnitzt worden war. An den Vorderseiten der Beine und Armlehnen war getriebenes Gold eingearbeitet. Er hörte das Schlurfen von Füßen und das Rascheln von Stoff, als sich die Anwesenden nach vorne beugten, um besser sehen zu können, und ein Zischen, als alle im gleichen Augenblick einatmeten. Lord Shachio drehte sich um und setzte den Fuß auf die erste Stufe. Phillipos und Jagat traten mit Krone und

Schwert vor. Ihre Roben raschelten. Irgendwo waren auch die Leute mit seiner Robe und dem Umhang. Shachio und Taticos bestiegen die Treppe gemeinsam.

Plötzlich erschien eine Gestalt in einer blauen Robe mit erhobener Hand vor dem Thron. »Halt! Wer kommt, um mit der Krone der Könige von Tarencia gekrönt zu werden?« Die tiefe Stimme hallte wie eine Posaune durch den Raum.

Dies war ein Schock, obgleich man es erwartet hatte. Chondos hatte gedacht, er sei darauf vorbereitet, aber jetzt stand er mit einem Fuß in der Luft da. Er starrte den rothaarigen Mann an, der aus dem Nirgendwo aufgetaucht war.

»Chondos, Prinz von Manjipor, Erbe des Thrones von Tarencia, ist hier, Lord Hastur«, antwortete die Stimme von Lord Shachio. »Er ist gekommen, um seinen Anspruch auf den Thron seines Vaters geltend zu machen.«

»Laß ihn vortreten!« tönte die sonore Stimme.

Chondos schluckte und ging auf die Treppe zu. Als er seinen Fuß auf die unterste Stufe setzte, hörte er das Zischen von Lord Taticos' Stimme und das Schnippen seiner Finger. Er blickte den alten Mann verständnislos an, der ihm aufgeregt Zeichen machte. Er blinzelte, und Taticos zeigte auf seinen Kopf und streckte die Hände aus. Chondos starrte ihn verwirrt an, aber dann verstand er. Er nahm das Diadem vom Kopf und legte es mit einer tiefen Verneigung in die Hände des Hofmarschalls. Taticos lächelte und verneigte sich.

Chondos trat auf die Treppe. Es waren nur sieben Stufen, aber der Aufstieg schien ihm eine Ewigkeit zu dauern. *Sehr imponierend,* dachte er und kämpfte, um seine Fassung zu behalten. *Gutes Theater. So kann man dem Volk Respekt einflößen.*

Aber auch er selbst war überrascht gewesen, obgleich er gewußt hatte, was auf ihn zukam. Jetzt mußte er sich der Prüfung stellen, wie alle anderen Könige vor ihm. Er spannte sich an und vertrieb so die Angst, die ihn ergriff. Wenigstens kannte und verstand er die Notwendigkeit dieses Teils des Rituals.

Er hob den Kopf und blickte fest, fast herausfordernd in die ruhigen grauen Augen des Hasturs. Der Hastur würde die Angst in ihm sehen, aber es war nicht nötig, daß auch alle anderen Anwesenden sie wahrnähmen. Und in Wahrheit gab es nichts zu befürchten.

»Ich bin Miron Hastur.« Die Stimme klang jetzt ruhig und sanft.

Die Hasturs brauchten zumindest keine Angst vor Heuchlern zu haben: bei der Vereinigung der Geister war Ehrlichkeit unvermeidlich. Wenn auch die Sterblichen dies tun könnten, würde die Welt ein besserer Ort sein... Wie mochte es sein, zu wissen, was ein anderer dachte? Wenn ich bloß selbst auch in den Geist des Hasturs hineinschauen könnte...

...Aber das kannst du doch...

Er stand verwirrt da und versuchte sich darüber klarzuwerden, ob dies wirklich ein fremder Gedanke gewesen war oder nur seine Einbildung. Dann verschwand die Krönungshalle, und er war umgeben und eingehüllt vom Geist Miron Hasturs.

Sein eigener Geist wurde in ihm reflektiert wie in einem Spiegel. Dahinter aber lagen unermeßliche Weiten der Gedankentiefe, in die er niemals eindringen, Höhen, die er nie besteigen, Abgründe, die er nie erforschen könnte. Und nur ein winziger Teil dieses ehrfurchteinflößenden Geistes war notwendig, um den seinen ganz zu erforschen und zu verstehen: Wenn erforderlich, konnte sich dieser Geist mit ungeteilter Aufmerksamkeit auf einen einzigen Gegenstand konzentrieren, ohne den geringsten Gedanken an etwas Belangloses zu verschwenden. Er war so beschaffen, daß er den Geist vieler Menschen zugleich umfassen konnte.

Der Anblick seines eigenen Geistes, der innerhalb dieser überragenden Intelligenz so winzig erschien, schockierte ihn. Er fühlte, wie er sich ängstlich von dieser schrecklichen Selbsterkenntnis abwandte, von dieser Vision seiner eigenen Schwäche, aber auch das sah er in jenem anderen Geist widergespiegelt. Trotzdem zwang er sich dazu, ruhig zu bleiben, und er

hielt sich fest unter Kontrolle. Er studierte seinen eigenen Geist, auf den er stets so übermäßig stolz gewesen war.
Da war nicht nur jener winzige Teil, der sein gewöhnliches Denken umfaßte, sondern darunter gab es auch jene Tiefen, wo all das, was er vergessen hatte, begraben lag; alle Feindschaften und all die bösen Gedanken, die er vertrieben hatte, Instinkte, Erinnerungen aus anderen Leben, Träume, Symbole, seltsame Verrücktheiten ... er zwang sich, alles unmittelbar anzuschauen. Dann richtete er seinen ›Blick‹ empor und schaute in die riesige Weite dahinter, auf die Unermeßlichkeiten, in denen er sich so hoffnungslos verloren fühlte. Er erweiterte sein Fassungsvermögen, um die Größe um ihn her zu verstehen, aber obgleich er sah, wie sein widergespiegelter Geist sich durch diese Bemühung ausdehnte und größer wurde, war es dennoch ein hoffnungsloses Unterfangen.
Das Podium unter seinen Füßen bestand aus wirbelnden Funken in einem endlosen tanzenden Strudel. Wenn die Bewegungen des Tanzes sich änderten, verwandelte sich der Marmor des Podiums zu Gold. Die Luft über ihm schwirrte: Jeder Atemzug füllte seine Lungen mit einer Wolke von glitzernden, lebendigen Partikeln. Miron konnte sich stärken, indem er dem elementaren Geist dieser Partikel eine gewisse Essenz einhauchte und sie dann einatmete. Er tat das mit der gleichen Leichtigkeit und Lässigkeit, mit der ein Mensch mit seinen Fingern auf einem Tisch trommelt.
Tausend Meilen entfernt im Norden kämpften seine Verwandten mit tödlichen unsichtbaren Kreaturen (mißgestaltet und mit vielen Beinen), die das Tageslicht vertrugen und die Hasturs und ihre sterblichen Verbündeten von der Grenze zu vertreiben suchten. Wenn sie Erfolg haben würden, dann würde sich die Grenze ein wenig weiter vorbewegen und der Schatten einen noch größeren Teil von den Ländern der Menschen umfassen – am Abend, wenn das ganze Heer der Dunklen sich frei bewegen konnte. Er konnte unmittelbar mit jedem der etwa siebenhundert Hasturs im gesamten Uni

versum kommunizieren oder auch mit den Tausenden Sehern und Heilern und Zauberern ...
Die Reichweite und Kraft von Mirons Geist überstieg sein Fassungsvermögen. Die Inhalte jenes Geistes in seinen eigenen hineinzuzwingen wäre für Chondos ebenso unmöglich gewesen wie der Versuch, den gesamten Ozean auszutrinken.
Da erreichte ihn aus der Unermeßlichkeit ein Gedanke: *Es ist gut, daß du es nicht vermieden hast, dir selbst zu begegnen. Die meisten Sterblichen tun dies. Das ist die wahre Feuerprobe der Könige. Vielen wird diese Gelegenheit zum Wachsen geboten, aber nur wenige nehmen sie an. Viele trauen sich nicht einmal, sich daran zu erinnern, daß sie ihnen geboten wurde. Statt dessen verdrängen sie es in den Tiefen ihrer Seele, um sich nicht selbst anschauen zu müssen.*
Stolz stieg in ihm auf, aber dies hielt nicht lange an. Mirons Lachen war überdeutlich. Das tat Chondos weh, und er sah ein, daß vollkommene Ehrlichkeit doch auch ihre Nachteile hatte. Er verstand nun die übliche Höflichkeit, die er immer für Heuchelei gehalten hatte, und er begriff, weshalb es die meisten Sterblichen ängstlich vermieden, so gnadenlos vor einem überlegenen Intellekt bloßgelegt zu werden. Er sah auch, was für ein Schatz ihnen dadurch verlorenging.
Unter der verwirrenden Unermeßlichkeit jener unglaublichen Leere des Geistes sah er auch das schlagende Herz und das zirkulierende Blut in einem Körper, in dem jede Zelle wahrgenommen und verstanden wurde: jene fantastische körperliche Kontrolle, die es den Hasturs ermöglichte, länger als viele Menschenleben zu leben.
Irgendwo in diesem riesigen Geist hörte er auch die lautlosen Stimmen von Hasturs, die sich Tausende Meilen entfernt unterhielten. Miron hörte ihnen nicht zu, es sei denn, sie sprachen ihn an oder riefen um Hilfe. Und auch das unklare Gemurmel der ungeformten Gedanken von Tausenden von Sterblichen, die in der Nähe standen, konnte er hören.
Chondos war entzückt von all den schimmernden Energiemustern, welche die Grundlagen starker magischer Kräfte waren.

Er staunte über Visionen vom Leben auf den größeren Monden und auf weit entfernten Welten, die er sich nie hätte träumen lassen. Er war fasziniert von Einsichten in das Leben der wilden Tiere und Pflanzen. Komplexe und tiefsinnige Geheimnisse der Magie schwebten dort und standen zum Einsatz bereit. Unglaubliche Erklärungen von Symbolen und Philosophien. Erfahrungen, wie sie sich die Größten unter den sterblichen Zauberern nie erträumt hätten.
Er war verblüfft über die Erinnerung an Geister, die diesen Geist umhüllt hatten, ganz so, wie dieser jetzt seinen eigenen Geist umhüllte. Geister, deren Erinnerungen die Geschichte enthielten. Gesichter von Menschen, die gestorben waren, als das takkarische Reich noch in seiner Blüte stand. Das tägliche Leben in Königreichen, die heute nur noch Legende waren. Eine Kindheit, zugebracht mit der Kontemplation über Dinge, die sterbliche Zauberer nur schwer verstehen konnten und die gewöhnliche Menschen nie erlernten. Jahre der Ausbildung in der Imagination und im Hellsehen und... Mit sechzehn mußte Miron Hastur Wissen und Kräfte demonstrieren, für deren Erwerb ein sterblicher Zauberer sein ganzes Leben benötigte, falls er sie sich überhaupt aneignen konnte.
Chondos' Geist wurde erhoben und durch dieses riesige, unfaßbare Reservoir des Wissens geführt. Ihm wurden die Dinge gezeigt, die ihm am meisten helfen würden. Er sah vieles, was seine lückenhafte magische Ausbildung vervollständigte. Er erkannte nun überhaupt zum ersten Mal, wie lückenhaft diese Ausbildung gewesen war. Es war zwar nicht seine Schuld, natürlich nicht..., aber im Geist des Hasturs sah er, daß es letztlich doch seine Schuld war. Er hatte zu viel Zeit mit Neid und Selbstmitleid verschwendet und mit Stolz auf seinen Intellekt. Er war zu stolz gewesen, um wirklich lernen zu können.
Kein Teil von Mirons Geist war verborgen. Alles darin war Bewußtsein. Jetzt sprach Mirons Geist zu ihm, und er konnte sehen, wie die Worte sich aus dem Verständnis formten und sich daraus Sätze bildeten. Er konnte die Gedanken in ihrer

Rohform sehen, aber er konnte sie nicht interpretieren: *Deine größte Schwäche ist dein Mißtrauen. Schau dir einen Augenblick lang deine Berater durch meine Augen an und lerne. Du bist zu streng bei der Beurteilung deiner Mitmenschen. Schau!*
Chondos blickte in den Thronsaal. Vor ihm befand sich sein eigener Körper, aber die Augen waren nicht daran interessiert. Statt dessen schauten sie über Chondos' Schultern auf die versammelten Lords dort unten. Die Hasturs hüteten sich davor, die Gedanken von Menschen ohne deren Einwilligung zu lesen, außer bei seltenen und wichtigen Anlässen, wenn die Not groß war. Aber für ihre riesigen Kräfte waren manche Dinge augenfällig und unübersehbar . . .
Chondos sah, daß Lord Jagat von blendenden Farben umgeben war, und als Mirons Geist die Farben interpretierte, *sah* Chondos die Treue Jagats, ebenso wie seinen glühenden Stolz und seine ruhige Weisheit. Sie strahlten in Schönheit um ihn herum, und Chondos wußte nun ohne jeglichen Zweifel, daß er diesem Mann vertrauen konnte. Er wußte auch, daß er ihn zutiefst verletzt hatte.
Die Augen des Hasturs verweilten dann kurz bei den anderen in Chondos' Eskorte: die Traurigkeit und der Mut von Istvan DiVega, die trainierte Ruhe von Lord Shachio, die müde Opferbereitschaft von Taticos und Zengio . . .
Dann lenkte Miron Chondos' Aufmerksamkeit um und gab ihr eine andere Richtung. Ein Netz von Möglichkeiten breitete sich vor ihm aus, die Zukunft entfaltete sich in allen Richtungen. Und bedrohlicherweise zeigten viele dieser Möglichkeiten an, daß sich der Schatten über Tarencia ausbreiten würde.
Überraschung flackerte in Mirons Geist auf. *Unbekannte Kräfte sind hier am Werk,* dachte er, und Chondos sah, wie eine große Sorge die ruhige Weisheit verdunkelte. Es kamen Visionen von dem intensiven Kampf im Norden, auf den zur Zeit ein so großer Teil der Aufmerksamkeit der Hasturs konzentriert war, und auch solche von Kämpfen in anderen Ländern. Chondos sah, daß die derzeitige empfindliche politische Lage Miron Hastur völlig bewußt war.

Die Hasturs waren durch einen Kampf in Y'Gora, jenseits des Meeres, gegen eine monströse Kreatur, die Nualdoel hieß, geschwächt worden. Manche der Größten unter ihnen waren dabei gestorben. Der Hastur-Lord selbst war gezwungen worden, nach Y'Gora zu gehen, um die Bedrohung zu beseitigen. Dort gab es auch noch Anzeichen für weitere Schwierigkeiten. Kräfte, die man nicht aus den Augen verlieren durfte, versammelten sich in Noria. Es gab Gefahren in fernen Ländern, von denen Chondos noch nie gehört hatte. So nah an Eidelbonn schien es ihm unmöglich, daß es so viele Gefahr geben konnte, wie er sie jetzt sah.

Und sogar in Chondos selbst schlummerte eine große Gefahr. Sein Geist war immer noch anfällig für den Geist seines Zwillingsbruders Jodos. Ihre Körper waren nach dem gleichen Muster aufgebaut, und deshalb wäre es eine einfache Sache, Chondos' Geist durch den Geist seines Bruders zu kontrollieren – es sei denn, Chondos' Geist würde geschützt.

Chondos schaute in den Spiegel von Mirons Geist und beobachtete, wie der Hastur in den verborgenen Teil seines Gehirns eindrang und dort einen starken Schutzschild aufbaute. Ein paar Worte und ein Diagramm, das waren die Schlüssel, die diesen Schild aus den Tiefen von Chondos' Geist blitzschnell hervorholen würden. Chondos brauchte sich nur dieses Diagramm klar vorzustellen, während er die Worte sprach oder dachte, und sein Geist war in Sicherheit. Ein anderer Spruch würde die Blockade wieder aufheben.

Miron lehrte ihn, wonach er Ausschau halten mußte und wie er fremde Einflüsse in seinem Geist erkennen konnte, sogar im Schlaf. Dann ließ er Chondos zuschauen, während er einen Reflex einbaute, der die Symbole sogleich in sein Bewußtsein holen würde, sobald er eines der Anzeichen wahrnahm. Auf diese Weise konnte sein Geist nur noch manipuliert werden, wenn er bewußtlos war.

Nun prüfe es, kam der Gedanke von Miron. Chondos sagte die Worte und stellte sich das Symbol vor . . .

Plötzlich stand er auf dem Podium vor dem Thron Miron Hastur gegenüber.
Der junge Hastur nickte zufrieden. »Ich könnte es mit roher Gewalt brechen«, sagte er mit leiser Stimme, »aber nur deshalb, weil ich es selbst erbaut habe und ich deinen Geist genau kenne. Kein anderer Hastur könnte es, außer vielleicht Lord Hastur selbst oder einige andere unter den Bemächtigten. Aber es wäre nicht leicht. Und die Geister der Dunklen sind so anders als unsere, daß sie es nie durchbrechen können.«
Er lächelte Chondos zu und wandte sich an Phillipos, der am Fuß der Treppe stand. Die Krone von Tarencia erhob sich vom Kissen und flog durch die Luft in Mirons Hände.
Miron Hastur hob die Krone, und seine Stimme hallte durch den Saal: »Ich habe ihn geprüft, und ich habe befunden, daß er frei von jedem bösen Makel ist. Heil dir, Chondos, König von Tarencia!«
Eine Glocke ertönte hoch über ihnen, als er die Krone auf Chondos' Haupt setzte, und die Trompeten schmetterten unten an der Treppe. Der Saal war erfüllt von Freudenrufen. In der ganzen Stadt läuteten die Glocken.
Miron Hastur blickte Chondos kurz in die Augen und lächelte wieder. »Du weißt, warum ich gehen muß. Ich wünsche dir Glück, König Chondos!« Und er verschwand wie eine verlöschende Kerzenflamme.

Als die Glocken durch die Stadt hallten und signalisierten, daß sein Bruder gekrönt worden war, schlich sich Jodos lautlos aus dem Haus von Jacopos und ging auf den Palast zu. Er versteckte sich ständig in der dichtesten Menge.
In den Straßen riefen und tanzten die Menschen. Ihr sinnloser Lärm machte ihm Angst. Diese Angst wuchs noch, als die Menge dichter wurde. Er sah ein riesiges graues Monster mit einem einzigen Tentakel unter seinen kleinen bösen Augen, und er fragte sich, ob dies einer der Lords hier sei, irgendein Verbündeter der Namenlosen, und ob der Lärm der Leute Teil eines Opfers war, das sie ihm jetzt bringen würden.

Die Menge teilte sich nach rechts und links vor dem Biest, doch es bewegte sich unter den Menschen äußerst gefügig. Er fragte sich, wie viele Menschen es bräuchte, um seinen Hunger zu stillen. Er machte einen großen Bogen um das Tier. Er hatte in den verlassenen Städten in den Bergen schon gemeißelte Abbilder von solchen Wesen gesehen. Er hoffte nur, daß es ihn nicht aufspüren würde.

Vor der großen Halle hatte die Feier ihren Höhepunkt erreicht. Der völlig betrunkene Wurstverkäufer war einer von den Glücklichen, die es geschafft hatten, als erste in die Halle hineinzukommen.
Als er herauskam, hielt ihn jemand an, um ihn zu fragen, ob der Lord Hastur gegangen sei. Nachdem er geantwortet hatte, beschlich ihn das merkwürdige Gefühl, den Sprecher von irgendwoher zu kennen. Das schöne junge Gesicht mit seinen weiten dunklen Augen kam ihm irgendwie bekannt vor. Eine Sekunde lang war er sich sicher, daß dieser Mann genauso aussah wie . . .
Dann fixierten ihn die Augen, und er konnte sich an nichts mehr erinnern.

8

Das Schloß auf dem Berge lag schon im Dunkeln, als die erschöpften Hofbeamten sich zur Ruhe begaben. In der Stadt aber brannten in den Gaststätten, den Häusern der Bürger und in den großen Gildenhallen noch die Lichter des Festes.
In der Halle der Flußschiffergilde waren die höchsten Edelleute der Küstenstädte die Ehrengäste. Es gab reichlich Wein, das Essen war gut und die Frauen, die von Tisch zu Tisch gingen, waren eine Augenweide und hatten die rechte Achtung vor der Macht des Reichtums.

Die seynyorischen Wachen, die von Istvan DiVega eingesetzt worden waren, um die reichsten Männer des Königreichs zu beschützen, wurden immer gelangweilter und verärgerter, je weiter die Nacht vorrückte und je näher die Morgendämmerung kam. Es war schlimm genug, überhaupt Wache halten zu müssen, während andere vergnüglich aßen, tranken und mit Frauen liebäugelten; aber ihnen dabei auch noch zusehen zu müssen war die reinste Folter.

Im Palast fühlte der Wächter Tonios, wie eine wunderbare Müdigkeit ihn überkam, aber er versuchte mit aller Macht, dagegen anzukämpfen. Seine Augen wollten immer wieder zufallen, aber er *durfte* einfach nicht schlafen! Schließlich bewachte er den Gang, der zu den Schlafgemächern des Königs führte! Wenn sie ihn beim Schlafen erwischten, dann würden sie ihn . . . sie würden ihn . . .

Er schüttelte den Kopf, um die Benommenheit zu vertreiben. Er war zu schwach auf den Beinen, um sich erinnern zu können, welche Strafe ihn erwartete. Der Gang drehte sich um ihn, so daß er beinahe umgefallen wäre. Das durfte nicht sein! Schließlich bewachte er doch den König! Er lehnte sich auf seine Hellebarde und hielt sich aufrecht. Kurze Zeit später fiel ihm auf, daß er sich teils auf den Schaft lehnte und teilweise gegen die Wand. Seine Augenlider fühlten sich tranig an, und ihm war, als ob seine Füße überhaupt nicht da seien. Der Teppichstreifen auf dem Boden des Gangs wurde schmaler und schmaler . . .

Seine Augen fielen zu. Welch ein Unsinn! Er hatte geträumt, er würde bei der Wache einschlafen, aber er lag doch hier sicher in seinem eigenen Bett. Er kuschelte sich unter den warmen Decken zusammen. Ein hübsches Mädchen schaute ihn an. Blätter rauschten im Wald . . .

Ein Schritt im Gang weckte ihn sofort auf, und er senkte die Hellebarde. »Halt!« rief er, dann sahen seine Augen das Gesicht vor sich, und er erkannte den König.

Einen Moment lang war er sprachlos. Die dunklen Augen des anderen fixierten die seinen.

»Wer bin ich?« sagte der andere, und Tonios fiel auf die Knie.
»Ihr seid der König.« Seine Stimme zitterte. »Ich bitte um Verzeihung, Sire.«
»Erhebt Euch«, sagte der andere mit sehr sanfter Stimme. »Seid Ihr sicher? Schaut mich genau an. Schaut meine Augen an. Bin ich der König?« Gehorsam stand Tonios auf und schaute ernsthaft in das Gesicht des Königs. Der König war sehr blaß. Und seine Augen – die Augen waren so riesig und dunkel . . .
»Ihr seid der König, Herr.«
»Gut. Jetzt verlaßt Euren Posten und kommt mit mir. Ich habe eine besondere Aufgabe für Euch. Kommt. Geht leise, ohne den geringsten Laut.«
Sicher träumte er noch! Er hatte Bestrafung erwartet. Aber vielleicht hatte der König nicht gesehen, daß er geschlafen hatte . . . Irgend etwas stimmte hier nicht, aber es gelang ihm nicht, herauszufinden, was es war.
Der König gab ihm erneut ein Zeichen zu folgen, aber auch nachdem er sich wieder abgewandt hatte, kam es Tonio so vor, als ob die riesigen dunklen Augen ihn immer noch ansähen, und die Halle um ihn herum wirkte düster und verschwommen. Er folgte dem König wie im Traum. Nach einer Weile machten sie halt. Ein schwaches Licht schimmerte durch bestimmte Steine in der Wand. Tonios wußte, daß dies Teil einer Magie war, die den Palast vor den Dunklen schützte.
Der König trat zur Wand, und sein Rücken bedeckte die Steine so, daß Tonios sie nicht mehr sah. Er konnte nicht erkennen, was der König machte, aber er hörte ein leises metallisches Schaben. Er stand da und wartete ganz still. Sein Kopf fühlte sich so an, als ob er mit Watte vollgestopft sei. Er schloß die Augen . . .
Als er sie wieder öffnete, hatte der König sich von der Wand entfernt und betrachtete nun das sternförmige Muster der Juwelen kritisch. Ihr Licht leuchtete nur noch ganz schwach. Der Stein in der Mitte war nicht mehr so hell.

»Führe mich zu meinem Schlafgemach«, sagte der König, und Tonios gehorchte, ohne nachzudenken. Er ging den Gang entlang zu einer Tür und öffnete sie.
»Ruhe!« zischte der König, als Tonios zur Seite trat, um ihn eintreten zu lassen. Verwirrt schloß Tonios die Tür hinter ihnen.
Er war noch nie im königlichen Schlafgemach gewesen. Er spürte weiche Teppiche unter den Füßen. Große Fenster öffneten sich zu einer Seite, und das Licht der hellen Monde durchflutete den Raum mit einem schwachen, flüchtigen Glanz. Zwischen ihm und den Fenstern stand das riesige Himmelbett, dessen weiche Vorhänge zur Seite geschoben waren, zu den Pfosten hin.
Aber in diesem Bett lag schon jemand! Das Mondlicht fiel auf das Gesicht des Schläfers – es war tatsächlich das Gesicht des Königs! Tonios schaute hilflos von dem Gesicht im Bett zu dem Gesicht des Mannes, der neben ihm stand. Die Gestalt im Bett wirkte dunkler, sonnengebräunter. Ansonsten waren sie einander vollkommen gleich.
»Das ist nicht der König«, flüsterte die sanfte Stimme. »Das ist mein Bruder Jodos, der als Kind gestohlen wurde. Er ist zurückgekehrt, um meine Rolle zu spielen und den Thron zu nehmen. Ihr und ich, Tonios, wir müssen ihn davon abhalten.«
Jodos? Ja, das erklärte alles. Er erinnerte sich jetzt schwach an die Geschichte, wie Königin Tarani Zwillinge geboren und darauf bestanden hatte, sie zu einem ihrer Schlösser in der Nähe der Grenze bei Manjipé mitzunehmen. Das war kurz nach der Geburt gewesen, noch bevor die Kinder abgestillt waren. Eines Nachts, so hieß es, habe man den Wächter bewußtlos aufgefunden, und einer der kleinen Prinzen lag nicht mehr in der Wiege. Der Wächter war verrückt geworden, und die Hasturs mußten ihn mitnehmen, um ihn zu heilen. Emicos, einer der Seher des Königs, verschwand in der gleichen Nacht. Manche behaupteten, er habe die verbotenen Künste studiert.

Die größten Helden der Welt hatten nach dem verschwundenen Prinzen gesucht: Tahion, der Prätendent von Aldinor, Birthran, der Kadariner, Raquel DiVega und sein jüngerer Vetter Istvan und noch viele andere. Aber von dem Kinde wurde niemals auch nur die geringste Spur gefunden, und es hieß, es sei von den Dunklen verschleppt worden. Aber nicht einmal die Hasturs wußten, wie oder warum dies geschehen war.

Der König hatte inzwischen ein kleines Kästchen aus einer Tasche hervorgeholt. Es war aus irgendeinem tiefschwarzen Material angefertigt. Er trat näher an Tonios heran und ein wenig hinter ihn. »Still!« sagte der König. »Bewege dich nicht!« Von der Seite sah Tonios, wie er das Kästchen öffnete, und er hörte geflüsterte Worte, die er aber nicht verstand.

Es sah so aus, als ob der König etwas Winziges aus dem Kästchen nähme, aber Tonios konnte nicht erkennen, was es war. Dann trat der König hinter Tonios, und der Wächter spürte die leichte Berührung einer Hand auf seiner Schulter. Er wollte davonlaufen, aber der König zischte ihn an: »Steh still!« Dann trat er wieder vor ihn und schaute ihm in die Augen.

Es war alles sehr merkwürdig. Vielleicht träumte er noch. Die Augen des Königs füllten sein ganzes Blickfeld. Er spürte, wie etwas auf seinem Nacken krabbelte, etwas wie ein Insekt, und er wollte die Hand heben, aber der König berührte sein Handgelenk, und sein Arm gehorchte ihm nicht mehr und fiel wieder zur Seite. Die Augen des Königs waren so riesig...

Das Insekt krabbelte über seinen Nacken und in sein Haar. Etwas stimmte hier überhaupt nicht, aber er konnte nicht klar denken. Sein Geist war stumpf, und er konnte nur in diese fürchterlichen Augen schauen... Ein brennender Schmerz stach in seinem Hinterkopf. Tonios versuchte zu schreien, aber nur ein würgendes Röcheln entfuhr seiner Kehle.

Prinz Jodos fing den Toten auf, als dieser ihm entgegenfiel. Doch kurz darauf rührte sich der Körper wieder, seine Muskeln zuckten, und der Leichnam erhob sich und stand unbeholfen auf. Ein stumpfes Krächzen ertönte aus seiner Kehle.
»Bist du bereit?« flüsterte Jodos.
Ein Röcheln und Winseln ertönte aus dem Mund der Kreatur, dann krächzte sie leise: »Ja, Meister!«
Jodos ließ die Arme des Wesens los und trat lautlos an das Bett, in dem sein Bruder lag. Er schaute hinunter auf die Gestalt im Bett, jenes Ding, das sein eigenes Gesicht trug, und er wollte dieses Gesicht zertrümmern und diese schreckliche Parodie seiner selbst töten und verschlingen, auf daß er der Einzige sein würde. Aber seine Befehle verlangten etwas anderes.
Bis jetzt hatte er nur einen ganz leichten Zwang auf den Schläfer gelegt, gerade genug, um ihn am Aufwachen zu hindern. Aber schon diese leichte Berührung hatte ihm gezeigt, daß dieser Geist geschützt und gestärkt war. Er mußte schnell handeln und den gesamten Widerstand mit einem Schlag brechen.
Also sammelte er all seine Kräfte und entzog sich allen anderen Kontakten. Im ganzen Schloß würden die Wächter bald wach sein. Langsam, in totaler Stille lehnte er sich über das Bett. Chondos bewegte sich ängstlich auf dem Kissen. Jodos' Augen glühten vor Konzentration. Mit einem schrecklichen Stoß stieß er in den Geist seines Bruders hinein und verschlang dessen gesamten Inhalt mit einem Schluck. Chondos setzte sich zuckend auf, seine Augen rollten nach hinten, sein Mund öffnete sich zu einem lautlosen Schrei. Dann fiel er wieder zurück, er hatte durch den Schock das Bewußtsein verloren.
Jodos lächelte und zog die leichte Decke weg. Der König trug ein dünnes weißes Nachtgewand. Jodos' Lippen verzogen sich zu einem grausamen Lächeln, als er an die Kälte der Berge dachte.

Die Fenster standen offen. Er schaute in die Nacht hinaus und suchte den Hof und das Land um das Schloß herum mit seiner Gedankenkraft ab. Fast niemand war wach. Es war unwahrscheinlich, daß jemand den Geflügelten sehen würde.
Er öffnete das andere Fach des Kästchens. »*Sjawg!*« flüsterte er, »Yizjoth und Lyghoth haben dir befohlen, mir zu dienen! Gehorche, damit Uoght dich nicht der Bestrafung ausliefert!«
Er setzte das Kästchen ab und trat zurück. Im unsteten Licht der Monde sah es anfangs so aus, als stiege dünner Rauch aus dem Kästchen auf, bis dieses Kästchen schließlich verdeckt wurde. Der Schatten ohne Ursprung wuchs weiter. Als er genauer hinschaute, bemerkte er, daß etwas Festes aus dem Kästchen stieg, etwas wie ein Päckchen aus gefaltetem Tuch. Hautdünne, riesige Flügel entfalteten sich und wurden vom Schatten umhüllt. Obwohl dieses Wesen selbst sehr mächtig war, spürte er doch, daß es vor ihm erbebte – vor den Namen, die er genannt hatte.
Er deutete auf die bewußtlose Gestalt auf dem Bett. »Trage das da lebend und unversehrt zum Meister in *Rajinagara* in den Bergen. Wenn es nicht mehr lebt ... du weißt schon, welches Leiden dann auf dich zukommt. Wenn du zur Barriere des Lichts kommst, dann rufe, und es wird dir ein Weg geöffnet. Geh jetzt oder leide!«
Die Antwort war ein kraftloses Winseln, und der riesige Schatten erhob sich in die Luft und schwebte neben dem Bett. Dünne Fasern, die stärker waren als Stahl, streckten sich aus dem kleinen Körper zwischen den Flügeln und wickelten sich um die Arme, die Beine und den Körper von König Chondos. Das Wesen schlug mit den Flügeln, hob den König hoch, schoß aus dem Fenster und wurde von der Nacht verschluckt.
Jodos schloß das Fenster. Jetzt brauchte er Zeit, um den Inhalt des Geistes, den er verschlungen hatte, zu untersuchen. Er wandte sich dem Leichnam zu, der seinen Diener beherbergte. »Geh zu deinem Platz im Gang«, sagte er. »Nutze die restli-

che Zeit deiner Wache dazu, den Geist, den du übernommen hast, zu studieren. Morgen mußt du sie davon überzeugen, daß du menschlich und lebendig bist, und daß nichts passiert ist.«

»Ich brenne!« stotterte das Ding. Mund und Zunge hatte es jetzt zwar besser unter Kontrolle, aber immer noch nicht richtig. »Hier ist Feuer in der Luft. Wenn ich lange bleibe, werde ich vernichtet!«

Ein merkwürdiges Gefühl, das er nicht benennen konnte, überkam Jodos. Diese schwache Kreatur würde in der Tat sterben, wenn sie zu lange hier bliebe. Obgleich das Netz der Energien, welches das Schloß beschützt hatte, gebrochen war, blieb doch noch ein starker Rest übrig, der nur zu beseitigen wäre, wenn man alle Hexenjuwelen an den Wänden entfernte. Und das wagte er nicht, denn es wäre sofort aufgefallen.

Wenn er eine der Juwelen, die er aus der Wand geholt hatte, der Leiche in die Hand pressen würde, müßte diese Kreatur sterben. Sie würde auch bei jeglichem Kontakt mit den übrigen Juwelen sterben. Warum ihn das so bewegte, verstand Jodos selbst nicht, aber wenn das Ding starb, würde er einen wichtigen Diener verlieren.

»Steh heute nacht Wache, und geh danach zur Kaserne. Dann geh nach einer Weile zum Kommandanten. Sag ihm, du seist krank, und bitte um Urlaub. Geh anschließend zum Haus von Jacopos und warte dort mit Hotar, bis ich dich rufe!«

Die Kreatur stolperte unbeholfen zur Tür und hinaus auf den Gang. Jodos zog die Kleidung, die er getragen hatte, geistesabwesend aus, während er den Geist seines Bruders durchforschte. Er hatte noch nie einen menschlichen Geist so vollständig untersucht. Es gab viel darin, was für ihn beunruhigend und unverständlich war. Er fand darin auch einen Namen für jenes merkwürdige Gefühl. Es hieß Mitleid.

In der Satragara füllten und leerten sich die Weinbecher. Lautes Gerede von Betrunkenen schallte fröhlich durch den Raum, und die alten takkarischen Könige blickten von den bemalten Wänden wohlgefällig auf ihre Nachfahren hinunter.

Um Pirthio verschwand der Raum in einem angenehmen Weindunst. Das dunkle Holz des alten Tisches vor ihm schien leicht zu verschwimmen, und als er den Arm hob, um den Kopf in die Hand zu stützen, schlug sein Ellbogen auf den Tisch.

Tunno setzte sich mit seinem massigen Körper neben ihn. »Hah!« donnerte er. »Hast du gesehen, wie die fetten Schweine wegen uns zur Seite gesprungen sind? Hah, ich wette, wenn einer von uns ein Schwert gezogen hätte, würden sie jetzt immer noch laufen!«

Pirthio gab ein zustimmendes Grunzen von sich und rülpste laut. Er wiegte den Kopf auf den Armen, hob den Weinkrug hoch und schüttelte ihn. Der schien noch nicht ganz leer zu sein. Er schüttete den Rest in seinen Becher, und als er sah, daß der Wein über den Rand seines Bechers auf den Tisch lief, goß er auch für Tunno nach.

»Das wäre ein Anblick gewesen!« murmelte Tunno mit schwerfälliger Stimme weiter. »Zeig ihnen ein paar Zoll Stahl und schau zu, wie sie weglaufen! Heh! Warum machen wir das nicht, hmm?«

Niemand antwortete, deshalb nahm er den Becher und trank. »Dann eben beim nächsten Mal«, murrte er. »Nächstes Mal ... ich wüßte zu gerne, wie schnell sie laufen können. Wie sieht ein fetter Mann aus, wenn er läuft? Heh! Ich rede mit dir! Wie sehen sie aus, wenn sie laufen, heh?«

Pirthio öffnete benommen ein Auge und versuchte, sich zu erinnern, ob er jemals einen Kaufmann hatte laufen sehen. Er kippte sich den Rest aus dem Becher in die Kehle. »Ich weisch nischt, obschie mit irrm Gewischt überhaup lauf'n könn'n«, lallte er. »Vleischt müscht'n schie von ihr'n Wäschtern getrag'n wer'n. Fallschie Wäschter überhaupp auf schie warten. Dasch'isch abber leischt rrrauschufinden.«

Etwas fiel mit lautem Knall um, dann sah er einen jungen Mann, der sich an den Tisch lehnte. Pirthio erkannte Ajesio von Kantakin, einen jüngeren Lord aus der Kantara, der, wie Pirthio wußte, gerade dabei war, in Mahapor eine Ehe mit einem Mädchen zu arrangieren.
»Worum geht es hier? Wer läuft?«
»Wir reden darüber, wie wir diese Schweine von der Küste einmal richtig erschrecken können«, sagte Tunno mit schwerer Stimme. »Laß ein bißchen Stahl aufblitzen und schau, wie schnell sie laufen.«
»Heeh!« Der Kantaraner richtete sich auf und kniff die Augen zusammen. »In der Gildenhalle der Flußmeister findet ein großes Festessen statt. Alle Fettwänste werden dort sein – die wirklich fetten, die großen, wichtigen und reichen. Warum statten wir ihnen nicht einen Besuch ab?«
Pirthio schüttete wieder aus der Flasche ein. Diesmal schien sie tatsächlich leer zu sein. Er stülpte sie über seinen Becher, und ein paar magere Tropfen tröpfelten heraus. »Mehr Wein!« rief er und schaute dann zu den anderen auf. »Wir sollten keinen ...« Er bekam einen Schluckauf. »Wir sollten keinen Streit anfangen. Wir dürfen keinen Aufruhr verursachen, nicht am Abend der Krönung. Nicht direkt nach Chondos' Krönung. Das wäre sehr ungehörig!«
»Jetzt ist der Morgen danach, nicht der Abend danach«, bemerkte Ajesio. »Und außerdem wollen wir auch gar nicht mit ihnen kämpfen, nicht wahr?«
»Nein!« sagte Tunno. »Wir werden nicht mit ihnen kämpfen. Nur ein bißchen erschrecken. Sehen, wie sie laufen. Vielleicht jagen wir sie ein wenig. Aber wir wollen sie doch nicht *erwischen!*«
»Aber nicht doch!« sagte Ajesio. »Das wäre unter der Würde von takkarischen Edelleuten. Edelleute kämpfen nur mit anderen Edelleuten.« Tunno nickte zustimmend.
Der Gastwirt kam mit einer Flasche Wein herbeigeeilt. »Der Wein aus Massadessa ist ausgegangen, verehrte Lords«, sagte er in bedauerndem Ton. »Aber vielleicht mögt Ihr den hier

auch? Es ist echter Onporfay, er kommt den ganzen weiten Weg von Virtera hierher.« Er öffnete die Flasche und schenkte ein wenig in Tunnos Becher.

Tunno roch mißtrauisch daran, nippte vorsichtig und ließ den Wein prüfend in seinem Munde ein wenig hin und her gehen, bevor er ihn schluckte. »Stinkt!« fauchte er und trank den Rest des Bechers aus. »Vielleicht haben die Schweine in der Gildenhalle guten Wein.« Er riß dem verblüfften Gastwirt die Flasche aus der Hand und stieg wankend auf den Tisch.

»Heh! Hört mal alle her!« Seine Stimme donnerte und übertönte das Geplauder. »Die dicken Kaufmannsschweine schmausen und saufen in der Halle der Flußschiffer. Wir werden ihnen einen tüchtigen Schreck einjagen. Sie müssen ein bißchen Respekt vor Edelleuten bekommen!« Er hielt inne und tat einen kräftigen Zug aus der Flasche. »Und wir werden uns auch etwas von ihrem guten Wein holen.« Er nahm noch einen Schluck. »Also kommt jetzt alle mit! Wir wollen doch mal sehen, wie schnell Kaufleute laufen können!«

Die Wächter in Agnasta und Rishipur waren nur ein paar Sekunden gewarnt, dann brach die Welle der schwarzen Macht über sie herein. Die Schutzschilde um die Türme leuchteten auf, und ihre Hilferufe hallten von Geist zu Geist entlang der gesamten Grenze.

Miron Hastur übersprang in einem Satz die etwa hundert Meilen von Eidelbonn nach Agnasta, wo er wie aus dem Nichts auftauchte. Er verband seinen Geist mit denen der übrigen Hasturs im Turm und unterstützte sie gegen den vernichtenden eisigen Angriff, der aus den Bergen herüberfegte. In den Ländern des Nordens läuteten in den Festungen der Lords der Kantara die Alarmglocken. Die Türme loderten in der Dunkelheit auf, während sie den Schatten zurückkämpften.

Und die Türme hielten stand. Während das lodernde Notfeuer die schrecklichen Mächte zurückdrängte, warf Miron seinen

Geist wie ein Seil über die Lücke zum nächsten Turm und verband ihn mit dem Geist von Amivahan Hastur in Rishipur. Zusammen versuchten sie, das zerstörte Netz zwischen den beiden Türmen wiederherzustellen. Ein brennender Strahl tauchte auf und pulsierte zwischen Agnasta und Rishipur.
Der Angriff hörte genau so plötzlich wieder auf, wie er angefangen hatte. Die Dunkelheit war still und leer. Die Hasturs warfen unzählige Pfeile in die überraschende Leere, Pfeile aus roher Energie. Aber die Luft, einen Augenblick zuvor noch von den schrecklichen Mächten der Dunklen Wesen erfüllt, war nun wieder still, eigenartig ruhig.
Sie warteten angespannt ab und bereiteten sich auf einen neuen Angriff vor. Ihre Körper waren unbeweglich wie Statuen, aber ihre Geister waren sehr beschäftigt: Sie testeten die Schutzeinrichtungen der Türme und machten sie bereit, und sie durchforschten die Dunkelheit nach Zeichen bösartiger Aktivitäten. Sie warteten und warteten.
Aber kein Angriff kam.
Die Spannung ließ allmählich nach. Sie zwangen sich dazu, sich zu entspannen, ohne ihre Wachsamkeit zu verringern. Nach einer Weile widmeten sie sich der Stärkung des Netzes zwischen den Türmen, und sie suchten auch das Land nach Kreaturen ab, die womöglich während des Angriffes über die Grenze geschlichen waren. Immer noch schauten sie in die Dunkelheit und erwarteten jeden Moment die tödliche, vernichtende Kraft der Dunklen Wesen. Aber die Zeit verging, und nichts geschah.
Wenigstens ist die Lage nun wieder normal, dachte Angiro Hastur. *Es wird bestimmt Raubzüge geben.*
Was ist ausgebrochen? dachte Miron als Antwort.
Die Stimme des alten Elnar Hastur klang durch all ihre Geister. *Nichts ist ausgebrochen. Etwas ging hinein.*

Der junge Baernarho DiVega, ein entfernter Vetter des berühmten Istvan, kämpfte mit Meditation gegen die Langeweile an. Er war aber nicht daran gewöhnt, bei so viel Krach und

Durcheinander zu meditieren. Und schon gar nicht angesichts so vielfältiger fleischlicher Versuchungen. Aber es war nun einmal seine Aufgabe, die Gildenhalle zu bewachen.

Immer wieder schaffte er es, seinen Geist mit Mühe von Gedanken frei zu machen, aber immer wieder ertappte er sich – entweder lauschte er den Worten irgendeines rüpelhaften Liedes, oder das Wasser lief ihm im Mund zusammen beim Geruch des Essens, oder seine Augen ergötzten sich an einer der köstlichen weiblichen Gestalten. Über seinen vielen Versuchen, diese Dinge wieder aus seinem Bewußtsein zu verbannen, wurde er schläfrig, und er mußte sich wieder einen Stoß geben, um wach zu werden. Dann fing alles wieder von vorne an, und er mußte seinen Geist von neuem reinigen. Es war ja auch nicht gerade ein leichtes Ziel, dieser Zustand, den er suchte, in dem der Geist gleichzeitig wach und leer war ...

Er stand neben dem riesigen Fenster der Gildenhalle. Das Fest war noch in vollem Gange, obwohl jetzt schon viel weniger Leute an den Tischen saßen und das Essen schon längst ausgegangen war. Jetzt ging es beim Feiern nur noch um Wein und Weiber und – nach der Art betrunkener Männer – um Gesang, wenn man ihr schiefes Gekrächze überhaupt so bezeichnen konnte.

Viele der weiblichen Bediensteten, die noch da waren, hatten Teile ihrer Kleidung verloren, und andere, die auf den Knien ihrer betrunkenen Gönner saßen, würden sicherlich bald auch noch weitere verlieren. Manche Gäste, die schliefen oder stockbesoffen waren, hatten allen Versuchen widerstanden, sie aufzurichten und ins Bett zu bringen, und sie lagen nun ausgestreckt auf den Tischen. Andere lagen unter den Tischen auf dem Boden. Dem Rest machte das nichts aus, denn sie alle waren viel zu betrunken.

Es war kurz vor Sonnenaufgang. Der Himmel im Osten wurde heller und blauer, und schwarze Sterne traten plastisch hervor. Aldebaran und die Hyaden glühten wie Perlen, und weit im Norden glühte Hastur in kristallinem Glanz. Drei

goldene Monde stiegen majestätisch über die Stadtmauer – dies waren die Monde, die die Menschen die Boten der Morgendämmerung nannten. Irgendwo krähte ein Hahn.
Pirthio folgte Tunno durch die dämmrige Straße. Seine Sinne waren vom Wein getrübt, sein Geist verwirrt. Er hatte das unbestimmte Gefühl, daß irgend etwas an dem, was sie tun wollten, nicht in Ordnung war und er es hätte verhindern sollen; aber es fiel ihm auch nicht ein, warum, und außerdem fiel ihm kein Argument ein, das Tunno hätte beeinflussen können. Also torkelte er hinter Tunno her. Der Frieden des Königs. Das war es. Sie durften den Frieden des Königs nicht stören. Aber das konnte man Tunno nicht sagen. Und außerdem wollten sie doch niemanden verletzen! Sie wollten nur ein paar fetten Idioten, die wahrscheinlich Verräter waren, einen Schreck einjagen. Und die Kaufleute selbst hatten bestimmt keine Lust auf einen Kampf!
Und was noch schlimmer war: Wenn er jetzt versuchen würde, sich aus der Affäre zu ziehen, könnte das seine ganze Arbeit mit Tunno und den anderen zunichte machen. Dies war ein weiterer Schritt auf dem Wege, Mahapor und Manjipor zu vereinen und Portona von seinen Verbündeten abzuschneiden. Vielleicht war das Ganze doch eine gute Sache, dachte er und bekam einen Schluckauf. Die Männer von Mahavara und Manjipé waren hier endlich zusammengekommen. Sie füllten hinter Pirthio und Tunno die Straße.
Sie machten ziemlichen Lärm, bis Tunno sich schließlich umwandte und ihnen befahl, still zu sein. Er mußte dies ein paarmal sagen, und er deutete dabei auf die Gildenhalle, die nun direkt vor ihnen lag. Mit Pirthios Hilfe schaffte er es schließlich, sie zu beruhigen. Dann schlichen sie auf das Gebäude zu.
»Was sollen wir tun?« flüsterte jemand. »Einfach durch das Haupttor hineinmarschieren?«
Tunno schüttelte den Kopf und deutete vage auf die rechte Seite des Gebäudes. »Die Fenster«, flüsterte er unklar. »An

der Seite. Hab sie mal gesehen, als ich hier war, um ... um Geschäfte für meinen Vater zu besprechen.«

Pirthio mußte kichern, als er das hörte – *Wir wissen, was das für Geschäfte waren* –, und er kämpfte verzweifelt gegen das Lachen an. Tunno war glücklicherweise zu betrunken, um dies zu bemerken.

Wie ein Bienenschwarm überquerten sie die Straße und gingen um das Gebäude herum zu der Seite, wo sich die riesigen Fenster wie Tore zu den Gärten hin öffneten. Sie hockten sich im Gebüsch nieder. Pirthio erschauerte vor Aufregung, er fühlte eine Gänsehaut auf den Armen. Aber irgend etwas beunruhigte ihn. Er versuchte festzustellen, was es war, während die anderen ihre Schwerter zogen und sich auf den Sturm durch die Fenster vorbereiteten.

»Denkt daran, wir wollen niemanden verletzen«, sagte er nach einer Pause. Er zog sein eigenes Schwert und stellte sich neben Tunno. »Schwenkt Eure Schwerter und schreit, so laut ihr könnt, aber verletzt niemanden.«

»Genau!« sagte Tunno. »Erschreckt sie ein bißchen. Bringt sie zum Laufen. Seid ihr alle bereit?«

Was für eine vergeudete Nacht, dachte Baernarho. *Wozu brauchen sie denn nur Wachen? Ich wünsche mir fast, es würde etwas passieren ...*

Er stieß die Luft aus seinen Lungen, hielt einen Moment still und atmete dann langsam und tief ein. Er trieb die ganze Unzufriedenheit aus seinem Geist und auch die Bilder von den Frauen dort unten. Er hielt den Atem an, dann atmete er langsam und ruhig wieder aus. *Ich habe keine Gedanken ...*

Hinter ihm ertönte ein Ruf. Als er sich umdrehte, sah er ein erhobenes Schwert, und seine Klinge flog aus der Scheide und schlug zu. Viele Schreie schmerzten in seinen Ohren.

Pirthio fiel ohne einen Laut nieder. Blut strömte wie ein Wasserfall aus seiner Kehle. Tunno schrie auf, als er sah, wie sein Freund fiel, und holte mit seinem Schwert zum Schlag

aus. Es fiel klirrend zu Boden, als die Klinge des Seynyorers sein Herz traf.
Ein weiteres Dutzend Männer drang ungeordnet durch das Fenster in den Raum ein. Die Hinteren stolperten über die Vorderen. Hinter sich hörte Baernarho die Schreie von Frauen, das Gelalle betrunkener Männer und die vielen Schritte seiner Kameraden, die ihm zur Hilfe kamen. Sein Schwert fuhr erneut in die Höhe, um einen Schlag abzuwehren, aber der Mann sprang zurück und stolperte gegen seine Kameraden im Fenster. Er merkte nun, daß diese Männer ausnahmslos betrunken waren. Er sprang auf das Fenster zu, und seine Klinge durchschnitt eine weitere Kehle. Zumio und Troel standen jetzt neben ihm. Auch sie griffen die Menschenmenge an. Er lächelte stolz.
»Du junger Narr! Du *idiotischer* junger Narr!« Der alte Palos DiFlacca lief an ihm vorüber. Er hatte sich irgendwo eine Hellebarde gegriffen; sein Schwert steckte noch in der Scheide. »Zurück!« Er schob Troel aus dem Weg, stieß einen der Angreifer mit dem Ende der Hellebarde zu Boden und stürzte sich dann auf die Meute im Fenster.
Baernarho hatte noch nie so etwas gesehen. Der alte Palos hielt die Hellebarde quer vor seinen Körper und blockierte so ein Dutzend Schwerter. Plötzlich schob er fast die ganze Gruppe wieder zurück durch das Fenster. Ein Mann stieß von der Seite auf ihn. Baernarho stürzte sich auf ihn und trennte den Kopf des Grenzländers von seinem Körper.
»Du sollst zurückbleiben, habe ich gesagt!« brüllte DiFlacca und stieß wütend mit dem Ende der Hellebarde auf Baernarho. »Hier wird nicht mehr getötet! Danel! Bernal! D'Ascoli!« Er stieß mit der Stange einem der Angreifer gekonnt zwischen die Beine. »Valanos! Hier! Hilf mir und halte diese Idioten zurück!«
Baernarho zog sich verwirrt und bedrückt zurück, als die Offiziere der Kompanie herbeigeeilt kamen. Er hatte gedacht, der Alte würde stolz auf ihn sein . . .
Aurel D'Ascoli hatte ebenfalls eine Hellebarde, und Valanos

DiVega und Bernal DiFlacca hatten sich lange Stangen besorgt. Danel DiFlacca hatte einen hölzernen Hocker. Die restlichen Wächter hielten sich zurück, jederzeit bereit, einzugreifen, falls dies nötig werden sollte, und sie schauten zu, wie die älteren Krieger geschickt fast ein Dutzend der Angreifer entwaffneten und kampfunfähig machten.

Merkwürdigerweise kämpften die Grenzländer gar nicht sonderlich stark. Ein Schwert stieß durch Vallanos Schulter, und Danel bekam einen Schmiß auf dem Gesicht ab, aber die Angreifer schienen irgendwie verwirrt zu sein. Sie zogen sich zurück und verschwanden im Morgennebel.

Dann war alles vorüber, und Palos schaute auf die Leichen auf dem Boden.

»Junge Idioten! *Verrückte* junge Idioten! Warum haben sie...?« Er weinte.

»Sie waren besoffen Herr«, sagte Baernarho. »Sie...«

»Ich weiß selbst, daß sie besoffen waren!« donnerte Palos. *»Und wieso denkst du, ich rede von ihnen?* Du schwachsinniger, hirnloser, mistköpfiger Esel! Wenn du gewußt hast, daß sie besoffen waren, warum mußtest du sie dann unbedingt töten?«

Baernarho blinzelte. »Aber Herr, sie haben mich doch *angegriffen,* sie haben...«

»Ich habe gesehen, was sie gemacht haben! Ich habe alles mit angesehen! Du hättest dein Schwert ziehen können, um sie damit zu blockieren, du hättest zurücktreten können, einfach deine Hand auf den Schwertgriff legen und bedrohlich dreinschauen können. Es gibt Dutzende von Möglichkeiten, wie du sie hättest entwaffnen können! Du bist hier, um Blutvergießen zu *verhindern,* nicht, um es zu verursachen! Diese Idioten hatten nicht vor, jemanden umzubringen! Wahrscheinlich wollten sie ein paar Kaufleuten den Hintern versohlen, weil sie ihnen auf ihre aristokratischen Zehen getreten waren!«

»Aber ich dachte...«

»Nein, du hast *nicht* gedacht. Du hast einfach zugestochen.« Er schaute auf den Boden und schüttelte traurig den Kopf. »Es gab keinen Grund dafür. Na ja, wenn ich diese Männer richtig erkannt habe, wirst du bald mehr mit Töten zu tun haben, als dir lieb ist, mein Junge.«

Immer wieder übte Jodos die Unterschrift seines Bruders. Er folgte den Linien in seinem Kopf und zwang sich gegen seinen reflexhaften Widerwillen dazu, die Hand richtig zu bewegen. Er studierte das Siegel sehr sorgfältig und erinnerte sich, wie es verwendet wurde.

Bedächtig schrieb er den Befehl auf, den er sich ausgedacht hatte. Er nahm sich viel Zeit für jeden Buchstaben. Endlich war er fertig. Er untersuchte das Siegel kritisch und verglich es mit Proben der Schrift seines Bruders, die er gefunden hatte, und auch mit den Erinnerungen seines Bruders.

Der Wächter Tonios, der Überbringer dieser Botschaft, wird ab sofort einem Sonderdienst zugeteilt und deshalb mit sofortiger Wirkung von all seinen sonstigen Pflichten befreit. Darunter hatte er mühsam eine Kopie von Chondos' lässigem Gekrakel gesetzt.

Er goß Wachs darauf, versiegelte den Brief und betrachtete dann sein Werk. Das war viel besser als sein ursprünglicher Plan. Sie hätten vielleicht den Heiler gebracht, und dieser hätte wohl sogleich erkannt, daß Tonios tot war, und er hätte sicher auch die Kreatur erkannt.

Chondos' Erinnerungen an die Arbeitsabläufe innerhalb des Palastes sagten ihm, daß die Wache bald gewechselt werden würde. Draußen zwitscherten die Vögel, und die Sonne schien bereits durch das Fenster.

Jodos war müde. Am Tag davor hatte er zuviel Angst gehabt, um schlafen zu können, und die Arbeit dieser Nacht hatte ihn erschöpft. Seine gesamte Kraft war verbraucht. Und jetzt mußte er den ganzen Tag über wach bleiben, um diese gefährliche Maskerade aufrechtzuerhalten. Bis die Meister kamen, um dieses Land mit ihrer besänftigenden Dunkelheit zu überziehen, mußte er im blendenden Licht der Zwillingssonnen leben und arbeiten.

Es mußte aber noch etwas erledigen; erst dann würde er vielleicht ein wenig schlafen können, bevor die anderen kamen, um ihn zu wecken. Er sammelte die Blätter ein, auf denen er Chondos' Unterschrift geübt hatte, und stopfte sie in einen Umschlag. Auf das oberste Blatt schrieb er zuerst: VERBRENNE DIES. Nachher fragte er sich, warum er das wohl getan hatte. Es war ziemlich unwahrscheinlich, daß Hotar seine Schrift lesen konnte. Vielleicht konnte es auch die Spinne; gewiß könnte sie das, wenn der Wächter jemals Lesen gelernt hatte. Er konnte aber auch mündliche Nachrichten senden. Er versiegelte den Umschlag mit dem königlichen Siegel und lächelte über seine eigene Raffinesse. Jetzt konnte diese Kreatur ohne Schwierigkeit den Palast verlassen. Es würde auch ganz unproblematisch sein, später ein Treffen mit ihr zu organisieren.

Er schlich aus dem Zimmer und ging durch den Gang zu dem toten Mann, der Wache hielt. »Zeig das hier deinem Kommandanten, dann wirst du ohne Probleme das Schloß verlassen können«, sagte er. »Sag ihnen nicht, daß du krank bist. Verbrenne den Umschlag, wenn du zum Haus von Jacopos kommst. Es sollte ...« Er erschrak und schaute auf. Männer der Palastwache marschierten durch den Gang auf sie zu. Tonios' Ablösung war da. Einen panischen Augenblick lang wollte er weglaufen, aber dann dachte er nach und blieb stehen, während die Männer auf sie zukamen. Das war ja noch besser.

»Hauptmann!« sagte er, als die Soldaten vor ihm stehenblieben. »Ich habe diesem Mann Tonios hier gerade eine besondere Aufgabe zugewiesen. Sieh zu, daß er von allen anderen Pflichten befreit wird.«

»Sire!« Der Mann salutierte und bemühte sich, seine Überraschung zu verbergen. Jodos fing ein paar seiner flüchtigen Gedanken auf: *Tonios? Der Glückliche. Kaum der richtige Mann für eine delikate Aufgabe. Leg dich nicht mit dem König an. Worum mag's wohl gehen? Und wieso ist der König schon so früh wach? Besondere Aufgabe? Hat wahr-*

scheinlich etwas mit Portona zu tun oder mit Mahapol. Der König ist schon dabei ...

»Sieh zu, daß der Gang hier ruhig bleibt, damit ich schlafen kann«, fuhr Jodos fort. »Bei all der Arbeit, die ich habe, um das Königreich unter Kontrolle zu bringen, habe ich viel Schlaf versäumt. Und gestern war auch nicht gerade viel Zeit zum Ausruhen.«

Während er wieder in sein Gemach ging, las er eine widerwillige Zustimmung im Geiste des Hauptmanns, der alle Zweifel beseitigte, die er zuvor möglicherweise gehabt hatte. Er sah auch seine Entschlossenheit, dem fleißigen König seine Ruhe zu erhalten, und den ängstlichen Respekt vor Chondos' bekanntem hitzigen Temperament.

Jodos lächelte, als er zurück in sein Zimmer ging. Er legte seine Robe ab und kroch ins Bett. Schon bald schlief er entspannt ein.

Der Schmerz bohrte in Istvans Seite, als seine Klinge durch einen Sonnenstrahl huschte. Er preßte die Lippen zusammen, um ein Stöhnen zu unterdrücken, und vollführte ohne Unterbrechung die nächste Bewegung. Er tanzte einen der einfacheren Übungstänze der alten Capiero-Schulen, ausschließlich einhändige Bewegungen. Er hatte sich gedacht, das würde seine verwundete Seite schonen.

Er wollte Schmerz und Zorn aus seinem Geist verbannen, nichts zwischen ihn und sein Schwert kommen zu lassen. Jeder Hieb sollte eine Meditation sein. Die Klinge glitzerte in der Sonne, als er sie zum Schutz über den Kopf hob, und anschließend pfiff sie zum Gegenschlag durch die Luft. Die Gartenblumen dufteten süß.

Ich will noch hundert Jahre lang den Morgen begrüßen ...

Du wärst dann aber schrecklich alt, sagte er spöttisch zu sich selbst. *Geh und such die Unsterblichkeit auf dem Markt, sieh, was der gängige Preis dafür ist.*

Ich will weder sterben noch alt werden.

Es ist ein wenig spät, dich vor dem Altwerden zu beschützen,

dachte er. *Das einzige Heilmittel gegen das Alter ist der Tod.*
Seine Klinge sauste pausenlos durch die Luft. *Jeder Hieb soll eine Meditation sein.* Eine frische Brise brachte den Duft des Meeres aus dem Norden. Der Geist stellte sich zwischen Seele und Schwert – und die beiden sollten doch eins sein. Vor allem die Angst vor dem Tode trennt Seele und Schwert. Dann zögert man im falschen Moment und verliert . . .
Aber auch das war die falsche Einstellung, denn das machte es ja wieder wichtig, am Leben zu bleiben. Und schließlich sollten Leben und Tod doch gleichgültig sein. *Das Geheimnis der wahren Schwertkunst liegt im ruhigen Akzeptieren des Todes.*
Es war töricht und zwecklos, die Angst vor dem Tod besiegen zu wollen, nur um dadurch besser kämpfen und länger leben zu können. Um das Leben zu kämpfen, war gleichbedeutend mit Angst vor dem Tode. Und er hatte schon viel zu lange gekämpft. Sein Können als Schwertkämpfer diente in erster Linie seinem Überleben, und sein Ruhm rührte daher, daß er mit dem Überleben sehr erfolgreich gewesen war. Also war er eigentlich dank seiner Feigheit berühmt.
Dieser Gedanke amüsierte ihn. Er war schon früh zu dem Schluß gekommen, daß Ruhm eine wertlose Sache war. Aber spirituelle Ruhe im Angesicht des Todes . . . Er vollführte einen langen Hieb mit der Klinge, und der Schmerz zerrte wieder an seiner Seite, als er sie zurückzog. Der Atem entwich zischend zwischen seinen Zähnen, und er fluchte lautlos.
Schmerz tut nur dann weh, wenn man Angst davor hat, dachte er, und dann war der Schmerz nur noch eine Empfindung unter vielen, die schnell vorüberging. Der Sieg über Schmerz und Angst: darin lag die wahre Meisterschaft. Das war wichtiger, als bloß am Leben zu bleiben.
Jemand rief seinen Namen, und er wirbelte herum, sein Schwert in Bereitschaft. Sein Vetter Firencio lief auf ihn zu.

Aus alter Gewohnheit wischte er die Klinge ab und stieß sie in die Scheide, während er darauf wartete, daß sein Vetter näher trat.
»Kampf zwischen den Wachen in der Gildenhalle der Flußschiffer und einer Gruppe von Grenzländern ...« Firencio war völlig außer Atem. »Der Sohn von Jagat ist tot, und der von Hansio auch. Die Leichen wurden gerade gebracht ...«

Jodos war schon fast eingeschlafen, als jemand an seine Tür hämmerte. Er brauchte gar keinen Ärger vorzutäuschen, und er brauchte auch nicht erst in den Geist seines Bruders hineinzuschauen, um die passenden Beleidigungen zu finden.
Lord Taticos stand in seinem Nachtgewand vor der Tür und rang die Hände. »Lord König, etwas Schreckliches ist passiert!« fing er an, und seine Stimme zitterte. »Es gab einen Kampf zwischen den Wachen, die Ihr beim Fest der Kaufleute eingesetzt habt, und ... und einer Gruppe von Grenzländern, die betrunken waren und einzubrechen versuchten ... einige von ihnen wurden getötet ... einer darunter war der Sohn von Prinz Hansio, und das bedeutet mit Sicherheit Krieg, und einer ... ein anderer war Pirthio. Es tut mir leid ...«
Jodos stand schweigend da und durchsuchte den Geist seines Bruders, um herauszufinden, welche Reaktion jetzt von ihm erwartet wurde. Taticos mißverstand sein Schweigen. »Ich wünschte, ich hätte es Euch nicht zu sagen brauchen. Ich weiß, daß er Euer Freund war. Es muß ein Schock sein ...«
Die Reaktionen, die er wahrnahm, verwirrten Jodos. Er verstand sie nicht. Aber als der Geist von Chondos ihm erklärte, was dies für das Königreich bedeuten könnte, mußte er ein grausames Lächeln des Triumphs verbergen. Das war ja besser als alles, was er je zu hoffen gewagt hatte!
»Lord Jagat wird ...« Taticos schüttelte den Kopf. »Er betete den Jungen an. Außerdem war er sein einziger Erbe, abgesehen von seiner Nichte. Die Toten befinden sich in der südlichen Kammer. Ihr müßt eine besonders nette ... Trauerbotschaft an ... an den armen Lord Jagat schicken.«

»Führt mich hin«, sagte Jodos.
Er folgte Taticos den Gang entlang. In seinem Kopf drehte sich alles, während er versuchte, die unglaublichen Dinge zu verarbeiten, die er im Geist seines Bruders vorfand.
Er konnte es nicht fassen. Warum sollte Jagat darüber trauern, daß dieser Auswuchs seines Körpers, der seiner Kontrolle entglitten war, nun tot war? Es sah ganz so aus, als ob er die Leiche nicht einmal verzehren würde! All dies machte doch keinen Sinn! Es mußte ein schreckliches Spiel sein, das sie da miteinander trieben, eine vereinbarte Charade, um ihre wahren Gefühle zu verbergen.
Aber dann sah er im Geist seines Bruders, unleugbar echt: Chondos hatte um den Tod seines Vaters *getrauert.*
Er ließ die Trauer eine zentrale Stellung in seinem Geist einnehmen, er verwandte sie als Filter für seine Gedanken, er versuchte, die Situation zu verstehen, in die das Schicksal ihn hineingeworfen hatte. Wenn das, was die Erinnerungen seines Bruders ihm über menschliche Verhaltensweisen sagten, stimmte, war dies eine große Chance . . . Aber *es konnte nicht wahr sein!*
Er hatte sehr viel Angst. Er durfte sich diese Chance nicht entgehen lassen, aber dies war gleichzeitig auch eine schwere Prüfung für seine Fähigkeit, sie davon zu überzeugen, daß er tatsächlich Chondos war. Wenn er scheiterte, wenn er es zuließ, daß sie seine wahre Identität erkannten, dann würden die Blauroben kommen, die Hasturs würden Feuer auf ihn legen, er würde brennen . . . Aber seine Mission *durfte* nicht scheitern. Er mußte sie schnell durchführen, während die Großen die Blauroben anderswo beschäftigt hielten, sonst würden sie ihn ohnehin finden.
Schnell! Er tauchte tief in den Geist seines Bruders ein und versuchte, eine Möglichkeit zu finden, sein Ziel zu erreichen, ohne daß sie Verdacht schöpfen könnten, er sei nicht Chondos.
Er folgte Lord Taticos in die südliche Kammer. Da lagen die Leichen kalt und mit einer Haut wie aus Wachs. Sie erinner-

ten ihn daran, daß er Hunger hatte. Er nahm den trauernden Gesichtsausdruck an, als er die Leiche von Pirthio erkannte.
»Wer sind die anderen?« fragte er. Es waren sieben.
»Wir wissen es noch nicht, Sire«, antwortete einer der Soldaten, die dabeistanden. »Wir erkannten nur die Söhne von Prinz Hansio und Lord Jagat. Keiner der anderen ist so bekannt, obwohl irgend jemand sagte, daß der da« – er zeigte mit dem Finger auf einen der anderen – »wie der Sohn von einem der Lords aus dem Westen von Manjipé aussieht. Vielleicht können einige der Gefangenen uns sagen, wer die übrigen sind.«
»Ihr habt Gefangene gemacht?«
»Ja, Herr. Der alte DiFlacca und einige seiner Männer haben es geschafft, mehrere von ihnen bewußtlos zu schlagen . . .«
»Gut. Sperrt sie ein. Bringt sie zum Reden. Laßt sie . . .« Er hielt inne. Er bemerkte rechtzeitig, daß ein Befehl seinerseits, die Gefangenen zu verprügeln oder zu enthäuten, ihn sofort verraten hätte. Das wäre gegen die Gesetze der Blauroben. »Fragt sie sehr sorgfältig aus. Ich will wissen, worum es hier ging«, sagte er, schwieg dann weise und schaute bewegungslos auf Pirthios Leiche. Er täuschte Trauer vor.
»Sire?« Einer der Soldaten stand plötzlich neben ihm. »Wir wollten Pirthios Leiche jetzt zu seinem Vater bringen. Wollt Ihr, daß wir ihm eine Botschaft von Euch übermitteln?«
»Ja, Lord König«, ertönte die Stimme Taticos' hinter ihm, »Ihr müßt Lord Jagat beistehen in seiner Trauer. Er war stets Euer treuer und ergebener Diener.«
Jodos traf eine Entscheidung. Diese Trauer über Zellen, die sich der Kontrolle entzogen, war ihm immer noch viel zu neu, aber Chondos' Mißtrauen Lord Jagat gegenüber, damit konnte er schon eher etwas anfangen. Er ließ das Hohnlächeln seines Bruders auf seinem Gesicht erscheinen und wählte seine Worte sorgfältig und Chondos' Wortschatz entsprechend aus.
»Treue und ergebene Diener«, sagte er, »sorgen dafür, daß der Frieden des Königs ungestört bleibt! Sagt Lord Jagat *dies* von mir . . .«, er wandte dem Soldaten seine merkwürdig

dunklen und schrecklichen Augen zu. »Euer Sohn ist bei offenem Widerstand gegen die Krone gestorben. Dies sollte für all die eine Lektion sein, die den Frieden dieses Königreichs gefährden wollen. Das sollte sich Lord Jagat gut einprägen . . .«

Taticos ächzte entsetzt.

»Und er möge sich vor einem ähnlichen Schicksal hüten! Überbringt ihm diese Botschaft, und zwar genau in diesen Worten!«

Der Soldat war ebenso bleich wie die Leiche neben ihm. »Aber Lord König!« flüsterte er. »Das ist keine Botschaft für einen trauernden Vater! Sicherlich . . .«

»Ihr werdet die Botschaft im genauen Wortlaut überbringen!« sagte Jodos mit der Stimme seines Bruders, die nun sicher und königlich klang. Er fixierte die Augen des Mannes mit seinen eigenen. »Genau die Worte, die ich gesagt habe, ist das klar?« Einen Augenblick lang versuchte er, aus alter Gewohnheit dem Mann einen Zwang aufzuerlegen. Dann fiel ihm ein, daß es hier möglicherweise Seher gab, die erkennen konnten, was er tat. Aber der Mann würde ihm auch ohne Zwang gehorchen.

»Aber . . . aber Herr!« erhob sich die winselnde Stimme von Taticos, und Jodos wandte sich ihm zu. Er fand im Gedächtnis seines Bruders genau die passenden Worte für diese Situation. Chondos hatte sie in seinem Kopf oft geübt und nur auf den Tag gewartet, an dem er sie aussprechen konnte.

»Ich will nicht mit einem senilen Greis argumentieren! *Ich* bin hier der König, nicht Ihr! Ich will Gehorsam, keinen Tadel!«

Lord Taticos schrak zurück vor ihm, und schon wieder bildete sich Chondos' Hohnlächeln auf Jodos' Lippen. Plötzlich gefror er, und Panik jagte durch seinen ganzen Körper. Ein Mann war in den Raum gekommen, der ein Schwert aus lebendigen Flammen an seiner Seite trug. Jodos verdrängte das schaudernde Entsetzen, das ihn verraten konnte, und suchte in Chondos' Geist nach Hinweisen – wie sollte er sich jetzt nur verhalten?

Das war also Istvan DiVega, der Vetter seines Vaters. Ein großer Krieger mit einer Hasturklinge. Er wußte, daß er nichts von dieser Klinge zu fürchten hatte, solange sie nicht gegen ihn gezogen würde. In dieser seiner Fähigkeit, sich der schrecklichen Macht nähern zu können und sie zu überleben, unterschied er sich von seinen Meistern. Aber er fühlte sich noch nicht bereit zu einer solchen Prüfung.

Er wandte sich wieder dem Soldaten zu. »Na, worauf wartest du noch? Los! Nimm die Leiche weg! Geh!« Er schaute zu, wie der Mann mit seinen Kameraden auf die Leiche Pirthios zuging, und wandte sich dann wieder an Lord Taticos.

»Ich gehe jetzt zurück in mein Gemach. Ich will schlafen und ... trauern.« *War das richtig? Hätte Chondos das gesagt?* »Stört mich nicht. Ich will allein sein.« Er zögerte und suchte in seinem gestohlenen Geist nach den richtigen Worten, um die Täuschung perfekt zu machen. »Später können wir darüber nachdenken, welche Botschaft wir an Prinz Hansio schicken.« Aber es blieb ihm keine Zeit mehr, denn der brennende Schrecken kam immer näher. Er wandte sich abrupt um und schritt aus der Tür. Es bereitete ihm große Anstrengung, nicht zu laufen.

»*Was hat er gesagt?*« DiVegas Stimme klang angestrengt und ungläubig.

»Er sagte, der Junge sei beim Widerstand gegen die Krone gestorben. Es solle eine Lektion für Jagat sein, sich vorzusehen. Lord Istvan, ich fürchte, der König ist verrückt geworden. Vielleicht hat ihm die Trauer um seinen Freund den Verstand geraubt! Diese Botschaft ...« Aber Istvan hatte sich schon abgewandt.

»Du da!« rief Istvan und gab ein Zeichen. Der große Soldat, auf den er gezeigt hatte, richtete sich auf. Schließlich kam er herbeigeeilt, als Istvan ihm weiterhin ungeduldig Zeichen gab.

»Lauf den Männern mit der Leiche nach. Hole sie ein und sag

ihrem Anführer, er solle die Botschaft *auf keinen Fall* weitergeben. Hast du verstanden? Auf meine Verantwortung! Schnell!«

Der Mann salutierte und verschwand rasch durch die Tür. Istvan dachte an den König und daran, wie er gerade ausgesehen hatte, blaß und aufgeregt. Dann wandte er sich wieder Taticos zu und sagte: »Firencio sagte mir, daß auch der Sohn von Prinz Hansio umgebracht worden sei. Welcher ist es?«

Er folgte Taticos zu dem Platz, wo die Leiche eines großgebauten Mannes lag. Die ganze Brust war mit getrocknetem Blut verklebt, das aus einer Wunde direkt über dem Herzen gesikkert war.

»Bist du dir sicher, daß er das ist?« fragte Istvan scharf. »Ist ein Fehler ausgeschlossen?«

Taticos nickte. »Ich hab ihn selbst einmal kennengelernt. Und fünf andere Männer haben ihn ebenfalls erkannt, seitdem er hier hereingebracht wurde. Das ist Tunno von Mahapor.«

Istvan schüttelte traurig den Kopf. Er sagte nichts, aber sein Geist arbeitete wie rasend. Er kannte die Vorzeichen von Krieg, und hier waren sie eindeutig zu erkennen. Er mußte Lord Shachio sprechen, und zwar schnell, und er mußte an alle Kommandanten von seynyorischen Einheiten im Grenzgebiet Botschaften entsenden. Shachio mußte alle Seher kontaktieren, in Manjipor und Mahapor, Ekakin, Udapor, Inagar, Anutapor ... Die Gedanken wirbelten in seinem Kopf, während er sich all der Namen zu entsinnen versuchte.

Er wandte sich erneut an Firencio: »Ich brauche Information aus den Akten. Ich muß wissen, wo jede Einheit in den Grenzlandprovinzen sich zur Zeit befindet. Alles, was südlich des Oda und des Hinarion liegt.«

»Bedeutet das Krieg?« fragte der junge Mann.

»Krieg?« Istvan lachte grimmig. »Wenn diese Nachricht die Grenze erreicht, werden die Seynyorer sehr schnell unbeliebt werden, zumindest bei den Freunden und Verwandten dieses armen toten Jungen.«

»Rache?« Firencio wirkte immer noch sehr jung.

Istvan seufzte. »Es ist mir egal, wie viele Vorträge über die Tugend der Vergebung und die Sinnlosigkeit der Rache du gehört hast. Wenn du einen Sohn hättest und seine Leiche vor dir liegen würde, dann würdest du kein Wort mehr verlieren.«

»Du willst also alle unsere Männer aus Mahapor holen.«

»Ja, und aus Manjipé ebenfalls. Nicht einmal Lord Jagat wird die Seynyorer nach diesem Zwischenfall noch lieben, besonders dann, wenn auch nur der geringste Teil dieser *idiotischen* Botschaft...« Er unterbrach sich und überlegte, was genau dieser schwachsinnige Junge gesagt haben mochte – Taticos mußte es wohl doch durcheinandergebracht haben – und was er damit wirklich gemeint hatte.

Chondos und Jagats Sohn waren gute Freunde gewesen. Er hatte sehr blaß und bestürzt ausgesehen, und er hatte den Raum fast fluchtartig verlassen, als Istvan eintrat. So kurz nach dem Tode seines Vaters und nach all der Aufregung des gestrigen Tages...

»Lord Istvan?« Es war Taticos, der direkt neben ihm stand. »Meint Ihr nicht, wir sollten mit dem König reden? Vielleicht...«

»Laßt den Jungen sich ausruhen«, antwortete Istvan. »Wenn wir ihn noch weiter belasten, könnte er am Ende wirklich verrückt werden. Und wer soll dann dieses Rattennest zusammenhalten?« *Damit war allerdings auch nicht gesagt, daß der Junge seine Sache bisher besonders gut gemacht hatte.*

Als erstes müßte er die Einheiten kontaktieren, die sehr weit entfernt waren, und sie auf schnellstem Wege wieder zurückrufen. Sie sollten sich bei Ojaini sammeln, das wäre wahrscheinlich sicher genug, und es war ein strategisch wichtiger Punkt – das wäre sehr nützlich, falls die Grenzländer einen Aufstand wagen sollten. Wenn sie einmal versammelt waren, würde man schon eine ziemlich große Armee brauchen, um etwas gegen all die Kompanien aus dem Süden ausrichten zu können. Er würde die Botschaft an Prinz Hansio erst dann losschicken, wenn schon alle Kompanien marschierten. *Leider müssen wir Euch informieren, daß ... Wir teilen Eure Trauer ... Wir haben traurige Nachrichten ... Euer Sohn und Erbe Tunno ... getötet von den Wachen bei einem Fest der Gilde der Flußschiffer ...*

Ja, das war es! *Getötet von den Wachen der Kaufleute von Portona und der anderen Städte* Man brauchte die Nationalität der Wachen nicht zu erwähnen, und man brauchte auch nicht zu sagen, daß sie von der Krone bezahlt wurden. Dadurch würde man im ungünstigsten Fall Zeit gewinnen, Zeit, in der er seine Männer abziehen und so ein Massaker vermeiden konnte. Und wenn alles gutginge, könnte dies sogar die bestehenden Verbindungen zwischen Mahapor und der Portona-Fraktion belasten und schwächen. Möglicherweise würde es den Krieg sogar ganz abwenden. Aber darauf setzte er nicht allzu große Hoffnung.

»Wo ist Palos DiFlacca? Ich will genau wissen, was wirklich passiert ist.«

»Habt Ihr gehört? Sie erzählen es im ganzen Palast. Gestern abend in der Gildenhalle gab es einen Kampf, und viele Edelleute des Grenzlandes wurden getötet. Irgendein DiVega erledigte den Sohn von Jagat und auch den Sohn von Prinz Hansio ...«

Jodos lag steif auf seinem Bett. Er mußte schlafen, wenigstens kurz. Er mußte den Geist seines Bruders durchforschen und lernen, wie er sprechen, wie er handeln mußte ...

Trotz der Angst schlief er allmählich ein, und wieder kam der Traum. Die Frau schrie, als ihr die Haut abgezogen wurde. Er wollte sie davon abhalten, aber er war umringt von Männern – großen Männern, Riesen, mehr als doppelt so groß wie er selbst. Ihre Hände bedeckten sein ganzes Gesicht, als sie ihn zurückstießen, aber er kämpfte weiter (*warum nur?*) und schlug mit seinen kleinen Fäusten, ohne etwas zu erreichen. Seine Augen waren voller Wasser, und er kämpfte und kämpfte, und sein Herz erstickte und tat weh ... (*Trauer!* Das

mysteriöse Gefühl dieser Sonnenmenschen! Er spürte sie in seinem Traum, sie war schon immer dagewesen, aber bisher hatte er nicht gewußt, was dies war!) ...und sie trugen ihn fort zu einem Platz, wo er die Frau nicht mehr sehen konnte, und jemand brachte ihm ein Stück Fleisch... es war gut, roh und blutig... das Schreien verstummte allmählich...
Ein Teil seines Geistes, der sich außerhalb des Traums befand, erkannte die Form des Fleischstückes und dachte, daß es sich wahrscheinlich um einen Teil der Brust jener Frau gehandelt haben mußte. Es war gut gewesen, denn es hatte sich noch Milch darin befunden.

»Es muß ein Teil eines Komplotts gewesen sein. Ich tippe darauf, daß der Sohn von Prinz Hansio eine Gruppe versammelt hatte, um DiVega umzubringen, und dann hat er irgendwie den Sohn von Jagat dazu überredet, mitzumachen. Sie sind in den letzten Wochen sehr oft zusammengewesen – ich habe sie überall in der Stadt zusammen gesehen. Sie haben dann also DiVega angegriffen, und er hat sie natürlich getötet. Er ist der größte Schwertkämpfer der Welt, weißt du...«

Herzog Thoros hörte die Nachricht noch am gleichen Vormittag, kurz nachdem er in das Schloß eingeritten war. Er lächelte. Jetzt schon ein Aufruhr? Vielleicht ein Zufall, aber immerhin ein gutes Omen. Kein Grund jedenfalls, seine Pläne zu ändern. Seine Gefolgsleute trugen alle große Umhänge über ihrer Livree, die sie auszogen, als sie in den Palast eintraten. Der Gang war einen Augenblick lang leer, mit Ausnahme eines Wächters, aber seine Sicht wurde von den Gefolgsleuten schnell blockiert. Sandor legte den Umhang ab. Darunter trug er die Livree von Prinz Phillipos.
»Denke daran«, flüsterte der Herzog, nahm den Umhang und legte ihn über seinen Arm, »der König geht oft allein in den Garten. Aber manchmal begleitet ihn Istvan der Bogenschütze. Halte dich von ihm fern.«

Sandors Mund verzog sich. »Ich kann mit DiVega fertigwerden!« zischte er.
Der Herzog zwang sich, geduldig zu sein. »Vielleicht, vielleicht auch nicht«, antwortete er sanft. »Aber nicht mit DiVega und dem König gleichzeitig. Nach allem, was ich gehört habe, ist der König ebenfalls ein guter Schwertkämpfer. Und du mußt *ihn* töten, nicht DiVega! Das Pferd wartet im Hof auf dich. Sobald es getan ist, reite zum Hafen.«
Sandor schnaubte. »Ich weiß selbst, was ich zu tun habe. Keine Angst.«
Er drehte sich um und ging in die entgegengesetzte Richtung, durch die dichten Gruppen der Diener des Herzogs. Der Wächter schaute auf und sah, wie ein Mann in der Livree von Phillipos aus der Gruppe der Gefolgsleute heraustrat, die der Herzog heute mit sich gebracht hatte. Ohne nachzudenken nahm er an, daß der Mann vom anderen Ende der Halle gekommen sei, um irgendein Geschäft für seinen Meister zu erledigen. Der Mann lächelte und nickte, als er vorbeiging. Das Gesicht kam dem Wächter bekannt vor, deshalb nickte er zurück.

»Lord Tunno ist tot!«
»Nein! Das kann nicht sein! Wie . . .?«
»Istvan DiVega hat ihn umgebracht. Istvan der Bogenschütze. Und eine Menge anderer Männer dazu: den jungen Rutnos und Jal von Ojadoin und Ditar . . .«
»Wir sollten die Stadt verlassen. Wir müssen dem Prinzen Bescheid sagen.«

Jodos zitterte, als er aufwachte. Er war in Schweiß gebadet und zitterte noch eine Weile. Er würde jetzt wohl kaum noch schlafen können. Und er wollte auch gar nicht mehr schlafen. Außerdem war Arbeit zu erledigen. Er fing an, den Verstand seines Bruders zu durchforschen, aber aus irgendeinem Grund beunruhigte ihn der Traum immer wieder neu. Er erinnerte sich daran, wie er das Gefühl der Trauer entdeckt hatte – das verwirrte ihn –, verbunden mit dem ihm bekannteren Gefühl

der Angst. Aber er konnte nicht verstehen, warum er trauern sollte, weil eine Frau ihrem Schicksal begegnet war. Und sie hatte doch gut geschmeckt.
Die Erinnerungen seines Bruders mußten wohl doch in den Traum eingedrungen sein, dachte er. Der Traum mußte sich geändert haben. Er selbst konnte doch ein solches Gefühl nicht spüren! In seinem ganzen Leben hatte er noch nie jemanden bemitleidet und *Essen* ganz gewiß nicht! Wozu waren Frauen denn sonst gut? Er bemühte sich, wieder in die Erinnerungen seines Bruders einzudringen. Er mußte zeigen, daß er tagsüber wach und beschäftigt war.

9

Martos zog sich langsam und glücklich an, während Mirrha die verschmutzten Laken vom Bett abzog. Da hörten sie aufgeregte Stimmen und das Getrappel vieler Schritte, und schließlich pochte jemand an die Tür.
Kumari rief Martos. Sie stürzte in die Kammer und fiel ihm in die Arme, und bevor sie ihr Gesicht an seiner Brust verbarg, sah er, daß es naß vor Tränen war.
»Suktio war hier, und Hamir von Inagar. Sie sagen ... sie sagen, es habe einen Kampf gegeben ...« Kumaris Stimme schwoll zu einem Kreischen an. »Pirthio ... sie sagen ... Pirthio ist *tot!*«
Er zog sie näher an sich heran, und sie versteckte wie ein ängstliches Kind das Gesicht im Stoff seines Waffenrocks. Mirrha keuchte hinter ihm entsetzt auf.
»Wie kann das nur wahr sein?« seufzte Kumari. »Wie konnte das passieren, so weit weg von der Grenze? *Hier* gibt es doch keine Dunklen Wesen! Nur *Menschen!*« Sie stammelte mit verstörter Stimme. »Und warum sollten *die* Pirthio nur verletzen wollen?«

Sie haben doch auch Männer gedungen, um Jagat umzubringen, dachte er, aber er konnte nicht sprechen. Seine Handfläche trommelte unbeholfen auf ihren Rücken. Ein unförmiger Kloß saß in seiner Brust und erschwerte ihm das Atmen.
Auf der darunterliegenden Etage wurde gegen eine Tür gehämmert. Die Stimmen verstummten. Kumari erstarrte in seinen Armen; ihre tränenerfüllten Augen schauten die seinen an. Er zog sich ein wenig von ihr zurück und hob sein Schwert auf, das neben dem Bett am Boden gelegen hatte. Mirrha saß in eine Decke gehüllt da und weinte.
Martos hielt Kumari mit einem Arm fest an sich gedrückt, während sie zur Treppe gingen; mit dem anderen hielt er das Schwert, jederzeit bereit, es hervorzuziehen. Von unten drang das Geräusch von Schritten nach oben, und dann das Knarren einer Tür.
Am oberen Ende der Treppe kauerte Kumari und fröstelte im Schutz von Martos' Arm. Vier Männer betraten den Raum in der unteren Etage. Sie trugen eine lange in Tuch eingewickelte Bürde bei sich. Zwei weitere Männer folgten ihnen. Sie alle waren in dunkle seynyorische Tracht gekleidet. Martos sah, wie Suktio und Hamir von Inagar zu ihren Schwertern griffen und eine Spannung sie ergriff.
Die Seynyorer legten die Kopfbedeckungen ab. Jagat erschien und ging auf das längliche Bündel zu, das die Männer auf den Boden gelegt hatten. Er streckte die Hand aus und verharrte einen Augenblick in dieser Stellung. Nach kurzem Zögern entfernte er schnell den Stoff von dem Bündel. Pirthios Gesicht starrte ihn mit leeren Augen an. Er hatte eine lange, klaffende Wunde unter dem Kinn. Sein Gesicht und seine Schultern waren mit getrocknetem Blut bedeckt. Martos spürte, wie Kumari in seinem Arm zitterte, aber sie schaute nicht weg.
Jagat streckte die Hand aus und berührte das Gesicht seines toten Sohnes. »Mein kleiner Junge!« Seine Stimme klang gebrochen und rauh. »Vor ein paar Jahren noch warst du so stolz auf dein erstes Spielzeugschwert.« Tränen strömten

über sein verwittertes Gesicht. Martos erkannte, daß er nicht zu jemand Bestimmtem sprach. Er mußte nur etwas mit seiner Stimme anfangen, sonst hätte er wohl schreien müssen.
Suktio sah aus wie eine Schlange kurz vor dem Angriff. Jagat hob sein graues Haupt. »Wer . . . ?« Er schüttelte den Kopf. Seine Stimme wirkte leblos. »Sagt mir, wie mein Sohn gestorben ist.«
»Es war ein Fehler, ein Versehen!« antwortete ein großer, ängstlicher Seynyorer mit aufgeregter Stimme. »Niemand wollte es. Wächter in der Gildenhalle glaubten, sie würden angegriffen, und niemand weiß, wie es . . .« Die Stimme erstarb unter Jagats Blick.
Als Jagat wieder zu Boden schaute, richtete sich einer der Söldner wie eine Marionette auf. Er war stämmig und dunkel, und seine Augen wirkten glasig. Er sprach: »Ich habe eine Botschaft . . .« Seine Stimme wirkte eigenartig angestrengt, als ob er gegen seinen eigenen Willen spräche. »Eine Botschaft vom . . . König.«
Martos sah, wie der große Mann, der zuvor gesprochen hatte, nun herumfuhr und aufgeregte Zeichen gab, aber Jagat schaute auf das Gesicht des Toten und sah die Zeichen nicht.
»Die Erde muß gefüttert werden«, Jagats Stimme zitterte. »Sagt mir, welche Botschaft schickt mir . . . der Freund meines Sohnes, der mein König ist?«
Der große Soldat packte den anderen fest, als wolle er ihn mit Gewalt zum Schweigen bringen, aber die angespannte Stimme erhob sich trotzdem. »Der König befahl – sage Lord Jagat – Euer Sohn ist in offenem Widerstand gegen die Krone gestorben. Dies soll all denen eine Lektion sein, die den Frieden dieses Königreichs stören wollen! Mögt Ihr, Lord Jagat, Euch dies gut einprägen . . .« Die Stimme zitterte merkwürdig, fuhr aber dann fort: »Und mögt Ihr Euch vor einem ähnlichen Schicksal hüten!« Der Sprecher stand da wie ein Idiot, und sein Kamerad schüttelte ihn.
Totenstille trat ein. Martos hörte, wie Suktio den Atem durch die Zähne zischen ließ, und sah, wie Hamirs Finger auf dem

Griff seines Schwertes weiß wurden. Jagat sprang mit einem erstickten Schrei auf und griff nach seinem Schwert.
Der stämmige Mann stand bewegungslos da und kniff die Augen zusammen, als der scharfe Stahl auf seinen Kopf zielte. Der Mann, der ihn zuvor geschüttelt hatte, zog ihn von der fallenden Schneide weg und schob ihn zur Tür.
»Nein!« rief der Große, als die übrigen Seynyorer nach ihren Schwertern griffen. »Nicht kämpfen! Raus hier!«
Sie liefen, und Jagat folgte ihnen dicht auf den Fersen. Er schlug unbeholfen durch die Luft, als ob er eine Axt in der Hand hielte und kein Schwert. Suktio und Hamir folgten Jagat mit gezückten Schwertern.
Der letzte Seynyorer wich einem Hieb aus und lief durch die Tür ins Freie. Jagats Schwert vergrub sich tief im Holz des Türpfostens. Er zerrte die Waffe aus dem Holz, blieb aber dann an der Türschwelle stehen. Suktio und Hamir stolperten gegen seinen Rücken, aber er stand einfach nur da, starrte hinaus auf die Straße und blockierte den Ausgang. Dann drehte er sich langsam um, und die beiden anderen wichen vor seinem furchterregenden Blick zurück. Er schritt auf Pirthios Bahre zu und schleuderte sein Schwert quer durch den Raum. Jagat fiel auf die Knie. Seine Hand zitterte, als er eine Locke aus der kalten Stirn des Toten schob. »Mein Sohn, mein kleiner Junge«, sagte er. *Schrecklich*, dachte Martos, *als ob Pirthio noch lebte, als ob er wieder ein kleines Kind wäre, das Trost brauchte.* »Kümmere dich nicht um sie. Laß dich nicht von ihren Worten verletzen.« Seine Stimme erhob sich zu einem entsetzlichen Schrei. »Ich werde mich so furchtbar rächen, daß die Menschen in tausend Jahren noch schaudern werden, wenn sie daran zurückdenken! Diese Wunde wird mit einem Strom von Blut bezahlt werden!«

»Hast du die geringste Idee, womit dies alles anfing?« fragte Istvan.
»Mit Alkohol!« schnaubte DiFlacca. »Sie waren alle betrunken wie die Stiere! Zu viel Wein und zu viel Stolz, das ist

alles! Sie haben einfach nicht damit gerechnet, daß irgend jemand es wagen würde, gegen *sie* zu kämpfen. Wenn dein schwachsinniger Vetter bloß anderswo stationiert gewesen wäre, diese...«

»Lord DiFlacca!«

Sie wandten sich um. Aus dem Zimmer, in dem die Toten aufgebahrt waren, stürmte ein junger Mann, dessen ausgebleichte rote Grenzlandrobe weniger abgetragen war als üblich. Holzperlenketten – die an der Grenze unbezahlbar waren – hingen um seinen Hals. Sein dunkles Gesicht wirkte besorgt.

»Ich bin gekommen, um zu sehen, ob es wahr ist«, sagte er, als er sie eingeholt hatte. »Unsterbliches Feuer! Der arme Tunno! Und man sagt mir, daß Pirthio ebenfalls getötet wurde. Fleisch der Erde! Und ich hätte sie davon abhalten können!«

Istvan starrte ihn an. DiFlacca bemerkte seinen verständnislosen Blick und trat schnell an die Seite des Grenzländers. »Lord DiVega, laßt mich Euch Rinmull vorstellen, den Lord von Ojaini. Das ist die große Stadt in der Kantara, ganz in der Nähe der Grenze.«

»Ich weiß selbst, wo Ojaini liegt«, sagte Istvan. »Ich bin schon dort gewesen. Vor langer Zeit. Der Lord der Stadt hieß damals...« Er hielt einen Augenblick inne und erinnerte sich dann wieder. »Purunos. War das Euer Vater?«

Rinmull schüttelte den Kopf. »Mein Großvater.« Er wandte sich an DiFlacca. »Manche meiner Männer waren auch dabei. Sie sind noch nicht zurückgekehrt. Da drin...« er machte ein Zeichen »...habe ich sie nicht gefunden. Sind noch andere Leichen weggenommen worden außer der von Pirthio?«

»Nein«, sagte DiFlacca. »Die restlichen sind alle da. Außer den Gefangenen. Wir haben einige festgenommen.«

»Kommt mit uns, Lord Rinmull«, warf Istvan ein. »Wir sind gerade unterwegs dorthin, um mit ihnen zu sprechen.« *Und wenn du dabei bist, könnte es sogar sein, daß sie tatsächlich antworten*, hoffte er, ohne dies allerdings zu sagen.

Von den Wandteppichen schauten die gewebten Augen von Kriegern aus den alten Zeiten auf sie hinab, während sie durch die langen, düsteren Gänge schritten.

»Was habt Ihr damit gemeint«, fragte Istvan nach einer Weile, »als Ihr soeben sagtet, Ihr hättet sie davon abhalten können? Könnt Ihr uns verraten, was sie getan haben?«

»Nein, das kann ich nicht«, antwortete Rinmull langsam. »Ich besuchte eine Dame. Als ich zurück zur Satragara kam, waren nur noch die Männer aus der Kantara da. Sie sagten, die anderen seien mit Tunno hinausgegangen, um Wein zu holen.«

»*Was?*« stieß DiFlacca verblüfft aus.

»Es hörte sich alles ziemlich unsinnig an«, sagte Rinmull. »Der massadessanische Wein war ausgegangen. Da forderte Prinz Tunno die übrigen auf, sie könnten sich in der Gildenhalle neuen holen. Meine Männer ... nur wenige sind mitgegangen. Die meisten hatten genug Intelligenz, um zu erkennen, daß es Ärger geben würde, aber ...« seine Stimme und seine Hände bebten »niemand hat *so etwas* erwartet! Sie haben selbst keinen Kampf erwartet! Sie waren viel zu betrunken, um zu kämpfen! Sie waren sogar so betrunken, daß sie kaum noch laufen konnten!«

Istvan nickte. Sein Blick war düster. Sie gingen schweigend weiter, und die Wachen von DiFlaccas Kompanie führten sie in einen großen, kahlen Raum, in dem ein Dutzend stöhnender Männer auf Matten lagen.

»Da liegt zumindest einer von ihnen!« sagte Rinmull.

Sie folgten ihm zum Lager eines hageren Jünglings. Obwohl der Stoff seiner braunen Robe geflickt und abgetragen war, wirkte seine Kleidung neuer – wenn auch einfacher – als die der anderen Männer. Als sie sich ihm näherten, erhob sich sein schönes dunkles Gesicht aus schützenden Händen, und seine Holzperlen klickten.

»Ajesio!« sagte Rinmull. »Was machst du hier? Was ist passiert?«

»Bitte schrei nicht so laut!« entgegnete der unglückliche

Grenzländer. Sein Gesicht zuckte. »Ich erinnere mich an nichts. O Mutter Erde! Nein!« keuchte er, und sein Gesicht verwandelte sich. Er starrte schockiert auf Rinmull. »Prinz Tunno ist tot, nicht wahr? Er wollte mir helfen, Sumitri zu heiraten! Pirthio auch... O heilige Erde!« Er verbarg sein Gesicht wieder in den Händen und schaukelte es hin und her.

»Aber worum ging es denn überhaupt?« fragte Rinmull. Ajesio hob den Kopf und rang die Hände.

»Es war...« er zuckte mit den Schultern »es war ein Scherz! Wir wollten nur... der Wein war ausgegangen. Und Tunno sagte... er hätte zu gerne gewußt, wie so ein Kaufmann laufen würde, mit all seinem Speck, und... und wie sie wohl beim Laufen aussähen. Wir wollten den fetten Verrätern einen gehörigen Schrecken einjagen, und dann... dann sah ich Pirthio und Tunno, sie lagen da und bluteten und... und... ich wollte kämpfen und dann... jemand hat mich am Kopf getroffen.« Seine blutunterlaufenen Augen fixierten plötzlich DiFlacca. »Du! Du warst es!«

Er versuchte aufzustehen, aber Rinmull drängte ihn zurück auf die Matte. »Das reicht, Ajesio!« Die Stimme des Lords von Ojaini klang streng. »Diese Idiotie hat den Frieden des Königs gestört. Jetzt bist du der Gnade des Königs ausgeliefert!«

Ajesio wurde wieder ruhig. Rinmull stand mit finsterem Gesicht auf und durchsuchte den Raum nach den übrigen fehlenden Männern.

»Ein Streich!« Istvan hörte die Stimme von DiFlacca, wie er vor sich hin murmelte. »Ein dummer Streich von Betrunkenen!«

»Ich werde nicht hier bleiben!« Die Stimme von Jagat hatte sich wieder verändert. Er klang wie ein gereiztes Kind. »Ich will nach Hause!«

»Ja, Onkel«, Martos erkannte die Stimme von Kumari neben sich, »aber zuerst muß die Erde gefüttert werden. Zuerst müssen wir...«

»Nein!« fauchte er. »Wir nehmen ihn mit nach Hause!«

»Onkel, das dürfen wir nicht!« rief Kumari, und auch andere

Stimmen erhoben sich um sie her. Aber Jagat übertönte sie alle.
»Wir nehmen ihn mit nach Hause!«
Martos schauderte und dachte an die lange Reise und die Hitze...
»Natürlich nehmen wir die Asche mit aufs Land, Onkel«, sagte Kumari. »Aber die Riten müssen hier ausgeführt werden!«
»Nein!« sagte Jagat. »Ich nehme meinen Jungen mit nach Hause! Wir kaufen bei der Gilde der Transporteure eine Kiste. Es *ist* möglich! Ich bin nicht verrückt! Noch nicht! Aber ich bleibe *nicht* in dieser Stadt, um meinen Jungen zu verbrennen, in der Stadt dieses undankbaren Hundes, für den er gestorben ist! Dieser Hund, der ihn einen Verräter genannt hat! Ich diene diesem Hund nicht mehr, und ich opfere auch nicht noch einmal das Leben meines Volks, um für den Hund einen Thron zu erhalten, den er nicht verdient!«
Hamir und Suktio blickten einander in die Augen. Jagat sah den Blick nicht, aber Martos sah ihn, und sein Kiefer erstarrte in kalter Wut.
Hat es sich jetzt für Euch gelohnt? dachte er. *Ist der entsetzliche Schmerz dieses alten Mannes euch jetzt gerade recht, weil ihr ihn für eure edle Sache gewinnt?*

Lord Andrios war außer sich vor Freude: Herzog Thoros hörte seine Stimme schon vom anderen Ende des Gangs. Der Herzog hielt vor der Tür an und wartete horchend.
»...und jetzt wird es endlich zu Taten kommen!« hörte er die Stimme von Andrios. »Der alte Hansio wird nun nicht länger untätig herumsitzen! Die Tage der Tyrannei sind vorüber! Wir werden uns erheben – alle Städte werden sich erheben –, sobald Hansio etwas unternimmt! Dann werfen wir die Steuereintreiber hinaus, und der Rat der Gilden wird über ein freies Portona regieren, wie zur Zeit unserer Väter!«
»Uns erheben? Die Steuereintreiber hinauswerfen? *Womit denn?*« entgegnete Lord Dimetrios. Herzog Thoros mußte

nun etwas sorgfältiger zuhören; die Stimme von Dimetrios war nicht besonders laut. »Unsere Seynyorer haben sich gegen uns gewandt, und unsere Carrodier wollen ihre Verträge kündigen! Was bleibt uns da noch übrig, womit wir uns erheben *könnten?*«
»Das Volk natürlich! Das Volk in den Städten wird die Diener des Tyrannen hinauswerfen! Was ist eigentlich mit dir los?«
»Das Volk«, sagte Dimetrios verächtlich. »Natürlich! Wilde Meuten siegen doch stets über Berufssoldaten – in Kindermärchen vielleicht! Was mit *mir* ist? Ich glaube, du hast den Verstand verloren! Du bist ja nur froh, daß Hansios Sohn getötet worden ist! Wenn Hansio dich so schadenfroh sehen würde, dann . . .«
»Er kann es aber nicht! Ich verstehe dich nicht! Der Tyrann hat keine Chance! Er hat die Unterstützung von Jagat verloren, und jetzt, wo Hansio nach seinem Blut trachtet . . .«
»Du hast natürlich nicht bedacht, daß Hansio möglicherweise eher nach *unserem* Blut trachten könnte?«
»Wovon redest du?« Andrios' Stimme klang verwirrt.
»Der Kampf fand bei *unserem* Fest statt. Tunno führte einen Angriff auf *uns* an! Wenn sein Vater etwas *davon* erfährt, kann es sein, daß er den König vergißt und *uns* jagt! Was dann?«
»Dann ist es die Pflicht des Königs, uns zu beschützen!«
Herzog Thoros lächelte. Er hörte, wie Dimetrios lachte.
»Und was ist, wenn dieses Haustier von Ipazema, dieser Schwertkämpfer den König tötet? Wer wird uns dann gegen Hansio und seine Grenzländer beschützen?«
»Dann holen wir uns Söldner.«
»Mit dem Geld, das wir dann an Steuern sparen? Wo liegt denn da der Unterschied? Entweder bezahlen wir Ausländer, um uns zu beschützen, oder wir zahlen die gleiche Summe an den König.«
»Lord Dimetrios! Ihr überrascht mich!« Andrios' Stimme klang jetzt ehrlich empört. »Söldner würden sich nicht anma-

ßen, uns zu sagen, wie wir unsere Stadt regieren sollen! Und die Steuern für ihre Bezahlung werden von den rechtmäßigen Oberhäuptern der Gilden erhoben. Nun ...«

Herzog Thoros betrat laut hustend den Raum. Er blickte sie finster an, als sie sich umdrehten, um ihn anzustarren. Er verzog deutlich sichtbar den Mund. »Ihr seid mir tolle Verschwörer!« fauchte er. »Ihr schreit ›Hochverrat‹, so laut ihr nur könnt, ihr nennt Namen und Einzelheiten von Plänen, und das alles so laut, daß ich es am anderen Ende der Halle noch verstehen konnte! Ich würde euch allesamt sofort fallenlassen, ihr Idioten, aber ihr würdet euch dann wahrscheinlich erwischen lassen und mich verraten!«

Sie schraken vor seinem stechenden Blick zurück, und er mußte ein zynisches Lächeln verbergen. Nun hatte er sie in seiner Macht.

»Wie ich höre, habt ihr die Nachricht über den Sohn von Jagat schon vernommen«, sagte er, »aber es gibt noch etwas anderes, was ihr wahrscheinlich noch nicht gehört habt, obwohl der ganze Palast davon redet: Die Botschaft, die Chondos an Jagat geschickt hat, war sogar an seinen eigenen Maßstäben gemessen taktlos. Er hat Jagat einen Verräter genannt oder so etwas ähnliches. Das Gerücht ist natürlich mit der Zeit angewachsen, aber ein Drittel des von Lord Dimetrios erwähnten Dreifußes ist weg. Das andere Gerücht, das in der gesamten Stadt kursiert, besagt, daß Istvan der Bogenschütze die jungen Idioten umgebracht haben soll!«

»*DiVega?*« rief Andrios. »Er war nicht einmal da!«

»Ich habe ja auch nicht gesagt, daß *ich* es glaube! Aber an deiner Stelle würde ich die Geschichte so weit verbreiten wie nur möglich, und ich würde sicherstellen, daß sie auch in ganz Mahapor bekannt wird!«

Traurige Männer ritten hinter Lord Jagat her aus der Stadt. Vier Pferde trugen eine luft- und wasserdichte Vorratskiste, wie man sie zum Transport von Lebensmitteln und Wein verwendete. Martos wunderte sich über die Geschwindigkeit

und die Effektivität, mit der die Grenzländer gehandelt hatten. Er hatte nicht einmal Zeit gehabt, sein großes Schwert und den Rest seiner Kriegsrüstung auszupacken. Nur sein Rapier hatte er zur Hand, dessen Griff nun aus der Sattelscheide in der Nähe seines rechten Oberschenkels herausragte.
Hamir von Inagar und seine Männer waren zu ihnen gestoßen: Damit waren sie insgesamt über fünfzig kampffähige Männer. Sie nahmen nicht die Straße nach Ojaini, sondern folgten statt dessen einer schmalen Straße zum Hafen und ließen sich über die breiten Gewässer des Pavana übersetzen. Auf dem orissianischen Ufer wandten sie sich nach Süden: Dies war eine direktere Route, aber auch eine schwierigere und eine, die nur selten benutzt wurde.
Martos machte sich Sorgen. Als sie gepackt hatten, war er zu Kumari gegangen und hatte den Arm um sie gelegt. Er wollte sie nur trösten, aber sie hatte sich entsetzt abgewandt und ›*Nicht jetzt!*‹ gerufen. Er war verwirrt und verletzt und verstand ihre Reaktion nicht.

Jodos, der gebadet und sich angezogen hatte, bewegte sich mit erstaunlicher Sicherheit durch das für ihn fremde Hofleben. Er kontrollierte seine Panik mit einer Sicherheit, die nur durch lange Übung zu erklären war. Sein wichtigster Ratgeber war der Geist seines Bruders in seinem Gehirn, durch den er immer wieder erfuhr, wie er sich verhalten mußte.
Er lächelte in den richtigen Augenblicken und an den richtigen Stellen, gab die nach der Etikette richtigen Antworten auf Begrüßungen und vermied es, längere Unterhaltungen zu führen. Er studierte, was in den Köpfen der Menschen seiner Umgebung vorging, um so seine Täuschungskünste einschätzen zu lernen. Die meisten schienen zu glauben, daß er von der Krönung erschöpft sei oder über Pirthios Tod trauere. Offensichtlich hielten alle sein Verhalten für merkwürdig – er registrierte sorgfältig die Gründe hierfür, um seine Rolle weiter perfektionieren zu können –, aber niemand hätte die Wahrheit auch nur vermutet.

Seine Angst ließ nach. Sie kamen gar nicht erst auf die Idee, sie waren ganz einfach zu blöde, sich einen solchen Tausch überhaupt vorstellen zu können! Allerdings vermied er es wohlweislich, den Heilern des Schlosses oder Lord Shachio zu begegnen.
Die bloße Anzahl der Menschen in seiner Nähe erfüllte ihn mit Entsetzen. Er erinnerte sich daran, daß sein Bruder oft in die Einsamkeit des Gartens geflohen war, und so machte auch er sich auf den Weg dorthin. Der Garten war mit abscheulichem Leben erfüllt. Der Geist seines Bruders versicherte ihm zwar, daß all dies harmlos sei, aber der Argwohn, der ihn in jenen langen Jahren im Schatten am Leben erhalten hatte, ließ ihn Gras, Laub, Vögel, Insekten und Blumen mit äußerst mißtrauischen Augen betrachten.
Das Licht war ihm viel zu grell. So saß er geziert auf einer schattigen Bank und studierte den Geist seines Bruders. Seine größte Gefahr war Lord Shachio. Er mußte eine Möglichkeit finden, den Geist des Sehers in Besitz zu nehmen – behutsam und ohne Spuren zu hinterlassen . . .
Plötzlich fühlte er, daß ihn feindliche Augen beobachteten. Ohne sich umzudrehen, studierte er die Gedanken des Mannes, der von hinten auf ihn zukam. Offenbar wollte er sich ihm nähern, um ihn zu töten. Stiefel bewegten sich ohne Eile über das Gras direkt auf die Bank zu, auf der er saß. Der Geist des Mannes zeigte ihm einen Sprung, eine Drehung und einen Schnitt an – alles war sehr hübsch geplant.
Jodos überlegte. Er würde den Mann töten müssen. Es war eigentlich schade; dieser Sandor hätte ihm nützlich sein können. Es war drei Jahre her, daß der Finger des Blaugerobten seine Stirn mit jenem Zeichen markiert hatte *(Blut, Schreie, die kopflose Leiche einer Frau . . .)*, und dieser Mann hatte mit Hilfe seiner Intelligenz und seines Schwertes überlebt. Er hatte viel Zeit gehabt, seinen Haß zu pflegen, seitdem er die Hoffnung aufgegeben hatte, daß er sich durch Kampf an der Grenze rehabilitieren könnte . . .
Sandor hatte sein Ziel fast schon erreicht. Noch ein Schritt,

dann würde er springen und sein Schwert ziehen, und es würde hervorschnellen und die Kehle der arglosen Gestalt auf der Bank treffen. Und niemand war in Sichtweite! Er würde Zeit zum Entkommen haben, vielleicht sogar Zeit genug, um auch Prinz Phillipos zu finden und sich auf diese Weise noch ein wenig dazu zu verdienen... Er spannte sich an zum Sprung.

Jodos stand auf, drehte sich um und fixierte den Blick des Mannes. Sandor taumelte zurück. Seine Hand schien am Schwertgriff festzukleben. Jodos lächelte und studierte das Bild des Herzogs von Ipazema in Sandors Geist. Er konnte sich denken, welche Pläne der Herzog hatte. Das entnahm er Sandors Erinnerungen an Gespräche mit dem Herzog. Mit einem verzweifelten Ruck konnte Sandor schließlich doch sein Schwert ziehen. Sein Blick war allerdings immer noch von den riesigen dunkeln Augen gefangen. Er torkelte mit unsicheren Schritten nach vorn. Er wußte, daß er töten mußte, um sich selbst befreien zu können. Jodos genoß die inneren Kämpfe des anderen. Er zog sein eigenes Schwert und studierte den gefangenen Geist eingehend. Er ließ Sandor sein Schwert heben. Das paßte zu seinem Plan. Er würde es seinem Opfer gestatten, einen ersten Schlag zu tun, und dann...

Als der Schlag kam, geschah dies so plötzlich und so schnell, daß Jodos gerade noch zur Seite stolpern konnte. Der trainierte Schwertarm seines Gegners war fast völlig unabhängig von seinem Geist. Jodos streckte seine Klinge vor sich, setzte sie unter Sandors Arm zwischen die Rippen und stemmte sich mit seinem ganzen Gewicht darauf.

Als Sandor aufschrie, liefen aus dem ganzen Schloß Männer herbei, gerade rechtzeitig, um zu sehen, wie der König sein blutiges Schwert aus der Leiche zog, die nun auf dem Gras lag. Der Hauptmann der königlichen Wache erwartete, angeschrien zu werden. Also gab Jodos ihm, was er erwartete. Die Worte, die er dabei verwandte, entnahm er fast alle unmittelbar dem Geist des Hauptmanns, der zuerst rot und später

weiß wurde. Jodos beobachtete währenddessen höchst interessiert den Geist des Mannes. Als er mit seinem Tadel geendet hatte, befahl er ihm, Prinz Phillipos festzunehmen. Lord Taticos, der händeringend hinter ihm stand, protestierte.
»Wessen Livree ist das?« sagte Jodos wütend und deutete mit seinem blutigen Schwert auf die Leiche.
»Die des Prinzen, Sire, aber . . .«
»Also zuerst Prinz Phillipos, *dann* suchen wir nach den übrigen!« Er schaute sich schnell um und wählte einen seynyorischen Offizier aus, der in der Nähe stand.
»Du! Geh mit deinen Männern und nimm Lord Jagat fest.«
Stummer Protest wirbelte durch den Geist des Mannes, aber schließlich salutierte er doch und machte sich auf den Weg.
Taticos ließ ein leises würgendes Geräusch vernehmen.

Istvan DiVega stieß einen tiefen Seufzer aus.
»Warum«, fragte er verzweifelt, »hast du die Botschaft doch übermittelt?«
»Ich . . . ich weiß es nicht, Herr.« Lucarrho D'Estarras schüttelte den dunklen Kopf. »Ich . . . ich konnte dem König nicht ungehorsam sein, Herr! Ich wollte es, ich stand da mit geschlossenem Mund, und dann . . . dann war mir, als ob ich mich selbst von außen beobachtete und . . . und . . . es tut mir leid, Sire!«
»Die Unfähigkeit, Befehle zu ignorieren, wenn die Umstände es erfordern, ist eine große Schwäche«, sagte Istvan langsam. Sein Atem entwich explosiv zischend aus seiner Kehle. »Jedenfalls zeigt dies möglicherweise, daß der Junge irgendwo doch zumindest ein Fünkchen Führungstalent besitzt. Wie lautete die Botschaft genau? Erinnere dich an den genauen Wortlaut!«
D'Estarras' Augen wurden starr. »Euer Sohn ist in offenem Widerstand gegen die Krone gestorben«, sagte er mit rauher Stimme. »Dies soll all denen eine Lektion sein, die den Frieden dieses Königreichs stören wollen! Lord Jagat möge sich

dies gut einprägen ...« Er hielt einen Moment lang inne. »Und er möge sich vor einem ähnlichen Schicksal hüten!«
Istvan blickte etwas verständnislos drein. Der Mann mußte die Botschaft wohl doch verdreht haben. Nicht einmal Chondos konnte so herzlos und dumm sein! D'Estarras' Augen wirkten irgendwie merkwürdig. Stand der Mann unter einem Zwang? Besaß Chondos *diese* Macht? DiVega-Blut und Grenzland-Blut von der anderen Seite. Er mußte mit Lord Shachio reden ...
Firencio DiVega platzte in den Raum herein. »Der König hat im Garten einen Meuchelmörder getötet! Der Mann trug die Livree von Prinz Phillipos. Der König hat den Prinzen festnehmen lassen.«
»Ich komme gleich!« sagte Istvan. »D'Estarras! Ich werde später noch einmal mit dir reden müssen!«
»D'Estarras?« sagte Firencio und schnappte mit den Fingern. »Lucarrho D'Estarras aus DiFlaccas Kompanie?«
»Jawohl!«
»Fernan DiGarsa suchte nach Euch«, sagte Firencio. »Es ist ziemlich dringend.«

Herzog Thoros genoß in Ruhe seinen Wein, als der Mann, den er als Beobachter im Schloß eingesetzt hatte, in den Raum stürmte. Der Herzog setzte den Becher ab. »Ihr bringt Nachrichten«, sagte er und streckte seine Hand nach der Klingel auf dem Tisch aus. »Wenn der König tot wäre ...«
»König Chondos hat einen Meuchelmörder getötet, Lord!« Die Stimme des Mannes klang schockiert. »Im Schloßgarten.«
Thoros' Hand erstarrte. »Einen Meuchelmörder? Was ...« *Sandor?* Unmöglich! »Wie war er gekleidet?«
»Man sagt, er habe die Livree des Prinzen Phillipos getragen. Lord, der Prinz ist festgenommen worden. Ich habe auch gehört, daß Männer zum Hause Lord Jagats geschickt worden seien.«
Die Hand des Herzogs griff hastig nach der Klingel, schüttelte

sie wütend und tastete dann fahrig nach dem Weinbecher. Unmöglich, daß Chondos Sandor getötet haben sollte! Nicht einmal Olansos hätte es in seiner besten Zeit mit diesem großen Kämpfer aus dem Norden aufnehmen können! Phillipos festgenommen! Dabei würde es wohl nicht lange bleiben. Aber in der Zwischenzeit würde der Norden bereit sein mitzumachen. Und wenn *Jagat* auch noch festgenommen würde...

Jetzt war die Zeit vorbei, Pläne zu schmieden und darauf zu warten, daß jemand anderes einen Zug setzte. Lutazema und Poidia würden sich jetzt auf ein Wort von ihm hin erheben. Sein Plan war mißlungen, aber dadurch war eine Situation entstanden, die ein mutiger Mann für sich nutzen konnte. Nun war die Zeit der Wagnisse und Taten gekommen.

»Laß mir mein Pferd bringen!« befahl er dem Mann, der auf das Läuten hin erschienen war. »Und dann erteile alle notwendigen Befehle zum Aufbruch: Mein gesamter Troß muß heute packen und aufbrechen. Alle müssen bis Sonnenuntergang auf dem Schiff sein!«

Als der Mann gegangen war, schenkte er sich neuen Wein ein, um seine Nerven zu beruhigen. Es war kaum möglich, daß man Sandor mit ihm in Verbindung bringen würde, es war aber wohl trotzdem besser abzureisen. Zwar könnte man seine Flucht als Beweis seiner Schuld betrachten, aber die Stadt war voll von abreisenden Edelleuten, und er hatte seine Pläne absichtlich im unklaren belassen.

Er schaute sich rasch im Raum um. Es könnte sein, daß er nie wieder hierher zurückkehren würde... Poidia. Unterwegs zur Tür griff er nach seinem Reitumhang. Er sollte Lord Enricos mitnehmen. Der Mann könnte sich als sehr wertvoll erweisen, denn mit seiner Hilfe könnte man Poidia dazu bringen, sich rechtzeitig zu erheben...

Also zuerst Lord Enricos, und dann nach Portona und auf sein Schiff!

Istvan starrte erstaunt auf das Gesicht des Toten. »Himmel und Erde!« keuchte er. »Das ist...« Er wandte sich an einen der Wächter. »Hol mir ein nasses Tuch.«
Der Mann starrte ihn verständnislos an, ging aber dann. Istvan wandte sich wieder der Leiche zu. Er untersuchte das Gesicht genau und schob die Haare aus der Stirn des Mannes.
»Kennst du ihn?« fragte Firencio. »Wer ist das?«
Istvan strich sich nachdenklich über den Bart. »Wenn ich mich nicht irre, ist das Sandor Agloress. Wir werden es gleich wissen.«
Firencio schaute verwirrt drein, als der Wächter mit einem nassen Handtuch zurückkehrte. »Die Familie Agloress ist ziemlich groß«, sagte Firencio.
»Hast du nie von Sandor von Anganvar gehört?« fragte Istvan. Er nahm das Tuch und bückte sich, um damit über die Stirn des Toten zu reiben. Als er schließlich das Tuch wieder entfernte, war das Zeichen Hasturs deutlich auf der Stirn zu sehen.
Firencio pfiff. »Anganvar! Ja! Jetzt erinnere ich mich daran! Er tötete eine Frau, nicht wahr? Während dieses dummen Streits zwischen den Agloress und den Levengur?«
Istvan nickte. »Es war ihm nicht genug, seinen Feind zu töten, er hat auch die Frau getötet, und er wollte auch die Kinder umbringen, aber davor haben ihn seine Männer zurückgehalten. Man sagt, er sei der beste Schwertkämpfer in Chilebinor gewesen. Chondos muß besser kämpfen, als ich dachte.«
Er untersuchte die Wunde kritisch. Ein merkwürdiger Winkel. Er muß einem Schlag aus dem Weg gesprungen sein und dann zugestoßen haben. Ich selbst hätte geschlagen, nicht gestoßen. Schien ein netter Kampf gewesen zu sein.

»Ich segle heute abend ab!« sagte Herzog Thoros dramatisch. »Komm mit auf mein Schiff. Die Zeit ist reif!«
»Wollt Ihr damit sagen, daß der König tot ist?« Enricos wirkte überrascht.

»Das Königreich fällt auseinander«, antwortete der Herzog. »Jagat und Phillipos sind beschuldigt worden. Der Norden ist führerlos! Aber Verzögerung könnte alles zunichte machen! Reitet mit mir zu meinem Schiff! Laßt Eure Diener packen!« Er beobachtete Enricos genau und bemerkte sein Zögern.
»Warum?« sagte Enricos. »Wenn alles doch so gut steht...«
»Kommt Ihr mit oder nicht?« entgegnete der Herzog. »Ich zumindest bin bereit zu handeln! Auch Lutazema wird sich erheben, und der Erfolg ist sicher, wenn auch Ihr Euch uns anschließt. Aber wenn Phillipos sich befreien kann und es schafft, vor uns im Norden zu sein, oder wenn Eure Ratsmitglieder noch lange überlegen, dann mag Kalascor Euch meinetwegen schützen! Wenn Ihr mitkommen wollt, dann zieht Euch um und laßt Euer Pferd satteln! Ich segle bei Sonnenuntergang, und ich werde auf niemanden warten!«
»Ich komme mit«, sagte Enricos und eilte davon. Der Herzog seufzte lange und erleichtert und überlegte, mit welchen Worten er ihm die Wahrheit beibringen sollte.

Jagats Gefolge ritt den ganzen Tag lang in mörderischem Tempo durch die riesigen Weizenfelder von Orissia nach Süden. Martos schätzte, daß sie bis Sonnenuntergang in Massadessa sein könnten, wenn die Pferde durchhielten. Dreimal hatte Jagat für die kostbare Last neue Pferde eingetauscht, aber er konnte unmöglich für die gesamte Gruppe neue Tiere bezahlen. Martos hoffte, daß die Pferde durchhalten würden.
Als sie absteigen mußten, um die Pferde eine Zeitlang zu schonen, stapfte Kumari zusammen mit den übrigen Frauen Seite an Seite mit den Männern durch die Hitze, ohne sich auch nur im geringsten zu beschweren. Besorgt näherte sich Martos ihr und fragte, ob ihr das Tempo nicht zu schnell wäre.
»Mir geht es blendend«, entgegnete sie. »Du solltest dir eher wegen Mirrha Sorgen machen. Die Ärmste ist noch wund von gestern nacht.«
»Aber... aber... mit dem Kind in deinem Bauch?«
Sie lachte. Es war merkwürdig, nach all der Trauer wirkte

dieses Lachen zwar ziemlich sonderbar, aber es war gleichzeitig eine Wohltat, es zu hören. »Martos, es dauert noch lange, bis das Kind da ist! Nur verwöhnte Frauen liegen in einer solchen Situation herum und lassen es sich schlechtgehen!«
Das Lachen war allerdings nicht von langer Dauer. Bald sammelten sich die Tränen über Pirthios Tod wieder in ihren Augen. Martos wollte sprechen, aber seine Zunge spielte ihm wieder einmal den alten Streich. Sie stapften eine Weile weiter, ohne ein Wort zu wechseln, dann wandte sie sich mit einem tapferen, etwas gekünstelten Lächeln an ihn.
»Geh und unterhalte dich mit Mirrha«, sagte sie. »Du hast sie kaum angeschaut seit heute morgen, und ich bin mir sicher, daß sie bei all dem Laufen und Reiten leidet – das Reiten gestern nacht war schon genug für sie!«
Martos fiel schuldbewußt zu der Stelle zurück, wo Mirrha sich neben ihrem Pferd dahinschleppte. Sie beklagte sich nicht. Grenzlandfrauen beklagten sich nie. Er sah, wie sie sich auf die Lippe biß, und er sah auch die Spuren von Tränen in ihrem Gesicht. Er fragte sich, ob sie ihn haßte, weil er ihr dies alles aufgebürdet hatte, nur wegen des Vergnügens einer Nacht.
Sie lächelte ihn an. »Mein Lord?«
Die Aufwallung von Glück in ihrer Stimme schockierte ihn. Er schluckte und suchte nach Worten. Alles würde falsch klingen, und seine Zunge war unbrauchbar.
»Mein Lord?« sagte sie wieder. »Ist etwas nicht in Ordnung?«
Ihr Ton klang besorgt. Er bemerkte, daß sie den Kummer in seinen Augen gesehen hatte.
Er stotterte, versuchte zu antworten, konnte es aber nicht. Wenn er schon nicht sprechen konnte, dann doch zumindest handeln. Er streckte die Hände aus und hob sie vorsichtig im Damensitz auf den Rücken von Kriegsflamme. Das große Pferd schüttelte den Kopf, aber es beruhigte sich, als Martos ihm auf die Schulter klopfte und besänftigend summte. Er ergriff die Zügel ihres Pferdes und führte beide. Sie wog si-

cher weniger als halb soviel wie er, und Kriegsflamme war es gewöhnt, Reiter in voller Rüstung zu tragen. Sie saß da und hielt sich am Sattel fest, klein und ein wenig ängstlich.

»Wie kannst du so etwas denken, Chondos? Selbst wenn Phillipos an der Krone interessiert wäre, er weiß – und auch du weißt es –, daß er sie nie halten könnte!« Prinzessin Illissia war außer sich vor Wut. Chondos' Gedächtnis lieferte Jodos die Erklärung, aber diese merkwürdigen Verbindungen zwischen den Menschen machten in seinen Augen allesamt keinen Sinn. Sogar beim Volk des Reinen Blutes waren solche Abartigkeiten unbekannt.

»Du warst schon immer ein bösartiger, mißtrauischer Junge«, fuhr sie fort, »aber daß du sogar deiner eigenen Schwester mißtraust! Und glaubst du wirklich, er wäre so dumm, daß er einen von ihm gedungenen Meuchelmörder in seine eigene Livree kleiden würde?«

»Die Menschen tun andauernd dumme Dinge«, sagte Jodos. Diesen Satz hatte er aus Chondos' Gedächtnis entnommen. Chondos' Mißtrauen Phillipos gegenüber war etwas, das er verstehen konnte, aber seine Gefühle für dieses Weib, seine *Schwester*, ergaben für ihn überhaupt keinen Sinn. *Schwester!* Welch ein widerlicher Gedanke. Er würde sie natürlich verzehren müssen, um die Dinge wieder in die rechte Ordnung zu bringen. Aber dazu mußte er warten, bis die Großen eintrafen.

Wenn sie beide vom Volk des Reinen Blutes gewesen wären, hätte die Sitte es verlangt, daß er wegen der lächerlichen Kürze des menschlichen Lebens in ihr laichte. Aber das erklärte nicht das sonderbar sanfte Gefühl, das Chondos für diese Kreatur verspürte. Ebensowenig erklärte es, weshalb die Sitte der Sonnenleute es verlangte, daß er auf sie hörte, anstatt sie verprügeln oder töten zu lassen. Chondos hätte ihr nie so lange widerstehen können.

»Vergib mir, Schwester«, sagte er und entnahm auch diese Worte aus Chondos' Geist. »In all dieser Verwirrung weiß

ich nicht, wohin ich mich wenden soll! Wer ist mein Feind?«
»Du *weißt*, daß es nicht Phillipos ist!«
In ihrem Geist sah er, daß sie vorhatte, ihn von den Blauroben untersuchen zu lassen. Das würde alles ans Licht bringen.
»Du hast recht, Schwester.« Er ließ den Kopf hängen. »Ich werde seine Freilassung anordnen.« *Dann, wenn es mir paßt,* fügte er in Gedanken hinzu. Es wäre sehr nützlich, Phillipos eingesperrt zu halten! Aber ...
Er spürte, wie Notfeuer die Grenzen seines Geistes versengte. Illissia schaute ihn an, als er hochschreckte, aber er brachte sich sofort wieder unter Kontrolle. Für eine Sekunde dachte er, die Blauroben hätten ihn gefunden, aber es war nur das Feuer jenes schrecklichen Schwertes.
Istvan DiVega kam mit großen Schritten auf ihn zu, und das Notfeuer pulsierte in der Scheide an seiner Seite – ein stechender Schmerz, der seine Gedanken vor Jodos' prüfendem Geist verbarg.

Die Zwillingssonnen sanken auf die dünne schwarze Linie hinab, die sich am fernen Horizont abzeichnete. Martos schaute zu. Vor ihnen schimmerte das Wasser in den Strahlen des Sonnenuntergangs. Dies war endlich der Marunka. Dahinter lag Massadessa, Freundesland. Das Volk dort stammte ebenfalls von den Takkarern ab und hatte noch viele Bindungen zu den Grenzländern. Als sie durch Orissia hindurchgeritten waren, hatte Martos in den Augen vieler Menschen versteckten Haß gesehen. Aber vielleicht könnten sie sich in Massadessa ausruhen.
Kriegsflamme war erschöpft. Obwohl das kräftige Pferd lange Ritte gewöhnt war, wußte es, daß jetzt die Zeit zum Ausruhen gekommen war. Es wollte Gras und Getreide fressen und war schlecht gelaunt. Martos überprüfte seine Hufe bei jedem Halt. Bis jetzt hatten die kadarinischen Kriegspferde und auch die zähen Grenzlandponys gut durchgehalten, aber Martos wußte, daß sie nicht mehr viele Reserven hatten. Die Frauen

übrigens auch nicht. Er schaute zu Kumari, der armen Mirrha und den anderen zurück und dann auf den Wasserstreifen, der vor ihnen lag. Das Ziegeldach eines großen Gebäudes glühte hinter einer Reihe von Bäumen in der Sonne. Zumindest ließ die tödliche Hitze nun nach.

Er sah, wie eine untersetzte Gestalt an Jagats Seite ritt, und hörte die Stimme von Hamir: »Wo machen wir Rast für die Nacht, mein Lord? In Acarsica?«

Jagat schüttelte den Kopf. »Wir rasten erst in Utasitra.«

Martos sah, wie Hamir sich aufrichtete, und versuchte sich zu erinnern, wo Utasitra lag und wie lange die Reise bis dorthin noch dauern mochte. Jagat hatte sie schon jetzt zwanzig Meilen weiter getrieben, als die meisten Menschen in einer Tagesreise schafften. Er runzelte die Stirn, als er sich vor seinem inneren Auge die Karte vorstellte. Das durfte doch wohl nicht wahr sein! Das wäre ja noch ein halber Tag! Und die Pferde waren schon jetzt so müde . . .

Jagat muß in seiner Trauer den Verstand verloren haben, dachte er. Er schaute wieder kurz zu den Frauen zurück. Als er dann mit einem Gedanken kämpfte, hörte er in der Ferne Hufgetrappel. Er drehte sich um und sah Reiter, die sich ihnen näherten. Die untergehenden Sonnen glitzerten auf ihren Kettenpanzern.

Jodos wollte fliehen, sich verstecken, als er spürte, wie die Macht am Rand seines Geistes knisterte. Er zwang sich, still zu sitzen und sich daran zu erinnern, daß die Klinge ihm nichts antun konnte, solange sie in der Scheide steckte, daß er nicht in Gefahr war, solange ihr Besitzer keinen Verdacht bezüglich seiner wahren Identität schöpfte.

»Wißt Ihr, wen Ihr da draußen getötet habt?« Die Stimme Istvans klang aufgeregt. »Sandor Agloress von Anganvar – das ist ein Schwertkämpfer, dem selbst ich mich nur widerstrebend zum Kampf gestellt hätte!«

»Mein Bruder ist schon immer ein guter Schwertkämpfer gewesen«, sagte Prinzessin Illissia mit funkelnden Augen.

»Ein hervorragender Schwertkämpfer, edle Dame«, sagte Istvan und verneigte sich, »besser, als man es jemals hätte erwarten können!« Er wandte sich wieder an Jodos. »Der arme Narr war unter dem Bann von Hastur; er hatte das Zeichen auf seiner Stirn mit Farbe verdeckt. Er hätte sich durch Dienst an der Grenze rehabilitieren können, wie andere Männer es getan haben. Statt dessen ist er offensichtlich noch verbrecherischer geworden. Ich schätze, er ist von den gleichen Leuten bezahlt worden, die die Meuchelmörder auf Jagat und mich angesetzt haben.«

»Andrios und die Gildenmeister von Portona«, sagte die Prinzessin, »und auch der Herzog von Ipazema. Laß *sie* festnehmen, Bruder, dann bist du auf der richtigen Spur! Wahrscheinlich hat Ipazema den Mann in unsere Livree gekleidet. Er haßt Phillipos und möchte sich Kalascor aneignen!«

»Ich will die Küste nicht mehr als nötig wachrütteln«, sagte Jodos. »Lord Mario verhört die Gildenmeister, und wenn wir Andrios festnehmen...«

»Du solltest dir weniger Sorgen darüber machen, daß du deine Feinde beleidigen könntest, und dafür mehr über die Möglichkeit, deine Freunde zu beleidigen, Bruder!« fuhr Illissia ihn an.

Sie stürmte hinaus, und Jodos war mit der Flamme des Schwertes alleine. Er tastete sich unsicher durch die blendende Macht zur äußeren Schicht von Istvans Geist vor.

»Ich habe gehört, daß Ihr Prinz Phillipos festnehmen ließet«, sagte DiVega, nachdem er den eiligen Aufbruch der Prinzessin mit einem Seufzer kommentiert hatte. »Ich denke, Herr, daß es vielleicht...«

»Ich habe schon seine Freilassung befohlen«, log Jodos.

»Gut!« sagte Istvan und nickte nachdrücklich. »Es war sinnvoll, vorsichtig zu sein, aber es ist nicht sehr wahrscheinlich, daß der Auftraggeber dieser Meuchelmorde den Mörder in seine eigene Livree kleiden würde. Ich erinnere mich an das Treffen des Rates – Lord Zengio berichtete, daß dieser Herzog von Ipazema in Gesellschaft eines Mannes gesehen worden sei, der die Livree des Prinzen trug. Ich glaube, dies könnte wichtig sein.«

Jodos nickte und hoffte, daß sich der Herzog schon auf seinem Schiff in Sicherheit befände. Sein Geist tastete blind durch das Feuer des Schwertes.

»Noch eine andere Sache, Lord König«, sagte Istvan. Durch die Feuerschleier fing Jodos einen flüchtigen Eindruck von einem kahlen Raum auf, in dem Männer stöhnten und sich die Köpfe hielten. »Ich habe mit den Männern gesprochen, die Palos DiFlacca gefangennahm. Nach dem, was sie sagten, begann das Ganze als Scherz von Betrunkenen. Sie haben keinen Kampf erwartet, und sie hatten auch niemals vorgehabt, einen solchen zu führen. Sie sind einfach in die Wachen hineingestolpert. Sie dachten, die Kaufleute würden wie die Schafe weglaufen.« Hinter dem blendenden Feuer spürte Jodos die pulsierende Frage, die zu stellen Istvan zögerte: die Bedeutung seiner Botschaft an Jagat. »Sie sagten, Pirthio sei ebenso betrunken gewesen wie die anderen«, fuhr Istvan fort, »aber daß das nur einer in einer ganzen Reihe von Streichen war. Ich glaube folgendes, mein Lord: Pirthio, der Euer treuer Freund war, hat nach allem, was die Männer sagten, Euretwegen Streit zwischen Portona und der Grenze anzuzetteln versucht. Mein Rat, Lord König, lautet, wir sollten diese jungen Männer laufen lassen. Außer großer Dummheit trifft sie keine Schuld, und wenn wir sie weiterhin festhalten, so fürchte ich, werden sich die Beziehungen zwischen der Grenze und der Krone noch weiter verschlechtern.«

Jodos zögerte. Er wollte zuerst ablehnen, aber dann lächelte er. Die Geschichte, die die jungen Männer erzählen würden, würde die Krone an der Grenze auch nicht besonders beliebt machen!

»Nun gut«, sagte er. »Tut, was Ihr für richtig haltet, Lord DiVega.« Er lächelte in sich hinein. Lord Taticos stand in der Tür.

»Lord König? Stimmt es, daß Ihr die Freilassung von Prinz Phillipos befohlen habt? Lady Illissia sagte . . .«

Jodos fühlte sich gefangen. »Natürlich, ja, ja!« Er gab ein Zeichen mit der Hand und versteckte seine überschäumende Wut.

Jagat erhob die Arme als Zeichen zum Anhalten, und alle setzten sich und warteten auf die näher kommenden Reiter. Es waren nicht viele, aber sie waren schnell. Martos fragte sich, warum sein Herz so stark pochte. Banditen würden dieser Kompanie von bewaffneten Männern nichts anhaben können...

Pferde hielten vor ihnen an und bäumten sich auf. »Im Namen des Königs, wir suchen Jagat, den Lord von Damenco!« Die Stimme, die dies rief, hatte einen seynyorischen Akzent.

»Hier bin ich!« antwortete Jagat. »Was wollt Ihr von mir?«

Einer der Reiter lenkte sein Pferd nach vorne. »Im Namen des Königs, Lord Jagat, ich fordere Euch auf, mit uns zurückzureiten. Die anderen können ihres Weges ziehen, aber wir haben den Befehl des Königs, Euch vor ihn zu bringen.«

»Wer seid Ihr?« rief Hamir.

»Fernan DiGarsa von der Kompanie des Palos DiFlacca.«

»Ich werde nicht kommen«, sagte Jagat.

Martos zählte die Reiter, die zusammengedrängt im Zwielicht standen. Er schätzte sie auf zwanzig, aber er war sich dessen nicht sicher.

»Der König hat befohlen, daß Ihr zurückkehren sollt«, sagte der Seynyorer mit einem Seufzer. »Wenn Ihr nicht freiwillig kommt, dann laßt Ihr mir keine Wahl: Ich muß Euch mit Gewalt dazu zwingen.« Seine Stimme klang dabei nicht sonderlich glücklich.

Jagats Schwert glitt aus der Scheide. »Dann kommt und holt mich.«

Vierzig Schwerter wurden gezogen, was ein Geräusch wie von einem Windstoß verursachte.

»Lord Jagat, das ist Hochverrat«, sagte DiGarsa, aber er saß ruhig auf seinem Pferd. Weder er noch seine Männer griffen nach ihren Waffen. »Ihr seid doppelt so viele wie wir, es wäre Unsinn, Euch anzugreifen. Aber meine Befehle – und ich sage offen, daß sie mir nicht gefallen – verlangen, daß ich Euch vor den König bringe. Wir werden also noch einmal kommen. Wenn Ihr dann friedlich mit uns kommt, dann wird viel Blutvergießen vermieden . . .« Laute Beleidigungen von seiten der Grenzländer unterbrachen ihn, aber er saß unerschütterlich da, während sich ein Stimmengewirr erhob. Als das Geschrei sich gelegt hatte, sagte er nur: »Überlegt Euch meine Worte gut, Lord Jagat.« Dann wendete er sein Pferd und ritt zurück zu seinen Männern.

Eine Salve von Beleidigungen folgte ihm, aber sein aufrechter Rücken zuckte nicht einmal. Einen Augenblick später war er mit seinen Männern unterwegs in Richtung Westen.

»Sie werden sich in Karion Verstärkung holen!« rief Lord Hamir aus und stand in seinen Steigbügeln auf.

»Laß sie!« rief Suktio. »Wir sind bereit!«

Martos wandte sich schnell an Valiros. Seine Zunge kämpfte mit den Befehlen, die er geben mußte. Sie sollten jetzt anhalten, ihre Kriegsausrüstung auspacken und sich auf einen Kampf vorbereiten

»Wir reiten weiter!« befahl Lord Jagat.

»Es wird spät«, sagte Enricos nach einem Blick zum Himmel, der immer dunkler wurde. Der Herzog von Ipazema nickte und versuchte, seine kochende Wut unter Kontrolle zu halten. Seine Augen suchten unentwegt die Kaie nach Soldaten ab.

Er sagte sich, daß er keine Angst habe und es nur die Ungeduld eines alten Schlachtrosses sei, die ihn antreibe. Sie konnten ihm doch kaum nachspüren! Wenn diese Narren endlich sein Gepäck brächten, könnte er ablegen und sie alle auslachen. Er schritt auf dem Deck seines Schiffes hin und her und schaute zum Himmel auf.

»Ipazema«, sagte Enricos, »du könntest sogar einen Stein von deinem Standpunkt überzeugen! Jeder einzelne deiner Pläne ist gescheitert, aber ich bin trotzdem hier bei dir, bereit, mit dir loszusegeln, bereit, mein Vermögen und das meiner Stadt für ein Risiko einzusetzen, das du gewählt hast.« Der Herzog starrte ihn mürrisch an, und der Kaufmann zuckte mit den Schultern. »Nun, Hochverrat ist immer etwas risikoreich. Ich wünschte aber, du hättest mir vorher vom Scheitern deines Komplotts erzählt.«

»Wärst du mitgekommen, wenn ich das getan hätte?« sagte der Herzog. »Ich hatte keine Zeit für so einen Streit. Die Möglichkeit, daß der König überleben könnte, war immer gegeben. Es hilft uns aber sehr, wenn Phillipos beschuldigt wird. Und jetzt dürstet Hansio nach Blut, Jagat möglicherweise auch. Er wird keine Zeit haben für... ah! Da sind sie endlich!«

Die schwarzen Lastkähne kamen flußabwärts auf sie zu.

»Kapitän!« rief er. »Kapitän Eissos!« Der Kapitän erschien an der Reling. »Macht Euch bereit zum Ablegen! Sobald das Gepäck von den Kähnen dort übernommen worden ist!« Er wandte sich an Enricos. »Jetzt geht es endlich nach Norden!« sagte er triumphierend.

Nach Norden, dachte er im stillen, *und kein Intrigieren mehr! Endlich wird gehandelt. In dem großen Spiel des Krieges haben wir alles auf die Karte des Wagnisses gesetzt!*

10

Martos machte sich Sorgen. Die Kleidung seiner Männer war geeignet für eine Hofgarde, nicht aber für den Krieg. Rapiere hingen an ihren Sätteln und Bogenbehälter unter ihren Steigbügeln, aber ihre Schilde und ihre schweren Kriegsschwerter befanden sich im Gepäck. Und Jagat war nicht bereit anzuhalten, nicht einmal, nachdem sie durch den Marunka nach Massadessa gewatet waren. Martos versuchte sich zu trösten, indem er sich daran erinnerte, daß viele Kadariner Schilde bei der modernen Kriegführung ohnehin für nutzlos hielten. Aber er wußte auch um Birthrans Verachtung für solche Ideen von Männern, die zu jung waren, um sich an die Schlacht auf dem Feld von Ovimor zu erinnern.

Das Glühen des Sonnenuntergangs war verschwunden. Weiße Sterne und perlenartige Monde funkelten am Himmel. Es war jetzt zu dunkel, um Pfeile verwenden zu können, dachte er bei sich. Dann mußte er an Mirrha und Kumari und an die anderen Frauen denken und hoffte, daß er recht hatte. Er horchte. Insekten sangen in der warmen Luft, und die müden Hufe der Pferden klopften dumpf auf den Boden. Ihm wurde bewußt, daß die Männer langsam zurückfielen und Jagat zusammen mit Kumari und den anderen Frauen jetzt ganz vorne beim Sarg ritt. Das Tempo verlangsamte sich ziemlich stark, da alle versuchten, letzte zu sein.

Martos wollte eben den Mund öffnen, um seinen Männern zu befehlen, nach vorne zu rücken, damit Hamirs Männer sich um den letzten Platz streiten könnten, als er das Geklapper von Hufen auf der Straße hörte. Das Geräusch näherte sich schnell. Er wandte sich im Sattel um und sah, wie Hamirs Männer sich zu einem Halbkreis formierten.

Das Trommeln der Hufe wurde lauter. Martos gab Kriegsflamme die Sporen und ritt an Jagats Seite. Lord Jagat saß zusammengesunken auf seinem müde dahinstapfenden Pferd. Sein Kinn ruhte auf der Brust. Er schien nichts gehört zu haben.

»Sie kommen, Lord«, sagte Martos. »Wollt Ihr, daß wir kämpfen, oder . . .«

Die weißen Haare bewegten sich. Die Stimme des alten Mannes war sehr schwach.

»Ich . . . ich weiß es nicht. Warum lassen sie mich nicht meinen Jungen in Frieden auf das Land bringen? Die Erde muß gefüttert werden.«

Hinter ihnen hallten Stimmen durch die Dunkelheit. Martos

hob die Hand und gab das Zeichen zum Anhalten. Er hörte, wie Valiros' Stimme den Befehl weitergab. Er saß schweigend da und wartete auf ein Wort von Jagat.
Hinter Hamirs Männern sah er das Glitzern der Kettenpanzer im Licht der Monde. Männer riefen. Pferde wieherten. Hatten die Seynyorer sich auch frische Pferde geholt und nicht nur zusätzliche Männer? Kriegsflamme und die anderen Tiere stolperten vor Müdigkeit.
Etwas glitzerte in der Dunkelheit. Er wandte sich um, und ein kalter Schauer durchlief ihn, als er sah, daß Kumari ihren Kristalldegen in der Hand hielt. Er wußte, daß die Grenzlandfrauen sich oft gegen die Dunklen Wesen verteidigen mußten, und Kumari hatte ihm erzählt, wie sie einmal mit eigenen Händen einen Kobold getötet hatte. Aber das hier war Krieg zwischen Männern. Ihm wurde übel vor Entsetzen. Er wendete Kriegsflamme, und seine Zunge kämpfte darum, die Befehle zu geben, die man von ihm erwartete.
Er hörte die völlig erschöpfte Stimme Jagats. »Vielleicht, wenn ich mit . . .«
Hamirs Stimme hallte durch die Nacht. Hufe donnerten wie Meeresbrandung. Stahl schlug hell auf Stahl. Martos trieb seine Sporen grausam in die Flanken von Kriegsflamme. Koste es, was es wolle, der Kampf durfte Kumari und die anderen Frauen nicht erreichen. Gewöhnliche Frauen hätten nichts zu befürchten gehabt: wer eine Frau tötete, mußte sich vor dem Gericht Hasturs verantworten. Aber was würde ein Mann tun, wenn eine Frau sich mit einem Messer auf ihn stürzte?
Er versuchte, einen Befehl zu rufen, aber seine taube Zunge brachte nur ein wortloses Brüllen hervor. Aber das genügte seinen Männern. Von allen Seiten stürmten sie heran. Der Griff seines Rapiers lag rauh in seiner Handfläche. Das Mondlicht spiegelte sich auf dem Stahl der Schwerter. Er sah, wie rasselnde Grenzlandrüstungen zu Boden fielen. Reiterlose Ponys suchten das Weite. Die Männer in ihren schimmernden Kettenpanzern liefen wild durcheinander.
Martos sah zu seiner Rechten schemenhaft einen Reiter auf

seinem Pferd. Er zückte sein Schwert und tötete ihn mit einem Hieb. Martos stieß blitzartig zu. Das nadelspitze Rapier war in der Dunkelheit der Nacht fast unsichtbar, und es vibrierte in seiner Hand wie die Saite einer Harfe. Das abprallende Breitschwert sprang zur Seite und sauste über seinen Kopf hinweg. Die Spitze des Rapiers flog über die Kante des Schildes. Er spürte, wie sich die Waffe in etwas Weiches hineinbohrte und hörte einen Schmerzensschrei, aber die Pferde liefen so schnell aneinander vorbei, daß er nicht sicher war, ob er seinen Gegner tatsächlich getötet oder nur verwundet hatte. Im nächsten Augenblick stürmte auch schon ein anderer Reiter von rechts auf ihn zu.

Überall hörte er das Donnern und Klirren des Kampfes. Er warf das kurze Rapier in die linke Hand und zog den längeren Degen. Dann kreuzte er die beiden Klingen vor sich und lenkte Kriegsflamme mit den Knien. Seynyorischer Stahl jagte auf ihn zu und schlug mit einer Wucht auf die gekreuzten Klingen, daß seine Handgelenke schmerzten. Er machte den Degen frei und zielte auf die Kehle seines Gegners, aber der Seynyorer drehte seinen Schild und hob das Breitschwert zu einem zweiten Schlag. Das Rapier stieß unter dem erhobenen Schwert zu.

»Martos!« schrie Valiros. »Hinter dir!«

Huftritte donnerten zu seiner Linken heran. Ein Schwert pfiff durch die Luft. Blitzartig hob er das Rapier, um sich zu schützen. Auch von rechts zielte Stahl auf ihn. Er stieß darunter her in die Achselhöhle des Mannes hinein und fühlte, wie das Rapier geschüttelt wurde. Sein linker Arm wurde ebenfalls wie ein Blatt im Sturm geschüttelt. Ein Schwert prallte von seinem Kopf ab, so daß sein Helm wie eine Glocke ertönte. Er taumelte im Sattel hin und her und versuchte, den Schmerz aus seinem Kopf zu verbannen. Irgend jemand zog an seinem Degen, wollte ihm die Waffe aus der Hand zerren. Er hielt ihn jedoch fest und befreite ihn schließlich aus dem Griff des Gegners.

Erneut donnerten zu seiner Linken Hufe heran, und eine

dunkle Gestalt türmte sich vor ihm auf. Das Mondlicht glitzerte auf einem erhobenen Schwert . . . Kriegsflamme stolperte, als ein anderes Pferd sie stieß, und dann war Valiros mit seinem klirrenden Stahl da.

Überall sah Martos kämpfende Männer, und die wirbelnden Klingen flackerten im silbrigen Licht der Monde. Schwerter prallten auf Schilde, Männer schrien und fluchten. Kriegsflamme stolperte erneut, als ein langbeiniges Pferd ihren Weg kreuzte. Der Schild des Reiters kam rasend schnell auf ihn zu, und darüber wurden brennende Augen sichtbar – und darüber ein Schwert, das zum Schlag erhoben war.

Martos' gekreuzte Klingen erzitterten unter dem Schlag. Sein Rapier stieß auf die Augen des anderen zu und schabte über das Metall des hochgerissenen Schildes. Das Roß des Seynyorers wich zur Seite aus, so daß seine Schulter gegen die Flanke von Kriegsflamme prallte. Das große Pferd fiel auf die Knie. Martos zog die Füße aus den Steigbügeln und duckte sich, als ein Schwert hinter dem Schild hervorpeitschte. Dann sprang er aus dem Sattel. Er landete mit gebeugten Knien in der Bahn eines galoppierenden Pferdes. Das Tier bäumte sich auf. Martos tänzelte zur Seite. Sein Kopf schmerzte.

Der Seynyorer zog sein Pferd herab und gab ihm die Sporen. Reiter und Tier stürzten auf Martos zu, das schwere Kriegsschwert des Gegners erhob sich zum Schlag, und der Reiter beugte sich zur Seite, um sich für einen gewaltigen Hieb bereit zu machen. Martos erhob sein Rapier und schob den gegnerischen Stahl noch im Flug zur Seite. Er stieß darunter hinweg und traf mit dem längeren Degen zwischen den Ketten des Kettenpanzers in die Achselhöhle des Mannes. Blut lief über die Klinge. Der Griff wurde ihm fast aus der Hand gerissen. Das Pferd rannte weiter, und Martos schloß die Faust fest und befreite die Klinge. Die Leiche fiel rasselnd zu Boden.

Überall um ihn her kämpften schwer erkennbare Gestalten von Berittenen und schrien durch die Dunkelheit. Er hielt den Degen vor sich und brachte das Rapier in Höhe seiner Ohren.

Hufen näherten sich donnernd, und eine zweite Gestalt sprang auf ihn zu. Der Degen riß die bedrohliche Klinge hoch. Er wand sich unter dem klirrenden Stahl hervor, wobei seine linke Hand den langen Stachel durch einen Kettenpanzerring in einen Rumpf hineintrieb. Er drehte sich schnell weg. Wieder türmte sich vor ihm ein Reiter auf, dessen Schwert zischend von oben auf ihn niederstieß. Wieder wehrte Martos die Waffe des Angreifers mit dem Degen ab, in dessen Schutz er sich näherte und dann mit dem kürzeren Rapier zustieß.
Schlechte Technik, dachte er. *Die gleiche Bewegung zweimal hintereinander.* Aber der Degen hob sich schon wieder, um einen neuen Schlag abzuwehren. Wieder drehte er sich unter dem klirrenden Stahl. Er spürte, wie die Spitze seiner Waffe vom Kettenpanzer des Gegners abprallte. Er duckte sich, und seine Schulter schlug gegen den Bauch des Pferdes. Die Schneide seines Degens kratzte über die Ringe des Kettenpanzers, bis er den Hufen aus dem Wege sprang.
Ein Pferdekopf türmte sich über ihm auf. Seine Klinge flog hoch, um in den Hals des Tieres zu schneiden, aber er stolperte zur Seite. Er hieb nach dem Rücken des Reiters, während das Pferd vorbeidonnerte, und seine Klinge knallte auf eine Rüstung. Er hörte den Kriegsschrei von Jagat und sah das kleine Grenzlandpony vor dem großen seynyorischen Pferd. Dann wirbelte schimmernder Stahl im Mondlicht, und er hörte, wie ein Schwert auf einen Schild aufprallte.
Wo war Kumari mit den anderen Frauen?
Er sprang zur Seite, als erneut Hufe auf ihn zu donnerten. Sein Rapier flog unter einem Schild hoch und kratzte über Stahl, als der Schild zu Boden fiel. Sein Degen hieb in Richtung der Augen, die darüber auftauchten.
»*Inagar! Inagar!*« riefen die Männer Hamirs und lachten schallend. Er lief auf einen Reiter zu, die Klinge zum Hieb bereit, erkannte ihn aber gerade noch rechtzeitig als einen seiner eigenen Männer.
»*Carcosa!*« Ein Mann lief zu Fuß auf ihn zu: ein Seynyorer ohne Pferd. Martos zielte mit dem Rapier auf das Gesicht über

dem Schild und hielt den Degen über dem Kopf bereit. Sein linker Fuß deutete auf den linken Fuß des Gegners, während die beiden einander umkreisten.
Der Seynyorer pfiff eine lustige Melodie, und sein Schwert zielte auf Martos' Augen. Martos ließ die Spitze des Degens fallen, um abzuwehren, und stieß mit der Linken zu. Der Degen klirrte und zitterte, und das Rapier ritzte wirkungslos über die Oberfläche des Schildes. Der Degen wirbelte abwärts. Der Seynyorer sprang lachend zurück und bewegte den Schild nach unten, um die Oberschenkel zu schützen. Die schwere Klinge des Mannes flog direkt auf Martos' Kopf zu.
Martos sprang zur Seite und schlug nach dem Handgelenk, aber der andere war zu schnell. Der Seynyorer summte vor sich hin. Als das Rapier auf seine Kehle zuflog, drehte er den Schild schnell zur Abwehr und fing plötzlich an zu singen:

Es war ein Lord in Heyleu,
Ein Hauptmann tapfer und stolz . . .

Martos hatte es stets bewundert, wenn ein Krieger dies tat. Er selbst war immer ein stiller Kämpfer gewesen. Er störte seine Konzentration nicht einmal durch einen einfachen Kriegsschrei. Die Klinge des Sängers schoß auf sein Bein zu. Die Spitze des Rapiers stieß herab, um sie abzuwehren, während der Degen auf den entblößten Arm zielte.

Im Krieg erwarb er sich viel Ehr
Und dazu auch Reichtum und Gold . . .

Der Degen knallte auf den Schild. Die Klinge des Seynyorers kreiste und stürzte auf seine Schulter zu. Martos kreuzte erneut seine eigenen beiden Klingen, um die gegnerische abzufangen, und drehte sich. Die Schildmauer bewegte sich vor und prallte gegen die beiden Klingen, so daß diese nach unten gedrückt wurden und das Schwert über sie hinwegflog.
Martos sprang zurück und streckte die Arme aus, um den

Degen freizuzerren. Eine Fingerbreite von seinem Kopf entfernt klirrte und vibrierte der Stahl. Er hieb auf die Augen über dem Schild ein, und als dieser hochgerissen wurde, tauchte er mit dem Rapier darunter weg und stieß ihn in den Oberschenkel des Mannes. So endete das Lied mit einem Grunzen.

Martos machte das Rapier sogleich wieder bereit, gerade noch rechtzeitig, um eine scharfe Klinge abfangen zu können, die es auf seinen Rücken abgesehen hatte. Dann stieß er mit dem Degen auf eine Schulter, die für einen Augenblick ungeschützt war, aber ein Schild versperrte den Weg. Das fremde Schwert wirbelte durch die Luft und flog auf seine Augen zu.

»Sieg! Sieg!« rief eine Stimme.

Martos tänzelte zurück. Der Verwundete humpelte hinter ihm her, stolperte und fiel hinter seinem Schild auf die Knie. Die Kampfgeräusche um ihn waren verstummt. Martos hielt inne. Wenn die Schlacht vorüber war, gab es auch für ihn keinen Grund mehr, zu töten . . .

Aber der Verwundete schlug mit dem Schwert in seine Richtung. Martos reagierte, ohne zu denken. Er beobachtete, wie sein Rapier den Schlag abwehrte, während die andere Hand den Degen über die Schildkante stieß, genau zwischen Hals und Schulter. Helles Blut spritzte auf. Er kniff die Augen zusammen. Der Mann kippte aufs Gesicht. Dunkle Reitergestalten standen um ihn herum. Hatte er den Mann inmitten eines Ringes von Seynyorern getötet? In seinen Augen brannte der Schweiß. Er hielt seine Klingen zum Schutz in die Höhe und wischte sich dann rasch mit einem Ärmel über die Augen.

»Bravo, Martos!« Es war die Stimme von Suktio. Martos ließ die Klingen fallen. Er spürte, wie der Atem aus seinen Lungen entwich.

»War das der Letzte?« fragte Jagat aus der Dunkelheit.

»Nein!« Irgend jemand lachte. »Die Restlichen veranstalten gerade ein Wettrennen zurück nach Karyon!«

Lautes Gelächter übertönte das Stöhnen der Verwundeten. Martos schloß die Augen. Er hätte den Mann auffordern können, sich zu ergeben. Er wischte seinen Degen ab und stieß ihn in die Scheide. Er zitterte am ganzen Leib.
»Es waren die Orissianer, die geflohen sind«, sagte Lord Hamir. Martos hatte seine Stimme noch nie so ruhig gehört. »Ich glaube, daß wir alle Seynyorer tot auffinden werden.«
»Und wie viele von unseren eigenen Männern?« fragte Jagat. Martos hörte das Stöhnen der Verwundeten in der Dunkelheit.
»Viele, fürchte ich«, sagte Hamir.
»Die Erde ist die Braut des Kriegers«, sagte Jagat traurig. Martos schüttelte sich. Das Rapier baumelte noch locker von seiner Hand. Er machte sich daran, Kriegsflamme und seine Männer zu suchen. Er schritt über viele Tote. Nun hatte Pirthio auf seiner letzten Reise sogar eine Eskorte.
»Martos!« Martos schaute auf und sah Valiros. Er ritt auf ihn zu und führte Kriegsflamme hinter sich her. »Wie schwer bist du verwundet?« fragte Valiros und glitt aus dem Sattel.
»Ich bin überhaupt nicht verwundet. Nur müde.«
»Dann bist du der einzige!« sagte Valiros. »Als ich Kriegsflamme ohne Reiter sah, war ich mir sicher, daß du tot sein müßtest.«
»Was ist mit den übrigen Männern? Und wie schwer bist *du* verwundet?«
»Nur Kratzer.« Valiros lachte und deutete auf eine Wunde auf seiner Wange und auf einen blutverkrusteten Schnitt an seinem Ärmel. Dann wurde sein Gesicht ernst. »Aber Ristobal ist tot. Und Pavlos vielleicht auch. Über die anderen weiß ich noch nichts. In diesem Durcheinander habe ich sie verloren.«
»Und meilenweit kein Heiler!« sagte Martos. Ihm war plötzlich übel.
»Da irrst du dich«, sagte Valiros. »Siehst du die dort? Mit den Fackeln? Sie haben Heiler mitgebracht. Sie wußten, daß es zum Kampf kommen würde.«

Da standen tatsächlich Rotroben im Licht der Fackeln an der Stelle, wo Hamir gekämpft hatte. Martos seufzte erleichtert. »Nun laßt uns schauen, wie schlimm die Sache steht.«
Und es sah ziemlich schlimm aus. Auch Etharto und Velanton waren tot, nicht nur Ristobal und Pavlos, und Aterion würde wahrscheinlich auch sterben. Alle Männer von Martos' Kompanie waren verwundet, manche sehr schwer. Trotzdem waren sie immer noch besser davongekommen als die Grenzländer. Die Hälfte von Hamirs Männern war tot, und nur sechs Krieger aus Jagats Kompanie konnten überhaupt noch reiten.
Sie fanden zwanzig Seynyorer. Außer einem waren alle tot. Sie luden den einzigen bewußtlosen Überlebenden in Bandagen gewickelt auf den Wagen der Heiler. Kein einziger von ihnen war mit den Orissianern geflohen.

Jodos wachte schwitzend vor Angst auf. Dieser Traum war anders gewesen als die vorherigen. Die Frau hatte ihn in ihren Armen gehalten ... Arme, die länger waren als sein ganzer Körper! Eine riesige Frau, jede ihrer beiden Brüste war größer als sein Kopf. Er hatte an ihren Brüsten gekaut, ihr Blut getrunken ... nein, es war nicht ihr Blut. Etwas anderes, das süßer war. Er zitterte. Diese widerlichen *Gefühle!* Das mußte ein Teil von Chondos' Gedächtnis sein. Er könnte nie solche ...
Plötzlich packte ihn eine neue Angst. Hatte er sich einen Geist einverleibt, der zu stark für ihn war? Würde Chondos' Gedächtnis ihn schließlich überwältigen und verschlingen? Seine Füße schlugen gegen das verhaßte Holz, als er entsetzt aus dem Bett sprang. Er tauchte in sein Inneres ein und kämpfte mit dem gestohlenen Geist, während sein Körper durch den dunklen Raum streifte.
Er schrak zurück vor der Erinnerung seines Bruders an die Blauroben; er fühlte sich selbst von der Unendlichkeit jenes fremden Geistes verschlungen. Allerdings war sein Bruder dem Geist unversehrt entkommen. Zu seiner noch größeren

Verwirrung erkannte er, daß die mysteriöse, bruchstückhafte Erinnerung, die den Hintergrund seines Traumes bildete, sich in seinem eigenen Geist befand, nicht in dem von Chondos. Er fand eine kleine Spinne in einer Ecke des Raumes. Die Angst dieses Wesens, als er es verschlang, beruhigte ihn. Er war immer noch er selbst.

Ein paar Stunden vor Sonnenaufgang marschierte die traurige und müde Kompanie von Lord Jagat in Kalasima ein. Lord Hamir hatte Freunde dort, und er hatte Jagat schließlich zum Anhalten überreden können. Hier war es friedlich und dichtbesiedelt, weit entfernt von der Grenze. Seit fünfzig Jahren hatten hier die Dunklen Wesen keine Streifzüge gemacht. Ein blühendes Dorf von nur unzulänglich geschützten Häusern, die dicht zusammenlagen, befand sich vor der Schloßmauer.

Martos' Augen waren schwer, als er Kriegsflamme durch das Tor führte. Sein Bedürfnis nach Schlaf vertrieb ihm jeden anderweitigen Gedanken aus dem Kopf.

Nachdem Martos Kriegsflamme in den Stall gebracht und sich versichert hatte, daß die Stallknechte gut für die erschöpften Pferde sorgen würden, folgte er den übrigen in den Hauptsaal. Hamir und Jagat unterhielten sich mit dem Lord des Schlosses. Er war ein dunkler Mann mit schwarzem Bart, den man für einen Grenzländer gehalten hätte, wenn er nicht so dick und seine Kleidung nicht aus so edlem neuem Stoff gewesen wäre. Nicht weit entfernt saßen Männer am Tisch und schlangen ihr Essen hinunter.

Während er mit vor Hunger weichen Knien auf das Essen zusteuerte, entdeckte er Kumari. Sie saß am Fuß einer Treppe im hinteren Teil des Raumes, nicht weit von dem Platz, wo Hamir und Jagat mit dem Lord von Kalasima redeten. Martos hatte gehofft, daß sie schon im Bett sei. Ihr Gesicht wirkte blaß und erschöpft. Er wollte zuerst vom Tisch weg und zu ihr gehen, aber dann überlegte er es sich anders. Es gab nicht viel Auswahl – Brot, Käse, Haferbrei und Milch –, aber noch nie in seinem Leben hatte eine Mahlzeit so herrlich geduftet. Er schnitt riesige Scheiben Brot und Käse ab und brachte sie ihr.

Sie lächelte erschöpft, als sie ihn kommen sah. Bei ihrer letzten Begegnung hatte sie die Verwundeten gepflegt. Diese Kunst hatte sie durch die lange Übung an der Grenze erlernt. Dort waren derartige Fertigkeiten ein fester Bestandteil des Alltagslebens.

»Geht's dir gut?« fragte er zögernd und ließ sich neben ihr auf der Treppe nieder. »Du siehst müde aus. Hast du gegessen?«

Sie nahm den Käse, den er ihr hinhielt, und lächelte. »Ich bin ein wenig müde.« Sie nahm einen Bissen und kaute. »Und ich habe auch schon eine Kleinigkeit gegessen.« Sie nahm noch einen weiteren Bissen und gab ihm dann den Käse zurück. »Iß du den Rest. Ich habe schon etwas davon gegessen, als ich ankam.«

»Warum bist du nicht im Bett? Und wo sind deine Frauen?«

»Sie wollten schlafen. Ich nicht. Ich will hören, was Hamir und Lord Balos zu sagen haben. Und Onkel.«

»Du solltest dich ausruhen. Was ist mit dem Baby?«

»Was ist mit dem Baby?« äffte sie ihn nach. »Das *Baby* schläft ganz bestimmt, du Hohlkopf! Jetzt sei ruhig und laß mich zuhören!«

Martos war verwirrt und verletzt. Er wandte seine Aufmerksamkeit dem Käse zu. Nie in seinem Leben hatte ihm etwas so gut geschmeckt. Das Brot war schlecht und grobgemahlen, aber es schmeckte vorzüglich. Es war ziemlich schnell verzehrt. Er war zwar danach auch noch ziemlich hungrig, aber zu müde, um zum Tisch zurückzugehen.

Hamir und Jagat unterhielten sich immer noch mit ihrem Gastgeber. Eine dicke, reichgekleidete Frau hatte sich zu ihnen gesellt. Die Dame des Schlosses, nahm er an. Etwas an ihr verwirrte Martos. Er kam schon bald zu dem Schluß, daß sie von der Grenze stammen mußte, trotz ihrer Leibesfülle.

Er erinnerte sich, daß Hamir von diesem Lord erzählt hatte – er hatte eine Verwandte von Hamir geheiratet.
Er konnte die Augen nicht mehr offen halten. Er näherte sich Kumari und legte den Arm um sie und seinen Kopf auf ihre Schulter. Ihr Duft überwältigte ihn. Er liebte sie so sehr! Sie würden in Kadar so glücklich sein ...
Seine Fechthalle war prachtvoll; seine Studenten waren ehrerbietig, ganz wie es sich gehörte. Er begann damit, ihnen die verschiedenen Positionen beizubringen, aber als er ihnen zeigen wollte, wie man Degen und Rapier zusammen verwendet, wurde die große Tür aufgestoßen. Reiter stürzten in den Raum. Sie griffen ihn an, und er tötete sie. Pavlos schrie, als sie versuchten, ihn auf den Wagen zu heben. Birthran schüttelte ihn an der Schulter und sagte, daß ein berühmter Schwertmeister nicht beim Unterricht einschlafen dürfe ...
»Schlaf nicht ein hier!« sagte Kumari. »Sie haben Kammern für uns. Wach auf!«
Er wollte die Augen öffnen. Pavlos Schrei hallte immer noch durch seinen Kopf.
Wieder hörte er Kumaris Stimme. »Suktio, hilf mir, ihn nach oben zu bringen.«
Sie versuchten ihn zu tragen! Er richtete sich auf.
»Nein«, sagte er. »Du bist verletzt!« Er schaute auf Suktio herab: Der Grenzländer war fast einen ganzen Kopf kürzer als er. »Ich ... ich brauche bloß Schlaf.«
Suktio grinste. »Den brauchen wir alle. Komm mit. Oben sind Betten.« Sie stiegen Arm in Arm die Treppe hinauf.

Istvan DiVegas Schwert schnitt durch den morgendlichen Nebel, wie es dies seit vierzig Jahren bei jedem Sonnenaufgang getan hatte, ob bei den Inseln des Westens oder in Y'Gora hinter dem Östlichen Meer.
Die Vögel trillerten zu den anmutigen Schritten des Tanzes eine Melodie; Sonnenstrahlen blitzten auf dem verschwimmenden Stahl ebenso wie von den Tautropfen auf Gras und

Laub. *Gestern noch war ich ein junger Mann. Ich wanderte durch die Welt und suchte Ruhm und Abenteuer. Vierzig Jahre lang. Unvorstellbar lange für die, die jung sind. Lange genug für alles. Aber es geht so schnell vorbei.*

Muskeln wie Peitschenschnüre bewegten sich mit ununterbrochener, fließender Anmut, das Schwert war mit der Hand zu einer perfekten Einheit verschmolzen. *Jetzt, da ich alt bin, was soll ich nun tun, um mir die Zeit bis zu meinem Tode zu vertreiben?*

Ein wirbelnder Hieb verwandelte sich in eine Abwehrhaltung, dann folgte ein langer Stoß. *Aber im Innern immer noch jung! Im Spiegel ein Fremder mit faltigem Gesicht und Haaren, die grau wurden. Das bin ich nicht!*

Der letzte Schritt. Der letzte wirbelnde Schnitt. Ignoriere den Schmerz, der in deiner Seite pocht, das pochende Herz, den tropfenden Schweiß. Wisch die Klinge ab. *Vierzig Jahre. Solch eine kurze Zeit: eine Lebenszeit. So schnell vergangen.*

Vögel zwitscherten. Wie lange wird dieses Ohr sie noch hören? Die Morgendämmerung erhellt den Himmel, aber die Augen können nicht für immer sehen. Tau und Gras unter nackten Füßen, aber auch mit dem Tasten hat es einmal ein Ende. Auch der Schmerz der halbgeheilten Wunde war ein Teil des Lebens: Wenn das Leben gut ist, dann ist auch Schmerz gut und muß deshalb geschätzt werden.

Ich habe Männer sterben sehen; ich selbst habe viele getötet. Ich habe vierzig Jahre lang den Tod studiert. Und was habe ich gelernt? Ich habe getötet, aber ich bin nie selbst gestorben – ich erinnere mich zumindest nicht daran ...

Wie mag es sein?

Das wirst du schon noch früh genug sehen, verspottete er sich.

Palos DiFlacca kam auf ihn zugeeilt.

Vierzig Jahre. Plötzlich hatte er eine Vision von sich selbst, wie er mit einem Skelett kämpfte. Er mußte spöttisch über sich selbst lächeln. *Sogar der Tod würde von dieser Hand*

sterben, dann würde jenes erbarmungslose Skelett nicht mehr umgehen ...
Er lachte. Palos DiFlacca schaute ihn an. Sein Blick wirkte eigenartig.
»Man hat mir gesagt, daß ich dich hier finden würde.«
»Probleme?«
»Schon möglich.« Die Sorgen hatten in DiFlaccas Gesicht tiefe Furchen hinterlassen, so daß es an einen frischgepflügten Akker erinnerte. »Der König hat gestern spät am Abend ein paar von meinen Leuten losgeschickt, um Lord Jagat festzunehmen.«
»Jagat?« Istvans Augen weiteten sich vor Entsetzen.
»Nachdem der König den Mann im Garten tötete, hat er die Hälfte der Adligen in der Stadt festnehmen lassen, glaube ich. Aber Jagat war schon weg.«
»Und du hast nichts gehört?«
DiFlacca schüttelte den Kopf, und Istvan fluchte. »Idiotisch, Seynyorer zu schicken. Man könnte denken, der junge Narr *will* einen Krieg anfangen!«
»Und wir werden mittendrin sein!« stieß DiFlacca wütend hervor. »Es war schon schlimm genug, daß der Sohn von Jagat getötet wurde, aber das jetzt ...!«
»Na ja, wenn es Krieg gibt, dann gibt es eben Krieg«, sagte Istvan. »Wir wären ohnehin mittendrin gewesen. Aber ich wünschte mir, dieser Idiot könnte auch nur irgend jemandem vertrauen. Oder zumindest könnte er so *tun*!« Er schloß die Augen und schüttelte den Kopf. »Ich habe Olansos gesagt, ich würde dafür sorgen, daß der Junge zum König gekrönt wird, aber ... Ich habe noch nie mein Wort gebrochen, aber ich habe auch noch nie etwas Unmögliches versprochen!« Er seufzte. »Ich muß mit ihm reden.«

»Martos! Wach auf!« sagte die Stimme wieder.
»Geh weg!« Er zog sich die Decke über den Kopf. Die Stimme nörgelte weiter. Nach einer Weile öffnete er mühsam die Augen.

Valiros saß in Reitkleidung auf dem Bett. »Bist du jetzt wach genug, um reden zu können? Die Grenzländer sind schon auf, die Sonnen scheinen seit Stunden, und Jagat ist bereit zum Abmarsch.«

»Oh, verdammt«, rief Martos. Valiros lachte.

»Nun«, sagte Valiros, als Martos geendet hatte, »mir scheint, als ob wir demnächst in einen Krieg verwickelt werden. Oder sind wir schon jetzt mittendrin?«

Martos erkannte durch den Nebel in seinem Gehirn: »Es ist Krieg. Die erste Schlacht fand gestern abend statt. Nun ist auf beiden Seiten Blut vergossen worden. Ich glaube nicht, daß der Krieg noch abzuwenden ist.«

»So sehe ich das auch«, sagte Valiros und nickte. Er beugte sich vor: »Sollten wir nicht für einen Krieg zwischen Menschen die Pferde holen? Die Springer? An der Grenze haben wir sie nicht gebraucht, aber ...«

Martos wurde jetzt wacher. Er richtete sich plötzlich im Bett auf. »Du hast recht!« sagte er. »Und es wird sich kaum eine bessere Gelegenheit ergeben, sie zu holen!«

»Es freut mich, das zu hören!« sagte Valiros, und seine Augen funkelten. »Nun kann ich Lord Jagat die Sache erklären. Sonst hätte ich dich innerhalb von fünf Minuten anziehen und in den Sattel heben müssen, und ich glaube kaum, daß das möglich gewesen wäre.«

»DiVega!« Istvan erkannte die Stimme von Lord Shachio. Er wandte sich um und sah den Seher herbeieilen. »Ich bringe Nachrichten zum König, aber Ihr seid derjenige, der sie als erster hören sollte.« Istvan sah ihn scharf an.

»Es hat eine Schlacht gegeben«, fuhr Shachio fort. »Einige von Euren Seynyorern sind umgebracht worden. Die Nachricht erreichte den Seher in Erithra vor zwanzig Minuten.«

Istvan fühlte, wie sich ein Stein auf sein Herz senkte. »Wo?« fragte er.

»Südlich des Marunkas, in Massadessa, in der Nähe von Acarsica.«

»Dann wird es DiGarsa mit seinen Männern gewesen sein«, sagte Istvan ausdruckslos.
»Niemand weiß ihre Namen oder zu welcher Kompanie sie gehörten. Zumindest Persios nicht, er ist der Seher in Erithra. Es waren zwanzig. Sie ritten kurz nach Sonnenuntergang nach Karyon ein, und sie sagten Lord Santhos, daß sie im Dienst der Krone unterwegs seien. Sie haben im Namen des Königs von ihm Hilfe gefordert. Sie wollten Verstärkung, und Lord Santhos hat ihnen dreißig seiner Männer geliehen.« Shachio hustete diskret. »Es scheint, als ob die meisten von Lord Santhos' Männern geflohen sind. Ihr Bericht von der Schlacht wurde nach Erithra geschickt. Sie sagten, alle Seynyorer seien von einer Gruppe von Grenzländern getötet worden – Manjipéaner, nehme ich an. Es kann sein, daß noch ein zweiter Bote mit näheren Einzelheiten kommt. Die Nachricht war etwas vage. Ich nehme aber an, Ihr wißt etwas über diese Männer?«
»Ja«, sagte Istvan, fügte dem aber nichts Erläuterndes hinzu. Sie waren jetzt im Vorzimmer angelangt, und ein Diener überbrachte ihre Bitte um Audienz.
Einen Augenblick später kam der Diener mit einem Silberkrug und einem Kelch auf einem Tablett zurück. »Der König wird Euch zuerst empfangen, Lord Istvan«, sagte er und verneigte sich tief. »Er schickt für Lord Shachio diesen Wein und hofft, daß er ihn sich munden läßt, während er wartet.« Er schenkte aus dem Krug ein. Lord Shachio zuckte leicht resigniert die Schultern und trank.

Jodos horchte hinter der Tür. Er wagte kaum zu atmen, bis er spürte, daß Lord Shachio den Becher genommen hatte. Er hatte seine Pläne, so gut es ging, gemacht, ohne den Geist zu untersuchen, an dem er arbeiten mußte – Lord Shachios Geist war trainiert und würde die leiseste Untersuchung seinerseits sogleich bemerken. Wenn der Seher die Blauroben holte, würde das Feuer Jodos ereilen, bevor er fliehen konnte. Aber der Wein würde den Geschmack der Droge überdecken. Jodos

hatte sie sehr sorgfältig vorbereitet, und er hatte eine perfekte Ausrede, Shachio aufzuhalten, bis die Wirkung eintrat.
Er spürte das brennende Schwert durch die Tür, es kam näher und näher ... Er überdeckte seine eigenen Gedanken mit dem Geist seines Bruders wie mit einem Schild. Chondos hatte stets geglaubt, daß Seher nie in die Geister von Menschen ohne deren Einwilligung hineinschauten. Aber das war lächerlich. Kein Wesen könnte solche Macht besitzen, ohne sie für seine eigenen Zwecke einzusetzen. Er wirkte sehr still, als DiVega eintrat, der in die blendende Magie seines Schwertes eingehüllt war.
»Habt Ihr irgendein dringendes Anliegen, Lord Istvan?«
»In der Tat, Lord König.« DiVega schaute dem König herausfordernd in die Augen. »Ich habe soeben erfahren, daß Ihr zwanzig Männer, die meinem Kommando unterstehen – meine Landsleute –, in den fast sicheren Tod geschickt habt.«
Jodos schaute erschrocken zur Seite. »Was wollt Ihr damit sagen?« Dieser Mann konnte ihm noch gefährlicher werden als Shachio. Er mußte unbedingt hinter den brennenden Glanz seines Schwertes schauen und sehen, was in DiVegas Geist vorging!
»Ihr habt einem seynyorischen Offizier, einem Mann namens DiGarsa, befohlen, Lord Jagat festzunehmen. Wenn Ihr Männer von Eurer eigenen Wache geschickt hättet, wäre Lord Jagat womöglich ohne Widerstand mitgekommen. Aber Ihr habt statt dessen Seynyorer geschickt.«
»Warum sollte das einen Unterschied machen?« fragte Jodos. Sein Geist zuckte, als er versuchte, vorsichtig die heiße, knisternde Energie, die von DiVegas Schwertscheide ausging, zu untersuchen. »Warum hätte ich keine Seynyorer schicken sollen?«
»Weil ein Seynyorer den Sohn von Jagat getötet hat, mein Junge«, sagte DiVega. »Weil nachdem jene ... jene Botschaft ...«
Diese dämliche Botschaft! Jodos war endlich durch das Feuer

des Schwertes hindurchgedrungen, als er hörte: *Der Junge kann doch nicht so blind sein!*
»Wie lautete Eure Botschaft an Lord Jagat genau?« fragte DiVega. »Die Botschaft war ... entstellt worden, als ich sie hörte. Und ich fürchte, daß auch Lord Jagat eine entstellte Version zu hören bekommen hat.«
Jodos prüfte die Gedanken an der Oberfläche von Istvans Geist sehr sorgfältig, bevor er antwortete. »Ich habe mein Bedauern übermittelt, daß Pirthio unter solchen Umständen gestorben ist. Ich war überrascht, daß er den Frieden des Königs gebrochen hatte, und ich ließ ihm ausrichten, obgleich ich um Jagats Treue wisse, befürchtete ich, daß andere ihn beschuldigen würden. Ich habe auch gesagt, er solle sich vor Beschuldigungen hüten, die Folgen von Pirthios Taten sein könnten.«
Das habe ich mir schon gedacht, vernahm er Istvans innere Stimme hinter dem Machtwall des Schwertes. *Er war so erschüttert, daß er alles falsch ausgedrückt hat, und dann hat D'Estarras mit seiner eigenen Version alles nur noch schlimmer gemacht ...*
»Ich dachte mir schon, daß Ihr etwas Ähnliches gesagt haben müßt«, sagte DiVega. »Aber bis die Botschaft Jagat erreichte, war sie eine Beleidigung und Drohung.« Jodos gelang es, auf seinem Gesicht einen Schock aus Chondos' Erinnerungsvorrat auszudrücken. »Jagat hat die Männer angegriffen, die ihm die Botschaft überbrachten«, fuhr DiVega fort. »Und die Männer, die ihn festnehmen sollten, wurden ebenfalls angegriffen. Ich fürchte, Ihr habt nicht nur einen treuen Diener verloren, Ihr habt Euer Land auch in einen Krieg gestürzt.«
Jodos drang ganz vorsichtig noch tiefer ein. Das Schwert versengte seinen Geist. Solange DiVega das Schwert trug, war es unmöglich, ihn zu kontrollieren. Es wäre ohnehin ziemlich gefährlich, seinen Geist zu beeinflussen. Aber es mußte irgendwo Schwächen geben, die er ausnutzen konnte, um ihn abzulenken ...
»Ich habe Eurem Vater ein Versprechen gegeben«, fuhr Di-

Vega langsam fort. »Ich versprach ihm, Euch zu helfen, bis Ihr den Thron sicher in Eurer Hand hättet. Ich hatte urspünglich die Absicht, dieses Versprechen zu halten, aber ...« Er seufzte tief und verbittert. »Es war mir nicht klar, daß mein Versprechen Eurem Vater gegenüber bedeuten würde, hier bei Euch in Erfüllung einer unmöglichen Aufgabe alt zu werden und zu sterben! Euer Thron wird Euch nie sicher sein, wenn Ihr weiterhin die Männer, die Euch dienen müssen, zu Euren Feinden macht!« Jodos hörte, wie DiVegas Geist innerlich weiterwütete. *Du beleidigst deine Freunde und machst treue Männer zu Feinden. Hast du eigentlich diesen Krieg bewußt angezettelt? Willst du das Königreich auseinanderreißen?*

Aber Jodos hatte gefunden, wonach er suchte: Angst war etwas, das er verstehen und womit er arbeiten konnte ... Und gerade noch rechtzeitig. DiVega war dabei, sein Gesicht genau zu mustern. Er bemerkte, wie blaß er aussah, und fragte sich, ob der König krank sei und er einen Heiler herbeiholen sollte, und da war auch die noch nicht ganz klar ausgeprägte Überlegung, daß Chondos wie ein anderer Mann aussähe ...

»Ja«, sagte Jodos und seufzte, »in Eurem Alter ... Ihr habt also Angst davor, zu sterben, bevor ich zur Vernunft komme?« Er lachte. »Ihr alten Männer sagt immer das gleiche! Immer Vorsicht. Damit ich in der Sicherheit meines eigenen Bettes sterben kann!«

Er lachte wieder und veränderte dann seinen Ton. Er war mit dieser plötzlichen Wende in DiVegas Gedanken zufrieden. »Wenn ich auf Euch hörte, würde ich schließlich Angst vor allem und jedem haben. Ich *habe* doch tatsächlich Feinde! Gestern habe ich dem Tod ins Auge gesehen!« Er beobachtete DiVegas Geist ganz genau. »Der Mann hätte es fast geschafft, mich umzubringen! Ich könnte jetzt tot sein! Tot sein und verwesen! Wißt *Ihr*, wer den Mann geschickt hat?«

DiVega starrte vor sich hin, abgelenkt von den sorgfältig gewählten Worten, die ihn an seine eigene Angst vor Alter und Tod erinnerten. Dann sah er, daß der König auf eine Antwort

wartete. Er schüttelte seinen Kopf. »Nein«, sagte er, »aber ich habe den Verdacht, daß . . .«
»Verdächtigungen habe ich selbst eine Menge!« unterbrach ihn Jodos. »Aber nach dem, was Ihr sagt, darf ich sie nicht zur Grundlage meiner Entscheidungen machen! Muß ich denn einfach hilflos und hoffnungslos dasitzen und auf den Tod warten? Unfähig, zu handeln, unfähig, mich zu bewegen? Soll ich mich vom nächsten Meuchelmörder töten lassen, um ihn nicht zu beleidigen?«
»Aber Ihr könnt doch auch nicht einfach blind um Euch schlagen!« sagte Istvan, wütend vor Scham über seine eigene Angst, die Angst, die Jodos in ihm geweckt hatte. »Ihr hattet keinen Grund, Lord Jagat zu verdächtigen!«
»Keinen Grund? Wie wollt Ihr das wissen? Was trieb Pirthio mit dem Sohn meines schlimmsten Feindes, Hansio? Weshalb haben sie Unruhe gestiftet und meine Soldaten mit Schwertern angegriffen? Ist das etwa nicht verdächtig? Muß ich Jagat trauen, nur weil er weiße Haare hat; weil er alt ist und bald tot sein wird? Wir *alle* werden bald tot sein, wenn ich nicht handle! Auch Ihr könntet sterben!« DiVega starrte düster vor sich hin.
»Irgendwann werdet Ihr die Meuchelmörder nicht mehr töten können«, sagte Jodos. »Euer Schwertarm wird müde werden. Oder wird Euer Schwertarm nie müde?« Er beobachtete den wachsenden Aufruhr in DiVegas Geist. »Der vertrauenswürdige, weißhaarige Jagat verläßt die Stadt, unmittelbar nachdem ein Mann versucht hat, mich umzubringen, aber ich darf ihn nicht verdächtigen. Und jetzt sagt Ihr, daß die Männer, die ihn zurückbringen sollten, tot sind. Eine merkwürdige Art, Treue zu zeigen, nicht wahr?«
»Lord Jagat ist außer sich!« stieß Istvan hervor. »Sein Sohn ist *tot!* Ihr könnt nicht erwarten, daß . . .« Er seufzte und schüttelte den Kopf. »Es mag sein, daß es zu spät ist, Jagat wiederzugewinnen, aber Männer zu schicken, die aus dem gleichen Land kommen wie diejenigen, die seinen Sohn getötet haben . . . !«

»Daran habe ich nicht gedacht«, log Jodos. »Ich habe die erstbesten Soldaten losgeschickt. Es waren zufällig Seynyorer. Das war ein Fehler, das gebe ich zu, aber ich verstehe nicht, warum von mir erwartet wird, daß ich einen klaren Kopf behalten soll, wenn ich selbst das gleiche von anderen nicht auch erwarten darf!« Diese Worte stammten von Chondos.

»Weil Ihr der König seid«, seufzte Istvan. »Nun, es ist einmal geschehen, und wir müssen nun mit den Konsequenzen leben. Aber bitte, versucht Euch vorher zu überlegen, welche Folgen Eure Worte und Taten haben könnten. Versucht die Gedanken und Gefühle der anderen zu sehen und dementsprechend zu handeln.«

»Ich werde es versuchen«, sagte der König reumütig. In seinem Innern jedoch lachte er. *Das werde ich ganz bestimmt! Ich werde mir große Mühe geben, die Folgen meiner Worte zu verstehen, und ich werde sie sehr sorgfältig wählen!*

Lord Julanos von der Gilde der Weinhändler war nicht glücklich. Wenn Lord Andrios abwesend war, oblag ihm der Vorsitz des Gildenrates, und Andrios war zum Schloß gebracht worden. So kam es, daß Julanos vom Seher von Portona die Botschaft von Prinz Hansio in Empfang nahm. Sie endete mit dem Schwur, daß die Heere von Mahavara Portona dem Erdboden gleichmachen würden.

»Es scheint, als ob alle Seynyorer getötet worden seien. Einige der Orissianer konnten entkommen und sind nach Karyon zurückgekehrt. Lord Santhos will wissen, was er tun soll.« Die Stimme von Lord Shachio wurde ernst. »Es scheint, Lord König, daß uns ein Krieg bevorsteht.«

»Es scheint so«, pflichtete Jodos ihm bei. Er versteckte seine grausame Schadenfreude hinter einem traurigen Gesicht, während er sehr leicht und vorsichtig die Oberfläche von Lord Shachios Geist erkundete. Er zog sich sofort zurück, als er spürte, daß der andere reagierte.

»Einen Moment, Sire ... da war noch eine Botschaft«, fuhr

der Seher fort und schloß die Augen. Kurze Zeit später öffnete er sie wieder. »Ich verstehe das nicht, Herr ... es existiert keine weitere Botschaft. Ich bitte um Vergebung.«
»Seid Ihr krank?« fragte Jodos. Der alte Mann schüttelte den Kopf.
»Nein, Herr, nur sehr müde. Vielleicht habe ich zuviel Wein getrunken. Normalerweise trinke ich nur beim Essen. Das ist das erste Mal, daß ich Wein auf nüchternen Magen getrunken habe, seit ... oh, seitdem ich so alt war wie Ihr, glaube ich.« Er lächelte den König an, und die großen Augen fixierten die seinen.
»Müde? Habt Ihr genug geschlafen? Vielleicht braucht Ihr mehr Schlaf?«
Jodos drang sanft in den Geist des alten Sehers ein, wieder bereit, sofort aufzuhören, falls dieser irgend etwas bemerken sollte. Es durfte keinesfalls zu einem Kampf kommen, keine Spur in Shachios Gedächtnis, die für irgend jemand anderen feststellbar wäre.
»Schläfrig ...« Shachio gähnte. »Ja. Ich bin früh aufgestanden. Und ich habe gestern hart gearbeitet. Ich habe die Botschaften für Lord Istvan abgeschickt und bin spät ins Bett gekommen. Welche Nachricht soll ich an Lord Santhos senden, Sire? Wenn Ihr mir sagt, was ich sagen soll, könnte ich in meine Gemächer zurückgehen ...«
»Ich muß darüber nachdenken«, antwortete Jodos und drang weiter vor.
Er traf nicht mehr auf irgendwelchen Widerstand und drang sanft in den Geist des Sehers ein. »Schlaf!« sagte er laut. Lord Shachios Augen fielen zu.
Es dauerte eine Weile. Er tastete sich durch den Irrgarten von Shachios Geist, er veränderte, justierte und verwandelte. Was parapsychische Fähigkeiten anbetraf, so hatte Shachio Chondos immer für einen hoffnungslosen Fall gehalten. Jodos verstärkte diesen Glauben noch und machte ihn zu einer unerschütterlichen Gewißheit. Der alte Mann würde gegenüber allem, was nicht zu diesem Bild paßte, taub und blind sein.

Ganz gleich, was Jodos tun würde, der Seher würde es weder sehen noch glauben. Ebensowenig würde er den Einfluß von Jodos' Geist wahrnehmen, der von nun an schon seine ungeborenen Gedanken entstellen würde. Jodos implantierte Shachio ein paar falsche Erinnerungen und verstärkte in ihm das Gefühl, daß es tabu sei, uneingeladen in den Geist eines anderen zu schauen. Aber er war verwirrt. Chondos hatte recht gehabt. Lord Shachio würde ohnehin nicht den Geist eines anderen ausspionieren – außer in sehr seltenen und genau festgelegten Notfällen –, und eine Menge anderer Sachen würde er auch nicht tun, die aus Gründen, die Jodos nicht einleuchteten, verboten waren. Zum Beispiel Kinder essen.

Nun ließ er Shachio wieder aufwachen. Der alte Mann blinzelte.

»Herr? Ich . . . habe ich geschlafen? Was . . .?«

»Ihr braucht ein wenig Ruhe«, sagte Jodos lächelnd. »Aber schickt jetzt die folgende Botschaft nach Erithra: Lord Santhos und die anderen Lords sollen ihre Armeen sammeln. Sie sollen sich bereit machen, Manjipé zu überfallen, sobald ich den Befehl dazu gebe.«

Krieg! Den ganzen Tag über pulsierte der Gedanke wie ein Trommelfeuer in Martos' Kopf, während er von Kalasima nach Urjvut ritt. Sein zweihändiges Zwergenschwert hing an seinem Sattel.

Sie folgten eine Weile dem Yukota nach Süden und passierten die hohen Mauern von Acarsica auf dem gleichen Weg wie Lord Jagat. Dann verließen sie diese Straße und stießen in das massadessanische Kernland vor. Im Westen senkten sich die Zwillingssonnen immer tiefer und näherten sich schon der schwarzen Linie am Horizont. Schließlich verschwanden die Sonnen allmählich ganz hinter jener fernen Mauer der Dunkelheit. Immer noch ritten sie nach Süden.

Die Getreidefelder und Obstgärten endeten. Hier gab es nur Weideland, hier und da ein paar Pferde und Rinder. Ein großer Teil dieses Landes war an kantaranische und manjipéani-

sche Lords verpachtet und diente ihnen als Weideland für ihr Vieh, das sie sonst nicht hätten füttern können und das sie in ihrem eigenen, von Dämonen versengten Land nicht zu züchten wagten.
Als sie endlich bei den Toren von Urjvut ankamen, bewegte sich schon ein Dutzend Monde über den Himmel und warfen merkwürdige Schattenmuster. Der verschlafene Torwächter ließ sie widerwillig ein. Menschen reisten nur in äußersten Notfällen nachts, selbst hier, so weit entfernt von der Grenze. Der Wächter musterte sie mißtrauisch.

Im Norden, tausend Meilen vom Meer von Ardren entfernt, wütete das Notfeuer dort, wo Handor, Kadar und Creolandis an eine große Ausbuchtung des Schattens angrenzten, die den Wolkensee einschloß und auch die Ruinen von Thendara, in denen furchtbare Gestalten ihr Unwesen trieben. Tödliche Dämonen flogen und krochen durch Kadar und verpesteten alles, was sie berührten. Feuerstrahlen und glühende Notfeuerkugeln blitzten um sie her. Männer kämpften in der Finsternis gegen Kobolde.
Noch einmal tausend Meilen weiter im Norden schliefen die Sterblichen in Frieden und das Vieh weidete sorglos auf den Wiesen, während die Hastur-Türme im Süden gegen die dunkle Mauer aufflammten, bis eine riesige Gestalt des Schattens einen Turm einschloß.
Bevor die Verteidiger noch reagieren konnten, wurden all ihre Schutzvorkehrungen zunichte gemacht, so daß der gesamte Turm zerbarst. Die Nachbartürme zu beiden Seiten erbebten, als auch sie angegriffen wurden. Die Hilferufe ihrer Wächter riefen Scharen von Hasturs aus der ganzen Welt herbei. Aber die Dunklen Wesen strömten schon in die Länder der Menschen hinein. Als sie sich versammelten, spürten die Hasturs die böse Präsenz des drachenköpfigen Uoght, der im Schatten lauerte, jenes Regenten der Dunklen Lords, die jenseits der Welt regierten.

Bevor die Zwillingssonnen aufgingen, holten Martos und seine Männer im düsteren Zwielicht die Pferde. Dicker Nebel bedeckte die Welt, und die unwilligen Urjvut-Männer mit ihren Lampen, die sie begleiteten, waren unruhig – die Grenze war hier nur fünfzig Meilen entfernt. Die Mauern des Schlosses verschwanden hinter ihnen, und sie schritten nun über das öde Moorland. Die Spitzen der vereinzelten Bäumen waren nicht zu erkennen. Die Männer waren zu beiden Seiten in einer Entfernung von nur zehn Schritten von einer grauen Mauer umgeben, die die Welt vor ihnen verbarg.
Für Martos war die Kühle des Nebels eine angenehme Abwechslung zur gewohnten stickigen Hitze. Er teilte die Nervosität der Massadessaner nicht. Aber dennoch schlossen sich seine Finger um den rauhen Griff seines schweren Zwergenschwertes, als eine weiße Gestalt aus dem Nebel hervorbrach. Sie sprang wie ein Reh und flog wie ein Vogel. Sie wirbelte herum und verschwand wieder. Valiros pfiff. Ein sanftes Wiehern antwortete auf sein Pfeifen, und aus dem Nebel trottete ein Pferd heran.
Obwohl Martos Pferde sehr liebte, war er froh, diese hier Valiros überlassen zu können. In seinen Augen sahen sie überhaupt nicht wie Pferde aus: Sie waren zu mager und zu unbeholfen, ihre Beine waren zu dünn, ihre Hufe zu klein, ihre Hälse zu kurz und ihre Lenden zu kräftig. Sie sahen eher aus wie Windhunde oder merkwürdig deformierte Antilopen. Nur in der Luft wirkten sie anmutig. Sie machten ihn nervös
Jahrhundertelange Züchtung hatte erst vor fünfzig Jahren zu diesem Erfolg geführt. Martos schaute nervös zu, als die übrigen aus dem Nebel herangeflogen kamen. Er hoffte, daß der Geruch seiner Nervösität sie nicht erschrecken würde. Die Springer hatten nicht die ausgeprägte Ruhe der großen kadarinischen Kriegspferde. Durch lange Inzucht waren diese Tiere ziemlich aufgeregt, jeden Moment bereit, entweder zu fliehen oder einen Wutanfall zu bekommen. Und diese hier zählten zu den schlimmsten; nur deshalb hatte Valiros von seinem Onkel die Erlaubnis erhalten, sie mitzunehmen.

Martos zog es vor, auf schweren Tieren zu reiten, auf einem guten Kriegspferd und mit festem Boden unter den Füßen. Über die Köpfe seiner Feinde zu fliegen, paßte nicht zu seinem Kampfstil. Paidros haßte die Biester, das wußte er: Er hatte seinen sicheren Posten in der königlichen Armee verlassen, um nicht mit ihnen in Berührung zu kommen.

Eine schmale Schnauze senkte sich in Valiros' Hände. Er strich über den häßlichen Kiefer und die erregten Ohren und ließ seine Hände über den geschmeidigen Körper gleiten.

»Na ja, zumindest Windläufer ist gut in Form«, sagte Valiros beschwichtigend. Erivar und Rafael hatten ebenfalls ihre Tiere gefunden. Valiros redete besänftigend auf Windläufer ein und zog ihm einen Zaum über den häßlichen Kopf, der Martos immer an eine Schlange erinnerte. Das Biest schien nichts dagegen zu haben, obwohl die spitzen Ohren zweimal nach hinten schnappten. Erivar hatte Pfeilflug auch bald soweit, aber als Rafael seiner kleinen Stute Graureh einen Zaum über den Kopf zu ziehen versuchte, schnaubte sie und sprang davon. Als er ihr folgte, wandte sie mit angelegten Ohren den Kopf und trat nach ihm aus. Rafael sprang aus dem Weg, und Graureh katapultierte sich mit einem schrillen Schrei in den Nebel hinein. Noch ein weiteres Dutzend Pferde sprang wie Kaninchen davon, und auch Erivar und Valiros mußten ihre Rosse mit großer Kraft festhalten, da sie ausschlugen und bockten.

»Laß sie laufen!« rief Valiros Rafael zu. »Sie wird uns nachfolgen wie alle anderen.«

Zuerst brachte Valiros Windläufer unter Kontrolle, und als sich auch Pfeilflug beruhigt hatte, machten sie sich auf den Weg zurück zum Schloß. Man konnte sich ziemlich leicht im Nebel verirren, und so fanden sie sich plötzlich neben der großen Mauer wieder, die dreißig Fuß hoch war und aus den Tagen stammte, als die Grenze noch näher gelegen war, und die dazu gedient hatte, streunende Kobolde und Trolle zu narren. Sie begann direkt am Schloß und umfaßte eine riesige Fläche, die für die kleine Herde völlig ausreichte. Wegen die-

ser Mauer hatte Martos Urjvut als sicheren Aufenthaltsort für diese nervösen Tiere ausgewählt: kleinere Hindernisse hätten sie problemlos überwunden. Sie folgten der Mauer zurück zum Schloß. Martos lächelte, als er die Blicke der Stallknechte sah, die sich wunderten, daß die Tiere ihnen doch folgten. Manche trabten unbeholfen direkt hinter ihnen her, andere tauchten immer wieder in der Nähe auf, verschwanden dann aber wieder und sprangen wie Rehe durch den Nebel.
Im Osten glühte blendend weißes Licht, das mit Goldstreifen und Regenbogenglitzern durchsetzt war. Die Pferde schnaubten und wieherten, als das Licht heller wurde. Schließlich traf die Mauer auf die Hauptmauer des Schlosses, und bald banden Valiros und Erivar ihre Pferde an den Pfosten neben dem Tor fest. Sie fingen auch die restlichen Tiere ein, aber nur sieben von ihnen waren in Form, um in die Schlacht reiten zu können. Viele Stuten stillten oder waren trächtig.
Sie sattelten Pfeilflug und Windläufer und legten den übrigen Führungsseile an, was allerdings nicht so einfach war. Valiros, Erivar und Rafael würden sie allesamt den ganzen Weg nach Inagar treiben müssen. Kein gewöhnliches Pferd würde sie einfangen können, wenn sie sich aus dem Staube machen sollten. Schließlich trieben sie die restlichen Stuten zurück auf die Weide, um die anderen sieben überhaupt mitnehmen zu können – eine schwierige Aufgabe, denn die kadarinische Springerrasse hielt untereinander sehr stark zusammen: Windläufer und die anderen wollten nicht von ihrer Herde getrennt werden.

Jodos hatte in dieser Nacht nicht seine gewöhnlichen Träume gehabt. Statt dessen hatte er von Männern und Frauen geträumt, die Chondos kannte, und von sinnlichen, fleischlichen Gelüsten, die ihm neu waren ... Er öffnete im königlichen Schlafgemach die Augen. Alles erschien wie gewohnt. Zuerst dachte er, er hätte merkwürdige Träume gehabt, über Jodos und die Dunklen Wesen ...
Zutiefst erschrocken wachte Jodos nun vollends auf. *Er hatte*

sich für Chondos gehalten! Die überwältigende Angst derjenigen, die den Dunklen Lords dienten, stieg in ihm hoch: Die Angst, daß er etwas verschlungen haben könnte, das mächtiger war als er, etwas, das *ihn* sich einverleibte. Außerdem tauchte plötzlich noch eine andere Angst auf, und zwar in dem Teil seines Geistes, wo Chondos' Erinnerungen gespeichert waren – jener Teil seines Geistes *war* Chondos, und das, wovor er Angst hatte, war Jodos.

Zwei Ängste erschütterten seinen Geist. Chondos' Entsetzen vor dem Leben im Schatten durchflutete ihn und kämpfte gegen die Angst vor dem Verschlungenwerden und vor den Sonnenmenschen.

Er hörte, wie er Worte murmelte, die Chondos von Miron Hastur erlernt hatte, und eine Sperre erhob sich um seinen Geist, eine Sperre gegen Jodos... Aber *er selbst* war ja Jodos!

Pirthio ist tot! dachte er. *Was habe ich Lord Jagat angetan? Was habe ich dem Königreich angetan?*

Leg dich wieder hin, du vermodernde Hefe! Kein lächerlicher menschlicher Wille kann stark genug sein, um mich zu verschlingen!

Die Nachricht von Pirthios Tod und der Schlacht am Marunka war nicht vor ihnen eingetroffen, aber dafür hörte Martos beim Frühstück andere Neuigkeiten.

»Alle seynyorischen Kompanien sind unterwegs«, berichtete ihm der Lord von Urjvut. »Niemand weiß warum. Sie ziehen Richtung Ojaini, glaube ich, sehr gut organisiert. Sandor DiArnac und seine Männer verließen Ekakin und marschierten nach Osten, und die seynyorischen Besatzungen aller Burgen, an denen sie vorbeikamen, sind zu ihnen hinausmarschiert und haben sich ihnen angeschlossen. Ziemlich rätselhaft.«

»Wann fing das an?« fragte Martos.

»Gestern.«

Das ist sehr intelligent, dachte Martos. *Wahrscheinlich steck-*

te DiVega dahinter. Dann sagte er: »Also sind nur im westlichen Teil der Provinz Kompanien unterwegs? Die anderen warten noch?«
»So heißt es zumindest«, antwortete der Massadessaner. »Sie lagern wahrscheinlich zur Zeit gerade in Kaligaviot.«
Wenn Hamir und Jagat es wollen, dachte Martos, *können wir die Seynyorer von Ojaini abschneiden.* Er spürte plötzlich ein heftiges Mitleid für diese Männer, die den gleichen Beruf gewählt hatten wie er und die ihm von ihrem Blut und ihrer Tradition her sehr nahe standen. Nun würden sie plötzlich in einem feindlichen Land gefangen sein.

Jodos spürte den Blick von Lord Taticos, und er untersuchte seinen Geist, um zu erkunden, was er wußte oder vermutete. Aber auch er selbst wurde angestarrt.
»Sire, Euer Schwert!« Die Stimme von Taticos brachte ein schockiertes Flüstern hervor. »*Wo ist Euer Schwert?*«
Er hatte es vergessen, diesen lächerlichen Stahlstreifen, in den die Sonnenmenschen ihr lächerliches Vertrauen setzten! Als er sich anzog, hatte er zu viel Angst vor dem sich verselbständigenden Geist seines Bruders gehabt, um klar denken zu können! Er versuchte also schon, ihm Fallen zu stellen!
Jodos sah in den Geistern der übrigen Anwesenden, daß sie niemals ihre Schwerter vergessen würden. Er suchte nach etwas, das er sagen könnte. Panik kam in ihm auf. Dann sah er einen Ausweg und lachte schallend.
»Was!« rief er, »sind meine Wächter so unfähig, meine Minister so untreu, daß ich es nicht einmal wagen darf, vor meinem eigenen Rat ohne Waffe zu erscheinen? Dann wäre es vielleicht besser, wenn ich stürbe. Habt *Ihr* vor, mich zu erstechen, Lord Taticos? Oder Ihr, Lord Zengio?«
Taticos stotterte, aber Lord Zengio lachte trocken, und Jodos sah in seinem Geist, daß er diese trotzige Geste bewunderte. Es hatte geklappt. Diese verdrehte Logik paßte zu Chondos.
»Es hat noch nie jemand behauptet, dem König fehle der Mut!« sagte Zengio. »Gesunder Menschenverstand viel-

leicht!« Er lachte und deutete auf den jungen Mann, der neben ihm stand. »Mein Sohn und ich haben uns mit Lord Andrios von Portona unterhalten und auch mit Lord Dimetrios.« Er rieb sich vergnügt die Hände. »Das sind zwei ziemlich erschrockene Herrschaften. Sie befinden sich in getrennten Zimmern – ziemlich bequeme übrigens –, und wir gehen zwischen den beiden hin und her und stellen ihnen Fragen. Dann vergleichen wir die Antworten und fragen sie dann wieder, warum ihre Antworten verschieden sind. Sie dementieren natürlich alles. Sie haben sogar ein paar Dinge dementiert, von denen wir gar nichts wußten. Andrios zum Beispiel bestritt, irgend etwas über diesen Sandor zu wissen. Das war, als wir ihn über das Attentat auf Eure Majestät befragten. Dann haben wir Dimetrios gefragt, wer Sandor sei. Er sagte, er habe gehört, das sei der Name des großen Nordländers, der bezahlt wurde von ... und dann versuchte er, Prinz Phillipos einen Herzog zu nennen! Ich habe ihn gefragt, ob er nicht vielleicht den Herzog von Ipazema meinte. Das dementierte er aber äußerst lautstark!«

Jodos hörte ungeduldig zu, während er die Geister der Männer um sich herum studierte, so gut er es bei der Anwesenheit des blendenden Schwertes im Raum konnte. Er spürte den Neid und die Spannungen zwischen den einzelnen Anwesenden. Beispielsweise war der Sohn von Zengio, Lord Mario, verärgert darüber, daß sein Vater ihn immer noch wie einen Untergebenen behandelte. Jodos lächelte. Er würde dafür sorgen, daß sie einander bald an die Kehle sprängen! Und wenn seine Aufgabe hier erledigt war und die Dunklen Lords den Schatten über den Himmel bis zum Meer ausgebreitet hatten, dann würde er hier herrschen und schmausen und mächtiger werden. Die Menschen, die überlebten, waren dann seine Sklaven. Er würde sie verschlingen oder foltern, ganz wie es ihm gefiele. Es würde gut sein, endlich wieder richtiges Essen zu haben, lebendiges, blutiges Essen. Das Wasser lief ihm im Munde zusammen, während er darüber nachdachte.

»Sire.« DiVega sprach ihn an. »Habt Ihr den Namen Sandors

irgend jemandem gegenüber erwähnt? Oder habt Ihr ihn selbst irgendwo gehört?«

»Nein«, sagte er.

»Möglicherweise hat mein Vetter Firencio darüber gesprochen« – DiVega hielt inne und schnappte plötzlich mit den Fingern – »oder Prinzessin Illissia . . . Sie war dabei, als ich mit dem König sprach. Aber wenn Andrios den Namen nicht von jemandem gehört hat, mit dem sie gesprochen haben – und das können wir leicht herausfinden –, dann muß er den Namen von jemandem haben, der über das Komplott informiert ist.«

»Darüber möchte ich gerne mehr hören«, sagte Zengio. »Ich hatte den Namen selbst vorher noch nicht gehört. Nur von den Lippen von Lord Andrios. War dies der Name des Meuchelmörders?« DiVega nickte.

Zweitausend Meilen weiter im Norden saß Miron Hastur mit gekreuzten Beinen im Gras. Seine Augen waren geschlossen, aber sein Geist war hellwach: Er beobachtete, während die Krieger von Kathor in der Nähe den Wald durchkämmten. Sie suchten nach Kobolden, die sich darin versteckt hatten. Er war müde. Das Tageslicht ermöglichte es ihm, seine schwindende Kraft für den Kampf aufzusparen, der bei Anbruch der Dunkelheit auf ihn zukommen würde – es sei denn, die Sterblichen, die er befehligte, würden etwas Gefährlicheres als Kobolde entdecken.

Dort, wo der zerstörte Turm gestanden hatte, sickerte Finsternis hinaus auf die Ebene, und die Dämonen versammelten sich. Mirons in Flammen gehüllte Verwandten versuchten, die Dunklen Wesen zurückzutreiben, damit die Grenze wieder verschlossen werden könnte. Aber der eigentliche Kampf würde erst dann einsetzen, wenn die Zwillingssonnen am Horizont untergegangen waren.

Mit geschlossenen Augen verfolgte Miron, wie die blonden Krieger in ihren Lederrüstungen sich vorsichtig durch das Unterholz vorarbeiteten. Er spürte auch die mißgestalteten

Kreaturen, die in ihrer Nähe lauerten. Sie versuchten, sich zu verstecken, und wenn sie dann doch in die Enge getrieben waren, sprangen sie mit rattenhafter Grausamkeit aus ihren Verstecken und stießen mit grobgehämmerten Eisenstücken zu. Von Zeit zu Zeit berührte Miron den sterblichen Seher, der die Männer führte, und zeigte ihm, wo er suchen und wo er sich vor einem Hinterhalt hüten mußte. Aber die Sterblichen waren eigentlich auch allein in der Lage, diese Aufgabe zu erledigen, und er mußte seine Kraft schließlich für die Nacht aufsparen.

Plötzlich brach eine Welle von Dunkelheit aus dem Boden. Sofort verschwand er vom Hang. In Flammen gehüllt stand er vor dem Dämonen, als dieser sich auf die Sterblichen stürzte. Das gestaltlose Dunkel wich zurück. Die Bäume und das Gras, die er berührt hatte, verdorrten zu grauem Staub. Das Notfeuer prallte von seinen Sperren ab.

Hinter ihm rief ein Mann, aber er achtete nicht weiter darauf. Sein Geist konzentrierte sich ausschließlich auf die Spannung der Kräfte zwischen ihm und dem Dämon. Sein Feuerschild flammte gegen die kalte Macht, die sich um ihn erhob. Ein grober Speer mit einer Eisenspitze wurde in seinen Rücken getrieben. Er schrie auf; die Flamme um ihn herum flackerte, und das schwarze Phantom rollte auf ihn zu. Miron sammelte seine gesamte schwindende Energie für einen Feuerblitz, der den Dämon zurückschleuderte. Eine häßliche Gestalt sprang mit einem Eisenschwert auf ihn zu, das zum Schlag erhoben war. Es gelang ihm, noch einen zweiten Blitz auszusenden. Eine verbrannte Koboldleiche fiel zu Boden. Dann wogte das Dunkel wieder auf ihn zu, und er war am Ende seiner Kraft. Aber man hatte seinen Schmerz bemerkt. Plötzlich stand Elenius Hastur zwischen ihm und dem Dämon, und dann erschienen auch Earagon und Herstes. Miron ließ die Flammen um sich herum erlöschen. Er stand bebend da, in vollkommener Konzentration, während das Blut an seinem Rücken hinabfloß. Sein Geist bewegte sich über die ganze Länge des Speerschafts und in die Wunde hinein. Er studierte die grau-

samen Widerhaken am Speerkopf und auch das Gift, das langsam in sein Blut sickerte.
Ein wenig weiter rechts, und der Speer hätte ihn auf der Stelle getötet. Er begrenzte den entsetzlichen Schmerz, neutralisierte dann das Gift und versiegelte zuletzt die durchtrennten Blutgefäße. Er konzentrierte seinen Geist auf den Speerschaft. Sehr behutsam verließ der Speer die Wunde. Gelassen beobachtete Miron, wie das Ding den gleichen Weg wie bei seinem Eindringen – nun jedoch in umgekehrter Richtung – zurücklegte. Er führte den Speer vorsichtig um eine Arterie herum, die schneller Blut verlieren würde, als er sie versiegeln könnte. Schließlich war die Speerspitze wieder frei. Er ließ den Speer fallen und drückte die Wunde zu.
Unsäglicher Gestank und vibrierende Luft sagten ihm, daß seine Verwandten den Dämon getötet hatten. Er vernahm Schreie und das Klirren von Stahl. Überall um ihn herum kämpften Männer und Kobolde. Er fügte seine durchtrennten Blutgefäße wieder zusammen und versuchte, sie vollständig wiederherzustellen und das zerrissene Fleisch zu heilen. Aber er spürte, wie seine Kraft ihn verließ . . .
Dann umfaßte ein fremder Geist den seinen. Die sachkundigen Gedanken von Elenius bewegten sich über die Wunde, und Miron ließ sich in einen sanften Schlaf fallen.

11

Chondos gelang es nur mit größter Mühe, die Augen zu öffnen und sich aus dem eisernen Griff seines Alptraums zu befreien. Er lag im Dunkeln. Irgendwo tropfte Wasser. Er dachte, er müsse noch träumen, aber er zwang sich in eine sitzende Haltung. Immerhin befand er sich jetzt auf einem Sofa und nicht auf kaltem Stein; und es krochen auch nicht irgendwelche schleimige Wesen über ihn.

Aber er befand sich wohl kaum im königlichen Schlafgemach. Uralter Stoff zerriß unter seinen Fingern, als er sich aufrichtete. Riesige Staubwolken drangen ihm in die Nase, so daß er niesen mußte. *Kann man eigentlich im Traum niesen*, fragte er sich. Es mußte wohl so sein, denn er hatte es gerade getan, und das hier konnte unmöglich die Wirklichkeit sein.
Er zitterte. Es war kalt in seinem Traum. Er hatte nur ein dünnes Nachtgewand an, und ein kalter Luftzug streifte seinen Nacken. Irgendwo mußte ein Fenster offen stehen. Er drehte den Kopf. Sein Hals war steif und schmerzte. Seine Kehle war ausgedörrt. Ein widerlicher Geruch drang ihm in die Nase. Er war durstig. Als er sich aufrichtete, berührten seine nackten Füße eisigen Stein.
Allmählich vermochten seine Augen im Dunkeln bestimmte Formen zu erkennen. Das längliche schwarze Ding da in der Nähe mußte eine Bank oder irgendeine längliche Kiste sein. Ob das ein Tisch war, der dort mitten im Raum stand? Sein Kopf schmerzte. Ja, es war ein Tisch, und neben dem Tisch stand ein Stuhl.
Ein breiter, dunkler Torbogen öffnete sich zu einem sternenlosen Himmel hin. Er sah düstere Silhouetten, möglicherweise verfallene Türme. Die Kälte machte den allgegenwärtigen Modergeruch kaum erträglicher. Von den Seiten des Torbogens hingen zerfetzte Stoffstreifen herab, die ein leises raschelndes Geräusch von sich gaben.
Er schloß die Augen wieder und schüttelte den Kopf, um klarer zu werden. Seine Schläfrigkeit wich. Aber er befand sich bestimmt nicht in seinem Bett im Schloß, also konnte er auch nicht wach sein. Dies mußte noch immer ein Traum sein, ein weiterer in jener langen Reihe von gräßlichen Träumen, die einander gefolgt waren. Aber die Nacht mußte allmählich vorüber sein. Staub kitzelte in seiner Nase, und seine nackten Füße froren auf dem kalten Stein. Eigentlich mußte er doch in seinem Bett liegen, aber gleichzeitig war er auch tatsächlich hier, und er fror und war durstig und saß

auf einem vermoderten Sofa, das bei jeder seiner Bewegungen weiter zerfiel.
Er nieste wieder und blinzelte. Wenn er wirklich wach war, wo mochte er dann nur sein? Und wie war er dorthin gekommen? Nach dem anstrengenden Krönungstag war er spät ins Bett gegangen. Um ihn hatte sich alles gedreht, und sein Rücken hatte nach dem langen Tag geschmerzt – er war dann schnell zwischen den kühlen Laken eingeschlafen. Aber irgendwann mitten in der Nacht hatten jene Träume angefangen. Dunkle Wesen hatten ihn gejagt und verfolgt. Unsensible Hände hatten in seinem Gehirn herumgewühlt. Die ganze Nacht hatte er aufzuwachen versucht, weil er immer wieder das Gefühl hatte, daß irgend etwas ihn *beobachte*. Und dieses Gefühl beschlich ihn jetzt wieder.
Er nieste. Das Sofa knarrte unter seinem Gewicht, als er unbeholfen aufstand. Ihm war schwindelig, und er stolperte. Er schwankte unsicher hin und her, seine Augen kämpften mit der Dunkelheit. Überall an den Wänden des Raumes lagen kleine Häufchen undefinierbaren Materials herum. Es mußte wohl Stoff sein, der von den verrotteten Wandteppichen herabgefallen war.
Auf den Stühlen, die entlang den Wänden standen, lagen ebenfalls solche Häufchen. Auf einem der Stühle sah er eine dunkle Masse, die ihm einen schrecklichen Augenblick lang fast wie ein menschlicher Körper erschien. Aber nein, sie war zu klumpig, zu rund, zu formlos. Es war wohl doch nur einer dieser merkwürdigen Stoffhaufen . . .
Aber das Ding bewegte sich. Es sprach. Mit einer eigenartig zischenden Stimme sagte es: »*Willkommen, o König, in den Hallen Eurer Väter! Willkommen, König Chondos, in Rajinagara!*«
Der König erstarrte, und das nun folgende Lachen klang noch lange in seinen Ohren nach.

Die Nacht war schon angebrochen, als Martos mit seinen kostbaren Pferden Inagar erreichte. Im Zwielicht ritten die

Kadariner durch die langen Straßen. Die kleinen dunklen Bewohner der Stadt beobachteten sie anfangs zurückhaltend und mürrisch, bis plötzlich einer von ihnen Martos erkannte. Dann entwickelte sich das anfängliche Flüstern über den »Helden von Ukarakia« allmählich zu verhaltenen Beifallsrufen.

Vor der Stadt waren sie durch fruchtbares Acker- und Weideland geritten. Den großen Dämonen gelang es nur selten, so weit nach Norden vorzudringen, und nur weiter im Süden gab es einige wenige Flecken jenes vergifteten Staubs, der das Land zerstörte. Dennoch wurden auch hier die Ernten gelegentlich von Krankheiten heimgesucht, die von den Dunklen verursacht waren. Die Gärten hinter den uralten Häusern waren durch mächtige Magie geschützt. Die Zitadelle im Herzen der Stadt, der Wohnsitz des Lords von Inagar, war von Gras und Bäumen umgeben.

Eine Legende besagte, daß Inagar die Winterhauptstadt der takkarischen Könige gewesen sei und der letzte von ihnen eine Zeitlang von hier aus regiert hatte – nach dem Fall von Rashnagar vor tausend Jahren. Aber das war nur eine Legende. Alle Aufzeichnungen aus jener Zeit waren längst in dem mörderischen Krieg gegen die Dunklen Wesen verlorengegangen.

Aber die Stadt war fast so groß wie Manjipor, und im ganzen Grenzland war nur Mahapor größer als Manjipor. Selbst wenn es nicht zutraf, daß die alten Könige dort jemals regiert hatten, so hatten in den vergangenen tausend Jahren die Prinzen von Manjipé mit Sicherheit öfter ihren Regierungssitz dorthin verlegt, nämlich dann, wenn der Schatten Manjipor einmal wieder verschluckt hatte.

Immer noch hing über dem Platz vor der Zitadelle eine Rauchwolke: Die Totenfeuer von Pirthio und von . . . anderen. Die Asche wurde gesammelt, um damit die Felder zu segnen. Martos war erleichtert, dies alles nun überstanden zu haben, obwohl es seine Pflicht war, sich gebührend von den Gefallenen zu verabschieden. Es würde leere Plätze in ihren

Familiengruften geben, dachte er. Aber an der Grenze war es nun einmal nicht möglich, Menschen zu begraben: Die Toten wären nicht lange in ihren Gräbern geblieben. Und er wußte, daß die Grenzländer mit fremden Toten – insbesondere mit toten Söldnern – ebenso sorgsam umgingen wie mit ihren eigenen. Auch neunzehn Seynyorer waren hier. Die toten Orissianer hingegen waren auf dem Wagen der Heiler zurückgeschickt worden, damit sich ihre feigen Kameraden um sie kümmern sollten.

Die Bewohner der Stadt befanden sich immer noch in der Nähe des Platzes, aber es war nur eine kleine Gruppe. Martos fiel auf, daß die Stadt ziemlich leer wirkte. Hier war genügend Platz für wesentlich mehr Menschen, als im ganzen Grenzland zusammen wohnten. Viele Häuser standen leer. Ihre leeren Fenster wirkten wie die Augenhöhlen von Totenschädeln. Am Tor der Zitadelle überragten ein paar riesige Gestalten die dürren, zerlumpten Grenzländer und stützten sich lässig auf ihre Bögen. Es waren n'lantische Söldner. Sie waren allerdings nicht ganz so groß wie Martos. Sie standen mit entblößtem Oberkörper da, und ihre Schultern waren so breit wie die von Bären. Fast die Hälfte aller Frauen der Provinz wohnten hier; sie standen schweigend in Gruppen auf dem Platz, und ihre hungrigen Augen folgten Martos' Männern zum Tor.

Lord Taticos war sichtlich unwohl. Jodos sah in seinem Geist Bilder von brennenden Schlössern und marschierenden Armeen.

»Es ist Krieg, Lord König. Oder es sieht zumindest sehr danach aus.« Taticos hielt inne und befeuchtete seine Lippen. »Hamir von Inagar hat seine Vasallen zu sich gerufen, und Lord Jagat trifft sich gerade mit ihnen.« Er hielt wieder inne. Jodos hatte schon alle Nachrichten im Geiste des anderen gelesen und keine Lust, sie nun noch einmal in Form von Worten hören zu müssen. Er spürte die Ungeduld von Lord Zengio. Er berührte ganz leicht den Geist des alten Konstablers, so daß dieser seine Stimme erhob und sich über Taticos' Zögern beschwerte.

»Ich sammle schon meine Männer, Lord König!« Jodos bemerkte die plötzliche Wut von Zengios Sohn, dem neuen Konstabler. Das war eigentlich seine Aufgabe. »Prinz Phillipos hat nach den Männern der Garnison von Iskoda geschickt. Innerhalb von zwei Tagen können wir eine Armee auf der Straße haben!«

Jodos lachte . . .

Er erschrak zutiefst. Das war Chondos, der da gelacht hatte, nicht er! Es war die Erinnerung von Chondos an ein Kriegspferd, das am Zaum biß und wieherte, als es die Trompete hörte. Es war das Gedächtnis von Chondos, das ihn zu beherrschen versuchte.

»In der Tat, Lord König«, sagte Zengio, der den Ausdruck des Schocks auf Jodos' Gesicht mißverstand. »Es ist eine Tragödie. Lord Jagat ist stets die rechte Hand Eures Vaters und auch ein guter Freund von mir selbst gewesen. Wir haben alles versucht, um diesen Krieg zu verhindern, aber nun ist es zu spät.«

»Nein, das ist es *nicht!*« schnaubte Taticos. »Der Krieg mit Mahapol ist wahrscheinlich nicht mehr zu vermeiden. Aber nachdem Lord Jagat nun seinen Sohn beerdigt hat, kommt er vielleicht doch wieder zur Vernunft und erneuert seinen Treueschwur.«

»Wir müssen auf beides vorbereitet sein, auf Krieg und Frieden«, sagte Jodos glatt. Er wußte, daß sie so etwas hören wollten. Er hatte den Schock und seine Angst unterdrückt, aber sie kochten immer noch unter seinem ruhigen Äußeren. Wie konnte er hoffen, jemals den Meister selbst verschlingen zu können, wenn er nicht einmal die Gedanken seines Bruders verdauen konnte? Und es war ja nicht einmal der lebendige Geist des anderen, er hatte ja nur mit seinen Erinnerungen zu tun. Wie konnte er je hoffen, die unzähligen Leben zu verdauen, die er sich einverleiben mußte, um unsterblich zu werden?

Rashnagar! Die uralte Hauptstadt! Die Vorstellung überwältigte Chondos, als jenes schreckliche Gelächter erscholl.
»Vor tausend Jahren floh der letzte der arthavanischen Könige von hier in schrecklicher Angst«, ertönte die zischende Stimme. Die schwarzgekleidete Gestalt erhob sich von ihrem Stuhl. »Seit tausend Jahren ist kein König deiner Linie über diese Steine gegangen. Aber das Rad des Schicksals hat sich gedreht, und wieder steht ein Arthavaner in den Hallen seiner Vorfahren. Sogar die Steine der Stadt jubeln darüber, daß du gekommen bist, o König.«
Ganz tief in Chondos' Geist wurden Träume seiner Kindheit wach. *König in Rashnagar ...*
Chondos lachte plötzlich, und seine Stimme hallte fröhlich durch die leeren Hallen. König? König von was? Von Spinnen und Fledermäusen, falls solche gesunden Kreaturen überhaupt irgendwo in den Ecken der verstaubten Räume überlebt hatten. Und ganz sicher nicht König der Ghule und Kobolde, die nun durch die alten Ruinen spukten, wenn dies alles nicht nur ein Spott sein sollte. Und König der Dämonen oder ihrer gefürchteten Meister würde er nie sein.
Er studierte nun in seinem Geist die Einzelheiten, die seine Kindheitsträume über jenes alte Reich zu berichten wußten. Die Menschen sagten, daß Furcht und Gier die einzigen menschlichen Gefühle seien, die die Dunklen Wesen verstünden. Hier war der Beweis: Erst sitzt dieses Ding da und will ihn erschrekken, dann kommt es mit einem Bestechungsangebot, daß er die Herrschaft in diesen alten Ruinen übernehmen könne!
»Interessant«, antwortete er mit verächtlicher Stimme. »Merkwürdig! Ich habe keine Beifallsrufe gehört! Wenn ich hier König bin, dann gib mir deine häßliche Robe, damit mir wärmer wird, und bringe mir eine Fackel, damit ich mir den Weg leuchten kann!«
»Wenn du sehen würdest, was diese Robe verbirgt, König«, zischte die Stimme spöttisch, »dann würdest du genauso schnell fliehen wie der letzte Herrscher von Rajinagara! Dann würden meine Diener dich zurückholen müssen. Es könnte

sein, daß sie dir weh tun würden! Das wäre traurig. Aber du würdest ohnehin nicht weit kommen. Und du kannst mir glauben, diesen Ort verläßt du nicht eher, als bis ich dich fortschicke!«

Eine Drohung kann Angst verbergen, dachte Chondos. Die unförmige Robe schien an einem zerbrechlichen Gerüst zu hängen; unter dem Stoff zeichneten sich Glieder wie vertrocknete Zweige ab. Vielleicht hatte das Ding einen Grund, vor ihm Angst zu haben...

»Dann solltest du mich am besten jetzt fortschicken!« sagte er und suchte nach einem Zeichen von Angst. »Ich gehe *jetzt!* Geh aus dem Weg, oder ich zerbreche dich wie einen vermoderten Zweig!«

Wie er befürchtet hatte, kam nur ein zischendes Gelächter als Antwort. »Willst du deine Kraft mit meiner messen?« fragte die schreckliche Stimme. Mit einem unglaublichen Satz stand das Ding vor ihm. »Du? Weißt du, daß du nur so lange lebst, wie es mir gefällt? Und du auf meinen Befehl hin schläfst? *Schlaf* jetzt!«

Ein dunkler Ärmel flatterte vor seinem Gesicht. Chondos' Körper wurde taub, und die Dunkelheit drehte sich um ihn. Die schwarze Gestalt war verschwunden. Statt dessen sah er, wie das Sofa auf ihn zukam. Mit einem Krachen zerbröckelte das alte Holz unter ihm, und seine Augen wurden wie durch riesige Gewichte geschlossen.

Jodos unterdrückte ein grausames Lächeln.

»... leider hing alles von der Treue Lord Jagats ab!« sagte Lord Mario. »Wir hatten erwartet, daß die Streitkräfte aus Manjipé im Süden den größten Teil des Kampfes übernehmen würden, dann wären die königlichen Streitkräfte frei gewesen, sich Orissia und der Küstenstädte anzunehmen. Aber im Süden stehen jetzt nur die Kantara-Lords und die Söldnerkompanien. Um sie zu verstärken, müßten wir die gesamten Verteidigungskräfte aus der Hauptstadt abziehen und das Risiko eingehen, den Norden zu verlieren.«

DiVega schritt erregt auf und ab. Sein flammendes Schwert brannte in Jodos' Geist und verdeckte seine Gedanken. Jodos machte nicht einmal den Versuch, in den Geist des Seynyorers hineinzuschauen. Er begnügte sich damit, die übrigen Männer im Raum zu studieren. Er erinnerte sich an den schrecklichen strengen Meister, der ihn mit Schmerz und Angst gelehrt hatte, die Geister der Menschen zu beherrschen.

»Wenn die Söldnerkompanien hier mit denen zusammen kommen, die sich im Augenblick gerade in Ojaini versammeln«, sagte DiVega, »kann ich Euch mehr als neuntausend Männer zur Verfügung stellen, Lord König. Der Großteil davon befindet sich schon jetzt im Süden. Wenn ich mit den Kompanien losmarschiere, die unter meinem Kommando stehen, glaube ich nicht, daß Ihr noch weitere zu schicken braucht.« Er lächelte. Es war ein merkwürdiges Lächeln, mit dem er sich über sich selbst lustig machte. »Ihr kennt den Ruf von uns Seynyorern.«

Das wäre genug, um die Grenzländer zu schlagen, dachte er. Dann könnte er sie wieder in den Norden schicken, um den dortigen Aufstand zu bekämpfen. Allerdings wäre dann die Grenze ungeschützt.

»Mein Lord König, mein Bruder«, sagte Prinz Phillipos, »ich habe zur Zeit vierhundert kampfbereite Männer hier in der Stadt. Bis morgen werde ich tausend Fußsoldaten haben. Es bleibt trotzdem noch eine große Armee an den Ufern des Oda, die beim ersten Zeichen von Rebellion nach Mahavara einmarschieren könnte. Aber die tausend werden Euch folgen, wohin Ihr sie auch führen mögt.«

Führen? Das hatte er vergessen: Die Sonnenmenschen erwarteten, daß ihre Führer ebenso wie sie selbst ihr Leben riskierten, anstatt sie von hinten anzutreiben. Wieder so ein unverständlicher Wahnsinn.

»Es wäre Torheit, meine Lords, wenn ich die Hauptstadt verlassen würde.« Er sprach langsam und versuchte auszudrükken, daß er dies ungern sagte. »Solange ich hier sitze und den

Norden kontrolliere, genügt meine bloße Gegenwart, um jegliche Rebellion zu ersticken. Auf diese Weise wird die symbolische Einheit des Königreichs erhalten. Wenn die Stadt jedoch genommen würde, während ich selbst im Süden bin – oder wenn die Armee sich zwischen mich und meinen Thron stellen würde –, dann wäre der Thron eine Zielscheibe des Spottes!« Er spürte das Zögern in ihren Köpfen und fuhr rasch fort, damit sie keine Zeit zum Nachdenken fänden. »Lord Istvan, Ihr marschiert mit Euren Söldnern nach Süden und übernehmt in Ojaini das Kommando. Prinz Phillipos wird Euch begleiten mit seinen – tausend Mann habt Ihr gesagt, Prinz? Zusammen mit den Streitkräften der Kantara-Lords solltet Ihr dann genug Männer haben, um die Rebellion abzuwenden.«

Vor seinem inneren Auge sah Jodos die zerstörten Schlösser an der Grenze und die großen blutigen Berge von toten Grenzländern. Dann sah er, wie die Dunklen Wesen durch das Land rasten, und er hörte die Schreie von Frauen und Kindern, wenn die scharfen Fangzähne ihr Fleisch zerfetzten. Riesige Berge von Essen! Sie mußten jetzt hungrig sein jenseits der Grenze. Die Meister hatten hier und in Ashnilon Raubzüge verboten: Nur im Wüstenland auf der anderen Seite der Berge durften sie jagen und fressen.

»Wir sollten uns aber gleichzeitig auch um Frieden bemühen, Herr!« rief Taticos. »Wir sollten versuchen, mit Lord Jagat zu verhandeln und ihn zu überreden, zu seiner ursprünglichen Treue zurückzukehren! Schließlich wissen wir ja noch nicht, was er vorhat!«

»Das werden wir bald erfahren«, sagte Shachio. »Er trifft sich gerade mit seinen Vasallen, und das Treffen wird bald vorbei sein.«

Nachdem Martos dafür gesorgt hatte, daß die kostbaren Rosse in die Ställe gebracht wurden, machte er sich durch das alte Gemäuer auf den Weg zum Ratssaal. Manche der Gänge waren düster und windig, und lodernde Fackeln hingen hoch oben an den rohen Steinwänden. In anderen schimmerte das kristallene Licht von Hexenkugeln auf den Parkettböden, die mit Einlegearbeiten verziert waren. Prachtvolle Säle, die von der Blässe des Alters gezeichnet waren, befanden sich unmittelbar neben anderen, die grob und hastig verarbeitet waren. Der alte Palast war schon seit langem zur Festung geworden; das Land hatte den alten Reichtum für sich gefordert. Martos stieg eine Treppe hinauf, die unten aus Marmor gearbeitet war, weiter oben aus grobem Stein. Gedämpfte Stimmen wiesen ihm die Richtung.

»... dieser Unsinn von der männlichen Linie!« Das war sicherlich die Stimme Jagats. Sie war laut und voller Verachtung. »Es gab eine Zeit in diesem Land, in der die Männer wußten, daß...« Die Worte wurden leiser, als Martos die Treppe weiter hochstieg, aber dann wurde die Stimme wieder kräftiger: »...von uns weiß oder kümmert sich darum, wer sein Vater war? Unsere Frauen sind es, die die Linien erhalten! Der Tod ist die Braut des Kriegers, und die Frauen müssen sich ihre Kinder da holen, wo sie sie bekommen können. Es ist Zeit, daß wir...« Wieder wurde die Stimme unverständlich. Andere Stimmen, die noch leiser waren, antworteten. Martos bewegte sich schnell auf die Geräusche zu.

»Nein!« Die Stimme von Jagat klang kräftig und bestimmt. »Das werden wir nicht tun! Das *dürfen* wir nicht!«

Vor Martos befand sich jetzt ein Vorhang aus altem, grobgewebtem Stoff. Er hatte die Stimme von Jagat dahinter vermutet, aber nun herrschte Stille. Dann endlich hörte er die Stimme von Lord Hamir. Sein Ton war gedämpft und klang schokkiert:

»Ihr wollt doch nicht das Gesetz mißachten?«

»Wenn ein Staat einem anderen Staat den Krieg erklärt«, antwortete Jagats Stimme, »müssen beide zuerst die Erlaubnis der Hasturs einholen. Aber das Gesetz Hasturs besagt auch, daß ein Volk das Recht hat, einen Tyrannen zu stürzen. Und die Hasturs verwehren sich selbst das Recht, dies zu verbieten.«

Martos trat unauffällig aus dem Vorhang in den großen kahlen Raum ein, der nur durch Kerzen erhellt war, die auf einem langen niedrigen Tisch standen. Die Männer um den Tisch knieten nach Grenzlandsitte auf dem Boden.

»In strikter Übereinstimmung mit dem Gesetz, mein Lord...« Der Sprecher war ein Mann, den Martos nicht kannte. Er trug die gelbe Robe der Seher.

»Ich weiß«, sagte Jagat, »um dem Gesetz genau zu folgen, müßten wir anders handeln. Aber wenn wir eine formelle Mißachtungserklärung schicken, und das habe ich vor, handeln wir dennoch gesetzlich.«

»Das würde heißen, wir akzeptieren den Souveränitätsanspruch!« Hamirs Faust donnerte krachend auf den Tisch. »Wenn wir die Hasturs um Erlaubnis bitten, erklären wir, daß wir ein freies Fürstentum sind.«

»Und die Hasturs werden unseren Anspruch akzeptieren und uns dann verbieten, Krieg zu führen!« fauchte Jagat. »Dann werden alle Teile des Königreichs das gleiche tun, und die Dunklen werden uns Stück für Stück verschlingen! Du Narr! Ich habe dir schon gesagt, daß es nicht *möglich* ist, als freies Fürstentum zu überleben. Glaubst du, die Situation hat sich geändert?« Schmerz lag in seiner rauhen, bebenden Stimme. »Glaubst du etwa, daß mich nur die Trauer um meinen Sohn so handeln läßt? Glaubst du, mein Geist ist so sehr verletzt, daß ich nun das Königreich und uns alle zerstören will? Wäre das ein ehrenvolles Denkmal für meinen Sohn?«

Martos begab sich unauffällig zu einem Platz an der Wand, von wo aus er Jagats Gesicht beobachten konnte.

»Nein, meine Lords, in diesem alten Kopf ist noch Verstand. Manjipé *kann nicht alleine stehen.* Wir müssen das Königreich erhalten, nicht zerstören! Wir brauchen einen König, der die Preise kontrolliert, die die Kaufleute für ihre Güter fordern, für Güter, ohne die wir nicht leben können! Nur ein König kann von den reichen Hafenstädten Steuern erheben, so daß wir Söldner bezahlen können und nicht zu hungern brauchen...« Seine Stimme zitterte, seine Fäuste ballten sich. »Söldner«, fuhr er fort, »um unsere jungen Männer zu ersetzen, wenn...«, er hielt erneut inne, »...wenn sie sterben.«

Sein weißes Haar wogte, als er den Kopf schüttelte. »Ihr seid alle zu jung, um euch daran erinnern zu können!« Seine Stimme klang schroff und rauh. »Schaut euch die alten Karten an, schaut doch, wieviel Land vom Schatten verschlungen wurde! Dann werdet ihr wissen, wie schwach wir waren, wie schwach wir *sind*, wenn wir uns unabhängig machen.«

»Habt Ihr vor, den Thron zu übernehmen?« rief Saladio. Jagat schien ihn nicht zu hören.

»Ich habe einmal gedacht, das Königreich könnte nur erhalten bleiben, wenn wir die rechtmäßige Thronfolge des Sohnes von Olansos unterstützen. Auch als mein Sohn...«, die Stimme bebte wieder. Sein Gesicht verzerrte sich, als er die Augen fest schloß. »Chondos kann unser Königreich nicht erhalten.« Seine Augen öffneten sich. »Er ist ein zu großer Narr, um König sein zu können! Das Königreich muß trotz seiner erhalten bleiben!«

»Wir brauchen einen neuen König, einen König, der der Krone Olansos' würdig ist! Ich habe mich entschlossen, bei dieser Rebellion der Anführer zu sein. Ich werde sie so führen und gestalten, daß diese idiotische Streiterei, die das Reich auf ewig zerteilen wird, ein Ende nimmt. Wir werden einen gemeinsamen Aufstand machen. Wir werden Chondos vom Thron seines Vaters stürzen, und an seine Stelle werden wir einen König setzen, der fähig ist zu regieren! Wenn Chondos gestürzt ist, können die Hasturs entscheiden, wer seinen Platz einnehmen soll.«

»Aber Prinzessin Illissia ist doch die nächste in der Thronfolge!« rief Hamir. »Willst du, daß wir von Kalascor regiert werden?«

»Ja«, schnaubte Jagat. »Ja! Warum denn nicht? Prinz Phillipos wird ein guter König sein!«

»Mahapor wird ihn nie akzeptieren«, murmelte jemand.

»Übernehmt den Thron doch selbst, Lord Jagat!« drängte ihn Saladio. Der alte Mann schüttelte den Kopf.
»Ich werde – ich muß – formell meinen Anspruch auf den Thron erheben, aber ich weiß, und ihr wißt es auch, daß jeder Anspruch meinerseits reine Torheit wäre.« Dann verzog sich sein Gesicht, und er lachte bitter. »Ihr faselt unentwegt von der wahren männlichen Linie der Arthavaner, und ihr wollt *mich* zum König machen? Was werdet ihr nur tun, wenn ich tot bin? *Mein* einziger Erbe ist eine Frau!«
Eine eisige Faust umschloß Martos' Herz.

». . . nun, wenn Jagat es will, kann er sie von Ojaini abschneiden«, sagte DiVega. »Ich weiß nicht, wie viele Soldaten er in Inagar aufbringen kann.«
Jodos hörte zu, aber sein Geist wandte sich immer mehr nach innen. Seit mehr als einer Stunde war er von einer ungreifbaren Angst geplagt, die tief im Innern seines eigenen Geistes saß. Es war fast so, als ob ihn die Augen des Meisters beobachten würden.
»Werden sie sich freikämpfen können?« fragte Prinz Phillipos.
DiVegas Schultern hoben sich. »Wie soll ich das wissen. Es hängt davon ab, wie . . .«
»Herr!« Die Stimme von Lord Shachio unterbrach DiVega. »Eine offizielle Botschaft von Lord Jagat!«
Er zog Tinte, Feder und Pergament aus seiner Robe, und während er sprach, wurden seine Augen leer und blind. Alle wußten, daß nun im gesamten Reich die Seher mit leeren Augen nach ihren Federn griffen.
Shachios Augen schlossen sich. Seine Stimme klang tief und hohl. »Ich, Jagat, durch mein Recht in der männlichen Linie der wahre Prinz von Manjipor, erkläre Chondos, genannt König von Tarencia, meine volle und formelle Mißachtung.«
Die Feder des Sehers bewegte sich schnell und sicher und schrieb die Worte auf, während er sie aussprach, obgleich seine Augen geschlossen blieben.

»Ich erkläre hiermit, daß er nicht fähig ist zu regieren, und erhebe Anspruch auf seine Krone und sein Land als mein Eigentum. Ich rufe die Lords und das Volk dieses Königreichs auf, sich gegen diesen ungerechten und gesetzlosen Tyrannen zu erheben und ihn vom Thron zu stürzen. Wenn er gestürzt worden ist, sollen die Hasturs entscheiden, welcher Anspruch auf den Thron gelten soll: Mein eigener, der von Phillipos, dem Prinzen von Kalascor, oder der Hansios, des Prinzen von Mahapor, oder welcher Anspruch auch immer.« Im gesamten Raum wurden Äußerungen des Entsetzens laut. »Dies sage ich, Jagat, Prinz von Manjipé und Manjipor, an diesem siebten Tag des Monats Deyma, der in der alten takkarischen Zeitrechnung Ashna genannt wird, in diesem neuntausenddreihundertundfünfzigsten Jahr vom Zeitalter des Kampfes.«

Jodos beherrschte seine Gesichtszüge. Shachio öffnete die Augen. Der Schock ließ alle Anwesenden schweigen. Taticos rang die Hände.

»Damit sind wohl alle Fragen bezüglich Krieg oder Frieden erledigt!« Schließlich brach Zengios Stimme die Stille, in der nur das Atmen der Anwesenden zu hören war. »Ich wünschte, ich könnte mit Euch marschieren, Lord Istvan!«

DiVega hob die Augenbrauen. Er atmete tief ein und hielt den Atem an. »Habe ich Eure Erlaubnis zu gehen, Lord König?« fragte er. »Ich muß Befehle erteilen, und wenn ich morgen marschieren soll, muß ich auch bald schlafen.«

»Wir alle müssen unseren Pflichten nachgehen«, sagte Prinz Phillipos, als er aufstand. Sein Gesicht war blaß und hart, und seine Augen glühten.

»Ja«, sagte Jodos und gab mit seiner Hand ein Zeichen. »Geht Euren Pflichten nach oder geht schlafen.«

Jodos behielt sein ernstes Gesicht, während sie hinausgingen, und auch dann noch, als seine Diener ihm den Weg zu seinem Schlafgemach leuchteten. Als er jedoch endlich allein war, zeigten seine Lippen jenes grausame Lächeln, das er so lange hatte verbergen müssen. Bald würden alle diese Leben ihm gehören!

Er legte sich hin, und sein Geist durchsuchte das Schloß. DiVegas Geist war hinter dem Feuer seines Schwertes verborgen. Die anderen Lords lagen wach und machten sich Sorgen. Er genoß den Neid zwischen Zengio und seinem Sohn. Er lächelte. Heute nacht würde er durch ihre Träume spuken. Aber immer noch kauerte etwas tief in seinem Geist, als ob er heute abend persönlich vor dem Meister gestanden hätte. Er wußte jedoch, daß der schwache Rest abwehrenden Zaubers im Palast und das Schwert DiVegas jede echte telepathische Verbindung mit den Meistern vereiteln würde. Vielleicht, so dachte er, war sein Bruder aufgewacht, vielleicht war er vor den Meister gebracht worden.

Inagar lag so weit von der Grenze entfernt, daß ein paar Vögel zwitscherten, als die Zwillingssonnen aufgingen.
»Martos, *natürlich* liebe ich dich!« sagte Kumari.
Martos, der immer noch mürrisch und schlaftrunken war, schaute sie an. Er betete ihre Augen und Lippen und ihr duftendes Haar an. Seine Erinnerung durchdrang ihr Kleid bis zu ihren kleinen braunen Brüsten und den schlanken Oberschenkeln. Er leckte sich die Lippen und kämpfte gegen das Stottern an. Er zwang sich zu sprechen.
»Dann sage es deinem Onkel. Jetzt. Heute. Sag ihm, daß du schw . . . daß du mich heiraten wirst. Sag ihm, daß wir gehen.«
Kumaris große dunkle Augen füllten sich mit Tränen, und sie schaute ihn an, als ob er sie geschlagen hätte. »Martos, ich *kann* jetzt nicht weggehen! Ich bin alles, was er noch hat! Begreifst du das nicht? Und unser Baby ist sein Erbe!«
Nun hatte sie es gesagt. Er hatte gewußt, daß sie das sagen würde, aber er hatte es immer wieder verdrängt.
»Der Erbe von Damenco!« Seine Stimme klang bitter. Trostlosigkeit erfüllte ihn. »Erbe von Meilen vergifteten Staubs! Ich *will* nicht, daß mein Sohn oder meine Tochter Damenco erbt! Ich will dich an einen Ort bringen, wo . . .« Er brachte keinen Ton mehr hervor. Vor lauter Angst konnte er nicht

mehr sprechen. Er biß sich auf die Lippe und stotterte. Schließlich rief er: »Ich will doch nur, daß mein Baby *lebt!* Gesund! Ich will es weit weg von den Dunklen Wesen haben, wo sie es nicht...«, er stotterte wieder und schluckte. Seine Zunge war wie tot.

»O Martos!« Tränen strömten über ihr Gesicht. »Du verstehst es nicht. Damit müssen sich unsere Frauen seit tausend Jahren auseinandersetzen. Sogar noch länger! Schon bevor Rashnagar fiel, drängte uns der Schatten zurück. Meine Mutter hat es erlebt und ihre Mutter und die Mutter meines Onkels ebenfalls. Hier ist es noch nie so sicher gewesen wie jetzt! Als Pirthio noch lebte, hatte ich zumindest die Wahl!« Ihre Stimme bebte, und sie schluchzte hemmungslos. »Dieses Baby ist jetzt alles, was...« Ihre Worte gingen im Schluchzen unter. Sie verbarg ihr Gesicht in den Händen.

»Ich werde es *nicht* zulassen, daß mein Kind in der Nähe dieser Grenze geboren wird!« rief Martos brutal. Er zitterte am ganzen Körper.

Sie sah auf, ihre Augen wurden schmal, und sie atmete erregt und wütend. »*Dein* Kind!« Sie spuckte. »Soll ich es aus meinem Schoß herausnehmen und es dir in die *Hand* geben? Es ist *mein* Baby!«

Martos starrte sie an. Sie schien wie umgewandelt, alles Menschliche schien von ihr abgefallen zu sein. Und seine Zunge war schon wieder wie ein toter Klotz in seinem Munde.

»*Mein* Kind! *Mein* Erbe!« fuhr sie fort. »*Ich* bin diejenige, die ein Kind gebiert, nicht du! *Du* willst nicht, daß *dein* Kind in der Nähe der Grenze geboren wird? *Du* hast dabei aber leider nicht viel zu entscheiden!«

Noch nie hatte eine Frau so zu ihm gesprochen. Es gefiel ihm ganz und gar nicht.

»Ich laufe *nicht* von der Grenze weg! Ich lasse Onkel *nicht* ohne Erben zurück! Unsere Männer sterben im Kampf mit den Dunklen, um das Land zu schützen. Wenn sie das ertragen können, dann können wir Frauen auch das Leben unserer

Kinder riskieren. Wenn jeder fliehen würde, wie weit im Norden läge die Grenze dann wohl jetzt, was meinst du? Die meisten Frauen fliehen von der Grenze, aber *ich* werde ihnen nicht folgen, hörst du, Martos! Ich fliehe *nicht!*«
Ihre Stimme war so schrill, daß sie an seinen Nerven zerrte. Er konnte es nicht länger ertragen: Wut befreite seine Zunge.
»Das Kind ist dir also gleichgültig! Nur dein idiotischer Stolz ist dir wichtig!« Er schrie sie an, und es war ihm egal, wer es hören mochte. »Es ist dir egal, was mit meinem Baby passiert, solange du nur einen kleinen Grenzländer hast, der dem Land geopfert werden kann! *Ich* bin dir egal!«
»Ich bin meinem Volk verpflichtet, Martos.« Ihre Stimme klang nun ruhig und drohend. »Es gab einmal eine Zeit, da wollte ich diese Pflicht für dich aufgeben, aber jetzt nicht mehr! Ich kann meinen Onkel jetzt nicht allein lassen! Laß mich in Ruhe, Martos!«
»Und du wirst *doch* mitkommen! Kein Kind sollte an diesem Ort geboren werden!« Seine Stimme zitterte. »Jede Frau, die nicht geisteskrank ist, *würde* von hier weglaufen! Du hast versprochen, mit mir zu kommen! Die Welt ist mehr als nur diese Einöde hier! Du sagst, daß Jagat einen Erben braucht. Aber wenn die Dunklen Wesen ihn verfluchen, noch bevor er überhaupt geboren ist, dann kann er gar nichts erben! Was dann? Einfach vergessen und einen neuen Versuch machen?«
Sie schloß kopfschüttelnd die Augen und wurde plötzlich blaß.
»Dann kannst du dir jemand anderen suchen, um noch einen Versuch zu machen! Ich habe nicht vor, mein Leben lang Kinder zu zeugen, nur um sie dann sterben zu sehen!«
Ihre Augen öffneten sich wieder. »Niemand hat dich darum gebeten! Jemand anderen soll ich mir suchen? Nichts lieber als das!«
Sie starrten einander an. Beide waren plötzlich verstummt. Als Kumari wieder zu sprechen begann, war ihre Stimme ruhiger geworden. »Mein Volk hat Schimpfnamen für . . . für

Frauen, die mit Ausländern weglaufen, um vor der Grenze zu fliehen. Man würde sie dann auch für mich verwenden.« Ihre Augen starrten auf ihre Hände, die zu Fäusten geballt in ihrem Schoß lagen.
»Und wenn schon? Was macht das aus?« Er versuchte, seiner Stimme einen sanften Klang zu geben, um die Kluft zu überbrücken, die zwischen ihnen immer breiter wurde. »Namen können dich nicht verwunden. Und in Kadar würdest du sie nicht einmal hören.«
»Nein!« Ihre Lippen verzogen sich, und ihre dunklen Augen blitzten. »Namen verletzen nicht, wenn man sie nicht hört. Aber ich würde sie trotzdem hören, weil ich sie selbst für mich verwenden würde. Denn ich wüßte, daß ich meine Ehre verloren hätte und ich eine Schande für meine Familie wäre! *Ich war bereit, dies alles für dich zu tun!* Aber damals bedeutete das noch nicht, daß ich damit meinem Onkel den Erben nähme!«
»Ehre!« fauchte er, und sein Versuch, Frieden zu schließen, ging in einem neuen Wutanfall unter. »Wenn dir deine Ehre wichtig wäre, würdest du zuerst an das Baby denken!«
Sie starrte finster über seine Schulter. »Geh weg, Suktio!« sagte sie. »Das ist eine private Angelegenheit!«
Ein Schwert wurde in die Scheide zurückgeschoben. Martos wandte sich um. Suktio verneigte sich, wobei seine Finger immer noch fest auf dem Griff seines Schwertes ruhten, und entfernte sich. Martos beobachtete, wie er wegging, und sah, wie sich unter dem lockeren Stoff seiner Kleidung seine Muskeln vor Wut anspannten.
»Ich wäre mit ihm fertig geworden!« murmelte er.
Ihr Mund verzog sich. »Ich weiß! Du hättest ihn mit verbundenen Augen töten können!« fauchte sie. »Was glaubst du, warum ich ihn zurückgehalten habe? Ich will nicht, daß *Edelmänner* ihre Leben für mich wegwerfen! Wenn er eine Chance gehabt hätte, hätte ich ihn vielleicht nicht zurückgehalten!«
Die Welt war plötzlich für Martos ein feindlicher Ort, und er

verstand nichts mehr. Wie konnte das passieren? Er schloß die Augen und kämpfte gegen seine Tränen an. Sein Körper schwankte zwischen Wut und Verzweiflung. Und sein Mund war ihm auch nicht gerade eine Hilfe, er hatte ihm noch nie geholfen... Er hörte, wie Kumari etwas murmelte. Stoff rauschte, und ihre Hand berührte seinen Arm.

Er öffnete die Augen. Ihre Hand ruhte auf seinem Arm; ihr Gesicht war tränennaß. Er wollte sie in die Arme nehmen, um sie zu küssen. Statt dessen beobachtete er sich, wie er seinen Arm freischüttelte und sich abwandte. Er verstand sich selbst nicht mehr. Ein Teil von ihm beobachtete, während ein anderer Teil seinen Körper und seine Zunge bewegte.

»Martos.« Ihre Stimme klang erschrocken und atemlos. »Es tut mir leid... ich...«

»*Es tut dir leid!*« Er hörte die arrogante Verachtung in seiner Stimme. Er sah den Schmerz auf ihrem Gesicht. *Das geschieht ihr gerade recht,* dachte er.

»Was müßte ich tun...?«

»Mit mir gehen!«

»*Ich kann nicht!*« Ihre Stimme bebte.

Er wußte, daß er sie kalt und verachtungsvoll anschaute. »Bist du denn am Boden angekettet?«

»Martos!« Ihre Stimme klang scharf und schmerzerfüllt. »Wir... wir haben das doch schon besprochen!«

»Was gibt es dann zwischen uns noch zu besprechen?« hörte er sich zu seiner Verwunderung sagen. *Warum habe ich das gesagt?*

»Nichts!« sagte sie. »Gar nichts, du selbstgerechter, aufgeblasener, überheblicher...«

Ihre Stimme wurde immer schriller und schriller. Das hatte merkwürdige Auswirkungen auf ihn. Warum stand er überhaupt noch da, warum ließ er sich nur so anschreien? Er ging weg. Sein ganzer Körper fühlte sich taub an.

Der Garten tanzte, und Istvan DiVega tanzte mit. Flügel schlugen und flatterten, und die Vögel sangen und flogen hin

und her. Die Morgenbrise bewegte die Grashalme und schüttelte die Spitzen der Äste. Der Stahl pfiff scharf und hoch und blitzte in den Strahlen der aufgehenden Sonnen, die soeben durch den Morgennebel drangen. Seine Füße bewegten sich mit sicherer Präzision über den Boden, im Einklang mit der Harmonie der Natur.
Die Klinge schnellte in Hüfthöhe nach vorn, schnitt durch die Luft und flog dann zu seiner rechten Schulter, als er herumwirbelte. Dort ruhte sie einen Augenblick, dann setzte er plötzlich zu einem langen Stoß an. Ein Ast zitterte und bebte, als ein Vogel sich daraufsetzte. Istvan ging in die Knie und richtete sich dann wieder auf. Fersen und Zehen bildeten abwechselnd die Hebelpunkte, während er sich zuerst nach links und dann nach rechts drehte, wobei sein Rücken immer in Bewegung blieb. Dies hier war der Wirbeltanz, der schnellen Kampf ermöglichte, wenn man von Feinden umringt war.
Der Vogel schlug mit den Flügeln, als er sich setzte. Istvans Hände überkreuzten sich und bewegten sich anschließend wieder auseinander, um dann in Höhe der Kehle mit dem scharfen Stahl durch die Luft zu fegen. Blätter rauschten. In ruhiger Stille bewegte sich das Schwert zur Öffnung der Scheide und wirbelte dann doch wieder herum, um den letzten Schlag des Tanzes zu vollführen. Jubel unterbrach die Ekstase. Er hatte seine Angst vor dem Tod vergessen!
In einem friedlichen Garten ist es leicht, keine Angst zu haben! verspottete er sich selbst. *Versuche das gleiche in der Schlacht!* Außerdem mußte man bedenken, daß es zwei verschiedene Dinge waren, den Tod zu vergessen oder den Tod zu akzeptieren. Trotzdem hatte er das Gefühl, daß er einen kleinen Sieg errungen hatte und er seinem Ziel einen Schritt nähergekommen war.
Er nahm Abschied von der Schönheit des Gartens – vielleicht war dies das letzte Mal. Als er durch die Eingangshalle eilte, hörte er, wie Lord Shachios Stimme seinen Namen rief. »Eine Botschaft aus Manjipor«, sagte der alte Seher, als er auf ihn zukam. »Lord Maldeo, Chondos' Statthalter in jener Stadt, hat

seinen Widerstand gegen Lord Jagat erklärt und weigert sich, ihn als Prinzen zu akzeptieren. Er sagt, daß er die Stadt für den König halten wird – das heißt, er sagte, für den wahren Prinzen, obwohl das ja wohl das gleiche ist.«

»Hat Jagat darauf geantwortet?« fragte Istvan schnell.

Shachio nickte. »Lord Jagat sagt, er wird morgen in *seine* Stadt Manjipor einmarschieren, und daß Lord Maldeo gefälligst die Tore öffnen soll.« Shachio lächelte. »Todar, Maldeos Seher, sagt, sein Lord bereite sich auf eine Belagerung vor.«

»Gibt es Nachrichten von D'Oleve? Wo befinden sich die Kompanien jetzt?«

»Fast direkt nördlich von Manjipor.«

»Wie weit?« Vor Istvans innerem Auge trabten Männer durch den Dämonenkot, während Vernichtung auf der Straße von Inagar nahte.

»Warte einen Augenblick, ich werde nachfragen.« Die Augen des Sehers schlossen sich in Trance. Istvans Verstand arbeitete schnell. Manjipor von Ojaini aus, Pferde und Männer, Proviant . . .

»Weniger als ein Tagesritt«, sagte Shachio und öffnete die Augen.

Istvan rieb seinen Nasenrücken und rechnete nach. Das Gras würde bestenfalls spärlich sein. Das Wasser würde ausreichen, solange es nicht regnete. Falls es regnete, würde es zuviel davon geben. Heu und Getreide mußten in Wagen mitgenommen werden. Die Grenzländer waren in ihrem eigenen Land. Er strich sich über seinen Bart und seufzte.

»Sagt ihnen, sie sollen wenden und direkt nach Manjipor marschieren. Sagt ihnen –«, er hielt inne und schüttelte dann den Kopf. »Nein. Das ist alles. Sagt ihnen nur, daß sie nach Manjipor ziehen sollen, so schnell sie können. Sie sollen sich Lord Maldeo zu Diensten stellen.«

Jodos wachte zitternd auf. Er hatte geträumt, daß er vor dem Meister stand – aber er war Chondos! Und als Chondos hatte

er seinen Willen gegen den des Meisters gesetzt. Bei diesem Gedanken krümmte er sich zusammen.
Eines Tages müßte er das natürlich wirklich tun. Aber würde er jemals stark genug sein, um die Großen vertilgen zu können? Oder war das nur eine falsche Hoffnung, eine Lüge, die ihn dazu bringen sollte, ihnen zu dienen? Wenn er seine Mission vollendet hatte und die Großen den Schatten über den Himmel gezogen hätten, dann würde er die Menschen verspeisen können. Er würde stärker und stärker werden, bis er schließlich auch den Meister selbst verschlingen könnte...
Er schrak vor dem Gedanken zurück. Er gehörte dem Meister, bis der Meister sich entschließen würde, ihn zu vertilgen – es sei denn, der Meister verurteilte ihn zu einem niederen Schicksal. Er erschrak zutiefst. Der Meister würde ihn doch sicher für sich selbst aufbewahren, er würde ihn nicht irgendeinem niederen Wesen zum Fraß vorwerfen! Er hatte ihm doch treu gedient...
Deshalb durfte er nicht scheitern. Wenn er Erfolg hätte, könnte er mit der Zeit so stark werden, daß er sogar Uoght verschlingen konnte, den Helfer der Großen. Und wenn die Großen dann zurückkehren würden, um die Welt in Besitz zu nehmen, die ihnen gestohlen worden war, würde er stark genug sein, sie herauszufordern! Vielleicht könnte er auch sie verschlingen! Dann würde *er* der einzige Überlebende sein, das letzte Wesen, allein und unabhängig für alle Ewigkeit, Nabel und Mittelpunkt des Universums! Er mußte leben und stark werden durch das Blut und das Leben der Menschen, bis das Universum des Lichts vernichtet wäre. Und selbst wenn er nicht so stark werden könnte, so wollte er doch zumindest zu einer guten Mahlzeit für den Sieger werden. Wer auch immer ihn verschlingen würde, er selbst würde ein Teil dieses Wesens werden.
Er durfte es allerdings nicht dazu kommen lassen, daß er von irgendeinem niederen Wesen verspeist würde. Er mußte seine derzeitige Mission unbedingt zu Ende führen. Sonst würde er von Dutzenden verschiedenen Kreaturen gefressen werden,

die ihm sein Fleisch langsam von den Knochen reißen würden, von Kobolden und Ghulen und Trollen, und der, der alle anderen überlebte, würde sich nicht einmal an ihn erinnern.

Du kannst nicht mit leerem Magen marschieren, dachte Istvan. Er fühlte sich aber nicht hungrig. Sein Gehirn wirbelte nur so von Gedanken an Krieg sowie von Plänen und Erinnerungen. Er hatte sich gezwungen, wenigstens ein bißchen zu essen, dann sah er, daß Lord Shachio auf ihn zusteuerte. *Wahrscheinlich wieder schlechte Nachrichten.*

»Esrith Gunnar will mit Euch reden«, sagte Shachio und setzte sich neben ihn. »Er ist bei einem der Seher der Gilden in Portona und bittet um Erlaubnis für Geist-Kontakt.«

»Geist-Kontakt«, Istvan nickte zustimmend. Er biß noch rasch in das heiße Brot hinein und spürte Shachios Geist am äußeren Rand seines eigenen Geistes. Das Gesicht des Sehers wurde leer, und seine Stimme veränderte sich. Sie wurde tiefer und rauher. Es war die Stimme von Esrith Gunnar:

»DiVega? Asbiorn Kung ist hier bei mir. Eisenfaust hat uns gerade eine Nachricht aus Mahapor geschickt. Er sagt, daß sie ab morgen abend belagert werden. Weiß du etwas über die Situation dort?«

»Ja«, sagte Istvan. Er sah, wie Shachios Lippen sich zusammen mit seinen eigenen bewegten, und er wußte, daß seine Stimme jetzt durch die des Sehers in Portona sprach. Er schloß die Augen und entspannte sich geistig, um das Gesicht von Gunnar »sehen« zu können. Es war ein verschwommenes Bild mit unklaren Farben. Aber er konnte den Ausdruck erkennen, und die Lippen bewegten sich:

»Aurel Ciavedes ist gestern nacht hinausgeritten – nach Süden«, sagte er. »Habe ich recht, wenn ich annehme, daß du nach Manjipor marschieren wirst, um die Belagerung aufzuheben?«

»Wahrscheinlich«, sagte Istvan. Er lächelte still. »Aber ich dachte, du wolltest mit einem Bürgerkrieg nichts zu tun haben?«

»Eisenfaust ist ein alter Freund von mir«, sagte Gunnar. »Das ändert vieles. Du bist Oberbefehlshaber der Söldnertruppen. Du kannst uns befehlen, nach Süden zu marschieren.«
»Wir können nicht auf Euch warten«, warnte ihn Istvan. »Ihr seid fast einen ganzen Tagesmarsch entfernt, und wir ziehen in weniger als einer Stunde los.«
»Dann sind wir also einen Tagesmarsch hinter Euch.« Das Bild im Geist des Sehers zuckte mit den Schultern. »Wir können Euch in Ojaini treffen.«
»Sehr gut«, sagte Istvan. Die carrodischen Axtmänner waren angeblich die beste Infanterie der Welt. Sie würden für die Speerkämpfer Istvans eine willkommene Verstärkung sein. »Ihr steht also ab jetzt unter dem Befehl, nach Ojaini zu marschieren. Wann könnt Ihr losziehen?«
»In zwanzig Minuten!«
»Nehmt euch ruhig Zeit!« Istvan lachte. »Wenn ihr in einer Stunde loszieht, reicht das völlig! Wir treffen uns in Ojaini!«
»In Ojaini!« Shachios Kopf zuckte, als Gunnar heftig nickte. Die Augen des Sehers öffneten sich wieder. Istvan spürte, wie die Verbindung abbrach.

Jagats Männer waren schon unterwegs. Sie schwitzten schon in der allmählich heißer werdenden Hitze des Tages. Das gleißende Sonnenlicht versengte erbarmungslos die Ebene. Feiner Sand flog in dichten, braunen Wolken durch die Luft und erschwerte das Atmen. Der Lack auf den handgefertigten Rüstungen der Grenzländer glänzte im grellen, heißen Sonnenlicht. Dunkle Röcke flatterten über die gleichmäßig dahinschreitenden Füße. Das Banner mit dem Schwerterrad, das sie bei sich trugen, wehte im tiefblauen Himmel.
Martos dachte daran, zurück nach Inagar zu eilen, vor Kumari niederzuknien und sie um Vergebung zu bitten. Statt dessen verfluchte er die Hitze und half mit beim Treiben der Pferde. Die Kadariner rösteten in ihren Stahlöfen; ihre Brustharnische, Rückenplatten und Helme waren brennend heiß. Sogar

die Springer trabten müde einher und ließen ihre knochigen Köpfe hängen, während die Zwillingssonnen immer höher stiegen. Nur die Weitschießer, die aus N'lantia im Süden jenseits des Schattens und der Wüste stammten, machten sich über das ›angenehm kühle Wetter‹ lustig.
Das Trommeln vieler Füße hämmerte in Martos' Ohren, während die langen Reihen der grimmigen Männer aus Inagar neben seiner kleinen Reiterkompanie marschierten. Sie schritten kräftig aus und atmeten durch feine Schals aus Gaze. Grenzländer auf Ponys ritten in kleinen Gruppen. Nicht einmal Hamir konnte es sich leisten, mehr als einige seiner besten Soldaten auf Pferde zu setzen, obgleich er für Grenzlandverhältnisse reich war: Er war Herr über große Flächen unzerstörten Weidelandes. Die meisten seiner Krieger waren zu Fuß. Ihre ledernen Schilde baumelten über ihren Rucksäcken; ihre einfachen lackierten Rüstungen waren mit dem feinen Staub der Straße bedeckt. Die Kleidung, die sie unter den Rüstungen trugen, war abgetragen, und ihre Gesichter schützten sie mit grobem Stoff.
Geier folgten der Kolonne hoch in den Lüften im grellen Licht der Sonnen. Andere Vögel gab es hier nicht, dafür waren sie hier der Grenze zu nah. Es gab keine Bäume auf der weiten braunen Ebene, nur überall dürres, versengtes Gras. Weit entfernt im Süden wurde eine schwarze Linie allmählich breiter. Den ganzen Tag über wuchs vor ihren Augen die Grenze, während sie marschierten. Zuerst war sie nur ein rauchiger Schleier am Horizont, aber mit der Zeit wirkte sie immer mehr wie ein fernes Gewitter.

Chondos zitterte, als er im düster grauen Licht aufwachte. Um ihn herum lagen Holzstücke und Stoffetzen – die Reste eines alten Sofas. Er drehte sich langsam um und setzte sich auf. Ein schneidend eisiger Wind blies durch sein dünnes Gewand.
Von der Tür her hörte er ein Hasten. Etwas Kleines und Undefinierbares schoß durch einen langen hallenden Gang,

als er seinen Kopf drehte. Er stand auf und hustete rauh. Sein Hals war völlig ausgetrocknet. Sein Magen brannte und gluckerte, als ob er seit Tagen nichts gegessen hätte. Aber das konnte ja nicht stimmen: Er hatte sich doch gestern abend beim Festessen vollgestopft! Dennoch fühlte er sich schwach und schwindelig, und sein Kopf schmerzte. Er taumelte und starrte erschrocken um sich. Entsetzen erfüllte ihn, als er die Stühle erkannte, die unter uralten Fetzen morschen Stoffes halb vergraben waren, und als er sich an den Tisch und die Truhe und die Wände und den Boden erinnerte...

Er träumte nicht. Und gestern abend war es auch kein Traum gewesen. *Rajinagara,* hatte das Wesen in der schwarzen Robe gesagt.

Er wandte sich dem in den Stein gehauenen Torbogen zu, durch den kalter Wind fegte und fahles Licht in den Raum fiel. Dahinter sah er nur eine schiefergraue Wand, wie wenn der Himmel von dicken Gewitterwolken bedeckt wäre – allerdings bewegten sich diese Wolken nicht. Vielleicht war ja auch eine grauschwarze Glasscheibe vor dem Torbogen angebracht.

Er versuchte, zum Fenster zu gelangen, taumelte aber zurück, als er gegen eine Wand stieß. Seine Hände faßten rauhen Stein, und seine Füße verhedderten sich in uralten vermoderten Stoffresten. Staubwolken umhüllten ihn, und er mußte immer wieder niesen. Der Stoff war wohl einmal so warm und dick gewesen wie ein alferridischer Teppich, dachte er sich. Er bückte sich, nahm ein Stück davon in die Hand und zog kräftig daran. Die alten Fäden zerrissen, und er stolperte mit einem langen Fetzen in den Händen zurück.

Halb blind und erstickt von den Staubwolken wickelte er den knisternden Stoff um die Schultern. Der Stoff war allerdings auch kalt, so daß er noch stärker zitterte. Was er brauchte, war ein Feuer und ein heißes Getränk. Chondos versuchte sich vorzumachen, daß es ihm nun wärmer sei, und zog den behelfsmäßigen Umhang enger um sich. Dann wandte er

sich wieder dem Fenster zu. Er konnte jetzt die Umrisse von riesigen schemenhaften Gebäuden erkennen.
Er taumelte auf den Torbogen zu. Seine Augen gewöhnten sich allmählich an die Dunkelheit. Scharfe Glasspitzen ragten aus den Rändern des Bogens. Er entdeckte ein Spinnennetz schwarzer Linien, das die Toröffnung wie eine Litze umgab. Kurze Zeit später erkannte er, daß dies die Reste eines Bleigitters waren, das einstmals die Glasscheiben zusammengehalten hatte. Auf dem Boden fand er zerbrochenes Glas. Er versuchte, sich einen sicheren Weg durch die Splitter zu bahnen, mußte dieses Vorhaben aber wieder aufgeben. Er besah sich die Reste der Couch und überlegte, ob er einen Teil derselben als Besen benutzen könnte. Oder vielleicht könnte er sich Stoffreste um die Füße wickeln.
Nun sah er auch den Boden zwischen den Gebäuden. Dort lagen verstreut Steine aus den zerbröckelnden Mauern. Tausend Jahre war es nun her, seit dies das wahre Rajinagara gewesen war. *Ein Mann kann immer sterben*, pflegten die Grenzländer zu sagen. Sie sagten auch, daß es besser sei zu sterben, als ein Gefangener der Nachtwesen zu sein.
Auf dem Boden bewegte sich etwas. Mit der Hand tastete er nach seiner Hüfte und suchte nach dem Schwertgriff, der dort eigentlich hätte sein sollen. Ein langer dünner Arm schlängelte sich aus einem Erdhaufen, und vorstehende Augen starrten finster aus einem spitzen, leichenblassen Gesicht. Dann wurde ein zweiter dürrer Arm und ein runder aufgeblähter Körper sichtbar. Das Wesen erhob sich aus der Erde und watschelte auf krummen, dürren Beinen aus seinem Loch. Eine zweite Kreatur kam gleich hinterher: Sie war von gleicher Gestalt, war aber mit einem schmutzigen grauen Pelz bedeckt. Die beiden huschten auf die Straße und verschwanden.
Chondos schauderte und spähte dann durch die zerfallenden Ruinen. Eine riesige Zitadelle erhob sich über die anderen Gebäude in der Nähe; das mußte die innere Festung Antapor sein, dachte er sich, und schauderte erneut. Das *war* Rashnagar! Als Junge hatte er die alten Gemälde begierig studiert,

hungrig nach der Pracht jener alten Zeit. Die verfallenen Umrisse erschienen ihm vertraut, obgleich sie von der Zeit gezeichnet waren.
Er war tatsächlich in Rashnagar, in Rajinagara, gefangen im Schatten, und seine einzige Chance zu entkommen lag in jenen gläsernen Klingen, die auf dem Boden lagen. *Ein Mann kann immer sterben ...*
Dieser Gedanke gab ihm Mut, und er richtete sich herausfordernd auf. Kein Ausweg? War Pertap nicht auch im Schatten gefangen gewesen – vielleicht nicht ganz so tief –, und war er nicht ins Licht hinausgeritten?

»In Hoffnung oder Furcht kann sterben ein Mann«,
sprach Jung Pertap, der sich kühn erhob.
»Wenn ich die Kameraden erretten kann,
riskier' ich den allerschlimmsten Tod!«

Das alte Lied elektrisierte seinen Geist. Er starrte finster auf die zerfallenen Mauern von Antapor. Pertap hatte zumindest ein silbernes Schwert und eine Fackel gehabt, um die Dunklen Wesen finden zu können. Chondos hatte nichts dergleichen, nicht einmal ein Schwert aus gewöhnlichem Stahl. Er schaute den morschen Stoff an und fragte sich, wie schnell dieser brennen würde. Aber er hatte auch keinerlei Möglichkeit, ein Feuer anzuzünden.
Er wandte sich um und schaute auf die Schatten des Gebäudes hinaus. Irgendwo mußte es doch einen Ausweg geben. Aber selbst wenn er nicht bewacht wurde, wie sollte es ihm jemals gelingen, durch die Berge zu fliehen, in denen es von Dämonen nur so wimmelte, und dies unbewaffnet, barfuß und ohne Nahrung und Wasser? Ob irgendwo in den Ecken des verlassenen Gebäudes Waffen herumlagen? Oder zerfetzte uralte Kleidungsüberreste, die ihn ein wenig vor der Kälte schützen könnten?
Er taumelte zur Tür, zögerte aber dann. Der lange Flur schien verlassen zu sein, aber er erinnerte sich an die undeutliche

Gestalt, die weggehuscht war, als er aufwachte. Er zwang sich, weiter in die Dunkelheit hineinzugehen. Es wurde immer dunkler, je weiter er sich vom schwachen Schein des Tageslichts entfernte. Seine Schwerthand zuckte nervös, weil sie kein Schwert finden konnte. Vom Flur aus öffneten sich verschiedene Zimmer. Wenn er wenigstens ein scharfes Messer finden könnte ...

Er wandte sich der nächsten Tür zu und bereitete sich darauf vor, noch tiefer in die Dunkelheit vorzudringen. Er hielt den Atem an und lauschte, aber er hörte nur das Pochen seines eigenen Herzens. Nichts rührte sich im ganzen Raum, aber viele der Dunklen Wesen atmeten nicht. Seine Hand sehnte sich nach einem Schwertgriff. Doch das, was sich in diesem Raum aufhalten konnte, war wahrscheinlich ohnehin nicht durch Stahl zu töten.

Er trat in die Dunkelheit hinein. Sein nackter Fuß stieß gegen etwas Hartes, das über den Boden schepperte. Er blieb stehen, sein Herz pochte laut. Nachdem er einen Augenblick im Dunkeln umhergetastet hatte, wollte er gerade wieder hinausgehen, als seine suchenden Hände auf trockenen, rauhen Stoff trafen, der entzweiriß, als er ihn anfaßte. Plötzlich fiel Licht in seine Augen. Er zog kräftig und sah winzige verbleite, unbeschädigte Fensterscheiben vor sich. Sie waren trübe und düster.

Er wandte sich um und entdeckte seine eigenen Fußspuren im dicken Staub. Er fand einen Kamin und eine alte Truhe, die tiefe Einkerbungen von Schwerthieben trug. Ein Wirwarr von Gerümpel lag auf dem Boden; winzige Schmuckstücke, zerbrochene Gläser, Kisten und Holzreste ... und Knochen. Ein Schädel, dessen Zähne im Staub verstreut lagen, starrte ihn aus der Ecke an. Kurze Zeit später atmete er weiter und zuckte mit den Schultern. Er hatte hier kaum etwas anderes erwarten können.

Er durchsuchte das Durcheinander auf dem Boden. Selbst eine zerbrochene Klinge würde ihm schon weiterhelfen. Ohrringe, ein merkwürdig geformter Becher, eine winzige Statue, kleine

Gläser mit getrocknetem Inhalt, der vielleicht irgendwann einmal Parfüm gewesen war, oder Medizin oder Tinte ... nichts davon konnte ihm von Nutzen sein. Röhrenförmige Behälter aus schwarzem Stoff waren mit uralten Kerzen gefüllt, die zwar brüchig und blätterig waren, aber so aussahen, als ob sie noch brennen würden – wenn er sie nur anzünden könnte! Er lächelte ironisch. Eine dünne Kette lag auf einem kleinen Kästchen, das offen und leer da lag.
Seine Finger stießen im Staub auf einen Gegenstand aus Metall, und plötzlich öffneten sich seine Augen weit. Er konnte sein Glück kaum fassen: es war eine dünne Stahlspirale, die so gebogen war, daß ein Ende über einen fest eingefaßten Stein kratzte. Er drückte auf den Stahl. Ein Funke glühte auf und erlosch im Staub.
Er nahm die Kette, die er vorher gefunden hatte, fädelte sie durch die Stahlspirale und hing sie sich unter dem Stoff verborgen um den Hals. Er wurde etwas selbstbewußter. Nun würde er sich eine Mahlzeit kochen, sich warm halten und die Nachtwesen vertreiben können! Jetzt hatte er wirklich Grund zur Hoffnung.
Wieder begann er, nach einer vergessenen Klinge zu suchen. Sein Kopf schreckte hoch, als er ein Geräusch vernahm. Er rührte sich nicht, atmete langsam und gab nicht mehr das leiseste Geräusch von sich. Stimmen und leise Schritte wurden hörbar. Dann vernahm er eine unheimliche Stimme, die ihm irgendwie bekannt vorkam ...
Er trat zur Tür. Flackerndes rotes Licht wurde von den Wänden reflektiert. Er zögerte und überlegte, ob er sich hier verstecken sollte. Das Zimmer hatte aber nur eine Tür, und sie würden ihn hier sicher ziemlich schnell finden.
Er schlich in den Flur und ging mit leisen Schritten zurück in die Richtung des Raumes, in dem er zuerst aufgewacht war. Dann sah er durch den Fensterbogen, daß der Himmel nun nicht mehr einheitlich von einem undurchsichtigen Grau überzogen war, sondern daß nun riesige helle und dunkle Streifen einander abwechselten. Er starrte vor sich hin, wäh-

rend sein Geist fieberhaft arbeitete. Das mußte der Sonnenuntergang sein, und die schwarzen Streifen waren wohl die Schatten der Berge. Und die erstreckten sich von Osten nach Westen. Es gab also auch eine Möglichkeit, sich im Schatten zu orientieren!

Ein rötliches Licht erleuchtete notdürftig den Raum, und eine rauhe Stimme zischte hinter ihm. »Mögt Ihr den Abend, König Chondos? Dann seid froh, daß ich Euch gestatte, wach zu sein! Ihr habt um Kleidung und um eine Fackel gebeten; hier sind sie. Und wir haben auch ein angemesseneres Quartier für Euch organisiert.«

»Ich danke Euch für Eure Aufmerksamkeit«, sagte Chondos mit einem ironischem Lächeln, aber er wandte sich nicht um. *Osten,* dachte er sich. *Dann muß Norden in dieser Richtung liegen.*

»Wir haben Euch Essen und etwas zu trinken gebracht.«

Seine Kehle war wie ausgedörrt, und sein Magen schmerzte vor Hunger. Erinnerungen an Pasteten, gebratenes Fleisch und guten Wein quälten ihn. Er wandte sich um. Hinter der schwarzgekleideten Gestalt sah er Männer mit den kantigen Zügen von Grenzländern, die in schwere Pelze und Leder gekleidet waren. Zwei von ihnen trugen uralte rostige Kettenhemden, und Schwerter hingen an ihren Hüften. Die übrigen waren unbewaffnet. Einer reichte ihm einen Krug und einen Kelch, und der rasende Durst in Chondos' Kehle vertrieb jeden anderen Gedanken aus seinem Bewußtsein, außer dem, zu trinken. Er leerte den Kelch dreimal, bevor er bemerkte, wie schmutzig er war.

»Gestern abend, Lord König«, spottete die zischende Stimme, »habt Ihr gefragt, warum Eure Untertanen Euch keinen Beifall gespendet haben. Hört jetzt zu!«

Die Dunkelheit draußen erbebte plötzlichen von Schreien, Heulen, Stöhnen und Brüllen. Auch die Männer im Raum schrien, aber sie wirkten blaß und ängstlich, und ihre Stimmen verloren sich in dem schrecklichen Chorgesang, der von draußen hereintönte. Was mochte dieser Mummenschanz bedeuten? Er wußte es nicht. Glaubte das Ding in der schwarzen Robe tatsächlich, daß er dieses Getöse für Willkommensrufe halten würde? Oder versuchte es nur, ihn zu verspotten oder zu erschrecken? Der Geist der Dunklen Wesen war nicht mit demjenigen der Menschen zu vergleichen.

Die Stimmen in der Nacht verstummten allmählich, bis schließlich nur noch eine einzige Stimme irgendwo alleine in den hallenden Ruinen brüllte. Dann verstummte auch sie. Die nun eintretende unheimliche Stille schmerzte in seinen Ohren. Stoff rauschte, und ein Mann trat mit einem Kleiderbündel auf ihn zu. Ein anderer trug ein Tablett mit Essen.

Chondos kämpfte gegen das Knurren seines Magens an. Er wußte nicht, was für ein Essen man ihm da vorsetzte oder mit welcher Magie es behaftet sein könnte, die ihn in die Macht der Dunklen bringen würde. Er studierte die Männer und versuchte, seinen Geist vom Hunger abzulenken. Die Legende besagte, daß es in den schwarzen Königreichen südlich der Berge fünf Stämme gab und Raubzüge und Sklaverei ihr einziger Kontakt zur übrigen Welt seien. Die Dunklen Lords hatten es ihnen erlaubt, die Gestalt von Menschen zu behalten, aber die Gerüchte besagten, ihr Geist sei verformt, damit sie ihren Herrschern ähnelten. Bisher hatte er diese Männer nur als schemenhafte Gestalten im Getümmel der Schlacht gesehen oder als Tote.

»Deine Untertanen, Lord König«, schnurrte die zischende Stimme. »Das sind Männer vom Volk des Reinen Blutes: sie sind echte Nachkommen von Alt-Takkaria, unvermischt und unverändert. Die Bastarde, die ihre Sklavinnen gebären, dürfen nicht am Leben bleiben. Deshalb sind sie noch ebenso reinrassig wie vor tausend Jahren.«

Der Mann, der die Kleidung trug, ließ sie nun zu Boden fallen. Chondos beugte sich nieder und schaute sie an. Das war Kriegsbeute – die Kniehosen stammten aus Messantia oder vielleicht gar aus Devonia, und der lange Waffenrock war bestimmt alferridischen Ursprungs. Er zog einen warmen Umhang aus dem Haufen und ließ das vermoderte Stück Wandteppich fallen.

»Nun, König von Takkaria«, setzte das Wesen in der schwarzen Robe erneut an, »Ihr habt jetzt Kleidung, obwohl sie nicht die meine ist. Außerdem ist hier Essen und eine Fackel. Damit könnt Ihr Euren Weg zu besseren Quartieren und den beleuchteten Räumen antreten, die passender für einen König von Rajinagara sind. Kommt! Eure treuen Untertanen warten darauf, Euch zu begleiten!«

Chondos spürte, wie er wankte. Der schreckliche Schmerz in seinem Bauch wurde stärker, er nagte an seinen Eingeweiden. Wieviel Zeit mochte seit dem Festessen vergangen sein? Ohne Essen wäre er zu schwach, von hier zu entkommen und bald . . .

»Du denkst also daran, zu entkommen!« fauchte ihn die zischende Stimme an. »Aber das wirst du nicht! Du wirst diesen Ort erst wieder verlassen, wenn du einer der Unseren geworden bist. Oder du wirst ihn nie wieder verlassen. Wir bieten dir große Macht, wenn du uns freiwillig hilfst – aber du *wirst* uns helfen, so oder so.«

Das war also der Kern von all diesem Mummenschanz.

»Und wer bist *du?*« höhnte Chondos. »Auch einer von meinen Untertanen? Oberhaupt meines Rates vielleicht? Wenn ich hier der König bin, wirst du dann schwanzwedelnd zu mir kommen, wenn ich deinen Namen rufe? Du *hast* doch einen Namen, nicht wahr?«

»Mein Name?« Sein schrilles, unangenehmes Gelächter wurde durch den Stoff abgedämpft. »Ich habe viele Namen. Die Treuen nennen mich ›Lord‹. Die vom Volk des Reinen Blutes nennen mich ›Meister‹. Es gibt auch noch andere Namen. Wenn du mir einen anderen geben willst als sie, so nenne mich Taratos!« Höhnisches, unmenschliches Gelächter hallte von den steinernen Wänden wider. »Ja, Taratos klingt ganz nett.«

Etwas wie ein Insekt krabbelte über die Oberfläche von Chondos' Geist. Ein Schauer durchfuhr ihn. Diese Kreatur vergif-

tete mit ihrer abartigen Berührung seine Gedanken. Ganz anders als der Geist von Miron Hastur ... Bei diesem Gedanke erwachte seine Erinnerung, und er sagte die magische Formel, die Miron ihm beigebracht hatte.
Taratos schrie gellend. Die vom Volk des Reinen Blutes kauerten zusammen. Chondos lächelte triumphierend und trat auf den Mann mit dem Tablett zu. Er konnte den Schmerz in seinem Magen nicht länger ertragen.
»Narr!« fauchte Taratos hinter ihm her. »Du glaubst wohl, daß du gut daran getan hast, deine Gedanken gegen mich zu schützen! Aber diesen Schutz kannst du nicht für immer aufrechterhalten!«
Chondos hob eine Schale Suppe an die Lippen. Das dünne, geschmacklose Zeug würde wenigstens seinen Bauch füllen und ihm wieder Kraft geben, die er dringend brauchte, wenn er von hier entfliehen wollte. Er betrachtete eingehend das Fleisch und fragte sich, ob es wohl Menschenfleisch sei oder das Fleisch von irgendeiner abscheulichen Kreatur der Dunkelheit.
»Wenn ich wissen will, was in deinem Geist vor sich geht«, sagte Taratos, »kann ich deine dumme Magie ganz einfach brechen. Es würde schon genügen, einige deiner Fingernägel herauszureißen!«
Chondos roch am Essen. Wildbret! Er lächelte. Es war außen verbrannt und innen roh. Seine verstopfte Nase nahm jedoch auch noch einen weiteren Geruch wahr, der ihm jeglichen Appetit nahm.
»Ich bin der Meister«, sagte Taratos. »Du wirst lernen, was es heißt, sich mir zu widersetzen. Du wirst es lernen!«

12

In der weißen Kristallglut des Himmels der Anderwelt hingen die schwarzen Sterne über Carcosa. Miron Hastur starrte in unendliches Licht und versuchte, die Erhabenheit dieses Anblicks mit seinem Geiste zu fassen. Die vielen Ebenen von Carcosa breiteten sich vor ihm aus. Dies war der Nabel und der Mittelpunkt jenes Universums, das Hastur von der Dunkelheit zurückgewonnen hatte. Die Türme der Stadt erhoben sich höher als die Monde; ihre Treppen waren Verbindungen zwischen Welten.

In jenem Universum des Lichts störte ihn eine Bewegung. Schatten in dieser Wirklichkeit würden in seiner eigenen Welt zu Ereignissen werden. Er sah, wie eine große Gefahr in der Entstehung begriffen war. Er wandte sich von dem glühenden Himmel ab. Traurig stieg er die lange Treppe hinab, die zur höchsten Spitze des Turms von Carcosa führte. Da lag sein Körper in heilendes Licht gebadet. Er warf einen letzten Blick auf den glitzernden Himmel, trat dann wieder in seinen Körper ein und öffnete die Augen. Er stand auf und streckte sich, und sein Geist schaltete den heilenden Strahlenfluß ab. Die Speerwunde in seinem Rücken hatte nicht einmal eine Narbe hinterlassen.

Er blickte kurz auf die Tür, durch die niemand mit einem Körper wie dem seinen treten durfte – sie führte von der Spitze des Turms weiter in die Welt des Lichts hinauf –, dann wandte er sich um, um den Raum zu verlassen. Er kam an anderen Türen vorbei. Eine führte zur Basis des Turms auf dem Mond Lirdan, eine andere war jetzt versiegelt. Sie hatte einmal zum See von Hali geführt. Er stieg die lange Treppe hinab, die ihn zur Basis des Turms von Carcosa im Lande Seynyor bringen würde. Durch ein Bogenfenster sah er, wie das Licht der Zwillingssonnen auf den Schneefeldern der Wolkenberge glitzerte. Und weit unter ihm lagen die winzigen Häuser der Stadt der Sterblichen am Fuße des Berges.

Er erstarrte. Ein Alarmruf erschallte laut in seinem Geist. Er blickte über den Kontinent hinweg zum Rande des Schattens: Ein schwarzer Turm ragte an der Stelle hoch, wo noch vor wenigen Tagen der Turm seiner Verwandten gestanden hatte. Wellen tödlicher Macht breiteten sich von diesem neuen Turm her aus. Die in Feuer gehüllten Hasturs verschwanden, um dem Kontakt mit jenen unheilbringenden Wellen zu entgehen. Später erschienen sie wieder, um Ströme brennenden Notfeuers zu schleudern. Die dunklen Wellen nahmen die Flamme in sich auf, der schwarze Turm stand unberührt. Der Schatten wurde dichter, breitete sich aus und verdunkelte die Sonne.

Im gleichen Moment, als Miron sich darauf vorbereitete, sich ebenfalls in die Schlacht zu stürzen, erreichte ihn ein Gedanke seines Vetters Elnar, der in Eidelbonn war, weit im Süden. Innerhalb eines Augenblicks erschien Miron an seiner Seite, und ihre beiden Geister vereinigten sich, um eine der uralten Waffen aus ihrer versiegelten Höhle unterhalb von Eidelbonn zu holen und sie zu einem Berghang Tausende von Meilen weiter nördlich zu bringen. Dort brachen sich die Wellen des Todes an einer Sperre aus silbernem Feuer. Aber Miron spürte, wie die Sperre bei jeder neuen Welle schwächer wurde, und er wußte, daß es nicht mehr lange dauern würde, bis sie vollends bräche – dann würde der Tod sich auf die dahinterliegenden Gehöfte und Dörfer stürzen.

Elnar kniete neben dem uralten Gitterwerk aus vielfarbigen Stangen nieder. Es pulsierte von unsterblichem Feuer. Seit Äonen war es in dem Stein eingeschlossen geblieben. Miron half ihm und formte in seinem Geist viele komplizierte Energiemustern, die durch die ineinandergreifenden Kristallstangen wirbelten.

Ein Funke bildete sich in der Luft über dem dunklen Turm, eine winzige Perle aus Macht. Sie hing in der Luft und glühte und wuchs. Dann stürzte sie auf den Turm und wurde von der Dunkelheit geschluckt. Das Gefüge des Turms erzitterte, aber es hielt stand.

Regenbogenfarbene Energien wallten erneut durch das Kristallgitter. Wieder fiel ein Funke auf den schwarzen Turm. Wieder wurde er von der Dunkelheit geschluckt. Doch die Verzweiflung schlug in Hoffnung um, als Miron den uralten starken Geist von Lord Kandol Hastur spürte. Er schloß sich Miron an, und seine Stärke und Weisheit vereinigte sich mit der Mirons und Elnars.
Violette und weiße Flammen züngelten durch das Gitter der Stäbe; und noch einmal kondensierte sich eine Lichtperle über der Zitadelle der Dunklen Wesen. Sie schwebte regungslos und wartete auf Kandols Befehl. Die Zwillingssonnen glühten über den weiten Ebenen von Kathor und Orovia.
Ein Strahl blendender Flammen brannte sich durch das Dach des Schattens und konzentrierte sich in dem schwebenden Funken. Eine Sekunde lang nur wuchs die Kraft der Perle, während sie in der Luft schwebte. Dann stürzte sie nicht auf den Turm, sondern auf den Stein darunter. Das Licht wurde stärker und breitete sich aus. Der Stein schmolz. Eine Lache flüssigen Feuers wurde immer größer und erreichte die Basis des Turms. Der Boden glühte und schmolz.
Der dunkle Turm erbebte in einem Meer von Flammen, und ein Funkenregen schwebte langsam durch die gläserne Dunkelheit. Die Wellen dunkler Energie versiegten; der letzte tödliche Ring zerbarst an dem silbernen Schild.
Die Hasturs sammelten sich um den feurigen See, und sie glühten wie Sterne in der Finsternis. Notfeuerblitze fuhren aus ihren Klingen und ihren Händen. Blaue und grüne Kristalle flammten auf. Blaues und violettes Feuer wallte unaufhörlich aus Kandols führenden Händen. Licht schoß aus dem See flüssigen Feuers empor, und der Turm wurde von einer Kugel knisternden silbernen Feuers umhüllt. Die silberne Kugel schrumpfte zusammen und wurde heller, als die Hasturs, die um den See herumstanden, sie nach innen preßten. Der finstere Turm erglühte in dunkelrotem Licht.
Die vereinten Geister der Hasturs spürten, wie das Gefüge des Raums nachgab, als die Bewohner des Turms in die Dunkel-

heit zurückgeschleudert wurden. Der Turm verschwand in einem Blitz, der so hell war wie eine Sonne. In der verschleiernden Finsternis spürten die Hasturs das Winseln und Huschen der nächtlichen Kreaturen, die vor dem blendenden Licht erzitterten und in ihre Wohnstätten zurückflohen.
Der glühende See wuchs noch weiter und fraß sich in den Stein hinein – auf seine Art war dies eine ebenso große Gefahr wie die dunklen Wellen zuvor. Die drei Hasturs beugten sich wieder über die Kristallstäbe. Gedämpfte Töne vibrierten rhythmisch. Mächtige Lichter pulsierten intensiv. Über dem immer größer werdenden Feuersee erschien eine neue Perle, eine tiefrote Träne, die erblaßte, während sie hinabfiel. Flammen spritzten hoch, und das wütende Glitzern der Feuerlache erlosch.
Kandol sammelte Dampf und Dunst und formte sie zu Wolken. Der Rand der Lache wurde dunkelrot und düster, und es bildete sich eine schwarze Kruste. Kandol türmte die Wolken aufeinander, bis sie zu riesigen schwarzen Gewitterwolken wurden.
Als das Licht am Boden verblaßte, rührte sich etwas im Schatten. Uoght nahte heran wie ein riesiger Berg und trieb mit seinem Terror eine abscheuliche Horde vor sich her auf die Grenze zu. Regen platzte aus Kandols Wolken, und aus der erstarrenden Lava entwickelte sich zischender Dampf. In der Mitte des kleinen Sees errichteten die erschöpften Hasturs Mauern aus geschmolzenem Gestein. In kürzester Zeit hatten sie einen neuen Turm erbaut. Sie verschwanden dann auf der anderen Seite und verließen die Dunkelheit am Rand der Lava schreiend, jedoch ohne daß sie dies ein einziges Opfer gekostet hätte.
Elnar schwankte an Mirons Seite und wäre fast gefallen. Kandol und Miron stützten ihn und stärkten seine schwindende Vitalität durch ihre eigene. Sobald er wieder stehen konnte, verschwand er – auf Befehl von Kandol –, um sich zu erholen und seine Kräfte zu sammeln, bis er wieder gebraucht würde.

Kandol brachte das Kristallgitter zurück zu seinem Aufbewahrungsort unter den Hallen von Eidelbonn und versiegelte die uralte Kammer wieder. Dann sprach er mit lauter Stimme im Geiste aller Hasturs. Seine vom Kampf ermüdeten Verwandten verschwanden und nahmen in ruhigen Teilen der Welt Wachpositionen ein. Ihre ursprünglichen Aufgaben übernahmen nun andere, die sich an diesem Tag in Y'Gora, Norbath oder Tarencia ausgeruht hatten und jetzt frisch waren für den bevorstehenden Kampf. Dann verschwand auch Kandol in den endlosen Irrgängen des Turms von Carcosa.
Miron war noch gestärkt von den heilenden Strahlen. Abscheuliche Wesen nahten jetzt über die immer noch heiße Lava. Für Sterbliche waren sie unsichtbar, aber Mirons Augen sahen sie mit schrecklicher Klarheit. Es waren Dyolen, die durch die Macht Uoghts aus dem dunklen Land herbeigerufen worden waren. Sie stürzten sich mit tödlicher Kraft auf den halbfertigen Turm. Miron erschien in einer knisternden blauweißen Flamme vor ihnen und sandte mit dem Schwert in der Hand immer wieder Blitze unter sie.

»Öffnet die Tore!« verlangte der Herold mit donnernder Stimme. »Öffnet die Toren für den Prinzen von Manjipor!«
Martos lauschte angestrengt auf die Antwort. Die Stimmen der Herolde waren zwar laut, aber es war fraglich, ob man sie hören wollte.
»Für Chondos, den Prinzen von Manjipor und König von Tarencia, sind diese Tore nie verschlossen«, rief eine Stimme von der Mauer über dem Tor. »Aber wo ist er? Mein Meister sieht ihn nicht! Laßt den Prinzen von Manjipor, Chondos von Tarencia, vortreten, und die Toren werden sich öffnen!«
Jagat saß wie eine Statue auf seinem Pferd.
»Jagat, der Prinz von Manjipor, steht hier mit seiner Armee!« rief der Herold. »Öffnet die Tore für Prinz Jagat!«
Martos beobachtete die Männer auf dem Tor. Der Herold sprach kurz mit einem anderen, wahrscheinlich mit Lord Maldeo selbst, dachte er.

»Für Jagat, Lord von Damenco, sind diese Tore in der Vergangenheit stets offen gewesen«, ließ sich die laute Stimme oben auf dem Tor vernehmen. »Aber wir kennen nur einen Prinzen von Manjipor, und er heißt Chondos, nicht Jagat! Diese Tore sind für jeden geschlossen, der diesen Titel zu Unrecht trägt. Mein Meister widersetzt sich diesem selbsternannten Prinzen und nennt ihn einen Thronräuber und Verbrecher. Er gebietet ihm, diesen Ort zu verlassen!«

Lord Jagat rührte sich und seufzte. »Die Erde muß gefüttert werden. Gebiete ihm, die Frauen und Kinder hinauszuschikken. Krieg, roter Krieg, und so weiter.« Er schüttelte den Kopf. »Schade, daß solche Loyalität auf einen Narren verschwendet wird. Richte Maldeo aus, ich bewunderte seine Loyalität...«

Der Herold richtete sich auf und atmete tief ein. Sein ganzer Körper wurde größer. »Dann Krieg! Roter Krieg muß zwischen uns sein, Maldeo von Isudom! So spricht mein Meister! Er begrüßt Eure Loyalität, obwohl er bedauert, daß sie auf einen unwürdigen Lord verschwendet wird, und er gebietet Euch, Eure Frauen und Kinder hinauszuschikken.«

Martos bewegte sich ungeduldig. Er wollte das Ritual endlich hinter sich bringen und mit dem Krieg beginnen. Das dunkle Gesicht Jagats hob sich düster unter seinen weißen Haaren ab.

»Unsere Frauen und Kinder sind glücklich, dort wo sie sind!« rief Maldeos Herold vom Tor. »Mein Lord bedankt sich für das Lob, aber er sagt, die Ehre läßt ihm keine Wahl.«

Jagat richtete sich blitzartig im Sattel auf. Martos' Atem zischte zwischen seinen Zähnen. Mindestens die Hälfte der Frauen der ganzen Provinz wohnten in der Stadt und fast alle Kinder. Maldeo mußte sicher sein, daß die Belagerung schnell zu Ende sein würde. Das Gesetz Hasturs ließ keine Ausreden zu. Wenn die Kinder in der Zitadelle hungerten, würden die Hasturs selbst Maldeo dazu zwingen, sich zu ergeben. Die Gesetze des Krieges waren unabänderlich festgelegt. Nur Krieger durften leiden. Dieses Gesetz war im Grunde ein Geniestreich. Es hatte zur Folge, daß eine Stadt nur auf eine bestimmte Art angegriffen werden konnte. Wenn man Frauen und Kinder nicht gefährden wollte, blieb nur die Möglichkeit einer langen Belagerung.

Martos studierte das Tor, das vor ihnen lag – das Haupttor, das in die Richtung des Schattenreiches wies. Es war stark. Am oberen Ende der langen, ansteigenden Rampe, die auf den Hügel hinaufführte, glich es einer Reihe gebleckter Zähne. Überall an den Rändern des Hügels sah er Reste halbvergrabener Mauern. Und über ihnen schauten neuere Mauern finster und riesig auf sie hinunter.

Er wußte, daß viele Häuser in der Stadt in der Erde versunken waren: Fenster, die in Kellerräumen lagen, waren mit festgestampfter Erde verstopft. Er sah Wände, die mit Skulpturen verziert waren, auf denen sich Tänzer aus Stein halbvergraben im Gras schlängelten, ihre wohlgeformten Beine waren längst in der Erde verschwunden; und er sah auch Krieger, die ihre Bögen und Speere schüttelten und ihre Pferde antrieben, Pferde, deren Bäuche fast den Boden streiften, in dem ihre Hufe festgewurzelt waren.

Der rituelle Austausch von Höflichkeiten zwischen den Herolden war zu Ende. Martos war froh, als er sein Pferd wenden konnte, um Jagat zurück zum Lager zu folgen, das nun aufgebaut wurde. Er fühlte sich fehl am Platz. Obwohl er auch ein wenig von der Kunst der Belagerung verstand, war er fast ausschließlich für den offenen Kampf zu Pferde ausgebildet worden.

Paidros und die übrigen Männer waren von Damenco gekommen. Er konnte nun wenigstens seinem armen Pferd Kriegsflamme Ruhe gönnen, während er auf Donnerkopf ritt. Dem großen weißen Pferd schien es gut zu gehen, obwohl es kein frisches Futter gab. Die Grenzländer fütterten ihre Pferde hauptsächlich mit Getreide und gemahlenen Nüssen, und sie importierten riesige Heumengen, um auf diese Weise das spärliche Gras in den verwüsteten Ländern zu ergänzen. In diesem Krieg jedoch, dachte Martos bei sich, könnte es schwierig werden, Heu zu bekommen.

Gerüchte verbreiteten sich wie der Wind im Lager. Manche besagten, daß in der Stadt gekämpft würde; andere, daß Maldeo Jagats Partisanen schon hinausgeworfen habe, bevor die Armee gekommen sei. Einige behaupteten, Maldeo habe nicht mehr als dreihundert, tausend oder dreitausend Männer; andere meinten, am Vorabend seien zehntausend Seynyorer vor dem Tor erschienen, und sie stünden nun auf den Mauern. Maldeo habe Nahrungsmittel für drei Tage oder drei Wochen oder drei Jahre. Es kursierten tausend Geschichten. Martos sagte zu Valiros, daß die meisten davon wahrscheinlich den wilden Vermutungen irgendwelcher Trunkenbolde entstammten.

Hörner ertönten. Die Truppen setzten sich in geordneter Formation in Bewegung. Martos führte seine Männer und seine Pferde zu einer Position vor dem Tor. Dort warteten sie. Seine Befehle besagten, daß er hier als Reserve bereitstehen solle, um einen Ausfall abfangen zu können. Er bezweifelte, ob es überhaupt einen solchen geben würde. Die massiven Torflügel sahen ebenso unbeweglich aus wie die Mauern. Dahinter, so erinnerte er sich, lag ein langer, gewölbter Tunnel mit vielen Pfeilschlitzen. Am anderen Ende des Tunnels befand sich ein weiteres Tor.

Dennoch kämpften sich Männer mit Rammböcken auf der Rampe vor, und aus den Mauern schwärmten Pfeilhagel auf sie herab. Bald war der Hang mit Leichen bedeckt. Es sah so aus, als ob sie sich niedergelegt hätten, um sich von der Hitze auszuruhen; allerdings wurden auf dem Boden dunkle Flecken sichtbar. Andere Männer jagten mit Leitern auf die Mauern zu. Die Zwillingssonnen brannten erbarmungslos auf sie nieder, und die Hitze wurde allmählich drückender. Martos beneidete die Grenzländer um ihre lockere Kleidung. Die engen kadarinischen Gewänder klebten an der Haut, und die Stahlrüstung war so heiß, daß man sie nicht anfassen konnte.

Leitern erhoben sich gegen die Mauer und wurden wieder zurückgeworfen. Pfeile flogen durch die Luft. Ein mit Häuten überdachtes Gerüst wurde aufgestellt, um den Rammbock vor dem Tor zu schützen. Rhythmisches Donnern erschallte von unten. Martos lehnte sich auf sein Zwergenschwert, wobei er die Hände in der Mitte seiner Brust über dem Knauf verschränkte. Seine Kleidung war naßgeschwitzt. Er verbrannte sich an seinem eigenen Brustharnisch, wenn er ihn berührte.

»Werden wir diesen ganzen verdammten Krieg einfach hier herumstehen?« fauchte Paidros wütend.

»Was *sollen* wir denn tun, kleiner Mann? Mit den Pferden die Mauern hochreiten? Oder können die Springer drüberhüpfen?«

»Nun«, sagte Paidros, zog seinen weißen Helm vorsichtig aus und kratzte sich auf seinem schweißnassen Kopf, »wenn wir unbedingt hier gebraten werden sollen, dann laßt uns wenigstens ein paar Schießübungen veranstalten, wie die Burschen dort hinten.«

Er deutete mit dem Daumen auf einen kleinen Hügel hinter ihnen. Dort standen die Weitschießer mit ihren schrecklichen n'lantischen Bögen, mit denen sie einen ununterbrochenen Strom von Pfeilen losschleuderten. Sie konnten fast doppelt so weit schießen wie gewöhnliche Kämpfer, und selbst aus dieser Entfernung konnten ihre Pfeile Kettenpanzer und alles andere durchbohren, mit Ausnahme der besten Metallschilde. Die wenigen Schäfte, die an den Mauern abprallten, waren fast alle nicht mehr zu gebrauchen.

Martos runzelte die Stirn und maß die Entfernung mit den Augen. Sie befanden sich jetzt knapp außer Schußweite.

»*Was ist denn das?*« rief Valiros plötzlich und deutete mit dem Finger in eine bestimmte Richtung.

Martos folgte ihm mit seinen Augen und stand wie angewurzelt. Reiter stürmten hinter dem Hügel hervor. Gleißende Lichtpunkte blitzten von ihren Rüstungen. Ihre Bögen richteten unter den zusammengedrängten Männern am Hügel ein

Inferno an. Verwirrte Grenzländer stolperten ihnen aus dem Weg, während sie auf die Rampe zustürmten.

»Der Ausfall!« stotterte Martos.

Paidros erhob seine Stimme und gab den Befehl, den die taube Zunge von Martos nicht auszusprechen vermochte: »Auf die Pferde! Auf die Pferde! Los!«

Alle kletterten eilig auf ihre Pferde und stürmten auf die Mauern zu. Martos bemerkte, daß er das große Schwert schwang. Da stieß er es wieder in die Scheide und holte den Bogen hervor. Auch die Weitschießer nahmen sich bereits eifrig der feindlichen Reiter an und schlugen arge Lücken in ihre Reihen. Martos sah, wie eine Gestalt in schwerer Rüstung vom Sattel geschleudert wurde und wie sein Pferd nach vorne stürzte – der Reiter flog über die Mähne seines Pferdes.

Dann zog er den Pfeil auf der Sehne zurück und schaute am polierten Schaft entlang. Über der Pfeilspitze, die sich auf und ab bewegte, während Donnerkopf lief, sah er eine Gestalt in erdbrauner Rüstung: Es war ein Grenzländer, der mit den Seynyorern ritt. Die gewachste Sehne glitt durch Martos' Finger, und der Grenzländer warf die Hände hoch und stürzte nach hinten über den Schweif seines Pferdes. Martos' Finger suchten schon nach dem nächsten Pfeil. Er setzte ihn auf die Sehne. Am Fuß der Rampe hielten die Reiter an. Ihre Schwerter blitzten in der Sonne.

Paidros schrie die Männer an und fluchte, als sie eine Linie formten. *Ich sollte das Kommando abgeben*, dachte Martos. *Ich hätte das schon längst machen sollen.*

Plötzlich stand eine Menge Fußsoldaten zwischen ihnen und dem Kampf am Fuß der Rampe. Der donnernde Rammbock verstummte, als sich die Männer, die ihn bedient hatten, umdrehten, um sich gegen die Bedrohung durch die Reiter zu wehren. Die Tore öffneten sich weit, und Schwerter strömten aus der Stadt. An beiden Enden der Rampe wurde gekämpft.

Martos atmete tief ein und befahl seiner Zunge, ihm zu ge

horchen. Er streckte die Bogenhand zum Himmel und rief »*Halt!*« Die Kompanie hielt in perfekter Ordnung an, direkt vor der brodelnder Masse von Jagats Männern, die sie von der Rampe trennten.

Über die Köpfe der Kämpfenden hinweg sah Martos, wie das Gerüst mit dem Holzdach, das die Rammer geschützt hatte, nach vorne rückte und in das gewölbte Maul des Tors hinein verschwand. Reiter, deren blutverschmierte Schwerter im heißen, trockenen Licht glänzten, drängten auf die Rampe. Der Weg war von Kämpfenden blockiert. Schwerter wedelten durch die Luft wie Äste in einem Sturm. Unten am Fuß der Rampe liefen Pferde zurück durch die Wellen der Fußsoldaten, die ihren Kameraden oben zur Hilfe eilten. Martos zählte. Dreißig fähige Reiter hatten eine ganze Armee durcheinandergebracht. Jetzt hielten diese gleichen dreißig Männer Tausende zurück.

»Paidros«, sagte er mit ruhiger Stimme, »nimm zwanzig Männer. Stört die Seynyorer, die den Fuß der Rampe halten. Ihr Restlichen folgt mir!«

Paidros suchte sich schnell zwanzig Männer aus, während Martos sich nach rechts wandte und durch die Menschenmenge drängte. Er wollte herausfinden, wo die Reiter hergekommen waren. Auf dem Hang starben viele Kämpfer. Unaufhörlich krachten Schwerter, und der Boden war blutgetränkt. Paidros und seine Männer drängten ihre Pferde durch die dichten Reihen, aber Martos erkannte, daß sie zu spät kommen würden. Sobald Jagats Männer von der Rampe gedrängt worden wären, würden die Seynyorer sich umdrehen, durch das Tor reiten und es hinter sich zuschmettern.

Die Menschenmenge wurde dünner. Martos bahnte sich mit einem Schrei einen Weg und donnerte um die Kurve. Die plattgestampfte Erde hinterließ eine deutliche Spur. Er sah überraschte Gesichter auf den Brüstungen. Die Seiten des Hügels zu seiner Linken erhoben sich steil. Es wäre unmöglich gewesen, dort hinaufzuklettern. Plötzlich schlug eine Handbreit vor Donnerkopfs Hufen ein Pfeil in den Boden.

Martos griff nach dem Schild, der eigentlich an seinem Sattel hätte hängen sollen, konnte ihn aber nicht finden. Er hatte ihn in all dem Durcheinander vergessen.
Die Spur bog ab in eine Vertiefung, die wie eine Wasserrinne aussah. Er steuerte sein Pferd dorthin, drückte sein Kinn auf den Brustharnisch und hoffte, daß der gegossene Helm sein Gesicht schützen würde. Er preßte die Arme eng an den Körper. Wände aus Gras und nackter Erde rasten verschwommen an ihm vorüber. Dann hielt er sein Pferd neben einer Wand aus weißem, verwittertem Stein an.
Er ließ sich aus dem Sattel fallen und trieb das Pferd zu den Steinen hin. Valiros und ein weiteres Dutzend Männer waren ihm in die Felsspalte gefolgt. Die übrigen ritten draußen auf ihren Pferden hin und her und schossen mit ihren kurzen Bögen auf die Mauern.
Gegnerische Pfeile erreichten die Kluft nicht. Martos kniff im Schatten die Augen zusammen, da sie immer noch an das grelle Licht draußen gewöhnt waren. Zu seiner Rechten versperrte ein Kupfertor – oder war es aus Messing? – einen in den Stein gehauenen Torbogen. Die Steine darum herum waren alt und verwittert, aber die Metalltür wirkte neu und stark. Sie war so breit, daß zwei Reiter sie nebeneinander durchreiten konnten.
Als Martos sich dies anschaute, öffnete sich das linke Tor einen Spaltbreit, und ein Gesicht spähte heraus. Er warf sich gegen die Tür und stieß mit der Schulter schmerzhaft gegen das harte Metall, als sie zuknallte. Er vernahm überraschtes Gemurmel, dann ein Knarren und das Geräusch einer Stange, mit der das Tor offenbar gesichert wurde.
Rötliches Licht flackerte durch eine feine Ritze zwischen den beiden Torflügeln. Ein Gedanke formte sich. Martos preßte ein Auge gegen die Ritze. Das rote Licht wurde von etwas Flachem an der Tür reflektiert; weiter unter war nur Schatten. Das mußte die Stange sein. Er behielt den Finger an der Tür, um die Stelle zu markieren, und stand auf.
Valiros murmelte eine Frage. Martos zischte ihn an, er solle

ruhig sein. Sein Schwert wog schwer, als er es ungeschickt mit einer Hand aus der Scheide zog, wobei die andere Hand immer noch auf dem kalten Metall der Tür ruhte.
»Hounos!« sagte er schroff. »Rodericos! Reitet zu Lord Jagat und holt mehr Männer. Bringt jemanden mit, der die Stadt kennt. Ich will wissen, was wir da gefunden haben! Valiros, halte dich bereit, die anderen hereinzurufen. Hier konnten Berittene heraus, also können sie hier auch wieder rein! Und jetzt *tretet zurück!*«
Er hob die Klinge über den Kopf, wobei die Finger seiner anderen Hand noch immer gegen die Tür drückten. Endlich legte er auch seine linke Hand auf den Griff, trat zurück und schätzte sorgfältig die Entfernung. Sein von Zwergenhand geschmiedetes Schwert vermochte sogar Trollfleisch zu durchschneiden. Messing dürfte es dann wohl wie Butter zerteilen. Er hatte schon dickere Holzstangen durchschnitten. Aber wenn die Stange aus Eisen war? Der Schwertrücken berührte nun den Stahl zwischen seinen Schulterblättern. Der Spalt erschien ihm plötzlich sehr schmal.
Die Luft heulte auf unter seiner Schwertschneide. Das Messing jammerte, und der Rückschlag des Schwerts schmerzte ihn an den Handgelenken. Ein langer Streifen abgerissenen Metalls fiel herunter. Sein Schwert wurde von innen gepackt und gezogen. Er zerrte es wieder frei, hob es hoch und schlug erneut wuchtig zu. Die Muskeln in seiner Brust und in seinen Schultern waren hart wie Stahl. Er spürte, wie die Stange brach. Undeutliche Stimmen wurden hörbar. Die Türflügel erzitterten. Er hebelte einen der beiden mit seinem Schwert auf und zwängte sich durch die Öffnung.
Etwas pfiff durch die Luft und knallte gegen seine Klinge. Er schlug einen Pfeil zur Seite. Eine schattenhafte Gestalt stieß in der Dunkelheit mit einer Stahlspitze nach ihm. Martos sprang zur Seite, und seine lange Klinge sauste herab. Eine Mann schrie auf.
Ein Schwert flog auf sein Gesicht zu. Seine Klinge drehte sich und flog in die Höhe. Die beiden Schneiden prallten direkt vor

seinen Augen aufeinander. Er spürte, wie sein Gegenschlag von Stahl abprallte, dann schlug die Spitze des Zwergenschwerts auf Stein, flog in die Höhe und zitterte, als sie auf Knochen traf.

Ein letzter Pfeil zerbrach am Stein direkt neben Martos' Schulter, dann rannte der Bogenschütze nach links und verschwand in der Wand. Quadratische schwarze Schatten verdunkelten das Licht der Fackeln im Raum. Martos stürzte sich mit seinem ganzen Gewicht gegen die sich schließende Tür. Valiros und drei andere standen plötzlich neben ihm. Die Tür flog auf, und eine Gruppe von Männern stürzte sich im flakkernden Fackellicht auf sie. Ihre gezogenen Schwerter blitzten auf und verschwanden dann wieder. Martos schwang sein Schwert, und kopflose Gestalten fielen zu Boden. Das Scheppern des Metalls hallte von den Wänden zurück. Schritte donnerten durch den Gang, und Kadariner strömten in den Raum.

Am Ende des Ganges befand sich eine Steinmauer. Die Gegner wandten sich dort nach rechts und verschwanden mit ihren Fackeln durch breite Türen. Schweres Holz knallte hinter ihnen zu. In der Dunkelheit fiel das Licht einer am Boden liegenden Fackel auf ein Schwert, das vom Boden aus nach oben stieß. Martos sprang zurück. Ein blutender Mann erhob sich mit Mühe und stieß gegen die Wand. Er hielt sein Schwert wie einen Dorn vor sich, und seine wütenden Augen glühten.

»Ergib dich!« sagte Martos. »Du bist allein und verwundet. Es wird uns nicht einmal aufhalten, dich zu töten.«

Zähne glitzerten in einem dunklen Gesicht. Feuer spiegelte sich in dem Stahl, der wie ein Gewitterblitz auf Martos' Gesicht zusauste. Seine Schultern drehten sich. Seine schwere Klinge stieß die des anderen zur Seite, und das metallische Krachen hallte durch die Gänge. Der Mann fiel kopfüber auf den Boden. Martos drehte den Schwertgriff in seiner Hand so, daß nur die flache Seite gegen den Arm des Mannes schlug. Der Grenzländer keuchte, und das Schwert flog aus seiner

Hand. Er zog einen Dolch aus seinem Gürtel, aber Martos trat auf sein Handgelenk und stieß das Messer mit dem Fuß weg.
»Bravo, Martos!«
Jagat zwängte sich zwischen den drängelnden Kadarinern hindurch. Huonos war an seiner Seite. Valiros und Thiondos zogen den verletzten Grenzländer auf die Füße. Er kämpfte vergeblich gegen sie und wäre fast wieder hingefallen, aber als er Jagat vor sich sah, richtete er sich auf. Sein Blick war finster und voller Verachtung.
»Du hast tapfer gekämpft«, sagte Jagat. »Es ist keine Schande, Gefangener des Helden von Ukarakia zu sein.«
»Ich hätte meinen Rücken gegen die Tür pressen sollen!« fauchte der Verletzte. »Ich hätte dort sterben sollen!«
Jagat schüttelte den Kopf. »Ein Mann kann immer sterben«, sagte er, »und du wärst auch gestorben, wäre Lord Martos nicht so gnädig gewesen. Aber er hätte dich ebensogut schonen können, wenn du vor der Tür stehengeblieben wärst.«
Jagat gab ein Zeichen, daß man den Gefangenen wegbringen solle, und wandte sich an Martos. »Dein Bote sagte, du brauchst jemanden, der die Stadt kennt. Ich wurde hier geboren. Willst du wissen, wo du bist? Das hier heißt ›Das Stalltor‹, weil es zu den vergrabenen Stallungen führt. Hast du davon gehört?« Martos schüttelte den Kopf.
»Jetzt liegen sie unter dem Hügel, aber einstmals waren dies alte Stallungen, die vor Tausenden von Jahren verlassen wurden.« Jagat lächelte nachsichtig, als er Martos' Blick sah. »Manche sagen, sie seien schon im Zeitalter des Schreckens dort gewesen oder sogar schon im Zeitalter des Friedens. Es gibt Witze darüber, in was sie hineingegraben sind. Aber es müssen königliche oder militärische Stallungen aus Stein gewesen sein. Sie standen jahrhundertelang verlassen, während die Erde um sie herum höher stieg. Schließlich wurden neue Häuser darauf gebaut. Sie wurden vergessen. Erst zur Zeit meines Großvaters entdeckte man sie wieder. Das letzte Mal, als man Manjipor aus den Klauen des Schattenreichs zurück-

eroberte, hatten die Kobolde hier ihr Nest gebaut, und die Männer, die sie jagten, entdeckten sie auf diese Weise wieder. Der alte Prinz Jal ließ die Gebäude reinigen und reparieren, als Denkmal zu Ehren des Alters von Manjipor. Als dann Olansos Prinzessin Tarani heiratete, wurden Bauleute aus dem Norden eingestellt, um den alten Tunnel der Kobolde zu diesem Labyrinth-Tor umzubauen. Heute sind dies wieder Stallungen.« Er zeigte auf das Tor.

»Ich hätte eigentlich ein anderes Tor zum Angreifen ausgewählt. Es gibt aber nur noch ein weiteres Tor hinter diesem hier, dann seid ihr in den Stallungen. Nach oben schließt sich eine Rampe mit einem Eisengitter an, aber selbst wenn wir da durchkommen könnten...« Jagat zuckte mit den Schultern. »Dann würden wir in einem Hof stehen und mit Pfeilen beschossen werden, aber wir bräuchten nur ein einfaches Tor zu durchbrechen und würden auf der Straße stehen.«

»Wir brauchen Äxte«, sagte Martos, als er das vor ihnen liegende Tor untersuchte. Das alte Holz war mit Eisenbändern verstärkt. Er hob sein riesiges Schwert und hieb damit auf das Tor ein. Die Spitze drang tief in das Holz, aber das Tor ächzte nur. Mit einem Schwert konnte man nur an Ecken oder Kanten etwas ausrichten; hier war es nutzlos.

Irgendwo im Hintergrund hörte Martos, wie Jagat Befehle erteilte, aber er war viel zu sehr mit dem Tor beschäftigt, um sie zu verstehen. Er warf sich wütend dagegen. Die Schwertspitze durchbohrte das Holz. Er bewegte die Klinge hin und her und hörte, wie das alte Holz splitterte. Er zog die Klinge wieder heraus und stieß erneut zu. Valiros und die anderen schlossen sich ihm an. Ihre Schwertspitzen hackten das Holz zwischen den Eisenbändern weg, so daß die Bohlen allmählich zerfetzt wurden. Auf dem Boden häuften sich lange Splitter. Auf der anderen Seite des Tores ertönte lautes Klappern.

Martos starrte benommen auf das größer werdende Loch, dahin, wo ein großes Stück weggerissen worden war. Dann gab er ein Zeichen, daß die anderen zurücktreten sollten. Er hob die schwere Klinge mit beiden Händen über den Kopf und schätzte die Spalte ab. Dann schlug er zu. Die Spitze stach durch den Spalt, und die Schneide drang tief in das Holz ein. Der Griff drehte sich in seiner Hand, während die Klinge der Maserung des Holzes folgte. Mit einem Ruck zog er das Schwert zurück. Ein großer Holzstreifen war abgetrennt worden.

Die Spalte war jetzt so breit wie eine Hand. Er konnte die drei schweren Stangen, die die Torflügel verrriegelten, ganz deutlich sehen. Ohne nachzudenken schlug er auf die oberste Stange. Sie sprang hoch und klemmte – halb durchtrennt – seine Klinge ein. Er riß die Klinge heraus, und die Stange polterte in den dahinterliegenden Gang.

Ein Pfeil flog durch die Spalte und prallte von Martos' Brustharnisch ab. Plötzlich war er wieder klar im Kopf. Er kam sich wie ein Idiot vor. Er schob die Schwertspitze unter die zweite Stange und hob sie mit der flachen Seite an, bis die Stange nach hinten fiel. Ein weiterer Pfeil schoß seitwärts aus dem Loch, fiel aber zu Boden, ohne Schaden anzurichten. Valiros stieß Martos zur Seite. Er versteckte sich hinter seinem Schild, griff durch das Tor und räumte die letzte Stange aus dem Weg.

Als sich die Torflügel öffneten, leuchtete dahinter Fackellicht auf, und Pfeile schwirrten wie ein Bienenschwarm auf sie zu. Männer mit Schilden drängten sich an Martos vorbei. Schilder und Rüstungen wurden mit Pfeilen gespickt. Einer der Männer stürzte mit durchbohrtem Oberschenkel zu Boden, aber der Rest eilte weiter.

Am anderen Ende des Ganges knallten plötzlich die Torflügel zu, und das Fackellicht war verschwunden. Die Kadariner stürmten in die Dunkelheit hinein. Mysteriöse, dumpf hämmernde und klappernde Geräusche wurden im Dunkeln laut. Jemand brachte eine Fackel herbei. Ein dickes Holztor wurde nun sichtbar. Die Männer zerhackten das alte Holz mit ihren Schwertern.

»Spart eure Schwerter für Männer auf!« Die Stimme von Lord Jagat hallte von den Steinwänden wider. »Die Äxte sind da!« Sechs Grenzländer mit einschneidigen Äxten drängten sich durch die Menge. Die Kadariner traten zurück, um ihnen Platz zu machen. Die Äxte hämmerten auf das dicke Holz ein. Splitter flogen durch die Luft. Gezackte Bretter wurden aus der Tür gerissen. Auch über das Donnern der Äxte hinweg war noch ein dumpfes Pochen zu hören, das von der anderen Seite der Tür herüberdrang. Martos ruhte sich aus und lehnte die müden Arme auf sein Schwert. Es schien Stunden zu dauern, bevor ein erstes zackiges Loch in das Tor geschlagen war.

Jenseits des Yukota verstummten die Lieder der Vögel plötzlich und überraschend. Flügel flatterten in den Wald hinein, und das Unterholz war von leisen huschenden Geräuschen erfüllt. Hufschläge ertönten, die dem Prasseln des Regens auf einem Dach glichen. Sie vermochten jedoch ein anderes Geräusch, das von weit her kam, nicht zu übertönen: das gnadenlose Donnern von zweitausend marschierenden Füßen.
Die Vögel und Tiere waren zwar geflohen, aber an den altehrwürdigen riesigen Bäume der Kantara waren schon öfter Armeen vorbeigezogen. Und nicht nur Armeen, königliche Festzüge ebenso wie Könige, die ins Exil flohen, Asketen und Liebende, Räuber und Flüchtende. Die uralten Bäume, die schon Hunderte von Jahren hier standen, überragten mit ihren breiten Kronen die Straße nach Ojaini. Sie bedeckten den Himmel mit Massen von Laub, so daß Istvan mit seinen Männern durch eine riesige grüne Halle ritt. Die gewaltigen Baumstämme waren mit Kletterpflanzen überwachsen.
Hufe donnerten, Staub wirbelte auf. Endlose Reihen von Pferden; braune, schwarze und graue, hagere seynyorische Kriegspferde mit schweren Knochen und langen Beinen. Hoch über dem Boden verschwammen die Kettenpanzer und Helme ihrer Reiter in der grüngefilterten Düsternis. Die Luft war unbewegt und glühend heiß.
Kleine Gruppen von Vorreitern konnten neben der Straße

reiten, über grasbewachsenen Boden und zwischen grünbraunen Säulen hindurch. Das Dickicht zwang jedoch die Mehrheit der Berittenen auf die Straße – zehn Mann ritten Seite an Seite in jeder Reihe. Das unaufhörliche Stampfen von tausend Männern übertönte fast das ferne Getrappel der am Schluß des Zuges folgenden Reiter.

Hoch zu Roß suchte Istvan zwischen dem Geäst über seinem Kopf die Zwillingssonnen, um die Zeit festzustellen. Dunkelgrün und Hellgrün waren die Farben dieser Welt. Hier und da stach ein knorriger schwarzer Stamm aus dem Grün hervor, aber die meisten Bäume waren unter einer lebendigen Vielfalt von Kletterpflanzen und Moosen versteckt. Dort, wo es so schattig war, daß kein Gras mehr wachsen konnte, war der Boden mit dickem grünem Moos überzogen.

»Mein Großvater hat mir einmal erzählt«, sagte Prinz Phillipos an Istvans Seite, »als er noch ein Junge war, hätte es hier Bäume gegeben, die schon zur Zeit des takkarischen Reichs dort gestanden hätten.«

Istvan schaute zu ihm hinüber. Er war zurückgeblieben, um neben dem jungen Mann zu reiten, der eine lange Reihe von Fußsoldaten aus Kalascor anführte. Das unaufhörliche Stampfen der Füße hinter ihm hatte ihn an ein altes creolandisches Marschlied erinnert.

»Manche von ihnen sind sehr alt«, sagte Istvan. *Älter als ich, zumindest,* dachte er schmerzlich. »Aber tausend Jahre sind eine lange Zeit.«

»Es ist noch nicht ganz so lange her, daß Großvater noch ein Junge war.«

Istvan fragte sich, ob dem anderen wohl klar wäre, daß Istvan vielleicht auch einmal ein kleiner Junge mit einem eigenen Großvater gewesen war ...

Plötzlich wurde seine Erinnerung lebendig. Er *war* der kleine Junge. Er saß neben dem Kamin und schaute zu der riesigen weißbärtigen Gestalt seines eigenen Großvaters auf und hörte zu, wie dieser wundervolle Geschichten erzählte, von fernen Kriegen und heroischen Taten. Er war noch kein berühmter

Krieger gewesen, damals, als er atemlos zu Füßen seines Großvaters saß; es sollten noch viele Jahre vergehen, bis irgendein Dummkopf von einem Harfenspieler Unsinn über Istvan den Bogenschützen singen würde. Und nun würden seine Haare bald ebenso weiß sein wie die seines Großvaters. Klein Rupiros und die Mädchen nannten ihn schon jetzt »Großvater«. In seinem Innern aber war er immer noch der gleiche kleine Junge.

Aus der fernen Vergangenheit hörte er die Stimme des alten Mannes: *Als ich ein Junge war, erzählte mir mein Großvater...* Wieder spürte er eine kindliche Verwunderung bei diesem Gedanken. *Großvater* als Junge? Mit einem eigenen Großvater? Es war ehrfurchterregend. Er fühlte sich als Teil einer lebenden Kette, die durch zahllose Zeitalter zurückreichte, ein Großvater folgte dem anderen...

»Lord DiVega!« rief eine Stimme über das Getrampel kalascorischer Fußsoldaten hinweg. Istvan drehte sich um. Hinter ihm marschierten die Fußsoldaten in Reihen zu viert. In der Mitte, zwischen zwei Reihen langer Messingschilde, ragten Piken und Hellebarden empor.

Ein Reiter eilte entlang dieser Linie auf ihn zu und lenkte sein Pferd an Istvans Seite. Es war der Seher DiChezari. Istvan ritt an die Seite der Straße.

»Ich bringe eine Nachricht von D'Oleve in Manjipor. Die Kämpfe haben nun richtig angefangen. Ein großer Angriff auf das Südtor ist soeben zurückschlagen worden. Rupiros D'Esnola hat einen Ausfall angeführt. Sie haben den feindlichen Rammbock erbeutet.«

Istvan nickte, um anzudeuten, daß er die Nachricht verstanden habe und starrte in den Wald hinein, während die donnernden Füße an ihm vorbeizogen. Wie viele dieser Männer, fragte er sich, marschierten wohl in den Tod? Er erinnerte sich, daß ein junger Mann ihn das gefragt hatte, und er hatte ihm ruhig und sicher geantwortet: *Alle Männer marschieren in den Tod, immer, vom Augenblick ihrer Geburt an.* Sein Mund verzog sich in Selbstverachtung. Worte! Aber sie hat-

ten den jungen Mann getröstet. All die Großväter und kleinen Jungen in jener endlosen Kette, die sich bis zum Anbeginn der Zeiten erstreckte, hatten wahrscheinlich ebenso den Tod gefürchtet. Manche waren gut gestorben, manche waren elendig gestorben, aber auf jeden Fall waren sie alle gestorben.
Die marschierenden Füße trommelten pausenlos auf die Straße. Die langen Piken wurden schräg gehalten, damit sie sich nicht im Gewirr der Äste verfingen, und die Schilde schwankten im Rhythmus der Schritte. Die Reihen der Gepanzerten zogen vorbei, marschierten zuerst nach Ojaini und dann weiter gen Westen, nach Manjipor.

»Da geht etwas vor auf der anderen Seite!« rief einer der Grenzländer über die rhythmischen Schläge der Äxte hinweg.
Martos' Ohren schmerzten vom lauten Widerhall. Gezackte Holzstücke, die sich allmählich auf dem Boden ansammelten, mußten beiseite geschafft werden. Der Schatz der Grenzländer, dachte Martos ironisch, schauderte dann aber, als ihm klar wurde, daß Feuerholz sich heute abend tatsächlich als Schatz erweisen könnte. Wenn sie die Stadt vor Sonnenuntergang nicht genommen hatten, würden sie im Freien schlafen müssen. Dann würden sie so viel Feuerholz brauchen, wie sie nur finden konnten. Sobald es dunkel wurde, pflegten die Vampire ihre Verstecke im Schatten zu verlassen, um sich im Schutz der Dunkelheit am Blut der Menschen zu laben.
Der modrige Geruch von Erde erfüllte die Luft, aber als das Loch in der Tür breiter wurde, überlagerten ihn andere Gerüche: der süße Duft frischgeschnittenen Heus, der volle, scharfe Gestank von Mist und der gute, lebendige Geruch von Pferden.
Er hörte das überraschte Keuchen der Grenzländer. Brennende Fackeln zeigten, daß das Loch immer noch nicht ganz geöffnet war. Die hallenden Äxte wurden still. Die Axtmänner

sprangen von der Tür zurück, als ihnen ein schwerer Holzbalken entgegenfiel. Martos hörte Rufe, eilige Schritte und Hufgetrappel.
Holz prallte auf Stein. Durch das Loch in der Tür sah Martos auf eine riesige Menge aufgetürmten Holzes. Er entdeckte darunter ein gebrochenes Rad und die Seite eines Wagens und auch die Spitzen einer Heugabel und einen Teil einer Holzkiste. Die Gegner hatten die Tür hinten mit einem riesigen Holzhaufen verbarrikadiert. Lichtstreifen fielen durch Ritzen in diesem Haufen. Martos eilte mit seinen Männern nach vorne, um das Holz aus dem Weg zu räumen. Eine Holzkiste, die ganz oben auf dem Haufen gelegen hatte, fiel nach hinten. Dort, wo sie gelegen hatte, strahlte nun helles Licht, und aus diesem Licht schoß ein Pfeil hervor und grub sich in Huonos' Kehle. Er stürzte, und das Blut quoll aus seinem Körper, als er zu schreien versuchte. Ein weiterer Pfeil sirrte gegen die Wand, und ein dritter prallte von Valiros' Helm ab, als dieser sich über Huonos beugte. Die Männer zogen die Köpfe ein.
Martos stemmte die Schulter gegen die Seitenwand des Wagens. Auf ihn und zwischen seine Räder war Holz gehäuft worden. Valiros und die anderen kamen und halfen ihm. Der Wagen bewegte sich. Das Holz polterte laut, als es hinunterfiel. Martos krallte die Finger unter den Wagen und hob ihn an. Der Wagen schwankte zurück, und die restlichen Bretter krachten auf den Boden. Gefederte Pfeilschäfte zischten durch die Luft. Der Wagen kippte nach hinten und fiel um.
Ein quadratisches Stück Tageslicht blendete ihn. Auf der gegenüberliegenden Seite einer riesigen Halle schien goldenes Sonnenlicht auf eine Rampe aus dunkelbrauner Erde. Männer jagten Pferde die Rampe hoch. Er sah nun über das hüfthohe Holz die ferne Mauer, auf der Bogenschützen standen, die sie mit Pfeilen überschütteten.
Valiros hielt seinen Schild vor das Gesicht und kletterte auf den Holzhaufen. Martos, der keinen Schild trug, preßte sein Kinn auf den Brustharnisch, während er auf den Wagen stieg. Er hoffte, daß kein Pfeil den unteren Teil seines Gesichts

treffen würde. Das Holz rollte unter den Füßen der beiden, und nach ihnen überfluteten die Kadariner den aufgehäuften Schatz der Grenzländer. Einige stolperten und verstauchten sich die Knöchel, andere fielen, weil Pfeile ihre Beine trafen.

Auf sie warteten Männer mit Schilden und gezogenen Schwertern. Martos sprang von einer fallenden Holzkiste über verstreut umherliegende Bretter und landete stolpernd auf dem Boden, als eine Schwertschneide auf seine Augen zustieß. Er konnte gerade noch rechtzeitig seine Klinge zur Abwehr erheben. Mit einem ohrenbetäubenden Lärm prallten die beiden Waffen neben seinem Ohr aufeinander.

Er fand sein Gleichgewicht wieder und duckte sich. Ein Schwert surrte über seinen Kopf, als er gegen ein Knie schlug. Seine Klinge prallte von einem Schild ab, der schnell nach unten geschoben wurde. Feindlicher Stahl wirbelte erneut durch die Luft. Martos richtete sich auf und bot seinen Brustharnisch dem Schlag. Die klirrende Rüstung schlug gegen seine Schultern, während er auf die zerbrechlichen Knochen des gegnerischen Ellbogens hieb, die bei dem Angriff ungeschützt waren. Der Kettenpanzer des Gegners zerbarst, Knochen zersplitterten, Blut spritzte.

Jetzt waren überall um ihn Seynyorer und Grenzländer. Er duckte sich und wirbelte mitten in ein Dickicht peitschender Klingen hinein. Er warf einen kurzen Blick auf Valiros, der in der Nähe kämpfte, dann blendeten Funken seine Augen, während sein Helm auf dem Kopf erzitterte. Die Spitze seines Schwertes durchborte die Kehle eines Mann, dann streifte die Flachseite eines fremden Schwertes seine gepanzerte Schulter. Er wirbelte mit der Klinge herum, und ein Kopf fiel auf den Steinboden.

Die Gegner um ihn her wichen zurück. Seine eigenen Soldaten schwärmten im Raum aus, dicht gefolgt von den Kriegern Lord Jagats. Er sah, wie sich einige der Männer einen Weg durch die Holzbarrikade bahnten und die noch im Wege liegenden Teile zur Seite schoben. Seine Klinge schwirrte über

den Rand eines erhobenen Schildes und hieb nach unten. Er hatte die Panzerringe über einem gegnerischen Knie durchtrennt.
Das letzte Pferd wurde auf die Rampe geführt. Ein Schrei erschallte, und die Seynyorer und Grenzländer liefen zurück auf die Türen der Rampe zu. Martos sprang hinter ihnen her. Sie eilten auf das Sonnenlichtquadrat zu, und der Feind versuchte nun, die riesigen Türen zu schließen und ihnen damit das Tageslicht zu nehmen. Martos warf sich gegen die Torflügel, schob sein Bein und seine Schulter dazwischen und drängte die Gegner zurück. Schwerter prallten auf den Stahl seiner Rüstung und auf seine Klinge.
»Die Rampe hoch!« rief eine gewaltige Stimme. »Blockiert sie von oben!«
Das Tor öffnete sich. Martos stolperte, als seine Männer herbeigeeilt kamen. Ein Mann in seynyorischer Rüstung sprang durch das Tor. Sein Breitschwert peitschte auf Martos' Gesicht zu. Da Martos das Gleichgewicht verloren hatte, mußte er in Abwehrstellung gehen. Der Schild des Seynyorers drängte das Zwergenschwert zurück, während die seynyorische Klinge in der Luft schwebte.
Aber Martos kannte diesen Trick. Die eingeknickten Beine streckten sich, und die Schwertspitze zischte durch die leere Luft, da er sich schon außer Reichweite gebracht hatte. Er hob nun mit beiden Händen den Griff seines Schwertes über den Kopf. Der Seynyorer wartete einen Augenblick mit erhobenem Schwert. Martos erkannte an seinen Bewegungen, daß er der Schule der Drei Schwerter angehörte – sein Können war dem seinen ebenbürtig.
Einer der gedrängt stehenden Kadariner sprang mit wirbelndem Schwert an ihnen vorbei, und die Waffe landete krachend auf dem Schild des Seynyorers. Martos öffnete den Mund zum Schrei, aber das Schwert des Seynyorers hatte schon zugeschlagen – der Schwertarm wurde mit einem Knacken vom Knochen abgetrennt.
Martos stieß mit langer Klinge in sehr geringer Höhe zu. Der

Schild fiel donnernd zu Boden. Der Ellbogen des Seynyorers zuckte, aber er schlug nicht zu. Er wußte, daß Martos außer Reichweite seines kurzen Schwertes war. Er näherte sich Martos. Dieser tänzelte rückwärts, wobei er seine Klinge über dem Kopf balancierte.

Sechs Männer zwängten sich durch die Torflügel und schlossen sie dann. Zwei Grenzländer rannten nach vorne. Die Schwerter klirrten heftig, als die Gegner und Martos' Männer aufeinandertrafen. Vier Seynyorer standen mit dem Rücken zur Tür gewandt.

Martos' Gegner sprang nach links. Martos kreiselte von ihm weg und stieß mit dem Rücken gegen Valiros. Die Schwertschneide des Seynyorers flog auf seine Augen zu. Das Zwergenschwert blockte den Schlag ab, aber anschließend wurde es von dem stoßenden Schild zur Seite gedrängt, während die Klinge des anderen auf Martos' ungeschützte Linke zuschlug.

Martos drehte den Griff zwischen den Handflächen und zog die Schwertfläche über die Vorderseite des Schildes, um dann sein linkes Knie zu beugen.

Das Knie prallte auf Stein, während die Spitze seines Schwertes über den Rand des Schildes strich. Der Stahl vibrierte in seinen Händen, und das Klirren von Metall schmerzte ihm in den Ohren. Er drehte sich auf den Knien und stieß die Schwertspitze abwärts, um blind um den Schild herum zuzustoßen. Er wußte, wenn er jetzt nicht traf, würde er sterben.

Blut spritzte auf seine Klinge. Ein Schwert fiel aus einer toten Hand und prallte von seinem Helm ab.

Drei der Seynyorer kämpften immer noch mit dem Rücken gegen das Tor. Kadariner bearbeiteten die Schilde der drei Gegner. Die beiden Grenzländer waren tot; sie hatten sich auf die Waffen ihrer Feinde geworfen. Ihre Schwerter waren rot, und sie lagen zusammen mit vier von Martos' Männern auf dem blutdurchtränkten Boden.

Martos' linke Hand ergriff das Schwert des Toten, während er

sein eigenes mit seiner Rechten dem Toten entwand. Er fragte sich, wen er da wohl getötet hatte, und ob der Mann soviel Ruhm errungen hatte, wie er gemessen an seinem Können verdiente. Er schritt mit je einem Schwert in beiden Händen den weiteren Kämpfen entgegen. Seine Männer machten den Weg für ihn frei. Als sie zurücktraten, schauten die Seynyorer kurz über die Schultern, als würden sie Hilfe erwarten.
»Ergebt euch!« Martos' Stimme hallte von den Mauern des Gewölbes zurück. »Wir sind zu viele für Euch. Warum solltet ihr grundlos sterben?« Er hob das Zwergenschwert hoch in die Luft und streckte die kürzere Klinge vor sich aus.
»Alles zu seiner Zeit, Kadariner«, antwortete einer der Männer an der Tür. »Wenn wir unsere Aufgabe hier erfüllt haben, werden wir sehen, ob sie nutzlos war.«
»Wie ihr wollt«, sagte Martos und fluchte vor sich hin. Das waren tapfere Männer!
Er sprang und stieß mit dem Schwert des Toten nach den Augen des nächststehenden Feindes. Als das Schild nach oben schnellte, blitzte die Zwergenklinge, die er über seinem Kopf hielt, nach unten und tauchte unter dem Schild durch, um dann durch Kettenpanzer und Knochen zu stechen. Er hörte Schritte hinter sich und das Wirbeln eines Schwerts und ließ sich von der Wucht seines eigenen Schlages herumwirbeln. Die Klinge in seiner Linken peitschte nach oben, um den fallenden Stahl zu treffen, während das Zwergenschwert zustach und gegen den Schild donnerte.
Stahl klirrte und dröhnte zu seiner Rechten, als der dritte Seynyorer seinem Kameraden zu Hilfe eilte und von Valiros aufgehalten wurde. Martos wirbelte mit beiden Schwertern gleichzeitig nach oben und nach unten, während er herantänzelte und den Seynyorer dazu zwang, Schild und Schwert zur Abwehr einzusetzen. Er gab ihm keine Gelegenheit zum Angriff. Panzerringe zerbarsten unter Martos' Schwertschneide, und er spürte, wie weiches Fleisch durchschnitten wurde. Er sprang an dem fallenden Mann vorbei und warf die schweren Torflügel weit auf.

Ein quadratisches Stück blauen Himmels weit oben blendete ihn. Ferne Stimmen schrien im grellen Licht. Er kniff die Augen zusammen, bis er seine anfängliche Blindheit überwunden hatte, und starrte nach oben auf die überfüllte braune Rampe. Irgend etwas Schwarzes erschien am Rande des Himmels, kippte und fiel herunter. Er sprang mit einem wortlosen Schrei zurück.
Es war ein Wagen, der da herunterfiel und sich dabei der Länge nach überschlug. Er fiel auf Martos und seine Leute zu, und schwarze Jauche schwappte heraus und spritzte auf ihre Rüstungen. Dann folgte ein Gesteinsbrocken, der eines der Wagenräder zerschmetterte, sich durch die Erde der Rampe pflügte und auf sie zurollte. Ein riesiger Holzbalken vergrub sich in der festen Erde. Martos und seine Männer rannten rückwärts durch das Tor, das sie eben erst in einem so harten Kampf genommen hatten, und konnten nur zuschauen, wie sich der Gang mit Schutt und Unrat füllte.
Jagat stieß zu ihnen, als sie da im Torbogen standen. »Selbst wenn wir alles wegräumen könnten«, sagte er, »das Gitter, womit sie es abdecken, ist aus Eisen, und es ist so konstruiert, daß Bogenschützen zwischen den Stangen hindurch nach unten schießen können.«

13

Jodos umklammerte die feuchtkalte Hand der Leiche. Die Botschaft mußte schnell übermittelt werden. Obwohl die Blauroben jenen dunklen Kanal zu den Bergen nicht sahen, konnten sie ihn doch vielleicht geistig aufspüren und zu Jodos zurückverfolgen. An den brennenden Tod, der dann kommen würde, wollte er gar nicht erst denken. Statt dessen genoß er seine hämische Freude, die er an jenem Morgen unterdrückt hatte, als die Nachrichten überbracht worden waren: Manjipor wurde belagert!

Jetzt würde an der Grenze der Krieg wüten. Es war ziemlich gleichgültig, wer ihn gewann. Ganz gleich, ob seine Armee siegreich aus dem Kampf zurückkehrte, oder ob die Grenzländer nach Norden marschierten, um die Stadt anzugreifen, in jedem Fall würde ein verwüstetes, schutzloses Land zurückbleiben. Der Meister brauchte nur ein wenig zu warten . . .
Durch die tote Hand, die er hielt, kam die Antwort zurück: eine spöttische Erinnerung an die Foltern, die er erleiden würde, falls er scheiterte, und an den Festschmaus, falls er Erfolg haben würde. Tief in seinem Innern schauderte Chondos' Geist.

»Nachrichten aus der Stadt, Lord DiVega. Aus Manjipor.«
Istvan nickte, um anzuzeigen, daß er verstanden hatte. Dann erhob er sich in den Steigbügeln und gab mit dem Arm ein Zeichen. »Halt! Absteigen! Führt die Pferde!« Ein Trompeter gab den Befehl an den gesamten Zug weiter.
Istvan glitt aus dem Sattel. Er sehnte sich nach Schlaf. Aber sie mußten an diesem Tag eine bestimmte Strecke zurücklegen. Der ganze Zug konnte unmöglich halten, nur weil ein alter Mann müde war. Sie ritten durch einen riesigen Urwald, durch endlose Baumalleen. Was wollten sie eigentlich hier, fragte sich Istvan, warum störten sie die erhabene kathedralenhafte Stille des uralten Waldes mit ihrem närrischen Kriegszug?
»Wie lauten die Nachrichten?« fragte er, als er sich an den Seher wandte.
»Eine Gruppe von Kadarinern ist bis in die Vergrabenen Stallungen vorgedrungen und hat diese erobert«, sagte DiChezari. »Sie haben Nurin Kimerosa getötet.«
»Kimerosa?« Istvan hob die Augenbrauen. Das war der beste Schüler seines Vetters Raquel! Er hatte den Mann kaum gekannt, nur von seinem Ruf gehört, aber sie hatten einmal zusammen trainiert, und der Junge hatte ihm damals die härteste Stunde seit Jahren beschert.
»Er blieb in den Vergrabenen Stallungen zurück, um die

Rampe zu verteidigen, zusammen mit einer Handvoll anderer Männer«, fuhr der Seher fort. »Die meisten seiner Männer wurden ebenfalls getötet, doch ein paar von ihnen haben sich bei den Heilern eingefunden. Aber Kimerosa wurde getötet. Es waren einfach zu viele Kadariner.«

»Ich kann mir vorstellen, daß es erheblich weniger geworden waren, als er starb«, sagte Istvan geistesabwesend. Er stellte sich vor, wie die Handvoll Männer die nachdrängenden Feinde zurückgehalten hatten. Ein Schauer der Verzückung durchströmte seinen Körper. Er ähnelte dem Gefühl, das er als Junge beim Anhören alter Heldengeschichten verspürt hatte.

Er erstarrte, zornig über sich selbst. Jetzt war kaum die Zeit, wie ein schwachköpfiger Dichter zu träumen. Dies war keine alte Sage: Kimerosa war ein lebendiger Mensch gewesen, der von einer Horde von Feiglingen niedergemetzelt worden war, die es nicht gewagt hatten, einzeln gegen ihn zu kämpfen. Dabei ging es nicht um Ruhm und Ehre, dies war nichts anderes als ein abscheulicher Tod.

»Sie haben die Stallungen erobert, habt Ihr gesagt?»

»Todar sagt, daß es ihnen nicht viel nützen wird«, antwortete DiChezari. »Es führt nur ein einziger Schacht nach oben in die Stadt und der ist verstopft. Eine ganze Kompanie bewacht den Hof. Der Ort ist eine Todesfalle. Selbst wenn sie es schaffen sollten, sich herauszubuddeln, könnten sie nicht bis in die Stadt vordringen.«

»Aber es wird Männer von den Mauern abziehen«, sagte Istvan nachdenklich. Er faßte nach hinten und versetzte seinem Pferd geistesabwesend einen Klaps. Er versuchte, sich an Einzelheiten des Hofes zu erinnern. Es war zehn Jahre her, seit er in Manjipor gewesen war. »Wie lange können sie wohl ausharren, was meint Ihr?«

»Mindestens einen Monat, Lord, wenn nicht länger«, antwortete der Seher. »D'Oleve sagt, die Stadt könne so lange aushalten, wie die Vorräte reichen. Er glaubt nicht, daß Manjipor im Sturm zu nehmen ist.«

Es hatte aber auch einmal geheißen, daß es nicht möglich sei, die Festung zu Belarri zu erobern. Das war eine jener Heldentaten gewesen, die seinen Namen zum Spielzeug jedes stinkenden Musikanten südlich der Eiswüste gemacht hatten.
»Ich will, daß Ihr mit Ojaini Kontakt aufnehmt«, sagte Istvan. »Gebt den Befehl, daß Enchanton DiVega und...« – er hielt einen Moment inne und dachte nach – »...und D'Olafos und DiSezrotti mit ihren Kompanien sofort losmarschieren. Sie sollen am Ufer des Yukota ihre Lager errichten. Sag ihnen, sie sollen soviel Aufmerksamkeit wie möglich auf sich ziehen und ihre Trompeten in voller Lautstärke blasen lassen. Außerdem sollen sie Späher zur anderen Seite des Flusses schicken und sich bereithalten, den Fluß jederzeit zu überqueren. Und sagt auch, daß alle Kompanien in Ojaini sich zum Abmarsch bereithalten sollen!«
Der Seher nickte und schloß die Augen. Istvan wurde still und lauschte dem Hufgetrappel und dem Klirren des Pferdegeschirrs. Er starrte auf die langen Reihen ehrwürdiger Bäume und erinnerte sich plötzlich an einen anderen Wald, weit weg in Y'Gora, jenseits des Meeres.
Äste bogen sich und wogten nun in seiner Erinnerung, und vor ihm öffnete sich ein Weg. Er klammerte sich voller Ehrfurcht an die Mähne des geheimnisvollen weißen Elfenpferdes, dessen Hufe den Boden kaum zu berühren schienen. Es hatte ihn in einem Tag und einer Nacht durch den Wald der Dämonen nach Rath Tintallain gebracht, was normalerweise eine Reise von vielen Tagen gewesen wäre. Er erinnerte sich an die anmutigen Türme von Rath Tintallain und an die tief darunter liegenden Zwergenhallen; er erinnerte sich an die flammenden Schwerter der Helden, die sich dort versammelt hatten, und an die Silberschwalben, die von den Sternen gekommen waren, um ihnen zu helfen.
Aber das lag lange zurück, und hier gab es keine Elfenpferde. Wenn seine Armee solche Tiere hätte, hätte sie in einer einzigen Nacht Manjipor erreichen können, schneller als ein Vogel im Flug. Aber diese Tiere hier waren nur gewöhnliche Pferde:

Ein zu schnelles Tempo würde sie umbringen, und es war noch eine lange Reise bis Manjipor, durch den öden Staub, in dem einst schon Dämonen ihr Unwesen getrieben hatten. Außerdem nahte die Regenzeit. Er erinnerte sich an einen anderen Feldzug, an dem er teilgenommen hatte: Der Regen hatte damals das ganze Land in Schlamm verwandelt. Aber der Staub war auf die Dauer sogar noch übler . . .

Das Getrappel der Hufe dröhnte in seinen Ohren. Er ritt an der Spitze der Reiter. Die Staubwolken wirbelten höher und höher, da immer mehr Hufe den Boden aufwühlten. Die Fußsoldaten marschierten durch einen dichten braunen Nebel. Zweitausend Füße bewegten sich rhythmisch auf und ab. Das fröhliche, unregelmäßige Trappeln der Pferde der Nachhut ließ die Staubwolken noch höher aufsteigen. Sie hingen noch in der Luft, als das letze Pferd vorüber war und die Hufe nur noch wie ferner Regen klangen. Das Geäst uralter Bäume raschelte traurig, und das Lied eines Vogel tönte durch die Dämmerung, als das zuvor schwachgrüne Licht von der Dunkelheit aufgesogen wurde.

Chondos murmelte jeden Abend, bevor er einschlief, und jedesmal, wenn er aufwachte, die magische Formel des Hasturs. Jede Nacht erschien die Gestalt in der schwarzen Robe vor der Tür des neuen Quartiers, das man ihm gegeben hatte, aber sie entfernte sich auch jedesmal wieder.

Manchmal vernahm er eigenartige Kampfgeräusche auf dem Gang hinter der aufgebrochenen Tür, furchtbares Stöhnen und Schreien, und einmal war die Stimme von Taratos zu vernehmen. Er zischte sonderbare Worte, während die Männer vom Volk des Reinen Blutes in entsetzlicher Angst unterwürfig wimmerten und winselten. Sie waren merkwürdig ängstliche Menschen, und bald gab Chondos den Versuch auf, mit ihnen zu reden. Sie schienen noch wesentlich mehr Angst zu haben als er. Sie waren unglückliche Menschen, still und verstohlen, und alles, was sie taten, geschah nur aus Angst. Wenn er bewaffnet und sie seine

einzigen Wächter gewesen wären, hätte er leicht entkommen können.
In irgendeinem anderen Raum schliefen bewaffnete Wachen, die abwechselnd vor seiner Tür standen. Seine »Diener« hielten ständig ein Feuer in Gang. Sie fütterten es mit zerbrochenen Teilen des Mobiliars und mit größeren Balken. Die Nacht hinter dem kleinen vergitterten Fenster war schwarz wie Pech. Chondos wickelte ein Stuhlbein in vermoderte Stoffreste und schlief neben dem Feuer ein. Bei jedem Nachtgeräusch schreckte er hoch. Tagsüber hielt er sich wach – es amüsierte ihn zu sehen, wie sehr seine Wächter sich darüber ärgerten. Für sie, so bemerkte er bald, war der Tag eine Zeit der Sicherheit, in der sie schlafen konnten; nachts kauerten sie sich ängstlich zusammen, als ob sie irgendeinem unausweichlichen Schicksal entgegensähen.
Er hielt täglich ein wenig Getreide von seinem Essen zurück, und in einem kleinen Kästchen sammelte er Zunder. Aber konnte er wirklich auf Flucht hoffen, fragte er sich wütend, oder war dies nur ein Spiel, das er sich selbst vorspielte, um die Hoffnung nicht zu verlieren, obgleich eigentlich nicht der geringste Anlaß dazu bestand?
Er schritt wütend zur anderen Seite des Raumes, machte dann aber wieder kehrt, um den Wächter an der Tür zu beobachten. Wenn die anderen nicht wären, die unbewaffneten »Diener«, hätte er womöglich dem Mann das Schwert entreißen können – dann wehe jedem Menschen oder jeder anderen Kreatur aus Fleisch und Blut, die sich ihm in den Weg stellte! Doch viele der Dunklen Wesen waren nicht aus Fleisch und Blut, und Schwerter waren im Kampf gegen sie völlig wirkungslos. Aber das machte nichts, sagte er sich wütend. Er mußte weiter hoffen. Hoffnung war seine einzige Waffe.
Er kratzte über die schwarzen Stoppeln, die sein Kinn und seine Wangen bedeckten, und amüsierte sich bei der Vorstellung, daß er sich mit einem Rasiermesser freikämpfen könnte. Das Licht des Feuers flackerte im Kamin. Er wandte sich dem winzigen beschlagenen Fenster zu. Es war nur so breit wie

seine Hand. Sein Schatten verdeckte das Licht des Feuers. Aber dennoch schimmerte immer noch rote Glut im schmutzigen Glas zwischen den Streben.
Sein Herz tat vor Freude einen Sprung. Er preßte das Gesicht gegen das Gestänge und griff mit den Fingern in die Zwischenräume, um die dicke Staubschicht wegzuwischen. Eine düstere rote Glut bewegte sich am Himmel: Sie wurde immer größer und kam auf Rashnagar zu. Schwaches Schreien und Heulen erschallte von irgendwoher, als hätten die Dunklen Wesen selbst Angst. Hoffnung auf Rettung loderte in ihm auf.
Das rote Licht nahm allmählich in der Finsternis Gestalt an. Riesige Flügel glühten rot in der Dunkelheit. Zwischen ihnen glitzerte ein winziger schlanker, schlangenhafter Körper. Eine ferne Bergspitze zeichnete sich dunkel unter den breiten Flügeln ab, als die Kreatur dahinter verschwand. Sein Atem wurde schneller, als er bemerkte, wie groß dieses Wesen tatsächlich sein mußte.
Ein *Drache!* Äonen waren vergangen, seit der letzte dieser Art auf dem Kontinent gesehen worden war, aber ihre Schrecken und ihre Wundertaten waren in Sagen überliefert worden: ihr Körper aus geschmolzenem Stein, ihr Atem, der Gewitterblitze aussandte. Der uralte Schrecken, der ein Schloß mit dem Schlag eines einzigen Flügels zerstören und eine Stadt unter seinem Gewicht zermalmen konnte.
Aus der Dunkelheit tauchten Berge auf, die unter den jagenden Flügeln rot schimmerten. Weinen und Schreien tönte durch die Nacht, aber darüber erhob sich ein hohes Pfeifen, das beim Näherkommen der glühenden Flügeln lauter wurde.
Man hatte schon immer erzählt, daß zumindest noch einer der großen Drachen innerhalb des Schattenreichs lebte, aber nur wenige glaubten daran. Nicht einmal die Hasturs vermochten das dunkle Geflecht von Legenden zu entwirren, das sich damit befaßte, wie die Dunklen diese monströsen Feuerwesen beherrschten, die von Natur immun gegen das Hasturfeuer waren.
Das Pfeifen schwoll zu einem tosenden Sturm an. Die nahe-

gelegenen Berge reflektierten die Flammen, und schließlich wurde die gesamte Ruinenstadt in dem düsteren Licht sichtbar. Der schlangenhafte Körper wuchs immer noch. Die zerfallenen Türme wirkten winzig, als er über sie hinwegglitt und den Himmel mit seinen schmiedefeuerroten Flügeln verdeckte. Boden und Wände erzitterten um ihn, und die glühenden Flügel verschwanden. Chondos wandte sich um. Seine Ohren schmerzten. Er sah, wie die Männer vom Volk des Reinen Blutes ängstlich am Feuer zusammengekauert saßen.

Eine rotes Glühen leuchtete an der anderen Seite des Raumes auf. Chondos schritt darauf zu und fand ein weiteres winziges Fenster. Durch dieses sah er, wie die riesige Gestalt kleiner wurde, während sie auf die Berggipfel zuschwebte. Ihre Flügel senkten sich, und die Berge erglühten in leuchtendem Rot.

Der Drache verschwand vom Himmel. Kahle schwarze Berge hoben sich von dem rosigen Licht ab, das allmählich schwächer wurde und schließlich ganz erstarb.

»Zittert Ihr, König Chondos?« zischte eine spöttische Stimme.

Chondos wandte sich blitzschnell um. Seine Hand suchte reflexartig an seinem Gürtel nach dem Schwert, das nicht da war. Er kniff die Augen zusammen, damit sie sich vom Drachenlicht erholten. Seine verstopften Nasenlöcher nahmen schwach einen bekannten schrecklichen Gestank wahr.

»Jetzt habt Ihr Euch von unserer Macht überzeugt«, fuhr die gehässige Stimme fort. »Yarkaroth ist aus seiner Höhle im Norden gekommen, und er wartet auf meinen Befehl, um den Tod über die Grenze zu tragen. Und er ist nicht einmal der Mächtigste von denen, die hier versammelt sind. Mächte, die von außen herbeigerufen worden sind, warten in tiefen Höhlen darauf, die Türme zu zerschmettern. Und wenn sie zerstört sind, wird das Land uns hilflos ausgeliefert sein. Schon jetzt wird auf den Mauern von Manjipor Takkar von Takkar niedergemetzelt, und Istvan der Bogenschütze marschiert, um die Rebellen des Grenzlandes niederzuwerfen ... auf *Euren* Befehl, König Chondos!«

»Auf *meinen* Befehl?« rief Chondos überrascht aus.
Ein freudloses Kichern ertönte in der Dunkelheit. »Was glaubt Ihr wohl, wer jetzt Eure Krone trägt? Wer unterzeichnet Befehle mit Eurem Siegel? Wer sitzt in der Stadt Tarencia auf Eurem Thron?« Ein Holzklotz knisterte im Feuer, und plötzlich blitzte eine kleine Flamme auf schwarzem Stoff. »Wer könnte in Euren Palast gehen, ja selbst in Euer Schlafgemach, und Euch dann wegzaubern, ohne daß es bemerkt würde? Nur jemand, dessen Gesicht von Eurem nicht zu unterscheiden ist – oder habt Ihr etwa Euren Zwillingsbruder vergessen, Jodos, den Verschwundenen Prinzen?«
Ein Schock durchfuhr Chondos. Er hatte den Bruder, den er nie gesehen hatte, tatsächlich vergessen. Für ihn war er ebenso eine Legende wie der Schwarze Drache, der Fendol getötet hatte, oder Thale, der Falsche Hastur oder Pertap. Wenn sie nicht einmal wüßten, daß er weg war . . .
»Die Hasturs werden es wissen!« Seine Stimme klang wie das Schmettern einer Trompete. »Sie werden den Unterschied bemerken und gewarnt sein!«
»Mittlerweile haben die Blauroben wohl vergessen, daß Euer kleines Königreich je existierte. Diener von Uoght sind in Kadar und Orovia und sorgen dafür, daß ihnen keine Zeit bleibt, über unwichtige Königreiche im Süden nachzudenken. Dort ist die Grenze nämlich ruhig – kein einziger von meinen Dienern verläßt dort den Schatten.«
Chondos hörte schweigend zu. Sein Gehirn arbeitete fieberhaft.
»Auf meinen Befehl werden Mächte, die weit größer sind als diejenigen, gegen welche die Blauroben im Norden kämpfen, den Schatten bis zum Meer tragen«, zischte der Meister. »Die Phantomflotte, die sogar in den Sagen vergessen worden ist, wird von der Mündung von Portona hinaussegeln, und unsere Galeeren werden das Meer von Ardren beherrschen. Eure Männer werden unser Fraß und unsere Sklaven sein und auch Opfergaben für die Großen von außen. Aber mit *meiner* Zustimmung könntet Ihr wieder König werden.«

Worte der Verachtung bildeten sich auf Chondos' Lippen, aber er hielt sie zurück, vielleicht zum ersten Mal in seinem Leben.

»Wenn Ihr Euch mir unterwerft, wenn Ihr mir dient, dann werde ich Euch wieder auf Euren Thron setzen. Ihr werdet wieder König sein wie früher, und ich werde Euch eine bessere Unterstützung geben, als Euch die Blauroben jemals haben zukommen lassen. Ihr werdet das alte Königreich Eurer Väter zurückerhalten, und ich werde Euch zum Herrscher über das Volk des Reinen Blutes machen. Wie Ihr seht, sind sie gute und gehorsame Diener. Viel bessere als die Tarencianer, die jetzt gegen Euch rebellieren!«

»Was erwartest du von mir?« fragte Chondos. Seine Stimme zitterte vor Wut.

»Wenn die Zeit kommt, müßt Ihr die Grenze überqueren, zusammen mit den Männern vom Volk des Reinen Blutes. Die Schlösser des Grenzlandes werden auf Euren Befehl hin ihre Tore öffnen. Und Ihr werdet der Armee, die gegen uns kämpft, falsche Befehle geben. Wenn die Takkarer gefallen sind, wird der Rest des Landes eine leichte Beute für uns sein. Dann werden wir Euch wieder auf den Thron setzen und die Menschen dazu zwingen, Euch zu gehorchen.«

Chondos konnte ihn nur entsetzt anstarren. Es hieß, daß die Dunklen Wesen anders dächten als Menschen . . .

Plötzlich platzte er vor Wut. Er hörte, wie seine eigene Stimme schrie: »Du wagst es, auch nur zu denken, daß ich meine eigenen Männer verraten würde!« Er schloß den Mund wieder und ballte die Fäuste.

»Natürlich wirst du das«, antwortete der Meister. »Du hast keine Wahl. Du kannst nicht deine einzige Hoffnung ignorieren, am Leben zu bleiben! Und tot oder lebendig, du wirst meine Befehle ausführen. Aber gewisse Festungen würden uns verschlossen bleiben, wenn du tot wärst. Nur deshalb haben wir dich so lange am Leben gelassen. Überlege es dir gut! Dein Tod wird deinen Meistern nicht helfen, und du wirst auch keinen Ruhm ernten. Niemand wird jemals erfahren, was hier passiert. Und bedenke auch folgendes: Ganz gleich, wie gut du den Blauroben dienst, sie werden dich altern und sterben lassen. Wenn du uns dienst, kannst du für immer leben.«

»Muß ich dir schon heute nacht die Antwort geben?« fragte Chondos. Er hielt die Fäuste immer noch geballt. Er war versucht, sein Einverständnis vorzutäuschen. Dann könnte er mit der Flucht warten, bis sie ihn über die Grenze schickten; allerdings könnte es dann schon zu spät sein. Und es war möglich, daß eine solche Lüge ihn ihrer Macht noch stärker ausliefern würde. Er spürte, wie der Geist des Meisters gegen Mirons Geistschild hämmerte.

»Du bist ein Narr, wenn du es nicht tust!« schnaubte die tiefe Stimme. »Es gibt nur eine Antwort! Glaubst du, du könntest entkommen, oder deine ehemaligen Meister würden dich retten? Sie werden nie auch nur erfahren, daß du entführt wurdest! Und selbst wenn die Kinder des Namenlosen wüßten, daß du hier bist, könnten sie dir nicht helfen. Du mußt mir antworten, sobald Jodos uns Nachricht schickt.«

Die Kinder des Namenlosen, überlegte Chondos. Traf die Legende denn zu, daß die Dunklen Wesen den Namen Hasturs fürchteten, daß er wie eine Waffe gegen sie verwendet werden konnte? Er hatte keine andere Waffe. Stolze Worte der Verachtung drängten auf seine festverschlossenen Lippen. Würden sie ihn sofort töten, wenn er sprach? Oder würden sie ihn weiterhin festhalten und darauf hoffen, seinen Willen brechen zu können?

Einer der Männer vom Volk des Reinen Blutes warf Holz auf die rote Glut im Kamin. Gelbe Flammen beleuchteten die Gestalt in der schwarzen Robe, als diese sich abwandte. Sie erreichte die Tür mit einem großen Schritt, der keine Ähnlichkeit mit dem Schritt eines Menschen hatte. Eher mit dem eines Hahns oder irgendeines langbeinigen Sumpfvogels.

»Überlege es dir gut, König.« Der schwarze Stoff wandte sich um und starrte ihn von der Türschwelle her finster an.

»Denke daran, daß du sterben wirst, wenn du mir nicht gehorchst. Du gehörst jetzt mir.«

Totenfeuer brannten auf der Ebene von Manjipor unter einem hellen Himmel voller Sterne und winziger Monde. Aber im Westen, im Süden und im Osten erglühten zierliche Lichtsäulen vor der riesigen, sternenlosen Leere. Die Männer wurden bei diesem Anblick nervös und hielten ihre Hände auf den Griffen ihrer Schwerter bereit. Die Pferde schnaubten, als sie den Geruch von verbranntem Fleisch und Haar witterten, der über dem Lager lag. Die Grenzländer drängten sich trotz des Gestanks und der Hitze dicht neben den Feuern zusammen. Mehr als einmal hörte Martos, wie die alte Zeile wiederholt wurde, die die Männer früher bei der Verbrennung ihrer Kameraden gesungen hatten: *Rette uns, o Unsterbliches Feuer!*
»Lord Kaitsio wird tausend Krieger mitbringen«, sagte Lord Saladio, »aber er wird erst in drei Tagen hier sein.«
Martos sah, wie die Männer voller Sehnsucht auf die Lichter und die Sicherheit hinter den Stadtmauern blickten. Die Stimmen der übrigen Kommandanten Jagats wurden für ihn zu einem bedeutungslosen Summen, als er zu den hellen Sternen schaute, und er fragte sich, ob Kumari dies in diesem Augenblick auch täte und ob sie wohl an ihn dachte. Oder schlief sie jetzt vielleicht, während sein Kind in ihrem Bauch wuchs? Die Sterne verschwammen in Tränen, die er zu unterdrücken versuchte.
»Ekakin!« rief eine entrüstete Stimme in seiner Nähe. »Sie haben es gewagt zu sagen, wer auch immer Prinz von Manjipor oder König von Tarencia wäre, sie könnten sicher sein, daß die Grenze bewacht würde und die Männer von Ekakin zu ihrem Treueschwur stünden!«
Ekakin... Martos erinnerte sich: Das war eine kleine Festung, weit oben im Westen, in der Nähe des Schattenreichs. Kumari hatte ihm einmal erzählt, daß der Namen »Einsamkeit« bedeute.

»Nein!« rief Jagat über das ärgerliche Murmeln hinweg. »Nein, sie haben *recht!*« Die Stimmen der anderen verstummten, und die von Jagat fuhr müde, aber bestimmt fort: »Sie haben recht und wir nicht. Aber ...« Seine Stimme verstummte mit einem Seufzer. Er schüttelte den Kopf und richtete sich auf. »Vor einer Stunde kamen noch weitere zweihundert Männer an. Wessen Männer sind das?«

»Meine, Lord«, sagte Bajio von Kasthapor. »Lord Kumbo mit seinen Männern, Mahadio und seine Vasallen aus Kirtama, und Krieger aus Mandapa, Inprakar und Janida. Sie folgen Lord Kurran, aber er selbst wird erst morgen hier sein.«

Ein leichter Windstoß trieb Rauch in Martos' Gesicht, und er wandte sich angewidert ab. Er fühlte sich fremd und allein unter diesen Männern in ihren gesäumten Roben und ihren selbstgemachten Rüstungen, die sich an den Totenfeuern ihrer Kameraden zusammendrängten, um sich vor der Dunkelheit zu schützen. *Rette uns, o Unsterbliches Feuer!*

Heiler in roten Roben eilten geschäftig hin und her. Den ganzen Nachmittag lang hatten sie schreiende, sterbende Männer in das Lager zurückgetragen, jene Männer, deren Leichen jetzt die Flammen nährten ... *Nurin Kimerosa.* Das war der Name des Mannes gewesen, den er in den vergrabenen Stallungen getötet hatte, ein Schwertkämpfer seiner eigenen Schule.

Auf der anderen Seite der Ebene sah er unter den Mauern von Manjipor winzige Lichter, und er wußte, daß die Heiler dort noch immer nach Verletzten und Toten suchten – ebenso wie die Frauen. Er erinnerte sich, daß ein Geier auf dem Tor gelandet war. Suktio hatte aber gemeint, daß die Vögel nicht lange bleiben würden. Der Schatten war zu nah, auch für sie. Und die Grenze hatte ihre eigenen Aasfresser. Er zitterte, und plötzlich fiel ihm auf, wie weit er vom Feuer entfernt war. Er wandte sich um und ging zurück.

Jagat saß auf einem niedrigen Hocker wie auf einem Thron. Sein weiter Rock fiel in anmutigen Falten um seine gebeugten Beine. Das Licht des Feuers glitzerte auf den uralten Panzerketten in der Öffnung der breitschultrigen Weste, die er über seiner Rüstung trug. Er rieb sich die buschigen weißen Augenbrauen.

»... mindestens zweitausend Seynyorer«, sagte er, als Martos auf ihn zukam. »Die persönliche Wache von Lord Maldeo muß noch einmal tausend ausmachen, wenn man die Carrodier dazuzählt. Wahrscheinlich fünf- oder sechstausend Männer alles in allem.«

»Eher sechshundert!« fauchte Lord Saladio.

»Zusammen mit Chondos' persönlichen Truppen?« fragte Jagat. »Na komm. Von viertausend wissen wir sicher. Es könnten aber sogar noch mehr sein.«

»Ich wette mein Leben darauf, daß nur ein paar hundert bereit sind, für Maldeo zu kämpfen!« Martos sah, wie die Augen und Zähne Saladios im Licht des Feuers aufblitzten.

»Wir alle verwetten unser Leben«, sagte Jagat sanft.

In einen der prächtigen Räumen des Palastes, der um die Räuberfestung des Roger von Aquilla entstanden war, war heute Musik, Tanz und Frohsinn eingezogen. Dies war das erste Hoffest seit dem Tode des alten Königs. Unzählige Kerzen brannten, die Jodos in den Augen schmerzten. Wenn tatsächlich jemand auf den Gedanken verfallen wäre, daß der König sich merkwürdig verhielt, so schenkte dem niemand weitere Beachtung, sondern man führte es auf die Last des Krieges zurück.

Es konnte keine bessere Gelegenheit geben, die kleinen Schwächen und Eifersüchteleien zwischen den Männern des Hofes auszunutzen. Als es später wurde, öffnete der Wein ihre Geister für Jodos, und er steuerte mit großem Vergnügen ihre Gedanken. Haß, Eifersucht und Neid, dies waren Emotionen, die er leicht verstehen und benutzen konnte. Aber viele der Gedanken, die er berührte, waren ihm fremd und erschreckten ihn. Die einfache Gier nach Essen und Trinken war ihm bekannt: Das Volk des Reinen Blutes und sogar die Kobolde hatten ihre Feste und Feiern. Aber hier gab es noch ein

anderes Element, welches ihn so stark beunruhigte, daß es ihn schließlich hinaustrieb, fort von den Lichtern und dem Gedränge und der Musik, hinaus in die Dunkelheit und Ruhe der Nacht.
Der Himmel war mit glänzenden Lichtpünktchen übersät, doch die brauchte er sich nicht anzuschauen. Es gab auch schattige Plätze, wo man sich dem Licht ganz entziehen konnte – aber diese waren schon von jungen Männern und Frauen besetzt, und der Grund, warum sie dort waren, hatte etwas mit dem zu tun, was den Geist so vieler Anwesenden beschäftigte.
Überall um sich her hörte er verstohlenes Gelächter, Geflüster und Seufzer. Er lehnte sich an eine Wand und schloß die Augen, um das Licht der Monde zu vermeiden. Er zog sich in sich selbst zurück, fort von diesen Kreaturen und ihren flatterhaften Gedanken. Als sich seine Panik gerade ein wenig gelegt hatte, wurde seine Ruhe durch die Stimme einer Frau gestört.
»Wollt Ihr ein wenig frische Luft atmen, Lord König? Es ist wirklich ziemlich stickig da drinnen!«
Seine Augen öffneten sich hastig. Vor ihm stand ein schlankes, blondes Mädchen. Wie viele andere an diesem Abend trug sie ein weißes Kleid, das vom Hals bis zum Bauchnabel großzügig ausgeschnitten war. Ihre kleinen Brüste waren kaum bedeckt.
»Welch eine herrliche Nacht!« Sie schaute zum Himmel und öffnete einen bunten Fächer. »Keine Wolke am Himmel, und die Monde und Sterne leuchten so hell.« Sie lächelte ihn an. »Ihr habt den ganzen Abend noch nicht mit mir geredet. Schon seit der Krönung nicht mehr. Jetzt, da Ihr König seid, fühlt Ihr Euch wahrscheinlich zu erhaben, um mit mir zu reden?«
»Nun ja, natürlich, das ist der Grund«, stotterte er. Dann fiel ihm etwas verspätet auf, daß sie wohl eine ganz andere Antwort erwartet hatte.
Sie lachte. Dann schmollte sie. »Ihr sagt immer so gemeine

Dinge. Ich glaube, es macht Euch Freude, uns arme Frauen zu foltern, so wie Ihr uns schöne Augen macht und uns mit Euren breiten Schultern der Ohnmacht nahebringt. Ich weiß, daß ich nicht die einzige bin, die die Ehre hatte, Euch zu erfreuen, und ich weiß auch, daß Ihr sehr besorgt und beschäftigt gewesen seid, aber Ihr hättet mich heute abend doch wenigstens einmal anlächeln können.«

Jodos durchsuchte fieberhaft Chondos' Gedächtnis und versuchte herauszufinden, wer diese Frau war und warum sie sich so verhielt. Er hatte die meisten von Chondos' Erinnerungen an Frauen bewußt ignoriert. Sie waren beunruhigend und bedeutungslos: Er konnte diese merkwürdigen Kreaturen nicht verstehen, die ihre Weiber unangekettet herumlaufen ließen und sie nicht als Nahrung verwerteten.

Sie lehnte sich an ihn, und er wich zurück gegen die Wand. Sie hatte das Dekolleté ihres Kleides irgendwie noch weiter geöffnet, und die pralle Rundung einer entblößten Brust starrte ihn nun an. Seine Verwirrung wuchs. *Wollte* dieses dumme Ding denn unbedingt gegessen werden? Jetzt erinnerte er sich an sie. Es war die Tochter eines Vetters von Lord Zengio, der einen unbedeutenden Posten bei Hof innehatte. Sie hieß Melissa.

Sie kam immer näher. Er erzitterte in einem Feuer der Begierde. Er wollte beißen, reißen, er wollte von diesem Fleisch und Blut kosten, das sich ihm so verführerisch darbot.

»Ihr wißt ja, meine Brüste und mein Mund stehen zu Euren Diensten, wann immer Ihr sie wollt«, flüsterte sie und preßte dann ihren Körper gegen den seinen. »Ihr könntet wenigstens ein wenig nett zu mir sein. Ihr wißt doch, daß ich Euch anbete.«

Wie konnte es diese Sklavin, diese Kreatur wagen, *ihm* Forderungen zu stellen? Entsetzen packte ihn, als ihm klar wurde, was Chondos mit diesem Mädchen und mit anderen gemacht hatte. Die Erregung, die seinen Körper peinigte, verwirrte ihn noch mehr, weil er durch den Filter von Chondos' Erinnerungen blickte.

Seine Hand schloß sich über ihrer Brust. Sie keuchte vor Schmerz. Er wandte den Kopf. Er konnte sich kaum davon zurückhalten, sich herunterzubeugen und ihr die Kehle durchzubeißen. Er spürte einen großen Druck in einem Teil seines Körpers, den er auf jeden Fall ignorieren sollte – das hatte man ihm immer wieder mit großem Nachdruck beigebracht.

»Mein König!« keuchte sie. »Süßer König und Lord meines Herzens!«

Er könnte sie nicht verschlingen, ohne sich dadurch zu verraten. Aber er mußte doch *irgend etwas* tun! Nicht das, was Chondos gemacht hatte – obwohl sie das zweifellos erwartete. Keines dieser zum Verzehr bestimmten Wesen würde jemals von *ihm* essen! Ihm wurde schon bei dem bloßen Gedanken daran übel. Und Chondos hatte es nicht nur zugelassen, er hatte sogar darauf bestanden. Jodos verstand die Gründe verschwommen, obwohl es doch viel einfacher gewesen wäre, sie zu töten. Aber die Blauroben würden das natürlich nicht erlauben.

Sie berührte ihn jetzt. Ihr Kleid war ihr von den Schultern gerutscht, so daß ihre Brüste nun vollständig entblößt waren. Chondos' Erinnerungen sagten ihm, was sie wirklich wollte, und das machte ihn so neugierig, daß er in ihren Geist tauchte, um zu schauen, ob das wirklich wahr sei.

Angewidert zog er sich bald wieder von ihren wilden Gefühlen zurück. Es war tatsächlich so. Sie wollte ein Ding zeugen. Und sie wollte es nicht einmal essen! Manche der Motive dieser Kreatur waren doch tatsächlich recht vernünftig. Das neue Ding würde ein Machtwerkzeug sein für sie und für ihren Meister – ihren Vater. Aber außerdem war da noch jene rasende Leidenschaft, fast wie eine Freßwut. Aber bei diesen Menschen war das anders. Beim Volk des Reinen Blutes . . .

Er lächelte plötzlich. Die Männer vom Volk des Reinen Blutes machten das, um ihre Opfer dicker zu machen, bevor sie sie aßen. Wenn er ihr jetzt das gab, was sie wollte, würde sie in sieben oder acht Monaten eine bessere Mahlzeit abgeben. Bis dahin würde er hier der Meister sein. Dann bestünde sein Hauptproblem darin, dieses leckere Häppchen für sich zu behalten; dafür zu sorgen, daß niemand ihm sein Festessen raubte, während die Stadt überrannt wurde.

Das Wasser lief ihm im Munde zusammen. Sein Körper pulsierte. Er dachte an die Schreie all der anderen, die er gegessen hatte, und leckte sich die Lippen. Er hielt ihre Brüste noch fester, und ihr Mund öffnete sich weit. In der Nähe sah er eine niedrige Mauer, die genau die richtige Höhe hatte. Er führte sie dortin und fing an, ihren langen Rock zu heben. Sie half ihm eifrig dabei.

Er kniff in einen ihrer weichen, fleischigen Oberschenkel. Die würden gut schmecken. Sie zwang sich zu kichern und wollte gerade eine witzige Bemerkung machen, aber dann sah sie, wie er an seiner eigenen Kleidung hantierte, und sie wurde still, als sie erkannte, was jetzt passieren würde. Er zögerte. Bisher hatte er das nur mit Sklavinnen gemacht, die schon teilweise verzehrt waren und im Sterben lagen. Er sah die Mischung aus Angst und Triumph in ihren Augen.

»In meinen Schoß«, sagte sie mit weitaufgerissenen und ängstlichen Augen. »Ihr wollt meinen Schoß! Oh, bitte seid zärtlich ...«

Er lachte und nahm sie brutal. Er genoß ihren Schmerz. Der Geruch und die Witterung von Blut erregte ihn noch mehr. Sie biß sich auf die Lippen und kämpfte gegen einen Schrei an. Tränen liefen über ihr Gesicht.

Er leckte Blut von ihrem Mund ab. Plötzlich konnte er der Brust, die sich dort so nah vor ihm bewegte, nicht mehr widerstehen. Seine Zähne verbissen sich in ihrer Brustwarze, und er saugte wie rasend ihr Blut. Mit Mühe hielt er sich davon zurück, sie erneut zu beißen, und noch einmal, und dann noch einmal.

Als er fertig war, beobachtete er sie mit Verachtung dabei, wie sie versuchte, die Abscheu in ihren Augen zu verbergen. Sie sammelte ihre Kleider auf und verschwand in der Dunkelheit. Er nahm an, daß er dies wohl wiederholen müßte, um sich sein Festessen zu garantieren. Die Aufregung darüber half ihm, die Scham und den Ekel zu vergessen, den er empfand, weil er ein noch lebendes Opfer hatte entwischen lassen.

Als Martos seine müden Augen schloß, sah er, wie Fackellicht auf den stählernen Klingen glitzerte. Es verschwand und tauchte dann wieder auf, wie Blitze bei einem Gewitter. Er schüttelte sich, bis er wach war. Sein Körper schmerzte. War es wirklich nur ein Tag gewesen? Er fühlte sich, als ob er schon seit Ewigkeiten gekämpft hätte.

Jagat und seine Männer redeten noch, aber er verstand nur vereinzelte Wörter. Er versuchte pflichtbewußt zuzuhören, aber seine Aufmerksamkeit wanderte hin und her. *Nurin Kimerosa* dachte er. Einer von Raquel DiVegas Studenten. Er ertappte sich bei einem Lächeln, und Scham erfüllte ihn. Wie konnte er etwas anderes als Trauer darüber fühlen, daß so ein Mann gestorben war? War das Stolz über den Beweis seines Könnens? Oder, was noch schlimmer wäre, die Freude eines Kaufmanns über den ihm zufallenden Ruhm, der Studenten in Scharen in seine Schule treiben würde?

Seine Schule. Würde er jemals eine Schule haben? Verlangen stieg in ihm hoch, und es schmerzte in seinem Herzen. Welcher Wahnsinn hatte ihn dazu getrieben, wegzulaufen? Was nützte ihm jetzt der Ruhm? Was nützte es, ein großer Schwertmeister zu sein, wenn nicht für Kumari?

Er schaute in ihre Augen, und seine Hände spürten die Weichheit ihrer Brüste. Aber der Stahl flackerte im Licht der Fackel hinter seinen Augenlidern. Er sah aasfressende Vögel, die auf den Mauern von Manjipor saßen, zurückfallende Belagerungsleitern, verzweifelte Männer, die sich wie wahnsinnig an die Leitern klammerten. Fallende Männer schrien . . .

Er spürte, wie er hinfiel und wachte mit einem Ruck auf. Er schüttelte verärgert den Kopf.

». . . wissen, wie viele Männer *wir* haben!« sagte Jagat. »Was kann ich sonst über die Armee sagen, die in der Stadt ist? Aber ich schätze sie auf ungefähr sechstausend Mann, abgesehen von den Kindern und denen, die zum Kämpfen zu alt sind.«

Martos fragte sich, wie alt ein Grenzländer sein müßte, um *zum Kämpfen zu alt* zu sein. Und das würde die Erbschaft seines Kindes sein. Er schüttelte sich. Wenn das Kind die Geburt überlebte, wenn die Dunklen Wesen nicht in die Wärme von Kumaris Mutterschoß eindrangen, um es zu vernichten . . .

Er kauerte sich zusammen. Warum konnte sie nicht verstehen, daß es ihm nur um die Sicherheit und Gesundheit des Kindes ging? Und jetzt, wo all dies zwischen ihnen geschehen war, hatte sie sich nicht einmal von ihm verabschiedet. Er war in den Krieg geritten – vielleicht sogar in seinen Tod – ohne einen Kuß oder eine Umarmung von ihr.

»Wir brauchen die Pferde!« rief Saladio. Martos schaute überrascht auf.

». . .Orissianer? Kaufleute und Bauern! Gebiete ihnen, sich uns anzuschließen, und warne sie, daß wir sie überfallen werden, wenn sie das nicht tun! Ein einziger Takkarer ist soviel wert wie zehn dieser dickbäuchigen Mittelländer zusammen!«

Jagat schüttelte traurig den Kopf, sagte aber nichts. Martos spürte ein tiefes Mitleid. Wie sehr sich dieser alte Mann doch verändert hatte! Saladio hätte es nie gewagt, in einem solchen Ton zu sprechen, bevor Pirthio gestorben war. Er sah das Gesicht Pirthios und hörte seine Stimme: *»Saladio haßt den Prinzen, seitdem Chondos Maldco zu seinem Statthalter machte.«*

». . . nicht viel mehr als die Männer aller seynyorischen Kompanien. Alle kampffähigen Männer in Manjipé, auch wenn Ekakin und Manjipor auf unserer Seite wären, würden das nicht mehr als fünfzehntausend Männer sein. Ich habe keinen Zweifel daran, daß Kalascor doppelt so viele ins Feld schicken kann. Wenn Prinz Hansio uns nicht hilft . . .«

»Gibt es irgendeine Nachricht aus Mahapor?« fragte jemand.

Jagat schüttelte den Kopf. »Hansio sammelt seine Männer. Aber wo wird er sie hinführen und wann und gegen wen? Wer könnte ahnen, was der alte Fuchs vorhat?«
Mehrere Stimmen redeten daraufhin gleichzeitig, und Martos versuchte erst gar nicht zuzuhören. Er gähnte und rieb sich die Augen. Ob sie die ganze Nacht damit fortfahren würden? Er stand mit steifen Beinen auf und trat zur Seite, um auf das Lager zu schauen. Der Anblick seines Zeltes erfüllte ihn mit Sehnsucht. Es gab nur wenige Zelte: Die meisten Grenzländer schliefen auf dem nackten Erdboden. Seine eigenen Männer hatten Zelte, ebenso die Massadessaner und einige der großen Lords wie Hamir und Bajio. Er hörte den Namen Eisenfaust und lauschte wieder.
»...Ojakota und setzte jeden Mann ein, um die Stadt zu verteidigen«, sagte eine Stimme. »Diese Äxte schneiden durch Stahl, als ob es Butter wäre, sagt man.«
Martos schaute auf die Ebene hinaus. Ja, Ojakota lag in der Ferne im Dunkeln versteckt. Er müßte eigentlich die Lichter von hier aus sehen können.
Hinter ihm entbrannte ein Streit über die verschiedenen Tore und darüber, wo der Hauptangriff stattfinden sollte. Dann standen plötzlich alle Männer auf, und Jagat verneigte sich und wünschte ihnen eine gute Nacht. *Es muß schon nach Mitternacht sein,* dachte er. *Es wurde aber auch Zeit.* Er ging schon auf sein Lager zu, als Jagat seinen Namen rief. Also kehrte er wieder um. In der schwachen Glut des erlöschenden Feuers sah er die müden alten Augen im dunklen Gesicht des alten Mannes.
»Martos, sag mir«, Jagats Stimme klang fast wie ein Schluchzen, »habe ich eigentlich recht? Oder mache ich mir etwas vor, schicke ich etwa meine eigenen Leute in den Tod, nur um Rache zu nehmen?«
Martos konnte ihn nur anstarren. Es schockiere ihn, Jagat so gebrochen zu sehen – Jagat, der immer so stark gewesen war.
»Alle meine Kinder sind jetzt tot. Es ist noch nicht lange her,

seit mein Sohn auf meinem Knie ritt, aber jetzt ist er tot. Mir sind keine leiblichen Kinder mehr geblieben. Du und Kumari, Ihr müßt nun meine Kinder sein.« Ein Lächeln bildete sich auf den alten Lippen, als Martos erschrak. »Dachtest du, daß mir das, was zwischen Euch ist, verborgen geblieben wäre? Bleibe bei uns, Martos! Heirate Kumari mit meinem Segen und bleibe, um Lord von Damenco zu werden, wenn ich sterbe. Oder Prinz von Manjipor oder vielleicht sogar König von Tarencia! Ich werde nicht mehr lange leben. Laß mich Kumari glücklich sehen, bevor ich sterbe. Sie hat den Platz meiner Tochter eingenommen, die gestorben ist. Laß mich ihre Kinder sehen, laß mich wissen, daß meine Linie nicht ausstirbt!«

Martos' Mund war wie betäubt. Lord von Damenco – Lord eines sterbenden Volkes, das sich verzweifelt am letzten Rest von etwas festklammerte, das einmal ein Reich gewesen war, größer als Kadar zu seiner Blütezeit. Aber war es denn nicht zu spät? Er hörte ihre wütenden Worte wieder in seinem Geiste, und er sah den haßerfüllten Blick, der ihre Augen verunstaltete.

Welche Antwort sollte er diesem gebrochenen Mann geben, der um Hoffnung bettelte, um sich vor einer trostlosen Zukunft zu schützen? Würde sie ihn noch haben wollen, selbst wenn er sie akzeptierte und mit ihr das Land, das ein Teil von ihr war? Plötzlich wußte er, was er sagen mußte.

»Seid glücklich, mein Lord«, sagte er, sehr leise. »Ihr werdet bald ein Kind von uns sehen.«

Zumindest das entsprach der Wahrheit.

14

Vielleicht war es bloß ein Traum gewesen, aber Chondos erinnerte sich an die kichernde Stimme des Meisters, die in der Nacht boshaft auf ihn eingeredet hatte: »Yarkaroth schläft.

Auf meinen Befehl wird er aufwachen. Du solltest mir dankbar sein. Wäre er wach, dann hätte er Hunger, und nicht einmal ihr alle zusammen könntet seinen Bauch füllen!«
Die schadenfrohe Stimme sprach noch weiter, aber die Worte verloren ihre Bedeutung und vermischten sich mit unangenehmen Träumen – allerdings waren diese Träume immer noch besser als die Wirklichkeit außerhalb seines abgeschirmten Geistes. Dann wurde er langsam wach. Das fahle Tageslicht bahnte sich seinen Weg durch die schmutzigen Fenster.
Er erhob sich und rieb sich die Augen. Er zog die Nase hoch und wünschte, sie wäre nicht so verstopft, obgleich er sich auch vorstellen konnte, daß dieser Wunsch schnell wieder ins Gegenteil umschlagen würde, wenn er die Gerüche dieses Ortes erst einmal in voller Stärke wahrnähme. Vielleicht war der uralte Staub trotz der damit verbundenen Unannehmlichkeiten doch ein Segen. Er sehnte sich – ohne jede Hoffnung auf Erfüllung dieses Wunsches – nach einem Bad und fragte sich, ob seine Wächter diese Umgebung als luxuriös betrachteten.
Der Wächter an der Tür schien sich viel mehr Sorgen über das zu machen, was in jenem dunklen Gang lauern könnte, als über das, was in dem kleinen Raum vor sich ging. Chondos spielte wieder mit der Idee, sich auf den Mann zu stürzen und zu versuchen, ihm sein Schwert zu entwenden. Er hatte wahrscheinlich Befehle, daß Chondos nicht getötet werden dürfe, aber die übrigen würden dann natürlich auch wach werden, und sie würden sich allesamt auf ihn stürzen.
Um ihn herum lagen schlafende Gestalten in Decken eingewickelt. Einer fehlte, obgleich seine Decken am Boden lagen. Das war merkwürdig, denn zu dieser Zeit schliefen seine »Diener« normalerweise. Vielleicht war er fortgegangen, um Holz zu sammeln?
Chondos setzte sich auf. Das Feuer flackerte. Tagsüber wurde es zu einer schwachen Glut, aber es durfte nie ganz ausgehen. Wieder murmelte Chondos die Formel, die seinen Geist ab-

schirmte. Er erhob sich, so lautlos wie er konnte, von seinem Schlaflager. Der Feuerstein scheuerte an der Haut seines Rükkens.
Der Wächter schaute sich nicht einmal um. Keiner der Schläfer rührte sich. Chondos hatte sich vorgenommen, lautlose Bewegungen einzuüben. Er kroch leise über den Teppich und durch die dicken Staubhaufen, die den Boden bedeckten. Hinter dem Kamin befand sich eine kleine Nische, fast wie ein kleiner Raum. Dort wollte er unbeobachtet Untersuchungen anstellen.
Unter dem uralten Staub fand er schwarzen Ruß. Es war ziemlich dunkel, aber dennoch konnte er auf der Rückseite des Kamins unregelmäßige Klumpen erkennen. Eine kleine eiserne Tür war in die Backsteine eingelassen, und sie war heiß. Er legte den Stoff seines Ärmels zusammen, schützte damit seine Handfläche und zog die kleine Tür mit einem Ruck auf. Ein heißer Luftschwall traf ihn, und als er sich bückte, sah er, daß dies das Innere eines Ofens sein mußte.
Er wollte die Tür wieder schließen, aber plötzlich klirrte etwas, als er den Fuß bewegte. Es klang wie Metall! Er kniete sich sofort hin und durchsuchte den Staub. Tatsächlich lag dort etwas; es war lang, schwarz und kalt. Ein Messer – ein stumpfes Messer. Etwas am Gewicht dieses Gegenstandes und an seiner merkwürdigen Schwärze fesselte seine Aufmerksamkeit. Da er nichts anderes hatte, holte er vorsichtig den Feuerstein hervor und kratzte damit die schwarze Oberfläche ab.
Silber! Plötzlich war er sich ganz sicher. Eine stumpfe Klinge, die nur noch die Andeutung einer Spitze hatte. Aber die Dunklen Wesen hatten Angst vor Silber, zumindest hatte es immer so geheißen. Man sagte, daß die magischen Schwerter der Hasturs und der Elfen aus Silber gefertigt wären, das auf irgendeine Weise mit Stahl verbunden sei.
Es war zwar nicht viel, was er da gefunden hatte, aber immerhin war dies eine Waffe. Nun hielt er nach einem Versteck Ausschau – er hatte Angst, der Meister könnte das mächtige

Metall vielleicht spüren. Seine Augen blieben an einer kleinen viereckigen Nische haften, die in die gegenüberliegende Wand eingelassen war. Dort schob er das Messer hinein.
Das Metall klirrte gegen etwas, und er fragte sich, ob er hier vielleicht noch mehr interessante Dinge finden würde, ob dies möglicherweise eine Art Vorratsschrank war. Er trat näher, um die Nische genauer zu untersuchen, als unter seinen Füßen plötzlich eine Bodenplatte unter lautem Krachen zerbrach. Er griff verzweifelt nach der Wand. Er stand auf einem Bein schwankend am Rande eines dunklen Lochs, das sich vor ihm aufgetan hatte.
Unter sich hörte er das Geräusch rutschender Erde. Ein unterdrückter Schrei entfuhr seiner Kehle. Aus dem Raum hinter ihm drangen nun Geräusche, schläfriges Gemurmel und die rauhe, gebieterische Stimme des Wächters: »Was ist das für ein Lärm?« Ein Unterton von Angst lag in seinen Worten. »Was machst du da?«
Eine Sekunde lang dachte er daran, das Messer zu ergreifen und in das Loch zu springen, vor dem er sich eben erst noch knapp hatte retten können. Aber er wußte, daß er nicht entkommen würde, nicht mit dieser Meute von Verfolgern.
»Es war bloß ein altes Stück Holz. Es ist zerbrochen, als ich daraufgetreten bin«, sagte Chondos. Er ging um den Kamin herum zurück in den Raum.
Der Wächter hatte sein rostiges Schwert schon halb gezogen und kam die Treppe herunter. Er schnaubte und rammte die gebogene Klinge wieder in die Scheide. »Ich dachte schon, es sei das Dach gewesen.« Er deutete auf die dunklen durchgebogenen Balken. »Ich habe immer Angst, daß dort oben irgend etwas lauern könnte, das dann durch die Decke fällt und uns alle auffrißt.«
Er ging wieder die Treppe hinauf. Chondos' Augen folgten begierig dem Schwert. Aber nein, er mußte mit dem fliehen, was er hatte.
Aber erst einmal mußte er jetzt warten. Überall um ihn herum standen seine »Diener« auf und rieben sich die Augen.

Heute abend war es wohl kaum möglich zu entkommen, ohne entdeckt zu werden. Aber morgen, wenn es hell würde . . .

Istvan DiVegas Schild schnellte vor seinen Augen hoch, und seine Klinge wirbelte in Höhe der Oberschenkel eines Gegners durch die Luft. Ein perfekter tänzelnder Schritt trug ihn zur Seite, und sein Schwert zuckte wie ein Gewitterblitz über dem fallenden Schild, als dieser zu Boden sank.
Ein ziemlich großer Kreis von Männern hatte sich versammelt, Kriegsveteranen ebenso wie unerfahrene Jünglinge, und auf ihren Gesichtern waren Ehrfurcht, Staunen und Bewunderung zu sehen. Er war sich dieser Menge, die mit offenen Mündern zuschaute, nur undeutlich bewußt. Dies war nur eine leichte Irritation für ihn, die seine Konzentration nicht sonderlich beeinträchtigte. Aber Istvan war trotzdem etwas verwundert. Das mußte auf seinen Ruf zurückzuführen sein, auf seinen lächerlichen, übertriebenen Ruf.
Seine linke Seite schmerzte, als er den Tanz beendete. Er hatte in den letzten Wochen weniger mit dem Schild gearbeitet als eigentlich nötig gewesen wäre. Die wichtigen Muskeln unter seiner Schulter waren in der Zeit, in der er sich geschont hatte, schwächer geworden, und das alles nur wegen diesem lächerlichen Kratzer. Das konnte ihn das Leben kosten.
Nun wurde ihm das stetig anschwellende bewundernde Gemurmel bewußt. Es wurde immer lauter um ihn her, so daß er schließlich aufblickte, verlegen und verärgert darüber, daß er beobachtet wurde. Er schämte sich, weil die Zuschauer ihn in so schlechter Form sahen.
Es war Zeit zu essen. Danach mußten sie auf ihre Pferde steigen und losreiten. Sie kamen gut voran: Morgen abend würden sie schon in Ojaini sein. Dann über den Yukota und weiter nach Manjipor. Und bis dahin mußte sein Schildarm besser in Form sein!
Die Männer murmelten untereinander. Sein Blick wurde finster, als er den Namen »Istvan der Bogenschütze« hörte. Er verfluchte alle Dichter und insbesondere diejenigen, die die-

sen Namen, der ihm so verhaßt war, erfunden hatten. Aber dann kam es noch schlimmer: Nachdem er den Schild an seinem Platz am Sattelhorn befestigt und sich zum Essen niedergesetzt hatte, hörte er den Klang einer Harfe, und ein Mann sang das Lied, das seine erste berühmte Tat verherrlichte, die ihn selbst zutiefst beschämte.
Er schloß die Augen und erinnerte sich an vergangene Zeiten. Er war siebzehn Jahre alt gewesen, zum ersten Mal fern von Seynyor, zusammen mit dem alten Bernarrho Elduayen bei seinem ersten Dienst. Er war siebzehn, sein Kopf war voller Träume von Ruhm und Stolz auf seine Bogenkünste.
Es war ein unbedeutender Krieg gewesen, einer in einer langen Reihe von Kriegen zwischen Arnor und Daria. Es ging darum, wer die Abgaben von ein paar Bergtälern kassieren durfte. Die Täler waren kaum der Mühe wert; ödes, steiniges Land mit steilen Felsen, wo stets ein rauher Wind wehte. Vielleicht hatte Elduayen ihm nur deshalb befohlen, den kleinen Engpaß hinter dem Armeelager zu bewachen, weil er verhindern wollte, daß er anderswo im Wege stand.
Er erinnerte sich an die sonnenverbrannten, gelbbraunen Steinwände und an das riesige Amphitheater, dort, wo der Paß breiter wurde und einen großen Kreis bildete. Er hatte seinen Posten oben auf einem hohen Fels bezogen, von wo aus er einen guten Überblick über die kreisförmige Vertiefung hatte. Man hatte ihm ein Horn gegeben, damit er Alarm geben könnte, aber er hatte auch viele Pfeile mitgebracht, da seine kindliche Phantasie ihm große Ereignisse prophezeite. Er saß auf dem Fels und wurde abwechselnd von Stolz und Verärgerung erfüllt, da er zwischen zwei Vorstellungen hin und her schwankte: einerseits der, daß er die Verantwortung trüge, die Armee gegen einen Flankenangriff zu schützen, und anderseits die Vermutung, daß Elduayen ihn hierhin geschickt hatte, um ihn vom Kampf fernzuhalten.
Gelangweilt vom ständigen Wachestehen, träumte er von alten Sagen. Er dachte gerade an ein Lied über seinen großen Ahnen Adwarho DiVega, als er im Schatten der Mauern eine

Bewegung bemerkte. Nur eine Sekunde lang konnte er den Kopf eines weißen Pferdes in der Dunkelheit erkennen. Seine Ohren vernahmen das Klirren von Rüstungen und Schritte. Dann tauchte das Pferd vor ihm auf, und blendendes Sonnenlicht blitzte von der Rüstung des Reiters.

Fünf weitere Reiter folgten, dann kamen die Fußsoldaten: Carrodische Söldner tauchten zwischen den Mauern auf. Weit hinter sich hörte Istvan den Lärm der Schlacht. Der Kampf hatte schon begonnen, während er hier saß und träumte. Das Signalhorn lag bereit; er hätte es sofort an seine Lippen setzen müssen, um die Warnung zu geben.

Statt dessen hatte er nach seinem Bogen gegriffen und einen Pfeil auf die Sehne gelegt. Er war mit gutem Grund stolz auf sein Können als Bogenschütze. Ein Pfeil nach dem anderen zischte durch die Luft und erledigte die hinteren Männer der Gruppe. Ein halbes Dutzend der Krieger war schon hinter den Rücken ihrer Kameraden gefallen, bevor die vorderen überhaupt merkten, daß etwas nicht in Ordnung war. Schließlich wandten sie sich um und sahen die blutigen Leichen im Staub. Nun schoß Istvan auch dem Anführer einen Pfeil durch die Kehle.

Die Männer in dem Hohlweg liefen verwirrt hin und her, während er die Reiter allesamt niederschoß. Die verängstigten Pferde liefen wild im Kreise. Einer der Männer wurde unter ihren Hufen zertrampelt. Manche rannten in den Schutz der Spalte, aus der sie gerade erst gekommen waren, aber keiner von ihnen erreichte sie. Andere eilten weiter in der Hoffnung, kämpfen zu können, aber auch sie wurden von den unfehlbaren Pfeilen getötet. Istvan hatte nicht umsonst so lange und unermüdlich geübt. Jeder Pfeil traf einen der Männer tödlich. Dann stieg trotz all der Aufregung so etwas wie Mitleid für die hilflosen Männer in dem Jungen hoch.

»Werft Eure Waffen weg!« rief er ihnen zu.

Einer der Fußsoldaten starrte zu dem Jungen auf dem Fels hinauf. Er hatte ein vernarbtes Gesicht und schwarze Haare. Seine Züge drückten Haß und Verachtung aus, als er zurückrief: »Unsere Waffen wegwerfen? Was macht das denn für einen Unterschied für dich, ob wir Waffen haben oder nicht, du dreckiger kleiner Feigling? Wir können doch sowieso nicht gegen dich kämpfen!«

Rote Mordlust ließ alles vor seinen Augen verschwimmen, und er zog einen Pfeil bis zu seinem Ohr zurück. Das Gesicht des Mannes und die Kehle darunter lagen direkt vor der Spitze seines Pfeiles. Er blickte am Schaft entlang auf das Gesicht mit dem verächtlichen Ausdruck.

Aber die Worte des Mannes trafen ihn mit ihrer Wahrheit, noch bevor sein Pfeil die Sehne verließ. Genau so war es. Er selbst befand sich nicht in Gefahr, diese Männer hingegen waren seinem Angriff hilflos ausgeliefert. Und er hatte mehr als ein Dutzend von ihnen ermordet.

»Ergebt euch!« Er spürte den Schrecken in seiner eigenen Stimme. »Werft Eure Waffen weg und ergebt euch!«

Dann endlich ließ er die Sehne langsam los, bis er Pfeil und Bogen mit den Fingern einer Hand in Bereitschaft halten konnte, setzte das Signalhorn an seine Lippen und blies.

Auch jetzt noch, da er selbst graue Haare und ein zerfurchtes Gesicht hatte, konnte er das vernarbte, verächtliche Gesicht ganz klar vor sich sehen, und er würde die Worte des Mannes nie vergessen können: *Was macht es denn für einen Unterschied für dich, ob wir Waffen haben oder nicht, du dreckiger kleiner Feigling? Wir können doch sowieso nicht gegen dich kämpfen!*

Die Standpauke, die er danach von Bernarrho Elduayen zu hören bekommen hatte, weil er selbst angegriffen hatte, anstatt Alarm zu geben, blieb ebenfalls für alle Zeiten in seinem Gedächtnis haften. Er hatte bleich dagestanden, ganz still. Er hatte gar nicht erst versucht, sich zu verteidigen. Aber schon damals mußte er mitanhören, wie seine Tat, für die er sich insgeheim schämte, von den Männern gelobt wurde. Sie erzählten sich, wie er ganz alleine eine feindliche Einheit gefangen und mehr als ein Dutzend der Feinde getötet hatte, und die Geschichte wurde beim Erzählen immer prächtiger.

Schließlich nahmen sich auch noch die Barden dieser Geschichte an, und in Carcosa, der Stadt der Dichter, fing man damals an, die ersten Lieder über Istvan den Bogenschützen zu singen.
Von diesem Zeitpunkt an hatte er sich ganz der Schwertkunst gewidmet und den Bogen nicht mehr angerührt. Auf diese Weise versuchte er, den schändlichen Ruhm, den er erworben hatte, wieder zu tilgen. Er versuchte nun, sich mit dem Schwert zu behaupten, und zu diesem Zweck kämpfte er in einem berühmten Duell gegen den großen amranorischen Schwertmeister Hoseib Anazak Benelgaron. Dies hatte noch ein weiteres ruhmreiches Lied über Istvan den Bogenschützen zur Folge.
Er begab sich waghalsig in immer wieder neue Gefahren, aber dies alles nützte ihm nichts. Er war und blieb Istvan der Bogenschütze, und daran war nichts zu ändern.
Und die ganze Zeit über hatte er versucht, sich vor sich selbst zu rechtfertigen: es sei seine Pflicht gewesen, die Flanke der Armee zu verteidigen; es seien zu viele Gegner gewesen, um offen gegen sie zu kämpfen, er hätte dabei nur sein Leben weggeworfen; es sei die Pflicht eines Kriegers, in der Schlacht am Leben zu bleiben, und es sei die Pflicht eines Kriegers zu töten.
Aber gleichzeitig mit all diesen Rechtfertigungen fielen ihm auch jeweils Einwände dagegen ein: es wäre seine Pflicht gewesen, das Signalhorn zu blasen, nicht aber, es allein mit einer ganzen Einheit aufzunehmen; mit dem gleichen Können, das ihn die Männer hatte umbringen lassen, hätte er sie auch nur verwunden können, ohne sie zu töten; es wäre nicht nötig gewesen, sie zu töten, um selbst am Leben zu bleiben, und ohne Grund zu töten, war nicht die Art eines Kriegers, sondern die eines Meuchelmörders. Er hatte wie ein Meuchelmörder gehandelt, wie ein gemeiner Mörder – er hatte hilflose Männer aus dem Hinterhalt getötet, einfach nur, um Ruhm zu erlangen.
Den Ruhm, den er gesucht hatte, hatte er auch bekommen.

Und dieser hatte sich als wertlos erwiesen. Es war eigenartig, jetzt wieder an jene Zeit zurückzudenken, jene furchtlosen, waghalsigen Jahre zwischen siebzehn und zweiundzwanzig. Der Tod hatte damals keine Bedeutung für ihn gehabt; Gefahr war die einzige Möglichkeit, die er sah, den Schandfleck auf seiner Ehre auszumerzen, von dem nur er allein wußte.
Aber die Rechtfertigungen hatten auch ihre Wirkung getan. Als die Schmach verblaßte, fiel es ihm leicht, eine vorsichtigere Einstellung zu entwickeln. Und vielleicht entschuldigte es ja auch ein wenig seine Tat, wenn er sich nun die Einstellung zulegte, *am Leben zu bleiben* sei das Wichtigste in einer Schlacht. Oder daß er nun anfing, den älteren Kriegern zuzuhören, die ihn einen Narren nannten und ihm andauernd Vorträge hielten...
Es war Zeit, auf die Pferde zu steigen und loszureiten. Er mußte den Rest seiner Mahlzeit rasch hinunterschlingen. Seine Offiziere liefen geschäftig umher. Die Armee war abmarschbereit, und sie würden Ojaini nun bald erreichen.
Eine Philosophie der Feigheit, eine Philosophie des *Erfolgs*. Und was, fragte er sich, als er sich in den Sattel schwang, hatte sie ihm eingebracht? Ein paar Jahre Leben vielleicht – vielleicht auch nicht –, und die waren nun vergangen, und der Tod war nie weit weg. Er könnte morgen kommen oder übermorgen. In dem langen Krieg, der nun vor ihnen lag, konnte der Tod jeden Augenblick eintreten. Er könnte auch genausogut aus dem Sattel fallen und sterben, es brauchte nicht einmal ein Schwerthieb sein.
Istvan hatte jetzt Angst vor dem Tode.
Er fragte sich, worin der Unterschied zwischen Vorsicht und Feigheit lag. Existierte sie überhaupt? Waren dies nicht vielleicht einfach nur verschiedene Worte für die gleiche Sache? Feigheit hatte ihn seine einzige große Schandtat begehen lassen – und gleichzeit hatte diese ihm das Lob aller Krieger eingebracht. Der Mut, für den er gelobt worden war, war eine Lüge gewesen. War Mut vielleicht immer eine Lüge?
Befehle wurden gerufen, Trompeten erschallten, und die Füße

der Männer und der Pferde trommelten auf den Erdboden, als die Armee auf der Straße nach Ojaini losmarschierte. Die Zwillingssonnen glitzerten prächtig auf den Rüstungen.
Gab es eine andere Art von Mut, fragte er sich, einen Mut, der aus der Vertrautheit mit dem Tod erwuchs und nicht aus Unwissenheit? Ein Mut, der sich selbst genug war? Wenn ja, dann mußte er ihn finden und ihn sich zu eigen machen.

An den Mauern von Manjipor dröhnte der Lärm des Angriffs in Martos' Ohren. Der schwere Schild war leicht an seine Schulter gelehnt; sein langes Schwert hielt er in der Hand bereit. Er hörte das Pfeifen von Pfeilen, aber es war unwahrscheinlich, daß sie irgendwo anders als auf seinem Helm oder auf den Schulterteilen seines Panzers einschlagen würden, denn er befand sich sehr nahe an der Mauer. Das Geräusch von berstendem Stein bereitete ihm Kopfschmerzen.
In der Nacht und am frühen Morgen waren so viele Männer angekommen, daß Jagat vor jedes der Stadttore eine kleine Einheit stellen konnte. Unter der Führung von Paidros patrouillierte die Hälfte von Martos' Kompanie außer Schußweite vor den Mauern. Sie hielten sich bereit, um als Reserve eingreifen zu können. Der Ausfall von gestern würde nicht wiederholt werden.
Von Norden erhob sich ein donnerndes Getöse. Unter einem Schutzdach aus erbeuteten Balken, die aus den Vergrabenen Stallungen stammten, hämmerte eine Gruppe von Kriegern auf das riesige nördliche Tor ein. Fast die gesamte übrige Armee stand vor dem südlichen Tor; sie begann dort einen zweiten Angriff mit Belagerungsleitern und neuen Rammböcken. Diese Angriffe waren aber nur Täuschungsmanöver. Der wahre Angriff fand hier statt, an dem kleinen Seitentor, welches Turmtor genannt wurde.
Das Tor selbst war eine einfache Eisenplatte, glatt und ohne Handgriff, die am Fuße des großen Westturms in den Stein eingelassen war. Es war nicht möglich, das Eisen zu durchbrechen oder es zu zerschmettern; manche behaupteten, dies sei

das stärkste Tor in der Stadt. Aber Lord Jagat war dabeigewesen, als es montiert wurde. Deshalb wußte er, wo die Bolzen eingelassen waren und wie tief sie im Stein saßen. Er war tausendmal durch dieses Tor ein und aus gegangen, und es bereitete ihm das größte Vergnügen, sich eine Möglichkeit auszudenken, wie das Tor doch genommen werden könnte.
Im Schutz eines Schildes aus dem Holz, das sie in den Vergrabenen Stallungen gefunden hatten, standen schwitzende Männer mit Pickhacken und hämmerten zu beiden Seiten des Tores auf das verwitterte Gestein ein. Sie rackerten sich stundenlang ab: Die Ecken waren bereits abgebröckelt, und es konnte nun nicht mehr lange dauern, bis die Bolzen freigelegt sein würden.
Die Bretter über ihren Köpfen waren mit Pfeilen gespickt. Die Hälfte von Martos' Kompanie stand mit ihren kürzeren Bögen vor den Mauern, und mehr als einer der Bogenschützen auf den Zinnen hatte den Fehler gemacht, sich zu weit über die Brüstung zu lehnen, um einen schwierigen Schuß ausführen zu können. Die Leichen dieser Männer lagen unten um den Turm herum. Die Pickhacken verrichteten weiterhin ungestört ihre Arbeit. Nur ein Ausfall aus dem Tor hätte sie davon abhalten können, und Martos stand schon seit Stunden bereit, sich beim ersten Geräusch vom Tor her in den Kampf zu stürzen. Auch Heiler in ihren roten Roben standen in der Nähe der Mauer.
Man brauchte zur Zeit auch nur mit einer kleinen Zahl von Verteidigern zu rechnen. Das nördliche Tor und das südliche Tor beanspruchten ihre Aufmerksamkeit. Und viele Verwundete waren in die Vergrabenen Stallungen geschickt worden. Dort waren Arbeiter damit beschäftigt, das kostbare Holz wegzuschaffen, und die Verwundeten sollten so viel Krach wie möglich machen, um einen Angriff durch das verstopfte Stalltor vorzutäuschen, damit der Feind dort noch zusätzliche Männer stationieren müßte.
Der Ruf eines Arbeiters ließ Lord Saladio herbeieilen. Er schaute sich das zertrümmerte Gestein an und lachte. »Gute

Arbeit, ihr Burschen! Jetzt kann es nicht mehr lange dauern!« Er trat mit einem triumphierenden Lächeln auf den Lippen an Martos' Seite. »Die mittlere Stange ist schon freigelegt. Es wird nicht mehr lange dauern, dann können wir damit anfangen, es aufzuhebeln. Dann wird Maldeo sehen, wem die Stadt gehört!« Er verzog grimmig das Gesicht und wandte sich dann den Grenzländern zu, die wartend vor den Mauern standen. Seine Stimme klang laut und vergnügt. »Macht Euch bereit, Männer! Es wird nun nicht mehr lange dauern!«

Martos schloß die Augen und versuchte, sich die Innenseite des Tors vorzustellen, so wie sie vor ihm liegen würde, wenn die Stahltür eingestürzt war. Es gab da eine lange steile Treppe, so hatten man ihm gesagt, dann einen Treppenabsatz, der breiter war als die Treppe selbst. Direkt vor ihnen läge eine glatte Steinwand und zu ihrer Rechten eine schmale Tür. Der Absatz war so groß, daß sie dort einen kurzen Rammbock schwingen könnten, er war aber auch groß genug für eine ansehnliche Zahl von Verteidigern. Und wenn die Tür eingeschlagen wäre, gab es auch noch eine Treppe, eine Wand mit Schießscharten dahinter und eine Tür, die zu einer engen Nische auf der linken Seite führte.

Sie würden die Pfeilschlitze verstopfen müssen und danach die Tür mit Äxten einschlagen. Dafür mußten sie auf der Treppe stehen, denn es gab keinen Treppenabsatz, es sei denn, die Tür zur Nische wäre geöffnet; und die rechte Seite der Nische öffnete sich in den Turm. Alles in allem war dies ein ziemlich einfaches Torlabyrinth, aber es war dennoch beeindruckend. Dieser Teil der Mauer war mit Sicherheit nicht weniger als vierhundert Jahre alt, und an den Verhältnissen jener Zeit gemessen war die Anlage äußerst wirksam. Das nördliche Tor war ziemlich neu und mindestens so gut wie die besten in Kadar, so hieß es jedenfalls.

Martos schaute den Schild an seinem Arm unglücklich an. Seine Generation war in einer Zeit des Friedens geboren und aufgewachsen – sie war in dem Glauben großgeworden, daß ein Schwert eine Duellwaffe sei und ein Teil der Kleidung. Ein

Duell auf der Straße wurde nur mit Schwertern ausgetragen, ohne Schild und ohne Rüstung. Die Kunst des Schildes, die nur im Krieg Verwendung fand, war daher in Kadar unwichtig geworden. Es gab sogar Männer, die behaupteten, ein Schild hätte keinen Platz in der modernen Kriegführung und sei einem Bogenschützen zu Pferd nur hinderlich. Und es gab sogar einige wenige, die den Schild als Werkzeug von Feiglingen verachteten und behaupteten, er bringe keinerlei praktischen Vorteil im Kampf. Martos wußte darüber allerdings besser Bescheid: Birthran hatte seinen Schildarm gut trainiert. Aber die Gewohnheiten seiner Jugend waren immer noch da. Es fiel ihm schwer, sich daran zu erinnern, daß eine Schlacht etwas anderes war als ein Duell oder ein Straßenkampf.

Die Pickhacken schlugen in einem derartigen Tempo auf den Stein ein, daß jeder Schlag wie das Echo des vorigen klang.

»Da kommt Lord Jagat!« rief einer der Männer.

Drei Pferde jagten auf die Mauer zu: Jagat zusammen mit Suktio und noch einem weiteren seiner Vasallen, Todaro. Die Kadariner hielten ihre Bögen bereit für den Fall, daß irgendein Bogenschütze versuchen sollte, die Reiter zu beschießen. Die feindlichen Soldaten waren jedoch alle in Deckung gegangen. Martos schob sein Schwert in die Scheide und machte sich bereit, Jagat gemeinsam mit Saladio zu begrüßen. Der alte Mann stieg vom Pferd und trat eilends unter die Bretter.

»Vorsicht!« sagte Jagat und hielt sich außer Reichweite der Spitzhacken. »Laßt mich sehen ...« Die Arbeiter unterbrachen ihr Werk, und er trat näher und beugte sich vor, um ihre Arbeit zu begutachten. »Ausgezeichnet!« Er wandte sich an Saladio und Martos, und die Pickhacken nahmen ihre Arbeit wieder auf.

»Sie sind fast bis zu den Bolzen vorgedrungen – zwei sind sogar schon freigelegt«, sagte er über das gleichmäßige Dröhnen der Hacken hinweg, »und bei den übrigen dauert es nur noch Minuten. Die Scharniere sind noch nicht ganz so weit, aber ich wette, daß sie ausreißen werden, wenn wir genug

Druck auf die Stangen setzen. Je schneller wir die Tür beseitigt haben, desto besser.«
Ein Ruf ertönte von den Bogenschützen hinter ihnen, und dann surrten die Sehnen. Gleichzeitig wurden Splittergeräusche laut, als ein Pfeil durch eines der dicken Bretter fuhr und neben den Füßen eines Arbeiters im Boden steckenblieb.
Ein Schrei ertönte, und Martos drehte sich rasch um. Er sah Rinaldo vor sich, der stolperte und umfiel. Ein Pfeil hatte sich durch den dicken Stahl seines Brustharnischs gebohrt. Martos sprang aus dem Schutz der Mauer und zog seinen Arm aus dem Riemen des Schilds, so daß dieser locker von seinem Hals herabbaumelte. Er rannte auf den gefallenen Mann zu, ergriff den kurzen Bogen und legte hastig einen Pfeil auf. Er mußte sich ducken, als noch ein weiterer Pfeil auf ihn zuschoß.
Ein Heiler eilte von der Mauer herbei und kniete neben Rinaldo nieder. Martos schaute am Pfeil entlang und erkannte eine zierliche, dunkelhaarige Gestalt mit breiten, übergroßen Schultern. Er schoß und sah, wie der schwere Bogen zur Seite schlug, um seinen Pfeil aus dem Weg zu schlagen, worüber er fast erfreut war. Der Mann duckte sich nun hinter die Mauer, da noch ein weiteres Dutzend Pfeile auf ihn zuschwirrte.
»Ich dachte, die N'lantier seien alle auf *unserer* Seite!« rief Thiondagos.
»Das sind sie auch«, antwortete Martos. »Das war Alar Arac, der Sohn von Eisenfaust. Eisenfausts Mutter war N'lantierin.«
Er wußte, was das bedeutete: Die Carrodier bewachten diesen Abschnitt der Mauer. Eisenfaust und seine Männer würden hinter der Tür auf sie warten. Er schaute zu dem Heiler hin, als die übrigen Rotroben mit einer Bahre herbeigeeilt kamen. Der Heiler schüttelte den Kopf.
»Die Lunge ist durchbohrt«, sagte er. »Vielleicht können wir ihn retten. Vielleicht auch nicht. Wir werden unser möglichstes tun.«
Martos ergriff den Köcher, den der Heiler Rinaldo abgenommen hatte, und zog einen Pfeil, um Deckung zu geben. Natür-

lich würde keiner absichtlich auf einen Heiler schießen, aber es gab immer wieder Unfälle.
»Was für ein Mann heiratet eine n'lantische Frau?« fragte Romulos.
»Ein starker Mann«, antwortete Martos. »Der Vater von Eisenfaust war...«
Er wurde durch einen Ruf von der Tür her unterbrochen. Die Arbeiter hatten ihr Werk beendet, und Jagat lief hin, um die freigelegten Bolzen zu untersuchen. Dann versuchten einige der Männer, sie mit Eisenstangen wegzuhebeln. Jagat ging zu seinem Pferd und nahm ein großes Seil vom Sattelhorn. Suktio und Todaro hatten ebenfalls Seile mitgebracht. Die Männer drängten sich um die Tür und bemühten sich, sie aufzuhebeln, während Jagat mit dem Seil herumhantierte.
Bei jeder Bewegung schlug Martos' Schild gegen seinen Oberschenkel. Er ließ den Pfeil halb vom Bogen gleiten, hielt ihn mit Daumen und Fingern fest und ließ die Sehne loß. Er lockerte den Riemen, der den Schild an seinem Hals festhielt und zerrte dann kräftig daran, bis er es mit viel Mühe geschafft hatte, ihn zwischen seinen Schultern zu plazieren. Die Stimme von Lord Saladio drang in seine Ohren:
»Lord Jagat, ich beanspruche das Recht, diesen Angriff anzuführen! Habe ich nicht ein Recht darauf, der erste zu sein, der seinen Fuß in die Stadt Manjipor setzt?«
Martos blickte schnell hoch und sah, wie Jagats Augenbraue zuckte. Seine Stimme war allerdings ruhig und kontrolliert. »Also gut. Ich sollte ohnehin am nördlichen Tor sein.« Der alte Mann stieg auf sein Pferd und ließ es rückwärts gehen, bis das Seil gespannt war. Todaro und Suktio taten das gleiche.
Martos hob gerade in dem Augenblick seinen Bogen, als sich wieder ein Bogenschütze über die Brüstung beugte, um auf Lord Jagat zu zielen. Eine Pfeilsalve fegte zur Brüstung hin, und der Bogenschütze verschwand. Martos war nicht sicher, ob der Gegner verwundet war oder ob er sich bloß geduckt hatte.
»Jetzt!« rief Lord Jagat, und die drei Pferde zerrten an den

Seilen, während die Männer, die um die Tür herumstanden, sich zurückzogen.
Martos schaute zu. Er konnte es nicht fassen, daß diese schwachen, zitternden Seile die riesige Stahlmasse überhaupt bewegen sollten. Die Seile würden sicher reißen und die Pferde durch die Anstrengung erlahmen . . .
Plötzlich gab das schon arg gequälte Metall ein höllisches Geräusch von sich. Die Tür schwankte, kippte nach außen und fiel mit großem Getöse zu Boden. Jagat und die anderen warfen ihre Seile hin. Saladio stieß einen lauten Schrei aus, wirbelte sein Schwert über dem Kopf, sprang auf die gefallene Tür zu und stürzte sich in die Dunkelheit der Öffnung hinein. Grenzländer schwärmten in den Eingang. Martos warf den Bogen hin, zog sein Schwert und rannte los.
»Ich befehlige deine Reiter, Martos!« rief Jagat, als er auf seinem Pferd vorbeidonnerte, unmittelbar gefolgt von Suktio und Todaro.
Dann stand Martos vor dem Portal und vor Treppen, die steil in die Höhe führten und dort verschwanden. Die Grenzländer drängelten sich auf den engen Stufen. Laute Rufe und das Klirren von Stahl ertönten. Der Treppenabsatz war von Fackeln beleuchtet, in deren Licht carrodische Äxte glitzerten. Martos sah, wie der Körper von Lord Saladio zurückgeworfen wurde: Die Reihe hinter ihm stolperte unter seinem Gewicht, und Blut und Hirn sickerten aus dem zerfetzten Helm.
Die Grenzländer schrien, während sie in Dreierreihen die Treppe hinaufstürmten. Die großen Äxte schlugen zu, zerschmetterten Helme, durchschlugen Schilde und schleuderten zerschmetterte Körper zurück in die Masse ihrer nachfolgenden Kameraden.
Martos sah, wie ein Grenzländer hastig seinen Schild vor das Gesicht hob, während er gleichzeitig auf einen gepanzerten Bauch gestoßen wurde. Der Carrodier stolperte, aber sein Schlag landete mit unverminderter Wucht. Der Grenzländer taumelte zurück; sein Schild blieb an seinen Kopf genagelt. Dann sah Martos, wie ein anderer mit seinem Schwert einen

riesigen Halbkreis beschrieb und wie der Schlag wirkungslos von schwer gepanzerten Schultern abprallte. Dann wurde der Grenzländer die Treppe hinuntergeworfen. Er lag da und fluchte. Seine Rüstung aus Knochen und Leder war zerschlagen und der Arm darunter gebrochen.

Die meisten, die bis oben kamen, starben, bevor sie überhaupt zielen konnten. Über die Stufen ergoß sich ein Strom von Blut. Männer rutschten in den Lachen aus, und gleichzeitig wurden die Opfer der vernichtenden Axtschläge auf sie geschleudert. Die Wucht des Angriffs der Grenzländer war gebrochen, und selbst ein Grenzländer würde es sich zweimal überlegen, ob er sich dem auf dem Treppenabsatz lauernden sicheren Tod auslieferte.

Martos drängte sich durch die Schar der Angreifer. Er konnte die Carrodier jetzt ganz deutlich sehen: große, massige Männer in Kettenpanzerhemden, die ihnen bis zum Knie reichten, mit langen blonden Haaren, die unter ihren kegelförmigen Stahlkappen hervorquollen. Die Panzerringe auf ihren Schultern und Armen waren eindeutig dicker als gewöhnlich. Zwei von ihnen standen breitbeinig am Rande des Treppenabsatzes und hielten ihre tödlichen Äxte zum Schlag bereit; weitere hatten sich hinter ihnen versammelt. Die riesige Gestalt von Eisenfaust Arac überragte alle anderen, und mit seinen ungeheuren, muskulösen Schultern stach er selbst unter seinen eigenen Leuten ziemlich stark hervor.

Die Grenzländer zögerten. Als dann immer noch einige von ihnen nachdrängten, schwärmten sie erneut die mittlerweile glitschige Treppe hinauf und stiegen dabei über die Leichen ihrer Vorgänger. Die riesigen Äxte sausten nieder. Leichte Schilde zersplitterten, Helme wurden zerspalten, Fragmente von Panzerringen wurden tief in tödliche Wunden hineingetrieben.

Martos drängte auf die Treppe. Grenzländer konnten doch nicht gegen Carrodier ankämpfen! Nur er hatte die notwendige Ausbildung für einen solchen Kampf, und er mußte es unbedingt schaffen, nach oben zu gelangen. Er stolperte über

Berge von Leichen. Er erhob seine schwere Klinge mit beiden Händen. Eine Axt sauste auf seinen Kopf zu. Er zuckte zurück, schlug sie zur Seite, sprang dann rasch drei Stufen höher und stieß das lange Schwert wie einen Speer in die Kehle des Gegners. Als der Axtkämpfer zu Boden fiel, zog er es schnell wieder aus dem Leichnam heraus. Er sprang auf den Treppenabsatz und ließ seine Klinge über dem Kopf kreisen. Zu seiner Linken holte nun der andere Axtmann zum Schlag aus. Martos trat zurück. Die Fläche des Zwergenschwerts streifte den Schaft der Axt und lenkte den Schlag ab. Da ließ seine linke Hand los, und er wirbelte die schwere Klinge herum und schnitt dem Gegner unterhalb des Helmrands in die Schläfe.

Wieder sprang ein Axtmann auf ihn zu, als er die Klinge aus dem Opfer zog. Martos duckte sich beiseite, hob das lange Schwert mit beiden Händen und schlug genau in dem Augenblick zu, als die schwere Axt fiel. Der Carrodier riß seine Arme blitzschnell auseinander und zog den Axtschaft durch seine rechte Hand, so daß er ihn mit beiden Händen festhielt, um so den Schlag des Schwertes abzufangen. Ein gewöhnliches Schwert wäre von dem zähen Holz des Axtschafts abgeprallt oder es hätte ihn nur zum Teil durchschnitten und wäre dann steckengeblieben. Das Zwergenschwert hingegen schnitt durch den Schaft und traf den Helm mit solcher Wucht, daß der Mann zurücktaumelte und Blut aus seiner Nase strömte. Dann wandte sich Martos um – und stand dem Held seiner Kindheit gegenüber.

Eisenfaust muß sterben! Der Schmerz dieses Gedankens ließ ihn für einen kurzen Augenblick fast erblinden. Martos wußte, daß Eisenfaust keine Chance gegen ihn hatte. Der Carrodier mußte das ebenfalls wissen.

Eisenfaust stand breitbeinig mit erhobener Axt da, sein linkes Knie gebeugt und vorgeschoben. Er hielt die Streitaxt mit beiden Händen fest, dicht unter der Schneide und am Endknauf. Er hatte sie auf Martos gerichtet. Umrandet von seinen beiden mächtigen Ellbogen, starrten seine glühenden Augen

wild über den zerzausten Bart. Seine ganze linke Seite schien ungeschützt zu sein. Martos riß seine Klinge hoch, während er nach vorne sprang, und schlug dann mit einem weitausholenden Schlag abwärts, der kurz unter der letzten Rippe landen sollte.
Die riesige Axt peitschte nieder, und ihr Haupt schoß vor, als die rechte Hand des Carrodiers leicht am Schaft nach unten glitt. Die Zwergenklinge tönte wie eine Glocke, als die fallende Axt sie zu Boden hieb. Darauf kreiste die Axt erneut, und Martos sah, wie die schreckliche Waffe auf ihn zustieß.
Ein verzweifelter Schlag mit der Schwertfläche wendete den Axthieb ab und brachte das Zwergenschwert zurück zu seiner rechten Schulter. Es schien so, als ob er direkt auf die Schläfe seines Gegners zielen könnte, aber als die lange Klinge erneut zuschlug, sah er, wie der Schaft der Axt durch Eisenfausts Hände glitt und wie seine eigene Klinge wirkungslos von dem plötzlich erhobenen Schaft abprallte, als Eisenfaust sich durch eine leichte Beugung der Knie unter dem Schlag wegduckte. Aber schon wieder wirbelte die Axt auf seine Augen zu.
Wieder hieb er mit der Klinge vor seinem Körper und schlug mit ihrer Fläche knapp unter dem Haupt der Axt auf deren Schaft. Dann sprang er wie rasend zurück. Sein linker Fuß trat in die Luft, so daß er zurücktaumelte und sich mit einem Fuß auf dem Treppenabsatz und mit dem anderen auf den Stufen zu halten versuchte. Überall um ihn herum standen Grenzländer. Jetzt erst erinnerte er sich wieder daran, daß Eisenfaust seinen Ruf mit der Axt erworben hatte, nicht mit dem Schwert.
Der Carrodier setzte zum Angriff an und hieb mit der riesigen Axt nach Martos' rechter Schulter. Martos schlug wieder kräftig mit der Schwertfläche von links nach rechts, und ebenso wie beim letzten Mal verfehlte die doppelschneidige Axt ihr Ziel. Er fühlte, wie der Schwertgriff in seinen Händen weggezogen wurde. Die Schneide der Axt hatte sich mit dem Schwert verhakt, und Eisenfaust war ein wenig aus dem Gleichgewicht geraten.

Er schwang die lange Klinge zurück, so daß die Schneide kerzengerade auf die Kehle des Carrodiers zuflog. Eisenfaust trat zurück, drehte sich auf dem rechten Fuß, und die Klinge peitschte wirkungslos an ihm vorbei ins Leere.
Und wieder versuchte Martos, mit seinem Schwert das Gesicht des Gegners zu treffen. Auch die schreckliche Axt flog wieder los und prallte klirrend an der Fläche von Martos' Klinge ab. Das Schwert wurde dadurch nach unten gedrückt, während die Axt nach oben fuhr.
Martos schaute hoch und sah schon wieder das drohende Axtblatt über sich, das suchend kreiste, um seinen Kopf zu treffen. Mit dem deutlichen Bild von der Kante des hinter ihm liegenden Treppenabsatzes vor Augen erhob er blitzschnell das riesige Schwert mit beiden Händen zur Abwehr über den Kopf. Zu spät bemerkte er, daß dies zwar eine perfekte Abwehr gegen einen Schwertschlag gewesen wäre, nicht aber gegen die Gewalt dieses furchtbaren Monstrums von einer Axt.
Er spürte einen stechenden Schmerz in seinen Handgelenken und Armen. Ein donnernder Schlag ließ ihn erblinden und riß seine Arme nach unten. Er dachte an seine Mutter und versuchte sich Kumaris Gesicht vorzustellen, aber er nahm nichts als ein paar Lichtblitze im Dunkeln wahr. Er hatte das Gefühl zu fliegen, und er nahm einen Geruch von Blut wahr, das seine Nasenlöcher verstopfte. Dann verschwanden auch die letzten glitzernden Funken, und Stille breitete sich in ihm aus.

Den ganzen Tag lang war Chondos von der Angst besessen, daß das Loch im Boden entdeckt werden könnte. Er wiederholte innerlich immer wieder Hasturs Formel, um sicherzustellen, daß sein Schutz erhalten bliebe. Dies tat er, weil er befürchtete, daß seine Wächter womöglich all seine Pläne aufdecken könnten.
Er blieb in der Nähe der Ecke des Raumes, wo sich sein Geheimnis befand, und wachte sorgsam darüber, daß keiner von

den Männern vom Volk des Reinen Blutes es entdeckte. Er versuchte sich zu überlegen, was er machen sollte, falls dies doch passieren würde. Aber seine »Diener« schienen andere Sorgen zu haben. Die Angst, die bei ihnen ohnehin schon ein Dauerzustand zu sein schien, war heute noch stärker als sonst.

Der Mann, dessen Fehlen er schon am Vormittag bemerkt hatte, war nicht wieder zurückgekehrt. Endlich wurde seine Neugier zu groß, und er fragte sie danach. Leere, ängstliche Blicke waren die Antwort.

»Wo ist der andere Mann, der gestern noch hier war?« fragte er wieder. »Der Mann mit der krummen Nase?«

Wieder die gleichen stummen, ängstlichen Blicke.

»Einer der Großen hat ihn . . . zu sich gerufen«, murmelte einer mit gedämpfter Stimme. Eine Verdacht verfestigte sich im Geiste des Königs.

»Und wann wird er zurückkehren?«

Wieder tauschten sie verstohlene, ängstliche Blicke untereinander aus.

»Das muß der Große entscheiden.« Die Stimme des Mannes hatte sich zu einem kaum hörbaren Murmeln gesenkt. Der Sprecher blickte Chondos nicht ein einziges Mal in die Augen. Aber sie hatten das auch zuvor stets vermieden.

Die Antworten waren so ausweichend, daß sie seinen Verdacht bestätigten. Später, als das fahle Tageslicht allmählich ganz schwand, hörte er die leisen Stimmen derer, die gegangen waren, um Holz zu holen.

». . . reichlich Fleisch«, murmelte einer von ihnen.

»Pah! Und du meinst, daß bis dahin noch irgendeiner von uns übrig sein wird?« fauchte der andere.

»Vielleicht ein paar, wenigstens von den Bluttrinkern?«

»Wenn es noch viel länger dauert, dann werden auch die Bluttrinker in den Bäuchen ihrer Meister enden«, murmelte der älteste von ihnen. »Hat sich was mit der Unsterblichkeit.«

Die Stimmen wurden noch leiser, und Chondos konnte nur

einige wenige Worte verstehen. Ihr Dialekt klang merkwürdig und rauh – er vermutete, daß es eine alte Sprachform war –, und auch die wenigen Worte, die er hören konnte, waren für ihn kaum zu verstehen.
Was mochte mit ihnen geschehen, fragte er sich, wenn er entkäme? Vielleicht würden sie sich gar nicht trauen, es zu melden, und würden statt dessen lieber selbst fliehen. Das gäbe ihm mehr Zeit. Die elenden Kreaturen taten ihm zwar leid, aber er hatte schon genug mitbekommen, um sicher zu sein, daß sie gegenüber Wesen, die schwächer waren als sie selbst, ebenso grausam sein konnten wie ihre Meister.
In dem Kleiderhaufen, den sie ihm gebracht hatten, befand sich ein Paar fester Stiefel, die ihm einigermaßen paßten. Die würde er anziehen müssen. Es gab zwar keine wirklich warmen Kleidungsstücke darunter, aber er fand zwei ziemlich dicke Umhänge und glaubte, daß er die Kälte der Berge wahrscheinlich überleben würde, wenn er beide Umhänge um sich wickelte.
Außerdem nahm er sich noch eine lange Robe von der Art, wie sie die Grenzländer trugen, mit lockeren, sackähnlichen Ärmeln, in denen man ein paar Dinge verstecken konnte. Er nahm sich auch eine Schärpe und eine rockähnliche Grenzlandhose. Er versteckte das Zunderkästchen in einem der Ärmel und verbarg anschließend die Schachtel mit dem aufbewahrten Essen unter dem Kleiderhaufen.
Chondos sehnte sich verzweifelt nach einem Bad. Es juckte ihn am ganzen Körper, und der viele Staub machte ihn wahnsinnig. Zumindest würde es ein wenig Linderung bringen, die Kleider zu wechseln. Er überlegte eine ganze Weile und wählte dann einen langen alferridischen Waffenrock aus, den er als Unterkleid tragen könnte. Er legte den Kleiderhaufen in die Nähe des Platzes hinter dem Kamin; dort könnte er sich am Morgen umziehen, während die Wächter noch schliefen. Bei Einbruch der Nacht füllte sich der Himmel mit grauen und schwarzen Streifen. Sein Abendessen stand bereit. Er dachte an den jämmerlichen Essensvorrat in seiner

Schachtel und fragte sich, wie lange er damit auskommen könnte.

Als das Essen endlich serviert wurde – er bekam wie immer eine wesentlich reichlichere Portion als die anderen, was ihm stets deren neiderfüllte Blicke eintrug –, ging er ruhig in seine Ecke, um zu essen. Es gelang ihm auch tatsächlich, die gesamte Mahlzeit unbeobachtet in seine Schachtel zu schaufeln. Außer dem unvermeidlichen Getreide gab es eine merkwürdige Paste, die nach Fisch schmeckte, ein wabbliges Zeug, das von einer Art Riesenpilz zu stammen schien, den sie züchteten, und etwas Fleisch. Er kam schließlich zu dem Schluß, daß es wohl Wildschwein sein müßte, obwohl es nicht ganz so schmeckte. Es gelang ihm jedenfalls, das Essen unbeobachtet in die Schachtel zu befördern, nachdem er nur ein wenig Fleisch und etwas von dem Pilz gegessen hatte.

Er hatte schon jetzt Hunger, aber morgen würde er noch viel hungriger sein. Und übermorgen erst! Er versuchte erneut, die Entfernung zur Grenze abzuschätzen und auch, wie lange die Reise zu Fuß wohl dauern würde. Morgen! Wenn die lange Nacht vorüber war und die unsichtbaren Sonnen den undurchdringlichen Himmel zu einem schmutzigen Grau aufgehellt hatten, würde er sich, während die Nachtwesen noch schliefen, in die Dunkelheit unter dem Fußboden wagen.

Flucht! In das Halblicht des Schattens hinein, allein und zu Fuß, schlecht bewaffnet und mit wenig Proviant . . .

So vieles konnte dabei schiefgehen! Der Gedanke an Flucht war genauso erschreckend wie die Vorstellung dazubleiben. Wenn er dabliebe, könnte er den Tod wenigstens tageweise hinauszögern.

Er bemerkte die Panik, die in seinem Geist wuchs, und bekämpfte sie mit Mühe. Ihm fiel auf, daß er zitterte. Er zwang sich, den Boden anzuschauen, und er untersuchte die Spalten zwischen den Steinen und dem dicken Staub. Er ging zum Brennholzhaufen, hob verschiedene alte Holzstücke auf und betrachtete sie. Seine Vorstellungskraft könnte ihn jetzt

zum Feigling machen. Entschlossenheit war seine einzige Hoffnung.
Eine zerbrochene Truhe war hineingebracht worden, und er öffnete eine Schublade, um sich irgendwie zu beschäftigen. Sie war mit Schmuck gefüllt. Er lächelte. *Der Schatz von Rashnagar!* Er verschloß die Schublade wieder. Er fühlte sich jetzt ruhiger und vermied es, an den nächsten Tag zu denken.
Plötzlich öffnete er die Schublade wieder und sah sich die darin liegenden Schmuckstücke ein wenig genauer an. Die Ringe... die goldenen nützten ihm nichts. Aber die mit dem schwarzen Belag – eine Handvoll Silber war als Waffe nicht zu verachten. Und der Armreifen da... Er fing an, die Ringe hervorzuziehen und sie auf den Boden zu legen. Er müßte sie alle anprobieren, um die zu finden, die ihm paßten.
Plötzlich ertönte die sanft zischende Stimme des Meisters und brachte sein Herz laut zum Pochen. Ein eisiger Schauer lief über seinen Rücken.
»Gefallen Euch die Juwelen von Rashnagar, König? Soll ich aus den tiefen Tresoren ein paar Kleinodien für Euch zusammenstellen lassen? Möchtet Ihr den Reichtum Eurer Vorväter haben? Die Schätze der takkarischen Könige gehören Euch!«
Chondos spürte ein merkwürdiges Gefühl von *Druck* am Rande seines Bewußtseins. Es war wie ein schwaches elektrisches Prickeln. Ihm wurde schwindelig. Sein Kopf schmerzte, als ob eine Hand auf seine Schläfen drückte. Erinnerungen an den Geist von Miron Hastur stiegen in seinem Bewußtsein auf; er spürte eine große Dankbarkeit und wiederholte erneut seine Schutzformel.
»Es scheint Euch hier in Eurem Quartier zu gefallen«, zischte der Meister. Chondos schaute nun auf und sah die schwarze Gestalt, die auf ihn zuschritt, während ihre menschlichen Speichellecker verängstigt beiseite krochen. »Hast du dich mit deiner Situation hier abgefunden? Wirst

du jetzt endlich deine dummen Versuche aufgeben, meiner Macht zu widerstehen? Bist du jetzt bereit, uns zu dienen und deinen rechtmäßigen Platz einzunehmen, Lord von Rajinagara, König von Takkaria nach dem Willen der Dunklen Lords von Außen und des Uoght, ihres Dieners.«

Chondos dachte nach. *Warum nicht ja sagen? Es würde nichts ausmachen. Morgen werde ich weit weg sein.* Wenn er ja sagte, würde das vielleicht seine Wächter weniger mißtrauisch machen. Dann hätte er eine bessere Chance, erfolgreich zu entkommen.

Er war nahe daran, den Mund zu öffnen, um zuzustimmen, aber dann rebellierte etwas tief in seinem Inneren gegen die Lüge. Also sagte er nur: »Es sicht so aus, als ob ich keine andere Wahl hätte.«

»Tasächlich haben Leute wie du keine Wahl, kleiner König«, zischte die giftige, spöttische Stimme. »Du hast nur die Wahl zwischen willigem Gehorsam ohne Schmerz und erzwungenem Gehorsam. Du wirst uns dienen, so oder so. Emicos wird es gelingen, dich zu überreden. Du wirst das tun, was man von dir erwartet, keine Sorge!«

Die Fremdartigkeit eines Geistes, der so sprechen konnte, fiel Chondos erneut auf. Man sagte, daß Menschen, die den Dunklen dienten, verrückt werden würden.

»Wer ist Emicos?« hörte er sich fragen.

»Emicos ist einer, der die Vorteile erkannt hat, die einem Menschen zuteil werden, der den Lords von Außen dient. Er war ein Zauberer, der den Blauroben diente – mit den geringen Machtbefugnissen, die diese ihm zugestanden. Dann wandte er sich an uns, um mehr Wissen zu erlangen. Er ist jetzt unsterblich und übt größere Macht über Leben und Tod aus, als seine früheren Meister ihm jemals gestattet hätten. Du solltest Emicos dankbar sein, kleiner König: Er war es, der uns deinen Bruder brachte. Er ist jetzt ein Lord über das Königreich der Wahren Menschen, ein so großer Lord, wie auch du es sein kannst, und er wird nie älter werden oder sterben. Er hat gut daran getan, sich an uns zu wenden, und

du kannst es ebenso machen wie er. Emicos ißt gut, und niemand wagt es, sich seinem Willen zu widersetzen.«
Chondos schwieg. Wenn das, was man über die Dunklen Wesen sagte, zutraf, wäre es am besten, wenn er dem Meister so wenig wie möglich zuhörte und es vermied, seine Worte überhaupt verstehen zu wollen.
»Ich bin sicher, daß du einsehen wirst, wie vernünftig es ist, mit uns zu kooperieren, wenn wir nur genügend Haut von deinen Beinen entfernt haben«, sagte der Meister. »Wir könnten jeden Tag einen Zoll davon abziehen. Das wäre sehr lehrreich. Wir könnten es ohne Schwierigkeiten an einer Stelle machen, wo man es nicht sieht. Oder wir könnten ein paar von deinen unwichtigeren menschlichen Anhängseln abtrennen. Sie sind sowieso nur eine Ablenkung.«
Chondos fragte sich, ob er diese Kreatur töten könnte, bevor die Wachen sich einschalten würden, und was wohl geschehen würde, falls es ihm tatsächlich gelänge.
»Wir werden sehen«, sagte der Meister. »Ich muß sorgfältig darüber nachdenken. Ich bin sicher, daß du uns dienen wirst, wenn die Zeit kommt. Wie du selbst sagtest, hast du keine Wahl.« Der schwarze Stoff, der sein Gesicht bedeckte, verbarg jeglichen Ausdruck. Die verkrümmte Gestalt wandte sich um und entfernte sich. Chondos beobachtete, wie der Stoff beim Gehen wogte, und erkannte, daß die darunter verborgenen Beine ziemlich lang sein mußten.
Chondos zitterte. Er mußte heute abend möglichst bald schlafen, um morgen frühzeitig aufstehen zu können. Aber wie sollte man schlafen nach so einer Unterhaltung? Er hatte am ganzen Körper eine Gänsehaut. Er nahm die silbernen Ringe nervös aus der Truhe, um sie anzuprobieren. Er mußte wenigstens einen für jeden Finger finden.

15

Die beiden Sonnen versanken im strudelnden opalfarbenen Meer westlich des Schattens. Es lag hinter dem schmalen Dreieck des Königreichs von Norbath, gefangen zwischen dem Ozean und den versteckten Bergen, in denen Geister hausten. Die Türme des Hasturgeschlechts glühten beruhigend vor der Schwärze, die die östlichen Sterne verdeckte und die den morgigen Sonnenaufgang ebenfalls verbergen würde. Im Norden, in Kathor und Orovia, wurde die Grenze jetzt durch neue Türme geschützt. Und tausend Meilen entfernt im Osten, neben dem See von Hali, spürten die erschöpften Hasturs schwach die Mächte, die sich in den Ruinen von Thendara versammelten.

Die Schwarzen Raben aber, die Elitesoldaten von Norbath, die im Netzwerk von Höhlen und Tunneln unter der Grenze patrouillieren, befanden sich tief unter der Erde. Sie verließen sich mehr auf ihren scharfen Geruchssinn als auf das launische Fackellicht, und sie spürten in den äußersten Ausläufern der Höhlen das Rascheln unzähliger Füße. Während die Hasturs sich tausend Meilen entfernt auf einen Angriff vorbereiteten, bewegten sich die Heere des Schattens zu den unbemannten Türmen von Norbath.

Der Turm, der die schmale Straße südlich nach Araja bewachte, flammte kurz auf und zerbröckelte dann, und der Schatten floß hinunter zum Meer. Ein riesiger Schrecken von jenseits der Welt erhob sich dunkel und kalt über den Turm von Tharna und zerschmetterte ihn. Übrig blieben nur weißglühende Fragmente. Schwärze strich über den benachbarten Turm von Falthru und löschte ihn aus; jetzt war er unsichtbar, und jede Hilfe wäre zu spät gekommen. Über der schmalen Straße, die in nördlicher Richtung entlang der öden Küste nach Kathor führte, flackerten schützende Flammen um den Turm von Dwarthon, und dunkle Wesen kauerten auf der Straße.

Dämonen flogen wie körperlose Fledermäuse aus dem Schattenreich und verdeckten die Sterne mit ihren Flügeln. In Norbath läuteten die Glocken. Die Männer stürzten aus ihren Betten; Krieger, Zauberer und gewöhnliche Bürger eilten den Hasturs zu Hilfe und bewaffneten sich mit Feuer, Silber und Stahl.
Blitzschnell überquerte Lord Kandol Hastur den Kontinent und versammelte seine Verwandten um sich. Miron war einer von denen, die dort außerhalb der brodelnden Finsternis zu ihm stießen, die das Licht von Falthru bedeckte, wo Herstes Hastur alleine in der Falle saß.
Notfeuer sprühte in die Finsternis. Der Wille von Kandol schickte einen Gedanken durch die versammelten Geister, und der weiße Nebel verdichtete sich zu einem konzentrierten Lichtkegel, der den schwarzen Schleier zerfetzte. Unter der Erde kämpften die Schwarzen Raben nur im Licht des Notfeuers ihrer Schwerter, als die hastenden Horden der Kobolde durch die Tunnel strömten.
Der strahlende Kegel wurde länger und brannte, bis er schließlich die Wand des Turms berührte. Dann bewegte erneut ein Gedanke von Kandol die versammelten Geister, und eine blendende Gischt zerriß die finstere Hülle. Falthru erstrahlte für einen kurzen Augenblick. Dann verdichtete sich die Dunkelheit wieder, aber in diesem kurzen Augenblick hatte sich ein Dutzend der Hasturs in dem Turm materialisiert.
Angiro Hastur stellte sich dem kreischenden Dämon entgegen, der auf die Stadt Jarnath niedergestürzt war. Gebäude erzitterten unter einem ohrenbetäubenden Donner, und die Straßen waren so hell erleuchtet wie am Tage.
Das Feuer von Falthru glühte durch die Finsternis, während Herstes und seine Kameraden ihre Kraft nach außen richteten. Die sterblichen Menschen sahen, wie die Dunkelheit grell und rot wurde. Falthru erstrahlte siegreich.
Immer noch flatterten Dämonen am Himmel. Feuerpfeile stiegen auf, um sie zu bekämpfen, und die Dämonen ver-

schwanden in den Flammen. Zwischen Falthru und dem benachbarten Turm von Varlthon spannte sich ein Netz von knisternder Kraft.

Kandol flog in das dunkle Inferno hinein, wo Tharna gestanden hatte. Notfeuer flammten um ihn auf und trieb die Massen der Dunklen Wesen zurück, die ihm entgegenkamen. Weitere Hasturs erschienen, und Notfeuer strömte von ihren Schwertern aus, während sie sich Raum schafften. Ein Strahl von gebündelter Kraft ging von Falthru aus. Kandol fing ihn ein und schleuderte ihn weiter zum nächsten Turm, um so die Lücke zu schließen. Die glühendflüssigen Wände eines neuen Turms richteten sich um ihn auf.

Ein Alarmschrei erscholl im Geiste aller Hasturs. Weiter nördlich, in Kathor, erhob sich der drachenköpfige Uoght über die Türme, umgeben von den Heeren des Schattens. Im gleichen Augenblick, als Miron Hastur fünfhundert Meilen nach Norden sprang, gaben die Hasturs Alarm, die beim See von Hali wachten.

Jetzt säumte das Notfeuer das gesamte nördliche Drittel des Schattenreichs, und in sechs Königreichen läuteten die Alarmglocken. Von Geist zu Geist eilte die Frage: *Ist das nun endlich der wahre Angriff?* Die ruhigen Gedanken von Kandol antworteten: *Seid dankbar! Wenn Prinz Tahion nicht wäre, würde es hier nicht genügend geben, um die Türme zu bemannen; zwei Drittel von uns würden dann die Sabuath in Y'Gora bekämpfen.*

Die Grenze brannte während der ganzen Nacht. Sterbliche bekämpften Dämonen mit Silber und Stahl. Die schwer bedrängten, müden Hasturs blickten zum Ozean und baten die See-Elfen um Hilfe. Sterbliche und Unsterbliche sehnten sich gleichermaßen nach der Morgendämmerung.

Martos lag in einer dunklen, rot pulsierenden Stille. Vereinzelte Lichtblitze leuchteten auf. *Ich muß tot sein,* dachte er . . . und lachte.

Aber sein Kopf schmerzte. Er entdeckte, daß er noch Augen-

lider besaß und öffnete sie. Verschwommene Gestalten bewegten sich in pulsierendem Licht. Plötzlich sah er das Gesicht eines Riesen. Feuerschein glühte auf rotem Stoff.
Martos blinzelte und versuchte, seine steifen, trockenen Lippen zu bewegen. »Lebe ich?« flüsterte er.
»Ja, du lebst«, sagte die schwache Stimme eines alten Mannes. »Dein Helm hat den Schlag abgefangen. Aber du mußt dich ausruhen. Wir werden dich bald wieder auf die Beine bringen.«
Einen Augenblick lang dachte Martos, es wäre möglicherweise besser, tot zu sein und in Ewigkeit nichts mehr fürchten zu brauchen. Der Gedanke erschien ihm ziemlich belustigend, und er lachte wieder, obgleich sein Kopf furchtbar pochte.
»Jetzt ist es genug! Beruhige dich!« sagte der Heiler in seiner großmütterlich besorgten Art. Martos lachte nur noch lauter.
»Du bist nicht verrückter als jeder Mann in deinem Alter!« Kühle Finger berührten Martos Schläfen, und der Heiler lachte leise. »Für einen Moment dachte ich, daß dein Kopf schwerer verletzt sei, als ich angenommen hatte! Ruhe dich jetzt aus! Gönne deinem Kopf eine Ruhepause.«
Er entfernte sich. Draußen in der Dunkelheit konnte Martos jetzt Gesang hören. Der Heiler kehrte zurück, hob Martos vorsichtig hoch und drückte etwas an seine Lippen. »Trink dies.«
Martos nippte zuerst nur, schluckte aber dann das Getränk gierig hinunter. Es war dick wie Sahne und schmeckte nach Erdbeeren. Draußen erhoben sich tiefe Stimmen zum Gesang, und jetzt erkannte er die Worte des Grenzlandrituals für die Toten:

Das Blut des Lebens wird zum Regen
Und die Seele kehrt zurück in den Mutterschoß!
Die Gebeine kehren zur Mutter Erde heim
Und Ihr Kind kehrt wieder zum Schoß zurück!

»Ruhe dich jetzt aus«, sagte der Heiler. Martos schloß gehorsam die Augen. Als er sie wieder öffnete, gingen soeben die Sonnen auf.

Chondos öffnete die Augen im schwachen Tageslicht. Trotz seiner Entschlossenheit, trotz seines Hasses und der Angst, die er seinen Wächtern gegenüber verspürte, überkam ihn ein schreckliches Entsetzen, als er an die unendlichen öden Meilen zwischen Rashnagar und der Grenze dachte. Er hatte Angst zu gehen, und er hatte auch Angst zu bleiben. Das Loch, in das er blind hineinklettern mußte, unbewaffnet, abgesehen von ein paar Silberstückchen, konnte in das Lager eines Dämons führen oder auch in einen Koboldtunnel – oder ganz einfach in einen Keller ohne Ausgang. Er lag still und kämpfte gegen seine Panik an, während seine »Diener« um ihn herum schnarchten. Wenn er es jetzt zuließe, daß seine Angst die Überhand gewänne, würde er nie entkommen. Das wußte er.

Schrecklich zu gehen, aber noch schlimmer zu bleiben, dachte er. Wenn er jetzt aufgäbe, würde sein Willen allmählich zermalmt werden. Er wog Schrecken gegen Schrecken ab und rollte sich mit der eingeübten Heimlichkeit aus den Decken.

Er kniete einen Augenblick nieder und lauschte den Schläfern, dann blickte er rasch zur Tür. Wie immer schaute der Wächter in die andere Richtung, in den Gang hinein und wandte ihm den Rücken zu. Der Wächter bewegte sich nie, und Chondos spielte wieder mit der Vorstellung, sich von hinten an ihn heranzuschleichen, um ihn zu überwältigen oder ihm das Schwert vom Gürtel zu reißen. Aber ein einziger Schrei von ihm hätte genügt, und alle anderen würden sich auf ihn stürzen, und gegen so viele hatte er keine Chance. Sie würden ihn bestimmt fesseln, und dann müßte er alle Hoffnung auf eine Flucht für immer begraben.

Das Pochen seines Herzens schien von den Wänden widerzuhallen, während er die Kleidung anzog, die er am Abend zuvor bereitgelegt hatte. Er band seine Schärpe fest und kroch auf

die Nische zu. Er wagte kaum zu atmen. Seine Hände waren unbeholfen wegen des Gewichts der vielen Ringe. Er tastete in der dunklen Nische umher und befürchtete, daß das schwere Silber laut gegen den Stein kratzen könnte.
Seine Finger fanden Staub auf einer glatten Fläche. Er zog das Ding näher und schaute angestrengt durch die Dunkelheit. Die stumpfe silberne Klinge war da, und darunter nahm er unbestimmte Formen wahr, die von pelzigem Staub bedeckt waren. Hoffnung flammte in ihm auf, und er pustete den Staub weg. Seine Hand schloß sich um einen Griff aus uraltem Holz oder Elfenbein. Er war glatt und lag angenehm in seiner Handfläche: ein gebogenes, einschneidiges Messer.
Das Schwert ist die Waffe des Edelmannes, sagte die Stimme seines Vaters tief in seinem Geiste, *aber wenn es notwendig ist, muß ein Krieger alles nehmen, was zur Hand ist: eine Peitsche, einen Stock oder ein Tranchiermesser.* Sein geübtes Handgelenk bewegte sich in der Dunkelheit wie eine Schlange durch die Luft, und die gebogene Schneide durchschnitt seine Hoffnungslosigkeit. Er erinnerte sich an seinen Vater, wie er mit seinem schwarzen Bart von hoch oben auf ihn hinabgeschaut hatte: *Es ist der Mann, der gefährlich ist, nicht die Waffe.*
Er klemmte das Messer zusammen mit der silbernen Klinge in seine Schärpe und hob dann die zweizackige Gabel auf, die daneben gelegen hatte. Die Zacken standen gerade so weit auseinander wie die Augen eines Mannes. Er klemmte sie ebenfalls in seinen Gürtel und wandte sich dem gähnenden Loch im Boden zu.
Das Messer schien ihm plötzlich doch eine ziemlich kümmerliche Waffe zu sein! Wenn das gewohnte Gewicht eines Schwertes an seiner Hüfte hinge, so dachte er, würde das Loch ihn nicht so sehr mit Schrecken erfüllen. Ein Schauer durchfuhr ihn, und er dachte daran, daß er möglicherweise gegen Kreaturen von Angesicht zu Angesicht kämpfen müßte, die er nie sehen würde...
Ein guter Schwertkämpfer benutzt seine Ohren ebenso wie

seine Augen, sagte sein Vater in seiner Erinnerung. *Ein großer Schwertkämpfer benutzt sie sogar mehr als seine Augen.*
Es könnte aber auch sein, daß darunter nur ein versiegelter Vorratsraum lag. Oder er könnte im Gewässer einer uralten Zisterne ertrinken. Oder es könnte das Lager irgendeiner Kreatur der Finsternis sein, die den Meister nicht brauchte, um am Leben zu bleiben.
Der Tod ist die Braut des Kriegers, pflegten die Grenzländer zu sagen. Natürlich, dachte er, der Tod war schließlich nur der Tod, ganz gleich, was da unten läge. Doch nein. Das stimmte nicht. Die Verse der »Ballade von Pertaps Ritt« erklangen in seinem Kopf.

Nur du stirbst auf der Straße,
zurück kehrt der lebende Tod,
sucht das Blut deiner Liebsten sich zum Fraße,
Die auf Pertap wartet in Sehnsucht und Not.

Aber das gleiche Schicksal erwartete ihn zweifellos auch, wenn er bleiben würde. Er leckte seine trockenen Lippen. Er konnte sich doch nicht einfach da hineinstürzen, ohne zu wissen, wie weit er fallen würde! Er könnte sich dabei beide Beine brechen und müßte dann hilflos daliegen, bis sie ihn herausholten. Er zwang sich dazu, sich an das Geräusch der rutschenden Erde zu erinnern, das er gehört hatte, als die Falltür zugefallen war. Es konnte nicht allzu tief sein, und weiche Erde würde seinen Fall abschwächen.
Er widerstand der Versuchung, im Kamin eine Fackel anzuzünden. Wenn er das täte, würden sie ihn bestimmt sehen. Er zwang sich dazu, am Rande der Öffnung niederzuknien, schwang dann seine Beine in das Loch und ließ die Füße in die Leere baumeln. Immer noch zögerte er. Seine Fackel steckte zusammen mit den Messern in seiner Schärpe. Zunderkästchen und Essen befanden sich in seinen Ärmeln. Hatte er etwas vergessen? Würde er mit dem, was er hatte, überleben

Nachdem Chondos die einzelnen Räume des Gebäudes, in dem man ihn gefangenhielt, durchsucht hat, ist er nur mit dem Allernötigsten ausgerüstet, um die Flucht wagen zu können. Er macht sich an den gefährlichen Abstieg und auf einen Weg ins Ungewisse, der ihn durch labyrinthähnliche Gänge und ein unwirtschaftliches, lebensfeindliches Land führen soll.

Wenn Sie selbst in dunklen, verfallenen Gängen und Gewölben nach Schätzen suchen, gegen fremdartige Monster kämpfen und gewaltigen Herausforderungen begegnen möchten – kurz, wenn Sie phantastische Abenteuer dieses Stils erleben möchten, ist das phantastische Rollenspiel »DAS SCHWARZE AUGE« genau das Richtige für Sie ...

Bitte umblättern ☞

können? Er mußte sich jetzt zwingen, schnell den Sprung ins Unbekannte zu wagen, sonst würde er es nie schaffen.
Die Erde ist die Braut des Kriegers.
Er schloß die Augen, ballte die Fäuste und stieß sich in die Leere hinein.
Er landete mit den Füßen auf lockerem Boden und rutschte. Nur die Reflexe eines Schwertkämpfers retteten ihn davor, sich den Schädel an der Kante aufzuschlagen. Er rutschte auf dem Rücken und roch die alte Erde, die sich wie eine Wolke um ihn erhob. Die Robe klemmte am Hals. Seine Finger bohrten sich in die Erde.
Als sich der Boden unter ihm nicht mehr bewegte, öffnete er die Augen und blickte auf ein düsteres, graues Quadrat, bevor der beißende Sand seine Augen mit Tränen füllte. Er schloß sie wieder und erhob sich. Die weiche Erdrampe unter ihm mußte wohl irgendwann einmal eine Unterlage für hölzerne Stufen gewesen sein, die längst verrottet waren. Er tastete sich weiter abwärts, hielt aber dabei seine augenblicklich nutzlosen Augen immer noch geschlossen.
Plötzlich schürfte sein Fuß über eine harte, ebene Fläche. Die Sohle seines Stiefels schlurfte laut. Er stand auf Stein und horchte. Schwache Geräusche drangen von der Etage über ihm herab, aber die leere Dunkelheit um ihn schien still und reglos zu sein. Er tastete sich mit den Händen vor und setzte ein paar unsichere Schritte nach vorne, ohne die Füße vom Boden zu heben. Seine ausgestreckte Hand faßte auf Stein. Seine Augen öffneten sich blitzartig und versuchten nun angestrengt, in der Düsternis irgend etwas zu erkennen.
Er blickte über seine Schulter und sah das graue Quadrat weit über sich. Seine Finger strichen über den rauhen Stein und tasteten plötzlich um eine Ecke. Eine Tür? Ein Tunnel? Eine Vertiefung in der Wand? Seine Augen schmerzten, während er blind ins Nichts schaute. Dann schloß er sie wieder und tastete sich langsam um die Ecke herum. Das leise Schlurfen seiner Füße erzeugte ein leises Echo. Sein ausgestreckter Ellbogen schlug gegen Stein. Er befand sich in einem Tunnel.

Chondos öffnete wieder die Augen und blickte zurück. Sogar das graue Quadrat war verschwunden.
Er zitterte, als er die Fackel aus seiner Schärpe nahm und unter seiner Robe nach dem Zündgerät suchte. Das laute Geräusch von Feuerstein und Stahl ließ ihn zusammenfahren, und die springenden Funken brannten in seinen Augen. Er blies auf die winzigen Feuerwürmer, die auf dem Zünder daherkrochen, bis das aufglühende Licht ihn fast blendete.
Er schaute in die Dunkelheit hinein, in der nun plötzlich Backsteine und zerbröckelter Mörtel sichtbar wurden. Alles blitzte und flackerte im tanzenden Licht der Fackel. Der Rauch brannte in seiner Nase und stieg zu den gewölbten Backsteinen über seinem Kopf auf. Irgendwo weit vor ihm, außer Reichweite des Fackellichts, bewegte sich etwas mit einem huschenden Geräusch durch den dunklen Gang.
Chondos' Herz pochte wild. Er zog das Stahlmesser aus seiner Schärpe. Er verfluchte sich, daß er so dumm gewesen war, Licht anzuzünden, und bewegte sich auf das Geräusch zu, wobei er die Hand mit dem Messer an der Seite seines Körpers bereithielt und die Fackel hoch über den Kopf hob. Der gewölbte Backsteintunnel flackerte leer in der Dunkelheit. Wieder hörte er das Geräusch – leiser diesmal, als ob sein Urheber vor dem Licht fliehen würde.
Der Tunnel endete. Ein Wald aus dicken Steinsäulen erstreckte sich weit in die Dunkelheit hinein. Ein pfeifender, stöhnender Wind berührte sein Gesicht. Die Flammen der Fackel flackerten wild. Er wandte sich um, wobei der Wind ihm ins Gesicht blies, und trat hinaus unter die Säulen. Er atmete die kalte frische Luft tief ein. Offenbar hatte er sich schon an den Geruch und den Geschmack des uralten Staubs gewöhnt.
Es wirkte grotesk, wie sich die Dunkelheit um das winzige flackernde Licht erstreckte. Steinblöcke lagen auf dem Boden herum, und er entdeckte Stellen, wo die Holzbalken schon längst verrottet waren. Die Vorstellung, daß da tausende Tonnen von Gestein über seinem Kopf hingen, brachte ihn

ins Schwitzen und ließ ihn auch seine Schritte erheblich beschleunigen.
Die Brise wehte den uralten Staub fort, den seine Füße aufgewirbelt hatten. Die Säulen schienen endlos. Endlich wich die Dunkelheit seiner Fackel nicht mehr – er stand vor einer schwarzen Steinmauer. Bei einem Aufflackern des Lichts sah er kurz eine Treppe, die dann aber gleich wieder verschwand. Er hielt den Atem so lange an, bis er sie wiedersah und sich ganz sicher war, daß sie auch tatsächlich existierte.
Die Flamme tanzte nun noch wilder; die Brise wurde stärker. Oben über der Treppe sah er in der Dunkelheit einen düsteren, grauen Bogen. Aber als er nun weitereilte, hörte er wieder das huschende, kratzende Geräusch. Nun war es allerdings hinter ihm.
Er drehte sich rasch um und hielt die Fackel vor sich und das Messer zum Stich bereit. Hinter einer langen Säulenreihe wurde das Licht in riesigen sichelförmigen Augen reflektiert. Sie blinzelten und verschwanden dann wieder. In der Dunkelheit hörte er Schritte huschen. Chondos eilte die Treppe hinauf. Wenn das Ding jetzt mehr von seiner Sorte holte – oder gar den Meister . . .
Kalter, klarer Wind pfiff durch die Tür. Er schaute in eine lange zerfallene Halle hinein, die mit Geröll angefüllt war. Eine Wand war eingestürzt, und durch das so entstandene Loch sah er den grauen Himmel über den zerfallenden Dächern der uralten Stadt Rashnagar. Er preßte seine Lippen aufeinander, um einen Freudenschrei zu unterdrücken.
Er eilte durch die Halle und sprang über Berge von herabgefallenem Gestein. Uralte Knochen zerfielen unter seinen Füßen. Sein Fuß trat gegen einen goldenen Kelch, der wegrollte. Dann war er auf der anderen Seite der zerbröckelten Mauer angelangt und schaute in eine verlassene Straße hinein. Er kletterte eine zerfallene Treppe hinab, und endlich stand er auf festem Boden. Der kalte Wind wütete um ihn herum und riß an seiner Kleidung.
Hoch auf dem Berge erhob sich die alte Zitadelle von Antapor

über die Stadt, die sie nicht hatten verteidigen können. Er erinnerte sich an die Pracht der alten Gemälde und Wandteppiche. Und er erinnerte sich auch an den großen Bogen in der Mauer am Ende der Straße zu seiner Linken, an das riesige Nordtor der Stadt.

Er stieß die brennende Fackel in die aschige Erde, um sie zu löschen, und rannte los, wobei seine Stiefel auf dem Steinboden lärmten. Die leeren Hülsen der uralten Gebäude ragten über ihm empor und schienen ihn durch ihre finster starrenden Fenster zu beobachten. Neben den Steinplatten der Straße öffneten sich die Eingänge von Koboldtunneln in der Erde – die zottigen, mißgestalteten Heere konnten jeden Augenblick daraus hervorbrechen.

Das Tor tat sich gähnend vor ihm auf. Er lief durch die alptraumhafte Dunkelheit und erwartete jeden Augenblick, daß irgendein schauerlicher Wächter sich auf ihn stürzen würde. Dann war wieder der düstergraue Himmel über ihm, und vor ihm lag die breite Straße der uralten Könige. Sie schlängelte sich den Berg hinab und verschwand in der düsteren, undurchdringlichen Weite hinter dem grauen Schleier.

Martos lag in seinem heißen Zelt und lauschte den fernen Geräuschen der Schlacht auf den Mauern. Ihm war immer noch schwindelig und übel von dem Axthieb. Jemand hatte seinen Helm aufgehoben und zurückgebracht, aber dieses nutzlose Stück Stahl hätte man ebensogut wegwerfen können. Die eine Seite war vollständig zerquetscht, und über einer breiten Vertiefung hing ein hauchdünner Stahlstreifen, dort wo die schreckliche Axt ihn getroffen hatte. Die sorgfältig hineingetriebenen Windungen hatten die Schneide abgewendet, so wie der Erfinder des Helms es geplant hatte, aber es war ziemlich knapp gewesen. Wenn man das Ding jetzt anschaute, konnte man kaum glauben, daß da jemals der Kopf eines Mannes hineingepaßt hatte. Wieder sah er Eisenfausts Axt lebhaft vor sich, wie sie auf ihn niedersauste . . .

Aber der Tod war ihm nicht besonders schrecklich erschienen, als er im Dunkel wieder zu sich gekommen war, bevor er gewußt hatte, daß er noch lebte. Wie hatte es Atrion einmal ausgedrückt? *Wir haben Angst vor dem Tod, aber wir wissen nicht warum. Vielleicht ist der Tod sogar die Königin aller Freuden.* Dann gab es auch noch die berühmte Zeile von Eldir, die das Haus von Fendol zu seinem Wappenspruch gewählt hatte: *Der Tod geht liebevoll mit dem um, der ihm bei der Ausführung einer gerechten Sache begegnet.*

Die Anschauung von Atrion war die edlere, dachte er bei sich. *Besser ohne Angst sterben, als in Angst vor dem Tod weiterzuleben.* Oder stammte dieser Ausspruch von jemand anderem? Wie sagten die Grenzländer? *Der Tod ist die Braut des Kriegers.*

Durch die Zeltwand konnte er die Rufe von Männern hören und einen Chor von vielen Hörnern. Seine Truppen kämpften und starben in diesem Augenblick. Er richtete sich auf und versuchte zu gehen, aber die Welt schwankte und drehte sich um ihn herum.

Das aschige Land war leer und öde. Chondos atmete schnell. Er wandte sich um und schaute nach oben. Die uneinnehmbare Zitadelle von Rashnagar lag direkt über ihm. Die verlassene Krone der takkarischen Gipfel beherrschte immer noch die große Straße, die über den Bergpaß führte.

In Rashnagar als König zu herrschen ... Für einen Moment überkam ihn der alte Traum und legte einen Schleier von Glorie über die Ruinen der uralten Bauten. Dann starrte er auf das unfruchtbare Land, die vergiftete Asche und die vom Wind bloßgelegten Felsen. Seine trockene und verstaubte Kehle verbannten Traum und Alptraum gleichzeitig. Ein leises Flüstern ließ ihn plötzlich aufhorchen. Irgendwo zu seiner Linken vernahm er das Tröpfeln von Wasser.

Irgendwann würde er vielleicht mit einer Armee zurückkehren, um diese verfluchten Länder zurückzuerobern, aber zunächst einmal mußte er jetzt lebend aus dem Schattenreich entkommen. Das rauhe Kratzen in seiner Kehle drängte ihn vorwärts, und so verließ er die Straße. Bald rutschten seine Füße über den glitschigen Boden zwischen den Felsen.

Martos spürte die sengende Hitze auf seinem Gesicht, als Paidros ihm half, aus dem Zelt zu kommen. Der Boden schien sich zu bewegen, als ob er unter seinen Füßen kochen würde. Er taumelte gegen den kleinen Mann und befand sich dann endlich im Schatten, und Paidros half ihm, sich hinzusetzen.

»Ich hab's dir gesagt!« fauchte Paidros. »Und nachher muß ich dich wieder zurücktragen. Ich hätte einen Ladebaum mitbringen sollen!« Er wischte sich den Schweiß aus dem Gesicht.

Martos erhob sich und versuchte, zur Stadt hinüberzuschauen. Alles war verschwommen. Sein Kopf schmerzte, und seine Gedanken wanderten ziellos umher. Seine Hände stellten sich die Rundungen von Kumaris Hüften vor, und seine Lippen versuchten, sich um ihre Brustwarzen zu legen.

». . . auf den Mauern Fuß zu fassen«, sagte Paidros irgendwo in jenem verschwommenen Nebel der Welt um ihn herum, »aber sie wurden zurückgedrängt. Hamir wurde nicht schwer verwundet, aber er hat viele seiner Männer verloren. Lord Jagat macht immer noch einen großen Scheinangriff am südlichen Tor, aber der eigentliche Angriff findet jetzt am Turmtor statt, wo du verletzt wurdest. Sie haben einen Belagerungsturm an der Mauer in Stellung gebracht und versuchen, Eisenfaust von beiden Seiten gleichzeitig zu bedrängen – durch das Tor und über die Mauer.«

Martos' Blick klärte sich langsam. Er konnte das Turmtor hinter der Biegung der Mauer liegen sehen. Winzige Männergestalten standen auf den Zinnen, und schmerzvolle Sonnenlichtpunkte wurden von ihren Kettenpanzerhemden reflektiert. Ihre zweischneidigen Äxte schlugen auf und nieder und ließen die dunklen Rüstungen der Grenzländer blutig zurück. Die Schwerter der Grenzländer sahen von hier wie Stecknadeln aus.

War das nicht Eisenfaust selbst, dessen Axt vom Blut gerötet war? Er trieb die Männer zurück, die vom Belagerungsturm auf die Mauer sprangen. Die fernen Rufe und Schreie klangen geisterhaft wie in einem Traum: Die Männer sahen aus wie kämpfende Puppen.
Hufschläge donnerten auf sie zu. Ein Mann in kadarinischer Rüstung sprang vom Pferd und eilte herbei. »Lord Jagat möchte mit allen Kommandanten sprechen, Herr«, sagte der Mann und salutierte. »Und zwar sofort. Er plant einen Angriff entlang der ganzen Mauer.«
Paidros fluchte. »Denke daran, daß der Heiler dir *Ruhe* verordnet hat!« fauchte er Martos zu und eilte dann zu seinem Pferd und ritt immer noch fluchend weg.
Martos starrte auf die ferne Schlacht. Trommelnder Schmerz pochte in seinem Kopf. Winzige Puppen in Rüstungen, geschmückt mit Sonnenjuwelen, töteten und starben auf der Mauer. Die Trompeten schmetterten plötzlich durch das Lager und brachten einen Schwarm von Jagats Männern in Richtung auf die Stadt in Bewegung. Schwärme von Pfeilen schwirrten über die Brüstungen, und Belagerungsleitern rückten gegen die Mauer vor. Martos sah, wie die Männer in der Stadt auf ihre Posten eilten. Er hörte die ferne, hämmernde Musik des Stahls. Unter den düsteren Rüstungen und den langen geflickten Roben der Grenzländer stachen seine Männer in ihren polierten Panzern und ihrer enganliegenden Kleidung in der Sonne besonders deutlich hervor.
Die Angriffswelle rollte wieder von der Mauer zurück. Pfeile fegten auf die Verteidiger zu, die auf der Zinne standen und einen Angriff erwarteten, der nie kam. Die wütende Musik des Stahls wurde nur am Turmtor fortgeführt: Martos wußte, daß Jagat den Angriff geplant hatte, um Hilfe von den Carrodiern fernzuhalten.
Aber von dort, wo er stand, konnte Martos über die von der Asche der Toten geheiligten Felder schauen und etwas sehen, was Jagat unsichtbar blieb: Eisenfaust brauchte keine Hilfe. Eine Mauer von Leichen in Lederrüstungen türmte sich dort

auf wie von den blutigen Äxten zerstückelte Puppen, während ein Mann nach dem anderen von dem Belagerungsturm aus mit den dünnen, glitzernden Schwertern in den Händen auf die Mauer sprang.

Die Zwillingssonnen zogen majestätisch über den Himmel, während die Männer auf den Mauern von Manjipor in ihrem Blut starben. Martos schaute diesem großen Abschlachten hilflos zu. Sein Kopf brummte und seine Augen schmerzten von den Nadelstichen des Sonnenlichts, die von den entfernten Kettenpanzerrüstungen zu ihm herüberblitzten. Endlich erkannte auch Jagat, daß er nur Leben verschwendete.

Dann ertönten die Hörner: die Männer zogen sich zurück, und die Armeen starrten einander in der plötzlichen schmerzvollen Stille über den blutgetränkten Stein hinweg an. Die Kettenpanzerrüstungen der Carrodier glitzerten, und sie stützten sich auf ihre blutverschmierten Äxte. Verstümmelte Gestalten rührten sich, und über die weite Ebene hörte Martos ihr Stöhnen, das durch die Entfernung gedämpft wurde.

Der Schmerz in Martos' Kopf wurde größer. Er versuchte aufzustehen, um zu seinem Zelt zurückzugehen, aber die Erde drehte sich unter ihm, und er mußte sich wieder hinsetzen. Sein Geist schweifte ab. Er träumte, daß Kumari zwischen seinen Knien säße und ihn küßte und liebkoste.

Chondos kletterte über die nackten Felsen und schürfte sich die Hände blutig. Seine Lippen waren trocken und wund. Das süße Gurgeln von Wasser wurde allmählich lauter. Er spürte Feuchtigkeit auf seiner Haut. Er taumelte in eine kleine Schlucht, warf sich auf den Bauch und senkte sein Gesicht in das schnell fließende Wasser. Er trank und trank und trank. Als sein Hals endlich nicht mehr schmerzte, hob er den triefenden Kopf und starrte verständnislos auf die dürren, kränkelnden Stengel am Rand des Wassers. Seine Finger wühlten in braunem Schlamm. Dies war braune Erde, keine vergiftete Asche. Lebendes Gras. Es gab also doch noch Le-

ben in den Bergen. Er schaute die spärlichen welken Stengel so zärtlich an, als ob sie Blumen wären.
Der Bach war kaum ein Schritt breit, und er floß über eine Treppe aus Felsbänken den Berg hinunter. Dann verschwand er plötzlich hinter einer Klippe. Dort verschmolzen der graue Himmel und die graue Erde in einem Nebel. Er tauchte seine blutenden Hände in das Wasser, und der schnelle Strom wurde dunkler und riß an seinen Händen. Er schaute zu, wie der Schmutz und das Blut weggeschwemmt wurden, stand dann erschöpft auf und folgte dem plätschernden Wasser über den glatten, schwarzen Stein.
Eine kelchförmige Vertiefung bildete oben am Wasserfall einen kleinen steinumrandeten Teich. Chondos umkreiste ihn, um über seinen Rand zu schauen. Jenseits des reißenden Wassers sah er verwundert Baumwipfel mit breiten, bleichen Blättern. Verkümmerte Büsche standen in kleinen Gruppen zusammen, und dazwischen befanden sich graubraune, welke Halme.
Eine huschende Bewegung brachte sein Herz zum Pochen. Er kauerte sich neben einen Fels. Einen Moment lang schien ihm, als ob winzige Bäume sich zur Seite neigten und als ob sich eine graue Gestalt unter ihnen bewegte. Dann wurde die verschwommene Gestalt deutlicher. Ein Hirsch mit Geweih stand da, und sein aschgraues Fell verschmolz mit dem Schattennebel um ihn her. Fast vergessene Sagen kamen Chondos in den Sinn, Geschichten von Geisterhirschen, die argwöhnisch und unsichtbar waren und die Ankunft der Dunklen Wesen überlebt hatten.
Das Tier hielt seinen Kopf hoch in die Luft und kostete den Wind. Dann setzte es mit weitem Sprung über den Bach. Zwei weitere flogen aus den Büschen hinter dem ersten her, und im nächsten Augenblick waren sie alle im grauen Nebel verschwunden. Chondos drückte sich näher an den Felsen, befeuchtete einen Finger mit Speichel und hielt ihn hoch. Kalte Luft von unten zeigte ihm an, daß es nicht sein Geruch gewesen sein konnte, der die Tiere aufgeschreckt hatte.

Ein Ruf lenkte seinen Blick zurück auf die Straße, die er hinter sich gelassen hatte. Über der Kante eines zerbröckelnden Felsens sah er die Tore von Rashnagar. Winzige Gestalten schwärmten auf die Straße. Einige davon waren Menschen – zweifellos seine »Diener« –, aber um sie her liefen die verkrüppelten Gestalten von Kobolden, die ihre Gesichter auf den Boden gerichtet hielten wie Spürhunde, die eine Fährte gewittert hatten.
Sie suchten ihn! Die Felsen um ihn kamen ihm nun wie eine Falle vor. Er lehnte sich über den Wasserfall hinaus und untersuchte die Spalten und kleinen Felsvorsprünge, mit deren Hilfe er an den verwitterten Klippen hinabsteigen könnte. Er stellte fest, daß es nicht schlimmer sein konnte als die nördliche Seite des Felsen von Tarencia, und da war er schon öfter hinauf- und hinuntergeklettert. Er kämpfte gegen seine Panik an und ließ die Beine über den Felsvorsprung gleiten.

Die große nördliche Straße steigt plötzlich und schwungvoll aus der endlosen Kathedrale des Waldes, und der Reisende aus dem Norden sieht dann, wie sich vor ihm der Berg von Ojaini auftürmt, als ob seine steilen, bewaldeten Hänge in der Luft hingen. Dahinter wird der südliche Himmel von den Pestflekken des Schattenreichs verunreinigt.
Für Istvan DiVega war das alles nicht unbekannt. Schon vor vierzig Jahren war er zum ersten Mal vom Anblick des Berges von Ojaini überrascht worden. Trotzdem fesselte er ihn immer noch und berührte etwas in seinem Herzen. Für einen kurzen Moment war seine Jugend zurückgekehrt, und er war wieder der großäugige junge Narr, der mit Raquel und Olansos hier entlanggeritten war und gedacht hatte, daß der ganze Berg auf sie herabstürzen würde. Dies war natürlich eine optische Täuschung, die auf den ungewöhnlichen Winkel der Straße zurückzuführen war und auch auf die Tatsache, daß sie zum ersten Mal nach dem langen Ritt durch den mit Laub überdachten Wald den offenen Himmel sahen.
Istvan gab das Zeichen für die Trompeten. Ihr schriller Klang

ertönte und hallte fröhlich vom Hang des Berges wider. Prinz Phillipos trieb sein schönes weißes Pferd an Istvans Seite, und die beiden ritten Schulter an Schulter die steile Bergstraße hinauf. Die Armee folgte ihnen in einigem Abstand. Der Berg von Ojaini ragte wie eine brechende Welle über sie, deren Kamm die bunten Kuppeln und die Spitztürme der Zitadelle bildeten.

Sie ritten an den uralten Wachtürmen vorüber und auch an dem zerfallenden Ehrengrabmal, das die ruhmreichen Taten des Heldenprinzen Orlando pries. Die Toren dahinter standen offen, aber sie waren verstopft mit vollbeladenen Wagen, die die Vorräte für Istvans Armee enthielten. Seine Hauptleute hatten schon fleißig Proviant für die Männer und die Pferde gesammelt: hauptsächlich Heu und Getreide aus Orissia. Sobald sie den Yukota überquert hätten, würde die Proviantbeschaffung für eine so riesige Armee schwierig werden, und in der grauen Einöde des vergifteten Staubs um Manjipor war es völlig unmöglich, Futter und Lebensmittel zu besorgen.

Auf dem Hang hinter den Toren wuchsen Bäume, die die Gebäude verdeckten. Istvan verspürte Heimweh nach Carcosa. Nun wurde ihm klar, weshalb so viele Seynyorer sich hier niedergelassen hatten, um kantaranische Frauen zu heiraten und in der Waldstadt zu wohnen. Als Junge, der geradewegs aus der Stadt der Dichter kam und der kaum etwas über die Welt wußte, hatte er nicht erkannt, wie ähnlich sich diese beiden Städte waren. Aber auch damals war ihm Ojaini gemütlich und heimisch erschienen.

Er blickte zum westlichen Himmel auf, den der Sonnenuntergang mit prächtigen Farben erfüllte. Er hatte erwartet, die Stadt erst nach Sonnenuntergang zu erreichen. Jetzt würden sie Zeit zum Denken und Planen haben und konnten sich die Berichte anhören. Vielleicht würde sogar ein wenig Zeit zum Ausruhen bleiben. Hier in Ojaini verspürte er eine große Sehnsucht nach Ruhe. Aber sie mußten die Belagerung beenden. Sobald seine Armee bereit war, mußten sie den Yukota überqueren und dann weiter nach Manjipor ziehen.

Ein Stück Fels brach unter Chondos' Hand ab. Er ließ es fallen und hörte, wie es ins Wasser fiel, als er sich mit seinen blutigen Handflächen am Felsen festhielt. Er überlegte, wie tief das Wasser dort unter ihm wohl sein mochte. Bald würde es dunkel werden. Schon jetzt durchzogen schwarze Streifen den Himmel: die Schatten der zerklüfteten Berggipfel. Bald würde auch der Stein, an dem er sich festklammerte, in der sternenlosen Dunkelheit verschwinden.

Seine Finger und die verkrampften Muskeln in seinen Schultern schmerzten ihn, während er sich von einem brüchigen Halt zum nächsten über das verwitterte glatte Gestein tastete. Die Spritzer vom Wasserfall kühlten sein Gesicht und seine Hände und bedeckten seinen Umhang mit winzigen Wassertropfen. Er kletterte, so schnell er konnte, hinunter.

Das letzte Stück überbrückte er, indem er sich in das knöcheltiefe Wasser am Rande des Teichs hineinfallen ließ, und er erinnerte sich dabei an die Geschichten über die Dinge, die in den Gewässern des Schattens lauerten. Deshalb standen die Hastur-Türme immer neben den Flüssen, die über die Grenze flossen, und aus dem gleichen Grund war das Wasser mit Notfeuer abgeschirmt. Er eilte um den Rand des Teiches und watete dann durch das seichte Wasser des Baches.

Als die grauen Streifen vom Himmel verschwanden, hörte er Stöhnen und Schreie. Er hockte sich hin und sprang hoch in die Luft und versuchte, dabei ein möglichst großes Stück des Ufers zu überspringen. Auf diese Weise wollte er eine dichte Gruppe von Büschen erreichen, die er im schwindenden Licht erkennen konnte. Als er auf dem Boden landete und herumrollte, prellte er sich die Schulter. Doch im nächsten Augenblick schlängelte er sich schon wieder zwischen den dornigen Ästen hindurch. Ein Chor gellender Schreie übertönte das Geräusch des fallenden Wassers, und dann hörte er ein Plätschern und ein Krabbeln.

Er lag ganz still zusammengekauert im Dickicht und hielt sein Zündgerät fest in der Hand. Sein Herz pochte wild. Er spürte jenes Tasten an den Rändern seines Geistes, das ihm nun schon vertraut war. Er schloß die Augen und wiederholte immer wieder den Zauber, den er von Miron Hastur erlernt hatte, und plötzlich spürte er, wie ein Panzer sich um seinen Geist schloß.

Er öffnete die Augen und sah grelles Fackellicht. Männer wateten lärmend durch den Bach, und ihre schwankenden Fakkeln warfen ein goldenes Licht auf das Wasser. Dunklere Gestalten schlichen durch die Nacht, und in ihren lampenähnlichen Augen wurde das Licht reflektiert. Er duckte sich und atmete kaum. Das harte Metall des Zündgeräts schnitt in die Handfläche. Das Plätschern und Schreien rückte immer näher. Die Blätter der Sträucher zeichneten sich im Licht der Flammen ab. Verschrobene Schatten bewegten sich zwischen ihm und dem Wasser. Schließlich befanden sie sich ganz in seiner Nähe . . . und gingen dann weiter.

Das Licht der Fackeln wurde schwächer und die Schreie leiser. Seine Verfolger untersuchten den Bach nun weiter unterhalb. Chondos' Atem beruhigte sich allmählich wieder. Ein Mann schrie. Chondos sah eine kämpfende Gestalt und hörte heftige Schläge. Eine Fackel erlosch im Wasser. Dann zerstreuten sich die übrigen. Sie rannten vom Bach weg und verschwanden in der Dunkelheit. Das Geschrei verebbte. Er lag fröstelnd im Gebüsch, starrte in die undurchdringliche Dunkelheit, hörte dem Wasser zu und verfolgte die Schreie der Dunklen Wesen, die einander in der Ferne jagten.

Ihm war kalt. Er hatte seinen zweiten Umhang zu einem Bündel zusammengerollt, und es erwies sich als gar nicht so einfach, ihn im Dunkeln auszubreiten und um sich zu wikkeln. Nach einer Weile überfiel ihn die Erschöpfung, und er schlief ein.

16

»Bald muß es geschehen, Kleiner Prinz!« krächzte die barsche Stimme des toten Mannes.
»Nein!« stotterte Jodos. »Du mußt warten . . .«
»Uoght kann nicht ewig im Norden kämpfen, ohne daß die Blauroben auf die Idee kommen, daß unsere Hauptkräfte hier sind.« Es war der Meister selbst, der da durch den Mund des toten Wächters sprach. »Dann würden sie dich womöglich noch besuchen!«
»Aber wenn wir jetzt zuschlügen, würden wir alles ruinieren!« rief Jodos und kämpfte gegen die Panik an. »Die Armeen der Sterblichen bewegen sich langsam. Sie haben ja noch kaum gekämpft! Beim ersten Anzeichen von Schwierigkeiten an der Grenze werden sie sich vereinigen, und wenn sie zusammenhalten, können sie uns standhalten, bis die Blauroben sich versammelt haben!«
»Du bist es, der leiden wird, wenn der Plan scheitert.«
»Und genau deshalb brauche ich mehr Zeit!« Seit seiner Kindheit hatte die Panik, die sein Leben bestimmte, seine Stimme nicht mehr so sehr verzerrt. »Sie sind immer noch stark! Sie brauchen Zeit, damit sie einander umbringen können!«
Der tote Mann stand in drohendem Schweigen da. Der Wind blies Fischgeruch und Bruchstücke von Gesängen Betrunkener von den Kaien herauf. Die ungewohnten Sterne brannten in Jodos' Augen.
»Also gut«, sagte die tote Stimme endlich. »Ich werde auf dein Zeichen warten. Aber wage es nicht zu versagen! Du bist nichts als ein Instrument meines Willens. Tue das, wofür du ausgesandt wurdest, ich gebiete es dir beim Schrecken von Uoght!«
Eisige Kälte umklammerte Jodos' Herz. Tausende von Meilen entfernt im Norden antwortete der drachenköpfige Tod auf den Namen der Macht mit seinen Augen aus Eis. »Ich werde nicht versagen!« rief Jodos.

Die Leiche starrte vor sich hin. Jodos spürte, wie die Verbindung mit dem Meister unterbrochen wurde. Haß und Erleichterung durchfuhren ihn. Die Spinne war jetzt in seiner Macht! Er würde sie leiden lassen für das, was der Meister durch sie gesagt hatte.
»Wenn ich dich das nächste Mal zu mir rufe«, sagte er mit einem grausigen Lächeln, »wirst du Hotar und die anderen zum Palast bringen.«
Er weidete sich an der Angst der Kreatur. Er genoß seine Gemeinheit und bedeutete ihr mit einer Handbewegung zu verschwinden. Sie würde leiden im Palast, der vom Rest der Magie der Blauroben brannte. Er schaute zu, wie sein Opfer davontaumelte. Bald war ein neuer Körper erforderlich: Die Leiche des Wächters Tonios würde nicht mehr lange durchkommen. Tagsüber auf keinen Fall, und möglicherweise hätte es auch nachts nicht geklappt, wenn er nicht den Geist seiner Wachen kontrolliert hätte. Er drang nun wieder in ihren Geist ein, tief in den Schmelztiegel des wortlosen Chaos, wo die Gedanken ihren Ursprung haben und wo die Wurzeln des Handelns liegen. Sie würden keine Erinnerungen an diese Nacht haben, und somit würden sie auch keine Gerüchte über seine mysteriösen Treffen mehr verbreiten können.
Er wußte, daß er nicht sicher war, bevor er nicht den Geist aller in seiner Nähe Lebenden in seiner Macht hatte. Er hatte es geschafft, alle Heiler und Seher am Hof – außer dem alten Shachio – mit der Armee nach Süden zu schicken. Jetzt gehörte der Geist der Menschen ihm. Dafür war er ausgebildet worden, dafür hatte der Meister ihn über die Grenze getrieben. Es würde nicht lange dauern, bis Neid und Mißtrauen die merkwürdige Verbindung zerstörte, die zwischen den Amtsträgern des Hofes bestand, dann wäre jeder von ihnen von allen anderen isoliert.
Aber diese Arbeit war gefährlich. Der Geist der Menschen wirkte seinerseits korrumpierend auf ihn. Die Erinnerungen seines Bruders lauerten in seinem Kopf als Beispiele menschlichen Denkens, und er fühlte sich von ihnen verspottet wegen

der Ähnlichkeiten, die er selbst mit diesen Kreaturen hatte. Das schlimmste war, daß diese fremdartigen Gedanken offenbar irgendwo tief in seinem Innern eine Saite zum Schwingen brachten, und das rückte den ohnehin schon vagen Glanz der Geister der Großen in noch weitere Ferne.

Chondos wachte auf und hörte lautes Atmen und das Rascheln von Laub in der schwarzen Dunkelheit vor seinen Füßen. Er zog das lange Messer aus der Schärpe. Ein ekelhafter tierischer Geruch lag in der Luft.
Büsche bewegten sich, und zwei runde bernsteinfarbene Monde erstrahlten über seinen Füßen. Sie hüpften, und dann näherte sich ein schnüffelndes Geräusch und wurde lauter und schneller. Er blinzelte kurz und starrte dann direkt in die glühenden Augen. Sie senkten sich, und er fühlte, wie eine haarige Hand sich um sein Fußgelenk schloß.
Es gelang ihm, sich aufzurichten. Sein Messer schnitt durch leere Luft. Sein freier Fuß schlug auf einen Körper auf, und der Griff an seinem Fußgelenk löste sich. Ein wütendes Knurren ertönte. Er rollte auf die Knie, und die Dornen rissen seine Wange auf. Die Kreatur knurrte bedrohlich. Ihr Gestank erfüllte die Luft um ihn. Ihre glühenden Augen, die nur ein wenig höher standen als seine eigenen, drückten eine Zielgerichtetheit und Drohung aus, die mehr als nur tierisch waren.
Er hörte ein Schlurfen und ein Knurren, dann sprangen die Augen mit einem Satz auf ihn zu. Er erhob sich auf die Knie, um sich dem Biest entgegenzustellen, und stach wild zu. Eine klebrige Flüssigkeit ergoß sich über seine Hand. Das Knurren verwandelte sich in einen gellenden Schrei. Die glühenden Augen verblaßten und erloschen plötzlich, und ein kleiner, haariger Körper fiel ihm in die Arme. Ein kalter Schauer erfaßte ihn, und er stieß das Ding angeekelt weg. Die Beschaffenheit seines Pelzes und der Geruch seines Blutes hatten etwas sehr Widerliches an sich.
Das Wesen mußte allein gewesen sein, denn die einzigen Ge-

räusche, die jetzt noch hörbar waren, kamen aus weiter Ferne. Er tastete sich zum Bach vor und wusch sich im rauschenden Wasser das Blut vom Arm. Dann schlüpfte er in ein anderes Dickicht hinein. Er wußte, daß irgendwo in der Schwärze, die ihn umgab, hungrige Nachtwesen umherschlichen. Er kauerte sich unter den Büschen nieder und wartete auf den Sonnenaufgang.

Hinter dem Schatten stiegen die Zwillingssonnen in einen Himmel auf, der unnatürlich klar und fiebrig hell war. Die Vögel sangen fröhlich in der Kantara, und die Blumen erstrahlten in ekstatischem Glanz.

Istvan DiVega, der inmitten seines tanzenden Schwertes stand, überkam angesichts dieses blassen, leuchtenden Himmels ein vages unheilvolles Gefühl. Ein Teil seines Geistes beschäftigte sich damit, bis ihm endlich eine Szene aus seiner Jugend ins Gedächtnis zurückkehrte. Ein solcher Himmel war der Vorbote des Regens. Entlang der gesamten Grenze würden jetzt wetterkundige alte Männer weise nicken. Bald würde Wolken den Himmel bedecken, und der Winterregen würde über das Land fegen. Später am Tag würde sich das Leuchten zu einer gnadenlos sengenden Hitze verwandeln, ganz als solle soviel Schaden wie möglich angerichtet werden, bevor der Regen erneut einsetzte.

Das Schwindelgefühl erinnerte Martos daran, daß der Heiler ihm gesagt hatte, er solle sich zwei Tage lang ausruhen, bevor er wieder zur harten Arbeit des Krieges zurückkehrte. Von seinem bequemen Zelt aus konnte er die Mauern von Manjipor beben und schimmern sehen. Die ganze steinige Ebene flimmerte und tanzte in der Hitze. All dies wirkte ziemlich unwirklich. Nur der Schatten erhob sich fest und unbeweglich in der Ferne.

Es war zu heiß zum Kämpfen. Zwei Armeen beobachteten einander im grellen Licht über die glühendheißen Steine der Mauer hinweg und keuchten in der atemberaubenden Hitze.

Auf beiden Seiten waren Männer, die wußten, daß ein Bruder, ein Vetter oder ein geliebter Waffenbruder irgendwo auf der anderen Seite der Mauer stand.
Und Martos wurde von Kumaris Augen verfolgt. Wenn Jagat gewinnen und sein Anspruch auf den Thron von den Hasturs akzeptiert würde, wäre Kumaris Kind der Erbe Jagats. *Mein Kind,* dachte Martos: Das Zeugnis seiner Liebe wuchs in ihrem Schoß, verkörpert in Fleisch, das sowohl seines als auch ihres war. Erbe eines Throns. Das war etwas, wofür man kämpfen konnte.
Nein, das stimmte nicht. *Der wahre Krieger, der sich selbst richtende Mann, muß losgelöst sein und frei von der Versuchung des Gewinns oder Verlustes,* so hatte es Atrion geschrieben. *Böse Taten werden von denen begangen, die gewinnen wollen oder die Angst vor der Niederlage haben.* Um eines Gewinns willen zu kämpfen – auch wenn es nur für sein Kind war und nicht für ihn selbst . . . Seine Gedanken wirbelten chaotisch durcheinander. Ein Thron für sein Kind – würde er seine Feinde dann weniger lieben? Vielleicht wäre es besser gewesen, auf der anderen Seite zu stehen.
Gebe alles, sogar dein Leben in völliger Losgelöstheit, und kümmere dich nur um Ehre . . .

Riesige Wolken sammelten sich über dem Ardren-Meer. Aber die Handelsstadt Poidia mit ihren weißen Mauern schmorte in der glühenden Hitze der Sonnen. Der Herzog von Ipazema saß in der kühlen Gildenhalle der Schiffer, schäumte vor Wut und blickte finster auf den Seher vor ihm.
»Sechs Tage!« Die Stimme von Prinz Hansio ertönte von den Lippen des Sehers. »Ich kämpfe nicht, um zu verlieren! Wartet die sechs Tage ab und kämpft mit meiner Hilfe oder kämpft jetzt ohne sie!«
»Warum?« fragte der Herzog. »Was sollen die sechs Tage schon ausmachen? In sechs Tagen könnten wir unseren Vorteil verspielen!« Er zwang seine Stimme zur Ruhe und kämpfte gegen seine Wut an. Die ganze Küste war bereit zum

Kampf, Lutazema war an seine Sache gebunden, seine Vasallen versammelten sich, und Städte so weit südlich wie Orontopol waren bereit, sich zu erheben.
»Siebentausend Seynyorer stehen auf der westlichen Seite des Atvanadi bereit«, sagte die Stimme von Prinz Hansio. »Wenn ich jetzt losschlage, sitzen sie mir in der Flanke. In sechs Tagen sind sie in Manjipé beschäftigt! Dann werde ich Thantakar nehmen, und nur noch Kalascor liegt zwischen uns. Aber wenn Ihr jetzt zuschlagt, werden sie Euch zerschmettern, und ich werde daneben stehen und lachen!«
Der Herzog ballte die Faust. Er zitterte vor Wut und wünschte sich, er könnte mit der Faust in das Gesicht des Sehers schlagen.
»Aber wenn ich angreife«, sagte er mit ruhiger Stimme –, er wußte, daß der Seher von Hansio in Manapol jede Nuance seiner Stimme weitergab – »werden die Seynyorer nicht ...«
»Seid kein Narr!« unterbrach ihn Hansio. »Ihr könnt Kalascor nicht ohne meine Hilfe einnehmen! Sie werden von mir erwarten, daß ich handle, und sie werden Euch schnell überwältigen! DiVega wird Manjipor seinem Schicksal überlassen und damit all meine Pläne ruinieren! Wartet auf mich, dann werdet Ihr die ganze Provinz in Eure Gewalt bekommen!«
»Sechs Tage also.« Der Herzog leckte seine Lippen. Er haßte es einzulenken, aber er wußte, daß ihm nichts anderes übrig blieb. »Und Euer Angriff auf Thantakar wird das Zeichen zum Handeln sein?«
»Die *Eroberung* von Thantakar!« korrigierte ihn die stolze Stimme von Hansio. »Dann müßt Ihr hart und schnell losschlagen und ihre Verwirrung ausnutzen. Zehn Tage werdet Ihr danach allein sein. Ich selbst muß mich in dieser Zeit um andere Angelegenheiten kümmern.«

Chondos erwachte von lautem Krachen und Knirschen. Er öffnete blitzartig die Augen. Ein gespenstergraues Reh riß große Stücke von den fleischigen, graubraunen Pflanzen, die unförmig und blätterlos zwischen den Büschen wuchsen.

Hunger nagte in Chondos' Bauch, und so starrte er das Reh an und dachte dabei an gebratenes Wildbret.
Als ob es diesen Gedanken gespürt hätte, wandte sich das gespenstische Tier ab und sprang weg. Chondos kroch unter den Büschen hervor und versuchte, dem Weg des kleinen Wesens zu folgen. Es stand schon hoch oben am Hang und verschwamm im grauen Licht. Ein Felsvorsprung warf einen nachtdunklen Schatten auf den Weg. Etwas Riesiges und Schreckliches bewegte sich in der Dunkelheit. Das Reh brach plötzlich aus, und ein massiger Arm langte aus der Dunkelheit und versuchte, es zu packen.
Das Reh sprang zur Seite, und ein tiefes stöhnendes Brüllen erreichte Chondos' Ohren. Das Geisterreh verschwand im Grau. Chondos starrte auf die Gestalt im Schatten und blickte dann nach oben. Der Himmel war silberfarben: Ein unregelmäßiger, heller Fleck schmerzte in seinen Augen. Er schaute erneut den Hang hoch auf das Ding unter dem Überhang. Es war menschenähnlich, aber riesig. Chondos nickte. Ein Troll!
Das Wesen stand in der Dunkelheit wie eine mißgestaltete Figur aus grobem Ton, durch und durch boshaft. Sein furchtbares Gebrüll hallte wie Donner den Hang herab, aber es setzte sich nie dem Licht aus. Der Troll starrte böse dem verschwundenen Reh nach, wandte sich dann langsam um und schlich zu der Klippe zurück, um schließlich in irgendeiner verborgenen Spalte im Fels zu verschwinden. Wenn schon so wenig Licht genügte, um die Dunklen Wesen unter der Erde zu halten oder sie dazu zu bringen, sich im Schatten zu verbergen, überlegte Chondos, dann konnte er tagsüber große Entfernungen zurücklegen.
Chondos schaute sich nun um und entdeckte die Leiche des Wesens, das er in der Nacht getötet hatte. Sie lag ausgestreckt im nahen Gebüsch. Er näherte sich ihr, um sie sich anzuschauen und schüttelte sich beim Anblick des blassen Koboldgesichts mit seinen Glubschaugen und dem Mund voller scharfer Zähne, der jetzt im Tod offenstand. Der rundliche

Körper und die lang ausgestreckten Glieder waren mit einem schmutzigen weißlichen Pelz bedeckt.
Plötzlich erschrak er und bückte sich hinab. Der weiße Unterschenkelknochen eines langen Beines war zu sehen. *Jemand* hatte dort das Fleisch abgenagt. Am Knochen fand er die Spuren winziger spitzer Zähne. Er schaute erneut nach oben auf den Felsvorsprung – nein, der Troll hätte die Leiche weggeschleppt und mit seinem riesigen Körper die umliegenden Büsche plattgedrückt und zermalmt.
Er kniete sich hin, um nach Spuren zu suchen, und fand sie auch gleich. Aber sein ganzes weidmännisches Können nutzte ihm in diesem Falle nichts. Was auch immer es gewesen sein mochte, es war winzig klein, nicht größer als eine Ratte. Der Abstand zwischen Vorder- und Hinterpfoten deutete auf einen langen Körper hin, wie etwa der eines Wiesels oder eines Frettchens. Aber die Abdrücke selbst glichen denjenigen von winzigen Händen.
Er wurde von einem neuen Schauder erfaßt und stand dann auf. Nur schnell weg hier! Er hatte Glück gehabt, daß der Troll nicht zu ihm herabgekommen war. Wieder schaute er über seine Schulter auf den Felsüberhang. Gegen diese riesige Masse aus lebendigem Stein vermochten seine jämmerlichen Waffen kaum etwas auszurichten. Er sehnte sich ein Schwert oder einen Speer herbei.
Ein Speer. Der Gedanke lenkte seinen Blick auf einen fast geraden Ast an einem nahestehenden Baum. Solch eine behelfsmäßige Waffe wäre natürlich nutzlos gegen einen Troll. Aber es gab schließlich auch noch andere Wesen hier, vor denen man sich fürchten mußte.
Der Wunsch nach einer Waffe wurde zu einem drängenden Bedürfnis. Er nahm sein schweres Messer zur Hand und schritt auf den Baum zu. Ihm kam in den Sinn, daß diese Bäume wahrscheinlich die gesündesten Lebewesen weit und breit waren. Also bat er seinen Vetter, den Baum, um Vergebung, als er das Messer an die Rinde setzte.

Ein Dutzend Stimmen schrie gleichzeitig durcheinander. Istvan schlug mit der Faust auf den Tisch. Die Rufe erstarben in einem Gemurmel und verstummten schließlich ganz.
»Nun«, sagte er und wandte sich dabei Rafael Vega zu, der gesprochen hatte, als der Streit ausgebrochen war, »du vergessener Überlebender des Zorns meiner Vorfahren, was hast du gesagt?«
Alle am Tisch Anwesenden lächelten oder lachten leise vor sich hin. Die alte Fehde zwischen den Häusern Vega und DiVega war schon seit langer Zeit zu einem Scherz geworden, obwohl sie vor zweihundert Jahren bitterer Ernst gewesen war.

»Wir sind in der Minderheit, Emilio«, murmelte Rafael Vega zum einzigen anderen Vega im ganzen Raum gewandt. Sein gesträubter Schnurrbart zuckte. Dann kam er zur Sache. »Ich sagte soeben, daß Hansio seine Männer in Udapor sammelt. Er kann also entlang des Oda nach Tarencia marschieren. Das ist die gleiche Route, die schon sein Großvater vor hundert Jahren genommen hat. Die Männer, die sich jetzt in Mahapor versammeln, werden nach Norden marschieren, aber er zieht alle Krieger von seinen südlichen Festungen ab, und Mahapor hat eine zentrale Lage. Das ist das, was ich denke.«
»Danke, Lord Vega«, sagte Istvan ruhig. »Nun, Robardin« – ein schlanker dunkler Mann blickte auf, – »sage uns, warum du das so heftig bestritten hast.«
»Hansio weiß, daß wir hier sind«, sagte Alon Robardin und zuckte mit den Schultern. »Man sagt vieles über Prinz Hansio, aber niemand nennt ihn einen Narren. Er weiß, daß wir ihn überfallen werden, wenn er entlang des Oda anzugreifen versucht, und er weiß, was passiert, wenn er diese Route nimmt. Er befindet sich dann auf einer schmalen Landzunge, dort, wo die Flüsse an beiden Ufern mit feindlichem Gebiet in Berührung kommen und nur ein sehr dünner Keil zwischen uns und den Streitkräften von Kalascor liegt – selbst

wenn er Iskoda und Thantakar belagert, um seine Flanken zu schützen.«

Istvan sah, wie Prinz Phillipos heftig nickend seine Zustimmung zum Ausdruck brachte.

»Also«, fuhr Robardin fort, »wird die Streitmacht von Mahapor nach Westen gehen, den Atvanadi überqueren – wahrscheinlich an der Mündung des Kanianadi – und dann versuchen, die Stadt vom Rest der Provinz abzuschneiden. Ich glaube, daß er zum Yukota marschieren wird, und dort wird er sich mit den Massadessanern vereinigen. Er kann den nördlichen Teil der Provinz innerhalb von zwei Tagen in seiner Gewalt haben.«

»Während wir hier sitzen?« Die Stimme des Lords von Ojaini drückte Verachtung aus.

»Lord Rinmull?«

»Ich kann mir die Frage nicht verkneifen«, sagte Rinmull von Ojaini achselzuckend, »was der geschätzte Lord glaubt«, – er neigte seinen Kopf höflich in Robardins Richtung, – »was wir tun werden, während Prinz Hansio seine Männer das Gebiet zwischen den Flüssen besetzen läßt? Ich glaube kaum, daß Prinz Hansio uns so wenig in seine Überlegungen einbezieht, wie Ihr es tut, Lord.«

Prinz Phillipos setzte zum Sprechen an, aber einer der jungen Grenzländer war Istvan aufgefallen. Der Blick des Mannes war beim Zuhören immer düsterer geworden. Es war wichtig, auch die Grenzländer zu Wort kommen zu lassen, denn schließlich war dies ihr Land.

»Mein Lord, ich kenne Euren Namen nicht, verzeiht mir...«

»Ajeysio von Kantakin!« erscholl seine stolze Stimme wie eine Trompete, und das schöne dunkle Gesicht kam ihm irgendwie bekannt vor. Als Istvan in die düsteren Augen schaute, wußte er plötzlich, daß es ein Fehler gewesen war, diesen Mann anzusprechen.

»Habt Ihr eine Meinung zu dieser Sache, Lord Ajeysio?«

»Ich?« Ein Ausdruck gespielter Überraschung überzog das

dunkle Gesicht. »Ich weiß nichts von dem, was Prinz Hansio tut, außer daß er seinen Sohn und Erben betrauert, der von irgendeiner seynyorischen Klinge getötet wurde.« Der Junge wandte sich dem Lord von Ojaini zu. »Du warst da, Rinmull! Du und ich, wir haben mit Tunno und Pirthio zusammen getrunken an jenem Abend, bevor sie starben! Du weißt ebensogut wie ich, daß der Angriff auf die Gildenhalle nichts weiter als ein Streich war und weder mit Hochverrat noch mit Böswilligkeit zu tun hatte! Prinz Hansio und seine Leute und Lord Jagat sind alle Männer unseres eigenen Geschlechts, dem Geblüt von Alt-Takkaria! Wieso sitzen wir hier herum, während diese Ausländer versuchen, uns in einen Krieg gegen unser eigenes Blut zu verwickeln – in einen Krieg, der von ihnen angezettelt worden ist?«

Istvan unterdrückte all die wütenden Antworten, Rechtfertigungen, Ausreden und Erklärungen, die ihm auf der Zunge lagen. Der alte Palos DiFlacca aber, der lange Stunden über den Kampf in der Gildenhalle nachgedacht hatte, lief immer stärker an, während der Junge sprach. Plötzlich knallte er die Faust auf den Tisch, und seine Stimme hallte donnernd von den Wänden zurück:

»*Wir* haben angefangen! Es ist unsere Schuld! Unsere Schande! Weil einige meiner Männer so dumm waren, sich zu verteidigen, als Männer mit gezogenen Schwertern auf sie zukamen!«

»DiFlacca!« fuhr Istvan dazwischen und bedeutete ihm, zu schweigen. Aber DiFlaccas Stimme polterte unbeeindruckt weiter.

»*Wir* haben es angezettelt! Eure Fehden und euer Haß hatten natürlich nicht das Geringste damit zu tun, oder sind wir etwa auch für sie verantwortlich? Und mich trifft die Schuld, weil einer meiner Männer einen Funken in diesen Zunderhaufen hat fallen lassen! Wir haben es angezettelt? O ja, und wir werden es auch beenden...« Seine Augen fixierten Istvans Hand, die erregt hin und her fuhr. Sein Gesicht erbleichte, und er schloß den Mund.

Die Stimme von Ajeysio von Kantakin ertönte, bevor Istvan sprechen konnte, sogar bevor ihm überhaupt irgend etwas einfiel. »*Ihr* werdet es beenden? Wozu braucht Ihr denn dann mich oder irgendeinen von meinen Verwandten bei dieser Ratsversammlung?« Ajeysio stand auf und schritt aus der Halle, und auch andere Grenzländer erhoben sich, um ihm zu folgen.
Während Istvan noch nach Worten suchte, erhob Rinmull von Ojaini die Stimme und sagte das, was kein Fremder sagen durfte: »Genug! Sind meine Vasallen so empfindlich geworden, daß sie aus dem Raum fliehen müssen, wenn zwei Männer ihre Stimmen erheben? Wie Kinder, die vor einem Familienstreit weglaufen? Also lauft! Aber erinnert euch daran, daß *euer* Prinz, Chondos von Tarencia, und vor ihm sein Vater und sein Großvater diese Männer hier zu unseren Verbündeten gemacht haben! Erinnert euch auch, daß diese Stadt schon unter dem Schatten läge, wenn die Seynyorer nicht an unserer Seite kämpfen würden! Die Asche ihrer Verstorbenen hat unser Land geheiligt!«
Die Männer zögerten. Einer folgte Ajeysio durch die Tür, aber die anderen setzten sich verschüchtert wieder hin. Aber Istvan sah die feindlichen Blicke, die auf ihn gerichtet waren.
»Schickt jemanden hinter Lord Ajeysio her«, sagte Rinmull. »Erinnert ihn daran, daß, ganz gleich, was hier besprochen wird und was seine persönliche Meinung ist, Kantakin die Straße von Mahapor und die Furten des Atvanadi bewacht. Es ist seine Pflicht, seine Mauern zu bewachen.«

Chondos machte nicht nur einen Speer, sondern gleich zwei. Auf den einen band er das silberne Messer als Spitze. Das würde eine Hilfe gegen manche der weniger stofflichen Kreaturen des Schattenreichs sein. Aber es war zu stumpf. Dann sah er einen geeigneteren Ast an einem zweiten Baum.
Nachdem er den Ast mühsam abgeschnitten hatte, stolperte er über einen anderen, der am Boden lag. Dieser war noch gera-

der und sogar noch grün. Trollspuren zeigten ihm, wie das gespaltene Ende vom Stamm gerissen worden war. Er zwang den Griff der Gabel in die Spalte hinein und zog einen Faden aus seinem Umhang, um sie festzubinden.

Etwas schlurfte über den Boden. Er blickte auf. Etwas Braunes, das so groß wie eine Ratte war, huschte in das Dickicht zurück. Wahrscheinlich das Ding, das am Schienbein des Kobolds geknabbert hatte oder zumindest eines von der gleichen Rasse. Er befestigte die Gabel am Holz und schnitt die Reste der Zweige vom Schaft. Mit gerunzelter Stirn betrachtete er kritisch sein Werk, nahm dann zwei Steine als Hammer und Amboß und begann, die Zacken der Gabel geradezuklopfen.

Das Echo seines zweiten Schlages wurde von einem Brüllen vom Hang her übertönt. Er stand auf, hielt den nutzlosen Speer bereit und sah, wie der Troll aus dem Schatten der Klippe sprang. Er taumelte unter wütendem Brüllen wieder zurück. Aus der Sicherheit des Schattens starrte er ihn wild an, und seine Augen versprühten glühende Funken. Ein kalter Schauder lief über Chondos' Rücken. Wenn das Tageslicht schwinden würde ...

Er hämmerte auf die Zacken ein, bis sie zusammentrafen. Dann fertigte er aus Stoffstreifen, die er von dem Saum seines Umhangs riß, grobe Gurte an, damit er seine Hände freihalten oder mit nur einem Speer kämpfen konnte, ohne den anderen hinlegen zu müssen. Mit diesen Gurten befestigte er beide Speere auf dem Rücken und schaute dann zu dem Troll hinauf, der ihn aus dem Schatten anbrüllte.

Sobald die Nacht anbräche – oder wenn das Licht sich verdunkeln sollte –, würde der Troll hinter ihm her sein. Chondos mußte sich so weit wie möglich von ihm entfernen. Er ergriff den noch ungenutzten dritten Schaft, den er sich geschnitten hatte, und runzelte die Stirn, unsicher, was er damit anfangen sollte. Also benutzte er ihn als Wanderstab und machte sich längs des Baches auf den Weg den Hang hinunter.

Martos leckte seine trockenen Lippen und dachte an den Erben von Damenco, sein Kind, das jetzt in Kumaris Schoß heranwuchs. Bald würde ihr Bauch dicker werden. Nächstes Jahr um diese Zeit würde das Kind schon geboren sein, und es würde aus ihren wundervollen Brüsten Milch trinken. Diese würden dann natürlich größer sein, angeschwollen von der Milch.

Wie sollte er jemals die Losgelöstheit erreichen, wenn Kumari sich ständig in seinen Geist hineindrängte? Sie und das Kind – sein Kind. *Soll ich es aus meinem Schoß nehmen und es dir geben?* Er schauderte. Was für ein sinnloser Streit. Das Kind war dadurch um keinen Deut sicherer geworden, und jetzt ...

Er hätte es wissen sollen – er hatte es gewußt –, daß sie nie weggehen würde. Sie gehörte einem Volk von Kriegern an; ihre Puppen hatten Helme als Wiegen gehabt. Er erinnerte sich an alte Geschichten, die man ihm früher erzählt hatte, über Männer, die sich umgebracht hatten, weil ihre Ehre angezweifelt wurde, über Frauen, die lebend auf die Totenfeuer ihrer Männer gesprungen waren, und über Männer und Frauen, die sich geweigert hatten, aus Städten zu entfliehen, in denen die Dunklen Wesen nachts jagten.

Er sah, wie die Steine der uralten Stadt sich im Dunst drehten und wanden. Manjipor war nicht nur einmal unter dem Schatten gewesen, sondern schon sehr oft. Und immer wieder hatten ihre Vorfahren die Stadt zurückerobert. Und er hatte Kumari angebrüllt und beleidigt, weil sie nicht mit ihm hatte fliehen wollen! Deshalb konnte er jetzt ihre Lippen nicht küssen, konnte er ihre Hand nicht halten oder ihren Oberschenkel streicheln, und er konnte ihre Brust nicht in seine hohle Hand nehmen.

Sein Kopf pochte, und er wußte nicht, ob es die Wunde war – vielleicht hätte sein Kopf sowieso geschmerzt bei dem grellen Licht und der Hitze. Er taumelte in sein Zelt zurück und schluckte ein paar Mundvoll Wasser, das plötzlich warm und brackig war, statt süß und kühl. Dann zog er seine durchgeschwitzten Kleider aus und legte sich nackt auf die Decken. Wie Menschen nur in einer solchen Hitze leben konnten! Kein Wunder, daß die Grenzländer – und ihre Frauen – alle verrückt waren!

»Vetter Enjanton«, sagte Istvan, »gibt es irgendein Anzeichen dafür, daß Streitkräfte sich sammeln, um die Überquerung des Yukota zu verhindern?«
Enjanton schüttelte den Kopf. »Wir haben ein paar Reiter gesehen – Späher, nehme ich an –, aber keinerlei Anzeichen für eine größere Streitmacht. Und es ist alles Flachland.«
»Gut.« Istvan betrachtete den jüngeren Mann aufmerksam; ein typischer DiVega, schlank, dunkel, Adlernase. »Geh, sobald wir hier fertig sind, mit DiSezrotti zu euren Männern zurück und bringt sie über den Fluß, bevor es dunkel wird. Errichtet euer Lager in Sichtweite des Flusses. Wählt die Stelle schon aus, bevor ihr den Fluß überquert.«
Einer der Männer, die mit Enjanton gekommen waren, ein kleiner Mann mit roten Haaren und einer langen Nase, schaute auf. Das mußte Pression D'Olafos sein, dachte Istvan. Er hatte den Mann zwar nie kennengelernt, aber sein Ruf als Kommandant war gewaltig.
»Und was ist mit meinen Männern, Lord DiVega? Sollen wir auch ausmarschieren?«
»Eure Männer werden heute abend auf dieser Seite des Flusses bleiben und morgen vormittag losmarschieren, zusammen mit...«, er hielt einen Augenblick inne und musterte die Gesichter seiner Kommandanten. »Hmmm... DiBrais, Eure Männer müssen es eigentlich längst satt haben, hier in Ojaini auf ihren Ärschen zu sitzen. Meint Ihr, sie hätten Lust auf etwas Abwechslung?«
»Aber sicher!« lachte Aimon DiBrais. Seine weißen Zähne blitzten, und seine blaßblauen Augen funkelten. Er war rothaarig und sehnig; seine Leute stammten irgendwo aus der Nähe von Heyleu, erinnerte sich Istvan, und es sollte nydorisches Blut in der Familie geben.

»Dann laßt Eure Männer heute abend losmarschieren«, sagte Istvan. »Baut Euer Lager neben dem von Lord D'Olafos' Leuten auf. Ihr werdet beide bei Sonnenaufgang den Yukota überqueren.« Er wandte sich wieder Enjanton zu und fuhr fort: »Und du wirst bei Sonnenaufgang marschieren, Vetter, du und DiSezrotti, nach Manjipor, und zwar in einem Tempo, das es DiBrais und D'Olafos ermöglicht, in Sichtweite zu bleiben. Wenn ihr überfallen werdet, dann laßt euch zurückfallen, bis sie zu euch aufgeschlossen haben, es sei denn, ich gebe andere Befehle oder es besteht eine eindeutige strategische Notwendigkeit, eure Stellung zu verteidigen.« Er zögerte. Er mußte diesen Männern das Kommando übertragen, aber er wußte nicht, welcher von ihnen der fähigste war. »Du wirst die Vorhut anführen, Vetter, und wenn ...«

»Lord Istvan!« Einer der Grenzländer war aufgestanden, ein muskulöser kleiner Mann, der für einen Grenzländer ziemlich groß war. Er trug einen dünnen Schnurrbart, der sein Gesicht in zwei Hälften teilte. Istvan blickte ihn nachsichtig an.

»Ich bin Ballo von Kotulmer, vom Geschlecht der Omdavaner, und ich beanspruche das Vorrecht, die Vorhut anzuführen! Es ist mein Recht!«

Und mehrere Grenzländer murmelten beipflichtend: »*Es ist sein Recht!*«

Istvan starrte sie fassungslos an.

»Es ist wahr, Lord Istvan«, sagte Rinmull von Ojaini. »Die Omdavaner von Kotulmer führen seit Jahrhunderten die Vorhut der Kantara an. Ihr Recht wurde von Prinz Rinaldo bestätigt.«

Istvan fluchte innerlich hinter seiner gespielten äußeren Ruhe. »Wie viele Männer habt Ihr?« fragte er, um Zeit zu gewinnen. Möglicherweise war dies tatsächlich unumgänglich. Er kannte den Stolz der Grenzländer.

»Dreißig Männer warten auf meinen Befehl, um von Kotulmer loszumarschieren«, antwortete der Mann stolz. »Zwanzig weitere stehen hier draußen mit ihren Pferden. Wir werden vor Lord DiVega, Eurem Vetter, und Lord DaiSeor ...«

Er hielt inne und kämpfte mit dem fremden Namen. DaiSeezorti!

So, so, das wirst du also, dachte Istvan mit ausdruckslosem Gesicht. Die Sache schmeckte ihm nicht: Grenzländer waren mutig, doch ihnen fehlten der Schliff und die Disziplin der Truppen des Nordens. Aber sie waren zähe Kämpfer, und ihre Ausdauer konnte vielleicht ihre geringe Körpergröße und ihre Leichtgewichtigkeit ausgleichen.

»Dann müßt Ihr Eure Männer noch heute abend über den Yukota bringen«, sagte er, »und Euer Lager zusammen mit den Männern von Enjanton aufschlagen. Du unterstehst seinem Kommando, Vetter. Aber« – seine grauen Augen trafen die schwarzen Augen von Lord Ballo – »wenn Ihr zurückfallt, um Euch der Kompanie von D'Olafos anzuschließen, dann untersteht Ihr *seinem* Kommando. Ist das klar?«

Der Grenzländer zögerte, nickte dann aber. Istvan zwang sich zu lächeln, obwohl er eine dunkle Vorahnung hatte, daß der Stolz und die Tollkühnheit dieses Grenzländers sie alle teuer zu stehen kommen könnte.

Chondos stolperte weiter in die breiter werdende Schlucht hinein, während der Bach zu seiner Linken über das Gestein plätscherte. Das Gesträuch war spärlicher geworden, aber die niedrigen Pflanzen mit den Ästen, die wie schlaffe Geweihe aussahen, wuchsen überall.

Er hörte ein Huschen hinter sich und wandte den Kopf. Er erblickte ein winziges braunes Wesen, das hinter einem der großen Felsen verschwand, die aus der aschigen Erde herausragten. Noch eins von der Sorte! Oder folgte ihm etwa das eine, das er schon zuvor gesehen hatte? Er erinnerte sich noch deutlich an die Zahnspuren im Schienbein des Kobolds, und ein kalter Schauer durchfuhr ihn.

Die Hänge des kleinen Tals, das vor ihm aus dem grauen Nebel auftauchte, wurden ständig steiler. Seine Augen blieben in dem unbestimmten Licht ununterbrochen in Bewegung, und er lauschte angespannt und verfluchte das Rau-

schen des Wasser. Ein seltsames Geräusch am Himmel ließ ihn nach oben schauen. Fledermausähnliche Schatten bewegten sich im grauen Tageslicht. Er warf sich hinter einen der Felsen.
Drei geflügelte Wesen flatterten herunter und setzten sich mit ihren menschenähnlichen Beinen auf einen Felsvorsprung. Sie hatten eine schreckliche Ähnlichkeit mit Kindern, die so taten, als ob ihre Umhänge Flügel seien. Unter den vorstehenden goldenen Augen der Vogelwesen ragten hakenförmige Schnäbel hervor. Ein kalter Schauer lief ihm über den Rücken. Eines dieser Wesen erschien ihm noch aus einem anderen Grunde merkwürdig – ihm kam es vor, als ob noch eine andere Kreatur durch jene riesigen goldenen Augen blickte.
Als er bald darauf den ihm nun schon bekannten Druck am Rande seines Geists verspürte, kauerte er sich hinter dem Felsen zusammen und wiederholte die Hasturformel. Er ließ einen der Speere von seiner Schulter gleiten. *Es weiß, daß ich hier bin!* dachte er und erschauderte. Seine Hand zitterte am Speerschaft.
Ein heiseres Krächzen zerrte an seinen Nerven. Zwei der geflügelten Wesen schwangen sich in die Luft und flatterten ungestüm mit ihren Flügeln. Sie segelten über den Bach und die Klippe dahinter. Das dritte von ihnen jedoch starrte immer noch zu Chondos' Versteck herüber, als ob die goldenen Augen durch Stein hindurchschauen könnten. Plötzlich verdunkelte sich der silberne Himmel, als etwas Riesiges und Schweres die Schlucht von der einen Wand bis zur anderen bedeckte. Es schwebte wie eine Wolke, war aber selbst keine Wolke.
Chondos dachte an einen riesigen Fisch, der über einer Spalte schwimmt, in der sich kleine Wasserlebewesen in ihrer Todesangst versteckt halten. Girlanden von seilähnlichen Ranken fielen vom Himmel und schleiften schlängelnd über den Boden. Mit einem Flügelschlag hüpfte das fledermausartige Wesen von seinem Sitz, aber es war zu spät. Eine der Ranken wickelte sich um die Kreatur und zog sie in den Himmel.
Chondos kauerte sich noch mehr zusammen und schaute zu.

Die Ranken tasteten über den Boden des Tals und zogen tiefe Furchen, während sie sich wanden und verknoteten, und sie rissen die grauen Pflanzen mit ihren Wurzeln aus der Erde. Sie schwebten langsam weiter über den schmalen Streifen Himmel und glitten an den Felshängen vorüber. Chondos starrte auf das schwebende Dach, bis endlich ein Ende in Sicht war, von dem Massen von Tentakeln herabhingen.
Einmal kam eines der sich windenden Seile fast an den Fels heran, unter dem er sich versteckt hielt. Er versuchte, sich zum Aufstehen und zum Laufen zu zwingen, aber seine Beine wollten sich nicht bewegen. Schließlich entfernten sich die Tentakel wieder.
Das Monster schwebte zu den Klippen und zog seine Fangarme durch das Wasser. Wesen, die zappelten und verzweifelt kämpften, verfingen sich in ihnen, wurden dann über die Klippen nach oben gezogen und waren verschwunden. Dann war der graue Himmel wieder klar.
Es dauerte lange, bis Chondos sich auf seinen zitternden Beinen aufrichten konnte. In all den verworrenen Sagen der Grenze hatte er noch nie auch nur die leiseste Andeutung über ein Wesen wie dieses vernommen. Er stolperte den Hang hinunter auf die gewundenen Furchen zu, wo die lebendigen Seile, die so dick waren wie das Handgelenk eines Mannes, über den Boden geschleift waren, während sie von jenem himmelfüllenden Alptraum weitergeschleppt wurden. Er lief so schnell er konnte.
Ein schreckliches Geräusch lenkte seinen Blick zum Himmel. Vom Rand der Felsen schlingerte eine Gestalt mit schlaff klappernden Flügeln hernieder. Sie stürzte mehr die Felswand hinunter, als daß sie flog, und ihre Flügel flatterten dabei wild. Dann fing sie sich in der Luft und flog über den Bach auf ihn zu. Nun konnte er das Wesen klar erkennen.
Es war das Flügelwesen, das in den Himmel gezogen worden war, obgleich es jetzt kleiner war, weil ihm die Beine fehlten. Blut strömte aus den blutigen Fleischfetzen, die von seinen Hüften herabhingen. Die goldenen Augen schauten direkt in

die seinen, und er schrie auf. Er hielt seinen Speer noch immer fest in der Hand. Er stieß damit nach vorne, um das Wesen von sich fernzuhalten. Er spürte, wie etwas knackte, und plötzlich waren die brennenden Augen nur noch tote Kugeln. Die Flügel flatterten noch ein letztes Mal, dann fiel das Wesen vor seinen Füßen auf den Boden.
Er starrte auf den Speer in seiner Hand. Es war kein Blut an der stumpfen Silberspitze. Das Ding war schon tot gewesen, als es sich auf ihn gestürzt hatte. Es mußte schon verblutet gewesen sein, als es von der Klippe herabfiel. Aber *was* hatte ihn dann durch die Augen angeschaut? Er beugte sich über den Kadaver . . .
Ein seltsames Kräuseln in der Luft ließ ihn entsetzt zurückfahren. Über der Leiche erschien eine neue Gestalt. Ihre Augen waren glühende schwarze Schlitze. Aus den Fangzähnen ihrer riesigen hundeähnlichen Kiefern tropfte Schleim.
Die Landschaft bewegte sich um das Ding herum, als ob es durch zähen Schlamm watete. Plötzlich befand sich das Wesen nur noch eine Armlänge von ihm entfernt, und die Klauen an seinen langen Fingern griffen nach seiner Kehle. Das Gesicht des Scheusals grinste ihn an.
Er fiel in die Höhlen seiner Augen hinein! Das Holz des Speerschafts durchbohrte die Gestalt wirkungslos. Er schlug seine mit Silberringen geschmückte Faust gegen den klaffenden Kiefer des Wesens. Funken sprühten aus dem Silber, und ein stechender Schmerz durchfuhr seinen Arm. Einen Moment lang war es, als ob er sich an einem ganz anderen Ort befände, wo ein schwarzer Turm sich über brodelndem Schlamm erhob und eine Unzahl makaberer Gestalten im Nebel lauerten. Dann war die Luft vor ihm plötzlich wieder leer. Er lief weiter, so schnell er konnte, und hielt seinen Speer dabei fest in der Faust. Die anderen beiden Schäfte klapperten und schlugen ihm schmerzvoll gegen den Rükken.

Die Erregung des Krieges pochte durch Istvans Venen: dieser kurze, jämmerliche, trunkene Glanz, für den Männer ihr Blut vergossen.
Die Carrodier sangen, während sie in die Stadt einmarschierten. Ihre Doppeläxte glühten im Licht der sinkenden Sonnen auf ihren Schultern wie Sterne. Sie taten Istvan wegen ihrer schmerzenden Füße leid, denn er wußte, daß sie kaum dazu kommen würden, sich auszuruhen. Morgen würden sie durch die Furt des Yukota waten müssen, und manch einer von ihnen würde nie wieder zurückkehren.
»Lord DiVega?« Er wandte sich vom Fenster ab. In der Dunkelheit des Ganges stand ein Jüngling in einer der fließenden Grenzlandroben und in weiten Hosen. Er verneigte sich mit dem gesamten Oberkörper, wie es der alte Stil am Hof der takkarischen Könige gewesen war. Seine schwarzen Haare fielen von dem Silberring, der sie oben auf seinem Kopf zusammenhielt, bis zur Taille. »Ich heiße Arjun von Chagor, aber in Eurem Land würde ich Arjun DiFlacca genannt werden. Mein Vater war Lucarrho, Euer Vetter.«
Lucarrho! Der Junge von Tante Estalita! Erinnerungen an längst vergangene Zeiten erwachten in ihm, und er lächelte über die kleinen Jungen, die in Carcosa im Winterschnee gespielt hatten, und auch über diesen Jungen hier im heißen Süden.
Sein Lächeln erstarb. »Was macht dein Vater?«
»Er ist jetzt ein Teil des Landes geworden«, sagte der Junge. »Es ist drei Jahre her. Er führte einen Angriff gegen einen großen Raubtrupp direkt in die Mitte der Gruppe hinein. Etwas hat ihm den Hals aufgerissen.« *Lucarrho! Wieder einer weniger.*
»Es tut mir leid«, sagte Istvan. »Dein Vater war ein guter Freund von mir.«
»Die Erde muß gefüttert werden«, sagte Arjun.
Drei Jahre ... aber Istvans Erinnerung war zehn Jahre zurückgeflogen. Er erinnerte sich an Lucarrhos Heim hier, an das alte Schloß, das er durch seine Arbeit renoviert hatte; an

die schlanke, dunkle Braut, die nur aus zerbrechlichen Knochen zu bestehen schien, als sie Lucarrhos Baby gestillt hatte, während ihre großen braunen Augen das ältere Kind beaufsichtigten – sechs oder sieben war er gewesen, das mußte dieser Junge hier sein –, mit dem gehetzten Blick, den alle Grenzländer in den Augen hatten, wenn sie ihre wenigen überlebenden Kinder anschauten.
»Und...«, er suchte in seinem Gedächtnis nach ihrem Namen. »Deine Mutter?«
»Ihr geht es gut«, sagte der Junge, »aber ich fürchte, sie wäre nicht erfreut, wenn sie wüßte, daß ich mit Euch rede. Die Tradition ihrer Verwandten ist ihr sehr wichtig. Sie ist die Letzte der Omdavaner von Chagor. Und der Stolz der Omdavaner ist es, die Vorhut anzuführen.« Er hielt inne. »Aber ich bin der Familie meines Vaters auch etwas schuldig.«
Seine düsteren Brauen wurden jetzt von kleinen Falten durchzogen. »Glaubt nicht, daß ich meinen Verwandten, Ballo von Kotulmer, nicht schätze oder ihn nicht respektiere. Es gibt keinen mutigeren und ehrenwerteren Mann an der ganzen Grenze. Aber mein Vater hat mich ein wenig darin unterrichtet, wie zivilisierte Kriege geführt werden. Mein Vetter ist nicht daran gewöhnt, Befehle entgegenzunehmen. Ich fürchte, er wird sie nicht ernst nehmen und sie entweder schnell wieder vergessen oder sie mißverstehen. Er ist eher mutig als weise.«
Es gab ein Sprichwort, das lautete: *Grenzländer laufen immer in die falsche Richtung*, erinnerte sich Istvan. Er unterdrückte ein Lächeln. »Was soll ich dagegen machen?« fragte er.
»Ich weiß es nicht.« Arjun schüttelte den Kopf. »Es heißt, die Omdavaner hätten die Armeen der Kantara sogar zu Zeiten des Reichs angeführt. Es gibt eine alte Geschichte: Nachdem Rashnagar gefallen war, sollen die Überlebenden des Kompawut-Klans, die die Vorhut in der Armee des Reichs angeführt hatten, sich in der Kantara niedergelassen haben. Als Mahavara einen Aufstand machte, haben sie versucht, das Vorrecht auch hier für sich in Anspruch zu nehmen. Aber die Omdava-

ner machten ihnen das Recht darauf streitig, und die beiden Klans gerieten darüber in eine heftige Fehde. Um die Sache zu klären, bestimmte der letzte König, wer auch immer von den beiden Parteien den ersten Mann innerhalb der Mauern von Agopor habe – das war eine kleine Festung auf der anderen Seite des Atvanadi, die jetzt unter dem Schatten liegt –, dessen Klan dürfe für immer die Vorhut anführen. Der omdavanische Anführer, der Lord von Kotulmer, starb oben auf einer Belagerungsleiter, aber sein Bruder fing die Leiche auf, bevor sie fallen konnte, und hob sie über die Brüstung, so daß sie auf der anderen Seite hinabfiel. Auf diese Weise war der Tote der erste Mann in der Festung.«

Istvan strich sich nachdenklich über den Bart und beobachtete den glühenden Stolz auf dem Gesicht des Jungen.

»Danach wurde ihr Recht nur noch einmal in Frage gestellt«, fuhr Arjun fort, »das war zur Zeit des Prinzen Orlando. Der Prinz hatte die Geschichte noch nie gehört, aber als er sie hörte . . . nun, er hatte eine feindliche Festung, die genommen werden sollte, und so ordnete er erneut eine Prüfung an. Omdavanische Elefanten zerschmetterten die Tore, während die Männer aus dem Norden ihre Belagerungsleitern in Stellung brachten.«

»Ich bin kein Prinz von Tarencia«, sagte Istvan nachdenklich, »und wenn dieser Feldzug zu Ende ist, ist es nicht mehr meine Sache, wer die Vorhut anführt. Ich kann also kaum die Einnahme von noch einer dritten Festung als Prüfung anordnen! Aber ich sehe keinen anderen Weg, Lord Ballo davon abzuhalten, und ich kann es mir nicht leisten, die Lords der Kantara zu beleidigen. Kannst du deinen Vetter beeinflussen? Könntest du ihn von überstürzten Handlungen abhalten, wenn du mit ihm reitest?«

Arjun schüttelte den Kopf. »Er ist sechs Jahre älter als ich. In seinen Augen bin ich noch ein Kind.«

»Dann können wir nur hoffen, daß Ballos Weisheit wächst«, sagte Istvan. »Aber ich danke dir für deine Warnung, Vetter DiFlacca. Da ich eure Sitten so wenig kenne und da viele Lords

der Kantara offensichtlich darauf bestehen, mit mir zu reiten, sollte ich vielleicht jemanden haben, der mich beraten kann. Wirst du mit mir reiten, Vetter?« Der Junge starrte ihn mit offenem Mund an.
DiFlacca. Etwas rührte sich tief in Istvans Gedächtnis. *Lucarrho . . .*
»Ich . . . ich fühle mich geehrt, Lord!« Arjun verneigte sich so oft, daß Istvan gegen sein Lachen ankämpfen mußte. »So viel Ehre verdiene ich nicht. Ich habe eigentlich nur zehn Männer, die unter meinem Banner kämpfen, und davon muß ich noch einige zurücklassen, um mein Land und meine verehrte Mutter zu beschützen.«
»Laß sie alle zurück«, sagte Istvan schroff. »Es werden sowieso schon fast alle Männer aus der Kantara abgezogen. Lord Rinmull ist viel großzügiger gewesen, als ich es mir gewünscht hätte. Da die Regenfälle jetzt einsetzen, befürchte ich, daß die Dunklen Wesen diesen Krieg noch für uns beenden könnten.«
»Ich hoffe, daß Ihr damit nicht recht behalten werdet, Lord«, sagte Arjun. »Mein ganzes Leben lang habe ich mich nach einem wirklichen Krieg gesehnt! Ich hasse diese ewigen Schlachtereien im Grenzland!«

Martos erwachte aus Fieberträumen über Kumari, und seine Hand suchte nach seinem Schwert. Jemand war in seinem Zelt. Dann zögerte er. Ein sanfter, ledriger Geruch: der Geruch vom Fleisch einer Frau, vom Schweiß einer Frau. In dem düsteren Zelt erblickten seine noch schlaftrunkenen Augen eine schlanke, geschmeidige Gestalt. Ihre langen schwarzen Haare hingen über den Rücken hinab.
Seine Lippen bewegten sich, um *ihren* Namen auszusprechen, aber seine trockene Kehle brachte keinen Laut hervor. »Wer ist da?« keuchte er endlich.
»Mirrha, geliebter Herr.«
Mirrha! Ob ihre Herrin auch da war? Er setzte sich auf und rieb sich den Schlaf aus den Augen. »Wo ist deine Herrin?«

»In Inagar«, antwortete sie. »Sie hat mich fortgeschickt weil ...« Sie hielt inne. »Sie hat mich geschickt, um Euch zu trösten, Lord. Sie will nicht, daß Ihr allein seid.«
Ihr zerbrechlicher Körper schien nur aus Knochen zu bestehen, aber sein Gedächtnis sah durch die verblichene grüne Robe auf ihren kantigen mädchenhaften Körper und auf die aufblühenden Knospen ihrer Brüste.
»Geht es ihr gut? Und mein ... und unser ...«
»Das Kind?« Sie lachte neckisch. »Beiden geht es bestens. Es ist noch nicht viel von dem Baby zu sehen. Niemand sonst weiß es.« Sie kicherte.
Er wurde sich seiner Nacktheit bewußt und seiner pochenden Männlichkeit, die ihm seine Träume beschert hatten. Erst die Träume und jetzt dieses weiche Fleisch, so nah bei seinem eigenen. »Du hast mir aber noch nicht alles erzählt. Was war der wirkliche Grund? Warum hat sie dich fortgeschickt?«
Sie seufzte und kniete sich auf die Decke neben ihm. Ihre weiche Hand berührte seine Schulter; ihre Stimme war ruhig und traurig. »Weil ... sie liebt Euch noch, aber ... sie sagte immer wieder Dinge, die sie eigentlich gar nicht so meinte, und wir haben uns gestritten.« Er hörte mit geschlossenen Augen zu und stellte sich Kumari in ihrer Wut vor, und wie Mirrha ihn verteidigt hatte. »Sie liebt Euch *wirklich*, Lord, aber sie ist verletzt und wütend. Sie sagte, daß ... ich zu Euch gehen und bei Euch bleiben sollte.« Er spürte, wie ihre zögernde Hand seine Brust berührte und dann sanft abwärts streichelte. Er wollte Kumari, aber er durfte Mirrha nicht verletzen.
Er spürte, wie ihr warmer Mund ihn in sich aufnahm. Er versuchte sich vorzustellen, daß dies Kumari wäre. Er hörte das Rascheln ihrer Robe, als sie diese über ihre Haut zum Boden streifte.
»Und außerdem«, lachte Mirrha, »hat sie gesagt, ich müßte ein wenig gedehnt werden!« Er spürte, wie ihr Körper sich gegen den seinen preßte.

Zweimal rutschte Chondos aus und fiel hin, als er unter dem gespenstischen grauen Himmel dahinrannte, aus dem jeden Augenblick wieder die dicken, lebendigen Seile auf ihn niederstürzen konnten. Der zweite Sturz nahm ihm den Atem. Er lag auf dem Boden und kämpfte gegen seine Panik an, bis er sich endlich wieder bewegen konnte. Dann schleppte er sich zum Bach.

Der bittere Nachgeschmack des Wassers widerte ihn an, aber immerhin war es naß und kalt. Er wusch sein Gesicht darin. Das half. Er kämpfte darum, seinen Atem wieder unter Kontrolle zu bringen. Nun ebbte die angsterfüllte hilflose Panik langsam ab.

Die Erscheinung hatte wie ein Ghul ausgesehen, aber Ghule waren aus Fleisch und Blut, und sie konnten nicht so einfach verschwinden und dann wieder erscheinen. Eine Illusion? Aber wieso hatte das Silber dann überhaupt dagegen wirken können?

Immer noch zitternd folgte er dem Bach. Irgendwann würde dieser über die Grenze fließen, und einer der Türme würde mit seinem Netz aus Licht den Fluß säubern. Die Hasturs würden seinen Geist lesen und sein Königreich retten. Und er würde ein Bad nehmen und ein vorzügliches Mahl genießen und ein weiches Bett haben und Menschen, mit denen er reden konnte.

Der Hang wurde steiler unter seinen Füßen, und er stach seinen Stock tief in die Erde, um nicht zu stolpern. Der vergiftete graue Staub war rutschig, und Chondos mußte um Halt kämpfen.

Ein tiefes knurrendes, dröhnendes Geräusch erschreckte ihn. Er hielt zunächst an und wartete ab, näherte sich dann aber vorsichtig. Es hörte jedoch weder auf noch veränderte es sich. Endlich erkannte er das Tosen eines Wasserfalls. Die Wände der Schlucht waren auf beiden Seiten höher geworden. Sie endeten plötzlich vor ihm wie von einem Messer abgeschnitten. Dies und die zunehmende Lautstärke des Wasserfalls machten ihn noch vorsichtiger. Er verlangsamte seine Schritte

und beobachtete den Boden sorgfältig, obgleich nur der leiseste Gedanke an das, was am Himmel auf ihn lauern konnte, ihm schreckliche Angst einjagte.
Der Boden endete hier. Der Bach stürzte hinab. Der Wind blies ihm die Gischt ins Gesicht. Er trat auf die Kante und schaute nach unten. Eine Ebene erstreckte sich vor ihm. Er kniff die Augen zusammen und fragte sich, ob er träume oder verrückt geworden sei. Er schaute wieder hinunter. Er stand in einem Spalt einer völlig glatten Mauer und schaute hinunter auf eine flache, glatte Steinfläche, über die das Wasser in eine Rinne mit vollkommen ebenmäßigen Rändern lief.
Er fühlte sich wie ein Insekt, das in ein Zimmer hineinschaut. Er hätte nicht zu sagen vermocht, ob er aus großer Höhe auf eine weite Steinebene hinabschaute, oder ob sich direkt vor ihm ein schmaler Sims befand. Der ferne Rand der Ebene verschwand im Grau. Er starrte auf das fallende Wasser, bis sein Blick die Perspektive wiedergewonnen hatte. Er kniete am Rand und streckte die Hand aus, um die Wand zu berühren. Sie war so glatt wie Glas. Er legte sich vorsichtig auf den Bauch und senkte seinen Stock nach unten. Als er seinen Arm so weit wie möglich hinabstreckte, konnte er den Stein mit der Spitze des Stocks berühren.
Es waren also nicht mehr als zehn Fuß! Er ließ den Stock klappernd fallen und hob die Speere von seiner Schulter. Er lehnte sich weiter hinaus und versuchte, den Himmel zu untersuchen, aber der Sand war schlüpfrig, und so zog er sich schnell wieder zurück. Seine Speere, sein zweiter Umhang und das Essen fielen hinunter. Dann schwang er sich vorsichtig über die Kante. Nur da, wo der Wasserfall den Stein abgenagt hatte, konnte er Halt finden.
Sein Fuß rutschte in das fallende Wasser hinein, und die Strömung riß ihn von der Klippe weg. Er drehte sich in der Luft und rollte, als er hinfiel. Das hatte er beim Reiten gelernt: zu rollen, wenn man abgeworfen wird. Die graue Welt drehte sich. Harter Stein schlug gegen seinen Ellbogen, aber

dann rollte er auf seine Knie, atmete tief ein und schaute forschend in den trüben Himmel. Der silberne Fleck, der die Position der Sonnen markierte, stand ziemlich niedrig. Er lief halb gebeugt und sammelte seine Speere, seinen Proviant und den Umhang rasch wieder auf.
Er fand sich plötzlich an einer Stelle wieder, wo Wand und Boden sich in einem perfekten Winkel trafen. Er zitterte. Welche Kraft hatte diese rechtwinklige Kerbe in den Berghang hineinschneiden können – und *warum?*
Irgendwo rechts von ihm befand sich ein undeutlicher dreiekkiger Keil – noch eine Wand, nahm er an. Er lief über den polierten Stein los und folgte der geschnittenen Rinne, in welcher der Bach floß. In der Nähe der Klippe waren die rechteckigen Kanten abgebröckelt und von der Kraft des fallenden Wassers geborsten. Irgendwann würde dort ein Teich entstehen. All dies ergab keinen Sinn. Sein Geist arbeitete fieberhaft.
Dann schaute er über seine Schulter und sah das Ding am Himmel. Aus dieser Entfernung sah es wirklich aus wie ein Fisch. Es hing irgendwo in der Ferne hinter dem Dreieck im grauen Dunst.
Er begann zu laufen. Der Stein schmerzte ihn an den Fersen. Er sah eine Kante vor sich. Was lag darunter? War der ganze Berg terrassiert worden, eine riesige Treppe?
Er hörte das Tosen von Wasser vor sich und bewegte sich nun langsamer weiter, um nicht noch einmal über eine Klippe zu stolpern. Dann sah er im Dunst irgendwo Äste und seufzte erleichtert. Am Ende der Rinne schäumte das Wasser in einen breiten Teich hinein. Darunter führte der Berghang steil abwärts. Hier und da sah er Gruppen von Pilzgewächsen und ein paar blaßblättrige Bäume, die an einem felsenbedeckten Hang wuchsen.
Er schaute prüfend zum Himmel und sah die verschwommene Form eines Berges unter der schwebenden, fischähnlichen Form. Die Kreatur durchsuchte den Berghang mit ihren Tentakeln. Er blickte in die andere Richtung und sah die beiden

Sonnen: Sie befanden sich ganz niedrig über dem Horizont und glichen bläßlichen Feuerbällen.
Er mußte weit um den Teich herumgehen, aber die lockere Erde unter seinen Füßen war für ihn eine willkommene Abwechslung von dem Stein auf dem Tisch des Fischwesens. Der Bach stürzte sich in eine tiefe Schlucht. Er folgte ihm und hielt sich in der Nähe der größeren Pilzgewächse und Bäume, als ob diese ihn schützen könnten, falls die Ranken wieder vom Himmel herabfielen.
Dann blickte er über die Schulter und sah etwas Farbiges im Grau aufblitzen. Etwas kleines Braunes rannte über den Stein. Er schaute einen Moment lang hin, dann lief er los. Er konnte nur eine Erklärung dafür finden, daß eine solche Kreatur diese Ebene überquerte: Sie verfolgte ihn.

Istvan erblickte Esrith Gunnar zwischen zwei Säulen. Sein Bart strotzte vor Silber und Gold, und die rauhe Stimme des Carrodiers erschallte: » . . . wir warten begierig darauf, unsere Befehle zu bekommen und weiterzuziehen.«
»Er wird bald hier sein«, antwortete die klare Stimme von Rinmull von Ojaini. »Nach dem, was er im Rat gesagt hat, vermute ich, daß Ihr bei Sonnenaufgang zusammen mit uns allen losmarschieren werdet.«
Eine andere Stimme, die weicher und sanfter klang – das mußte Asbiorn Kung sein, riet Istvan –, fügte noch etwas hinzu, aber Istvan konnte die Worte nicht verstehen. *Sonnenaufgang.* Vor seinem inneren Auge sah er, wie die Armee den Yukota überquerte und in die grauen Einöden von Manjipé eindrang. Er ging um eine Säule herum und sah eine kleine Gruppe von Männern: Asbiorn und Esrith Gunnar, Rinmull von Ojaini, den alten Palos DiFlacca . . .
DiFlacca! Plötzlich stand ihm der Gedanke klar vor Augen, der ihn unterschwellig beschäftigt hatte, seit Arjun den Namen seines Vaters erwähnt hatte. *Lucarrho* – Lucarrho D'Estarras von Palos DiFlaccas Kompanie, der Mann, der Jagat die Botschaft überbracht hatte, die all dies in Bewegung ge-

setzt hatte. Er hatte sich eigentlich vorgenommen, D'Esterras zu Lord Shachio zu bringen, um herauszufinden, warum er die Botschaft trotz seines gegenteiligen Befehls überbracht hatte. In der Hast des Krieges war ihm dies entfallen.

Aber die Männer von DiFlacca waren da, und schließlich gab es genügend Seher. Er würde D'Estarras untersuchen lassen, dann würden sie es wissen . . .

Aber was? Er schüttelte den Kopf. Wahrscheinlich nichts, was ihnen weiterhelfen könnte.

Er beschleunigte jetzt seine Schritte. Seine Stiefel verursachten gewöhnlich keine Geräusche, aber jetzt schlugen sie auf den Boden. Er konnte zwar die Stimmen hören, aber nur einige wenige Worte waren verständlich. Dann erhob sich die Stimme von Esrith Gunnar über die anderen.

»Sie werden ein neues Lied über Eisenfaust singen, bevor dieser Krieg vorbei ist! ›Das Lied von den Mauern von Manjipor‹ oder so etwas. Lord Todar sagte, daß er am Turmtor die Treppen alleine verteidigt habe, und daß er den kadarinischen Hauptmann Martos von Antecca, oder wie er auch heißen mag, getötet hat.«

»*Was!*« Istvans Herz pochte plötzlich, und er eilte auf sie zu. Martos von Onantuga? Tot? Es überraschte ihn selbst, wie sehr ihn dies schockierte. Er hatte den Jungen nie kennengelernt, soweit er sich erinnern konnte. Der arme Birthran! Seine Stimme klang immer so stolz, wenn er von diesem Schüler redete, fast so, als ob Martos sein eigener Sohn wäre.

Seine Erinnerungen bewegten sich acht Jahre zurück zu der Nachricht vom Tode seines eigenen Sohnes. Er schüttelte ärgerlich den Kopf. Männer starben eben im Krieg; man konnte gar nicht allen nachtrauern, selbst dann nicht, wenn man das ganze Land mit Tränen überschwemmt hätte!

Birthran – er erinnerte sich an die toten Berghänge unter dem grauen Schatten, an ausgleitende Füße in grauer Asche, als er und Birthran vor fast zwanzig Jahren ins Schattenreich gezogen waren, um den Verschwundenen Prinzen zu suchen.

»Erzählt mir davon«, hörte er seine eigene Stimme sagen.
»Also: Eisenfaust war der Kommandant am Turmtor.« Gunnars Stimme war verwirrt. »Erinnerst du dich an ein ziemlich kompliziertes Labyrinth? Eisenfaust verteidigte den ersten Abschnitt, die Treppe, zusammen mit ein paar Männern. Alle anderen wurden niedergehauen, und er tötete den kadarinischen Führer schließlich im Einzelkampf. Ich wußte nicht, daß er ein Freund von dir war. Es tut mir leid, daß ich dir die Nachricht überbringen mußte.«
»Ich habe nicht ...« Istvan blinzelte. Er kam sich albern vor, und seine Stimme erstarb wieder. Er hatte den Jungen nicht gekannt, und Eisenfaust war ein alter Freund. Eigentlich hätte er sich freuen sollen, daß Eisenfaust noch lebte.
Kein Sieg, wenn Helden einander begegnen ...
»DiFlacca!« sagte er und wandte seine Gedanken wieder seinen Geschäften zu. »Ich will mit D'Estarras reden – Lucarrho D'Estarras, der, der die Botschaft an Jagat gebracht hat.«
»D'Estarras?« DiFlacca starrte ihn an. »Weißt du das noch nicht? Er ist tot.« Istvans Augen öffneten sich weit. »Er war einer der Männer, die mit DiGarsa geritten sind. Er ist im ersten Kampf getötet worden, am Marunka.«

Jodos spürte merkwürdige Spannungen, die sich im Geist der Menschen am Hof und in der Stadt von Tarencia ausbreiteten, als subtile Veränderungen in der Luft ihre Körpersäfte beeinflußten. Riesige Wolkenmassen sammelten sich über dem Ardren-Meer, Nebelgebirge, die sich über der Küste auftürmten.
Er streifte durch die Köpfe der Höflinge und schreckte immer wieder vor ihren eigenartigen Gedanken zurück, während er nach den winzigen Samen des Hasses suchte, die die Stadt auseinanderreißen sollten. Dann spürte er schließlich durch das Netz der Geister hindurch das Nahen des Opfers, das er sich als persönliche Beute auserkoren hatte. Er leckte sich über die Lippen und seine starken Zähne und freute sich auf ihr Schreien und auf den Geschmack ihres Blutes.

Nur der Befehl ihres Vaters hatte Melissa dazu getrieben, zurückzukehren. Ihre eigene Gier alleine hätte nicht ausgereicht, sie zu ihm zurückzubringen, um mehr des kostbaren königlichen Samens zu empfangen – zumindest bevor sie nicht sicher wußte, daß dies überhaupt noch erforderlich war. Die gefühllose Brutalität von »Chondos« hat sie erschreckt und ihr auch wehgetan, aber noch mehr Angst hatte sie vor ihrem Vater.
Jodos studierte fasziniert ihren Geist und war äußerst verblüfft darüber, daß der alte Mann mit solch albernen und harmlosen Drohungen so viel Gehorsam und Angst erzeugen konnte. Er berührte ihren Geist sanft, er führte sie. Er mußte sehr vorsichtig sein. Nach einer so langen Zeit ohne richtiges Essen konnte er sehr leicht alles verderben!
Er würde einen Zwang auf sie legen, so daß sie immer wieder zu ihm zurückkommen würde, ganz gleich, was er mit ihr tat. Er untersuchte die Ängste, die ihren Geist beherrschten, und lächelte boshaft, während er sie mit seinem eigenen Plan verglich. Es wäre amüsant, die Dinge, die sie sich vorstellte, zu tun, genauso, wie sie es sich ausmalte. Das würde ihn unterhalten, bis er seine Aufgabe beendet hatte und alles sicher war, so daß er keine Angst mehr vor den Blauroben zu haben brauchte. Dann würde sie lernen – und sie alle würden es lernen –, was Angst wirklich war!

Mirrhas Hände streichelten über Martos' Brust. Er erinnerte sich an Kumari – sie hatte ihn genauso angefaßt, und sie hatte gelacht und erzählt, daß sie noch nie einen Liebhaber gehabt hätte, dessen Rippen sie nicht hätte zählen können. Und jetzt war sie so weit weg von ihm, während sein Samen in ihrem Schoß wuchs!
Mirrha kuschelte sich an seine Schulter. Es war ungerecht! Warum konnte er Mirrha nicht so lieben, wie sie es verdiente?
Er wurde starr. Er hatte soeben seinen Samen in ihren Körper ergossen. Was wäre, wenn auch sie . . .
»Martos?« Valiros' Stimme ertönte vor dem Zelt. »Lord Jagat möchte mit dir sprechen.«

Martos setzte sich auf. Durch einen plötzlichen Schmerz wurde ihm schwindelig. »Ich komme sofort!« Er suchte nach seinen Kleidern. Mirrha wickelte ihre Robe um sich und half ihm dabei, sich anzuziehen.
»Darf ich eintreten?« Es war die Stimme von Jagat. Martos schreckte hoch.
»Einen Augenblick noch!« Er wollte nicht, daß Jagat Mirrha in seinem Zelt sah, obwohl ihm ein klarerer Teil seines Verstandes sagte, daß dies nicht wichtig sei.
»Wie du willst«, sagte die höfliche alte Stimme.
Martos zog seine Stiefel an und taumelte aus dem Zelt. Beim Hinausgehen schnallte er den Schwertgürtel um die Hüften. Jagat sah alt und gebeugt aus. Seine Stimme klang traurig und erschöpft.
»Ich hörte, daß du den ganzen Tag in deinem Zelt geblieben bist«, sagte er. »Das ist klug bei dieser Hitze. Wenn ich gewußt hätte, daß der Tag so sein würde« – ein merkwürdiger Schmerz legte sich auf die alte Stimme –, »hätte ich meinen Jungen mit nach Hause genommen, nach Suknia. Das Feld ist frisch gepflügt. Nun sitze ich hier und starre auf die Mauern, und mein Sohn ist noch nicht auf dem Land!« Er schüttelte die Faust in Richtung der Stadt. »Ich hätte gehen können! Ich wäre sogar jetzt schon wieder zurück! Aber Kumari – es wäre für sie zu weit gewesen.« Er seufzte und schüttelte den Kopf. »Ich schätze, daß die Toten dieses Krieges viele Meilen Land beanspruchen werden.« Seine Stimme klang bitter. Er schüttelte sich. »Die Erde muß gefüttert werden.«
Er wandte sich an Martos und fügte hinzu: »Die Seynyorer überqueren den Yukota. Wir haben die Nachricht gerade von der Wache erhalten, die wir in Kajpor gelassen hatten. Glaubst du, daß du schon genügend genesen bist, um gegen sie reiten zu können?«
»Ja«, log Martos.
»Gut. Meine Männer sind tapfer, aber wir wissen hier nichts von der Kriegführung in der restlichen Welt. Man lernt kei-

ne Strategie, wenn man gegen die Nachtgespenster kämpft. Allein dir traue ich zu, gegen die Seynyorer zu reiten.«

Gegen Istvan DiVega, dachte Martos. Er, der jüngste Sohn eines jüngeren Sohnes des Hauses von Raquio, sollte dem größten Schwertmeister unter allen lebenden Kriegern begegnen! Staunen und Stolz brachten seine Zunge zum Schweigen.

17

Chondos kauerte sich in einem Dickicht zusammen und ging in Träumen ein und aus – Träume, die von den Schreien und dem Gebrüll ausgelöst wurden, die die Nacht erfüllten. Eine Stimme rief seinen Namen.

Er schreckte aus dem Schlaf hoch, blickte um sich und legte sich dann wieder hin. Wohl auch nur so ein Traum. Ein Troll brüllte stromaufwärts. Unter seinem fernen Stöhnen war noch ein anderes Geräusch zu hören: ein schrilles Quietschen, das fast wie eine menschliche Stimme klang, wie eine winzige Stimme, die »Fliehe! Fliehe!« rief.

Er legte sich wieder hin und schloß die Augen. Was sollte eine Stimme hier auch sonst schreien?

Plötzlich öffneten sich seine Augen wieder, und er setzte sich auf. Silber schimmerte auf dem Wasser, das zu seiner Rechten murmelte; schwarze Äste bewegten sich am Himmel. Er konnte *sehen!* Die Nacht war nicht die gewöhnliche blinde Schwärze, sondern wie eine Dunkelheit mit Sternenlicht, obwohl gar keine Sterne zu sehen waren.

Er hörte ein Krachen auf dem Stein weiter oben und ein erneutes Brüllen des Trolls. Es hörte sich so an, als ob es jetzt ganz in der Nähe wäre. Chondos schüttelte den Kopf. Er brauchte unbedingt Schlaf. Noch etwas gellte, weit weg in den Bergen. Er sah das Schimmern des Flusses auf dem Berghang

über ihm. Das Gebrüll des Trolls erstarb in einem fauchenden Stöhnen. Er hatte ein solches Trollstöhnen schon einmal gehört, als er zusammen mit Pirthio und Jagat in einem der Grenzlandschlösser gewesen war. Jagat hatte gesagt, daß der Troll einer Fährte folgte und mit seinem Geruchssinn jagte.
Etwas huschte durch die Büsche, etwas Kleines. Er erschrak, als das hohe Kreischen wieder einsetzte. »*Lauf!*« quietschte es irgendwo in seiner Nähe. Die Worte waren unverkennbar. »*Lauf! Ein Troll! Ein Troll kommt!*«
Eisige Schauer liefen ihm über den Rücken. Auf dem Hang über ihm schepperten Steine. Er sprang auf und schaute nach oben. Neben dem düsteren Bach ritt eine riesige menschenähnliche Gestalt auf einer Lawine von Steinen und lockerer Erde.
»*Lauf!*« gellte die schrille Stimme neben ihm. »*König Chondos! Lauf!*«
Und ob er lief. Er war in kalten Schweiß gebadet, als er aus seinem Versteck hervorbrach. *Das kleine Wesen kannte seinen Namen!*
Ein bläßlicher Schein, der noch schwächer war als Sternenlicht, füllte die Spalte und glimmte unten auf dem Wasser zwischen den schwarzen Klippen. Hoffnung flammte in ihm auf. War dies das Glühen der Grenze? Ein wütendes Brüllen dröhnte hinter ihm. Die roten Augen versprühten winzige Funken.
Er hielt beide Speere fest in der Hand, aber sie waren ohnehin nutzlos gegen diesen Berg aus steinernem Fleisch. Nur die Augen waren weich genug, aber die Speere waren zu kurz, um sie zu erreichen, ohne von den zermalmenden Händen gepackt zu werden.
Glitschige Asche gab unter seinen Füßen nach. Schlucht und Fluß schwenkten nach links. Das dunkle Glühen wurde heller. Plötzlich hörte er das Rauschen eines Wasserfalls. Dann sah er jenseits des Bodens etwas weiter unterhalb einen Ring aus blauem Feuer, von Sternen umgeben. Er zögerte einen Augenblick am Rande des plötzlich auftauchenden Steilhangs

und glitt dann hinab, halb laufend, halb rutschend. Unter ihm glühte Stein.

Vor langer Zeit hatte ein Hastur-Turm hier gestanden, der das Wasser säubern sollte, das aus dem Schatten herausfloß. Dunkle Magie hatte den Turm zerstört, aber das Feuer seiner Erbauer brannte noch in den Fundamenten.

Er rutschte, lief und stolperte durch die staubige Asche. Steine von der sich nähernden Lawine rollten an ihm vorüber. Das Brüllen des Trolls übertönte das Singen des Baches. Der Hang mündete in eine Ebene, und Chondos kämpfte sich durch einen Staubberg, aber dann konnte er die Füße wieder gebrauchen und lief davon. Der Atem kratzte in seiner rauhen Kehle. Plötzlich taumelte er aus dem glitschigen Staub auf harten Stein. Hier war die Erde abgetragen worden, und das Grundgestein war freigelegt. Überall lagen winzige Scherben, die wie Sterne zu seinen Füße funkelten.

Der Troll fiel brüllend zu Boden und schlug in dem tiefen Staub am Ende des Hanges wild um sich. Zwischen den Schreien hörte Chondos, wie die zermalmten Steine, als er aufstand, unter seinem Gewicht ein schreckliches, leises Quietschen von sich gaben.

Chondos hielt vor einer niedrigen, leuchtenden Mauer an, die gezackt war wie gebrochenes Glas. Er drehte sich mit erhobenem Speer um. Der Troll näherte sich ihm schnell. Seine ausgestreckten Arme waren länger als Chondos' ganzer Körper. Chondos schleuderte den Speer mit der Stahlspitze auf eines der roten Augen. Die Spitze prallte von einer steinharten Backe ab und fiel wirkungslos zu Boden. Chondos wirbelte herum und legte die Hand auf die glatteste Fläche, die er an der Mauer entdecken konnte. Er kletterte hinüber. Ein Schmerz durchzuckte seine Hand, und die Handfläche wurde feucht.

Seine Füße landeten auf etwas Weichem, das sich anders anfühlte als die staubige Asche. Sein Herz pochte. Er zog das Messer aus der Schärpe und warf sich panisch zu Boden. Er schaute nach unten, um zu sehen, was für ein neuer Schrek-

ken in dem zerstörten Turm auf ihn lauerte. Im blauen Lichtschein sah er eine breite Matte von dichten Borsten unter seinen Füßen, wie Pelz oder . . .
Gras! Das Messer fiel ihm aus der zitternden Hand, und die Knie knickten unter ihm ein. Mit den Händen tastete er vorsichtig über den Boden; er atmete tief einen unerwartet angenehmen Geruch ein. Der Boden der Ruine war mit lebendigem Gras bedeckt.
Einen Augenblick lang vergaß er den Troll fast. Dann brüllte dieser wieder, und Chondos blickte hoch. Die riesigen roten Augen starrten wütend auf ihn herab. Die glühende Steinmauer erreichte kaum die Hüften des Wesens. Eine riesige Hand mit langen Krallen langte über die Mauer.
Der Stein flammte weiß auf. Der Troll taumelte zurück, als ob er versengt worden wäre, und hielt sich die Hände vor die Augen. Chondos nahm eines der glühenden Steinstücke aus dem Gras und schleuderte es über die Mauer. Es traf die massige Schulter und flammte weiß auf. Der Troll brüllte vor Schmerz.
Die Mauer verdunkelte sich wieder zu einem blassen Blau. Chondos kniete auf dem Gras, roch daran und ließ seine Finger durch die Halme und die dichten Wurzeln streifen. Der Troll stöhnte hinter der glühenden Steinmauer, aber Chondos blickte nicht mehr hoch. Er streckte sich aus, wickelte seinen Umhang fest um sich und schlief mit dem Geruch von Gras in der Nase ein.

Jodos wartete auf dem oberen Absatz der Treppe, die Melissa hochsteigen mußte. Sein Geist fing andere ab, die in die gleiche Richtung gehen wollten. Er schickte sie wieder zurück und änderte ihre Pläne. Er wollte nicht gestört werden.
Er leckte sich die Lippen und dachte an ihr Blut und ihre Schreie. Aber noch nicht. Nicht bevor die Stadt ihm gehörte und die Blauroben vertrieben waren. Und auch nicht bevor sein Samen in ihr reif geworden war. Wenn er reif genug war, würde er hier schon eine Weile Meister sein, und er würde

schon viel Blut und Fleisch geschmaust haben. Er würde sie zwingen zuzuschauen, so daß sie reichlich Zeit hätte, zu begreifen, was mit ihr selbst geschehen würde.

Sie erreichte den unteren Absatz der Treppe. Er trat zurück und schaute zu. Das pochende Bedürfnis in ihm ähnelte dem, das er bei den jungen Männern des Hofes wahrgenommen hatte. Es beunruhigte ihn. Aber es war *nicht* das gleiche, sagte er sich wütend und kämpfte gegen seine Scham. Es war nicht so, daß er sie oder seinen Samen leben lassen würde! Es war nur die Freßwut, die ihn packte! Und die Männer vom Volk des Reinen Blutes taten das gleiche schließlich auch, um ihre Sklaven dicker zu machen, bevor sie sie aßen.

Der Geist seines Bruders kicherte tief in seinem Innern. Er wartete und beobachtete ihre Gedanken, während sie langsam die Treppe hinaufstieg. Sie zögerte. Sie hatte Angst weiterzugehen und wagte auch nicht zurückzukehren. Er lächelte. Sie würde ihm für eine lange Zeit Essen und Unterhaltung bieten, wenn er sich vorsah. Er mußte sich bloß oft genug zusammennehmen, um sicher zu sein, daß sie und das Ding in ihrem Bauch nicht zu schnell starben.

Als sie den oberen Treppenabsatz fast erreicht hatte, zwang er sie hochzuschauen, und er genoß ihre Angst, als sie dastand und ihn anstarrte. Er schaute in ihre Augen und zog sie zu sich, einen unwilligen Schritt nach dem anderen. Seine Zähne glitzerten weiß. Er drang tief in ihren Geist und pflanzte ihr den Zwang ein, der sie immer wieder zu ihm zurückbringen würde.

Eine hämmernde Spannung pochte jetzt in ihm. Er unterdrückte den Wunsch, *jetzt* eine ihrer Brüste abzutrennen, ihr weiches Fleisch zu zerreißen und ihr warmes Blut zu kosten. Statt dessen zwang er sich wütend, in ihren Geist hineinzuschauen, um die Ängste zu erkunden, mit denen er heute abend spielen wollte.

Er umklammerte ihren Geist eisern mit seinem eigenen, um sie vom Schreien abzuhalten, als seine Hand sich um ihre Brust schloß.

Die riesigen Wolkenberge, die sich über dem Ardren-Meer auftürmten, lösten sich gegen Sonnenaufgang langsam auf und schwebten wie eine riesige Kriegsflotte nach Süden.
Istvan DiVega sah die ersten Vorreiter am klaren Nachthimmel, als sie in den nördlichen Himmel hineinschwebten, dort, wo Tressil wie eine unheilverheißende rote Kohle glühte. Sein Schwert wurde durch die Nähe des Schattens entzündet, und es zischte leuchtend um ihn her durch die Luft.
Die aufgehenden Zwillingssonnen vergoldeten die schwebende Masse von Weiß und Grau, die schwer beladen mit den Winterregen langsam nach Süden rollte. Sie bedeckte den Himmel über Portona und der königlichen Stadt.
Der Himmel entlang der Grenze war immer noch blau. Sogar im Schatten war das gefilterte Licht so klar, daß der Troll, der die ganze Nacht über in der Nähe des zerstörten Turms herumgeschlichen war, sich nun in der Schattenseite am östlichen Ufer der Schlucht fortbewegte, während er in seine Höhle zurückfloh.

Am östlichen Ufer des Yukota hoben sich Bäume wie eine plötzliche grüne Mauer gegen die unfruchtbaren grauen Gebiete im Westen ab. Riesige Bäume standen bis ans Wasser; lange, schlängelnde Wurzeln wanden sich durstig in die breite, seichte Wasserfläche hinein. Heute sang kein Vogel, und auch die anderen Tiere waren längst von ihren gewohnten, grüngescheckten Aufenthaltsorten geflohen.
Istvan DiVegas Sattel schwankte und bebte unter ihm. Wasser spritzte in die Stiefel. Er schloß seine Augen fast ganz, um sich vor dem grellen Schein des sonnenvergoldeten Wassers zu schützen. Durch den schmalen blauen Streifen zwischen der sich nähernden Wolkenmasse, die aus dem Norden heranschwebte, und der unabänderlichen, glasigen Düsternis im Süden, wo man die geisterhaften Umrisse sonnenloser Berge gerade noch erkennen konnte, warfen die Zwillingssonnen goldenes Licht über die Bäume.
Weit im Norden sah er einen winzigen Schwarm Gänse oder

Schwäne. Sie wandten sich plötzlich wieder nach Norden, aufgeschreckt von dem Menschenstrom, der den Yukota überquerte. Oder war es die Nähe des Schattens? Er fragte sich, ob die Schwäne, die hier überwinterten, die gleichen waren, die im Frühling aus dem Süden kamen und auf ihrem Weg zu der Bucht von Heyleu und zu den riesigen Sümpfen von Gersalt von ihren weißen Flügeln über Carcosa und die Wolkenberge getragen wurden.

Seine Frau hatte immer Geschichten über die Länder hören wollen, in die Schwäne im Winter flogen ... Aber das erinnerte ihn an Krankenbetten und Grabmäler und an andere Dinge, an die er sich nicht erinnern wollte. Er begrub sie wieder und floh in die Gegenwart zurück, wo das kalte Wasser von seinen Stiefeln tropfte und das rhythmische Trampeln der Pferde und Männer ihm in den Ohren klang. Hinter ihm lag das uralte Grün des Waldes und vor ihm das öde, unfruchtbare Land des Ufers von Manjipé, das immer näher rückte.

Die Wagen knarrten und quietschten auf der schmalen versunkenen Straße in der Mitte der Furt. Wagen voller Proviant für die Männer und die Pferde und auch für die Ochsen, die sie zogen. Istvan trieb seine graue Stute durch das seichte Wasser und ritt durchnäßt ans Ufer. Oben angekommen wendete er sein Pferd geschickt. Unter ihm strömten – schwarz gegen das vom Licht vergoldete Wasser – Tausende von Männern und Pferden aus dem Schatten des Blättergewirrs der Bäume. Sie füllten den breiten Fluß, soweit das Auge sehen konnte.

Der letzte Gepäckwagen rollte schwerfällig auf das Ufer. Dann folgten die Fußsoldaten. Prinz Phillipos ritt auf seinem großen weißen Pferd prunkvoll an der Spitze. Weiße Federn wogten über seinem Helm, und der Stahl seiner Rüstung war poliert und glitzerte.

Die Kalascorer marschierten in einer schmalen Linie, weil sie sich an die alte Straße halten mußten. Sie wateten durch das wirbelnde gelbe Wasser, das ihnen zuerst bis zu den Knien und dann sogar bis zur Taille reichte. Sie tasteten sich mit den

Schäften ihrer Hellebarden und Lanzen vor, und ihre Schwerter und breiten Messingschilde schwankten hoch auf ihren Rücken. Das Sonnenlicht wurde von den polierten Brustharnischen und Helmen der marschierenden Männer zurückgeworfen.

Reiter schwammen und ritten überall um sie herum und schlugen im glitzernden Wasser schmutzige Wellen, die gegen die stählernen Brustharnische klatschten. Am Ufer versammelten sich die Kompanien und stellten sich dann in der geplanten Marschordnung auf. Auf der rechten Seite glühten Plattenpanzer im kadarinischen Stil über dunkler Kleidung in der Sonne, als die Kompanie von Erwan DiBolyar auf ihren mageren, langbeinigen Pferden ans Ufer ritt. Dahinter folgten die Männer von DiCalvados in konservativen, engen Kettenpanzerrüstungen, wie sie auch Istvan trug. Innerhalb von zehn oder fünfzehn Jahren, nahm er an, würden alle diese kadarinischen Rüstungen benutzen.

Triefendnasse Pferde standen auf dem spärlichen braunen Gras und dem schmalen Grünstreifen am Wasserrand, wo die Vorhut schon geweidet hatte. Hier und da kämpfte ein schwächliches kleines Bäumchen, das vom Wind über den Fluß getragen worden war, gegen die hungernde Erde. Aber auch das war noch üppig, verglichen mit den vielen Meilen des vom Schattenreich zurückgewonnenen Landes, das sie jetzt durchqueren würden.

Dieser Teil von Manjipé war noch nie unter dem Schatten gewesen. Um die Schlösser herum, die auf ihrem Weg lagen, würden sie meilenweit nur Staub finden und nackten Stein, wo der Staub von den Verwandten Hasturs durch Wind und Regen weggewaschen worden war. Dieses Land wartete auf angekarrte Erde, Dung und Sand; es wartete auf den Pflug und die Bebauung und auf die Asche der Toten.

Aber am schlimmsten würde der vergiftete Staub um Manjipor herum sein. Und jetzt, wo die Regenzeit nahte ... Er blickte finster auf die Wolken, die sich im Norden abzeichneten.

Ein Bote ritt schnell auf ihn zu, salutierte und sagte: »Kajpor ist verlassen, Herr, aber unsere Späher haben Anzeichen gefunden, daß dort gestern morgen noch Männer gegessen haben, und auch Spuren von Pferden, die darauf hindeuten könnten, daß Männer den Ort ungefähr zu der Zeit verlassen haben, als die Vorhut den Fluß überquerte. Kommandant Di-Brais möchte wissen, ob er eine Abteilung dort lassen soll, um das Schloß mit einer Garnison zu belegen.«

»Reitet zu Lord Rinmull«, sagte Istvan. »Sagt ihm, er soll eine Garnison dort lassen, um das Schloß zu halten.«

Der Mann salutierte und ritt davon. Istvan schaute über den Fluß auf die riesige grüne Mauer des Waldes. Dann blickte er nach Süden auf die noch riesigere dunkle Mauer, die den südlichen Himmel bedeckte. Er schüttelte den Kopf und ritt zum Ufer, um sich Prinz Phillipos anzuschließen, dessen herrliches weißes Pferd gerade triefnaß aus dem Fluß stieg.

Als Chondos am Morgen die Augen geöffnet hatte und das weiche, lebendige Gras unter sich spürte, hatte er zuerst gedacht, er würde aus einem bösen Traum aufwachen, den er auf einer Jagd mit seinem Vater geträumt hatte. Die Erinnerung an das Aufwachen und an die Enttäuschung, als er die glühende Mauer und den toten grauen Staub dahinter erblickte, stand ihm jetzt noch vor Augen, während er behutsam flußabwärts ging und durch den verhaßten grauen Staub stolperte.

Als das blasse Tageslicht anbrach, war das Notfeuer, das in der zerstörten Turmmauer gebrannt hatte, verblaßt, bis schließlich nur noch ein schwacher blauer Schimmer übrig war. Stückchen von dem glasigen Stein lagen überall um den Turm herum. Manche waren schwarz und tot, während in anderen immer noch ein schwaches Licht brannte. Einige lagen jetzt schwer in den Taschen seiner Ärmel, und ein Stück davon, ein schmaler Splitter, der die Form eines Dolchs hatte, saß am Ende des Asts, den er bisher als Wanderstab benutzt hatte. Er hatte mit dem Messer einen Spalt hineingetrieben und den

Splitter dort eingeklemmt. Dann hatte er ihn mit einem Faden vom Saum seines Umhangs festgebunden.
Auch den Speer, den er auf den Troll geschleudert hatte, hatte er wiedergefunden. Beide Speere hingen über seiner Schulter, der mit der Silberspitze und der mit der Stahlspitze, in der Hand jedoch hielt er jetzt den neuen Speer mit dem glühenden Stein an der Spitze.
Plötzlich hielt er an, und jeder Nerv in ihm schrie auf. Vor ihm lag nur graue Asche, ohne Bäume oder Pflanzen, hinter denen sich ein Feind hätte verstecken können. Aber das plötzliche Gefühl von Gefahr war so stark, daß er seinen Speer kampfbereit aufrichtete, dessen Spitze jetzt in einer hellen blauen Flamme auflodert.
Er starrte sie verwundert an, tastete dann mit der linken Hand in seinen Ärmel hinein und zu der hängenden Tasche, bis er eine der größeren Scherben des glühenden Steins gefunden hatte. Er zog die Hand wieder aus dem Ärmel und legte den Stein in den Staub vor sich.
Weiße Flammen versengten seine Augen. Der Stein zerplatzte in schwarze Fragmente, und ein lautes Winseln zerrte an seinen Ohren. In der grauen Asche waren plötzlich schwarze Flecken zu sehen. Transparente Dunkelheit strömte mit einem schrillen summenden Pfeifen aus dem Staub.
Chondos taumelte zurück und hielt seine Speerspitze bereit. Ein Dämon schrie im schwachen Tageslicht auf und strömte dann schnell zum Schatten des Felsens hin. Ein Dämon, der stark genug war, den Stein zu zerschmettern und dabei zu überleben – und die Scherbe war größer gewesen als der Splitter an seinem Speer. Das düstere Licht des Schattens würde ihn nicht lange zurückhalten. Alles, was Chondos hatte, waren diese wenigen Steinbrocken und das Silber ... und sein Zündgerät ...
Er suchte eilig in seiner Schärpe nach dem Zunderkästchen und der Fackel. Funken glimmten auf, und als er dann dasaß und auf die winzigen kriechenden Funken blies, erfüllte plötzlich eine Dumpfheit sein Gehirn.

Was machte er? Er starrte auf das helle Licht um sich herum. Das war zuviel Licht. Er würde sich in den Schatten unter dem Felsen legen. Er stand langsam auf. Er schaute das Ding in seiner Hand stumpfsinnig an. Ein Stock. Und an seinem Ende ...

Er brannte!

Seine Augen starrten auf den flammenden blauen Stein, und er wiederholte automatisch die Formel, die Miron Hastur in seinem Hirn verankert hatte. Barrieren schlossen sich um seinen Geist. Er beugte sich über das Zunderkästchen und vertrieb Schrecken und Erleichterung zusammen aus seinem Geist. Ein schwarzer Streifen wand sich aus dem Schatten unter der Klippe hervor. Er glitt wie eine Schlange daher und verschwand dann im Staub.

Chondos stieß seine Fackel in den brennenden Zunder, der nun rauchte. Er stellte sich vor, er wäre in den Staub hineingegangen. Seine Knochen wären jetzt ein Teil des Staubes, wenn er dies getan hätte. Der Dämon hätte sich um seine Beine gewickelt und sie noch beim Gehen aufgelöst. Das Biest wäre aus dem Staub hochgestiegen ...

Unter dem Staub!

Er kippte den Inhalt des Zunderkästchens vor sich auf den Boden. Plötzlich *wußte* er, daß die schwarze Ranke in der Dunkelheit unter der Erde nach ihm tastete. Dann *spürte* er, wie sie an der Feuerbarriere zögerte und dann tiefer in die Erde eindrang und an der Glut vorbei nach dem Fleisch seiner Füße langte.

Er holte die Steine aus seinem Ärmel, nahm einen davon und schleuderte ihn auf den Schatten, dort, wo der Dämon sich versteckt hielt. Der Stein erreichte sein Ziel nicht, sondern landete in der Dunkelheit am Rande des Schattens und zerbarst in flammende Fragmente. Wieder drang der schrille Schrei in seine Ohren, und eine schwarze Locke wand sich aus dem Staub zu seinen Füßen. Er stieß mit der Fackel zu und schrie den Namen von Hastur, und die Schwärze brannte.

Der Schatten unter der Klippe war plötzlich eine Flammenlache, die knisterte und sich wand. Chondos hielt sich die Ohren zu, um die schrillen Schreie des Dings nicht hören zu müssen. Hungrige Flammen wanden sich in der Luft vor der Klippe...

Und dann waren sie verschwunden.

Er zitterte. Das war knapp gewesen. Es würde noch lange dauern, bis er die Vision von der dunklen Flutwelle, die sich um seine Füße erhob, vergessen könnte; oder auch die Vorstellung, daß sich unter ihm sein eigenes Fleisch auflöste und seine Knochen zu Staub zerfielen.

Er starrte am Fluß entlang. War da nicht eine schwache Glut auf dem Berg, vielleicht noch einer der zerstörten Türme? Jedesmal, wenn die Grenze in den letzten tausend Jahren zurückverlegt worden war, hatte man neben dem Fluß einen neuen Turm errichtet, um das Wasser zu reinigen. Wenn er vor Sonnenuntergang den nächsten erreichte, könnte er in Sicherheit schlafen. Und jetzt hatte er wenigstens eine Waffe gegen den Schatten. Er schaute auf seine flammende Speerspitze – die jetzt wieder zu einem schwachen blauen Schimmer verblaßt war – und erinnerte sich an eine Strophe aus »Pertaps Ritt«:

Leih mir dein silbernes Schwert
Und entzünd' mir eine Fackel aus Flammen:
Ich reite hinaus aus Kudrapor,
suche Hilfe in Hasturs Namen.

Er hörte ein Rascheln hinter sich und schaute zurück. Etwas kleines Braunes huschte hinter einen Fels.

Martos und alle seine Männer schauten nach Norden. Das flache, unfruchtbare Land besaß eine düstere Schönheit, wie es sich unter der Weite des Himmels ausstreckte, an dem die riesigen Wolken durch blaue Weiten schwebten. Niemand mochte hinter sich schauen, dorthin, wo der Schatten wie eine

schmutzige Mauer aus Obsidian emporragte und den Himmel zu einer niedrigen Decke machte, die die Seele beengte.
Die Kadariner ritten wie Flammen über das graue, öde Land. Das Licht der Zwillingssonnen blitzte silbern und prachtvoll vom polierten Stahl ihrer Brustharnische und Helme; die starken Schlachtpferde mit ihrer gewölbten Brust ragten hoch über die untersetzten, rauhhaarigen Grenzlandponys hinaus. Metallischer Staub bewegte sich unter den Hufen der Pferde, stieg aber kaum in die Luft. Die Grenzländer hatten zum Schutz vor dem giftigen Staub ihre Gesichter bedeckt. Martos machte sich nicht die Mühe – der Staub wurde höchstens bis zu den Knien seines Pferdes geblasen.
Weit hinter ihnen lagen jetzt die neu urbar gemachten fruchtbaren Felder von Manjipor. Jeder Hektar trug den Namen des Mannes, dessen Asche die Erde geheiligt hatte. Vor ihnen lagen meilenweit nur bleierner Staub und nacktes Gestein und ab und zu ein seltener Fleck unverbrannter Erde, der mit dünnem, von der Sonne versengtem Gras bedeckt war.
Da, wo einst unreine Wesen unter einem sonnenlosen Himmel dahergekrochen waren, zogen jetzt Wolken in Violett, Grün und Scharlachrot unter dem Banner des Schwertrads ihres Wegs. Martos' persönliche Flagge – der silberner Geisterwolf seiner Vorfahren zusammen mit einer geflügelten Klinge – flatterte von der gleichen Stange. Das Fell der kadarinischen Pferde – Rotschimmel, Palominos und Braune – glänzten im Morgenlicht. Kriegsflamme strahlte wie ein Sonnenuntergang.
Martos' geliehener Helm lag auf seinem Sattel, und seine braunen Haare glänzten wie pures Gold. Er schaute die herannahenden Wolken düster an und fragte sich, ob er wohl rohen Fisch würde essen müssen. Wenn die Regenfälle kamen, das wußte er, dann hatten die Grenzländer kein Licht für ihre Kochspiegel, und sie aßen den ganzen Winter über ungekochte Nahrung. Fischfresser nannte man sie, und es wurde erzählt, daß sie den Fischgeschmack mit merkwürdigen Saucen beseitigten.

Aber nichts konnte seinen Stolz auf diesen Feldzug dämpfen. Irgendwo hinter dieser Aschenwüste marschierte Istvan der Bogenschütze mit seiner Armee. Martos erinnerte sich an die langen Nächte, in denen er mit Paidros und Valiros Pläne geschmiedet hatte, um Möglichkeiten zu finden, die kleine Streitkraft mangels Geld ausschließlich durch harte Arbeit zu trainieren. Mit Hilfe von harter Arbeit, Verwandten in hohen Stellungen und des Rufs von Birthran hatten sie es geschafft. Jetzt war die Zeit gekommen, diese feine, handgeschliffene Waffe an den besten Kämpfern der Welt zu erproben.
Die Hufeisen quietschten im pulvrigen Staub; Rüstungen aus Leder und Stahl knarrten und rasselten. Aber die bleierne Asche verschluckte die Geräusche der Hufen, und die tödliche Stille zerrte an den Nerven der Männer, bis Martos befahl, die Trompeten erschallen zu lassen, um die Stille zu brechen, in der nicht einmal ein einziger Vogel zu hören war.
Als er das letzte Mal hier entlanggeritten war, hatte er den kleinen Geleitschutz von Kumari angeführt, als sein Kind gerade angefangen hatte, in ihrem Schoß zu wachsen. Was war all dieser Ruhm wert, wenn ihre Augen nicht auf ihn gerichtet waren, wenn sie nicht darauf wartete, daß er zurückkäme?
Kaufmann! verspottete er sich selbst. *Liegt also dein Gewinn jetzt da? Was ist der Preis des sich selbst richtenden Mannes? Willst du deine Ehre für das Leuchten in den Augen einer Dame verkaufen?*
Kumaris Augen und bleigrauer Staub, der sich meilenweit vor ihm ausstreckte, ohne einen Vogel, ohne einen Baum, und Istvan der Bogenschütze war irgendwo auf der anderen Seite... Irgendwo jenseits des Staubes waren sechstausend Seynyorer oder noch mehr, und Istvan der Bogenschütze stand an ihrer Spitze. Diese Vorstellung versetzte ihn in freudige Erregung.
Der graue Staub zerstob unter den Hufen der Pferde. Signalhörner durchdrangen die leblose Stille; bunte Farben und polierter Stahl trotzten der Öde des verwüsteten Landes. Ihre Augen glänzten, während sie daherritten, und waren ständig

auf den sonnenbeleuchteten Norden gerichtet, weg vom dunklen südlichen Himmel, wo die Grenze über ihnen brütete wie eine Welle, die sich bald brechen würde.

Science Fiction Fantasy **Knaur®**

Taschenbücher

Reisen ans Ende des Bewußtseins

Fred Saberhagen

Das erste Buch der Schwerter

272 Seiten – Band 5791

Der Ton steigerte sich zu einem schrillen Kreischen. Er kam von dem Schwert in den Händen seines Bruders. In der Luft war ein sichtbares Phänomen entstanden.
Dann kam der Speerstoß. Der Ton in der Luft schwoll abrupt an, als der Speer in den verwischten Schimmer eindrang, in dem das Schwert seitwärts parierte. Mark sah, wie die Speerspitze wirbelnd durch die Luft flog, und mit ihr ein handbreites Stück des sauber durchtrennten Schaftes. Noch bevor die Spitze zu Boden fiel, hatte Stadtretter im Rückschwung das Kettenhemd von der Brust des Speerträgers gerissen, so daß die feinen Stahlglieder umherflogen wie eine Handvoll sommerlicher Blütenfedern …

Jahrtausende nach einem Krieg, der so schrecklich war, daß er die Naturgesetze außer Kraft setzte, schreiten wieder Götter und Riesen auf der Erde einher und treiben ihr grausames Spiel mit den Menschen …

Der erste Band eines neuen, meisterhaften Fantasy-Epos.

Reisen ans Ende des Bewußtseins

Jo Clayton

Unter den magischen Monden

304 Seiten – Band 5787

Duell der Magier I

Serroi war eine Ausgestoßene ihres Volkes, sie paßte nicht zu den Windrennern: Sie war zu klein, hatte olivfarbene Haut und seltsam geschärfte Sinne. Also schloß sie sich dem Orden an und wurde zu einer *meie*, einer ausgebildeten Kriegerin. Aber sie mußte den Schwur brechen, den sie abgelegt hatte, denn sie wurde unfreiwillig Zeugin eines Mordplans. Der Domnor sollte getötet werden, wenn die magischen Monde beieinanderstanden und der Zugang zur Welt der Dämonen günstig war. Serroi ist jedoch nur eine kleine Figur in einer gigantischen Auseinandersetzung mystischer Mächte. Abwechselnd wird sie von den beiden Kontrahenten geführt: Ser Noris, dem Herrscher der Inseln der Zauberer und schurkischsten Magier aller Zeiten, und Reikijanja, auch Jungfrau oder Hexe genannt und Inbegriff des Wechsels von Leben und Tod und der komplexen Bahn der Monde, der Phönix aus der Asche und der gute Geist der Natur. Wie dieser Machtkampf ausgehen wird, vermag noch niemand zu sagen, aber eines zeichnet sich von Anfang an ab: Er wird das Schicksal von Serrois Welt entscheiden.